国家社科基金重大项目

英国文学的命运共同体表征与审美研究 文献卷

The Representation and Aesthetics of Community in
English Literature　Literary Criticism

总主编：李维屏 / 主编：查明建 张和龙

小说中的共同体

COMMUNITIES
IN
FICTION

J. 希利斯·米勒 著

陈广兴 译

上海外语教育出版社
SHANGHAI FOREIGN LANGUAGE EDUCATION PRESS

图书在版编目(CIP)数据

小说中的共同体/(美)J.希利斯·米勒著；陈广
兴译. -- 上海：上海外语教育出版社，2022 (2024重印)
（英国文学的命运共同体表征与审美研究/李维屏
总主编）
ISBN 978-7-5446-7377-8

Ⅰ.①小… Ⅱ.①J… ②陈… Ⅲ.①小说研究—美国
— 20世纪 Ⅳ.①I712.074

中国版本图书馆CIP数据核字(2022)第198194号

图字：09-2021-0186

出版发行：**上海外语教育出版社**
（上海外国语大学内） 邮编：200083
电　　话：021-65425300 (总机)
电子邮箱：bookinfo@sflep.com.cn
网　　址：http://www.sflep.com
责任编辑：奚玲燕

印　　刷：上海中华商务联合印刷有限公司
开　　本：890×1240 1/32 印张15.375 字数381千字
版　　次：2023年2月第1版 2024年1月第2次印刷

书　　号：ISBN 978-7-5446-7377-8
定　　价：**70.00**元

本版图书如有印装质量问题，可向本社调换
质量服务热线：4008-213-263

总论

　　英国文学典籍浩瀚、源远流长，自盎格鲁-撒克逊时期的开山之作《贝奥武甫》（*Beowulf*, 700-750）问世起，经历了1 200余年漫长而丰富的历程。其间，思潮起伏，流派纷呈，文豪辈出，杰作林立。作为世界文学之林中的一大景观，英国文学不仅留下了极为丰富的文学资源，而且也引发了我们的种种思考与探索。近半个世纪以来，我国学者对英国文学的研究取得了长足进步，并不断呈现出专业化和多元化的发展态势。时至今日，中国学者一如既往地以敏锐的目光审视着英国文学的演进，对其文学想象、题材更迭和形式创新方面某些规律性的沿革和与此相关的诸多深层次问题进行深入探索。

　　值得关注的是，长达千余年的英国文学史折射出一个极为重要的现象：历代英国作家不约而同地将"命运共同体"作为文学想象的重要客体。英国的经典力作大都是作家在不同历史阶段对社会群体和其中个体的境遇和命运的生动写照。许多经典作家在书写人的社会角色、话语权利和精神诉求时体现出强烈的"命运"意识和"共同体"理念。在对英国文学历史做一番哪怕是最粗略的浏览之后,我们不难发现,自开山之作《贝奥武甫》起,英国文学中的命运共同体表征一脉相承,绵亘不绝。例如,杰弗雷·乔叟(Geoffrey Chaucer, 1343-1400)的《坎特伯雷故事集》(*The Canterbury Tales*, 1387-1400)、托马斯·马洛礼(Thomas Malory, 1415-1471)的《亚瑟王之死》(*Le Morte d'Arthur*, 1470)、托马斯·莫尔(Thomas More, 1478-1535)的《乌托邦》(*Utopia*, 1516)、约翰·弥尔顿(John Milton, 1608-1674)的《失乐园》(*Paradise Lost*, 1665)和约翰·班扬(John Bunyan, 1628-1688)的《天路历程》(*The Pilgrim's Progress*, 1678, 1684)等早期经典力作都已不同程度地反映了共同体思想。从某种意义上说,英国文学不仅生动再现了共同体形态和社群结合方式的历史变迁,而且也充分体现了对命运共同体建构与解构的双重特征,因而在本质上是英国意识形态、文化观念和民族身份建构的深度参与者。此外,英国作家对共同体的着力书写也在一定程度上促进了文学批评与审美理论的发展,并引起了人们对共同体机制与悖反的深入思考与探索。显然,英国文学长达千余年的命运共同体表征已经构成了本体论和认识论评价体系。

一、"共同体"概念的形成与理论建构

英语中 community(共同体)一词,源自拉丁文 communis,意为"共同的"。从词源学意义上看,"共同体"概念形成于 2 000 多年前的古希腊时期,其思想的起源是对人类群体生存方式的探讨。早在公元前,古希腊哲学家柏拉图(Plato, 427-347 BC)在其《理想国》(*The Republic*, 约 380 BC)中以对话与故事的形式描绘了人类实现正

义和理想国度的途径，并展示了其心目中"真、善、美"融为一体的幸福城邦。柏拉图明确表示，"当前我认为我们的首要任务乃是铸造出一个幸福国家的模型来，但不是支离破碎地铸造一个为了少数人幸福的国家，而是铸造一个整体的幸福国家"[1]。亚里士多德（Aristotle, 384–322 BC）在其《政治学》（The Politics, 约350 BC）中提出了城邦优先于个人与家庭的观点。他认为，个体往往受到其赖以生存的城邦的影响，并从中获得道德感、归属感和自我存在的价值。"我们确认自然生成的城邦先于个人，就因为个人只是城邦的组成部分，每一个隔离的个人都不足以自给其生活，必须共同集合于城邦这个整体才能让大家满足其需要……城邦以正义为原则。由正义衍生的礼法，可凭此判断人间的是非曲直，正义恰正是树立社会秩序的基础。"[2]在亚里士多德看来，城邦不仅是人们生存的必要环境，而且在本质上具有塑造人的重要作用，使人懂得正义和礼法。自柏拉图和亚里士多德以降，现代西方多位重要思想家如洛克、卢梭、黑格尔和马克思等也对个体与城邦的关系、城邦内的人际关系以及社会的公道与正义等问题发表过各自的见解，并且不同程度地对人类共同生存的各种模式进行了探讨。

应当指出，现代意义上的共同体思想主要起源于德国社会学家斐迪南·滕尼斯（Ferdinand Tönnies, 1855–1936）的《共同体与社会》（Gemeinschaft und Gesellschaft, 1887）一书。滕尼斯在其著作中采用了二元对立的方式，将"共同体"与"社会"作为互相对立的两极加以阐释，认为前者的本质是真实的、有机的生命，而后者则是抽象的、机械的构造。在他看来，"社会的理论构想出一个人的群体，他

1　柏拉图：《理想国》，郭斌和、张竹明译，北京：商务印书馆，1986年，第133页。
2　亚里士多德：《政治学》，吴寿彭译，北京：商务印书馆，2009年，第8-10页。

们像在共同体里一样，以和平的方式相互共处地生活和居住在一起，但是，基本上不是结合在一起，而是基本上分离的。在共同体里，尽管有种种的分离，仍然保持着结合；在社会里，尽管有种种的结合，仍然保持着分离"[1]。他直言不讳地指出，"共同体是持久的和真正的共同生活，社会只不过是一种暂时的和表面的共同生活。因此，共同体本身应该被理解为一种生机勃勃的有机体，而社会应该被理解为一种机械的聚合和人工制品"[2]。值得关注的是，滕尼斯在《共同体与社会》中从三个层面对"共同体"展开论述：一是从社会学层面描述"共同体"与"社会"作为人类结合关系形态的基本特征；二是从心理学层面解释在"共同体"与"社会"两种形态中生存者的心理机制及其成因；三是从法学与政治学层面阐释这两种人类生存的环境所具有的法律与政治基础。此外，滕尼斯从人类社会发展的基本规律出发，将血缘、地缘和精神关系作为研究共同体的对象，分析了家族、氏族、宗族、乡村社团和行会等共同体形式，并指出这些共同体存在的核心物质条件是土地。而在滕尼斯的参照系中，与共同体相对的"社会"则是切断了有机、自然关联的现代市民社会，维系社会的条件不再是自然、有机的土地，而是出于个人利益更大化需求所缔结的社会契约，其标志性符号则是流动的、可交换的货币。在分析共同体与社会两者内部的个体心理差异时，滕尼斯别开生面地使用了"本质意志"与"抉择意志"两个概念，并认为前者源于有机体，是不断生成的，其情感要素从属于心灵整体，而后者则纯粹是人的思维与意志的产物。从滕尼斯对共同体概念的提出与分析中，不难发现共同体理论内部两个重要的问题域：一是共同体或社会群体的结合机制，二是社会形态

1　斐迪南·滕尼斯：《共同体与社会——纯粹社会学的基本概念》，林荣远译，北京：商务印书馆，1999年，第95页。

2　同上，第54页。

的演变、发展与共同体之间的关联。上述两个问题域成为后来共同体研究与理论建构的重要内容。今天看来，《共同体与社会》一书对共同体思想最大的贡献在于系统地提出了自成一体的共同体理论，其二元框架下的共同体概念对现代西方的共同体研究产生了重要影响。显然，滕尼斯提出的共同体概念具有一定的逻辑性和说服力，不仅为日后共同体研究提供了宏观的理论框架，而且也在研究方法上具有重要的参考价值。

19 世纪下半叶，西方共同体理论建构步伐加快，并折射出丰富的政治内涵。对政治共同体的探索因其在社会生活和历史进程中的重要性占据了政治与哲学思考的核心地位。缔结政治共同体所需的多重条件、复杂过程和理论挑战引起了一些西方思想家的兴趣与探索。法国社会学家埃米尔·涂尔干（Émile Durkheim, 1858–1917）的《社会分工论》（*De la division du travail social*, 1893）便是对共同体思想中"机械团结"与"有机团结"两个问题域的探究，但他与滕尼斯在面对传统与现代社会的态度方面具有明显差异。涂尔干采用"机械团结"和"有机团结"两个名称来解释不同社会结构中群体联系的发生方式。他认为"机械团结"产生于不发达的传统社会结构之中，如古代社会和农村社会。由于传统社会规模小、人口少，其中的个体在宗教观念、价值观念、生产生活方式和情感意识等核心问题上具有高度的一致性。虽然机械团结占主导地位的社会往往具有强烈的集体意识，并且能产生强大的社会约束力，但其中的个体意识主要被集体意识所吸纳。相较之下，"有机团结"产生于较为发达的现代社会，人口数量与密度的大幅提升导致生存竞争不断加剧，迫使个体需要拥有更为专业化的竞争技能和手段以赢取竞争机会。在此过程中，人际关系和社会分工变得更加错综复杂。在专业化程度不断提升的过程中，个体逐渐失去独自在发达社会中应对生存环境的能力，于是对社会的依赖程度反而提升。涂尔干对共同体思想的主要贡献在于他以带有历史纵深和现代关怀的客观视角分析了个人与社会结合所产生的诸多问题。如果说滕尼斯的"共同体"与"社会"二元框架具有整体论的特点，那么涂尔干的社会分工论则强调个体在整体和社会中的角色与功能。

此外，德国社会学家马克斯·韦伯（Max Weber, 1864-1920）也对政治共同体理论进行了有益的探索。他在《经济与社会》（*Wirtschaft und Gesellschaft*, 1922）一书中指出，政治共同体的社会行动之目的在于通过包括武力在内的强制力量，使人服从并参与有序统治的"领土"之中的群体行为。显然，韦伯探讨的是政治共同体运行的必要条件，即领土、强制约束力以及与经济相关的社会行为，其特点是从经济史视角出发，指出政治共同体离不开"领土"的经济支撑，而基于"领土"的税收与分配制度则构成了政治共同体必不可少的经济基础。就总体而言，韦伯阐述了实体或类实体政治共同体的经济基础与运行机制，但并未深入探究构建政治共同体的诸多理论问题及其在实践中突破的可能性。

值得关注的是，卡尔·马克思（Karl Marx, 1818-1883）对人类的政治共同体构想具有革命性的突破。尽管马克思的理论体系中并没有关于共同体的系统表述，但他的共同体思想贯穿于他对社会、政治、经济和文化等一系列问题的论述之中。马克思在引入阶级意识的同时，建构了一种具有未来向度的政治共同体形式。如果说强调民族意识的共同体思想认为人与人之间的联系纽带是建立在共同生存的空间之上的民族意识与精神情感，那么，在1848年欧洲革命的大背景下，马克思批判性地思考了此前法国大革命所留下的政治智慧和哲学资源，对社会结构的演变与人类结合方式进行了深刻思考与深入探索，指出阶级意识和共同发展理念是促使人类结合相处的强大而又根本的联系纽带。马克思将人的阶级意识、经济地位以及是否从事劳动视为明显的身份标记，从而为无产阶级政治共同体的建构提供了重要的理论依据。马克思先后提出了"自然的""虚幻的""抽象的"和"真正的"共同体的概念，并对人在不同共同体中的地位、权利和发展机会做了深刻的阐释。他认为，只有"真正的"共同体才能为人提供真正自由的发展空间，才是真正理想的、美好的生存环境。"只有在共同体中，个人才能获得全面发展其才能的手段，也就是说，只有在共同体中才可能有个人自由。在过去的种种冒充的共同体中，如在国家等中，个人自由只是对那些在统治阶级范围内发展的个人来说是存在的，他们之所以有个人自由，只是因为他们是这一阶级的个人。从前各个人联合而成的虚假的共同体，总是相对于各个人而独立的；这种共同体是一个阶级反对另一个阶级的联合，因此对于被统治的阶级来说，它不仅是完全虚幻的共同体，而且是新的桎梏。在真正的共同体的条件下，各个人在自己的联合中并通过这种联合获得自己的自由。"[1] 显然，马克思的共同体思想体现了深刻的政治内涵和伟大思想家的远见卓识，对我们深入研究文学中命运共同体的性质与特征具有重要的参考价值。

20 世纪上半叶，国外学界的共同体理论建构呈现出进一步繁衍与多元发展的态势，相关研究成果纷纷出现在哲学、政治学和社会学领域，其中对共同体思想的理论研究最为突出。社会学视阈下的共同体研究突出了其研究方法在考察城市、乡村和社区等社群结集的优势，着重探讨区域基础上组织起来的共同体及其聚合方式。其中，以美国的芝加哥学派在城市共同体方面的研究最具代表性。其研究方法秉承实证研究的传统，利用美国成熟且多样化的城市环境，对城市社

1　马克思、恩格斯：《德意志意识形态》（节选本），中共中央马克思恩格斯列宁斯大林著作编译局编译，北京：人民出版社，2018 年，第 65 页。

区中的家庭、人口、种族、贫民窟等问题展开调查分析，产生了一批带有都市社会学特色的研究成果。例如，威廉·I. 托马斯（William I. Thomas, 1863-1947）和弗洛里安·兹纳涅茨基（Florian Znaniecki, 1882-1958）的《身处欧美的波兰农民》（*The Polish Peasant in Europe and America*, 1918-1920）研究了 19 世纪末至 20 世纪初移居欧美各国的波兰农民群体；罗伯特·E. 帕克（Robert E. Park, 1864-1944）的《城市——有关城市环境中人类行为研究的建议》（*The City: Suggestions for the Study of Human Nature in the Urban Environment*, 1925）将城市视为一个生态系统，并使用生态学方法研究城市内的共同体问题；哈维·沃伦·佐尔博（Harvey Warren Zorbaugh, 1896-1965）的《黄金海岸与贫民窟》（*The Gold Coast and the Slum*, 1929）关注城市内部造成社会与地理区隔的原因和影响。总体而言，芝加哥学派的城市共同体研究关注城市内部的人文区位，研究其中的种族、文化、宗教、劳工、社会和家庭等问题，该学派擅长的生活研究法和精细个案研究是经验社会学方法，为共同体的细部问题研究提供了大量的史料文献，其主要不足在于扁平化的研究范式以及在共同体的理论探索方面表现出的形式主义倾向。

20 世纪下半叶，人类学和政治学视阈下的共同体研究进一步凸显了文化与身份认同在共同体中的作用。当代英国社会学家安东尼·保罗·科恩（Anthony Paul Cohen, 1946- ）的《共同体的象征性建构》（*The Symbolic Construction of Community*, 1985）一书认为共同体并不是一种社会实践，而是某种象征性的结构。这一观点与此前社会学家的研究具有很大差异，在一定程度上摒弃了空间在共同体中的重要性，将关注的焦点从空间内的社会交往模式转向了作为意义和身份的共同体标志。本尼迪克特·安德森（Benedict Anderson, 1936-2015）的《想象的共同体》（*Imagined Communities*, 1983）探讨了国族身份认同的问题，将共同体视为一种想象性的虚构产物，试图证明共同体是由认知方式及象征结构所形塑的，而不是由具体的生活空间和直接的社会交往模式所决定的。这类观点呈现出 20 世纪下半叶共同体研究的文化转向，事实上，这一转向本身就是对人类社会在 20 世纪下半叶所发生的变化，尤其是全球化的一种反映。值得一提的是，近半个世纪以来，一些西方社会学家对资本主义制度能否产生有效的共同体并未达成共识。例如，让-吕克·南希（Jean-Luc Nancy, 1940-2021）和莫里斯·布朗肖（Maurice Blanchot, 1907-2003）两位法国哲学家分别在《不运作的共同体》（*La Communauté désœuvrée*, 1986）和《不可言明的共同体》（*La Communauté inavouable*, 1983）中强调了人的自由与"独体"概念，不仅在理论上对共同体进行解构，而且否定人类深度交流与合作的可能性。南希认为，"现代世界最重大、最痛苦的见证……就是对共同体（又译共通体，communauté）的分裂、错位或动荡的见证"[1]。自 20 世纪 80 年代起，不少主张"社群主义"（Communitarianism）的人士在与自由主义的抗辩中进一步探讨了共同体的内涵、功能和价值。他们全然反对自由主义价值观念，认为自由主义在本质上忽略了社群意识对个人身份认同和文化共同体构建的重要性。总之，近半个世纪以来，国外哲学、政治学和社会学界对共同体众说纷纭，学术观点层出不穷，尽管分歧较大，但具有一定的理论建构意义和参考价值。

概括说来，自滕尼斯于 19 世纪下半叶开始对共同体问题展开深入探讨以来，近一个半世纪的共同体观念演变与理论建构凸显了其内涵中的三个重要方面。一是共同体的空间特征与区域特征。无论在历

1　让-吕克·南希：《无用的共通体》，郭建玲、张建华、夏可君译，郑州：河南大学出版社，2015 年，第 1 页。（该著作在本丛书中统一译为《不运作的共同体》。）

史纵轴上的社会形态发生何种变化，或者在空间横轴上的共同体范畴是小至村落还是大到国家，基于地域关联而形成的互相合作的共同体是其研究中不可忽视的重要主题。二是个体在共同体中的归属感与身份认同。如果说共同体的空间特征与区域特征研究的是共同体的客观物质环境以及存在于其中的权力组织、社会网络和功能性结构，那么归属感与身份认同研究的是共同体内个体的心理状况以及自我与他者关系这一永恒的哲学命题。三是伴随着经济社会的发展与变化，共同体的性质与特征随之产生的相应变化。从 19 世纪至今的共同体研究几乎都将共同体问题置于特定的时间背景之下进行剖析，这就意味着共同体研究具有历史意义和实践价值。尤其是面对高度分化的现代社会，如何挖掘共同体内个体的整合模式是未来的共同体研究需要解决的问题。如果说，100 多年来西方思想家对共同体的探讨和理论建构已经涉及共同体问题的诸多核心层面，那么，在当今学科分类日益精细、研究方法逐渐增多的大背景之下，不同学科与领域的共同体研究开始呈现出不断繁衍、分化和互涉的发展态势。

应当指出，近半个世纪以来，命运共同体在西方文学批评界同时引起了马克思主义文学批评家和解构主义批评家的高度关注。作为历史最久、书写最多的文学题材之一，共同体备受文学批评界的重视无疑在情理之中。英国马克思主义文学理论家雷蒙德·威廉斯（Raymond Williams, 1921–1988）在其《漫长的革命》（*The Long Revolution*, 1961）一书中对社会、阶级和共同体的性质与特征做了深刻阐述。他认为工人阶级是处于社会底层的贫困群体，"在许多人看来，工人阶级的名称仅仅是对贫穷的记忆"[1]。威廉斯明确指出，很多

1　Williams, Raymond. *The Long Revolution*. Beijing: Foreign Language Teaching and Research Press, 2019, p.381.

人并未真正理解共同体的性质，"如果我们不能采取现实主义的态度看待共同体，我们真实的生活水平将继续被扭曲"[1]。而法国著名解构主义批评家雅克·德里达（Jacques Derrida, 1930-2004）则认为，"共同体若要生存就必须培育其自身免疫性（autoimmunity），即一种甘愿破坏自我保护原则的自我毁灭机制"[2]。值得注意的是，威廉斯和德里达这两位在当代西方文学批评界举足轻重的学者对待共同体的态度存在明显差异，前者倡导"无阶级共同体"（classless community）的和谐共存，而后者则认为"每个共同体中都存在一种他称之为'自身免疫性'的自杀倾向"[3]。显然，20世纪下半叶西方批评家们对共同体态度的分歧正在不断加大。正如美国著名批评家 J. 希利斯·米勒（J. Hillis Miller, 1928-2021）所说，"这些概念互相矛盾，他们无法综合或调和"[4]。从某种意义上说，现代共同体思想在西方文学批评界的分化与20世纪西方社会动荡不安和现代主义及后现代主义文学对共同体的怀疑和解构密切相关。

综上所述，100多年来，共同体研究在理论建构方面取得了长足的发展，为当今的文学批评提供了重要的理论依据和研究思路。毋庸置疑，对文学的命运共同体表征与审美展开深入系统的研究是对历史上共同体理论建构的补充与拓展。以中国学者的视角全面考察和深刻阐释英国文学的命运共同体表征与审美接受不仅具有实践意义和学术价值，而且在理论上也必然存在较大的创造空间。

1　Williams, Raymond. *The Long Revolution*. Beijing: Foreign Language Teaching and Research Press, 2019, p.343.

2　Qtd. Derrida, Jacques. *Communities in Fiction*. J. Hillis Miller. Beijing: Foreign Language Teaching and Research Press, 2019, p.17.

3　Ibid.

4　Miller, J. Hillis. *Communities in Fiction*. Beijing: Foreign Language Teaching and Research Press, 2019, p.17.

二、英国的共同体思想与文学想象

英国长达千余年的文学历史表明，共同体思想与文学想象如影随形，密切相关。如果说英国文学充分反映了社会主体的境遇和命运，那么其丰富的文学想象始终受到历代共同体思想的影响。值得关注的是，英国作家对共同体的想象与探索几乎贯穿其社会与文学发展的全过程。早在公元前，当英伦三岛尚处于氏族社会阶段时，凯尔特族人由于血缘、土地、生产和宗教等因素生活在相互割据的部落或城邦之中。这种早期在恶劣环境中生存的氏族部落在一定程度上反映出人们互相依赖、合力生存的群体意识。雷蒙德·威廉斯认为，这种建立在血缘、家族、土地和精神关系上的"共同体相对较小，并具有一种直接感和地缘感"[1]。这便是英国共同体思想的源头。公元前55年，罗马人在尤利乌斯·恺撒（Julius Caesar, 100-44 BC）的率领下开始入侵不列颠，并于公元43年征服凯尔特人，这种原始的共同体意识也随之发展。在罗马人长达五个世纪的统治期间，不列颠人纷纷建要塞、修堡垒、筑道路、围城墙，以防异域族群和凶猛野兽的攻击，从而进一步确立了"抱团驱寒"的必要性，其实质是马克思所说的人类早期在劳动谋生过程中形成的"自然共同体"。公元5世纪中叶，居住在丹麦西部和德国西北部的盎格鲁-撒克逊人入侵不列颠，并最终成为新的统治者。从此，英国开启了历史上最早以盎格鲁-撒克逊氏族社会与文化为基础的古英语文学时代。

英国"共同体"思想在盎格鲁-撒克逊时期的社会分隔与治理

1　Qtd. Williams, Raymond. *Communities in Fiction*. J. Hillis Miller. Beijing: Foreign Language Teaching and Research Press, 2019, p.1.

中得到了进一步发展。在盎格鲁－撒克逊人的统治下，不列颠的大片土地上出现了许多大小不一的氏族部落。异邦的骚扰和侵犯不仅使部落族群常年处于焦虑和紧张气氛之中，而且还不时引发氏族部落之间的征战和倾轧。无休止的相互威胁和弱肉强食成为盎格鲁－撒克逊时期的氏族共同体挥之不去的噩梦，使其长期笼罩在命运危机的阴影之中。盎格鲁－撒克逊时期数百年的冲突轮回最终产生了七个军事实力较强、领土面积较大的王国，其中位于北方的诺森伯兰和南方的威塞克斯在政治、经济和文化方面最为发达，后者的繁荣与发展在很大程度上归功于其国王阿尔弗雷德大帝（Alfred the Great, 849-899）。经过联合、吞并和重建之后，不列颠剩下的这些部落和王国成为建立在文化、方言、习俗和生产关系之上的"氏族共同体"（tribal community），其结合机制、生产方式和价值观念与此前罗马人统治的"自然共同体"不尽相同。引人瞩目的是，自罗马人入侵到阿尔弗雷德大帝登基长达近千年的历史中，英国始终处于混乱无序、动荡不安之中。持续不断的异国入侵和部落冲突几乎贯穿了英国早期历史的全过程，从而强化了不列颠人的"命运危机"意识和加盟"共同体"的欲望。雷蒙德·威廉斯认为，历史上各类"共同体"大都具有"一种共同的身份与特征，一些相互交织的直接关系"[1]。从某种意义上说，盎格鲁－撒克逊时期的"氏族共同体"依然体现了个人需要联合他人，以集体的力量来弥补独立生存与自卫能力不足的社会特征。应当指出，作为人们互相依赖、合作谋生的社会组织，盎格鲁－撒克逊时期的"氏族共同体"在政治制度、生产方式和社会管理方面都比罗马人统治时期的部落城邦更加先进，并在一定程度上体现了人的社会

---

1 Qtd. Williams, Raymond. *Communities in Fiction*. J. Hillis Miller. Beijing: Foreign Language Teaching and Research Press, 2019, p.1.

性与阶级性特征。更重要的是，虽然盎格鲁-撒克逊人生活在诸多分散独立的氏族部落中，但他们似乎拥有某些共同的价值观念。除了具有相同的习俗和生产方式，他们似乎都向往大自然，崇拜英雄人物，赞美武士的勇敢和牺牲精神。由于盎格鲁-撒克逊时期的共同体人口有限、规模不大，其中的个体在宗教思想、价值观念、生产方式和精神诉求方面体现了威廉斯所说的"共同的身份与特征"。显然，部落族群的共同身份与共情能力为古英语诗歌的诞生奠定了重要基础。

在盎格鲁-撒克逊时期留下的文学遗产中，最重要、最有价值的无疑是英国文学的开山之作——《贝奥武甫》。这部令英国人引以为豪的民族史诗以古代氏族共同体为文学想象的客体，通过描写主人公为捍卫部落族群的生命财产奋力抵抗超自然恶魔的英勇事迹，深刻反映了古代族群的共同体理念，不仅为英国文学的命运共同体表征开了先河，也为历代英国作家提供了一个绵亘不绝的创作题材。"这部史诗的统领性主题是'共同体'，包括它的性质、偶然的解体和维系它的必要条件。"[1]不仅如此，以现代目光来看，这部史诗的价值与其说在于成功描写了一个惊险离奇的神话故事和令人崇敬的英雄人物，倒不如说在于反映了氏族共同体的时代困境与顽瘴痼疾：旷日持久的冲突轮回和命运危机。"这部史诗中的一个核心主题是社会秩序所遭受的威胁，包括侵犯、复仇和战争，这些都是这种英雄社会固有的且不可避免的问题，却严重地威胁着社会的生存。"[2]如果说，《贝奥武甫》生动反映了盎格鲁-撒克逊时期氏族共同体的衰亡，那么，作为人类集结相处、合力生存的场域，命运共同体从此便成为英国作家文学想象的重要题材。

---

1   Williamson, Craig. *Beowulf and Other Old English Poems*. Philadelphia: University of Pennsylvania Press, 2011, p.29.
2   Ibid., p.28.

　　在英国历史上,"诺曼征服"(Norman Conquest, 1066)标志着盎格鲁-撒克逊时代的终结和氏族共同体的衰亡,同时也引发了中世纪英国社会与文化的深刻变迁。"诺曼征服"不但开启了英国的封建时代,而且形成了新的社会制度、生产关系和意识形态,并进一步加剧了阶级矛盾和社会分裂。在近 500 年的中世纪封建体制中,英国社会逐渐划分出贵族、僧侣、骑士和平民等主要阶层,每个社会阶层都有一定的诉求,并企图维护各自的利益。封建贵族为了巩固自身的权力和统治地位,纷纷建立各自的武装和堡垒,外防侵略,内防动乱,经常为争权夺利而与异邦发生征战。构成中世纪英国封建社会统治阶级的另一股势力是各级教会。以大主教和主教为首的僧侣阶层不仅拥有大量的土地和财产,而且还得到了罗马教皇的大力支持,在法律和意识形态等重大问题上具有绝对的话语权。作为社会第三股势力的骑士阶层是一个虽依附贵族与教会却惯于我行我素的侠义群体。他们是封建制度的产物,崇尚道义、精通武术、行侠仗义,热衷于追求个人的荣誉和尊严。而处于社会最底层的是占人口绝大多数的被压迫和被剥削的平民阶层(包括相当数量的农奴)。因难以维持生计,平民百姓对统治阶级强烈不满,经常聚众反抗。始于 1337 年的英法百年战争和肆虐于 1349-1350 年的黑死病更是令平民百姓不堪其苦,从而引发了 1381 年以瓦特·泰勒(Wat Tyler, 1341-1381)为首领的大规模农民起义。总体而言,中世纪英国社会的主要特征表现为由封建主和大主教组成的统治阶级与广大平民阶级之间的矛盾。在新的历史条件下,英国人的共同体意识得到了进一步强化。封建贵族、教会僧侣、游侠骑士和劳苦大众似乎都出于维护自身利益的需要在思想上归属于各自的阶级,抱团取暖,互相协作,从而使英国社会呈现出地位悬殊、权利迥异、贫富不均和观念冲突的多元共同体结构。

"诺曼征服"导致的英国社群格局的蜕变对共同体思想的分化和文学创作的发展产生了直接的影响。从某种意义上说,"诺曼征服"这一事件本身并不重要,重要的是它为英国此后两三百年的意识形态、文化生活、文学创作和民族身份建构所带来的一系列变化。如果说此前异邦的多次入侵加剧了英伦三岛的战乱与割据,那么,"诺曼征服"不仅结束了英国反复遭受侵略的局面,逐步形成了由贵族、僧侣、骑士和平民构成的四大社会阶层,而且也为这片国土带来了法国习俗和欧洲文化,并使其逐渐成为欧洲文明的一部分。引人注目的是,当时英伦三岛的语言分隔对共同体思想的分化产生了显著的影响。在诺曼贵族的庄园、宫廷、法院和学校中,人们基本使用法语,教会牧师更多地使用拉丁语,而广大平民百姓则使用本土英语。三种语言并存的现象不仅加剧了社会分裂,而且不可避免地筑起了社会与文化壁垒,并导致英国各阶层共同体思想的进一步分化。当然,长达两百年之久的语言分隔现象也为文学的创作、翻译和传播提供了千载难逢的机遇。

在中世纪英国文学的发展过程中,社会各阶层的共同体思想分别在罗曼司(romance)、宗教文学(religious literature)和民间文学(folk literature)中得到了一定的反映。"中世纪英语文学以多种声音表达,并采用不同风格、语气和样式描写了广泛的题材"[1],与此同时,中世纪法国文学、意大利文学以及欧洲其他国家的文学也相继在英国传播,尤其是但丁·阿利吉耶里(Dante Alighieri, 1265-1321)、弗兰齐斯科·彼特拉克(Francesco Petrarch, 1304-1374)和乔万尼·薄伽丘(Giovanni Boccaccio, 1313-1375)三位意大利人文主义作家的作品对

---

1 Abrams, M. H. *The Norton Anthology of English Literature*. Fourth edition. Vol. 1. New York: W. W. Norton & Company, 1979, pp.6-7.

中世纪英国文学中的人文主义和共同体思想的表征产生了积极的影响。

　　值得关注的是，罗曼司在反映中世纪骑士共同体方面发挥了难以替代的作用。作为以描写游侠骑士的传奇经历为主的文学体裁，罗曼司无疑是封建制度和骑士文化的产物。作品中的骑士大都出自贵族阶层，他们崇尚骑士精神（chivalry），即一种无条件地服从勇敢、荣誉、尊严、忠君和护教等信条的道德原则。骑士像贵族一样，属于中世纪英国封建社会中利益相关且拥有共同情感的上流社会群体。与盎格鲁-撒克逊时期的英雄史诗《贝奥武甫》不同的是，罗曼司中的主人公不再为民族或部落族群的利益赴汤蹈火，而是用所谓的"爱"和武器来捍卫封建制度和个人荣誉，并以此体现自身的美德和尊严。应当指出，中世纪罗曼司所反映的骑士群体既是英国历史上的"过客"，也是封建制度产生的"怪胎"，其社会角色在本质上只能算是统治阶级的附庸。事实上，罗曼司所描写的浪漫故事与传奇经历并不是骑士生活的真实写照，而是对英国骑士共同体的一种理想化虚构。

　　在描写骑士共同体的罗曼司中，马洛礼的散文体小说《亚瑟王之死》无疑是最具代表性和影响力的作品。《亚瑟王之死》生动塑造了英国小说的第一代人物，并开了小说中共同体书写的先河。这部作品以挽歌的情调描述了封建制度全面衰落之际骑士共同体的道德困境。整部作品在围绕亚瑟王的传奇经历、丰功伟绩和最终死亡展开叙述的同时，详尽描述了亚瑟王与以"圆桌"为象征的骑士共同体中其他成员之间的复杂关系和情感纠葛。骑士共同体中的兰斯洛特、特里斯川、高文、加兰德、帕斯威尔和佳瑞斯等人的形象与性格也描写得栩栩如生，他们的冒险、偷情和决斗等传奇经历给读者留下了深刻印象。书中既有共同体成员之间的争风吃醋和残酷杀戮的场面，也有男女之间花前月下的绵绵情意。在诗歌一枝独秀的时代，马洛礼别开生面地采用散文体来塑造封建骑士形象，获得了良好的艺术效果。应当指出，作者笔下的人物属于一个由少数游侠骑士组成的共同体。他们崇尚的行为准则和生活方式使其成为中世纪英国社会的"另类"，与普通百姓没有丝毫关系。显然，骑士共同体既是英国封建制度的代表，也是中世纪骑士文化的象征，对封建时代的上流社会具有明显的美化作用。然而，《亚瑟王之死》虽然试图歌颂骑士精神，却在字里行间暴露出诸多传奇人物的行为与骑士精神不相符合的事实。在作品中，人物原本以"忠君"或"护教"为宗旨，后来却滥杀无辜；原本主张保护女士，后来却因与他人争风吃醋而进行决斗；原本看似正直，后来却荒淫无度。此类例子可谓不胜枚举，其中不乏讽刺意义。显然，《亚瑟王之死》深刻揭示了中世纪英国骑士共同体的性质与特征，对当代读者全面了解英国历史上这一特殊社会群体具有参考价值。

同时，中世纪英国宗教文学也在社会中广为流传，为宗教共同体的形成与发展起到了推波助澜的作用。在"诺曼征服"之后的三四百年中，在地方教会和僧侣的鼓动与支持下，用法语、英语和拉丁语撰写的宗教文学作品大量出现，源源不断地进入人们的日常生活。这些作品基本摆脱了盎格鲁－撒克逊时期宗教诗歌中的多神教成分、英雄事迹和冒险题材，而是沦为教会和僧侣用以灌输宗教思想、宣扬原罪意识和禁欲主义以及教诲劝善的工具。中世纪英国的宗教文学作品种类繁多，包括神话故事、圣人传记、道德寓言、说教作品、布道、忏悔书和牧师手稿等。宗教文学在很大程度上强化了人们的赎罪意识和向往天堂的心理，助长了基督徒精神上的归属感。从某种意义上说，中世纪英国宗教文学不仅有助于巩固教会与僧侣的权威、传播基督教正统教义，而且也是各地教区大小宗教共同体（religious communities）形成与发展的催化剂。以现代目光来看，中世纪绝大多数宗教作品并无多少文学价值可言，只有《论赎罪》（*Handlyng*

Synne, 1303－1338?）、《良心的责备》(Pricke of Conscience, 1340?）和
《珍珠》(Pearl, 1370?）等少数几部作品保留了下来。 应当指出，虽
然有组织或自发形成的各类宗教共同体唤起了人们创作和阅读宗教文
学的兴趣，但中世纪英国文学的整体发展却受到了极大的限制，以
至于批评界往往将英国文学的这段历史称为"停滞时代"(the age of
arrest)[1]。由于人们的创作和阅读空间被铺天盖地的宗教作品所占据，
英国其他文学品种的创作水平与传播范围受到限制。"读者会感受到
这种停滞现象，15 世纪创作的罗曼司和 13 世纪的几乎毫无区别，两
者往往分享类似的情节。"[2]就此而言，中世纪宗教文学虽然在劝导教
徒弃恶从善和激发他们的精神归属感方面起到了一定的作用，但明
显缺乏原创性和美学价值。"中古英语缺乏原创性的部分原因是许多
宗教和非宗教作家试图在其作品中反映中世纪基督教教义的僵化原
则。"[3]显然，中世纪宗教文学虽然在建构思想保守、观念僵化的基督
教共同体过程中发挥了一定作用，但也在一定程度上影响了英国文学
的创新发展。

乔叟的《坎特伯雷故事集》是中世纪英国文学的丰碑和宗教共
同体书写最成功的案例。在这部故事集中，作者生动塑造了中世纪英
国社会各阶层的人物形象，并巧妙地将形形色色的朝圣者描写成同时
代的一个宗教共同体，充分反映了 14 世纪英法战争、黑死病和农民
起义背景下的宗教气息和英国教徒的精神诉求。这部诗体故事集不仅
展示了极为广阔的社会画卷，而且深刻揭示了英国封建社会宗教共同
体的基本特征。在诗歌中出现的包括乔叟本人在内的 31 位前往坎特

1　Long, William J. *English Literature*. Boston: Ginn & Company, 1919, p.97.
2　Abrams, M. H. *The Norton Anthology of English Literature*. Fourth edition. Vol. 1.
　New York: W. W. Norton & Company, 1979, pp.7－8.
3　Ibid., p.7.

伯雷的朝圣者几乎代表了中世纪英国社会的所有阶层和职业，包括武士、乡绅、修女、牧师、商人、学者、律师、医生、水手、木匠、管家、磨坊主、自由农、手工业者、法庭差役和酒店老板等。《坎特伯雷故事集》在展示朝圣者的欢声笑语和打情骂俏情景的同时，反映了中世纪英国教会的腐败和堕落，并不时对共同体中某些神职人员的贪婪和荒淫予以鞭挞和讽刺。概括地说，《坎特伯雷故事集》在描写宗教共同体方面体现了两个显著的特征。一是人物形象的多样性。此前，英国文学作品中从未出现过如此丰富多彩的人物形象。高低贵贱、文武雅俗的人一起涌入作品，而且人人都讲故事，这无疑充分展示了中世纪英国宗教共同体形态的多元特征。二是人物形象的现实性。乔叟笔下的宗教共同体成员来自社会各个阶层，在现实生活中扮演着各自的角色。这些具有现实主义色彩的人物形象既是乔叟熟悉的，也是读者喜闻乐见的。这些形形色色的人物是中世纪英国社会的缩影，他们所讲的故事是现实生活的真实写照。总之，作为中世纪英国宗教文学的杰出范例，《坎特伯雷故事集》不仅生动描写了当时英国的宗教氛围和教徒的心理世界，而且反映了宗教共同体的结集形式与精神面貌，向读者展示了与罗曼司迥然不同的文学视角和社会场域。

此外，以社会底层尤其是被压迫农民为主的平民共同体也在中世纪英国文学中得到了一定的反映。普通大众的日常生活和精神诉求往往成为民谣和民间抒情诗等通俗文学作品的重要题材。从某种意义上说，英国平民共同体的发展与14世纪下半叶的社会动荡密切相关。日趋沉重的封建压迫、百年英法战争和肆虐横行的黑死病导致民不聊生，社会矛盾激化，从而引发了以瓦特·泰勒为首的大规模农民起义。在英国各地农民起义的影响下，平民共同体的队伍持续壮大，从而形成了英国历史上同感共情、人数最多的平民共同体。抗议封建压迫、反对残酷剥削和争取自由平等的思想情绪在当时的民谣、抒情诗和讽刺诗等通俗文学作品中得到了充分的展示。在反映平民共同体心声的作品中，有些已经步入了经典行列，其中包括约翰·高尔（John Gower, 1330? - 1408）的《呼号者之声》（*Vox Clamantis*, 1382?）和民间诗人创作的《罗宾汉民谣集》（*The Ballads of Robin Hood*, 1495?）等作品。前者体现了贵族诗人高尔对农民起义军奋勇反抗封建统治的复杂态度，而后者则是匿名诗人根据历史事件采用简朴语体写成的歌谣，表达了普通百姓对农民起义的同情与支持。在反映中世纪平民共同体的生存状态和普通人的心声方面最成功的作品莫过于威廉·兰格伦（William Langland, 1332? - 1400?）的《农夫皮尔斯》（*The Vision of Piers Plowman*, 1360?）。尽管这部作品因包含了说教成分而具有明显的历史局限性，但它抨击奢靡浪费和腐化堕落的行为，并倡导上帝面前人人平等和勤奋劳动最为高尚等理念，对英国中世纪以降的平民百姓具有一定的启迪作用。从某种意义上说，主人公皮尔斯既是真理的化身，也是平民共同体的代言人。由于平民共同体构成了中世纪英国通俗文学的主要读者群体，民歌、民谣和抒情诗的社会影响力也随之得到了提升。

英国文学的命运共同体表征在文艺复兴运动的催化下发生了深刻的变化。当欧洲人文主义思潮席卷英伦三岛时，各社会阶层和群体都不同程度地经受了一次思想与文化洗礼。毋庸置疑，文艺复兴是引导英国走出漫长黑暗中世纪时代的思想运动和文化变革，同时对人文主义共同体和新兴资产阶级共同体的形成起到了推波助澜的作用。随着新兴资产阶级社会地位的不断提升，绝对君主作为共同体中心的思想受到了挑战。在新的社会经济格局中，英国市民阶层逐渐形成了新的共同体伦理观念，人性中的真、善、美作为共同体道德原则的理念基本确立。应当指出，英国文学在文艺复兴时期空前繁荣在很大程度上得益于共同体思想的激励。在文艺复兴时期的共同体中，对文学想象影响最大的当属人文主义共同体。人文主义者不仅否认以"神"为中心的理念，反对封建主义、蒙昧主义和苦行禁欲思想，而且弘扬以"人"为本的世界观，充分肯定个人追求自由、财富、爱情和幸福等权利，并积极倡导个性解放和人的全面发展。威廉·莎士比亚（William Shakespeare, 1564-1616）、莫尔、汤姆斯·魏阿特（Thomas Wyatt, 1503-1542）、埃德蒙·斯宾塞（Edmund Spenser, 1552-1599）、菲利普·锡德尼（Philip Sidney, 1554-1586）和弗兰西斯·培根（Francis Bacon, 1561-1626）等人文主义作家以复兴辉煌的古希腊罗马文化为契机，采取现实主义视角观察世界，采用民族语言描写了广阔的社会图景和浓郁的生活气息。他们的作品代表了英国文艺复兴时期辉煌灿烂的文学成就，成为人文主义思想的重要载体。

英国文艺复兴时期的人文主义作家在作品中全面书写了人性的真谛，呼吁传统伦理价值与道德观念的回归，颂扬博爱精神，充分反映了人们对理想世界和美好生活的向往。显然，人文主义者的这种文学想象对促进人类社会进步具有积极作用。在莎士比亚等人的戏剧与诗歌中，对友谊、爱情、平等、自由等公认价值的肯定以及对美好未来的追求不仅体现了人文主义共同体的基本理念，而且成为日后作家大都认同和弘扬的主题思想。莎士比亚无疑是文艺复兴时期共同体表征的先行者。他在《威尼斯商人》（*The Merchant of Venice*, 1596）、《亨利四世》（*Henry IV*, 1598）、《终成眷属》（*All's Well That Ends Well*, 1602）、《李尔王》（*King Lear*, 1605）、《安东尼与克莉奥佩特拉》（*Antony and Cleopatra*, 1606）以及《科里奥兰纳斯》（*Coriolanus*, 1607）等一系列历史剧、喜剧和悲剧中不同程度地反映了共同体理念，并且生动地塑造了"王族共同体"（the community of royal families）、"封建勋爵共同体"（the community of feudal lords）、"贵族夫人共同体"（the community of aristocratic ladies）、"小丑弄人共同体"（the community of fools and clowns）和以福斯塔夫（Falstaff）为代表的"流氓无赖共同体"（the community of scoundrels）等舞台形象。如果说，莎士比亚加盟的"环球剧场"（Globe Theatre）的盛极一时和各种人文主义戏剧的轮番上演有助于共同体思想的传播，那么莫尔的《乌托邦》则是文艺复兴时期人文主义作家对未来命运共同体最具吸引力的美学再现。《乌托邦》是莫尔对当时的社会问题认真思考的结果……其思想的核心是关于财产共同体的观念。他从柏拉图和僧侣规则中找到了先例，只要还存在私有财产，就不可能进行彻底的社会改良。"[1]从某种意义上说，文艺复兴时期的人文主义作家在生动描写错综复杂且不断变化的现实世界的同时，对命运共同体给予了充分的审美观照和丰富的文学想象。

英国文艺复兴时期另一个重要的社会群体是新兴资产阶级共同体。如果说人文主义是英国工业革命前夕资产阶级上升时期反封建、反教会的思想武器，那么新兴资产阶级就是人文主义的捍卫者和践行者。16 世纪英国宗教改革期间顽强崛起的新兴资产阶级共同体对社会发展做出了积极贡献，其思想和行动在当时具有一定的进步意义。以城市商人、店主、工厂主和手工业者为代表的新兴资产阶级在与教会展开斗争的同时，在政治和经济上支持都铎王朝，不断壮大其队伍和力量。"支持都铎王朝并从中受惠的'新人'（the new men）比15 世纪贵族家庭的生存者们更容易适应变化了的社会。"[2]生活在英国封建社会全面解体之际的新兴资产阶级共同体崇尚勤奋工作、发家致富的理念，旨在通过资本的原始积累逐渐发展事业，提升其经济实力和政治地位，并扩大其社会影响。这无疑构成了新兴资产阶级共同体

---

1 Abrams, M. H. *The Norton Anthology of English Literature*. Fourth edition. Vol. 1. New York: W. W. Norton & Company, 1979, p.436.
2 Ibid., p.418.

思想的基本特征。在反映新兴资产阶级共同体的价值观念和社会作用方面，英国早期现实主义小说家们可谓功不可没。他们致力于描写当时的社会现实，将创作视线集中在以商人、工厂主和手工业者为代表的新兴资产阶级身上，其别具一格的现实主义小说题材与人物形象颠覆了传统诗人和罗曼司作家的文学想象和创作题材，在同时代的读者中引起了很大的反响。在反映新兴资产阶级共同体的作家中，最具代表性的当属托马斯·迪罗尼（Thomas Deloney, 1543?-1600?）。他创作的《纽伯雷的杰克》（*Jack of Newbury*, 1597）等小说不仅生动描写了这一社会群体的工作热情、致富心理和冒险精神，而且还真实揭示了原始资本的积累过程和资本家捞取剩余价值的手段与途径。"托马斯·迪罗尼为标志着英国纪实现实主义小说的诞生做出了贡献。"[1] 应该说，文艺复兴时期日益壮大的新兴资产阶级共同体对包括"大学才子"（the university wits）在内的一部分作家的创作思想产生了积极影响，为英国现实主义小说的诞生奠定了重要基础。

17世纪是英国的多事之秋，也是共同体思想深刻变化的时代。封建专制不断激化社会矛盾，极大地限制了资本主义的发展。资产阶级同封建王朝和天主教之间的斗争日趋激烈，导致国家陷入了残酷内战、"王政复辟"和"光荣革命"的混乱境地。与此同时，文艺复兴时期普遍认同的人文主义思想和莎士比亚等作家奠定的文学传统在动荡不安的时代面临危机。然而，引人瞩目的是，在伊丽莎白时代"快乐的英格兰"随风而逝、怡然自得之风荡然无存之际，出现了以托马斯·霍布斯（Thomas Hobbes, 1588-1679）和约翰·洛克（John Locke, 1632-1704）为代表的哲学家和思想家。他们继承人文主义传统，推进了英国哲学、社会科学研究和共同体思想的发

1　Neill, S. Diana. *A Short History of English Novel*. London: Jarrolds Publishers, 1951, p.25.

展。霍布斯肯定人的本性与诉求，强调理性与道德的作用，要求人们遵守共同的生活规则。他对英国共同体思想的最大贡献当属他的"社会契约论"（Social Contract Theory）。他以人性的视角探究国家的本质，通过逻辑推理揭示国家与个人的关系。他认为，若要社会保持和平与稳定，人们就应严格履行社会契约。如果说霍布斯的"社会契约论"为英国共同体思想提供了理论依据，那么他的美学理论也在一定程度上反映了共同体审美观念的差异性。在霍布斯看来，文学中的史诗、喜剧和歌谣三大体裁具有不同的美学价值和读者对象，分别适合宫廷贵族、城市居民和乡村百姓的审美情趣。显然，霍布斯不仅以人性的目光观察社会中的共同体，而且还借鉴理性与经验阐释人们履行社会契约的必要性，对文学作品与共同体审美接受之间的关系做了有益的探索。对 17 世纪英国共同体思想和文学想象产生积极影响的另一位重要哲学家是约翰·洛克。作为一名经验论和认识论哲学家，洛克在政治、经济、宗教和教育等领域都有所建树，发表过不少独特见解。像霍布斯一样，洛克在本质上也是资产阶级共同体的代言人。尽管他并不看好政治共同体在个体生活中的作用，但他批判"君权神授"观念，反对专制统治，主张有限政府，强调实行自由民主制度和社会契约的必要性。他认为，公民社会的责任是为其成员的生命、自由和财产提供保护，因为这类私人权利只能通过个人与共同体中其他成员的结合才能获得安全与保障。显然，霍布斯和洛克均强调公民的契约精神以及个人与社会的合作关系。这两位重要哲学家的出现表明，17 世纪是英国共同体思想理论体系形成与发展的重要时期。

17 世纪英国的社会动荡与危机激发了作家对新形势下共同体的文学想象。当时英国社会的主要矛盾表现为主张保王的国教与激进的清教之间的斗争。英国的宗教斗争错综复杂，且往往与政治斗争密切相关，因此催生了具有明显政治倾向的清教徒共同体。事实上，清教徒共同体是当时反对封建主义和宗教腐败的重要社会力量，其倡导的清教主义在一定程度上成为新兴资产阶级为自己的社会实践进行辩护的思想武器。然而，由于其思想观念的保守性和历史局限性，清教徒共同体的宗教主张与社会立场体现出两面性与矛盾性。一方面，清教运动要求清除天主教残余势力，摒弃宗教烦琐仪式，反对贵族和教会的骄奢淫逸。另一方面，清教徒宣扬原罪意识，奉行勤俭清苦的生活方式，倡导严格的禁欲主义道德，竭力反对世俗文化和娱乐活动。显然，清教主义是英国处于封建制度解体和宗教势力面临严重危机之际的产物。然而值得肯定的是，清教徒共同体对文艺复兴后期英国文学的发展具有积极的推动作用，清教主义作家对创作题材、艺术形式和人物塑造进行了有益的探索，取得了卓越的文学成就。从某种意义上说，弥尔顿和班扬两位重要作家的出现使 17 世纪英国文学的命运共同体书写跨上了一个新的台阶。

在倡导清教主义的作家中，弥尔顿无疑是最杰出的代表。面对英国政教勾结、宗教腐败和社会动荡的局势，作为文艺复兴人文主义的继承者，弥尔顿撰写了多篇言辞激昂的文章，强烈反对政教专制与腐败，极力主张政教分离和宗教改革，一再为英国百姓的权益以及离婚和出版自由等权利进行辩护。在史诗《失乐园》中，弥尔顿以言此而及彼、欲抑而实扬的笔触成功塑造了"宁在地域称王，不在天堂为臣"的叛逆者撒旦的形象。在《失乐园》中，撒旦无疑是世界上一切反对专制、挑战权威、追求平等的共同体的代言人。弥尔顿着力塑造了一位因高举自己、反叛上帝而沦为"堕落天使"的人物，在一定程度上折射出他内心的矛盾以及他对受封建专制压迫的清教徒命运的关切与忧虑。

清教徒共同体的另一位杰出代言人是"17 世纪后半叶最伟大的

散文作家"[1]班扬。在他创作的遐迩闻名的宗教寓言小说《天路历程》中，班扬假托富于象征意义的宗教故事和拟人的手法向同时代的人表明恪守道德与教规的重要性。从某种意义上说，《天路历程》的主人公基督徒是清教徒共同体的喉舌，其形象折射出两个值得关注的现象。其一，主人公在去天国寻求救赎的过程中遇到了艰难险阻，并遭受了种种磨难。这一现象表明，班扬不仅继承了英国文学中共同体困境描写的传统，而且使共同体困境主题在宗教领域得以有效地发展和繁衍。其二，与文艺复兴时期罗曼司中一味崇尚贵族风范、追求荣誉和尊严的"另类"骑士相比，《天路历程》的主人公基督徒似乎更加贴近社会现实。他虽缺乏非凡的"英雄气概"，但他关注的却是英国清教徒共同体面临的现实问题。面对当时的宗教腐败、信仰危机和人们因原罪意识而产生的烦恼与焦虑，他试图寻求解决问题的答案。毋庸置疑，作为 17 世纪最受英国读者欢迎的作品之一，《天路历程》对清教徒共同体思想的发展产生了重要影响。

在 18 世纪社会与经济快速发展的背景下，英国的共同体思想经历了深刻的变化。随着封建制度的全面解体，英国工业革命和资本主义经济步入上升期，中产阶级队伍日益壮大，海外殖民不断扩张。伏尔泰（Voltaire, 1694－1778）、孟德斯鸠（Charles-Louis de Secondat, baron de La Brède et de Montesquieu, 1689－1755）和让-雅克·卢梭（Jean-Jacques Rousseau, 1712－1778 ）等法国哲学家的启蒙主义思想席卷整个欧洲，也使英国民众深受启迪。与此同时，18 世纪英国经济学家亚当·斯密（Adam Smith, 1723－1790）的《国富论》（*The Wealth of Nations*, 1776）奠定了资本主义经济的理论基础，为"重商

1　阿尼克斯特：《英国文学史纲》，戴镏龄等译，北京：人民文学出版社，1980年，第 68 页。

主义"（Mercantilism）的崛起鸣锣开道。哲学家和经济学家的理论对英国共同体思想产生了重要影响，催生了启蒙主义和重商主义两大共同体。如果说英国此前的各种共同体与英雄主义、封建主义、人文主义或清教主义相联系，那么18世纪的启蒙主义共同体则以"理性"为原则，对自然、秩序以及宇宙与人的关系进行探究，其基本上是一个由追求真理、思想开放的文人学者组成的社会群体。尽管当时英国本身并未出现世界级或具有重要社会影响力的启蒙主义思想家，但他们与法国启蒙主义运动遥相呼应，倡导理性主义和民主精神，成为英国社会反封建、反教会的先行者。英国启蒙主义共同体是一个松散的且思想与主张不尽相同的社会阵营，其成员包括无神论者、唯理主义者、空想社会主义者以及启蒙主义温和派和激进派等不同派别（其本身也是大小不一的共同体）。然而，他们都不约而同地批判封建制度的全部上层建筑，宣扬民主思想，其共同目标是唤醒民众、推进社会改革以及建立资产阶级民主国家。与启蒙主义共同体形影相随的是重商主义共同体。这是一个主要以资本家、公司经理、投机商人、工厂老板和手工业者为主的社会群体，其主张的是一种基于工商业本位并以发展生产与贸易为目标的经济理念。重商主义共同体是受工业革命和启蒙思想共同影响的产物。作为当时英国流行的经济个人主义的践行者，重商主义者相信人们可以在各类经济活动中获取最大的个人利益，从而达到增进国民财富与公共利益的目的。总体而言，18世纪的启蒙主义者和重商主义者是英国工业革命时期中产阶级人生观与价值观的代言人，两者不仅同属于中产阶级群体，而且对英国当时势力庞大且地位不断上升的中产阶级共同体的整体发展起到了推动作用。

18世纪英国启蒙主义和重商主义思想的流行以及中产阶级队伍的日益壮大进一步激发了作家对共同体的文学想象。在诗歌领域，亚历山大·蒲柏（Alexander Pope, 1688–1744）和塞缪尔·约翰逊

（Samuel Johnson, 1709-1784）等人遵循理性原则，在诗歌创作中追求平衡、稳定、有序和端庄的审美表达，与启蒙主义价值观念彼此呼应、互为建构，传达出一种带有古典主义风格的乌托邦共同体想象。尽管以理性为基础的共同体想象在诗歌中占据主导地位，但文学固有的情感特质并未消失。恰恰相反，诗人对情感始终不离不弃，情感主义的暗流一直在当时的诗歌中涌动，并最终在后来的浪漫主义诗歌中达到了登峰造极的地步。

引人注目的是，启蒙主义和重商主义的流行使小说的共同体书写迎来了黄金时代。英国小说家不约而同地运用现实主义手法积极推进共同体书写。正如英国著名文学批评家伊恩·瓦特（Ian Watt, 1917-1999）所说，"人们已经将'现实主义'作为区分 18 世纪初小说家的作品与以往作品的基本标准"[1]。毋庸置疑，18 世纪顽强崛起的小说成为英国共同体思想十分恰当和有效的载体。与诗歌和戏剧相比，小说不仅为人们在急剧变化的现实世界中的境遇和命运的美学再现提供了更大的空间，而且对各类共同体的社会地位和精神诉求给予了更加全面的观照。18 世纪英国小说的共同体书写之所以取得了长足的发展，除了文学作品需要及时反映现实生活的变化及其自身肌理演进的规律之外，至少有以下两个重要原因。一是文坛人才辈出，名家云集，涌现了丹尼尔·笛福（Daniel Defoe, 1660-1731）、乔纳森·斯威夫特（Jonathan Swift, 1667-1745）、塞缪尔·理查逊（Samuel Richardson, 1689-1761）、亨利·菲尔丁（Henry Fielding, 1707-1754）和劳伦斯·斯特恩（Laurence Sterne, 1713-1768 ）等一批热衷于书写社会主体的境遇和命运的小说家。英国文学史上首次拥有如此强大的小说家阵营，而他们几乎都把崇尚启蒙主义和重商主义的中产阶级人物作为

1　Watt, Ian. *The Rise of the Novel*. London: Chatto & Windus, 1967, p.10.

描写对象。笛福的小说凸显了重商主义与资产阶级道德对共同体想象的塑造，斯威夫特小说中的刻薄叙事对英国社会中共同体所面临的文明弊端和人性缺陷予以辛辣的讽刺，而菲尔丁、理查逊和斯特恩的万象喜剧小说和感伤主义小说则构建了市民阶层的情感世界。18 世纪小说家通过淡化小说与现实的界限并时而与读者直接对话的表达形式，已经将读者视为对话共同体的一部分。由于当时英国社会中十分活跃的共同体及其个体的境遇和命运在小说中得到了生动的反映，小说的兴起与流行便在情理之中。导致英国小说的共同体书写步伐加快的另一个原因是英国中产阶级读者群的迅速扩大。由于 18 世纪上半叶从事各行各业的中产阶级人数激增，教育更加普及，中产阶级的文化素养显著提高，小说在中产阶级读者群中的需求不断上升，而这恰恰激发了小说家对启蒙主义和重商主义共同体的文学想象。"在诸多导致小说在英国比在其他地方更早及更彻底地突破的原因中，18 世纪阅读群体的变化无疑是至关重要的。"[1] 显然，上述两个原因不仅与中产阶级队伍的发展壮大密切相关，而且对小说中共同体的表现形式和审美接受也产生了一定的影响。总之，在 18 世纪启蒙主义和重商主义思想的影响下，英国的共同体形塑在日益走红的长篇小说中得到了充分的展示，作家对共同体的文学想象也随之达到了相当自信与成熟的境地。

19 世纪，英国共同体思想在浪漫主义思潮、文化批评、宪章运动和民族身份重塑的背景下呈现出多元发展的态势。随着工业革命和资本主义经济的快速发展和海外殖民的不断扩张，英国哲学家、批评家和文学家们对资本主义社会的本质展开了新的探索。正如我们不能对 19 世纪的英国社会简单明确地下一个定义那样，我们也不能将当

1　Watt, Ian. *The Rise of the Novel*. London: Chatto & Windus, 1967, p.35.

时英国的共同体思想简单地视为一个统一体。19 世纪英国社会各界对共同体的话题表现出浓厚的兴趣，并进行了广泛的讨论。约翰·罗斯金（John Ruskin, 1819-1900）、托马斯·卡莱尔（Thomas Carlyle, 1795-1881）、威廉·莫里斯（William Morris, 1834-1896）和马修·阿诺德（Matthew Arnold, 1822-1888）等著名作家分别从哲学、美学和文化批评视角对共同体做了有益的探索。在他们看来，封建社会留下的等级制度、资本主义社会的财富观念、生活方式以及充满文化因子的公共空间无时不在社会主体中构筑壁垒，从而催生了形形色色的共同体。事实上，19 世纪英国上层建筑和意识形态的变化成为共同体演化的重要推动力，而英国文化观念的变化和差异则使共同体的类型更加细化。人们不难发现，维多利亚时代人们识别共同体的标签无处不在，例如家庭、职业、社交圈、生活方式、衣着打扮或兴趣爱好，甚至品什么酒、喝什么咖啡、读什么报纸或听什么音乐等，所有这些都可能成为识别个人共同体属性的标签。显然，英国社会的文化多元、价值多元和利益多元的态势不仅推动了共同体思想的现代化与多元化进程，而且也在一定程度上加快了民族文化身份的建构，使各种共同体的"英国性"（Englishness）特征日趋明显。在经济发展、文化流变和观念更新的大背景下，经过诸多具有洞见卓识的文人学者从哲学、文学和文化层面的探索与论证，19 世纪英国共同体思想建构的步伐日益加快。

19 世纪也是英国共同体的文学想象和美学表征空前活跃的时代。在文坛上，威廉·华兹华斯（William Wordsworth, 1770-1850）和乔治·戈登·拜伦（George Gordon Byron, 1788-1824）、珀西·比希·雪莱（Percy Bysshe Shelley, 1792-1822）和约翰·济慈（John Keats, 1795-1821）等浪漫主义诗人以及简·奥斯汀（Jane Austen, 1775-1817）、查尔斯·狄更斯（Charles Dickens, 1812-1870）、夏洛

蒂·勃朗特（Charlotte Brontë, 1816-1855）、乔治·爱略特（George Eliot, 1819-1880）和托马斯·哈代（Thomas Hardy, 1840-1928）等现实主义小说家都对共同体进行了生动的美学再现。尽管这些作家的社会立场与价值观念不尽相同，其创作经历与审美取向更是千差万别，但他们都对社会主体的境遇和命运表现出深切的忧虑，不约而同地将形形色色和大小不一的共同体作为文学表征的对象。从表面上看，维多利亚时代处于工业与经济发展的繁荣期，但隐藏在社会内部的阶级冲突与结构性矛盾使传统秩序和文化观念遭受巨大挑战。英国作家对现实社会大都体现出矛盾心理。"也许最具代表性的是阿尔弗雷德·丁尼生（Alfred Tennyson, 1809-1892），他偶尔表现出赞扬工业社会变化的能力，但更多的时候他觉得在工商业方面的领先发展是以人类的幸福为巨大代价的。"[1] 而莫里斯对英国的社会现状更是心怀不满："他对死气沉沉的现代工业世界越来越感到不满，到晚年时他确信需要开展一次政治革命，使人类恢复到工作值得欣赏的状态，在他看来工人受剥削在维多利亚时代的英国十分普遍。"[2] 此外，维多利亚时代晚期至爱德华时代的奥斯卡·王尔德（Oscar Wilde, 1854-1900）和萧伯纳（George Bernard Shaw, 1856-1950）等剧作家也向观众展示了工业化空前发展和城市消费文化日益流行的社会中的阶级矛盾和传统价值观念的消解。就总体而言，19世纪英国文学不仅反映了各种社会问题，而且表达了深刻的共同体焦虑，其描写的重点是乡村共同体、阶级共同体、女性共同体和帝国命运共同体等。总之，19世纪是英国共同体思想分化的时代，也是共同体书写空前活跃的时代。

---

1 Abrams, M. H. *The Norton Anthology of English Literature*. Third edition. Vol. 2. New York: W. W. Norton & Company, 1974, p.876.
2 Ibid., p.1501.

19 世纪初英国浪漫主义思潮的风起云涌成为诗人在大自然的怀抱中探索人类命运共同体的催化剂。作为一种反对古典主义和唯理主义、崇尚自然与生态、强调人的主观精神与个性自由的文学思潮,浪漫主义诗学无疑在抒发情感、追求理想境界方面与人们向往命运共同体的情结不谋而合。无论是以讴歌湖光山色为主的"湖畔派"诗人,还是朝气蓬勃、富有反叛精神的年轻一代诗人,都对工业社会中社会主体的困境表现出高度的关注,并对理想的世界注入了丰富的情感与艺术灵感。华兹华斯在一首题为《这个世界令人难以容忍》("The World Is Too Much with Us",1807)的十四行诗中明确表示,英国社会已经混乱无序,腐败不堪。在他看来,精神家园与自然景观的和谐共存是建构理想共同体的重要基础,人的出路就是到大自然中去寻找乐趣与安宁。在遐迩闻名的《抒情歌谣集》(*Lyrical Ballads*, 1798)中,华兹华斯以英国乡村的风土人情和家园生活为背景,从耕夫、村姑和牧羊人等农民身上摄取创作素材,采用自然淳朴的语言揭示了资本主义社会中最欠缺的勤劳、真诚、朴实以及人道主义和博爱精神,充分反映了诗人对乡村共同体的褒扬。无独有偶,同样崇尚大自然的拜伦、雪莱和济慈等年轻一代浪漫主义诗人也在诗歌中不同程度地表达了对命运共同体的文学想象。他们崇尚民主思想与个性自由,支持法国革命和民族解放运动,通过诗歌美学形塑了一系列令人向往的理想共同体。拜伦的不少诗歌谴责政府专制与腐败,赞扬为争取工作权利反对机器取代工人的"卢德运动"(Luddite Movement),起到了批判资本主义、针砭时事、声援无产阶级共同体的积极作用。同样,拜伦的好友雪莱也在《麦布女王》(*Queen Mab*, 1813)、《伊斯兰的反叛》(*The Revolt of Islam*, 1818)和《阿童尼》(*Adonais*, 1821)等著名诗歌中对反资本主义制度的空想社会主义者、革命者和诗人等不同类型的共同体进行了深入探索,充分反映了其文学想象力与社会责任感。而三位诗人中最年轻的济慈则通过生动的美学再现，将田园风光与自然力量提升至崇高的精神境界，为其注入丰富的神话意蕴与文化内涵，以此激发读者的民族身份认同感，建构不列颠民族共同体。显然，与"湖畔派"诗人相比，浪漫主义年轻一代诗人无疑表现出更加积极的人生态度和远大的人类理想。

如果说 19 世纪浪漫主义诗人大都将美妙的自然景观作为共同体想象的重要基础，那么现实主义小说家则将社会生活中摄取的素材视为其共同体形塑的可靠资源。自 19 世纪 30 年代起，英国资本主义工业家基本取代了土地贵族的统治地位，而资产阶级的胜利则使其成为国家经济和政治的核心力量。随着贫富差距的不断扩大，社会阶层进一步分化，阶级矛盾日趋尖锐。英国各阶层的社会身份与地位的差别很大，其民族文化心理与精神诉求更是大相径庭，因此英国小说家的共同体思想往往蕴含了对平民百姓强烈的同情心，体现出明显的批判现实主义倾向。尽管从奥斯汀到哈代的 19 世纪英国小说家们的共同体思想不能被简单地视为一个统一体，但其小说体现出日趋强烈的命运意识和共同体理念却是一个不争的事实。奥斯汀通过描写一个村庄几个家庭的人际关系、财富观念以及对婚姻与爱情的态度揭示了社会转型期乡村共同体在传统道德观念与世俗偏见影响下对幸福问题的困惑。狄更斯"以极其生动的笔触记录了变化中的英国"[1]，对英国城市中的社会问题和底层市民共同体的关注超过了同时代的几乎所有作家。勃朗特深刻反映了 19 世纪英国女性的不良境遇、觉醒意识和对自由平等的热切追求，成为书写女性命运共同体的杰出典范。爱略特通过对家庭和家乡生活的描写揭示了呵护血缘关系和亲情对乡村共同体的重要性，其笔下人物的心理困惑与悲惨命运在一定程度上反映了

---

1 Leavis, F. R. *Lectures in America*. London: Chatto & Windus, 1969, p.8.

作者对外部世界的无序性和对共同体前途的忧虑。如果说这种忧虑在狄更斯等人的小说中也是显而易见的,那么在哈代的小说中则完全成为浓郁的悲剧底色了。

20世纪咄咄逼人的机械文明和惨绝人寰的两次世界大战使整个西方社会陷入极度混乱的境地,英国共同体思想建构也随之步入困境。在政治、哲学、宗教和道德等领域的秩序全面解体之际,笼罩着整个西方世界的绝望感和末世感在英国文坛产生了共鸣,从而使共同体思想不仅面临了前所未有的质疑,而且不时遭遇解构主义的冲击。在西方文化与道德面临严重危机的大背景下,19世纪诗歌中曾经流露出的共同体焦虑在20世纪的诗歌中得到更加充分的展示,其表征形式更为激进,更具颠覆性。事实上,在西方文明全面衰落的大背景下,英国的诗歌、小说和戏剧中的共同体表征体现出空前绝后、异乎寻常的形式革新。叶芝(W. B. Yeats, 1865–1939)的民族主义诗歌、意象派的实验主义诗歌以及爱略特的碎片化象征主义诗歌均不同程度地反映了诗人对现代西方社会共同体的忧思、解构或嘲讽。在小说领域,亨利·詹姆斯(Henry James, 1843–1916)和约瑟夫·康拉德(Joseph Conrad, 1857–1924)通过描写人物在海外的坎坷经历展示了笼罩着共同体的西方文明与道德衰落的阴影。在现代主义思潮风起云涌之际,崇尚"美学英雄主义"(Aesthetic Heroism)的詹姆斯·乔伊斯(James Joyce, 1882–1941)、弗吉尼亚·伍尔夫(Virginia Woolf, 1882–1941)和D. H. 劳伦斯(D. H. Lawrence, 1885–1930)等小说家义无反顾地反映现代人的精神危机,深刻揭示个体心灵孤独的本质,追求表现病态自我,从而进一步加深了个体与共同体之间的鸿沟。然而,现代主义作家并未放弃对共同体的观照。如果说乔伊斯在《尤利西斯》(Ulysses, 1922)中深刻反映了笼罩在"道德瘫痪"(moral paralysis)阴影下的都柏林中产阶级共同体的道德困境,那么伍尔夫在《海浪》（*The Waves*, 1931）中成功描写了青年群体在混乱无序的人生海洋中的悲观意识和身份认同危机。总之，现代派作家不约而同地致力于异化时代"反英雄"共同体的书写，深刻反映了第一次世界大战以后英国的社会动荡和精神危机。20 世纪下半叶，塞缪尔·贝克特（Samuel Beckett, 1906-1989）的荒诞派戏剧充分展示了现代人的精神孤独，深刻揭示了个体的绝望和共同体的消解。同时，哈罗德·品特（Harold Pinter, 1930-2008）等剧作家也纷纷揭示了战后英国的阶级矛盾和日趋严重的共同体困境。20 世纪末，在后现代主义的喧嚣之后，融合了各种文学思潮的新现实主义作品以其特有的艺术形式对共同体展开了新的探索。与此同时，V. S. 奈保尔（V. S. Naipaul, 1932-2018）等英联邦移民作家纷纷对族裔共同体、民族共同体和世界主义共同体给予了丰富的文学想象。就总体而言，受到战争爆发、机械文明压抑和传统价值观念崩塌等因素的影响，20 世纪的英国文学不仅体现了浓郁的悲观主义色彩，而且在美学形式上对各类共同体进行了不同程度的质疑与解构。

21 世纪初，英国文学的共同体想象虽然在全球化、逆全球化和多元文化主义进程中拥有了更加广阔的空间，但其题材和形式却不时受到全球百年未有之大变局的影响。一方面，恐怖主义、新殖民主义、民粹主义、英国脱欧、环境污染、气候变化和资本霸权等问题的叠加干扰了作家对共同体的认知和审美。另一方面，新媒体、高科技、元宇宙和人工智能在连接现实世界与虚拟世界的同时，映射出全新的数字空间与人际关系，从而进一步拓展了文学对共同体的想象空间。以石黑一雄（Kazuo Ishiguro, 1954-　）为代表的作家着力表现了克隆人共同体、人机共同体、身体命运共同体和"乌托邦"精神家园等题材，深刻反映了当下日新月异的高科技、人工智能和数字生活给人类伦理观念与未来社会带来的变化与挑战。此外，21 世纪的英国文学往往超越现实主义与实验主义之间的对立，不仅关注本国共同体的境遇和嬗变，而且也着眼于全球文明与生态面临的挑战，反映全球化语境中的共同体困境。总之，21世纪英国文学反映的前所未有的题材与主题对深入探讨人类命运共同体的构建具有重要参考价值。

综上所述，自盎格鲁－撒克逊时代起，英国的共同体思想与文学想象形影相随，关系密切，对英国文学的历史沿革起到了重要的推动作用。在英国的千年文学史上，共同体思想持续演进，其内涵不断深化，影响了历代作家的创作理念和美学选择，催生了一次次文学浪潮和一部部传世佳作。无论是在工业化、城市化和现代化步伐日益加快的进程中，还是在全球化、信息化、智能化和数字化突飞猛进的时代里，英国文学的命运共同体表征不仅一以贯之、绵亘不绝，而且呈现出类型不断繁衍、内涵日益丰富和书写方式日趋多元的发展态势。时至今日，英国作家对命运共同体美学再现的作品与日俱增，生动反映了大到世界、国家和民族，小到村镇、街区、社团和家族等社会群体的境遇和命运。英国共同体思想的演进及其审美观念的变化将不断为我们深入研究其表征和审美双维度场式的历史、社会与文化成因等深层次问题提供丰富的资源。

三、英国文学中命运共同体的审美研究

在全球化（亦有逆全球化）和多元文化主义进程日益加快的世界格局中，以一个具有连贯传统和典型意义的国别文学为研究对象，深入探讨其命运共同体书写是对共同体理论的拓展，也是对文学批评实践性的发扬。今天，英国文学中"命运共同体"的文学想象与审美接受已经成为国内外文学批评界的热门话题。作为英国文学史上繁衍最久、书写最多、内涵最丰富的题材之一，共同体书写备受批评界关注

无疑在情理之中。概括地说，英国文学中命运共同体的审美研究已经成为当今国内外文学批评界的"显学"，其意义主要体现在以下三个方面。

（一）英国是一个在历史、文化、经济和政治等领域都颇具特色和影响力的西方国家，其作家对"命运共同体"1 000 多年的书写与其国内的社会现实乃至世界的风云变幻密切相关。就此而言，英国文学为人们提供了一个历史悠久的共同体书写传统。这一传统对发生在英国本土及海外的社会、政治、经济和文化变局以及受其影响的各种共同体做出了及时的反应，产生了大量耐人寻味、发人深省的文学案例，对我们深入了解英国乃至整个西方世界各种命运共同体的兴衰成败具有一定的现实意义和参考价值。

（二）迄今为止，对共同体的研究主要出现在哲学、政治学和社会学领域，其研究对象与参照群体往往并非取自堪称"人学"的文学领域。在当今全球化（亦有逆全球化）和多元文化主义背景下，对文学的命运共同体表征与审美双向互动关系的深入研究无疑有助于拓展以往共同体研究的理论范畴。以宽广的社会语境和人文视野来考察命运共同体书写与审美过程中的一系列重要因素将对过去以哲学、政治学和社会学为主的共同体研究加以补充，对大量文学案例的剖析能引发人们思考在当代日趋复杂的世界格局中构建命运共同体的有效途径。

（三）我国对外国文学中命运共同体表征与审美的研究起步不久，而这种研究在当下"构建人类命运共同体"理念不断深入人心的背景下显得尤为迫切，是对国家发展战略和重大理论问题的有益探索。深入探讨不同时期英国文学中受"命运"意识支配的各种共同体的性质与特征及其美学再现的社会意义，将为我国"构建人类命运共同体"的倡议提供有价值的文学阐释和有针对性的学术视角。

无论是在哲学、政治学、社会学，还是在人类学领域，国外 100 多年的共同体研究虽然路径和方法大相径庭，但是它们对共同体形成了一套外延不尽相同、而内涵却较为相近的解释。共同体研究兴趣本身便是应世界变化和历史演进而生。工业化、现代化和全球化（亦有逆全球化）所带来的生产力发展和城乡关系的变化，使传统的社会秩序和价值观念不断受到冲击，社会向心力的缺失成为社会学家和作家共同关心的话题，他们试图从各个层面辨析出或大或小、或具体或抽象的共同体形态，试图寻找加强共同体联结纽带的良方。由于共同体的审美研究本质上要面对的是社群的共同情感和集体意识，它天然具有宏观向度，并在历时与共时两个维度都与"命运"这一具有宏观要旨的话题密切相关。

毋庸置疑，源远流长和体量巨大的英国文学为我们全面系统地研究共同体提供了极为丰富的文学资源。对具有世界影响力的英国文学在不同历史语境中的共同体书写展开深入研究，既符合英国文学创作与批评的发展逻辑，也有助于人们从其纷繁复杂的文学案例中探索社会主体的境遇和命运，厘清共同体形塑与崩解的社会成因。应当指出，注重文内与文外的勾连，平衡文本分析与历史考据，在现象研究的基础上建构文学表征视阈下的共同体批评理论与学术范式具有重要的现实意义。"构建人类命运共同体"理念是一种具有原创性的构想，它一方面回应了当下人类社会高度分化但社会责任却无法由传统共同体有效承担的形势，另一方面也是对马克思主义共同体构想的发展。笔者认为，中国学者在开展英国文学中命运共同体的审美研究时应认真做好以下五个方面的工作。

（一）中国学者从事英国文学中命运共同体的审美研究须肩负破题之责。我们不但要对命运共同体做出正确的释义和界定，而且还应阐释命运共同体与英国文学之间的关系，深入探讨英国历史上发生的一系列社会、政治、经济和宗教领域的重大变化以及民族文化心理的共情意识对共同体书写发展的影响，科学分析历代英国作家对共同体做出的种种反思与形塑。同时，我们也应关注英国文学中的共同体在道德伦理的建构、价值观念的塑造和审美范式的生成方面所发挥的重要作用。

（二）中国学者应全面了解共同体知识谱系，积极参与共同体学术体系的建构，充分体现学术自信和理论自信。我们既要正确理解西方文化传统和价值体系中的"命运观"，也要认真把握西方传统文化视阈下"命运观"的内在逻辑。尽管其发展脉络与东方传统中的"命运观"有相似之处，但其词源学上的生发过程蕴含了许多不同的指涉。西方传统中"命运"一词的词源有其具象的指代，它发源于古希腊神话中执掌人类命运的三位女神，其神话指代过程包含了一整套宇宙演化观，凸显了"命运"与必然、本质、责任和前途的关系。西方传统文化视阈下的"命运观"对历代英国作家的共同体文学想象无疑具有渲染作用，因而对英国文学中命运共同体的审美研究具有一定的参考价值。

（三）中国学者在开展英国文学中命运共同体的审美研究时还应仔细考量英国思想传统中的经验主义和保守主义。由于受该思想传统的影响，英国人在较早的历史阶段就因为对普遍利益不抱希望而形成了以反复协商、相互妥协为社会变化主要推动方式的工作机制，更以《大宪章》（*Great Charter*, 1215）和议会的诞生为最显著的标志。在现实的社会生活中，英国人深受保守主义观念的影响，主张在维护传统的主基调上推动渐进式的改变，缓和社会矛盾，以此维护共同体的秩序。显然，英国文学中命运共同体的审美研究既要关注保守主义与经验主义的影响，又要揭示文学的批判功能和伦理建构意图，也要探讨社会现实的美学再现和有关共同体的构想。

（四）英国文学中命运共同体的审美研究应凸显问题意识，我们应该认真思考并解答一系列深层次的问题。例如，英国文学在演进过程中回应和观照了社会中或大或小的共同体所面对的哪些必然因果、重大责任、本质关切和共同前途？文学的命运共同体想象和批判与现实之间具有怎样的联系、差异、张力和悖反？在这一过程中，社会群体所认同的道德伦理是如何建构的？其共情的纽带又落脚于何处？所有这些以及其他各种深层次问题都将纳入其审美研究的范畴。为回应命运共同体所包蕴的必然、本质、责任、前途等重要内涵，审美研究还应围绕"文学－思想传统""文学－资本主义""文学－殖民帝国"和"文学－保守主义文化"等在英国历史和文学书写中具有强大影响力和推动力的维度，对英国文学中的命运共同体展开深度理论阐释。

（五）中国学者在开展英国文学中命运共同体的审美研究时需要采取跨学科视角。尽管命运共同体研究如今已成为我国文学批评界的一门"显学"，但其跨学科研究却并未引起学者应有的重视，而高质量的学术成果也相对较少。跨学科研究是文学批评在专业化和多元化进程中的新路径，也是拓展文学批评范畴、深度挖掘文本潜在内容的有效方式。事实上，命运共同体研究可以从其内部和外部两条路径展开。内部路径探讨共同体的性质、特征、诉求、存续方式和美学再现，而外部路径则研究共同体形成的历史背景、社会现实、文化语境以及与其相关的政治、经济、哲学、宗教、医学、伦理学、心理学等社会科学和自然科学因素。跨学科研究的一个重要任务是建立两条路径之间的阐释通道，发掘共同体表征背后的文学意义、历史作用、意识形态和价值取向，成为一种探讨共同体思想、形式和特征的有效路径。跨学科研究能极大程度地发挥文学研究的社会功能，使文学批评在关注"小文本"中共同体形塑的美学价值时，有效地构建促进人类社会发展的"大文学"话语体系。

迄今为止，在英国文学的命运共同体研究领域，国外最重要的相关成果当属英国批评家威廉斯的《漫长的革命》和《乡村与城市》（ *The Country and the City*, 1973）以及美国批评家米勒的《小说中的共同体》（ *Communities in Fiction*, 2015）。毫无疑问，他们是目前在文学中的命运共同体研究方面最具影响力的批评家。在《漫长的革命》中，威廉斯论述了小说主人公在反映共同体方面的重要作用。他充分肯定了乔伊斯在《尤利西斯》中深刻反映中产阶级共同体精神世界的意识流技巧："乔伊斯在《尤利西斯》中展示出这种技巧的卓越优势，他不是通过一个人物而是三个人物的视角来反映世界……事实上，这三个世界构成了同一个世界。"[1] 在《乡村与城市》中，威廉斯对英国文学中的乡村与城市的共同体形态及其社会困境做了论述。他认为，英国浪漫主义作家笔下田园牧歌般的乡村生活只是一种虚构的、理想化的现代神话，英国的乡村与城市在本质上均是资本主义唯利是图与弱肉强食之地，毫无共同利益与价值可言。米勒也是在文学中命运共同体的研究方面最具影响力的批评家之一。在其《小说中的共同体》一书中，米勒在呼应威廉斯的共同体思想时明确指出，"在威廉斯看来，自 18 世纪以来英国历史的主要特征是资本主义的逐渐上升及其对乡村共同体生活的破坏"[2]。同时，米勒深入探讨了英国作家安东尼·特罗洛普（Anthony Trollope, 1815–1882）、哈代、康拉德和伍尔夫等作家的小说所蕴含的共同体意识，深刻揭示了他们在共同体表征方面的共性与差异。米勒认为，"如何看待个体性和主体间性的本质，基本

1　Williams, Raymond. *The Long Revolution*. Beijing: Foreign Language Teaching and Research Press, 2019, pp.327–328.

2　Miller, J. Hillis. *Communities in Fiction*. Beijing: Foreign Language Teaching and Research Press, 2019, p.3.

上决定着一个人对共同体的看法……这部或那部小说是否表现了一个'真正的共同体'构成了这种关于共同体的复杂且经常矛盾的思维传统的前提"[1]。毋庸置疑,威廉斯和米勒等批评家的研究对文学中共同体的审美研究具有重要参考价值。

近十年,随着"构建人类命运共同体"理念的广泛接受与传播,我国学者对外国文学中的共同体研究也产生了浓厚的兴趣。尽管我们对这一话题的研究起步较晚,且涉及的作家与作品较为零散,但还是出现了一些高质量的文章,体现了中国学者的独特见解,其中殷企平教授的研究独具特色。他就维多利亚时代小说和浪漫主义诗歌中的"幸福伦理"与"共同体形塑"等问题撰写了多篇具有独创见地的论文,对多位 19 世纪作家的共同体书写做了深刻剖析。引人注目的是,近几年我国学者对外国文学中共同体书写的学术兴趣倍增,纷纷对世界各国文学作品中的命运共同体展开了全方位、多视角的探析。与此同时,国家、教育部和各省市社科基金立项名单中关于共同体研究的课题屡见不鲜,而研究共同体的学术论著更是层出不穷。种种现象表明,文学中命运共同体的审美研究正在成为我国外国文学批评界的热门话题。然而,我们应该明白,文学中的命运共同体在本质上是某种虚构的文学世界,与现实世界和人类历史进程中的共同体不能混为一谈。它所反映的是在特定历史语境中作家对过去、当下或未来某种共同体的深切关注与文学想象。因此,文学中共同体的审美研究必须深度引入具有各种创作理念、审美取向和价值观念的作家所生活的时代与社会,包括特定的历史语境、意识形态、文化观念以及地理环境等外在于文本的因素,同时还应考量文本中命运共同体的审美接受与各

---

1 Miller, J. Hillis. *Communities in Fiction*. Beijing: Foreign Language Teaching and Research Press, 2019, p.17.

种外在于文本的因素之间的双向互动关系。

综上所述，国内外文学批评界对命运共同体的审美研究取得了长足的发展，为共同体学术话语体系的进一步建构与发展奠定了重要基础。就《英国文学的命运共同体表征与审美研究》这一项目而言，研究对象从以往哲学、政治学、社会学和人类学视阈下的共同体转向了文学作品中命运共同体的书写与审美。这种学术转型要求我们不断加强学习，注重学术创新，不断提升研究能力。笔者希望，在学者们的执着追求与通力合作下，我国对英国文学中命运共同体的审美研究将前所未有地接近国际学术前沿，并且为文学的共同体批评话语建构做出积极贡献。

《英国文学的命运共同体表征与审美研究》是 2019 年国家社科基金重大项目（编号：19ZDA293），包括《理论卷》《诗歌卷》《小说卷》《戏剧卷》和《文献卷》五个子项目。全国 20 余所高校和研究机构的 30 余位专家学者参加了本项目的研究工作。多年来，他们崇尚学术、刻苦钻研，不仅体现了中国学者的独特见解与理论自信，而且表现出令人钦佩的专业素养与合作精神。本项目的研究工作自始至终得到我国外国文学批评界同行的关心与帮助。上海外语教育出版社孙玉社长、谢宇副总编、孙静主任、岳永红主任、刘华初主任以及多位编辑对本套丛书的出版全力支持、尽心尽责，请容笔者在此一并致谢。由于英国文学典籍浩瀚，加之我国的共同体研究起步不久，书中难免存在误解和疏漏之处，敬请学界同仁谅解。

李维屏

于上海外国语大学

2022 年 10 月

《文献卷》总序

　　《英国文学的命运共同体表征与审美研究　文献卷》（下文简称
《文献卷》）是一套西方共同体文论与文学批评译丛。这套译丛共有著
作七种，主要译自英、美、德、法、西等国学者的共同体著述，是
多语种团队协作翻译的成果。本套译丛以文学学科为中心，以其他
学科为支撑，重点选择欧美学术界，尤其是文学研究界的共同体著
述，通过学术导论或译序的方式对相关著作进行译介与研究。从著作
类型来看，其中两种是共同体理论著作，分别是杰拉德·德兰蒂的
《共同体》（第三版）与安东尼·保罗·科恩的《共同体的象征性建
构》；另外五种是文学学者的共同体批评著作，分别是 J. 希利斯·米
勒的《小说中的共同体》、赛琳·吉约的《文学能为共同体做什么？》、
雷米·阿斯特吕克主编的《重访共同体》、玛戈·布林克与西尔维
亚·普里奇主编的《文学中的共同体——文学–政治介入的现实性》、
杰拉尔多·罗德里格斯–萨拉斯等人主编的《共同体与现代主义主体

新论》。下面对这七种著作及相关背景略做介绍，以便读者对这套丛书有一个基本的了解。

一

西方共同体学术传统源远流长，最早可以追溯到亚里士多德（Aristotle, 384－322 BC）。他在《政治学》（*The Politics*，约 350 BC）一书中所探讨的"城邦"（polis）可以看作共同体思想的雏形。从中世纪奥古斯丁（Saint Aurelius Augustinus, 354－430）的友爱观到 17、18 世纪托马斯·霍布斯（Thomas Hobbes, 1588－1679）、约翰·洛克（John Locke, 1632－1704）、让－雅克·卢梭（Jean-Jacques Rousseau, 1712－1778）等人的社会契约论，其中都包含着一定的共同体意识。此后，19 世纪的卡尔·马克思（Karl Marx, 1818－1883）、伊曼努尔·康德（Immanuel Kant, 1724－1804）、G. W. F. 黑格尔（G. W. F. Hegel, 1770－1831）、埃米尔·涂尔干（Émile Durkheim, 1858－1917）、斐迪南·滕尼斯（Ferdinand Tönnies, 1855－1936）等思想家对共同体均有论述。20 世纪更是不乏专门探讨。国内译介早、引用多的共同体著述是德国社会学家滕尼斯的《共同体与社会》（*Gemeinschaft und Gesellschaft*, 1887）与爱尔兰裔政治学家本尼迪克特·安德森（Benedict Anderson, 1936－2015）的《想象的共同体》（*Imagined Communities*, 1983）。此外，齐格蒙特·鲍曼（Zygmunt Bauman, 1925－2017）的《共同体：在一个不确定的世界中寻找安全》（*Community: Seeking Safety in an Insecure World*, 2001）、让－吕克·南希（Jean-Luc Nancy, 1940－2021）的《不运作的共同体》（*La Communauté désœuvrée*, 1986）、莫里斯·布朗肖（Maurice Blanchot, 1907－2003）的《不可言明的共同体》（*La Communauté inavouable*, 1983）、吉奥

乔·阿甘本（Giorgio Agamben, 1942– ）的《即将到来的共同体》（*La comunità che viene*, 1990）等理论名作也都被翻译成中文，在中国学界引起越来越多的关注。

鉴于上述译介现状，本套译丛选择了尚未被译介的两本英国学者的共同体理论著作：一本是英国社会学家杰拉德·德兰蒂（Gerard Delanty, 1960– ）的《共同体》（第三版）（*Community*, Third Edition, 2018），另一本是英国人类学家安东尼·保罗·科恩（Anthony Paul Cohen, 1946– ）的《共同体的象征性建构》（*The Symbolic Construction of Community*, 1985）。在西方学术传统中，英国学者的共同体思想，从霍布斯和洛克古典哲学中的共同体意识到 20 世纪社会学家鲍曼与文学批评家威廉斯的共同体理念，一直占有重要的一席之地。因此，将德兰蒂与科恩的共同体著作译为中文，对于了解英国的共同体思想传承、探讨英国文学中的共同体审美表征以及促进当代中英共同体思想交流，无疑具有一定的理论价值与现实意义。

在《共同体》（第三版）中，德兰蒂提出了以归属感和共享感为核心的"沟通共同体"（communication community）思想，代表了英国学术界对共同体理论的最新贡献。德兰蒂考探了"共同体"概念的起源与流变，描绘出共同体思想在西方的发展脉络图，相对完整地梳理了自亚里士多德以来西方理论家们的众多学说，其中所涉及的很多共同体概念和类型，如阈限共同体、关怀共同体、歧见共同体、否定共同体、断裂共同体、邪恶共同体、流散共同体、跨国共同体、邻里共同体等概念和思想尚未引起中国学界的足够重视。德兰蒂按照传统、现代、后现代、21 世纪等四个不同的时间段剖析共同体的基本性质，但着重考察的是当代共同体的本质特征。德兰蒂指出，当代共同体的流行可以看作对全球化带来的归属感危机的回应，而当代共同体的构建是一种以新型归属感为核心的沟通共同体。在他看来，共同体理念尽管存在各种争议，但之所以能引起广泛关注，是因为共同体与现代社会不安全的背景下人们对归属感的追寻密切相关。而共同体理念之所以具有永久的魅力，无疑源自人们对归属感、共同感以及地方（place）的强烈渴望。

德兰蒂的共同体思想与英国社会学家鲍曼的共同体思想一脉相承。鲍曼将共同体视作一个温馨的地方，一个温暖而又舒适的场所，一个内部成员之间"能够互相依靠对方"的空间场域。鲍曼认为，当代共同体主义者所追求的共同体即是在一个不安全环境下人们所想象和向往的安全感、和谐感与信任感，从而延续了他在其他著述中对现代性与全球化的反思与批判。追根溯源，鲍曼、威廉斯、德兰蒂等英国学者所继承和认同的是滕尼斯的共同体思想，即充满生机的有机共同体的概念。尽管在后现代或全球化的语境下，他们的理论取向与价值维度各有不同，但是他们的共同体思想无一不是建立在归属感或共同纽带基础之上，并将共同体界定为一种社会现象，因而具有实在性或现实性的存在特征，"场所""空间""归属""身份""共同性""沟通"等构成了共同体的核心内涵。正如德兰蒂所说，他强调共同体作为一种话语的沟通本质，是一种关于归属的体验形式……共同体既不是一种社会交融的形式，也不是一种意义形式，而是被理解为一个关于归属的开放式的沟通系统。

科恩的《共同体的象征性建构》进入译介视野，是因为其共同体理念代表了20世纪下半叶西方共同体研究的另一条学术路径。它与安德森《想象的共同体》均出版于20世纪80年代，被视作共同体研究新方法的肇始。19世纪的滕尼斯以及后来众多理论家们大多将共同体看作以共同纽带为基础、具有社会实践性的有机体。与他们不同的是，安德森、科恩等人主要将共同体视为想象、认知或象征性建构的产物。中国学界对安德森的"想象共同体"早已耳熟能详，但是对科恩的"象征性共同体"（symbolic community）仍知之甚少，因此将《共同体的象征性建构》译入，有助于中国学界进一步了解西方共同体理论建构的另一个重要维度。

科恩的学术贡献不在于对归属感或共享感的论述，而在于探讨共同体如何在自我与他者的互动关系中通过边界意识和象征符号建构出来。在科恩看来，共同体不是纯粹的制度性或现实性的存在，而是具有象征性（符号性）和建构性的想象空间。科恩从文化建构主义的角度来看待共同体的界定，试图揭示同一共同体的成员如何以象征符号的方式确立共同体的边界，如何运用象征符号来维系共同的身份、价值、意义以及心理认同。科恩把共同体看作一个文化场域，认为它一方面拥有复杂的象征符号系统，其意义和价值是建构性的，但另一方面对象征符号的认知也是具有差异性的。换言之，不同的成员既有相同或共通的认同感、归属感，但同时也会存在想象性、虚幻性的误区，甚至其认同感与归属感还会出现本质性的差异。科恩指出，与其说符号在表达意义，不如说符号赋予我们创造意义的能力。因此，象征与符号具有消除差异性并促进共同体建构的积极意义。

科恩的象征性共同体不同于滕尼斯的有机共同体，也不同于德兰蒂的沟通共同体。科恩主要受到了英国人类学家维克多·特纳（Victor Turner, 1920-1983）象征人类学理论的影响。科恩与特纳都被批评界视作"象征性共同体"的重要代表人物。特纳将共同体理解为某种"交融"（communitas）状态，强调共同体是存在于一切社会中的特殊社会关系，而不是某种仅仅局限于固定不变、具有明确空间范畴的社会群体。特纳认为，"交融"不仅表达了特定社会的本质，而且还具有认知和象征的作用。而科恩对共同体边界的论述，为"交融"提供了与特纳不同的阐释。科恩共同体思想的优点在于将共同体视作一种开放的文化阐释体系，认为符号是需要阐释的文化形式，从而避免了简化论，但是他过于强调共同体的象征性维度，因此也忽视了共同体建构中的其他重要因素。

德兰蒂与科恩的共同体思想及其社会学、政治哲学、文化人类学等理论视角对于文论研究与文学批评的意义和价值是毋庸置疑的。无论是德兰蒂的归属感、共有感、沟通共同体，还是科恩的象征共同体以及对边界意识与符号认知的重视，不仅可以拓宽国内共同体研究的视野和范围，也可以为共同体的文学表征与审美研究提供新视角、新材料。尽管近年来国内有学者反对"场外征用"，即反对在文学研究中征用其他学科理论，但正如英国批评家特里·伊格尔顿（Terry Eagleton, 1943– ）所说，根本不存在一个仅仅来源于文学且只适用于文学的文学理论。换言之，不存在一个"纯粹"的与其他学科知识了无关涉的文学理论，希望"纯粹地进行文学研究"是不可能的。更何况德兰蒂在论述共同体时所探讨的乌托邦性、"美好生活"等概念，科恩所阐述的象征符号、自我与他者关系等，都与文学研究中的很多学术命题直接相关。因此，对于国内共同体文论研究与文学批评而言，这两本著作的汉译显然是有一定的借鉴意义与学术价值的。

二

随着当代共同体理论研究的兴起，西方批评界对共同体在文学中的表征与审美研究已取得不少成果，如英国文学批评家雷蒙德·威廉斯（Raymond Williams, 1921–1988）的《乡村与城市》（*The Country and the City*, 1973）、《关键词》（*Keywords*, 1976），美国文学批评家 J. 希利斯·米勒（J. Hillis Miller, 1928–2021）的《共同体的焚毁》（*The Conflagration of Community*, 2011）、《小说中的共同体》（*Communities in Fiction*, 2015）等。威廉斯的共同体思想在中国学界影响较大，他的两部著作都有中译本问世，其中《关键词》已出了第二版。米勒与中国学界交往密切，他的很多名作也已被翻译成中文，包括《共同体的焚毁》。本套译丛选择国内关注不多的《小说中的共同体》，可以让中国学界对米勒的共同体思想以及共同体理论在批评实践中的具体运用窥斑知豹。下面对威廉斯与米勒两位文学批评家的共同体思想做简要梳理。

在《关键词》中，威廉斯继承滕尼斯的共同体思想，认为"共同体"体现了共同的身份与特征，具有共同的习惯、记忆以及共同的生活方式。他还特别强调共同体内部的情感纽带与共同关怀以及共同体成员之间的亲近、合作与和谐关系。威廉斯主要从历史语义学和文化批评的角度对"共同体"概念进行了考辨与分析。《关键词》虽然不是专门的文学批评著作，但是它在国内的引用率与学术影响远超其文学批评著作《乡村与城市》。在《乡村与城市》中，威廉斯探讨了文学中的"共同体"问题，分析了19世纪英国小说对共同体危机的再现，批判了资本主义生产方式对乡村共同体的摧毁。威廉斯在具体的作品分析时提出了"可知共同体"（knowable community）的概念，与早期著作中关于"共同文化"的理想以及对"共同体"的追寻有一脉相承之处。

美国学者米勒也是一位长期关注共同体问题的文学批评家。他一生共出版学术著作30多种，其中《共同体的焚毁》与《小说中的共同体》是两本以"共同体"命名的文学论著。在《共同体的焚毁》中，米勒解读了几部重要的犹太人大屠杀小说，认为"纳粹在欧洲实施大屠杀意在摧毁或极大地削弱当地或更大范围内的犹太人共同体"。在《小说中的共同体》中，米勒则是从共同体的角度研究了西方六部（篇）小说，探讨这些作品所描写的社会群体能否成为共同体，以及沟通能力与叙事手段在共同体形塑过程中的重要性。与威廉斯不同的是，米勒在两种著作中都对西方共同体理论做出了评述和回应，其中论及南希、雅克·德里达（Jacques Derrida, 1930－2004）、布朗肖、威廉斯以及马丁·海德格尔（Martin Heidegger, 1889－1976）等人的共同体思想。例如，在《共同体的焚毁》第一章"共同体理论"中，米勒对比了南希与华莱士·史蒂文斯（Wallace Stevens, 1879－1955）所代表的两种不同的共同体理念：一种是南希提出的现代世界对"共同体崩解、错位和焚毁的见证"，另一种是史蒂文斯在诗歌中对"隔绝的、原生的共同体生活"的颂扬。米勒将共同体哲学与共同体的审美表征并置讨论，但是其主导意图在于借用共同体的理论视角来评析弗兰兹·卡夫卡（Franz Kafka, 1883－1924）、托马斯·肯尼利（Thomas Keneally, 1935－ ）、伊恩·麦克尤恩（Ian McEwan, 1948－ ）、托妮·莫里森（Toni Morrison，1931－2019）等人的小说。米勒似乎并不完全认同共同体的崩溃或"不运作"的观点，并在对具体作品解读分析时赋予共同体历史性的内涵，认为大屠杀小说中的共同体走向分崩离析，反倒说明共同体历史存在的可能性。这一批评思路比较契合威廉斯的思想，即共同体曾经或依然以一种古老的方式存在着。

如果将滕尼斯、鲍曼、威廉斯一脉的共同体理论称作人文主义思想传统，那么以南希、布朗肖、德里达等法国学者为代表的共同体理论则代表了当代否定主义或解构主义共同体思潮。米勒作为曾经的美式"解构主义四学者"成员，似乎游走在这两类共同体思想之间。在《小说中的共同体》一书中，米勒对比分析了两种针锋相对的共同体立场，一个是威廉斯对共同体及其积极意义的肯定与赞美立场，另一个是海德格尔对共同体的批判立场以及阿甘本、布朗肖、阿方索·林吉斯（Alphonso Lingis, 1933－ ）、德里达等当代思想家对共同体的怀疑立场。米勒习惯性地在著作开头对各家共同体观点进行梳理，如海德格尔的"共在"（Mitsein）思想、南希不运作的共同体，阿甘本与林吉斯的杂乱或毫无共同点的共同体、布朗肖不可言明的共同体、德里达自我毁灭的自身免疫共同体，但是对六部（篇）小说的分析并不拘泥于任何一家理论或学说，也没有将文学文本以外的共同体理论生搬硬套在对小说的分析中。米勒的文学批评更多探讨这些小说对不同社会群体的再现以及这些群体能否构成真正的共同体，从而回应当代理论家们关于共同体是否存在或者是否可能的论说，其中浸润着英美批评界源远流长的人文主义思想传统。正如译者陈广兴所言，米勒在本书中研究不同小说中的共同体，而他所说的"共同体"就是常识意义上的共同体，即基本上能够相互理解、和谐共处的人构成的群体。不过，米勒的共同体理念一方面所表达的是他面对当代美国现实的一种个人信念，即对威廉斯"友好亲密"共同体的亲近与信仰，但另一方面，因为受到当代法国共同体理论的影响，他也不无焦虑地流露出对当代共同体的某种隐忧。他表示希望自己能够相信威廉斯无阶级的共同体，但害怕真正的共同体更像德里达描述的具有自我毁灭的自身免疫特性的共同体。

米勒这两种著作的独特之处在于梳理各家共同体理论之后，通过具体作家作品分析，深入探讨了共同体的审美表征或美学再现。因此，从文学批评的角度来看，米勒的共同体研究明显不同于威廉斯的共同体研究。威廉斯在《关键词》中的研究更多着眼于文化层面，是关键词研究方法的典型代表，具有鲜明的文论色彩。《乡村与城市》则探讨了文艺复兴至20世纪英国文学中乡村与城市意象的流变及其文化内涵，其中所论述的"可知共同体"与"情感结构"（structure of feeling）在文学研究领域影响深远，但共同体只是这部名作的重要命题之一，而不是主导或核心命题。与之不同的是，米勒的《共同体的焚毁》基于西奥多·阿多诺（Theodor Adorno, 1903–1969）关于奥斯维辛文学表征的伦理困境展开论述，虽然研究的是大屠杀文学（Holocaust Literature），但"共同体"作为主导命题贯穿他对六位作家批评解读的始终。其姊妹篇《小说中的共同体》择取六部（篇）小说，从16世纪米格尔·德·塞万提斯·萨维德拉（Miguel de Cervantes Saavedra, 1547-1616）到现代英国作家安东尼·特罗洛普（Anthony Trollope, 1815-1882）、托马斯·哈代（Thomas Hardy, 1840-1928）、约瑟夫·康拉德（Joseph Conrad, 1857-1924)、弗吉尼亚·伍尔夫（Virginia Woolf, 1882-1941），再到当代美国作家托马斯·品钦（Thomas Pynchon, 1937- ），横贯现实主义、现代主义、后现代主义三个历史时期，但其中所论所评无一不是围绕小说中特定空间场域中的特定社会群体展开。米勒结合理论界对于共同体概念的不同界定与认识，就每一部小说所描写的特定社群以及社群关系提出不同的共同体命题，如特罗洛普笔下的维多利亚共同体、《还乡》（*The Return of the Native*, 1878）中的乡村共同体、《诺斯托罗莫》（*Nostromo*, 1904）中的殖民（非）共同体、《海浪》（*The Waves*, 1931）中的同一阶层共同体、品钦和塞万提斯的自身免疫共同体，并探讨不同共同体的内涵特质及其审美表征方式。因此，这六部（篇）小说或许可以称为"共同体小说"。换言之，对于文学研究来说，米勒研究的启示意义不仅在于如何以修辞性阅读方法探讨共同体的文学表征问题，而且也在于文学场域之外的共同体理论如何用于文学批评实践，甚至有可能促使文学研究者思考是否存在"共同体小说"这一文类的可能性。

三

《文献卷》第一批五种著作中，除了上述三种英语著作外，还包括法国学者赛琳·吉约（Céline Guillot）的《文学能为共同体做什么？》（*Inventer un peuple qui manque: que peut la littérature pour la communauté?*, 2013）、德国学者玛戈·布林克（Margot Brink）与西尔维亚·普里奇（Sylvia Pritsch）主编的《文学中的共同体——文学-政治介入的现实性》（*Gemeinschaft in der Literatur: Zur Aktualität poetisch-politischer Interventionen*, 2013）。与威廉斯、米勒等人所探讨的共同体审美表征略有不同的是，法、德学者对共同体的研究侧重于文学与共同体的关系。吉约在著作的标题中直接提出其主导命题，即"文学能为共同体做什么"，并探析文学或诗歌对于呈现"缺席的共同体"的诗学意义。两位德国学者在著作的导论中也提出类似问题，即"共同体遇到文学时会发生什么""文学与文学写作如何构建共同体"，并试图探讨文学与共同体的共振和互动关系。

从西方共同体理论的起源与流变来看，文学领域的共同体研究必然是跨学科、跨语种、跨文化的学术探讨。文学研究中的共同体命题既内在于文学作品的审美表征中，也与文学之外的政治学、社会学、哲学、宗教学等学科中的共同体命题息息相关。细读法国学者吉约的论著《文学能为共同体做什么？》，不难发现其文学批评的跨学科性与包容性表现出与威廉斯、米勒等英美学者并不相同的学术气质。这其中的主要原因可能在于法国文学的精神特质毕竟不同于英美文学的精神特质，也在于当代法国学者的共同体理论别具一格，特色鲜明。值得注意的是，英美学界在论述共同体命题时常常倚重以法国为代表的欧洲大陆共同体思想。例如，米勒用德里达自我毁灭的自身免疫共同体来影射当代美国社会，甚至还将南希的"共同体的焚毁"作为书名，法国学者的共同体思想对英美学界的影响可见一斑。

吉约主要依托欧陆思想家乔治·巴塔耶（Georges Bataille, 1897-1962）、布朗肖、南希、阿甘本、汉娜·阿伦特（Hannah Arendt, 1906-1975）等人的共同体理论，极少引用英美学者的共同体著述。吉约在

第一章探讨"内在主义"导致共同体传统模式失败与共同性的本质性缺失时,纵横勾连,不仅对比引述了意大利思想家阿甘本的"即将到来的共同体"模式与德国思想家阿伦特的"公共空间"概念,还从布朗肖的"非实在化"共同体引出法国思想家巴塔耶关于献祭概念与共同体实现之间的跨学科思考。吉约最后以布朗肖的《亚米拿达》(*Aminadab*, 1942)、《至高者》(*Le Très-Haut*, 1949)、《田园牧歌》(*L'Idylle*, 1936)等多部文学作品为论述中心,探讨共同体政治与共同体诗学相互关联但并不重合的复杂关系。

　　吉约文学研究的跨学科性在第二章四个场景的探讨中体现得更加充分。场景一"无神学"讨论巴塔耶与布朗肖,场景二"世界末日"讨论亨利·米肖(Henri Michaux, 1899–1984)与布朗肖,场景三"任意之人"讨论米肖与阿甘本,场景四"拉斯科"讨论布朗肖和勒内·夏尔(René Char, 1907–1988)。巴塔耶与布朗肖既是著名思想家,又是著名文学家与文学批评家;阿甘本是意大利哲学家与美学教授;布朗肖、米肖、夏尔又都是法国战后文学的杰出代表。吉约的论述纵横驰骋于这些思想家、哲学家与文学家的著作与思想中,尤其是对米肖与夏尔诗歌创作的细致分析,试图从法国式"否定的共同体"角度建构某种"共同体的诗学",探讨法国文学作品对"共同体的缺席"的艺术思考,从而追寻共同体的根源并深刻思考通过文学重构人类共同体的可能性。正如吉约所说,通过上述四个标志性场景的展示,旨在"呈现文学如何担负否定性以及联结的缺失",即"如何在一种共同体诗学中担负'缺席的共同体'",同时也"展现文学在其与宗教(无神学)、与历史(世界末日)、与个体(任意之人)、与作品(拉斯科)的关系中,如何重拾并追问共同体的根源,并在歪曲的象征与鲜活的形象中,赋予某种'如一'(comm-un)的事物以形象,来重新组织起共同体"。

在第三章也是本书最后一章"孕育中的共同体"中，吉约以米肖、夏尔两位法国诗人的作品为论述中心，分析主体、他者、友谊、死亡等与共同体密不可分的主题，揭示诗歌对于建构人类共同体的诗学意义。布朗肖曾在文学批评著作《不可言明的共同体》中以法国作家玛格丽特·杜拉斯（Marguerite Duras, 1914-1996）的小说《死亡的疾病》（*La Maladie de la mort*, 1982）为中心，探讨了以伦理和爱为中心的"情人的共同体"概念，而吉约在这一章论述诗学共同体，在一定程度上呼应了布朗肖的论述。尤其是在分析文学写作与共同体关系时，她提出的"共同体诗学"与布朗肖的"书文共同体主义"有异曲同工之效。如果说米勒在《小说中的共同体》中隐含了"共同体小说"的可能性，那么吉约承续了布朗肖、南希、德里达等人的共同体思想衣钵，探讨了20世纪上半叶因为世界大战、极权主义等导致"共同体失落"之后"文学共同体"存在的可能性及其存在方式。中国学界对巴塔耶、布朗肖、南希、德里达等人的共同体思想关注较多，吉约这本书的出版将有助于国内读者进一步了解法国文学批评界的共同体研究动态。

德国学者布林克与普里奇主编的《文学中的共同体——文学－政治介入的现实性》是一部文学批评文集，收录了19篇学术论文与导论文章《文学中的共同体：语境与视角》。这部文集是德国奥斯纳布吕克大学一次跨学科研讨会的成果。德国存在着一个历史悠久的共同体思想传统，尤其是19世纪马克思、黑格尔、康德、滕尼斯等人的共同体思想影响深远。进入20世纪后，由于国家社会主义对共同体的挪用导致共同体社会实践遭遇重大挫折，共同体概念在德语区，尤其是德语文学与文化研究领域一直不受重视，甚至遭到排斥。20世纪80年代，西方学术界对社群主义与自由主义的论辩引发了欧美政治学、哲学、社会学领域内对共同体探讨的热潮，在全球化影响不断加深、传统共同体逐渐解体的背景下，德国批评界举办了这次重要的共同体跨学科研讨会。此次会议旨在从德语和罗曼语族文学、文化研究以及哲学角度探讨文学审美中的共同体命题。此次会议的召开也充分表明德国文学批评界开始对共同体问题给予关注和重视。

在导论中，两位德国学者充分肯定了共同体研究的当下意义与价值。在他们看来，共同体是一个在日常与政治社会话语中具有当下意义的术语。它不是中性的或纯描述性的，而是一个高度异质性、意识形态性、具有规范性与情感负载的概念，也总是体现着政治伦理内涵。他们还借用荷兰学者米克·巴尔（Mieke Bal，1946- ）的观点，将共同体视作一个"旅行概念"，认为它在不同时代、不同学科、不同文化和不同社会环境中不断迁徙。编者以德、英、法三种语言中的"共同体"（Gemeinschaft, community, communauté）概念为基础，试图说明其多向度、跨学科的旅行轨迹，佐证其意义与内涵的差异性和变化性以及共同体主题探讨的多种可能性。两位学者认为，在文化上，[共同体]是在法国、德国、加勒比地区、拉丁美洲和美国的文学与理论间旅行，也是在具有特定跨文化背景作家如加缪、庞特或罗曼语族文化圈作家的创作间旅行；历时地看，是自古代至后现代的文本间的旅行，相关的重点集中在现代性上；在跨学科方面，论集中的共同体概念是在日耳曼学研究、罗曼语族研究、哲学和社会学之间迁徙；在理论上，它已进入与其他概念如团结、革命、颠覆、新部落主义、共同生活知识、集体身份或网络形成的多层面张力和共振关系中。

两位学者还指出，概念与理论的不同迁移运动产生了四个不同的共同体主题范畴，即特殊性与共同体、危机与共同体、媒介共同体以及共同体的文学-政治。文集按照这四个共同体问题范畴，将 18 篇论文分为四组，按照时间顺序编排，为文学共同体研究中的不同学术命题提供了一个相对清晰的时间结构框架，由此覆盖了19世纪浪漫主义文学以及众多现当代德国、法国、拉丁美洲等国家或地区的文学。在每一个主题范畴内，研究者所探讨的学术命题各不相同，如第一组论文涉及19世纪德国浪漫主义文学中的个体与共同体关系、同质化的民族共同体、共同体免疫逻辑问题以及法国作家阿尔贝·加缪（Albert Camus, 1913-1960）的"反共同体"观等；第二组论文探讨共同体主义与社会危机之间的联系；第三组论文考察共同体与特定媒介表达之间的相互作用；第四组论文讨论文学共同体建构中的政治与伦理责任。

这部文集中的18篇论文以德语文学和法语文学为主要研究对象，在理论上呼应了德国、法国共同体思想传统，并将法语文学及其理论体系中深厚的共同体传统与20世纪德国共同体研究受挫的状态进行了对比。两位德国学者在对法国共同体理论家，尤其是后结构主义思想家表达足够敬意的同时，并不排斥英、美、意以及德国本土的共同体理论。文集中的德国学者一方面从后结构主义／后现代主义的角度研究德法文学中的共同体命题，同时也将文学看作文化的存储库，甚至是文化记忆的组成部分，视之为共同体反思与共同体知识建构的核心媒介和重要形式。他们发出呼吁，曾经被德国文学研究界一度忽视的共同体概念或命题"不能简单地束之高阁，被别的术语或新词所替代"。文集中的德国学者对文学共同体命题的探讨，容纳了20世纪90年代以来西方学术界对集体身份、文化记忆、异质性、延异性、新部落主义、网络、多元性、独一性等相关问题的探讨，揭示了德法文学中的共同体表征与审美形式以及共同体概念从哲学、政治学、社会学等领域迁徙至德国文学批评与美学中的独特面相。

此外，从两位德国学者的批评文集及其所引文献来看，德语区关于共同体的研究并不少见，而是多有建树。然而，除了滕尼斯的《共同体与社会》外，其他共同体著述在国内的译介寥寥无几。例如，赫尔穆特·普莱斯纳（Helmuth Plessner, 1892–1985）于 1924 年出版的《共同体的边界》（*Grenzen der Gemeinschaft*）立足于哲学人类学视阈，在继承滕尼斯"共同体"思想传统的基础上，探讨了 20 世纪早期德国激进主义共同体实践运动，赋予了共同体理论图式不同的价值内涵。这本著作迟至 2022 年 8 月才被译成汉语。又如，德国学者拉斯·格滕巴赫（Lars Gertenbach）等人的《共同体理论》（*Theorien der Gemeinschaft zur Einführung*, 2010）是文集中不少学者频繁引用的一部当代名作，但中国学界几无关注。这部著作在探讨现代共同体思想时，清晰地勾勒出两条共同体理论发展脉络：一条脉络是早期浪漫派对共同体及其形式的思考与设想，民族国家对共同体理念的推进，早期社会主义和共产主义运动对共同体理念的实践，以及 20 世纪种族主义/法西斯主义对共同体理念的破坏；另一条线索是当代西方社群主义对共同体理念的维护以及后结构主义/解构主义对共同体概念的消解与重构。因此，这部文集的翻译出版，可以让国内读者在了解英、美、法三国共同体理论与文学批评外，能对德国理论界和批评界的共同体研究有一个简明、直观的认识。

四

《文献卷》原计划完成一套包容性强的多语种共同体丛书。然而，列入版权购买计划的俄国学者叶莲娜·彼得罗夫斯卡娅（Елена Петровская）的《匿名的共同体》（*Безымянные сообщества*, 2012）、德国学者罗伯特·明德（Robert Minder）的《德法文学中的共同体本质》（*Das Wesen der Gemeinschaft in der deutschen und in der französischen Literatur*, 1953)、日本学者大冈信的《昭和时代诗歌中的命运共同体》

（昭和詩史：運命共同体を読む，2005）与菅香子的《共同体的形式：意象与人的存在》（共同体のかたち：イメージと人々の存在をめぐって，2017），因为版权联络不畅，最后不得不放弃。第二次版权购买时，拟增补四种共同体文献，但出于同样的原因，仅获得以下两种著作的版权，即雷米·阿斯特吕克（Rémi Astruc）主编的《重访共同体》（La Communauté revisitée, 2015）与杰拉尔多·罗德里格斯-萨拉斯（Gerardo Rodríguez-Salas）等人主编的《共同体与现代主义主体新论》（New Perspectives on Community and the Modernist Subject, 2018）。目前，前五种文献即将付梓，但后两种文献的翻译工作才刚刚开始。下面对这两本著作做简略介绍。

《重访共同体》是巴黎塞纳大学法语文学与比较文学教授阿斯特吕克主编的法语论文集，分为共同体理论、多样性的共同体实践以及法语共同体三个部分，共收录共同体研究论文 10 篇，以及一篇共同体学术访谈。这本著作的"重访"主要基于法国批评家南希的共同体理念，即共同体问题是我们这个时代的根本问题，与我们的人性密切相关，并试图探讨全球化背景下人类社会的最新状况与共同体之间的复杂关系。第一部分三篇文章，包括阿斯特吕克本人的文章，侧重理论探讨，主要对南希的共同体理论做出回应或反拨。阿斯特吕克并不完全赞同南希的"否定的共同体"思想，认为共同体先于集体，是一股"自然"存在于异质性社会中的积极力量。另外两篇文章分别讨论否定共同体、共同体与忧郁等问题，在法国后结构主义之后对共同体理论做出重新审视。第二部分三篇文章讨论音乐、艺术、网络写作等对共同体的建构作用，揭示当下人类社会多样化的共同体实践所具有的理论价值和意义。第三部分四篇文章探析法语文学和法语作家在形塑"法语共同体"方面所发挥的重要作用，并将非洲法语文学、西印度群岛法语文学纳入考察范围，不仅凸显了文学与写作对于共同体构建的意义，也特别强调同一语言对于共同体的表达与形塑的媒介作用。作为曾经的"世界语言"，法语自 20 世纪以来不断衰落，法国学者对"法语共同体"的追寻试图重拾法语的荣光，似乎要重回安德森所说的"由神圣语言结合起来的古典的共同体"。他们将法语视作殖民与被殖民历史的共同表征媒介，其中不乏对欧洲殖民主义历史的批判与反思，但也不免残留着对法兰西帝国主义的某种怀旧或留恋。《重访共同体》的译介将有助于国内学界更多地了解法语文学批评中的共同体研究状况，也希望能引起国内学者对全球法语文学共同体研究的兴趣。

与《重访共同体》一样，西班牙学者罗德里格斯–萨拉斯等人主编的《共同体与现代主义主体新论》也是一本学术文集。文集除了导论外，共收录学术论文 13 篇。文章作者大多是西班牙学者，其中也有美国、法国、克罗地亚学者。这本文集主要从共同体的角度重新审视 20 世纪英美现代主义小说中的主体性问题，试图揭示现代主义个体与共同体之间的辩证关系。20 世纪英美学界普遍认为，"向内转"（inward turn）是现代主义文学创作的根本特征。很多学者借用现代心理学、精神分析学等批评视角，探讨现代主义文学对内在现实（inner reality）或自我内在性（interiority）的表征。近 20 年兴起的"新现代主义研究"（New Modernist Studies）采用离心式或扩张式的批评方法，从性别、阶级、种族、民族等不同角度探讨现代主义文学，体现了现代主义研究的全球性、跨国性与跨学科的重要转变。然而这本文集则是对当下"新现代主义研究"的反拨，旨在"重新审视传统现代主义认识中的核心概念之一——个体"。但本书研究者并不是向传统现代主义研究倒退，而是立足于西方个人主义与社群主义大论争的学术背景，准确抓住了现代主义文学研究中的核心问题，即个体与社群的关系问题。在他们看来，传统现代主义研究大多只关注共同体解体后的个体状况，经常将自我与现实、自我与社会完全对立起来，却忽视了小说人物对替代性社群纽带的内在追寻。著作者们主要运用当代后结构主义共同体理论视角，就现代主义个体与共同体的关系问题提出了很多独到的见解。

米勒在《小说中的共同体》中说，如何看待个体性和主体间性的本质，基本上决定着一个人对共同体的看法。从这本文集的导论来看，学者们主要依托南希和布朗肖对运作共同体与不运作共同体的区分，探寻现代主义小说叙事中的内在动力，即现代主义作家们一方面在表征内在自我的同时背离了现实主义小说对传统共同体的再现，另一方面也没有完全陷入孤独、自闭、疏离、自我异化等主体性困境，而是以直接或间接的方式探寻其他共同体建构的可能性。在该书编者看来，现代主义叙事大多建立在有机、传统和本质主义共同体与不稳定性、间歇性和非一致性共同体之间的张力之上。该书的副标题"独一性、敞开性、有限性"即来自南希"不运作的共同体"（又译"无用的共同体"）理论中的三个关键词。三位主编以及其他作者借用南希、布朗肖、阿甘本、罗伯托·埃斯波西托（Roberto Esposito, 1950-）、德里达等当代学者的理论，从后结构主义共同体的批评角度对现代主义主体重新定义，就经典现代主义作家，如亨利·詹姆斯（Henry James, 1843-1916）、康拉德、詹姆斯·乔伊斯（James Joyce, 1882-1941）、伍尔夫、威廉·福克纳（William Faulkner, 1897-1962）等，以及部分现代主义之后的作家，如萨缪尔·贝克特（Samuel Beckett, 1906-1989）、詹姆斯·鲍德温（James Baldwin, 1924-1987）等，进行了新解读，提出了很多新观点。这本文集既是对"新现代主义研究"的纠偏或反拨，也是对传统现代主义研究的补论与深化。这本文集的翻译与出版对于国内现代主义共同体表征研究不无启发意义。

五

《文献卷》共有著作七种，其中六种出版于近 10 年内，而过去 10 年也是国内文学批评界对共同体问题高度关注的 10 年。因此，这套译丛的出版对于批评界研究文学中的共同体表征，探讨文学与共同体的双向互动关系，以及文学视阈下的共同体释读与阐发，无疑能起到积极的作用。将西方最新共同体研究成果译入中国，还可以直接呼应当代中国推动人类命运共同体构建的价值共识，也有助于当代中国马克思主义批评视角下的共同体研究。

《文献卷》七种著作得以顺利问世，首先应当感谢所有译者。没有他们的敬业精神与专业水准，在极短的版权合同期限内完成译稿是不可能做到的。其次，这是一套多语种译丛，原作的筛选与择取非一二人之力可以完成，尤其是非英语语种共同体批评著作的梳理，若非该语种专业人士，实难进行。这其中凝聚了很多人的汗水和劳动，在此衷心感谢！他们是上海外国语大学德语系谢建文教授及其弟子、南京大学法语系曹丹红教授、上海交通大学外国语学院吴攸副教授、上海外国语大学日本文化经济学院高洁教授、上海外国语大学文学研究院助理研究员张煦博士。

最后，特别鸣谢上海外语教育出版社孙玉社长、谢宇副总编、版权部刘华初主任、学术部孙静主任、多语部岳永红主任，以及编辑苗杨、陈懋、奚玲燕、任倬群等。没有他们的支持与热心帮助，《文献卷》的问世是不可想象的。

张和龙　执笔

查明建　审订

于上海外国语大学

2022 年 10 月

译者序

小说共同体的独特性

希利斯·米勒在本书最后一章写有这样一段话：

《双狗对话录》充满了一种紧迫感，仿佛两只狗在用说话对抗死亡，用对话延迟死亡，就像塞万提斯本人一样，他出版《警世典范小说集》之后第三年就去世了，或像威廉·卡洛斯·威廉斯在其《水仙花，那绿色的花》中一样，或雅克·德里达在其最后的几篇文章中一样，他写作这些文章的时候或许已经知道自己得了不治之症，或像我们所有作家一样，都知道自己终有一死。我们都是在向死而生。[1]

当我翻译到这段话的时候，不由感到这是一段谶言。米勒说塞

1　引自本书正文第 369 页。下文对本书正文内容的引用仅标注页码。

万提斯等人潜心写作而浑然不知死之将至，这一判断却成为他本人的写照，如王羲之所说："后之视今，亦犹今之视昔，悲夫！"[1]我于2021年1月开始翻译米勒的《小说中的共同体》，当时还计划邀请米勒为本书的汉译本写篇序言。在当时看来，这应该不难办到，我手头的几本米勒的中译本都有米勒的中文版序言。米勒以平易近人、奖掖后学闻名于世，还与中国学界交往频繁，2015年出版的《萌在他乡：米勒中国演讲集》(*An Innocent Abroad: Lectures in China*)就是米勒从1988年以来在中国的三十多场讲座的精选文萃。然而，在我开始翻译不到一个月，2021年2月7日，噩耗传来，一代学术大师驾鹤归去，同时得知和他相濡以沫70年的结发妻子多萝西也于此前一个月离开了人世。夫妇二人均死于新冠肺炎。米勒是20世纪脊髓灰质炎流行病的幸存者，右手终身残疾，他的等身著作应该都是全靠左手敲击出来的。他从一场疫情中存活了下来，却没能战胜另一场疫情。

《小说中的共同体》与流行疾病在两个方面可以产生关联。流行疾病是全人类所面临的问题，就像环境污染、全球变暖、核威胁、物种灭绝、恐怖主义、贩卖人口、毒品交易等全球性的问题一样，促使人们将全人类视为一个整体进行思考，呼吁人类命运共同体的确立。因为这些问题的解决需要全人类的通力合作，仅仅依靠个人，甚至个别国家，是很难产生实质性效果的。米勒在感染脊髓灰质炎后曾经设立基金，促进人类关于脊髓灰质炎的研究。新冠疫情的反反复复，与全球合作的缺乏有密切的关系。人类能否构成真正的共同体，是《小说中的共同体》讨论的要点，在疫情背景下翻译和阅读这本书，会产

1　王羲之：《兰亭集序》，载吴楚材、吴调侯编，《古文观止》。北京：中华书局，1959年，第287页。

生更加深刻而迫切的感受。新冠疫情与《小说中的共同体》还可以找到另外一层关联。米勒试图在本书中证明"每一个共同体都遵循自身免疫（非）逻辑"。新冠肺炎对人体的伤害往往来自自身免疫，或免疫系统的过度反应，保护人类的免疫系统转而对人类自身造成伤害。而共同体也往往为了保持自身的纯洁和安全而采取排他性的原则，对内部的"他者"进行清除，从而导致对共同体的自我伤害。纳粹德国的犹太人大屠杀就是典型的例子。

希利斯·米勒是美国著名的文学评论家，生于 1928 年，1948 年于奥柏林学院获本科学位，1952 年于哈佛大学获博士学位，1953 年开始任教于约翰·霍普金斯大学，1972 年开始任教于耶鲁大学，与保罗·德曼、雅克·德里达和杰弗里·哈特曼等人构成解构主义耶鲁学派，与同在耶鲁的学术大家哈罗德·布鲁姆等人因对解构主义的不同理解而产生学术争鸣。1986 年，他结束了耶鲁 14 年的教学生涯，前往加州大学尔湾分校，德里达也随其前往。2001 年，米勒退休，其后依然笔耕不辍。米勒曾任美国现代语言协会会长，一生出版了三十多部作品，发表了大量学术论文。

米勒以解构主义者的身份为人所知，而解构主义常因反政治、反历史而为人诟病，但他本人认为这种批评完全是基于误解。他说，解构"通过选择立场，通过积极介入体制及体制所赖以存在的政治领域而发挥作用"[1]。事实上，解构主义的代表性人物德里达和德曼等人也多次表达了对这种指控的反对。例如德里达在访谈中曾说："我的批评者认为，我在著作中宣称语言之外再无他物，而我们则被禁闭在语言的牢笼中，对于这些话，我总是惊叹不已；他们所说的，实际

1　J. 希利斯·米勒：《萌在他乡：米勒中国演讲集》，国荣译。南京：南京大学出版社，2016 年，第 41 页。

上，正好是反着的。"[1] 德曼在谈到政治和意识形态等问题时说："我从来不认为我什么时候偏离过这些问题，它们在我心里永远都是最重要的。"[2] 米勒在和中国学者张江的通信中说，他更愿意将他的文学解读称为"修辞性阅读"，而不是"解构性阅读"，就是为了避免大家对解构主义产生普遍性的误解。[3] 考察米勒 21 世纪的主要著作可以发现，"共同体"是他长期关注的话题，他本人也曾说他对共同体问题具有"长期关注和兴趣"[4]。他以"共同体"命名的著作就有两部，分别是《共同体的焚毁：奥斯维辛前后的小说》(*The Conflagration of Community: Fiction Before and After Auschwitz*, 2011) 和《小说中的共同体》(*Communities in Fiction*, 2014)。米勒对小说中共同体的关注，就是他强调文学现实意义的重要体现。

一、共同体的定义

我们在谈论共同体的时候，似乎共同体是一个不言而喻的存在。而事实上，共同体远不是一个毫无争议的概念。关于共同体的定义不仅有许多，而且这些定义往往互不相同，甚至相互抵触。

米勒在《小说中的共同体》中并未对德国社会学家滕尼斯 (Ferdinand Tönnies, 1855–1936) 进行探讨，但共同体学者最多引用的是滕尼斯的观点，可以说大部分关于共同体的讨论都从滕尼斯开始，因此我们在这里对他稍加评论。滕尼斯在《共同体与社会》中

---

1 转引自 J. 希利斯·米勒：《萌在他乡：米勒中国演讲集》，国荣译。南京：南京大学出版社，2016 年，第 41 页。
2 同上。
3 同上，第 350–357 页。
4 J. 希利斯·米勒：中文版序，载 J. 希利斯·米勒著，陈旭译，《共同体的焚毁：奥斯维辛前后的小说》。南京：南京大学出版社，中文版序，第 1 页。

将社会关系二分为共同体和社会。共同体（Gemeinschaft，英语译为community）指直接社会交往关系，建立在血缘、邻里和思想的基础上，如血缘构成的家庭和宗族、历史形成的村庄和城市、思想形成的友谊和师徒，血缘共同体、地缘共同体和精神共同体是其基本形式。"一切对农村地区生活的颂扬总是指出，那里人们之间的共同体要强大得多，更为生机勃勃：共同体是持久的和真正的共同生活，社会只不过是一种暂时的和表面的共同生活。因此，共同体本身应该被理解为一种生机勃勃的有机体，而社会应该被理解为一种机械的聚合和人工制品。"[1] 共同体是"一种原始的或者天然状态的人的意志的完善和统一体"（滕尼斯58）。我们引用一段比较长的话，来描述滕尼斯心目中的共同体：

　　亲戚有家作为他们的场所，而且仿佛也作为他们的躯体，在这里，一起生活在一个保护着他们的屋顶下；共同占有和享受着好的东西，尤其是从同一个库存中得到食物，一起坐在同一张桌旁；在这里，死者被视为看不见的圣灵加以崇拜，仿佛他们还大权在握，还在他们的人的头上庇护着、统治着，因此共同的畏惧和崇敬就更加可靠地维系着和平的共同生活和劳作。亲属的意志和精神并不受房子的限制和空间上近距离的约束，而是凡在它很强烈和生机勃勃的地方，因此也包括在最亲近和最密切的关系上，它可以仅仅通过自身，纯粹依靠记忆来滋养自己，尽管遥隔天涯，相距万里，都能感到或臆想到近在咫尺，在一起活动。但是正因如此，它更加寻求这种血缘的亲近，难分难舍，因为只有每一种爱的要求能使它得到安宁和平衡。因此，

1　斐迪南·滕尼斯：《共同体与社会》，林荣远译。北京：商务印书馆，1999年，第54页。下文对该书的引用仅标注作者和页码。

普通的人——长久地和在大多数情况下——如果处在家庭的氛围中，为家人所环绕，享受天伦，他会感到最舒服和最快乐。这时，他就悠然自适，得其所哉。（滕尼斯 66）

从这段话里我们可以看出滕尼斯对家庭共同体的肯定和赞美。他对地缘共同体和思想共同体的描述也充满了这种肯定和赞美的语言。

社会（Gesellschaft，英语译为 society）指间接社会交往关系，建立在权力、法律、制度的基础上。社会中的人尽管以和平的方式共处，但"基本上不是结合在一起，而是基本上分离的。在共同体里，尽管有种种的分离，仍然保持着结合；在社会里，尽管有种种的结合，仍然保持着分离"（滕尼斯 95）。在论述社会的时候，滕尼斯反复强调社会里人人分离、人人为我的本质。在社会里，人人都是为了自己，人与人之间的关系总是处于紧张状态中，人们的活动领域之间有严格的界限，一旦触动或进入他人的领域就被视为入侵。除非为了"报偿和回赠"，没有人会为他人做什么（滕尼斯 95）。因此，"交换本身作为联合一致的和唯一的行动是虚构的社会意志的内容"（滕尼斯 97）。滕尼斯使用了我们所熟悉的马克思的观点，认为社会的基础是交换，而交换的基础是"相同的、平均的劳动时间的数量"（滕尼斯 100）[1]，而这种劳动时间又是通过货币来表达的。

滕尼斯关于社会的观点可以用马克思和恩格斯在《共产党宣言》中的一段话来进行总结："资产阶级在它已经取得了统治的地方把一切封建的、宗法的和田园诗般的关系都破坏了。它无情地斩断了把人们束缚于'天然尊长'的形形色色的封建羁绊，它使人和人之间除了赤裸裸的利害关系，除了冷酷无情的'现金交易'，就再也没有

---

[1] 滕尼斯提到马克思对他的影响，尽管他表示没有读过马克思整体的著作。

任何别的联系了。"[1] 霍布斯对滕尼斯也有巨大的影响，滕尼斯引用了霍布斯在《利维坦》中的一段话来说明社会的本质："首先作为全人类共有的普遍倾向提出来的便是，得其一思其二，死而后已，永无休止的权力欲。……造成这种情形的原因，并不永远是人们得陇望蜀，希望获得比现在已取得的快乐还要更大的快乐，也不是他不满足于一般的权势，而是因为他不事多求就会连现有的权势以及取得美好生活的手段也保不住。"（转引自滕尼斯 180）社会的本质是人人都以满足自己的欲望为目的，这种思想包含着"人性本恶"的观点。

通过对滕尼斯思想的观察，我们可以得出一些结论。第一，"共同体"是一个相对概念，只要提到"共同体"，都隐含了与其相对立的状态，"共同体"无法单独进行理解。在滕尼斯这里，与"共同体"相对立的是"社会"。而当我们说要"建立人类命运共同体"的时候，则隐含了对当今世界缺乏合作的状态的批判。同样，与由难民或移民构成的阈限共同体相对的就是占据统治地位的主流群体。第二，滕尼斯的共同体和社会，都是人类"相互肯定的关系"，都是"促进、方便和成效组成的"（滕尼斯 52）。也就是说，滕尼斯并不认为共同体是正面的、而社会是负面的，而是将共同体和社会当作积极正面的人类关系的两种类型。但从上文的分析中，我们却明显能够感觉到滕尼斯在感情上更加倾向于共同体，而对社会则有批判的倾向。第三，尽管滕尼斯说"共同体是古老的，社会是新的"（滕尼斯 53），但他只是在说资本主义促进了以金钱为媒介的社会的发展，并不存在以社会代替共同体的问题，"凡是在人以有机的方式由他们的意志相互结合

1　Karl Marx and Frederick Engels, *Manifesto of the Communist Party*. Edited and Annotated by Frederick Engels (New York: International Publishers, 1948), 11.

和相互肯定的地方，总是有这种方式的或那种方式的共同体"（滕尼斯 65）。滕尼斯一分为二地将人类积极正面的关系分为共同体和社会，虽然力量占比会随着时代有所变化，但这两者在任何历史时期都是共存的。第四，滕尼斯没有关注共同体与个体性的关系，或者在滕尼斯看来，这两者并不相关，因为判断共同体和社会的本质区别是共享还是交换，个体性并不能促进或阻碍共享或交换。

我们从这几个方面讨论雷蒙德·威廉斯（Raymond Williams）关于共同体的论述。他在其《关键词》（Keywords）中将"共同体"定义为与"领域或国家的组织机构"相对的"共同身份和特征的感觉"和"直接关系构成的团体"。[1] 对滕尼斯而言，与"共同体"相对的是"社会"，而对威廉斯而言，与"共同体"相对的是"领域或国家的组织机构"。滕尼斯的共同体以"共享"为根本特征，与其相对的社会以"交换"为根本特征。威廉斯的共同体以"更直接、更整体、更有意义的关系"为特征，与其相对的"领域或国家的组织机构"以"更正式、更抽象、更有工具性的关系"为特征（Keywords 39-40）。在《乡村与城市》（The Country and the City）中，威廉斯认为资本主义的崛起摧毁了乡村共同体。我们引述《乡村与城市》中的一段话来说明威廉斯对"共同体"的定义：

> 在一些地方，一种真正起作用的具有地方特色的共同体，依然以一种古老的方式存在着。在这里，小土地拥有者、佃农、手工艺人和劳工之间的关系首先是邻居，然后才是社会阶级。我们永远不应该美化这一点，因为在关键时刻，古今同理，阶级现实通常都会浮现。但在很多平

---

1 Raymond Williams, *Keywords: A Vocabulary of Culture and Society* (New York: Oxford University Press, 2015), 39.

常时刻，在很多和平无事时期，在那里依然存在友好亲密的关系。[1]

在威廉斯看来，一个真正的共同体是相对较少的人生活在一起，主要是农村地区，共同奉行善良互助的古老美德，而且没有阶级。在滕尼斯看来，共同体没有大小的限制，可以是家庭宗族，也可以是村庄城市，甚至"也可以说有一个包括整个人类的共同体"（滕尼斯53）。关于阶级，滕尼斯也谈到共同体中的不平等："不平等只能增加到一定的局限，因为超过这个界限，共同体作为差异的统一体的本质就被取消了。"（滕尼斯71）但从整体上说，阶级并不是滕尼斯的关注要点，并不能构成判断共同体或社会的标准。

从价值判断上说，雷蒙德·威廉斯很显然强调共同体的积极正面意义。他在《关键词》中强调"共同体"这一词语的感情色彩："共同体可以是用来描述一种现有的人际关系的温暖的、具有说服力的词语，也可以是用来描述与现实不同的人际关系的温暖的、具有说服力的词语。"（*Keywords* 40）在《乡村与城市》中，他认为乡村共同体存在"友好和亲密的关系"，认为属于一个共同体是"正确而美好的"。威廉斯认为优秀的现实主义小说应该表现人物与共同体的关系或分离如何完全决定人物的性格和命运。威廉斯用"异化"（alienation）、"分离"（separation）和"暴露"（exposure）等负面词汇描绘人与共同体保持距离的情况。威廉斯认为很多人都是资本主义摧毁共同体后的牺牲品。威廉斯对共同体的赞美同时也是对资本主义的批评。尽管滕尼斯用赞许的语言描绘共同体，对社会评价也充满了"人性本恶"的潜在含义，但他将两者都视为人类所必需的关系，从本质上说都是积

1　Raymond Williams, *The Country and the City* (New York: Oxford University Press, 1975), 106.

极正面的。

从存在的可能性上说，在威廉斯看来，真正的共同体已经被资本主义摧毁了，只有在极为偏僻的地方，由劳工、佃户、手工业者和小自耕农组成的真正的共同体依稀存在。在当今的历史条件下，整个世界已经极度商业化，我们很难找到或重构威廉斯所定义的共同体。而在滕尼斯看来，任何时代都具有"共同体"和"社会"两种积极的人际关系，我们不需要去寻找和重构共同体，因为我们本来就同时生活在共同体和社会当中。

在共同体和个体性的关系上，威廉斯在对乔治·爱略特和托马斯·哈代的分析中，对人物的独立性、个体性和私密性毫不在乎，他认为："个人是，也应该是其社会地位；个人的一切都被环境文化所决定，没有任何残留或剩余。"（005）而对滕尼斯而言，这并不是一个值得关注的问题。

米勒将海德格尔作为与威廉斯截然相反的例子进行了讨论。威廉斯对共同体赞美有加，但海德格尔对共同体有诸多批判，二人对待共同体的立场针锋相对。加入共同体对威廉斯来说是毋庸置疑的好事，但在海德格尔看来则往往是坏事。与共同体的疏离对威廉斯来说是坏事，但对海德格尔来说是好事。如果说我们在讨论滕尼斯和威廉斯的时候主要讨论了共同体四个方面的问题，那么海德格尔的论述就主要关乎共同体的第四个问题，即共同体和个体性的关系问题。滕尼斯忽略个体性，威廉斯否定个体性的存在，因此对这两个人来说，个体性与共同体无法构成矛盾关系。但在海德格尔看来，一个人最重要的就是其自身独特性，一旦一个人进入一个共同体，他就会丧失这种独特性，从而丧失真正的自我。海德格尔将公众贬低为"常人"（das Man），将日常共同体验话语贬低为"闲言碎语"（Gerede）。一个人在认识到自己的独特性和有限性的时候，在向死而生的时候，才能真诚地生活，而一旦迷失于常人，就丧失了真正的此在。让我们引用一段话，来感受海德格尔所谓的人"迷失于常人"的状态：

> 我们像"常人"一样开心和享乐；我们像"常人"一样阅读、评价和判断文学；我们像"常人"一样避免和"普通大众"接触；令"常人"震惊的事物，也让我们震惊。（013）

海德格尔对常人的谴责，我们可以在今天对资本主义文化在全球扩张的批判中找到呼应。海德格尔假设了任何人都是独特的、与众不同的，要实现独属于自己的此在，实现海德格尔所谓的"最自己的"（ownmost）自我，只有与常人构成的共同体保持距离。

米勒在《小说中的共同体》中还提到几位理论家对共同体的论述，基本上和海德格尔一样，都涉及共同体和个体性的关系问题，而且基本上都认为个体性和共同体相互冲突，结论基本上都认为共同体难以存在。例如南希提出每个人都是独一无二的，都是封闭于自身独特性的他者，只能建立"不运作的"共同体。在米勒的理解中，这就意味着共同体的不可能，或共同体的"焚毁"，正如他另一部著作的书名——《共同体的焚毁》——所示。对阿甘本来说，由独特个体构成的共同体必然是一个杂乱群体。林吉斯则将这种杂乱群体称为"毫无共同点的个体组成的共同体"。布朗肖则认为共同体是私密而自惭形秽的，因此是不可言明的。德里达则怀疑威廉斯所赞美的友好亲密的共同体，认为每个人都是自我封闭的，与他人无法连通，不仅任何共同体都是人为设计的结果，而且都蕴含着自身免疫的倾向。正如米勒所说："如何看待个体性和主体间性的本质，基本上决定着一个人对共同体的观点。"（023）

遵循哪一种共同体理论，对分析小说中的共同体具有决定性的作用。如果我们采用滕尼斯的观点，认为共同体一直存在，就无须讨论共同体是否可能的问题；如果我们采用威廉斯的观点，认为共同体就是美好的存在，就无须讨论共同体是否具有弊端。如果我们采用海德格尔的观点，认为共同体阻碍个性的发展，就无须讨论融入共同体是否会带来真正的好处。米勒虽然在本书中对共同体理论进行了梳理，但在对小说的具体分析中，他对共同体的定义或理解并没有局限于任何一种理论，而是以一种非常灵活的态度，甚或在常识意义上对待共同体。这其实是一个比较普遍的现象，学者们都在文学研究中谈论滕尼斯等共同体理论家，但具体的文学研究与这些理论往往并无紧密的关系，而是遵循常识性的理解。米勒在本书中研究不同小说中的共同体，而他所说的"共同体"就是常识意义上的共同体，即基本上能够相互理解、和谐共处的人构成的群体。这样的群体有大有小，可以是夫妻、朋友，也可以是一个地区、一个国家。米勒的研究目的是探究共同体是否可能，而具体的研究过程则遵循了米勒文学批评的两大原则，即修辞性阅读和现实关注。下文将分三节分别讨论共同体是否可能、修辞性阅读和现实关切。

二、交流成就共同体

德里达否定共同体的可能性，是因为他认为人与人之间缺乏沟通的基础（见本书第二章）。米勒于 2003 年在清华大学演讲时也提到了共同体的交流属性，认为共同体成员"假定其他人跟我是一样的"，从而具有"主体间的交流"[1]。《小说中的共同体》研究了六篇小说，分

1　J. 希利斯·米勒："土著与数码冲浪者"，载国荣译，《萌在他乡：米勒中国演讲集》。南京：南京大学出版社，2016 年，第 180 页。

别是特罗洛普的《巴塞特的最后纪事》、哈代的《还乡》、康拉德的《诺斯托罗莫》、伍尔夫的《海浪》、品钦的《秘密融合》和塞万提斯的《双狗对话录》，其中前四篇是长篇小说，后两篇是短篇小说。根据滕尼斯的定义，只要出生在一个家庭，或生活在一个地区，就自动地成为共同体的一员。但在米勒的分析中，即使以家庭或地域为基础的一个群体，并不能自动成为共同体。小说中的特定群体能否成为共同体，主要取决于成员之间的沟通能力，而这种沟通能力往往通过特定的叙事手段得到表达。

在特罗洛普的《巴塞特的最后纪事》中，巴塞特郡之所以是一个共同体，是因为在这个群体中每个成员都拥有一种神奇的能力，可以毫无困难地进入其他任何成员的思维和感情，能够完全洞察他人的心理和动机，这种高度的相互理解的能力超越了阶级和性别的界限，将所有人统一在一个共同体之中。对特罗洛普而言，只要我和他人同属一个共同体，他人对我就是完全透明的。小说还设定了一种巴塞特的集体意识，这种集体意识囊括了每个个体思维，浸透了每一个人，成为共同体思维。小说中的全知叙事者，或米勒所谓的"心灵感应叙事者"，就是在代替共同体的一致思想说话。小说人物被无处不在的共同体意识包围渗透，其边界就是共同体的边界。对巴塞特郡的人来说，每个人对自己非常了解，每个人对他人非常了解，叙事者对人物非常了解，这三者往往密不可分地通过自由间接引语结合在一起。我们还可以找到第四种透明性，即读者对所有人物非常了解。在这部小说中，人们生活在幸福的透明之中，没有不透明事件或隐藏的秘密，人们没有丝毫的交流障碍。因此，米勒得出结论，《巴塞特的最后纪事》中的巴塞特"是一个生活在一起的、完全了解彼此的、拥有共同理想和思想的人们组成的有机集体"（090），也就是滕尼斯所谓的"有机的共同体"。巴塞特郡是一个共同体，是因为"其中所有的人物都是相似的，因为具有相同的认识、理念、价值观和判断而联结在一起"（113—114），他们完全没有沟通障碍。

与《巴塞特的最后纪事》不同，《还乡》中的主要人物总是存在交流障碍。他们经常相互窥探，能够看见别人，却不被别人看见。从人际交流的角度来看，这种窥探场景中的信息流通是单向的，而非双向的。哈代在《还乡》中有一个基本假设，即小说人物不能直接了解他人的思维。这一点与特罗洛普不同，而与简·奥斯汀相似。例如尤斯塔西娅和克里姆新婚之时，两个人完全不了解对方的所思所想，同床异梦是《还乡》中的常态，因为人与人无法有效沟通。即使是小说中经常出现的窥探或偷听，也只能了解表面信息，无法进入内心。由于人们无法洞察彼此的思维，造成了人们之间的交流障碍。这种交流障碍经常通过一些意外事件而产生恶果，从而破坏人物之间的关系，使得几乎所有主要人物都游离在人群之外，很难结成共同体，严重者甚至酿成悲剧。在哈代的《德伯家的苔丝》和《还乡》中，都有因为偶然事件而导致信件没有送达的情况。信件实际上代表着人与人的信息交流，信件没有送达则代表着交流受阻。这两起信件未达的事件，最终导致《德伯家的苔丝》中的苔丝之死和《还乡》中的尤斯塔西娅之死。两个家庭共同体的消亡，都是交流受阻导致的直接结果。

与这些无法融入共同体的主要人物不同，《还乡》中有一个爱敦荒原人构成的群体，这个群体尚未受到农业资本主义的侵蚀，具备威廉斯所认为的真正的乡村共同体的可能性。爱敦荒原上的人都讲当地方言，尽管评论家曾就当地人的方言是否准确与哈代发生过争论，但共同的方言无疑是他们之间交流的基本保证。他们出生和生活在这里，一生都不会离开。在节日庆典的时候，他们能够协同合作，不需要有人进行指挥，每个人都非常熟悉他们共同的传统，让彼此之间具有充分的、流畅的交流。这个群体的人有共同的集体记忆，他们拥有共同的生活方式和认识方式，都擅长讲述故事，虽然这些故事往往都是彼此熟悉的故事。这进一步凸显了他们之间流畅的交流，这一特征使得爱敦荒原的人成为一个共同体。主要人物虽然也生活在这个区域，但他们与当地人无法产生通畅的交流，从而游离在这个共同体之外。

康拉德的《诺斯托罗莫》描述了一个虚构的南美国家——苏拉科。从米勒给这一章所起的标题可以看出，苏拉科是一个"非共同体"，或者说，它不是一个共同体。苏拉科的人民生活在同一个地方，拥有相似的道德意识，受到同样的意识形态的影响，拥有同样的历史，几乎所有人都信仰天主教，几乎所有人都围绕圣托梅银矿工作。由于苏拉科非常小，几乎所有人都互相认识，似乎苏拉科的人民构成了一个真正的共同体。然而苏拉科拥有极为众多的民族和种族：有西班牙人构成的贵族阶层"克里奥尔人"，被征服屠杀的印第安人，被当作奴隶贩卖来的黑人，还有身为工人、流亡者和剥削者的英国人、法国人、意大利人、德国人和犹太人。这些人被森严的社会等级进一步分割开来，成为统治阶级和劳动阶层。苏拉科人分别讲英语、西班牙语、法语、意大利语和各种民族语言。这些差异足以产生巨大的交流障碍，而让人与人之间的交流无法实现的最主要原因则是帝国主义的入侵。殖民者入侵南美，屠杀和奴役当地人，将唯利是图的物质主义引入当地，从而让愚蠢、欺诈、盗窃、残忍成为司空见惯的现象。《诺斯托罗莫》中的人物无法了解彼此的想法，彼此完全孤立。小说主要人物之间缺乏沟通，甚至在夫妻或恋人之间也是如此，例如古尔德夫妇之间、德库德和安东妮亚之间、诺斯托罗莫和吉奥乔之间。每个主要人物都被某个秘密执念所支配，而他人很难对其进行洞察。在康拉德的这部小说中，人们生活在痛苦的隔离之中，即使身处人群之中也是如此。沟通的困难，让小说中的苏拉科无法形成一个真正的共同体。

伍尔夫的《海浪》中有七个主人公，所有人从小就互相认识，都来自同一个社会阶层，都拥有相似的价值观和世界观，一生中都保持着密切的关系，不仅有异性恋人关系，也有同性恋人关系。如此看来，他们似乎形成了一个共同体。但小说独特的叙事形式决定了他们之间没有交流，因为小说由"插曲"和六个小说人物的"独白"交替构成。插曲没有人格化的叙事者，而由某种匿名的语言力量写出。独白由六人中的某个人说出，往往并非说出的话，而是内心独白，是人物内心声音的自言自语。在很多人物的独白中，重点都是人物的孤立感和孤独感，每个人都在强调没有人能够理解他们的独特自我。我们没有任何证据表明小说人物能够洞察他人的思维。米勒认为，这六个人是否构成共同体，这一点是模糊不清的。他认为《海浪》中的人物"没有形成一个一起生活，理解彼此，拥有相同的价值观、制度、法律、礼仪和世界观的传统的共同体"（312）。我们无法准确地判断《海浪》中的七个人物是否构成一个共同体，就是因为他们似乎具备相互有效沟通的条件，但又没有任何证据表明他们的确能够进行沟通。而这种模糊性很可能更加真实地体现了现实生活中介乎于共同体和非共同体之间的各种关系。

米勒对这四部长篇小说的分析都在试图回答一个问题：小说中的主要群体是否构成一个共同体？米勒遵循的判断标准主要是交流原则，如果人们能够进行有效的交流，他们就构成了共同体，反之则不然。分析交流的有效性，并不能仅仅停留在内容层面，还必须进入叙事细节。弗雷德里克·詹姆逊曾经盛赞米勒的"缓慢而卓有成效的修辞性阅读"[1]，米勒在本书中探讨人们之间的交流时，也进行了卓有成

1　弗雷德里克·詹姆逊：英文版序，载国荣译，《萌在他乡：米勒中国演讲集》。南京：南京大学出版社，2016年，英文版序，第2页。

效的修辞性阅读。

三、修辞性阅读

　　人物能否有效交流，往往是小说家叙事预设的结果。例如《巴塞特的最后纪事》就预设人物能够毫无困难地相互了解、能够随意进入他人的思维，但在其他三部小说中则没有这样的预设。人物之间能否进行有效的交流，还通过小说叙事手法本身得以表达。例如《诺斯托罗莫》中杂乱的叙事顺序表明人们很难就历史的真相进行清晰的交流，而《海浪》以"独白"和"插曲"的方式组织文本，这种叙事手法本身就让小说人物没有交流的机会。分析小说中的共同体和分析现实生活中的共同体不同，是因为小说不仅通过人物之间的实际交往内容，而且通过叙事手法本身来表达对共同体的思考。米勒的修辞性阅读能够让我们更好地理解小说呈现共同体的独特性。

　　米勒在第四章的开头引述了德曼的一段话，非常清楚地表明了修辞性阅读的特征和困难：

　　当你进行阐释学研究的时候，你关注文本的意义；当你进行修辞性研究的时候，你关注文体学或对文本产生意义的方式的描述。问题是，这两种研究是否互补，你是否能够同时用这两种研究来研究整个文本。尝试的经验表明，这样是行不通的。当一个人想要两者兼得的时候，修辞往往被漏掉了，而实际上在做的只是阐释研究。我们会被文本的意义完全吸引，根本无法同时进行阐释和修辞两种研究。一旦你开始关注意义的问题时，你就忘掉修辞吧，很不幸我就是这样的。这两者并不互补，甚至在某种意义上相互排斥，这是本雅明所谓的一个纯粹语言学问题的一部分。（176）

尽管修辞性阅读和阐释性阅读很难兼顾，但米勒认为必须兼顾。之所以强调修辞性阅读，是因为小说中的世界固然可以说是对现实世界的模仿，但任何小说中的世界首先是语言建构的虚拟世界。即使是那些被认为与现实世界高度相似的小说世界，例如《巴塞特的最后纪事》中的巴塞特郡和《还乡》中的爱敦荒原，也依然具有明显的虚构性。这里所说的"虚构性"，并不是指人物或事件与现实生活中的人物和事件缺乏明确的对应关系，而是说这些世界被小说作者以独特的修辞手段赋予了独特的规则和特征。只有修辞性的阅读才能透彻地理解这些规则和特征，从而更加深刻地了解小说中的共同体或非共同体。德曼提出的修辞性阅读和阐释性阅读，就是米勒所谓的"双重阅读"：第一重阅读是全身心投入小说建构的世界中，第二重阅读是探究小说如何对读者施加影响；第一重是快速阅读，而第二重是尼采所推崇的"慢速阅读"（025）。米勒认为同时进行这两重阅读虽然难以实现，但必须实现。

《巴塞特的最后纪事》中的共同体的最基本的规则我们已经有所了解，即人们相互之间是完全透明的。但这只是总体的叙事预设，修辞性阅读能够揭露这个透明共同体的更多细节，从而有助于我们更加深刻、全面地理解这个共同体的特征。在米勒看来，《巴塞特的最后纪事》中的巴塞特郡在三个意义上是 models of community，这里 model 的三个意义分别对应汉语中截然不同的三个词语：第一，共同体模型，即现实共同体的精妙复制，也就是说该小说是对当时英国社会的严谨的准确再现；第二，共同体模范，即理想的共同体，也就是说小说描绘的是一个值得效仿的理想社会；第三，共同体范本，即虚拟的共同体，也就是说小说中的世界是一个独立存在的、与现实世界毫无关系的虚拟世界。从小说文本中、特罗洛普其他的文字中和评论家的文章中，可以找到分别支撑每一种理解的证据。只有将巴塞特郡同时当作三种共同体，我们对这个共同体的理解才是全面的。同时，尽管特罗洛普的巴塞特郡是一个人人彼此透明的共同体，但这个共同体具有无法洞察的"黑洞"，即爱上他人是一件神秘难测的事件，无法通过理性进行理解。然而婚恋是共同体延续的手段，因此巴塞特共同体的黑洞是其透明共同体延续的手段。只有将"黑洞"和"透明"并置考察，我们才能深刻理解特罗洛普共同体的意识形态表达。

我们也大致了解了《还乡》共同体的基本规则，即爱敦荒原的人们构成了一个共同体，而小说主要人物不能了解他人的思想，无法构成或融入共同体。我们还知道了在《还乡》的小说世界中，人们往往通过偷窥或偷听的方式了解他人，但这种了解不仅是单方面的，而且是表面上的，无法深入内心。在这个世界里，偶然因素往往破坏人们的好意，带来毁灭性的结果，其发挥作用的逻辑依然是阻碍了人们相互之间的沟通。《还乡》还有一个显著的叙事特征，即叙事者具有极其敏锐的视觉和听觉，能够发现荒原上各种微小的细节，比如各种动物乃至微小生物的形态、微妙的光线和各种具体的复杂的声音。哈代的叙事者还极度关注小说主要人物的面孔，能够像读书、赏画一样，解读出各种细节。然而叙事者对世界的明察秋毫进一步从反面凸显了小说主要人物对彼此的毫不了解。尽管爱敦荒原上的人们构成了一个共同体，但他们没有独立的个人生活，没有值得探究的内心存在，不会进行独立的判断和思考，无法洞察现实的生存条件，生活在具有欺骗性的幸福之中，是海德格尔所谓的"常人"。因此，在《还乡》中，人们要么因为相互误解或自我误解而给彼此带来伤害甚至造成死亡，要么保持纯真状态，生活在虚假的幸福之中。

康拉德在《诺斯托罗莫》中虚构了一个非共同体，也就是一个人与人之间有严重交流障碍的群体——苏拉科。康拉德在小说中使用的时间转换、预叙、追叙、重复行为、嵌入事件等令人眼花缭乱的叙事手法，赋予了小说一种整体性的空间全景图。这种极为复杂的叙事手法，隐含了关于历史书写的假设，即我们无法简单化地、线性地书写苏拉科共和国的历史。苏拉科历史的复杂性，在《诺斯托罗莫》的主要人物的塑造中得到了具体的展示，每个人都彼此割裂，互不理解。每个人都受到某个秘密执念的支配，正是这些无法向他人诉说的执念促成了苏拉科共同体的建构。康拉德对苏拉科的地理描写也在支撑他关于苏拉科的历史观。康拉德通过众多的细节表明，苏拉科的白天总是阳光明媚，晚上总是阴云密布，日复一日，年复一年，永远不会发生变化。而苏拉科的历史就是一波接一波的政变，尽管苏拉科共和国得以成功建立，但在小说结尾的时候已经出现了新一波政变的迹象。与苏拉科的地理景观一样，苏拉科的政治景观似乎永远都不会发生本质的变化。康拉德对景物的描写，奉行物质主义的原则，即大海、岩石等都是从纯粹的物质层面被描述的，而完全没有拟人化等与人类相关的投射意义。这也在影射苏拉科的历史将遵循历史周期律，而与任何具体的个人毫无关系。只有从叙事细节入手，才能透彻理解康拉德塑造的苏拉科（非）共同体。

四、小说解读的现实关切

马克思在《关于费尔巴哈的提纲》中说："哲学家们只是用不同的方式解释世界，问题在于改变世界。"[1] 米勒的文学解读有两大特征，除了上文提及的修辞性阅读，还有旗帜鲜明的现实关切。米勒在分析《诺

---

1 卡尔·马克思：《资本论》（第一卷），中共中央马克思恩格斯列宁斯大林著作编译局译。北京：人民出版社，2004年，第57页。

斯托罗莫》的时候这样说："一部文学作品的施为性力量，不是来自可以从中提炼出来的主题概括，不是来自人物的描述，也并不是来自情节的概要。这种施为性力量来自具体的细节，这些细节能够逐渐积累。如果存在解读的可能，那么它必须尝试解释小说如何通过某种神秘的力量，改变读者的世界，无论这种改变多么微不足道。"（195）米勒对小说中共同体的修辞性的分析，总是服从于改善世界的目的。他认为，修辞性阅读"可以教给公民一些必要的技能，使他们能够解读包围在他们四周的一切标记，并帮助他们避免被那些杜撰出来的有关他们的物质、社会、性别和阶级存在的一套表述所压制，或者压迫"[1]。而一旦人们能够洞察意识形态的迷雾，就会引发相应的行为，从而改善这个世界。

阅读小说，以改变世界，首先体现为米勒对共同体的"自身免疫"的关注。米勒的自身免疫理论来自德里达，德里达在《信仰与知识》中提出，每个共同体都有自杀性的趋势，他将这种趋势称为"自身免疫"：

> 自身免疫困扰着共同体及其免疫存活系统，极度夸大其自身的可能性。在最自主的生活中，任何拥有共同点的东西，任何具有免疫力的东西，任何安全、健康、神圣的东西，任何毫发无损的东西，都具有自身免疫的危险。……共同体就是共同自身免疫体（Community as *com-mon auto-immunity*）：没有培养出自己的自身免疫的共同体是不存在的，自我牺牲的自我破坏原则，破坏了自我保护原则，即保持自我完整的原则，而这一切都来自某种看不见的、幽灵般的存活。（345-346）

德里达的自身免疫，就是共同体往往会产生自己反对自己、自己

1　J. 希利斯·米勒："理论在美国文学研究和发展中的作用"，载国荣译，《萌在他乡：米勒中国演讲集》。南京：南京大学出版社，2016年，第29页。

毁灭自己的共同体意识。米勒对共同体自身免疫逻辑的讨论，集中体现在最后一章对品钦的短篇小说《秘密融合》和塞万提斯的短篇小说《双狗对话录》的讨论。

《秘密融合》中四个男孩组成一个"帮派"，经常组织秘密集会，给成人世界制造一些麻烦。四人中有一个黑人小孩，是最近搬到这个社区的。当地白人对新搬来的黑人一家感到害怕和震惊，试图通过辱骂和在其草坪上倾倒垃圾将其赶走。很显然，成人世界的白人不愿意和黑人构成共同体，两者缺乏沟通的前提。小说的关键在于四个小孩能否构成共同体，似乎几个白人小孩并未体现出种族歧视的迹象，能够亲密无间地和黑人小孩交往。但在小说临近结尾时，读者会发现黑人小孩卡尔·巴林顿只是白人小孩虚构的幻影，事实上并不存在，所谓的"跨越种族的友谊"只是一个乌托邦共同体，很容易在男孩们长大后被抛诸脑后。小说中的自身免疫逻辑是现实世界中美国社会的真实再现。美国普遍的种族主义让白人对黑人充满了仇恨，本来为了抵御外来危险、保证共同体安全的免疫机制转而针对自身，成为破坏共同体本身的自身免疫。

米勒在塞万提斯的《双狗对话录》中也解读出了共同体的自身免疫逻辑。这篇小说包含一系列互不相关的故事，但这些故事都在讲述共同体的自身免疫，即自我破坏。例如，屠夫本应保护自己屠宰好的肉，防止被人偷走，但他们自己就是小偷，将最好的肉偷走送给情妇；警察本应逮捕小偷，却和小偷勾结，坑蒙拐骗。米勒还从这篇小说中解读出当时的西班牙社会对国内少数族裔赤裸裸的种族歧视。小说将吉卜赛人和摩尔人塑造成带有歧视性的刻板形象，例如将摩尔人描述为要钱不要命的守财奴。在历史上，吉卜赛人、摩尔人和犹太人曾经为西班牙的文化发展做出过巨大的贡献，然而西班牙在1492年就驱逐了犹太人，西班牙的宗教裁判所也烧死过众多的所谓"异教徒"。米勒认为小说对共同体的自身免疫逻辑的揭示非常具有启发意义，因为"今天在美国和全世界发生的事情表明，这种自毁式的共同体行为并非仅存在于小说中"（389）。

米勒在《小说中的共同体》中对自身免疫的分析与当今现实密切联系，体现了他所倡导的"跨时阅读"（anachronistic reading）。跨时阅读在《萌在他乡》中被翻译为"错时性阅读"或"当下性阅读"，意思是把过去的文学作品"放在当下这个环境来读"[1]。在《小说中的共同体》以及米勒其他的评论著作中，"跨时阅读"的例子比比皆是，体现出米勒深切的现实关注。《巴塞特的最后纪事》中的人物在毫无觉察的情况下，随时随地被叙事意识浸透和监视，米勒认为这种全方位的监视就像当今美国国家安全局对美国和全世界的全方位监视一样，美国国家安全局在《外国情报监视法》的授权下，通过网络手段对美国人和全世界进行监视，曾经的虚构成为当今的现实。《诺斯托罗莫》描述了美国对南美国家的经济和军事干预，米勒认为这体现了美国为了"物质利益"对南美进行干预的漫长历史以及对伊拉克和阿富汗的入侵，而小说所塑造的美国资本家霍尔罗伊德可以是曾任美国副总统的大资本家迪克·切尼。虚构的苏拉科在美国的军事干预下独立，与巴拿马在美国的操纵下从哥伦比亚分裂出去如出一辙。因此米勒说："理解我们这个全球化时代正在发生的事情的最好方法之一，是阅读康拉德的这部 100 年前写成的旧小说。"（240）1964 年出版的《秘密融合》描述了美国的种族歧视，米勒认为，时至今日，美国黑人和包括女性在内的少数群体远未实现"机会平等"，种族隔离依然存在。《双狗对话录》用种族主义的刻板形象来描述吉卜赛人和摩尔人，米勒认为这

1　J. 希利斯·米勒："理论在美国文学研究和发展中的作用"，载国荣译，《萌在他乡：米勒中国演讲集》。南京：南京大学出版社，2016 年，第 331 页。

和今天美国人用反犹太的刻板形象来描述犹太人没有什么两样。

米勒在其著作中经常使用语言学家奥斯汀在《如何以言行事》（*How to Do Things with Words*）中提出的言语行为理论[1]，认为小说具有"施为性"（performative）功能。米勒所谓的小说的施为性功能有两层含义。第一，小说通过语言创造了一个世界，一个共同体或非共同体，这个世界或（非）共同体独立存在，是与现实相对照的虚构世界，有自己的独特规律和特点。读者在阅读小说的时候，也同样需要通过语言的施为性力量在头脑中建构出这个小说世界。第二，小说通过对现实的批判式再现让我们意识到现实世界的缺陷，比如《诺斯托罗莫》中美国资本主义对全世界的控制、《秘密融合》中美国的种族歧视等；小说还通过描述理想的人物、行为或共同体，为读者提供可供效仿的模范。无论是让我们意识到现实的缺陷，还是为我们提供效仿的对象，都能够改变我们在现实世界的行为。米勒认为，小说施为性力量来自具体的细节。进行关注小说具体细节的修辞性阅读，揭示小说中的（非）共同体的建构方式和具体特征，理解小说改变世界的施为性功能，这就是米勒《小说中的共同体》之要旨。

陈广兴

2022 年 5 月 13 日

1　J. L. Austin, *How to Do Things with Words*, 2nd edn., ed. J. O. Urmson and Marina Sbisà (Oxford: Oxford University Press, 1980).

以此纪念我的老朋友、优秀的编辑海伦·塔塔

目录

致 谢

我非常感谢曾经听过这本书各个章节的早期版本的听众。他们提出过一些建设性的问题，帮助我对文稿进行修改和拓展。这些听众包括那些参加了我在加州大学尔湾分校为期十年的"批判理论重点"小型研讨会的学者。在这些研讨会上使用过的一些材料经过修改后收入本书。我要感谢休·肖勒（Sue Showler）、金庆（Kyung Kim）、芭芭拉·考德威尔（Barbara Caldwell）和其他很多人，他们非常友好地举办了这些研讨会。他们赋予我极大的快乐和荣幸。本书写作过程中，一些章节内容曾经出现在我在美国和全世界的其他高校的讲座中，包括中国（康拉德章节的部分内容）、法国（伍尔夫章节的缩略版本）和西班牙（塞万提斯和品钦章节）。

虽然这本书的大部分内容以前没有出版过，但有四章中的部分内容或缩略版本曾经发表过。但所有这些已经发表的内容都经过了修改以符合本书的论点，第三章和第五章进行了大幅扩充。第四章中的一部分要点以中文出版过，第六章的早期版本曾经以西班牙文出版过。

第三章的一个非常简短的版本以《〈还乡〉中的个体和共同体》（"Individual and Community in *The Return of the Native*: A Reappraisal"）为题收录于论文集《重新评价托马斯·哈代》[*Thomas Hardy Reappraised: Essays in Honour of Michael Millgate*, ed. Keith Wilson (Toronto: University of Toronto Press, 2006), 154-73.] 中。我要感谢凯

I

斯·威尔逊和多伦多大学出版社同意将该文扩充和修改后重新使用。

第四章的部分内容的第一个版本，在奥斯陆大学雅各布·卢特（Jakob Lothe）教授主持的会议上宣读过，当时的题目是《"物质利益"：作为对全球资本主义批判的英国现代主义文学》（"'Material Interests'：Modernist English Literature as Critique of Global Capitalism"）。这个讲座材料经过修改和调整之后构成了本书第四章第三节。这个研讨会于 2005 年 9 月 22-24 日在奥斯陆挪威科学与文学学院高级研究中心召开。卢特教授是叙事理论和分析研究小组的组长，我是这个小组的成员，他给我这一小组留下了美好的回忆。我在奥斯陆的发言稿最终作为一章收录在《约瑟夫·康拉德：声音、序列、历史和体裁》[*Joseph Conrad: Voice, Sequence, History, Genre*, edited by Jakob Lothe, Jeremy Hawthorn, and James Phelan (Columbus: Ohio State University Press, 2008), 160-77.] 中。我非常感谢雅各布·卢特、詹姆斯·费伦和俄亥俄州立大学出版社同意我修改后重新使用该文。

张一凡、郭英剑将第四章第三节的一部分翻译为中文，以《物质利益：现代英国文学对全球资本主义的批评》发表在《郑州大学学报》（2004 年第 5 期，第 127-130 页）上。在 2004 年 6 月 5-9 日在郑州大学召开的全球化与当地文化国际研讨会上，和在 2004 年 6 月 12-15 日在清华大学召开的关于杂志《批评探索》（*Critical Inquiry*）的国际研讨会上，我用英文宣读了稍微长一点的这篇文章的版本。这篇演讲稿经过修改和大幅扩充，以符合本书关于康拉德的《诺斯托罗莫》的章节的观点。

第五章的一个非常简短的版本，以法语和英语在线发表在尚塔尔·德罗默（Chantal Delourme）主编的杂志《批评之旅》[*Le tour critique* 2 (2013), 113-20; 121-29] 2013 年第 2 期的特刊《作为哲学家的弗吉尼亚·伍尔夫》(*Virginia Woolf Among the Philosophers*)中，2014 年 1 月 26 日访问自网址 http://letourcritique.u-paris10.fr/index.php/letourcritique/issue/view/3。非常感谢理查德·佩托（Richard Pedot）、尚塔尔·德罗默和《批评之旅》同意我将其修改扩充后收入本书。

第六章的早期版本以西班牙语收录在朱利安·希门尼斯·赫弗南主编的论文集《魔术：理解〈双狗对话录〉》[*La Tropelía: Hacia* El Coloquio de los Perros, ed. Julián Jiménez Heffernan (Tenerife; Madrid: Artemisaediciones, 2008), 33-98.] 中，由玛丽亚·赫苏斯·洛佩斯·桑切斯-维斯卡伊诺（María Jesús López Sánchez-Vizcaíno）翻译，论文题目是《作为后现代叙事的〈双狗对话录〉》("*El Coloquio de los Perros* Como Narrativa Posmoderna")。非常感谢赫弗南教授同意我重新发表该文，同时感谢宝拉·马丁·萨尔万（Paula Martín Salvan）对我的大力协助。这篇文章的简短版本在 2005 年科尔多瓦大学召开的塞万提斯《双狗对话录》的研讨会上宣读过。关于品钦的章节的缩略版本曾以英文发表在《外国语言与文化教学与研究》上 [*Foreign Languages and Culture Teaching and Research* 18, no. 1 (Tianjin: Tianjin University of Technology, June, 2005), 1-9.]。

第 一 章
共同体理论：威廉斯、海德格尔及其他

雷蒙德·威廉斯（Raymond Williams）在其《关键词》[1]（*Keywords*）中对"共同体"这一词条的解释非常直白，不失他一贯的简洁、全面和细腻。他简要梳理了"共同体"的词源史以及该词自14世纪进入英语之后所具有的不同意义。他还将英语的 community 与法语的 commune 和德语的 Gemeinde 进行了比较，并提到了滕尼斯对 *Gemeinschaft* 和 *Gesellschaft* 影响深远的区分：前者指有机共同体，后者指非个人性机构或团体。虽然威廉斯区分了"共同体"的五个意思，但他的定义的核心思想可以表述为：与"**领域**或**国家**的组织机构"相对的"共同身份和特征的感觉"和"直接关系构成的团体"。威廉斯强调该词的感情色彩和施为性力量："共同体可以是用来描述一种现有的人际关系的温暖的、具有说服力的词语，也可以是用来描述与现实不同的人际关系的温暖的、具有说服力的词语。"

威廉斯用"共同体"表达的意思在《乡村与城市》（*The Country and the City*）中，尤其是第10章"圈地、公地和共同体"、第16章"可知的共同体"和第18章"威塞克斯和边境"[2]中得到了进一步的阐

---

1 Raymond Williams, *Keywords*, Revised ed. (New York: Oxford University Press, 1985), 75–6.
2 Raymond Williams, *The Country and the City* (New York: Oxford University Press, 1975), 96–107, 165–81, 197–221. 对该书的引用都来自这个版本。

释。第16章和第18章分别讨论乔治·爱略特和托马斯·哈代。威廉斯并不完全欣赏乔治·爱略特，对简·奥斯汀也颇有微词，他对哈代则几乎是全盘肯定。区别在哪里呢？威廉斯说："简·奥斯汀精于窥探，善于分析，但仅仅针对一个有限群体的相互关系。"（168）威廉斯认为，爱略特和他之前的简·奥斯汀一样，或多或少将她对人的理解局限于上流社会。上流社会构成了爱略特的"可知的共同体"。她并不真正理解寻常百姓——乡下的农民、工人、仆人和商人。他们和他们的共同体对她而言都是"不可知的"。在威廉斯看来，爱略特将她的内心生活投射到小说中的工人阶级身上。她对工人阶级一贯持居高临下的态度。威廉斯说："乔治·爱略特将她自己的意识伪装成具有个性特征的方言，赋予她真正能够感同身受的小说人物；但是乔装模仿的痕迹往往非常明显——在亚当、丹尼尔、玛吉和菲利克斯·霍尔特身上都是如此。"（169）

关于乔治·爱略特的判断，似乎有待商榷。例如《亚当·比德》（*Adam Bede*）中的海蒂·索雷尔在我看来，是一个非常可信的人物形象，且与乔治·爱略特本人完全不同。同威廉斯一样，我也具有农村背景，只是隔了一代人，因此我也像威廉斯一样，能够以亲身体验就此发表感受。威廉斯贬低奥斯汀和爱略特，而推崇哈代和劳伦斯这样的男小说家，有没有可能是出于厌女倾向呢？"窥探和分析"确实是极为糟糕的评价，对一个按说是客观的现实主义小说家而言，说她的所有主人公都是不同版本的她自己，还有什么评价能比这更糟糕？爱略特在孩提时代正好与农村人有过直接的交往经验，比如她和父亲坐着马车走乡串户。她的父亲是一个房地产经纪人，既不是农民，也不是贵族，而是中间阶层。他女儿也承袭了这一阶层，这个位置为他聪明伶俐、眼光锐利的女儿提供了一个对周围人进行对比观察的绝妙角度。在我看来，如上文所述，威廉斯在贬抑爱略特的时候，的确有欠考虑。

威廉斯对哈代的评价则完全不同。他说，哈代真正了解他在小说中描写的农村人和农村共同体。他之所以能够了解，是因为他在小时候亲身体验过农村生活。同时他眼光锐利，能够看穿农村生活的真相。哈代的"根本立场和特点"是他的"观察的深刻性和准确性"（205）。哈代的重大主题是通过上学或迁徙，或既上学又迁徙，让这些农村人背井离乡。更准确地说，哈代关注背井离乡带来的异化，即使这些离开家乡的人如《还乡》（*The Return of the Native*）中的克里姆·姚博莱特一样试图回归家乡，"异化"依然是作品的主题。哈代的目标是"描述和赞美一种与他具有密切而模糊的关系的生活方式"（200）。他在其小说中表达的视角来自一个同时处于局内和局外的人物（顺便提一句，正好和乔治·爱略特一模一样！）这是因为这一立场就是哈代自己的生活状态：

> 在成为建筑师和成为一个牧师家庭的朋友（他的妻子也来自一个牧师家庭）的过程中，哈代移动到了社会结构的一个不同的位置，这一位置与受过教育却并不富有的阶层产生联系，同时还通过他的家庭与众多的小雇主、商人、手工艺人和村民产生联系，而这些人就家庭而言，本身就很难和雇工严格区分。（200）

威廉斯从未详细说明，为什么准确描述乡村共同体比准确描述上流社会恋爱婚姻悲剧要更胜一筹，而爱略特在《米德尔马契》（*Middlemarch*）和《丹尼尔·德龙达》（*Daniel Deronda*）中描写的就是上流社会的婚恋悲剧，亨利·詹姆斯也是如此，而詹姆斯也未得到威廉斯的青睐。他只是想当然地认为哈代的主题更好，或许是因为威廉斯认为"真正的历史"发生在农村人身上，而不是贵族身上。"圈地、公地和共同体"是他的《乡村与城市》中全景式的一章，就明确支持这一观点。对威廉斯来说，从 18 世纪至今的英国历史的核心内容，就是资本主义的逐渐崛起和乡村共同体生活的破坏。他将其称为"资本主义社会关系的逐渐渗透和市场的全面控制"（98）。他的看法与当今美国人，比如弗朗西斯·福山（Francis Fukuyama）、乔治·W.布什或保罗·瑞恩（Paul Ryan）等人的看法颇为不同。威廉斯将资本主义的崛起视为纯粹的灾难，一场"危机"。他提出，工业化只是问题的一个方面。"到了 18 世纪晚期，"他说："我们完全可以说社会已经成为组织化的资本主义社会，在这样一个社会里，市场上发生的一切，在任何地方，无论工业生产领域还是农业生产领域，无论城市还是农村，都被其渗透，形成了这个单一的危机。"（98）资本主义体制逐渐强化的统治，使得农村劳动者和土地租种者被强行剥夺土地，形成了大规模的地产，导致大批民众背井离乡和异化。圈地运动只是这个过程的一个方面。另一个同样重要的因素是英国社会输入了一种僵化的阶级体制，这一阶级体制的物质符号是这一时期修建的数量庞大的大型乡间房产。

威廉斯认为，一个真正的共同体是没有阶级的。他热情赞美偏远乡村中依稀存在的这种共同体，这些地方没有乡间房产，比如他在其中长大的威尔士边境地区。但是他认识到，即使在这里，也存在着令人厌恶的阶级结构。他认识到，美化这些共同体是没有意义的，但这些共同体是我们在这个糟糕的时代所拥有的最接近真正共同体的东西。威廉斯对这些共同体的描述充满了诱人的温暖和激情：

在一些地方，一种真正起作用的具有地方特色的共同体，依然以一种古老的方式存在着，在这里，小土地拥有者、佃农、手工艺人和劳工之间的关系首先是邻居，然后才是社会阶级。我们永远不应该美化这一点，因为在关键时刻，古今同理，阶级现实通常都会浮现。但在很多平常时刻，在很多和平无事时期，在那里依然存在着友好互助的关系。（106）

除了这些正在快速消失的共同体之外，威廉斯认为，唯一可供选择的，是受压迫者联合起来，形成一个反抗罪恶的资本主义和所谓的"所有权社会"（ownership society）的共同体。"所有权社会"是乔治·W. 布什提出来的，当然他用这个术语是为了表达赞美。威廉斯在这一章的最后一句话中说："共同体，想要继续存在，就必须改弦易辙。"（107）我认为，这句话就相当于说，"让革命快点到来吧！"我同样怀抱着威廉斯乌托邦式的希望以及他对德里达所谓的"将来民主"（the democracy to come）的信念，为了"将来民主"，我们都应该努力奋斗，无论距离我们有多么遥远，也无论其有多大可能永远都很遥远，它在任何时候都是"将来"（à venir），也就是说，将会到来。

威廉斯在《乡村与城市》中对共同体的描述有几个要点。要点之一，真正的共同体不仅仅是相对较少的一群人一起生活在同一个地方，共同奉行相同的友好互助的古老美德。一个真正的共同体还必须是没有阶级的。阶级结构，尤其是资本主义产生的阶级结构，会将共同体破坏殆尽。

第二个要点非常重要，虽然没有得到大量的论述，但是构成了威廉斯共同体思想的基石，即，个人是，也应该是其社会地位；个人的一切都被环境文化所决定，没有任何残留或剩余。一个小自耕农就是一个彻头彻尾的小自耕农。我**是**我的主体地位（subject position）。因为我种麦子，或种白菜，或做鞋子，或当木匠，或挤牛奶，所以我就成了我。因为我是巴塞特大教堂的领班神父，所以我就成了我。在威廉斯看来，优秀的现实主义小说必须准确表达的内容当中，必须包含人物与身边共同体的联系或缺乏联系如何基本上完全决定了他们的品性和命运。威廉斯说:"同在所有伟大的现实主义小说中一样,人的品质和命运,以及所有生活方式的品质和命运,都应该放在同一维度下考察,而不应该区别对待。"(201)这样的观点,当然是马克思主义的唯物主义决定论思想的一种体现。

威廉斯的第三条基本观点是,一个真正的共同体的温馨和亲密关系取决于我了解邻居的方式。我的社会地位将我完全暴露给其他人,不会留下别人所不知道的一丁点私人主体性。我在温馨和亲密的氛围里了解邻居,或被邻居所了解,因为邻居就是彻头彻尾的小群体中的社会角色。这种愉快的主体间性之所以能够维持,就是因为群体中的所有成员拥有一套共同的传统习俗和信仰,这些习俗和信仰全然决定了他们是什么样的人。这一点让这个理想的无阶级的乡村共同体成为一个真正的有机共同体(*Gemeinschaft*)。

威廉斯在大体上理所当然地认为归属于一个共同体是正确而美好的。对他而言,一个真正的共同体,如果世上真有这种东西的话,其主要特点是地位平等的人们之间的"睦邻友好"和"传统的亲密关系"。威廉斯此书的论点是,资本主义的崛起,包括全英国农村地区的农业资本主义,使得共同体越来越没可能形成。共同体或许在远离地主们的乡村大别墅的偏僻角落里依然存在着。在这些避世之地,由劳工、佃户、手工业者和小自耕农组成的真正的共同体至今或许依然存在。

威廉斯提出,是农业资本主义,而不是圈地运动,基本上彻底摧毁了英格兰共同体存在的可能性:"由地主、佃农和劳工组成的经济体制自16世纪以来一直控制着整个社会,而现在〔自从19世纪初以来,带着圈地运动的围墙、篱笆和'文件权力'(paper rights)〕这一体制却明确而彻底地被控制住了。共同体想要继续存在,就必须改弦易辙。"（107）威廉斯最后这句话所表达的意思和在该章之前的内容所表达的意思一样，即共同体现在只能作为受压迫者为了反抗压迫者而形成的联盟和团体而存在。虽然我承认威廉斯所描述的资本主义体制在英格兰所造成的罪孽确实存在，但我们还是可以提出一个问题，即，在一个小村庄里，虽然人人都接受阶级划分，但人人都去同一座教堂，照顾病人和穷人，遵守同样的法律，恪守相同的社会传统。尽管他们并不平等，但为什么不能将这个小村庄称为"共同体"？我们完全可以将其称为一个糟糕的共同体。威廉斯或许会用提问的方式来回答我：

> 在一个富裕的地主和被他压榨和压迫的佃农之间，能够分享什么？或共同拥有什么？或形成何种亲密和谐、睦邻友好的关系？只有在一个基本上没有阶级的社会里，或阶级分化被最小化的社会里，居住在同一地方的不同家庭组成的小群体，才有足够的理由被称为共同体。[1]

1　沃尔夫拉姆·斯密德根在近期的一部精彩的、独创性的、博学的著作中，提出了与威廉斯略有差别的观点。（参见 Wolfram Schmidgen, *Eighteenth-Century Fiction and the Law of Property* [Cambridge: Cambridge University Press, 2002]）. 斯密德根将 18 世纪英国小说与当时当地的真实的社会条件构成的"背景"进行对照研究。然而对斯密德根而言，决定性因素是土地所有权，即已经确立了数个世纪的"不动产"的所有权，这一所有权受英国普通法的管理，甚至在新的资本主义"动产"——例如股票和其他投资——经济开始占据统治地位并要求得到新的法律的管理的时候，情况依然如此。斯密德根对波科克关于英格兰 18 世纪土地拥有权和共同体的关系问题的影响深远的阐释并不赞同。参见 J. G. A. Pocock, *Virtue, Commerce and History: Essays on Political Thought and History, Chiefly in the Eighteenth Century* (Cambridge: Cambridge University Press, 1991). 有大量的评论著作研究过这些问题，仅举三位学者为例：弗雷德里克·詹姆逊（Fredric Jameson）、布鲁诺·拉图尔（Bruno Latour）和让·鲍德里亚（Jean Baudrillard）。我将威廉斯和海德格尔进行对比，并非试图穷尽在这一问题上的可能性，而是一种权宜的做法，是为了给我对 19、20 世纪小说的解读提供两种不同的范式。

威廉斯基本反对这样的观点，即一部小说可以是虚构的世界，是一个与现实相对照的世界，是一个有着自己独特规律和特点的异托邦（heterotopia）。当然，这样的异托邦，毫无疑问，是作者通过将其眼中的"真实世界"转化成文字而创造出来的。这种转化是通过虚构性语言的施为性品质（performative felicity）而实现的。但即便如此，小说绝不是镜像，我们不能将其反映包括社会现象在内的现象世界的准确性作为判断小说作品的唯一标准，而威廉斯和其他很多小说批评家和教师都坚持"小说就是镜像"这种错误的意识形态观点。威廉斯也对独立性、个体性、独特个性或私密性等主体性特征毫不在乎。正是这种个体的独特性让小说人物，或许还有现实人物，至少在一定程度上，与其身边的共同体保持距离。比如，哈代就坚持这样的观点。

威廉斯用诸如"异化""分离"和"暴露"等负面术语来表达对这种保持距离的负面评价。这种破坏性的流离失所是资本主义及其伴随物——识字率的上升、小农民和农业工人的背井离乡、向城市迁徙，和农业采用资本主义生产方式——的胜利所导致的社会变化的结果。威廉斯说："被暴露和被隔离的个体是哈代小说的核心人物，但这些个体仅仅是普遍暴露和隔离状态的极端例子。然而他们从来并不只是生活方式变化的例证。每个人都有其主要的个人历史，其个人历史在心理学术语的层面上与这一变化的社会人格产生直接关联。"（210）威廉斯认为，每个小说人物的主要个人历史，无论多么具有个体独特性，对这个人物而言，都是用一种独特的方式反映和体现大规模的社会变化，而小说人物在很大程度上只是这种社会变化的无助的受害者。

威廉斯提出这些想法时，有大量关于共同体的其他理论在差不多同一时期被发表，可以拿来和威廉斯的理论进行比较。有些发表早于威廉斯的《乡村与城市》（首次出版于1973年），有些则晚一些。威廉斯在写作这本书的时候，不可能读过这些作家的作品，反之亦然。这些共同体理论家包括马丁·海德格尔（Martin Heidegger）、乔治·巴塔耶（Georges Bataille）、莫里斯·布朗肖（Maurice Blanchot）、让-吕克·南希（Jean-Luc Nancy）、吉奥乔·阿甘本（Giorgio Agamben）、本尼迪克特·安德森（Benedict Anderson）、阿方索·林吉斯（Alphonso Lingis）和雅克·德里达（Jacques Derrida）。[1]

---

1 这里涉及以下作品：Martin Heidegger, *Sein und Zeit* (Tübingen: Max Niemeyer, 1967); Martin Heidegger, *Being and Time*, trans. John Macquarrie and Edward Robinson (London: SCM Press, 1962); Martin Heidegger, *Die Grundbegriffe der Metaphysik* (Frankfort am Main: Vittorio Klostermann, 1983); Martin Heidegger, *The Fundamental Concepts of Metaphysics*, trans. William McNeill and Nicholas Walker (Bloomington: Indiana University Press, 1995); Benedict Anderson, *Imagined Communities: Reflections on the Origin and Spread of Nationalism* (New York: Random House, 1983); Jean-Luc Nancy, *Être singulier pluriel* (Paris: Galilée, 1996); Jean-Luc Nancy, *Being Singular Plural*, trans. Robert D. Richardson and Anne E. O'Byrne (Stanford, Calif.: Stanford University Press, 2000); Georges Bataille, *L'Apprenti Sorcier du cercle communiste démocratique à Acéphale: textes, lettres et documents* (1932–39), ed. Marina Galletti; notes trans. from Italian by Natália Vital (Paris: Éditions de la Différence, 1999); Maurice Blanchot, *La communauté inavouable* (Paris: Minuit, 1983); Maurice Blanchot, *The Inavowable Community*, trans. Pierre Joris (Barrytown, N.Y.: Station Hill Press, 1988); Jean-Luc Nancy, *La communauté désoeuvrée* (Paris: Christian Bourgois, 1986); Jean-Luc Nancy, *The Inoperative Community*, ed. Peter Connor, trans. Peter Connor, Lisa Garbus, Michael Holland, and Simona Sawhney (Minneapolis: University of Minnesota Press, 1991); Giorgio Agamben, *La comunità che viene* (Turin: Einaudi, 1990); Giorgio Agamben, *The Coming Community*, trans. Michael Hardt (Minneapolis: University of Minnesota Press, 1993); Alphonso Lingis, *The Community of Those Who Have Nothing in Common* (Bloomington: Indiana University Press, 1994). Jacques Derrida and Gianni Vattimo, *La religion* (Paris: Seuil, 1996); Jacques Derrida, *Acts of Religion*, ed. Gil Anidjar (New York and London: Routledge, 2002)。赫弗南（Julián Jiménez Heffernan）在《共处及其麻烦》（"Togetherness and Its Discontents"）中对西方学者从霍布斯到黑格尔、马克思，从滕尼斯到南希以及当今的其他人提出的共同体思想进行了令人钦佩的总括性介绍。他的这篇文章是一部由 14 篇论文构成的名为《进入相互隔离的世界》（*Into Separate Worlds*, Palgrave Macmillan, 2013）的论文集的精彩而博学的介绍长文，这些论文是由来自西班牙科尔多瓦和格拉纳达的学者撰写的。这些论文讨论英国 20 世纪晚期和 21 世纪初期的共同体。很有价值的一点是，他们在讨论小说的时候指出，小说人物有时候同时属于多个（想象的）共同体。

这些作家的观点绝不统一。限于篇幅，此处无法全面讲述这些人关于共同体的思想，但我们可以做一点简要的描述，先稍微详细地讨论一下海德格尔关于共同体的概念。

海德格尔在《存在与时间》（*Sein und Zeit*）和《哲学基本概念》（*Die Grundbegriffe der Metaphysik*）中提出，"共在"（*Mitsein*）是"此在"（*Dasein*）的根本前提。但众所周知，他极力反对日常共同体验的话语，将其贬低为"闲言碎语"（*Gerede*）。他极为推崇此在认识到自己的独特性和有限性，即向死而生（*Sein zum Tode*）的时刻。这时候的此在就有可能通过"想要拥有道德良心"而为自己负责。对威廉斯来说，哈代的《无名的裘德》中的裘德·福利，或《还乡》中的克里姆·姚博莱特，都遭受了严重的异化，而对海德格尔而言，他们的异化恰恰是真诚生活的必要条件。真诚生活意味着在独处的时候拥有自己的此在，而不是屈服于"常人"而生活。海德格尔的观点与威廉斯的观点正好相反。海德格尔或许比威廉斯更加贴近新教重视个人精神生活的传统。威廉斯对他的威尔士边疆乡村村民的新教信仰毫不关注。他将当地的教区牧师视为压迫阶级结构的一部分。他很看重那些持异议的教堂，将其视为反抗英国国教霸权的力量（*The Country and the City*，105），但对这些教堂提倡的个人精神性的形式——如个人祈祷——则不置一词。在这个马克思主义的理想世界里，一个人不再拥有私人的主体生活。一个人也不需要拥有这样的生活。

马丁·海德格尔的观点多么不同啊！据我所知，海德格尔一生中从未对小说做过评价，当然也许他在某时某地评论过小说。或许他从未读过小说，也许他一直在偷偷地阅读小说但引以为耻，就像自从小说开始出版以来很多人的感受一样，也很像今天痴迷于电子游戏之人的感受。在 19 世纪的英格兰，阅读小说往往被认为是无聊轻浮的，甚至是道德上有危险的行为，对男性如此，对女性尤其如此。福楼拜笔下的爱玛·包法利和康拉德笔下的吉姆老爷都因为阅读了过多的流行传奇小说而下场凄惨。海德格尔，在任何情况下，都是一个喜欢诗歌的人。他非常喜欢几个作家，荷尔德林（Hölderlin）排在首位，还有里尔克（Rilke）、特拉克尔（Trakl）和索福克勒斯（Sophocles）。他能够将这些诗人直接和他的哲学思考联系起来。要是我们能知道他对《还乡》作何评价的话，那将是非常有意思的事情。

海德格尔在其代表作《存在与时间》中，严格区分了迷失于"常人"的此在和真正的此在。在海德格尔看来，人类存在于"此"（da）的方式，与动物、植物和石头不同。此在有"众多的世界"，并且在自己的世界中"居于其中"。海德格尔认为动物只有"很少的世界"，而石头，根据怀特海（Alfred North Whitehead）的摄入（prehension）理论[1]，完全没有自己的世界。

海德格尔使用积极评价和消极评价的地方与威廉斯完全相反。威廉斯赞扬的，海德格尔痛恨。威廉斯谴责的，海德格尔赞美。海德格尔坚持认为，他使用的"常人"或"闲言碎语"等词语，都是描述性的、中性的，而非评价性的："'闲言碎语'的表述在这里没有携带'贬低'（herabziehenden）的含义。"[2]海德格尔坚持认为，"迷失"在"常人"中，或"堕落"为"常人"，或"失足"为"常人"（Verloren, Verfallen, Geworfen）是在表述一种正常的、"根本的"人类生存状态。但不管怎样，他对此在迷失于"常人"的描述看起来一点也不中性。他使用的"迷失""堕落"和"失足"等术语，具有明显的神学含义，

1　参见Alfred North Whitehead, *Science and the Modern World* (New York: Macmillan, 1925)，例如第四章"18世纪"和第六章"19世纪"。
2　Martin Heidegger, *Being and Time*, trans. John Macquarrie and Edward Robinson (London: SCM Press, 1962), 211, 以后标注为*BT*加页码；同上，*Sein und Zeit* (Tübingen: Max Niemeyer Verlag, 1967), 167, 以后标注为*SZ*加页码。

绝不是纯粹的描述性词汇。这些词汇还具有明显的比喻意义。人类的"迷失",绝不是"迷失在森林中"的迷失;人类的"堕落",也绝不是"绊了一跤而坠落"的坠落;人类的"失足",也绝不是"失足掉下悬崖"的失足。人类的迷失、堕落和失足,是基督教在评价人类生存状态的时候对犯错者使用的术语。海德格尔声称他很讨厌比喻手法。他试图说服读者,他的术语的意思都是字面意思。但不管怎样,这些词语仍然**是**比喻,都是一种名为"语言挪用"(catachresis)的修辞例证,指将词语原来的意思进行转变,用来指另一种东西,在这里指人类生存状态。对这些词语来说,根本不存在字面意思。无论海德格尔希望这些词汇有多么中性和"哲学",这些词汇表达的都是关于失足,迷失,然后堕落的一个多少有点可怕和暴力的背景故事(如同在"人类的堕落"[1]中一样)。

下文就是海德格尔对迷失于"常人"状态的非常强有力的讽刺性的描述。这一部分引自第 27 段,标题是《日常生活中"成为自己"与"常人"》(*Das alltägliche Selbstsein und das Man*)(*BT*, 163; *SZ*, 126):

如前文所示,在我们身周的环境里,公共"环境"(*Umwelt*)总是已经就绪,触手可及,意义重大(*mitbesorgt*)。在使用公共交通或使用报纸等信息媒介的时候,每一个他者(Other)都和他人类似。这种"共在"(*Miteinandersein*)完全消解了一个人自己的此在,变成类似于"众多他者"(the Others)的存在,其结果是,作为可以相互区分的众多他者也趋于消失。就是在这种难以觉察的状态下,"常人"的真正的专制得以显现。(*In dieser Unauffälligkeit und*

---

1 出自《圣经·创世纪》,基督教的基本教义之一,指由于人类始祖亚当和夏娃违背上帝的诫命,偷食禁果后被逐出伊甸园,从而让人类失去了原先所享有的美善和幸福。(译注)

Nichtfeststellbarkeit entfaltet das Man seine eigentliche Diktatur.）我 们像"常人"一样开心和享乐；我们像"常人"一样阅读、评价和判断文学；我们像"常人"一样避免和"普通大众"接触；令"常人"震惊的事物，也让我们震惊。这里的"常人"并不确定，且所有人都是"常人"，尽管并不是所有人组成的整体，但它规定了一种日常的存在方式……这样"常人"通过平常性的观点维持自我在事实上的存在，这些观点包括："常人"包括谁，什么有价值，什么没有价值，什么是成功，什么不是成功。这种规定什么可以做、什么能够做的平常性观点（averageness），时刻监视着一切凸显自我的异常事件。任何突出事件都会被悄无声息地镇压。一夜过去，任何创造性的东西都被改头换面，成为人们早已司空见惯的事物。千辛万苦得来的任何东西，仅仅成为供人操纵摆布的事物。任何秘密都丧失其力量。这种平常性的关切，反过来揭露了此在的一个本质趋势，我们将这种趋势称为存在的一切可能性之间的"均质化"（*Einebnung*）……公共性让一切事物变得模糊，凡是因此被掩盖起来的东西，都被当成是熟悉之物，从而被每个人所理解……每个人都是他者，没有人是自己。（*Jeder ist der Andere und Keiner er selbst.*）（*BT*, 164-5; *SZ*, 126-8）

　　虽然海德格尔坚持认为他的分析"绝不是对日常此在的任何道德批判，不是确立某种'文化哲学'（*kulturphilosophischen*）"（*BT*, 211; *SZ*, 167），但如果他所言非虚，他的思想之于文化哲学，之于当今的文化研究，之于我对特罗洛普、哈代、康拉德、伍尔夫、品钦和塞万提斯的解读都将大有裨益。海德格尔对"常人"的愤怒的谴责，在今天对任何本土文化的均质化的谴责中得到呼应，这种本土文化的均质化是由于全球经济帝国主义和大众传媒对全球的日益强大的支配所导致的。这种谴责指出，很快全世界所有人将会穿同样的衣服，吃同样的食物，在星巴克喝咖啡，看同样的电影和电视新闻，听同样的谈话节目，用同样的方式想事情，"常人"将在全世界大获全胜。其间的区别是，海德格尔很显然认为任何一种本土文化，例如《还乡》中与世隔绝的偏僻乡村共同体，和城市中上电影院、看电视网络新闻和在网上冲浪的非共同体（noncommunities）一样，都是"常人"。要将我要讨论的小说家置于以威廉斯和海德格尔作为两极的一条线上的何种位置上，我们必须谨慎行事。

海德格尔反对此在在日常生活中迷失在"常人"的非真实性（inauthenticity）之中，而提出另一种可能的人类生存条件。他将其称为"真实的此在"。此在如何能够摆脱迷失，成为"真实"？"真实"（*eigentlich*）到底是什么意思？《存在与时间》用冗长而复杂的行文描述了此在摆脱"常人"的过程。《存在与时间》讲述了一个戏剧性的故事。这个故事讲述此在如何才能避免自己陷入或被人抛入（两个相当不同的形象）"常人"。初始假设是每个此在实际上都是独特的、特殊的、与众不同的，无论它在多大程度上从一开始就已经迷失在"常人"之中。一个既定的此在，不同于任何"他者"，甚至不同于它最亲近的人，不同于同一个家庭成员，也不同于既定此在被认为共享思想、习俗和生活方式的当地的、"本土的"共同体。读者应该还记得，对威廉斯来说，情况正好相反，个体性与其环境不可分割，除非通过"分离"和"暴露"导致异化，而异化则被认为是一件坏事。

海德格尔将此在直面自己的个体性称为怪怖体验，或 *das Unheimlichkeit*。我这里用德语词"非在家性"，就是因为这个词语解释了此在因其独特性而在任何房屋、家庭或共同体中都不能安居在家。此在如同一个无家可归的鬼魂，是侵入家庭的外来者或陌生人，虽然根据弗洛伊德对怪怖（uncanny）的解释，陌生人看起来很熟悉，有似曾相识的感觉。当我面对我的个体性的时候，我觉得这既是我，又不是我，不是迷失在"常人"中的日常的我，而是一个令人不安的不同的我，我们可以称之为"不合时宜的我"。我将自己视为陌生人，简而言之，视为怪怖：

> 此在面临被抛入"常人"的命运，试图逃离自身，去拥抱成为"常人自我"（they-self）假定会带来的自由，从而获得解脱。这里的逃离，被描述为面对怪怖时候的逃离，而怪怖是个体化的"存在于世界"的根本的决定因素。怪怖在最根本的焦虑（Angst）心理状态中真实地展现出来；怪怖是暴露此在常人化的最基本的方式，它将此在的"存在于世界"与世界的"虚无"（das Nichts der Welt）对立起来；面对这种"虚无"，此在陷入对最自己（ownmost）的存在潜力的焦虑之中。如果这个在其怪怖性的最深处发现了自我的此在成为良心的呼唤者（der Rufer des Gewissensrufes wäre），这时会发生什么事情？……怪怖是"存在于世界"的本质特征，尽管在日常生活中怪怖被掩盖遮蔽。（BT, 321, 322; SZ, 276, 277）

是什么导致我潜在的真实自我与我日常的非真实自我相互对峙？在这里海德格尔的作品就显得有点奇怪，甚至怪怖了，尽管不失其独特性，虽然他所说的东西奇怪地令人熟悉。有人或许会说，海德格尔作为哲学家的伟大之处，就在于他用前人从未使用过的方式将一些奇怪地令人熟悉的东西讲述了出来，就好像我已经知道了这些，但我不知道我已经知道。因此海德格尔的作品让我们觉得可信，有说服力。他的观点看起来也并不是全然不靠谱的。

海德格尔假定每个此在都具有他称之为"最自己的存在潜力"（zu seinem eigensten Seinkönnen），他使用了一个简单粗暴的词——最自己（ownmost）。此在还不是它能够成为的样子，也不是它应该成为的样子。它能够成为或应该成为的样子是"真实"（*eigentlich*）的，也就是说，独属于一个此在，而不属于其他此在。没有其他人具备和我一样的潜力，就如同没有人能够替我去死。对海德格尔而言，我最自己的存在潜力，从本质上说，是一种向死而生（*BT*, 378; *SZ*, 329）。无论此在现在如何"存在于此时此地"，它终有一死，也就是说，终有一天它将不再"存在于此时此地"，这是任何一个此在的本质特征。矛盾的是，我"最自己的存在潜力"的根本特征之一是，有一天我将死去，将不复存在，用德里达的话说，我具有"不再可能的可能性"，虽然海德格尔并未用类似的方式表达这一思想。

我到底怎样才能通过我与生俱来的趋向死亡的本质，来直面我怪怖的个体性？答案就是我必须回答海德格尔所谓的"良心的呼唤"（*der Ruf des Gewissens*）是什么（*BT*, 317; *SZ*, 272）。良心从根本上要求此在接受其初始的有罪感（*Schuldigsein*）。我并不是因为犯了错或犯了罪而有有罪感，而是因为我的此在的本质特征之一就是我从一开始就是彻头彻尾地有罪的。此在通过良心的呼唤被"召唤"（*aufgerufen*）至自我——也就是说，成为其"最自己的存在潜力"……良心将此在的自我从其在"常人"的迷失中召唤回来（*aus der Verlorenheit in das Man*）（*BT*, 318, 319; *SZ*, 273, 274）。这样的观点听起来似乎很熟悉。这是基督教神学和基督教伦理学的说法，其原罪概念和对良心的呼唤是灵魂中残存的上帝的声音，这一声音要求人们悔过自新。然而，海德格尔坚持说，他的话语并非神学话语。他说，良心的呼唤并非来自上帝。海德格尔的天才之处就在于，他把基督教神学术语拿过来，对所有这些传统关键术语进行重新定义，改变了"灵魂来自上帝"的论断，重新界定了灵魂的创造者。海德格尔改变了所有这些术语，用以表达一个世俗的本体论。他的论述逻辑是自我中设立一个自我，在此在中设立一个此在，从而形成双重性。当此在听从良心呼唤的时候，它就像是在通过拉扯自己的鞋带而让自己脱离地面[1]。这一切的发生，都没有上帝或任何超验之物的帮助。它的发生是通过此在与自我的双重本质。海德格尔说："此在通过良心呼唤自我。"(*Das Dasein ruft im Gewissen sich selbst.*)(*BT*, 320; *SZ*, 275)他继续解释这句话的意思："事实上，这种呼唤确切地说，并非**我们自己**所策划的，或准备的，或主动实施的，或我们曾经做过的。'它'呼唤('*Es*' *ruft*)的时候，是出乎我们的意料，甚至违背我们的意愿的。另一方面，这种呼唤绝不是来自和我共处于这个世界的其他人。这种呼唤**来自我，又来自超越我的存在**。(*Der ruf kommt* aus *mir und doch* über *mich.*)"(*BT*, 320; *SZ*, 275)

　　读者应该明白，"呼唤"是一种特殊的施为性话语，如同路易斯·阿尔都塞(Louis Althusser)关于"呼唤"的著名例子：当社会利用其所有的"意识形态国家机器"(Ideological State Apparatuses，ISA)要求我们将自己融入周围的意识形态的时候，就会发出这种"呼唤"。当警察朝我发出"嗨，你!"的时候，就发生了阿尔都塞的"呼唤"。海德格尔的良心的呼唤则与阿尔都塞例子中警察的呼喊完全相反。良心呼唤我们从共同体中抽身出来，成为真正的自我，而不是像阿尔都塞所说的那样，接受自己在统治性意识形态共同体或国家建构中的位置。当有人或有东西呼唤我的时候，我不能置之不理。这种呼唤恰当地被认为是一种施为性话语，并不是因为它规定我们的回答，而是因为它把我们放置在一个必须用某种方式进行回答的位置上。我必须回答"是"或"不是"，甚至不回答也是一种回答。

　　《存在与时间》将此在分为两部分，一部分为同时在我内部和外

1　伊格尔顿很喜欢用这个比喻。这是在说某种脱离现实的、无法实现的想法，比如利用现有的意识形态术语来反抗该意识形态。(译注)

部的隐藏极深的呼唤者，另一部分为显现在外的、表面的、非真实的"被呼唤者"，这两个词在该书中频繁出现，相互对立，形成一种圆环。一方面是良心的呼唤，从此在的深处或高处不招自来，并要求回答"是"或"不是"。另一方面是海德格尔所谓的"想拥有良心"的意愿。良心的呼唤不请自来，不由自主，但除非因为某些神秘的原因，我充满了某种海德格尔用一个令人惊叹的合成德语词所表示的"有意识的意愿"（*Gewissen-haben-wollen*），否则我将永远都听不到良心的呼唤（*BT*, 334; *SZ*, 288）。这就是为什么我将海德格尔的成为一个真实的、根基扎实的此在的过程，看作扯着自己的鞋带让自己离开地面。海德格尔用反问句煞有介事地问道："如果这个此在在自己的怪怖深处（*im Grunde seiner Unheimlichkeit*）发现自我，并成为良心的呼唤者，结果会是什么？"（*BT*, 321; *SZ*, 276）他用一系列构想来回答这个问题，这些构想对海德格尔来说，总结了此在的两种状态之间的区别：一种是身处共同体，迷失于"众人"的此在，另一种则是与共同体拉开距离，成为一个人在暗中和潜力中早已就是的状态，即真实的此在。

关于其身份，呼唤者用世俗的方式只能用**虚无**进行定义。呼唤者是处于其怪怖之中的此在：作为"不在家"（*als Un-zuhause*）的本质的、迷失的"存在于世界"——处于世界的"虚无"之中的赤裸裸的"物自己"（that-it-is）。呼唤者对日常"常人自我"来说完全是陌生的；它是一种**陌生的**（alien）声音。对迷失于其关切构成的多样性"世界"中的"常人"而言，恐怕没有什么比被个人化为怪怖中的自己的、且被抛入"虚无"的自我更加陌生的了。"它"在呼唤，虽然它并没有给屏息聆听的耳朵（*das besorgend neugierige Ohr*）任何可以听得见的东西，或可以通过再次讲述进行传递或在公开场合进行讨论的东西。但从此在的迷失的存在的怪怖角度（*seines geworfenen Seins*）来说，到底什么是此在？（*BT*, 321-2; *SZ*, 276-7）

　　我日常的此在，看起来在其最深处居住着某个东西，一个"它"，我对此毫不了解，是完全的"他者"，然而这个东西比我更接近我自己。［我借用了杰拉德·曼力·霍普金斯（Gerard Manley Hopkins）的说法，他是一个耶稣会信徒和思高学派哲学家。值得注意的是，海德格尔的博士学位论文研究的就是中世纪天主教神学家董思高（Duns Scotus）。思高和阿奎那正好相反，相信"存在的同一性"；也就是说，他相信从上帝到最微不足道的造物的任何东西都以同样的方式"存在"。海德格尔无处不在的"存在"，有人或许会说，是思高学派的同一性的世俗版本。］良心的呼唤在刚刚引述的上文中还隐含了另外一个重要特征，并且在《存在与时间》中得到进一步的说明。一个"呼唤"是潜在的一种话语模式，尽管它是一种施为性话语，而不是表述性话语，正如阿尔都塞的警察的命令式的"嘿，你！"，或《创世纪》中上帝对亚伯拉罕的呼唤："这些事情过后，上帝的确引诱了亚伯拉罕，他对亚伯拉罕说，亚伯拉罕，看，我在这儿。"（《创世纪》第22章第1节）海德格尔的良心的呼唤，却存在于沉默之中："呼唤用**保持沉默**（*Modus des* Schweigens）的怪怖方式说话。"（*BT*, 322; *SZ*, 277）此在对良心沉默的呼唤的回答也必须采用保持沉默的方式。良心的呼唤不是一个人可以和他人谈论的话题。谈论它，或甚至用语言表述它，都是通过将其表述为公共语言，也就是"常人"的"闲言碎语"来背叛它。呼唤和对呼唤的回答都与我和其他共同体成员共有的日常语言互不兼容。

　　虽然海德格尔没有提供任何具体的例子，但亚伯拉罕的反应就是典型：面对上帝要求他牺牲自己挚爱的儿子以撒的命令，他甚至没有告诉妻子。克尔凯郭尔在《恐惧与战栗》(*Fear and Trembling*)中就是如此阐释这一事件的。当一个人不能言说的时候,他/她必须保持沉默,维特根斯坦如是说。当然,这是一个根本的、无法逃避的悖论,《圣经》的作者们、克尔凯郭尔和海德格尔都使用公共语言说话。他们书写和发表沉默的秘密。《圣经》是公共语言的原型或范式,是通俗化的奥秘,是一切有耳朵之人都能听见的话语。全世界任一角落操任意语言的人都能读到《圣经》,它就像宾馆房间里的基甸圣经(Gideon Bibles)一样无处不在。这些不同的话语都在揭露秘密的内容;否则我们将无从得知悄无声息地发生的事。悖论尤其属于这一思想领域。

有点类似的是,小说家,或不如说小说家发明的叙事者,通过一种具有怪怖特色的心灵感应,深入小说人物的内心,将其秘密揭露给每个读者。他们将人物深藏于心的珍贵事物揭露出来,而人物自己从未将这些事物与周围的任何人分享,包括家人、朋友和整个共同体。《还乡》中就有很多这样的例子。比如,尤斯塔西娅厌倦了她对韦狄的爱情,转而将克里姆·姚博莱特作为她的欲望和迷恋的目标。尤斯塔西娅在其自我意识中当然知道这种转变。叙事者将这一转变告诉了读者,但小说中除了尤斯塔西娅外没有其他人物知道这件事。这是个秘密,但同时是以一种特殊方式存在的公开秘密,因为小说的叙事者和每个读者都知晓。

良心的呼唤有一个明显的问题,即无法向他人证实其存在。它只能自己证明自己,甚至对听到这种呼唤的人来说也同样如此。"耶和华要求我牺牲我的儿子。我听到一个声音要我这样做。"这样的表述很难在法庭上充当父亲谋杀儿子的理由。世界上的三大宗教,基督教、犹太教和伊斯兰教,都将父亲甘愿牺牲儿子作为其宗教的奠基性的故事,而我们传统的另一条线,即古希腊罗马传统,则将俄狄浦斯切切实实地，尽管是无意地，杀死自己的父亲作为其奠基性的故事。

没有哪两种立场，比威廉斯和海德格尔的立场更加针锋相对，就如同俄狄浦斯和亚伯拉罕针锋相对一样。归属于一个平等的共同体，对威廉斯来说是好事，但对海德格尔来说是坏事。海德格尔将其蔑称为迷失于"常人"。从任何有机共同体疏离，对威廉斯来说是坏事，但对海德格尔来说是好事，因为唯有通过撤离此在才能成为真正的自我。哪种说法正确？要想做出决定并不容易，尽管做出决定事关重大。或许讨论一些具体例子更加容易一些，至少能够让我们进一步了解这一问题所涉及的方方面面。

接下来我将简要讨论一下其他的现代共同体理论家。

南希在尾注 4 列出的两本书[1]里对共同体进行的思考是非常复杂的。想要用只言片语对其进行概括是很难的。[2]极度概括地说，对南希而言，每个个体既是独一无二的，又是复数的、"暴露"给他人的。然而，这些他者从本质上而言都是永远封闭于自身独特性的他者、外人、陌生人。我们最大的共同点就是，我们都终将死去，虽然每个个体将独自承受自己的死亡。这意味着任何一个共同体，在任何时候任

1　指的是南希的《成为多元独体》和《无用的共同体》。米勒所使用的法语和英语版本分别是：Jean-Luc Nancy, *Être singulier pluriel* (Paris: Galilée, 1996); Jean-Luc Nancy, *Being Singular Plural*, trans. Robert D. Richardson and Anne E. O'Byrne (Stanford, Calif.: Stanford University Press, 2000); Jean-Luc Nancy, *La communauté désoeuvrée* (Paris: Christian Bourgois, 1986); Jean-Luc Nancy, *The Inoperative Community*, ed. Peter Connor, trans. Peter Connor, Lisa Garbus, Michael Holland, and Simona Sawhney (Minneapolis: University of Minnesota Press, 1991).（译注）

2　对让-吕克·南希的共同体理论的比较详细的讨论，参见拙著 *The Conflagration of Community: Fiction before and after Auschwitz* (Chicago: University of Chicago Press, 2011), 3–35.

何地点，都是"不运作的"（*désoeuvrée*）。

对阿甘本来说，"将临的共同体"将是一个由"任何（*quodlibet*）独特个体"组成的杂乱群体（agglomerations），这个群体并不一定是糟糕的。

林吉斯关于共同体的著作的标题将这种杂乱群体称为"毫无共同点的个体组成的共同体"。林吉斯的作品强调与陌生人的遭遇是当今人类生活的核心内容。

布朗肖的《不可言明的共同体》（*La communauté inavouable*）是一本小书，讨论南希的《不运作的共同体》（*La communauté désoeuvrée*）与巴塔耶的"无头"（acephalic）共同体之间的关系。布朗肖认为共同体不可言明。共同体不可言明，是因为共同体是秘密的、隐藏的、自惭形秽的，还因为共同体与"贴切的"（felicitous）公共言语行为背道而驰。这些公共"语言"寻找、支持，并随时更新我们都想生活于其中或甚至设想可能生活于其中的共同体。在不可言明的共同体中，这些施为性言语行为都是不可能的，或用奥斯汀（J. L. Austin）的术语，是"不贴切的"（infelicitous）。这样的共同体不可能让可预测的事物得以发生。

最后，雅克·德里达深深地怀疑海德格尔的"共在"（*Mitsein*），以及一切类似于威廉斯对拥有共同思想、友好亲密地生活在一起的人构成的共同体的赞美。德里达最后的系列讲座（2002-2003）的主题是笛福的《鲁滨孙漂流记》和海德格尔的《哲学基本概念》，这是多么奇怪的一对组合。在这个系列讲座的第一期，德里达毫不妥协地宣称，每个人都被隔离在各自的孤岛上，封闭在个体的世界里，没有地峡、桥梁或其他任何交通途径能够通往他人封闭的世界，他人的世界也无法连通我的世界。其结果，既然"我的世界和他人的世界之间的差异永远都不可弥合（*infranchissable*）"，"世界的共同体"（*la communauté du monde*），包括动物和来自不同文化的人类，"永远都是一系列起稳定作用的工具（*dispositifs*）的建构和仿造，然后或多或少比较稳定的、永远不自然的广义上的语言、痕迹的编码（*les codes de traces*）被设计出来，从而在众生之中建构一种任何时候都可以被解构的世界的整体性（*une unité du monde toujours déconstructible*），这种整体性在任何时候任何地方都不是与生俱来的"[1]。在《信仰与知识》的精彩章节中，德里达提出，在每个共同体中都存在一种自杀性趋势，他将其称为"自身免疫"：

> 共同体（community）就是 *com-mon auto-immunity*（*com-mune auto-immunité*）：没有培育自己的自身免疫的共同体是〈不可能的〉，所谓自身免疫，指牺牲性的自我毁灭，能够破坏自我保护原则［即维持自己完整统一性的机制（*du maintien de l'intégrité intacte de soi*）］，而自身免疫本来的目的是保证某种隐形的、幽灵般的存活。[2]

我来总结一下，如何看待个体性和主体间性的本质，基本上决定着一个人对共同体的观点。威廉斯的共同体只是近年来涌现的众多共

1　Jacques Derrida, *The Beast and the Sovereign, Vol. II*, trans. Geoffrey Bennington, ed. Michel Lisse, Marie-Louise Mallet, and Ginette Michaud (Chicago: University of Chicago Press, 2011), 8–9; 同上，*Séminaire: La bête et le souverain, Volume II*, ed. Michel Lisse, Marie-Louise Mallet, and Ginette Michaud *(2002–2003)* (Paris: Galilée, 2010), 31.

2　Jacques Derrida, "Faith and Knowledge: The Two Sources of 'Religion' at the Limits of Reason Alone," trans. Samuel Weber, in *Acts of Religion*, ed. Gil Anidjar (New York: Routledge, 2002), 87; also in *Religion*, ed. Jacques Derrida and Gianni Vattimo (Stanford, Calif.: Stanford University Press, 1998), 51; 同上，"*Foi et savoir: Les deux sources de la 'religion' aux limites de la simple raison*," in *La Religion: Séminaire de Capri sous la direction de Jacques Derrida et Gianni Vattimo*, ed. Thierry Marchaisse (Paris: Seuil, 1996), 69. 我对德里达共同体思想的讨论参见拙著 *For Derrida* (New York: Fordham University Press, 2009).

同体概念中的一种。这些概念互不兼容。它们无法相互结合，也无法相互调和。必须做出选择。（*Il faut choisir.*）但我应该怎么选择？我全心全意地希望我能够相信威廉斯无阶级的共同体，但我害怕真正的共同体更像德里达描述的具有自我毁灭的自身免疫特性的共同体。当然，相比威廉斯的友好亲密的共同体，今日的美国，如果你将其视为一个巨大的共同体的话，能够更好地充当德里达的自我毁灭自身免疫的共同体的例子。或许威廉斯的友好亲密的共同体（*Gemeinschaften*）依然在美国偏僻的乡村零星地存在着，虽然这些共同体往往承受着令人痛苦的意识形态偏见、种族歧视或排外歧视。然而，新的媒介——苹果手机、脸书、互联网、网络游戏、电子邮件以及其他——正在快速地破坏这些残存的共同体，无论这些共同体本身有多少问题。

在接下来的几章中，作为仔细阅读小说文本的基础，我将提出一个问题：这本或那本小说是否呈现了一个"真正的共同体"？这个问题预设了关于共同体理论的复杂并且经常自相矛盾的传统。

第 二 章
维多利亚共同体范本:
特罗洛普的《巴塞特的最后纪事》

双 重 阅 读

我强烈建议对小说开展双重阅读。在第一重阅读中,你全身心投入到阅读小说中去,没有任何保留。你在内心和感觉中,在可以称为你的脑内小剧场中,重新创造小说的人物、行为、地点、房屋、花园,等等。第二重阅读应该和第一重阅读同时进行,尽管不可能实现。第二重阅读是质疑的、怀疑的阅读。在第二重阅读中,你探究小说如何产生魔力。你问小说的魔力将什么东西以塑造意识形态的方式施加在你身上。小说如何训练我,呼唤(interpellating)我,让我以特定的方式信仰,以特定的方式评价,以特定的方式做出行为? 你必须同时用两种方式阅读,尽管不可能,一边说:"别担心。我放弃抵抗,完全屈服于小说的魔力。"一边又问:"小说是如何获得魔力的? 它为什么要这样做? 小说对我做了什么?"第一种阅读可以被称为"快速阅读"。这种阅读不会在字词上停留,而是快速推进,在读者的大脑中重新创造小说人物及其故事。第二种阅读是尼采所推崇的"慢速阅读",在每个字词上停留,提出问题,翻阅前后。[1] 如果没有进行

---

1 "或许一个人依然是文献学家,也就是说,一个慢速阅读的老师(*ein Lehrer des langsamen Lesens*)————这项技艺不是轻松地完成一件事情,而是教会人们**很好地**阅读,也就是说,慢速、深入、开着门、眼疾手快(转下页)

第一种快速阅读，你将没有任何东西值得你用第二种阅读进行质疑。这两种阅读互相抑制，互相阻碍。这就是我为什么说同时进行快速和慢速阅读虽不可能，但很必要。

作为共同体范本的小说

我将在这一章进行的双重阅读所依据的线索是一个问题：将那些篇幅巨大的多重情节的维多利亚小说称为"共同体范本"（models of community）是什么意思？我将安东尼·特罗洛普的《巴塞特的最后纪事》作为一个范例。这部小说首次发表于1866年12月1日至1867年7月6日之间，由史密斯与埃尔德出版公司分32周连载，1867年由该公司将其分为两卷本出版。

没有什么东西比范例（paradigmatic example）的问题更多。任何一个例子都是自成一类的。任何一个例子都只能是自己的例子，虽然它或许和其他"同样东西"的例子具有一些类属上的相似性，例如我们现在所说的维多利亚多重情节小说。范本（paradigm）来自希腊语 *paradeigma*，意思是"模型样本"和"建筑规划"。如果将《巴塞特的最后纪事》当作其他所有小说——特罗洛普的其他所有小说或所有维多利亚小说的模型样本和建筑规划，那将会怎样？这些小说都按照同样的规划进行建构？这似乎不大可能。要想证实这一点，就需要

（接上页）地阅读。（*sie lehrt g u t lesen, das heisst langsam, tief, rück- und vorsichtig, mit Hintergedanken, mit offen gelassenen Thüren, mit zarten Fingern und Augen lessen*）" Friedrich Nietzsche, *"Preface," Daybreak: Thoughts on the Prejudices of Morality*, trans. R. J. Hollingdale (Cambridge: Cambridge University Press, 1982), 5, 英语译文略有改动；同上，*"Vorede," Morgenröte*, Vol. III of Friedrich Nietzsche, *Kritische Studienausgabe*, ed. Giorgio Colli and Mazzino Montinari (Munich: Deutscher Taschenbuch Verlag, Walter de Gruyter, 1988), 17.

将所有这些小说读完，或将很多小说读完，并且使用我将在阅读《巴塞特的最后纪事》时要使用的慢速阅读。这将是永远都无法完成的工作。因此，我的概括只能是尝试性的、探索性的假定，而不是已经得到证实的规律。

《巴塞特的最后纪事》似乎具有三个主要情节：克劳利先生和20英镑被盗的事、格伦雷少校向格蕾丝·克劳利求婚、莉莉·戴尔决定成为老处女的事。但领班神父的事也可以被当作另一个情节。其他的次要情节包括"女主教"普劳迪夫人之死、哈丁先生之死，以及强尼·埃姆斯的声名狼藉的伦敦朋友多布斯·布劳顿一家、德莫林一家和范·西弗一家的事。

读者能够发现，当我花费时间将分类进行到多重"次要情节"的时候，我根据传统的相互交织的情节的观点对《巴塞特的最后纪事》进行梳理的尝试似乎并不成功。小说内容并没有严格地集中在一个单一的情节行为上，就如同亚里士多德提出的情节的范例——索福克勒斯的《俄狄浦斯王》那样。尽管如此，特罗洛普在《自传》（*An Autobiography*）中表明，他严格遵守亚里士多德的统一概念。他直截了当地说："长篇小说中不应该有故事片段。每页上的每个词句都应该服务于同一个故事。故事碎片会转移读者的注意力，而且往往令人不快……虽然你要写的小说肯定很长，但它必须是一个整体。对故事碎片的排除必须落实到最小的细节上。每句话、每个词，都必须讲述同一个故事。"[1] 尽管这样说，特罗洛普紧接着认为，次要情节是可以允许的，可以用来强化主要情节："虽然他的故事应该是一个故事，但可以分为很多部分。虽然情节本身要求为数不多的人物，但情节可

1　Anthony Trollope, *An Autobiography*, ed. David Skilton (London: Penguin, 1996), 153. 下文将来自该书的引文标注为 *AA* 加页码。

以被拓展，进而在很多人物身上获得充分的展开。可以存在次要情节，但次要情节必须服从于阐明主要故事，它们必须是唯一故事的组成部分，——就好比一张油画里有很多人物，但在观众眼里，这些人物不应该构成相互分开的多个画面。"（*AA*, 153）

这听起来挺有说服力，但问题是《巴塞特的最后纪事》的主要情节是什么（大家似乎认为是克劳利的故事）？其他的情节又是如何都服从于对这一主要情节的阐释的？稍后我将讨论这一问题。特罗洛普的做法，在任何情况下，都允许很大的回旋余地和拓展空间。就如同亨利·詹姆斯在《罗德里克·哈德森》（*Roderick Hudson*）的前言中所说："确实，任何情况下，人际关系无处不在，艺术家的难题永远是按照自己的几何定义画一个圈，小说中的人际关系似乎就限定在这个圈里，不会出圈。"[1] 通过蕴含在集体共同体意识中的核心意识来讨论《巴塞特的最后纪事》，比通过情节讨论更加合理，我将在下文详细地证明这一点。

特罗洛普本人在《自传》中非常充分地讲述了他编造情节的困难和他的小说故事推进中小说人物对情节的支配：

只有写过戏剧或小说的人才知道，他们用来操控情节的时间非常短暂；——我也可以说，大脑投入到这个令人疲倦的工作中的时间非常短暂。经常会出现长达几个小时的焦虑和疑惑，甚至绝望，——至少对我来说是这样，——或许好几天。然后，大脑中完全没有关于事情最终该如何发展的任何想法，根本无法敲定任何事情，但对某个人物或几个人物具有非常清晰的概念，就这样我冲向我的小说，就像一

---

1 Henry James, *Roderick Hudson*, *The Novels and Tales*, 26 vols. (Fairfield, N.J.: Augustus M. Kelley, 1971–79: a reprint of the New York Edition), 1: vii.

个骑士冲向他看不见的栏杆一样……在这些时刻［当他"在山区某个静谧的地方"度假的时候］我能够全身心地沉浸在我正在描摹的小说人物之中。我独自漫步在山林中，替他们的悲伤哭泣，嘲笑他们的荒唐行径，彻底享受他们的欢乐。我的身体里孕育着我自己的创造物，直到我唯一的快乐就是坐下来，拿起笔，以最快的速度驱赶着我的队伍，让他们行动起来。（*AA*, 114, 115；关于人物和情节的描述还可参见 *AA*, 149-50）

我们可以说，《巴塞特的最后纪事》的真正主题是巴塞特的共同体，该共同体的规则和传统通过发生在其中的个体的生活故事得到展示，并且与巴塞特之外（在该小说中主要是时髦的伦敦社会）发生的事形成对比。

我们将这样一部小说称为"共同体范本"（model of community），可以至少有三种不同的含义。

"Model"可以是缩小比例后的精妙的复制品，就如同我们说铁路模型或飞机模型或拉斯维加斯的奇观之———埃菲尔铁塔一半大小的模型，它与原物的相像准确到每一枚铆钉。这样的一个模型可以根据其再现的真实性进行评价。它必须与它以缩小的规模模仿的"真实的"共同体一一对应。很多对特罗洛普的评价采用这种方式，例如纳撒尼尔·霍桑（Nathaniel Hawthorne）1860 年在一封信中对特罗洛普的表扬就是大家比较熟悉的此类评价。特罗洛普本人在《自传》中引用了霍桑的话，苏菲·吉尔马丁（Sophie Gilmartin）在其为企鹅新版的《巴塞特的最后纪事》所撰写的"序言"中再次引用了这段话：

你读过安东尼·特罗洛普的小说吗？这些小说正好符合我的品位——可靠而充实，是用牛肉赋予的力量和麦芽酒给予的灵感写作出来的，非常真实，就像一个巨人挖出一块大地，放置在一个玻璃罩下面，上面的居民依然在从事日常活动，丝毫没有怀疑正在被人观摩。这些作品是纯粹的英国作品，就像牛排是纯粹的英国牛排一样。（*AA*, 96）

　　霍桑的比喻甚至都不是缩小模型或场景再现。特罗洛普的小说是真实的英国生活片段，被放置在玻璃罩底下，读者可以观察正在发生的一切。维多利亚时期的批评更加常用的，则是真实性再现和真实性对应的意象。例如，吉尔马丁对企鹅版的《巴塞特的最后纪事》的介绍，就强调小说准确再现了小说创作时的英国法律和教会政治的运作状态。郡法官的确会被起诉有罪，并在巡回法庭下次开庭的时候将接受审判的人进行责令待审，正如小说中所描述的一样。一系列委员会和议会立法——1835 年的宗教事务委员会、1836 年的确立教会法案、1838 年的多元化法案和 1840 年的主持牧师和宗教理事会法案——都改革了英国国教，在小说中得到了准确反映。小说还准确地再现了神职人员之间的区别：受俸牧师、终身助理牧师、主持牧师、领班神父等。在关于特罗洛普的无数文章和书籍中，人们普遍认为，他的小说在一定程度上是对社会结构——维多利亚鼎盛时期的中上层英国人的规则、习俗和意识形态——的严谨的准确再现。这一点让这些小说成为我第一种意义上的共同体范本。

　　将一部小说视为"共同体范本"还可以有第二种含义。当狄更斯在《荒凉山庄》（*Bleak House*）中将老特维德洛普先生称为"行为范本"的时候，他的意思不是说他是对某些既存现实的拷贝（尽管他处处模仿著名的花花公子摄政王），而是说他是值得效仿的对象。在第二种意义上将《巴塞特的最后纪事》称为"共同体范本"，不是说这部小说是对现存的文外社会现实的准确再现，而是说它提供了可供效仿的理想行为模范。小说在为读者指明道路。在这个意义上小说是施为性的，而不是表述性的。小说在劝诫、命令或指导读者像小说中的好人一样去做出行为和决断。强尼·埃姆斯尽管永远都无法得到莉莉·戴尔的爱，但他一直矢志不渝，他这样做是正确的。莉莉坚持拒绝他的求婚，是因为她爱着别的男人，她这样做是正确的。格伦雷少校继续他对格蕾丝·克劳利的爱，尽管他认为她的父亲是个小偷，他这样做是正确的。克劳利神父公开反对"女主教"普劳迪夫人，是正确的。格伦雷少校的父亲——领班神父第一次见到格蕾丝·克劳利的时候，第一眼就对她产生了好感，他这样做是正确的，尽管他曾经威胁儿子如果他胆敢娶这样一个配不上他的女人，就剥夺他的继承权。格蕾丝本人也是一个充满魅力的模范，恋爱中谦和端庄的年轻女子应该学习她的行为方式。

将《巴塞特的最后纪事》视为第二种意义上的"共同体范本"，不是将其视为对既有共同体的模仿，而是描述一种理想的共同体，其中充满了我们应该效仿的品行高洁的人物。这样小说展示的是共同体应有的样子，而不是现有的样子。它也表明，虽然在现实生活中并非好人必有好报。对喜欢特罗洛普小说的读者来说，阅读这样一本小说的乐趣，是一种非常强烈的乐趣，是看到正义最终得以伸张、一切最终皆大欢喜的乐趣。当你拿起特罗洛普的另一本小说开始阅读的时候，你非常肯定这样的结果必然会出现，就像你拿起一本亨利·詹姆斯的小说并开始阅读的时候，你同样非常肯定，事情的结局将会非常糟糕："波英顿的珍藏品"将会被烧毁；婚姻永远都是灾难；没有人能够得到其极力想得到的东西。这是另外一种阅读的快乐，完全不同于阅读特罗洛普。

特罗洛普在《自传》中似乎完全支持将小说视为共同体模范或模范共同体的第二种做法。他首先带着谦卑的感激赞美了霍桑将他的小说比喻为玻璃罩下的一块英国土地，进而说他希望通过这种方式用他的小说教授美德：

> 我一直希望"劈出一块土地"，然后让男男女女在上面走来走去，就像他们在我们中间走来走去一样，——［请注意，特罗洛普在这里把霍桑所说的把真人放置在玻璃罩下的比喻，巧妙地转化为发明出**酷似真人的虚构人物**］这些人物并不比我们更加优秀，也不比我们更加卑劣——所以我的读者能够将其视为和他们相似的人类，而不是感觉自己进入了神仙鬼怪的世界。如果我能够实现这一点，那么我认为，我就能够在小说读者心中孕育出这样一种信念，即，诚实才是上策，真理终将胜利，谬误终将失败，纯洁、甜美而无私的女孩终将收获爱情，正直、诚实而勇敢的男子终将收获荣耀；卑劣的事情丑陋而可憎，高尚的事情美丽而高贵。（*AA*, 96）

我们很难想象，还有什么文字能够比这段话更加精炼地表述维多利亚时代关于正确人际关系的主流意识形态。读者或许已经关注到特罗洛普对词语"孕育"（impregnate）的两次使用都具有怪异而强烈的影射意义。在写作小说的时候，特罗洛普的思维和情感中"孕育"着他的造物，就像自我受精一样，笔影射阴茎："我的身体里孕育着我自己的创造物，直到我唯一的快乐就是坐下来，拿着笔，以最快的速度驱赶着我的队伍，让他们行动起来。"他想要让他的读者"孕育"出道德标准。性的意象强有力地表明，文学作品的创造和发表是施为性的，而不是表述性的。它让新的东西发生，就像性行为导致新的人类诞生一样。这个比喻具有明显的男性立场，或甚至具有性别歧视。小说家是男性，而他的读者是被动接受的女性。

然而，特罗洛普的小说和一般的小说一样，可以在第三种意义上被视为"共同体范本"。《巴塞特的最后纪事》可以被视为一个补充性的现实或虚拟现实，具有自己独特的规则和行为规范。它并不一定和真实世界产生联系，无论这种联系是表述性的，还是施为性的，它独立存在，与现实世界截然分开，并迥然不同，等待着任何拿起一本书并开始阅读的人进入这个世界，并在其中生活，就是为了这个世界本身，而不是因为其与真实世界的关系。特罗洛普在其身后出版的《自传》中，对他创作小说的描述可以支持第三种意义上的"范本"理论，当然另外两种意义上的范本概念也同样出现在《自传》中，这是这样的理论论述中所不可避免的异质性所决定的。

特罗洛普为什么成为一名小说家：从《自传》中寻找答案

在《自传》中，特罗洛普告诉读者，他是一个穷绅士的儿子，作为寄膳走读生被送进了英国温彻斯特公学和哈罗公学，非常痛苦地度过了不快乐的童年和青少年时期。他特别强调，他不快乐，他感觉自己是"贱民"，与他被其他男孩排除在游戏之外尤其相关。为了补偿这种被排除在外的感觉，他沉溺在习惯性的白日梦之中。下文是特罗洛普所说的话。这段话必须被完整引用，因为它是理解特罗洛普之所以成为如此不知疲倦的小说作家的关键：

这里我要讲述从我很小的时候就已经养成的另外一个习惯，——一想到我在这个习惯上花费的时间，我内心总是充满了沮丧，——但我认为这个习惯让我变成了现在的我。当我还是一个男孩，甚至小孩的时候，我就常常陷入幻想。我必须解释一下，当我说起我上学的日子的时候，必须提到其他男孩如何拒绝和我一起玩的困扰。因此我是孤独一人，必须在内心建构自己的游戏。同任何时候一样，那时候的我非常需要某种形式的游戏。学习并不是我的兴趣所在，但我也不喜欢无所事事。因此，结果就是我走来走去的时候，头脑里牢牢建构着一些空中楼阁。这些空中楼阁不是零星随意的建筑，不是一天一天随意变化的建筑。如果我没记错的话，长达数周，数月，一年又一年，我心里都装着同一个故事，费心尽力地建构特定的规律、特定的规模、礼仪和一致性。我没有在幻想中引入任何不可能的事物，——甚至在外部世界曾经发生过，但看起来非常不可能发生的事情，我都不会引入我的幻想。我自己当然是我的幻想故事的主角。这是建构空中楼阁所必需的。但我在幻想故事中从未成为国王或君主，——甚至在更低的程度上，当我的身高和个人长相定型以后，我也从未成为一个高达六英尺的安提诺乌斯。我从未成为博学鸿儒，也从未当过哲学家。但幻想中的我非常聪明，漂亮的年轻女人都对我青睐有加。而且我尽量心地善良、行为慷慨、思想高尚，鄙视卑劣的事物，总体而言，幻想中的我比我后来真正的形象好上很多。在我去邮局工作之前，这种幻想一直是我六七年间的人生职业，而且在开始工作之后，我也并未放弃这一职业。我在想，或许没有比这更危险的思维活动，但我也经常怀疑，如果没有这种幻想行为，我是否还能写出一部长篇小说。我通过这种方式，学会了保持对虚构故事的兴趣，学会了对我想象出的东西进行深思熟虑，学会了在我自己的物质生活之外的世界里生活。多年以后，我还是在做同样的事情，——但有所不同，那就是我放弃了我早期幻想中的主角，能够把我自己的身份搁置一边。[1]
（*AA*, 32-3）

---

1 再次，请关注隐秘的自慰的比喻。我怀疑特罗洛普对此心知肚明，就如同他对坐下来手里拿着笔开始小说写作的影射心知肚明一样。词语"习惯"和"危险的思维活动"更加深了这一影射。

这段话非常精彩，其开诚布公、自我洞察和分析力度令我陶醉。从我将小说视为共同体范本的讨论角度来说，这段话描述了特罗洛普的白日梦以及后来的小说创作如何补偿了他被生活于其中的真实的共同体排除在外的痛苦。他使用的词语"贱民"（Pariah）来自泰米尔语，意思是：第一，"南部印度或缅甸从事农业或家务工作的低下种姓的成员"；第二，"一个被社会驱逐的人"。[《美国传统词典》（American Heritage Dictionary）]

"没人支付我学校的账单"，特罗洛普谈到他在温彻斯特公学的日子的时候说："负责为男孩们提供商品的学校商人被告知不要对我赊账。靴子、马甲、手帕都是其他学生只要稍微有人照顾都能获得的东西，而对我来说则是可望而不可即的奢侈品。我的同学当然也对此心知肚明，我变成了一个贱民。"（AA, 12）这些段落中特罗洛普的自哀自怜，在拉开了讽刺性的距离之后，颇能令人动容。它和《巴塞特的最后纪事》中克劳利神父的自哀自怜可以相提并论，当克劳利神父想到他所承受的不公正和共同体对他的排斥时，他心里充满了类似的自哀自怜。我们很难准确地做出判断，特罗洛普是否在《自传》中真实地描述了他的童年，是否按照他在小说中思考多年的众多贱民的样子塑造了他在《自传》中的形象，例如克劳利就是他小说中典型的贱民形象。更多的贱民例子，可以参见《巴彻斯特养老院》（The Warden, 1855）中的哈丁先生、《首相》（The Prime Minister, 1876）中的奥姆涅公爵、《醋海风波》（He Knew He Was Right，1869）中的特里维廉，或所有那些面对来自家庭和朋友的巨大的共同体压力、而始终坚持自己爱情的特罗洛普的女主人公。这种明显的心理－生平阐释或许是一种错置（metalepsis），是以因为果，或者说是将马车套在马的前面。

"男孩天性残酷，"特罗洛普说："我有时候怀疑在其他男孩中间他们是不是经常因为彼此的残酷而遭受痛苦，——但我遭受的痛苦非常可怕！我根本无法反抗。我没有朋友可以倾诉我的悲伤。我体格庞大，笨手笨脚，长相丑陋，而且我毫不怀疑，我行动鬼祟，行为举止一点都不受人欢迎。当然我衣衫褴褛，而且肮脏不堪。但是，天呐，我现在依然多么清晰地记得我年轻的心灵所遭受的折磨，我反复思量我是否应该永远独自一人，——我是否因为没有找到通往学校塔楼顶上的通道，从那里纵身一跳，结束一切！"（AA, 12）特罗洛普没有自杀。他找到了另一条出路。他在描述在被送往的不同学校里所遭受的痛苦的时候尤其强调了两点，其一是被冤枉犯了错误，其二是被其他男孩排除在游戏之外的痛苦："我清楚地记得，四个男孩被挑选出来，认为他们犯了一种不可描述的可怕错误。这个可怕的错误到底是什么，时至今日我都一头雾水［虽然我想今天的读者肯定能够猜测出这个'不可描述的可怕错误'要么是手淫，要么是同性恋行为］，——尽管我无辜得像个婴儿，但我是这四人之一，并且被认为是犯错误的四个人中错得最严重的一个。我们每个人都必须写一篇布道词，我的布道词是四篇中最长的。"（AA, 9）几页之后，特罗洛普说，

但我永远都无法克服——甚至试图克服——我在学校被绝对隔离的状态。无论是板球场，还是网球场，我都被拒绝加入。但我依然极端地渴望这些东西。我极度地垂涎大家的好感，几乎达到了不健康的程度。对我来说，和那些男孩交好似乎能让我进入人间仙境，尽管这些男孩憎恨我，因此我也非常憎恨他们。学生时代的耻辱终身伴随着我。（AA, 16-7）

一个众人参与的游戏，就像一部小说一样，是一个共同体范式，但它是以不同的方式存在的共同体的一部分，是在共同体中生活的一种方式。板球比赛或网球比赛就像一个共同体，其中蕴含着明确的规

则，每个参赛者都有具体的角色身份。团队比赛具有明确的规定，所有参赛者对此了如指掌，这些规则规定了什么是公平比赛和合理行为。它也用明确的方式规定了谁赢谁输。我们都知道英国的帝国战争是在伊顿公学的操场上打赢的。英国公学的学校比赛以前是，现在依然是将"什么是英国人"的意识形态灌输进年轻人心灵和身体的重要途径。现在唯一的不同是，这些学校中的女生也被学校比赛所塑造，获得关于行为、公平比赛和阶级差异的英国理想。可怜的特罗洛普处在最后一点的错误的一方，也就是阶级差异的错误的一方，而且是以一种极为残酷的方式。如同《巴塞特的最后纪事》中的克劳利先生一样，他的父亲是一个绅士，但没有足够的钱像绅士一样穿衣打扮和行为做事，他因此饱受歧视。

正如我们所料，特罗洛普自然而然地选择了被让-吕克·南希驳斥为错误的第一种意义上的共同体。特罗洛普将虐待他的哈罗公学参加游戏的英国男生视为兄弟手足，他们都是同一个模式的不同版本，而不是一个由没有任何共同点的人所组成的共同体。特罗洛普的同学在理想和判断上、在意识形态的思维模式上相互了解、相互认同，虽然他们会扮演不同的角色，比如在板球场上。年轻的特罗洛普是他们中的他者，一个贱民，一个被放逐者。他从根本上与他们迥然不同，不是同一种人，也不是可以被同化的人。至于《巴塞特的最后纪事》中描述的共同体是否明确地体现了南希所谓的第一种共同体模式，或如海德格尔所谓的共在模式，还有待确认。

从白日梦到小说创作

特罗洛普认为他的小说家职业，源于他在这个世上的痛苦的存在方式。如前所示，这个职业来自白日梦的中间阶段。我再次引用这段关键的话："我已经解释过，"特罗洛普说："当我说起我上学的日子的时候，必须提到其他男孩如何拒绝和我一起玩的困扰。因此我是孤独一人，必须在内心建构自己的游戏。同任何时候一样，那时候的我非常需要某种形式的游戏。"白日梦是一种私人的游戏，孤独的游戏，自己与自己的游戏，或内心的游戏。它是对被同学排斥在集体活动之外的替代和补偿。

特罗洛普的白日梦有一些极为突出的特点。我认为，很多人都会做白日梦，不管这个习惯多么放纵自我甚至让人羞愧，特罗洛普自己就断言："我认为没有什么比白日梦更加危险的思维活动……"白日梦为什么危险？我认为，一部分是因为它是自恋而自私的，或许有点像年轻的特罗洛普被冤枉为沉溺于其中的"不可描述的可怕错误"。白日梦被新教法令严格禁止，就像其严格禁止阅读小说一样。两种行为都脱离了从事善的工作和完成有价值工作的真实世界，而正是这些工作保证了世俗的繁荣和天国的永恒幸福。白日梦和小说阅读都让人陷入想象的、难以捉摸的世界中，完全脱离现实世界。这些世界很有可能是魔鬼的作品。

很多人的白日梦，例如我的，相对短暂，偶尔发生，并且不会连续。我的白日梦甚至连我自己都不能信服。它们不能令我满足。我能看出这些白日梦荒诞无稽。这也是我需要阅读小说的一个原因。

特罗洛普的白日梦之所以特殊，是因为它们是连续的故事，可以持续很多天，很多周，很多月，甚至很多年。而且很多人的白日梦很可能是幻想，是纯粹的对不满意的现实的想象性的改善和对愿望的满足，而特罗洛普的白日梦则刻意地平淡无奇和"现实主义"（就像他的小说一样）。它们建构在熟悉的日常世界之上："我没有在幻想中引入任何不可能的事物，甚至在外部世界曾经发生过，但看起来非常不可能发生的事情，我也不会引入我的幻想。"路德维希·维特根斯坦

（Ludwig Wittgenstein）在《哲学研究》（*Philosophical Investigations*）中提出，世上不存在私人比赛，就如同没有私人语言一样。[1] 为什么不能存在？因为只有两个人才能跳探戈舞。根据维特根斯坦的观点，比赛至少需要两个人，或三个人构成的团体：两个参赛者和一个观众。要确立一场比赛，三个人都是必需的，这样才能确保所有参赛者都遵守规则和惯例，而正是这些规则和惯例让一场比赛或一门语言成为可能。

　　一个共同体可以被部分地定义为共同拥有一个语言习惯的人群，这里的语言习惯包括独特的语法、句法、发音、名言警句等。单个的人没必要每时每刻都严格遵守同一个符号系统。小孩在玩单人纸牌游戏的时候就会发现这一点。这个孩子一开始发现，只要随时作弊或改变规则，他／她总是能赢。然后这个孩子会发现这样做很没意思。他／她开始遵守规则，就好像有人在身后监督，一个成年的超我确保他／她不会作弊。就好像他／她分成了两个人——一个是玩牌的人，另一个是对手。后者体现在打牌的运气上。特罗洛普把自己暗暗地分为两个人构成的白日梦共同体，一个是白日梦的做梦人，另一个是确保做梦人严格遵守特定规则的人，这样特罗洛普就避免了在白日梦过程中改变规则的危险："如果我没记错的话，长达数周，数月，一年又一年，我心里都装着同一个故事，费心尽力地建构特定的规律、特定的规模、礼仪和一致性。"如果需要两个人才能跳探戈舞，那么我必须把自己一分为二，或实际上，一分为三，制定规则的超我和隐含

1　Ludwig Wittgenstein, *Philosophical Investigations*, trans. G. E. M. Anscombe (Oxford: Basil Blackwell, 1968); 关于私人语言的论述请参看第 258 页起的内容。关于私人语言的哲学讨论当然数量庞大。参见两篇文章：A. J. Ayer, "Can There Be a Private Language" 和 Moreland Perkins, "Two Arguments Against a Private Language," in *Wittgenstein and the Problem of Other Minds*, ed. Harold Morick (New York: McGraw-Hill, 1967), 82–96; 97–118.

的遵守游戏规则的两个游戏者，这样才能让我和自己玩一把游戏，这一点和维特根斯坦的观点相悖。

特罗洛普长达数年的、持续更新的、遵守规则的白日梦，是纯粹的自我补偿。白日梦逆转了他真实生活的孤独、痛苦、不公和失败，想象出幸福和成功的冒险："我从未成为博学鸿儒，也从未当过哲学家。但幻想中的我非常聪明，漂亮的年轻女人都对我青睐有加。而且我尽量心地善良、行为慷慨、思想高尚，鄙视卑劣的事物，总体而言，幻想中的我比我后来真正的形象好上很多。"

特罗洛普的白日梦是可耻的、愧疚的、秘密的、私人的。但不管怎样，特罗洛普说如果没有耽溺于这一"危险的思维活动"的话，他永远也不可能成为一个小说家，他这样说毫无疑问是有道理的："我在想，或许没有比这更加危险的思维活动，但我也经常怀疑，如果不是因为我的幻想行为，我是否还能书写出一部长篇小说。我通过这种方式，学会了保持对虚构故事的兴趣，学会了对我想象出的东西深思熟虑，学会了在我自己的物质生活之外的世界里生活。""活动"（practice）在这里有双重含义。它可以指"习惯性做法"。特罗洛普或许在说："五点钟起床，开始创作我手头正在书写的小说，是我长期以来形成的习惯性做法。"然而"活动"（practice）还可以让我们想到特罗洛普的白日梦，是为他作为小说家所做的令人敬佩的练习。所谓熟能生巧。为什么白日梦能够导致小说写作呢？他说，白日梦教会他如何在一个他自己设计的虚构的想象的世界里生活，这个世界被清晰地定义为"我自己的物质生活之外的世界"。

这些语言证实了我的判断，即，特罗洛普的小说，至少根据他本人的描述，不是模仿现实世界的共同体模型，也不是现实世界应该成为的模范共同体，而是不同的想象世界。这些世界与现实世界截然分开。这些虚拟现实遵循自己单独的、独特的、自我制定的"规律、规模、礼仪和一致性"。尽管这些世界遵循可能性原则（"我没有在幻想中引入任何不可能的事物，——甚至在外部世界曾经发生过，但看起来非常不可能发生的事情，我也不会引入我的幻想。"），但它们也确立自己的规律、规模、礼仪和一致性。在这方面，它们有点像电脑游戏，游戏玩家被邀请建构一个科幻王国，一个"虚拟城市"（sim city），这个城市具有自己虚构的宪法、阶级结构、法律和科技。特罗洛普的小说世界也符合沃尔夫冈·伊瑟尔（Wolfgang Iser）在《虚构与想象》（*The Fictive and the Imaginary*）中对"想象"的定义，他认为想象既不同于真实，也不同于虚构。[1]

　　之后我将对特罗洛普《自传》的人物塑造与《巴塞特的最后纪事》的人物塑造相一致的方面进行分析——如果两者确实相同。然而特罗洛普对他的白日梦和小说的描述，得到他在《自传》中坚持认为他小说中的人物并未模仿真实人物的论断的支持。他宣称这些小说人物完全是虚构的。他第一部巴塞特小说《巴彻斯特养老院》（*The Warden*）中的领班神父格伦雷和记者汤姆·托尔斯，正如特罗洛普在《自传》中所说，对小说读者而言如此真实，感觉他们肯定以真实人物为蓝本。当然，读者认为汤姆·托尔斯的真实性主要体现在诽谤的意义上。托尔斯被认为是对伦敦《泰晤士报》编辑的攻击。不是这样，特罗洛普说。我从纯粹的想象，或我称之为我的"道德意识"

---

[1] 参见 Wolfgang Iser, *The Fictive and the Imaginary: Charting Literary Anthropology* (Baltimore: Johns Hopkins University Press, 1993); 同上, *Das Fiktive und das Imaginäre: Perspektiven literarische Anthropologie* (Frankfurt am Main: Suhrkamp, 1991). 顺便说一句，"绘制文学人类学"，并不是对德语副标题字面意思的翻译，德语副标题的意思是"文学人类学的视角"。我在 2011 年 7 月康斯坦茨所作的关于沃尔夫冈·伊瑟尔的第一个年度讲座《我们现在应该阅读文学吗，如果应该，如何阅读？跨越伊瑟尔和库切的边界》（"Should We Read Literature Now, and, If So, How? Transgressing Boundaries with Iser and Coetzee"）中对伊瑟尔的该著作进行过讨论。这个讲座由康斯坦茨大学出版社以很薄的单行本出版。

（管它什么意思）中创造出来的。特罗洛普的话语，强调了作者至高无上的权力和权威，令人印象深刻。这种权力和权威在这里体现为无中生有地创造小说人物的能力：

我或许能够立刻宣布，从一开始没有任何人比我更缺乏书写牧师的条件。经常有人问我早期什么时候在一个拥有大教堂的城市生活过很长时间，从而对大教堂周边的情况了如指掌。我从未在有大教堂的城市生活过，——除了伦敦，也从未了解过任何大教堂周边的地区，在那个时候我从未和任何牧师有过特别亲密的关系。我笔下的领班神父，大家都认为栩栩如生，我也承认对其抱着所有父母具有的宠爱［再次呼应了"孕育"的意象］，但我认为，他仅仅是我道德意识努力的结果而已。他之所以是这个样子，就是因为我内心认为领班神父就应该具有或在任何情况下都可以具有一个领班神父或许具有的那些特点；看，一个领班神父是被制造出来的，而有能力的权威人士将其视为完完全全的真正的领班神父。但是，只要我没有记错的话，我当时甚至从未和一个领班神父说过话。我感受到了别人对我的恭维，说我非常优秀……那时候，我居住在爱尔兰，我甚至都没有听到过与《泰晤士报》相关的任何人的名字，因此我不可能用汤姆·托尔斯来再现任何个人。如同我创造一个领班神父一样，我也创造了一个记者，没有哪一个比另一个更加个人化，或更加具有病态的倾向。如果汤姆·托尔斯的确和某位与《泰晤士报》相关的先生相像，那么我的道德意识肯定又一次非常强大。（*AA*, 63-4, 68）

特罗洛普咨询了他的"道德意识"，然后得出结论："看，一个领班神父是被制造出来的！"这就是大家所公认的观点，小说反映真实的社会世界，一经发表后，小说又进入这个真实的世界，从而形成了镜面式的反射循环。将特罗洛普的小说视为对维多利亚中上层阶级生活的准确反映，是大错特错。然而冷静的历史学家和社会学家都会掉进这一循环论陷阱。特罗洛普的小说，或乔治·爱略特的小说，或伊丽莎白·盖斯凯尔的小说，被普遍认为是对当时英国中产阶级真实生活状态的准确描述。而当时英国中产阶级的生活状态的证据主要就是这些小说，似乎陷入了幻觉，虚构和现实被混淆了。屈服于这种幻觉，就是"将语言现实与自然现实混淆，将指称性与现象论混淆"，这是保罗·德曼所谓的根本的意识形态谬误。[1] 因为词语表面上看来是表述性的（constative），能够被证实或证伪，因此我们认为词语一定指称现实世界的某些现象。这一偏差是最根本的意识形态错误。《巴塞特的最后纪事》的语言是指称性的，这没有问题。没有语言是非指称性的。但它是没有指称对象的指称，除非是在小说语言创造的想象世界里。你只能在这本书的封面和封底之间，只能通过阅读《巴塞特的最后纪事》，才能碰到约西亚·克劳利神父。

特罗洛普的小说和他的白日梦有何不同？

然而，在这里我必须指出，特罗洛普的小说作为想象的世界不同于他的白日梦。如下文所示，主要有三点不同。

第一，特罗洛普从未提到过，他在做白日梦的时候，有没有将

1　Paul de Man, *The Resistance to Theory* (Minneapolis: University of Minnesota Press, 1986), 11. 我曾经在《反抗理论》一文中详细讨论了德曼的意识形态理论。我将保罗·德曼的意识形态思想放置在马克思的《德意志意识形态》的背景中进行讨论，德曼明确引用了《德意志意识形态》这本书。参见拙文 "Reading Paul de Man While Falling into Cyberspace: In the Twilight of the Anthropocene" (forthcoming in a book coauthored with Tom Cohen and Claire Colebrook).

其表述为语言，而不是内心的戏剧或大脑的电影。如果能够知道这一点，将非常有意思。但小说则不同，只有在写出来并被印刷成文字的时候，才能够存在。小说是印刷时代的产物。当且仅当小说被印刷和流通时，它才真正作为小说而存在。

第二，这种独特的暴露或"公开"形式，使得特罗洛普的小说和他的白日梦具有了第二个不同点。他的白日梦永远是私密的。他的小说从过去到现在都是公开的，是你能够读到的。他们就在书架上。任何能够读懂英语的人都能够将其拿起来，阅读它们，和阅读了同一本小说的其他人共享一个隐含在其中的共同体。

第三，特罗洛普的小说和他的白日梦的第三点区别非常重要。特罗洛普是他的白日梦的主人公。在小说中，他把自己放在一边，写作纯粹虚构的人物，而不是书写自己。或许我们今天可以觉得特罗洛普用各种复杂难辨的方式将自己投射进他发明的数量庞大的男女人物身上。特罗洛普本人则断然否定："多年以后，我还是在做同样的事〔也就是说，依然生活在纯粹虚构的世界里，这个虚构世界与现实世界相邻，并且对其形成补充〕，——但有所不同，那就是我放弃了我早期幻想中的主角，能够把我自己的身份搁置一边。"

我在别处曾经说过[1]，特罗洛普在其《自传》中对其小说创作的缘起的自我分析，并没有给他的名声带来任何好处。他这样说，感觉就像在承认自己为了糊口而粗制滥造。他非常详细地描述了他当作家挣了多少钱以及"小说家"的头衔为他带来的社会成就。他入选伦敦的各种俱乐部，受邀参加各种宴会，受邀前往乡间别墅，获得机会接触重要人物，等等。他的炫耀之词强有力地证实了西格蒙德·弗洛伊德

---

[1] In "Self Reading Self: Trollope," *The Ethics of Reading* (New York: Columbia University Press, 1987), 89.

在其《精神分析引论》(*Introductory Lectures on Psycho-Analysis*)的第 23 场讲座中对艺术创造和艺术家的生活之间的关系的论述。在这场关于"症候形成的途径"的讲座末尾，弗洛伊德转向谈论艺术在精神生活和社会生活中所起的作用，弗洛伊德这么说多少有点像事后诸葛亮。他假定艺术家是某个人（某个男性），因为某种原因，像年轻的安东尼·特罗洛普一样，被剥夺了一个男人想要的一切："荣誉、权力和女人的爱。"在这种被剥夺的状态下，艺术家转向幻想的满足，就像所有男人都倾向于做的那样。艺术家的不同，在于他能够将其幻想表达出来，让其他人都能够看到。他能够给别人带来快乐，是因为他能够代替他人以更好的方式进行幻想。通过分享他们的幻想，艺术家被真实的共同体接纳，而当初他们被这个共同体当成"贱民"——用特罗洛普的用词——排斥在外。他们因此在现实中获得了他们之前只有在幻想中才拥有的东西——荣誉、权力和女人的爱，也就是特罗洛普告诉我们他在白日梦中拥有的东西，而且当时在现实中还不具备。弗洛伊德这样描述从艺术到现实的迂回道路：

在我让你在今天离开之前，我想要你稍微关注一下幻想的生活，人们对此具有普遍的兴趣。从幻想到现实有一条道路——这是一条艺术的道路。一个艺术家从本质上来说是一个内向者，距离神经官能症并不遥远。他［请注意这里的性别歧视！女性艺术家到哪里去了？］被过分强烈的本能需求折磨。他想要赢得荣誉、权力、财富、名声和女人的爱；但是他缺乏满足这些欲望的手段。结果，就像任何一个欲望没有得到满足的男人一样，他从现实离开，将所有的兴趣和所有的力比多投入到对幻想生活的满足性的建构上，本来这样的做法很可能导致神经官能症……但一个艺术家，却找到了一条回归现实的道路。很肯定的是，艺术家不是唯一过着幻想生活的人。通往美好的幻想王国的道路是向全人类开放的，任何遭受剥夺的人都可以期望从中得到缓解和慰藉。但对那些不是艺术家的人来说，从幻想资源中得到的快乐非常有限。残酷的压抑机制仅允许非常有限的白日梦出现在意识中，迫使人们只能满足于这样有限的白日梦。如果一个男人是真正的艺术家，他手头就有更多的资源。首先，他知道如何加工他的白日梦，去掉其中过于私人化的和冒犯陌生人的内容，让他人能够分享他的白日梦的快乐。他也懂得如何将白日梦低调处理，从而让其不会轻易暴露其违禁来源。而且，他还拥有一种神秘的能力，能够加工特定的材料，让其成为他的幻想的忠实意象；而且他还知道如何将巨大的快乐和对他的潜意识的幻想的描述联系起来，至少在这个时候，潜意识的幻想战胜并去除了压抑机制。如果他能够实现所有这一切，他就让其他人也有可能再次从各自的潜意识中找到快乐的源泉，得到慰藉和缓解，而他们本来无从进入各自的潜意识；他赢得了他们的感激和钦佩，他因此**通过**幻想获得了荣誉、权力和女人的爱，而这些本来只有**进入**幻想才能获得。[1]

这种描述完全符合特罗洛普的自我分析（当然也有例外，例如弗洛伊德对潜意识和"违禁来源"的指称），几乎可以充当对特罗洛普《自传》的评论。但对我当前写作目的最重要的是，弗洛伊德和特罗洛普之间的共同之处证明了我的判断。我认为特罗洛普的小说，尤其是《巴塞特的最后纪事》，可以在三种相互交织、相互矛盾、难分难

---

[1] Sigmund Freud, Lecture XXIII, "The Paths to the Formation of Symptoms," in *Introductory Lectures on Psycho-Analysis* (Part III, 1917), in *The Standard Edition of the Complete Psychological Works of Sigmund Freud*, trans. James Strachey, Anna Freud, Alix Strachey, and Alan Tyson (London: The Hogarth Press and the Institute of Psycho-Analysis, 1963; Vintage Random House reprint, 2001), 375–7.

舍的方式上被视为"共同体范本"。特罗洛普通过艺术的迂回道路重新进入真正的共同体，并不仅仅是通过他挣的钱、入选俱乐部等，而主要是通过让读者阅读他的小说，进入阅读建构出的另一个虚拟的、想象的世界。他当初被排斥在他人的游戏之外。他的小说的成功，可以被定义为让他人玩他的游戏。他让他们接受他为这些不同的世界所创造的规则、礼仪和整体性。通过这种途径，他们进入了一个新的共同体，特罗洛普以至高无上的施为性法令，创造了这个新的共同体，并为其制定了法则。我使用"施为性"（performative）一词，是为了表明特罗洛普的小说是延展的言语行为，完全符合奥斯汀在《如何以言行事》（*How to Do Things with Words*）中的言语行为理论。[1]"我邀请你进入巴塞特共同体。跟我来！"我们今天依然能够加入这个集会。这是一个特罗洛普读者的共同体，对他们而言，特罗洛普的小说人物和真人一样真实，甚至更加真实。现在这个共同体无疑已经变得比以前小了很多。今天的很多人主要通过电影、电视、互联网或电子游戏进入想象的世界，从中获得快感。

对《巴塞特的最后纪事》的精彩评论

　　《巴塞特的最后纪事》刚刚发表后的评论完全证明了一个事实，即维多利亚时代的读者将特罗洛普的这部小说和其他小说中的人物当成真人。评论者在谈论小说人物的时候，总是感觉这些人物是他们私下里认识的真人，他们喜爱、憎恨，或者喜爱憎恨（love to hate）这些人物。小说标题表明这是巴塞特系列小说的最后一部。特罗洛普在

1　J. L. Austin, *How To Do Things with Words*, 2nd ed., ed. J. O. Urmson and Marina Sbisà (Oxford: Oxford University Press, 1980).

这部小说中杀死了两个从一开始就出现在这一系列小说中的人物：哈丁先生和"女主教"普劳迪夫人。

特罗洛普在《自传》中曾经描述过一件事，他在一个俱乐部无意中听到两位牧师在批判普劳迪夫人，说他们觉得她很沉闷。特罗洛普站起来，走到被震惊的两位牧师面前："我站起来，站在他们之间，承认我就是那个罪魁祸首。'至于普劳迪夫人，'我说：'我回家后，在一周之内就将她杀死。'我的确这样做了。两位绅士完全惊慌失措，其中一位请求我忘掉他浅薄的评论。"（*AA*, 177）当时的评论者都在哀悼哈丁先生和普劳迪夫人的死亡，感觉就像哀悼真人的死亡一样。他们大部分人哀悼永久性地失去了整个巴塞特想象世界。

当时对这部小说的六篇评论[1]中有三篇几乎在讲述一模一样的事情，几乎感觉出自同一人之手。我需要将这三篇评论全文引用，来展示其相似性。它们的共同之处表明它们讲述了特罗洛普的读者共同体的普遍体验。

《观察者报》（*Spectator*）1867 年 7 月 13 日的一篇未署名文章带着讽刺性的夸张，描述了永远失去巴塞特这个另一世界的悲伤。评论者想象在整个伦敦传出一个集体的声音，整个英格兰都在哀悼一个不可弥补的损失。这个哀悼的出现，是因为特罗洛普在这部小说的结尾，用自己的声音发出声明，他将不再继续书写巴塞特系列小说。这个声明出现在一个语境之下，那就是特罗洛普承认这个虚构的巴塞特世界及其所有人物，对他而言是完全真实的，虽然它是用指称性的（referential）、而非现象性的（phenomenalism）的语言创造出来的。巴塞特世界给人的感觉并不是特罗洛普发明的世界，而是早已存在的

1　这些评论被结集出版在 *Trollope: The Critical Heritage*, ed. Donald Smalley (London: Routledge & Kegan Paul; New York: Barnes & Noble, 1969), 出自该书的引文，我将标注为 *CH* 加页码。

世界，只是特罗洛普被允许进入其中，并将其讲述给其他人：

> 我不能说是我身边的某个人创造了这个地方、这些人和这些事实，从而让这些回忆成为可能，就像那些我所熟知的人能够引起我的回忆一样。但对我而言，巴塞特是一个真实的县，它的城市是真实的城市，它的尖顶和塔楼真实地出现在我的眼前，人们的声音能被我的耳朵辨认出来，城市的道路被我的脚步所熟悉。我现在跟这一切道别。因为我对老朋友的热爱，对老面孔的喜悦，让我沉浸在回忆中久久不能自拔，这是我的错，但我想人们或许很容易就会原谅我，因为我严肃而肯定地重复我在这部小说的标题中所做的声明，即，这将是巴塞特的最后纪事。[1]

　　这段不同寻常的声明描述了作者和读者如何将小说视为想象的不同的世界、虚拟的世界。我认为今天的人们对电影、电视、甚至电子游戏中的人物、地点和事件持同样的感受。特罗洛普的叙事者在这里用特罗洛普本人的身份说话，他提到两种友谊：其一是他和那些如他一样将巴塞特视为真实的人之间的友谊；其二是他对小说人物抱有的友谊。特罗洛普，或不如说小说的文字，充当了中间人的角色，将两个共同体连接起来。对那些感觉自己属于巴塞特共同体的人来说，巴塞特就成了一个共同体。下面是《观察者报》的评论者对特罗洛普告别巴塞特的回应：

> 这个声明的整体效果自然是让人沮丧万分。那些不大喜欢社交的

1　Anthony Trollope, *The Last Chronicle of Barset*, intro. Sophie Gilmartin, Penguin Classics (London: Penguin Books, 2002), 861. 下文仅标注页码。

人感觉他们所有的熟人突然之间要全部搬到新西兰，或温哥华，或其他地方，从此以后将杳无音信。"再也见不到领班神父格伦雷，我该怎么办？"某天有人说；"他是我最好最亲密的朋友，当再有人发表事关国教或国家尊严的言论的时候，我再也听不到他说'我的老天！'一想到这个，我就陷入慌乱和痛苦。失去养老院院长塞普蒂默斯·哈丁已经够糟糕了，但这毕竟是自然死亡，我们必须承受这类打击。但是让风华正茂的领班神父和格伦雷夫人离开人世，这超出了我忍耐的极限。我的生活失去了缓解压力的主要方式。特罗洛普先生没有权力如此粗暴鲁莽地割断我们与老朋友的联系，仅仅是为了让他自己高兴，然后还假装这么做有好处。"我们对这位绅士抱有深深的同情……总体而言，这是一个痛苦而毫无必要的分离。如果全世界的人都希望见到他们非常熟悉的那些巴塞特寺院的人，或想要见到他们既不知道也不关心的新人，而只有特罗洛普先生认识他们，那么他把他们与他们的朋友断然分开，是非常自私而残忍的。（*CH*, 291-2）

《伦敦书评》（*London Review*）1867 年 7 月 20 日的未署名评论使用了几乎完全相同的表达：

从这本书的开头［错误，应该是"最后"］看到这些文字，特罗洛普先生的读者很少有人不会产生一种淡淡的忧伤。他"严肃而肯定地"说，这肯定是我们能够从他手里得到的巴塞特的最后纪事，我们只能忧伤地道别那些曾经引起我们愉快联想的场景。对我们，和对他一样，巴塞特长期以来是一个真实的国度，它的城市是真实的城市；它的尖顶和塔楼真实地出现在我们的眼前，人们的声音能被我们的耳朵辨认出来，城市的道路被我们的脚步所熟悉。［这些话语当然引自《巴塞特的最后纪事》的最后一段。］很久以来，在特罗洛普先生的引导之下，我们在那里认识了他们，并从此似乎与他们发展出了友谊，现在却被告知，我们再也见不到他们了，我们确实感到惋惜。特罗洛普先生的巴塞特人物中有几个时不时栩栩如生地出现在我们面前，我们完全接受他们存在的真实性，他们的形象几乎和我们活着的邻居一样，具有同样真实的躯体，他们虚构的快乐和忧伤经常进入我们的思绪，甚至比那些在我们周围活着的、行动着的、有其真正存在的人物对我们的影响还要深刻。（CH, 299）

玛格丽特·奥利芬特（Margaret Oliphant）本人就是非常受欢迎的小说家，她在 1867 年 9 月的《布莱克伍德杂志》（Blackwood's Magazine）上发表的书评，一开始就重复了其他评论者所认为的特罗洛普毫无理由、极其残忍地永久性地剥夺了他们如此多的老朋友。

然而我们应该因为其"最后纪事"而谴责我们亲爱的小说家。**我们没有请求他将其变为最后纪事。我们一点也不想很快与老友一刀两断。**他在没有征求我们意见的情况下做了这些事情，我们对此坚决反对。杀掉普劳迪夫人是谋杀，至少是过失杀人。我们不相信她有心脏病；她不是正常死亡，而是死在了他的手上，因为他一时的厌倦或冲动。在我们完全没有预料到会发生不幸的时候，天呐！某种突然的厌恶控制了他，他一下子将其杀死。这起犯罪是毫无理由的，我们不仅因其不寒而栗，而且对其充满怨恨。这对我们来说是极为残忍的；就好像他不知道如何用更加自然的方式度过这场危机。（CH, 303）

毫无疑问，这些精彩的评论有夸张和反讽的成分。但这些读者似乎都在表达一种真实的感受，即特罗洛普的小说人物是存在于某处的真实人物。我接下来在本章中会这样说，"渐渐地，每个人或多或少地开始相信克劳利真的偷了支票，但是却忘记了钱的来历"，你会发现我也陷入同样的错误的幻觉之中。这是文学批评家非常正常的，但也是极其有问题的评价小说人物的方式。我们忘了小说是文字构成的，小说人物仅仅以文字的形式存在，他们施为地影响着我们的想象。

为什么要阅读《巴塞特的最后纪事》？

《巴塞特的最后纪事》是我已经指出的三种相互矛盾的意义上的"共同体的范本"。它是维多利亚英格兰的真实社会生活的模仿。它劝诫读者效仿小说人物，使小说如此生动诠释的令人信服的思想观念在他们身上得以充分体现。它让读者进入另外一个世界，一个由它自己的一定程度上独特的规则、礼仪和统一性所支配的王国。读者通过进入这个世界，不仅加入了巴塞特共同体，还加入了由那些觉得克劳利先生、格蕾丝·克劳利、领班神父、莉莉·戴尔和其他人是他们的私人朋友的人组成的共同体。

我的分析中隐藏着别的问题。当我们阅读《巴塞特的最后纪事》的时候，这三种操作模式是否具有以及具有何种社会或个人的功能？对当初的读者来说，阅读这部小说有什么作用？今天阅读这部小说是否具有某种作用？我暂时将这些问题搁置一边，转而面对另外一个迄今尚未回答的问题。在确定阅读小说对以前和现在是否具有价值或有何价值之前，我们必须首先回答这一问题。当我们拿起《巴塞特的最后纪事》，开始阅读第一句话："'永远也不敢相信这件事情，约翰，'银桥检察官乔治·沃克先生的漂亮女儿玛丽·沃克说"（7），我们进入的共同体到底具有哪些特点？为了回答这一问题，我必须对小说进行一番解读。

作为集体意识的叙事者

《巴塞特的最后纪事》的叙事者是一个集体意识。换一个稍微有点不同的说法，它的叙事者是通过某种方式将自己转化为语言文字的共同体的声音。这是什么意思？作为集体意识的叙事者是通常被称为"全知叙事者"的一种变体。"全知叙事者"作为术语一直存在问题。它不可避免地携带着很多意识形态的内容，但这些内容或许适合，也或许不适合特定的情况。上帝无时无处不在，瞬息间知晓一切。上帝知晓一切，具有永恒的洞察力，不会受到时间空间的限制，可以进入他的造物的心灵，知道连他们自己都没有在意识中觉察到的关于他们的一切。作为共同体声音的叙事者，相反，不是无所不知的。它只能知道共同体知道的内容和共同体中的个体知道的内容。尼古拉斯·罗伊尔（Nicholas Royle）用"心灵感应叙事者"（telepathic narrator）代替"全知叙事者"（omniscient narrator）几乎是神来之笔，可以用来定义特罗洛普小说中的叙事声音。[1]

严格来说，特罗洛普并没有潜意识的概念，至少没有弗洛伊德意义上的潜意识概念。绝大部分情况下，他让小说人物能够自发地了解他们自己心中发生的一切。对于这一论断的证明稍后再说。叙事者，或者我宁愿称其为心灵感应叙事声音，知道小说人物知道的一切，并能将这一切讲述出来。这个声音已经被改变、转写、翻译为书面文字的证据是过去时态的使用。小说的第一句话中"玛丽·沃克说"用

1　参见 Nicholas Royle, "The 'Telepathy Effect': Notes toward a Reconsideration of Narrative Fiction," *The Uncanny* (Manchester: Manchester University Press, 2003), 256-76; 也可参看 *Acts of Narrative*, ed. Carol Jacobs and Henry Sussman (Stanford, Calif.: Stanford University Press, 2003), 93-109.

的是过去式 said，而不是现在时 says。对作为集体意识的叙事声音而言，无论发生什么，都发生在过去的某个时刻。将其写下来，就是将曾经是当时的发生转变至刚刚的过去或遥远的过去，其本质就是过去。一切被写下来的东西，必然是在写下来之前已经发生的事情。然而共同体的集体意识总是比构成共同体的个体意识知道得更多，或理解有所不同。集体意识不仅能够说出某个既定人物在特定时间的所思所想，而且能够说出每个人知道的、思考的、感受的一切。对特罗洛普来说，每个个体的所思所想并非孤立的或个体的。个体的所思所想被周围共同体中每个人的所思所想以一种神秘的方式生成和控制。

这种假设的作为小说叙事者的集体的心灵感应意识，是现在有点过时的现象学思考的体现。我第一次听到这种观点是在六十多年以前，恰好是关于特罗洛普的，是由乔治·波利特（George Poulet）提出来的，他是一位著名的现象学批评家，或"意识批评家"。集体意识的概念是为了解决一个棘手的问题。这个问题一直困扰着晚年的埃德蒙德·胡塞尔（Edmund Husserl），我曾经在别处讨论过这个问题。[1] 既然每个意识都具有明显的不可调和的孤立、自我封闭、自我认识和独特性（这是胡塞尔现象学的起点），如何才能避免唯我论？在这些明显的"无窗单子"（windowless monads）之间，在我们每个人用独特方式表现出的众多的"我"或"自我"或"自己"或"主体性"之间，如何才能存在一种可信的主体间性概念或交流概念？

胡塞尔在其《笛卡尔式的沉思》（*Cartesian Meditations*）中的第五个沉思中解决了或自以为解决了这个问题。但这个解决并不能令他满意。他后来的手稿充满了逃离唯我论的进一步尝试。这些尝试从未令他完全满意过。在《笛卡尔式的沉思》的第五个沉思中，胡塞

1　参见拙著 *For Derrida* (New York, Fordham University Press, 2009), 104–5.

尔提出，一个人的意识通往另外一个人的意识的途径是"类比统觉"（analogical apperception）。这种说法表明，我对他人思维的了解是被双重置换和双重否定的。这种了解不是"逻辑的"（logical），而是"类比的"（analogical）。我并不是基于确定的实证基础之上，认为他人一定具有类似于我的意识的意识。这不是"感觉"（perception），而是"统觉"（apperception），统觉并不是真正的感觉，而是被前缀 ap- 限定了的感觉，而前缀 ap- 的意思是"远离"。这个前缀既可以加强，也可以否定。把它放在不同词干之前，可以表示一系列完全相反的意思：远离、缺乏、分离、离开、去除、回来、强烈行为（intensive action）、排斥、防御、改变现状、颠倒，比如"启示"（apocalypse）这个词。[1] 这一前缀用左手给你的同时，又用右手将其拿走。《美国传统词典》这样解释"统觉"（apperception）：第一，"充分意识到的感受"；第二，"将从当前事物观察到的特征与过去经验相互联系的理解过程"。这就是既赋予又剥夺，因为这种对他人意识的充分感觉，或许只不过是将我自己的"过去经验"投射到他人的面孔、语言和行为上，这是一种非常可疑的类比思维。

雅克·德里达在一篇关于"Je t'aime"（我爱你）的尚未发表的讲稿中，讨论了胡塞尔关于对他人的"类比统觉"的思想：

爱必须是一种信念，就像任何作证行为一样，只要其所证明的事情，是在某人内心、某个此在（ego or Dasein）内部发生或感受到的，而其他人没有任何直接、直觉和原初（originaire）的方式进入其内心或此在。他人永远不可能和我站在一起，永远不可能亲身直觉地、原初地

1　启示（apocalypse）来自希腊语 ἀπόκαλύπτειν，意思是揭示、揭露，前缀 ἀπό 的意思是"去除"，词干 καλύπτειν 的意思是掩盖。（译注）

进入我作为源头的世界的现象界（phenomenality）中。为了描述那些存在于秘密深处的、绝对独特性深处的，绝对独属于我、而我无法将其从我自身剥夺的事物深处的领域，可以采用的最好的方式之一，就是遵循胡塞尔在其《笛卡尔式的沉思》的第五个沉思中提出的方法。胡塞尔的思想，让我们想起那些既是公式也是其绝对证明的东西，也就是说，一个自我能够亲身直觉地、直接地、原初地、现象学地进入它的自我体验和一切属于它自己的当下的现象界，但是它却只能间接地、非直觉地、类比地（*apprésentatif ou analogique*）进入他人、他我（alter ego）的体验中，而他人和他我自己永远不可能亲身出现在自我之中，对这一问题，我内心的机制要求一种具有超验现象学特征的尴尬的操作手段……这种无法化解的他异性（*L'irréductible altérité*），同时也是无法化解的独特性，以及无法化解的私密性，是口头作证而非提供证据（*comme témoignage et non comme preuve*）的爱情和宣告爱情的前提。[1]

---

1 我翻译自德里达 1992 年 12 月 2 日在巴黎作的一个讲座，得到了作者的授权，是一个他给我的电脑文件。因为电脑文件没有固定的页码（格式可以随意调整），因此我无法提供引文页码。对"我爱你"（*je t'aime*）这句话的讨论在1992 年 12 月 9 日的讲座中继续进行。两次讲座内容都可以查阅加州大学尔湾分校图书馆的批评理论档案中的德里达藏品。顺便提一句，德里达反对从我自己的自我内部的孤立状态的任何胡塞尔式的部分逃离。在他的关于《野兽与君主》（*The Beast and the Sovereign*）的最后讲座中，谈到《鲁滨孙漂流记》时，强烈地表达了这种反对立场：

　　在我的世界，这个"我的世界"，我称为"我的世界"的世界——对我来说没有别的世界，别的世界永远无法成为我的世界的一部分——在我的世界和任何其他世界之间，首先存在着具有无穷差别的空间和时间，这种断裂无法弥补，无论是建立通道、桥梁、地峡的一切努力，还是对世界的渴望、对世界的缺乏（*mal du monde*），或对世界的厌恶（*l'être en mal de monde*）所试图提出、施加、建议、确立的沟通、翻译、比喻和转录，都无法弥补这种断裂。没有世界，只有不同的岛屿。(Jacques Derrida, *The Beast and the Sovereign*, Vol. II, trans. Geoffrey Bennington, ed. Michel Lisse, Marie-Louise Mallet, and Ginette Michaud [Chicago: University of Chicago Press, 2011], 9, 英语译文略有改动；同上，*Séminaire: La bête et le souverain, Volume II*, ed. Michel Lisse, Marie-Louise Mallet, and Ginette Michaud [2002–2003] [Paris: Galilée, 2010], 31.)

海德格尔的"共在"（*Mitsein*）或让-吕克·南希在《成为多元独体》（*Being Singular Plural*）中提出的论断，即，我们每个人从根本上暴露给他人，因此我的独体总是多元的，是近来两种解决主体间性问题的途径。特罗洛普的集体意识的假设，是另外一种途径。在任何情况下，对特罗洛普而言，了解他人从来不是问题。我将在下文进行说明，特罗洛普理所当然地将高度的相互理解视为在一个统一的共同体中和他人共同生活的根本特征。在那个共同体中的每个人，无论性别或阶级，都拥有一种超凡脱俗的能力，可以进入共同体中其他任何成员的思维和感情中。这一能力超越阶级界限，这一点可以通过特罗洛普赋予巴塞特的新郎们一种绝对可靠的洞察力得到证实，他们凭借这一洞察力发现克劳利是位绅士。克劳利自己阶层的成员同样具备类似的洞察力。对特罗洛普来说，当且仅当他人和我共属同一个共同体，他人对我而言几乎完全透明。这里的"几乎"（almost）至关重要，我将对此进行说明。

我自己不相信在真实世界中存在"共同体意识"这样一个令人毛骨悚然的东西。无论各种意识形态的国家机器——宗教、国家、学校、政客、媒体——如何成功地塑造［interpellate，这是阿尔杜塞的术语，我在前文将其翻译为"呼唤"。（译注）］了我，让我以特定的方式思考、信仰、感觉和行动，这一切在我看来，都是通过符号的方式实现的，而不是浸透在我的意识中的某种幽灵般的共同体意识的"远程操作"实现的，就像我们的身体被来自四面八方的、难以想象的、嘈杂的、不可见的、收音机和电视机信号渗透刺穿一样。然而，这样的共同体意识可以被假设，用语言投射进小说文本，正好成为小说最虚构、最不真实，或最"科幻"的特征之一。这一切通过幻觉性的"好像"（as if）发生。对每个小说人物来说，好像（as if）某种不可见的意识／语言正在叙述他们的生活，这种意识／语言不仅从内部了解他们，而且盗用了他们。这个叙事声音吸收了每一个个体的意识，来建构其更广阔的知识范围。

《巴塞特的最后纪事》的开篇部分

进入这样一个存在着共同体意识的世界是快乐还是恐惧，就看你在阅读《巴塞特的最后纪事》的时候如何看待这个共同体意识。小说开篇部分要么告诉读者一个特定的人物如何看待约西亚·克劳利神父的困境以及他被指控盗窃 20 英镑支票的事，要么告诉读者"每个人"如何看待这件事情。一开始共同体的观点有分歧，基本上因性别不同而观点不同，但渐渐地几乎每个人都开始相信克劳利的确偷了支票，只不过一时忘记了他是从哪儿得到了这笔钱："我永远也不敢相信这件事情，约翰，"玛丽·沃克在小说的一开头说道，对此她的兄弟约翰回答道："你必须让自己相信这样事情。"（7）

读者会发现，这里起作用的，只是是否相信的问题，而非是否了解确切信息的问题，这和法庭审判中陪审团的情况类似。他们必须在"排除合理怀疑"的情况下做出决定。相信是施为性的，而非表述性的。不仅是因为相信并没有建立在对特定信息的了解之上，而且还因为"我相信什么什么"的文字能够导致事情发生。在伊拉克战争开始之前，"我相信萨达姆·侯赛因拥有大规模杀伤性武器"，虽然并没有确切的证据支撑这种说法，虽然事实上这是毫无根据的相信，但这种相信依然具有施为性效果，似乎能够为单方面对伊拉克发动军事行动提供理由。这个错误的观念导致可怕的结果，大量军人和平民伤亡，伊拉克和整个中东地区从此陷入动荡不安之中。毫无根据的信念并不是无辜的。它自有其后果。

玛丽·沃克和妈妈这样对话："我不想发表意见，亲爱的"，"但是当每个人都在谈论一件事情的时候，你必须要有想法，妈妈"（8）。两页之后，叙事者替它所代表的集体意识说话："整个郡都因为约西亚·克劳利所谓的'犯罪'而骚动不安——整个郡都和银桥的沃克先生家一样热烈关切。"（10）几章之后，读者被告知正在热恋克劳利先生的女儿的格伦雷少校，前往巴切斯特"郡俱乐部"去听听人们都在说什么：

> 然后他去了巴切斯特，不是到处打听，而是竖起耳朵倾听，他感觉似乎巴切斯特的所有人都持同样的看法。巴切斯特有一个郡俱乐部，在郡俱乐部里的十个人中有九个人都在讨论克劳利先生。一个人完全没有必要就这一问题进行提问。人们非常自由地就此发表意见，根本不需要提问；巴切斯特的观点——至少在郡俱乐部——似乎现在非常一致……当亨利·格伦雷在星期天下午驱车回银桥的家的时候，他在内心总结了所有证据，判定他爱着的女孩的父亲有罪。（62）

亨利·格伦雷在这里是半独立的意识，"他自己的想法"是共同体"想法"的一部分。叙事者所代表的集体的共同体意识，被格伦雷的想法过滤。共同体的想法，经过过滤之后，用间接引语的方式传达给读者，叙事者代替小说人物说话。下文我将对这种语言形式做进一步探讨。它用一种特殊的叙事方式表现共同体意识中的个体意识。这个共同体持"同样的想法"。在这段话结束之前，格伦雷把自己的想法加入了集体的想法。他开始和他们一样相信，和他们一样宣布克劳利先生有罪。（顺便说一下，克劳利完全是无辜的，读者和共同体最终将会发现这一点。他和萨达姆·侯赛因一样无辜，不管侯赛因有多坏，他并没有大规模杀伤性武器。）甚至在小说很后来，当克劳利先生的审判即将到来的时候，读者被告知"巴切斯特没有一个男人、女

人、或小孩不在那一刻正在谈论克劳利先生"。(754)

对巴塞特的集体意识的直接呈现并没有限定在对克劳利的判断之上。在小说靠前一点的一段话里,叙事者列举了不同的人对亨利·格伦雷爱上格蕾丝·克劳利事件的评价:

据说格伦雷少校对格蕾丝·克劳利青眼有加——这一事件让这些地方的所有男人和女人都指出,克劳利一家,尽管非常虔诚和谦和,但还是非常狡猾,而格伦雷家的某个人则——至少可以说——非常软弱,整个巴塞特郡都承认这点,把这个世界和下一个世界加起来,对这起恋爱事件最关注的家庭,也莫过于领班神父格伦雷担任受人尊敬的领袖和家长的家庭。[接下来是详细的不同的具体人物的话语。]……这些就是银桥的男男女女对这件事情的观点。(19)

我们还可以列举这部小说中更多的表达此类思想的例子。这种例子的重复,在读者心中产生一种印象,即存在一种共同体思维,每个个体的思维都被其所囊括。这种囊括一切的思维浸透了每一个人。每个人的自我意识中体现了这一思维。心灵感应叙事者的声音替共同体的一致思想说话。共同体思维囊括了所有的个体思维,就像一个普遍存在的媒体微妙地强迫他们"意见一致"。每个人的想法都和其邻居的想法一致,就像几乎所有美国媒体都认为萨达姆·侯赛因拥有大规模杀伤性武器是一个事实。

叙事声音如何呈现个体意识

《巴塞特的最后纪事》的人物被无处不在的共同体意识包围、渗透、浸泡,共同体意识的边界就是共同体的边界,即巴塞特郡在地图上的疆界。小说人物并不像莱布尼兹的无窗单子一样存在于这个媒介之中，人物作为存在于这个媒介中的单子，一方面因为其具有特定的隐私而独立，另一方面又同时暴露给叙事声音刺穿性的凝视和监视以及其他单子。单子们悬置在透明的媒介中，不仅对自己是透明的，而且对彼此都是透明的，这样的单子的比喻，能够更加贴切地描述《巴塞特的最后纪事》，远胜于将其描述为多条分开的情节同时发生的多重情节小说。众多情节以不同人物的方式存在，每个人都有自己的故事，所有的故事相互重叠，相互交织，很难干净利落地区分开来。

特罗洛普的时代，不需要等到 20 世纪的大众媒体来创造——或至少在想象中创造——基阿尼·瓦蒂莫（Gianni Vattimo）极度蔑视的所谓的《透明社会》（*The Transparent Society*）。[1] 如果透明社会成为事实，那么集体意识在何种方式上能够洞察小说人物的意识？它如何替他们发言，用书写的以及后来印刷的文字将他们的思维传递给阅读英语的人们？我的目的是确定巴塞特郡到底是什么样的共同体。我认为它是一个想象的、虚拟的、虚构的王国，小说读者可以借助文字进入其中。特罗洛普确立了一个替整个想象的共同体发声的叙事声音，他的下一个挑战是发明语言策略，向读者表达他自己对人物的现实和虚拟的独立存在的理解。

读者应该还记得我之前引用过的一段话，这段话表明，当作者以完全拟人的方式，或无中生有的方式，为一部小说设定、发明或找到人物之后，这些人物就在他内心中生活着，好像他们是真正的人，而不是作者可以随意支配的虚构的人物："在这些时候，我能够全身心沉浸在我正在书写的小说人物之中。我独自漫步在山林中间，替他们

---

1 Gianni Vattimo, *La società trasparente* (Milan: Garzanti, 1989); 同上，*The Transparent Society*, trans. David Webb (Baltimore: Johns Hopkins Press; Cambridge: Polity, 1992).

的悲伤而哭泣，嘲笑他们的荒唐行径，彻底享受他们的欢乐。我的身体里孕育着我自己的创造物，直到我唯一的快乐就是坐下来，拿着笔，以最快的速度驱赶着我的队伍，让他们行动起来。"（AA, 115）在这个精彩的段落中，性别形象一再转换，一开始用女性形象表达通常被看作男性行为的作者创造，然后又变为男性权威。特罗洛普"沉浸"（imbued）在他的小说人物中。他的整个存在、身体、心灵和感受都浸透着他发明的人物，就好像他孕育着他们，通过自我受精，将他们植入了他的身体。这种女性形象然后转变为隐含的手淫者的形象，作者作为男性，手里拿着笔，以最快的速度驱赶着他的队伍，让他们行动起来。他抓着笔，疯狂地写作，当笔尖流出墨水的时候，在纸上铺满文字。特罗洛普描述他在"度假"时的状态，这时候他可以一天写16页，而不是平时的8页。这些时候他"不是在忙着孕育［conception，另一个隐含性含义的词语］想法，而是忙着将故事讲述出来"（AA, 115）。讲述是分娩的一种形式。

《巴塞特的最后纪事》的叙事声音是一个纯粹的、透明的、中性的媒介。它只有在很少见的情况下自称为"我"。它毫不歪曲地传达集体共同体的判断和见解、随时变化的小说人物的思维状态以及他们相互之间的聊天交往。在《自传》中，特罗洛普用一系列洋洋洒洒的比喻来描述，他将本来具有主观性的和在一定程度上非语言的存在，转化或转码为书面语言的过程的手段和隐蔽性。无论是小说本身中的叙事声音，还是《自传》中的特罗洛普，都没有将小说视为发明创造。小说被视为用语言将早已存在的东西记录、报道、转化为新的印刷语言，将其毫不费力地转达给读者。多么感人的信念！

电报技术在这里的出现，有点令人惊讶，因为这在当时来说是相对新颖的技术。收发电报在特罗洛普的小说中没怎么出现。他的小说人物通过写信进行交流。我稍后会对他小说中的信件进行讨论。对特罗洛普的读者来说，更加熟悉的应该是排版的比喻。在莱诺铸排机出现之前，这是一项特罗洛普作为小说家所严重依赖的技术。在特罗洛普的时代，每个字母都要依靠人工一个个来排版。将手稿向印刷书籍的最终转化，是从在作者思维中存在的虚无缥缈的人物——他们的思想、情感和语言——开始的一系列编码和再编码过程中的最后一个环节。一开始的写作只是整个过程中的一个阶段，虽然或许是最精细和最不确定的一个阶段，也是最需要天赋和熟练技巧的阶段：

> ［小说家的］语言必须来自作家内心，就像音乐来自伟大乐器演奏者手指的快速碰触，就像词语出现在义愤填膺的演讲者的嘴里，就像字母从训练有素的排字工的手里飞出，就像小铃铛发出的声音在电报员的耳朵里形成音节一样。（AA, 116）

> 麦考利（Macaulay）的话应该被所有作家铭记于心："现在已经很少有人学习清晰表达思想的极端重要的技巧。几乎没有任何流行作家想到这一点，除了我。"作家使用的语言应该是将作者的思想传达给读者的思想的随时待命的高效导体，就像将电流从一个电池导入另外一个电池一样。（AA, 151）

> 年轻的小说家或许会问，或者更有可能自己思考，他如何才能获得关于人性的知识，让他能够准确地知道在特定情况下男人或女人会说什么。他必须通过持续的、智力的训练，才能获得这一知识，就如同将他的语言印刷出来的排字工在学习排版一样。（AA, 155）

然而奇怪的是，大卫·斯基尔顿（David Skilton）在企鹅版的注释中，将"排版"（distributing his type）解释为"将排好的版拆掉，放回盒子里相应的隔间里"。这样的解释非常奇怪，是因为它否定了写作的艺术是将字母和词语集中起来，让其准确表达和传递作者大脑中存在的非语言的"概念"，而是认为写作是把句子拆散变成零散的单词，把单词拆散变成零散的字母，字母最终成为以字母表中毫无意义的顺序存在于各自隔间的存在。如果斯基尔顿言之有理，那么我实在无法理解这个比喻所隐含的对意义从电池向电池流动的奇怪的中断。如何理解这种分散，而非集中？你说呢？或许它只是在说特罗洛普逆向地获取自己的语言。

不管怎么样，维多利亚小说里的印刷文字在读者心目中建构一个虚拟现实的能力令人叹为观止。维多利亚小说甚至比电影或电子游戏更加强大，因为电影或电子游戏依靠可以直接呈现在观众眼前的影像。小说只能通过印刷纸张上的静默文字的更加间接的方式来施展魔力。小说人物及其世界、行为和语言都首先存在于作者的头脑，然后通过文字传递给读者，特罗洛普《自传》中一个极为精彩的段落中对此的描述就很有说服力：

但小说家除了建构情节之外，还有别的目标。他希望能够让读者无比了解他的小说人物，让他们觉得他大脑的创造物是说话、行动、生活的人类。想要实现这一点，他自己必须了解这些虚构的人物，而想要了解他们，就必须和他们生活在一起，在完全真实的状态下建立亲密关系。当他躺下睡觉的时候，当他从睡梦中醒来的时候，他们必须和他在一起。他必须学会痛恨他们和喜欢他们。他必须和他们辩论、争吵，原谅他们，甚至屈服于他们。他必须知道他们是冷酷无情，还是激情澎湃，是否真实或虚假，以及在何种程度上真实，在何种程度上虚假。他必须对每个人物的深度、广度、狭隘和肤浅程度了如指掌。在我们的外部世界，我们知道男人和女人都会变化，——因为诱惑或良心的导引而向善或堕落，——小说人物也应该发生变化，而他了解每一个变化。他小说中的每一个人物在经过了一个月之后，必须增加一个月的年龄。（*AA*, 149–50）

　　同特罗洛普有负罪感的、年轻时候的、自我放纵的白日梦中的人物一样，特罗洛普的众多小说人物作为存在于他大脑中的不可触摸的幻影，没有公共的或共有的存在。他们死去的时候依然是本来的面目，即特罗洛普想象中的幻影，他通过写作把他们转变成纸张上的死的文字，然后将其印刷出版。当读者阅读这些印刷文字的时候，这些小说人物如同魂灵被召唤一样，在读者的内心世界中重生、复活和得到召唤。这是惊人的魔法。没有了这种魔法，文学作为印刷书籍时代独有的文化形式就会难以存在。这种拟人法，这种对幻影或魂灵的召唤，都不是通过镜子，而是通过软弱无力的印刷文字的工具实现的。这些被召唤的魂灵不是出现在任何有形的剧场，而是出现在大脑中无形的剧场中。

小 说 插 图

　　在这种魔法咒语中，维多利亚小说的插图——例如约翰·埃弗雷特·米莱斯（John Everett Millais）为特罗洛普的《奥利农庄》（*Orley Farm*）所作的令人击节赞叹的 40 幅木版画，或在《巴塞特的最后纪事》每周六便士的章节本和最早几种合订本中出现的乔治·托马斯（George H. Thomas）的不是那么有名的 32 幅木版画和 32 幅小插图——发挥了什么样的作用？图 1 是第一版的卷首插图。

　　第一版中的 64 幅木版画和小插图没有出现在我看到过的任何现代版本中。毫无疑问，部分原因是经济因素。在一个廉价的平装本里放入插图是很费钱的，但我认为还有意识形态的原因。在 20 世纪

图 1　安东尼·特罗洛普:《巴塞特的最后纪事》(伦敦: 史密斯与埃尔德出版公司,
1867 年) [Anthony Trollope, *The Last Chronicle of Barset* (London: Smith, Elder and Co.,
1867)],卷首插图,古腾堡 Kindle 电子版复制了这幅图片。最初的标题是《法官面前
的克劳利先生》。

的大部分时间里,人们普遍认为插图并不重要。《巴塞特的最后纪事》
的现代版本中去掉插图,这隐藏了一个事实,那就是同大部分维多利
亚小说一样,这部小说也是多种媒介的集体创作。维多利亚小说的现
代重印本中原版插图的消失,至少在最近之前如此,从本质上歪曲了
它们最初的存在方式,最近有诸多学者开始关注这一点。[1]

　　然而电子文本开始收录维多利亚小说最初的插图。比如,古腾堡
Kindle 电子版的《巴塞特的最后纪事》有两个版本——一个带有当初
的插图,另外一个则没有。这是我第一次看到这些插图。这对我来说

1　参见拙著 *Illustration* (Cambridge: Harvard University Press, 1992),当然还可以
　　参看其他很多这方面的作品。

是对该小说的全新体验，这种体验有了更多的途径，而不是一种。在Kindle上阅读小说，和阅读纸质版的小说完全不同。想要在文本中前后移动，需要不同的操作。搜索功能非常有用，但浏览起来却比较困难。电子文本存在于电子空间，而纸质版本则以你手中的、或书架上的实实在在的物体的形式存在。现在我进一步发现《巴塞特的最后纪事》在最初发表时是多媒体产品。因此在关于这部小说的任何阐释中，我需要考虑图画与文本在小说中的相互作用。

在维多利亚小说最初的插图中，一个画家，无论好坏（对《巴塞特的最后纪事》来说，是差强人意的乔治·豪斯曼·托马斯），让小说在大多数读者（几乎都是男性）心中唤起的想象变得具体而可视。然后，有时候小说家会参与指导插图的形式，"费兹"（Phiz，也就是Hablôt K. Browne）为狄更斯的小说绘制的插图就因为这一点而广为人知。维多利亚小说的最初插图毫无疑问引导着它们读者的想象——例如，亨利·詹姆斯小时候阅读《雾都孤儿》的时候就是如此。詹姆斯在《小男孩及其他人》（*A Small Boy and Others*）中以令人印象深刻的文字表明，乔治·克鲁克香克（George Cruikshank）给这本小说绘制的插图比文本本身对他影响更大。在谈到这些插图的时候，詹姆斯带着令人惊叹的机智说道："对我来说，似乎不是狄更斯的作品，而是克鲁克香克的作品；那是多么栩栩如生的可怕意象，一切都带有克鲁克香克的典型特征，无论是鲜花或友善，还是那些用来安慰和鼓舞人心的场景和人物，到了他的笔下，就成了更加微妙的邪恶，或具有更多联想含义的怪异，而不是赤裸裸的恶劣和恐怖。"[1]詹姆斯实际上在谈论克鲁克香克的赛克斯，然而自相矛盾的是，克鲁克香克的赛克

1　Henry James, *A Small Boy and Others* (New York: Charles Scribner's Sons, copyright 1913), 120.

斯与他的布朗罗先生或他的奥利弗相比，显得健康而理智。

当初的插图——比如《巴塞特的最后纪事》的插图——是文字含义的重要补充。它们能够给现代读者提供很多关于维多利亚时代装饰、衣服、建筑和房间布置的信息。然而，这些插图经常与我在内心形成的关于这些人物的长相和穿衣打扮的感觉相抵触，至少对我而言是这样。我阅读小说产生的幽灵们生活在我自己的脑内小剧场里，这些幽灵和插图中的人物并不一样。我想说："你弄错了。她在那个时候完全不是那个样子。"小说改编的电影也经常让我产生类似的感觉。它们在我认为小说人物的"真正的样子"和插图或电影试图施加于我的歪曲的模仿、离谱的猜测之间产生巨大的分歧。画家用可视的方式制造的、或电影拍摄用复杂的设备创造的人物形象，在我看来是对小说人物形象的歪曲，文字作为魔咒施展的魔法远胜画家和电影的作品。我得出结论，每个人通过阅读某本小说而建构的脑内小剧场或许和其他所有人的都不一样。我的想象是独特的，自成一类的（*sui generis*），和他人的想象互不兼容。

自由间接引语

好吧，那支在空白纸上疯狂书写的笔到底写下了什么样的文字，才能让特罗洛普的幻影也能够成为我们的幻影，就像纠缠着他一样也纠缠着我们？一旦特罗洛普发明了他的维多利亚心灵感应叙事者的独特形式，他的问题就是寻找一种语言，将他自己对小说人物的"孕育"传递给他的读者。特罗洛普的解决办法就是一种被称为"自由间接引语"的写作技巧。这种叙事手法是维多利亚小说的基本传统。特罗洛普赋予他的叙事声音一种能力，让其能够完全进入小说人物的思维、身体和感情，和他们保持紧密、完全的一致。叙事声音讲述在任何既定时刻的小说人物的生活。特罗洛普赋予其叙事声音一种能力，让其能够彻底了解小说人物，没有任何死角。小说人物对叙事者来说是完全透明的。

《巴塞特的最后纪事》在叙事手法上与大多数维多利亚小说很像，但不像亨利·詹姆斯的《尴尬年代》（The Awkward Age），也不像詹姆斯自称是自己偶像的法国的吉普（Gyp）的小说。[1]《巴塞特的最后纪事》主要由两种叙事手法交叉进行：一种是对话（虽然也有例外，但经常发生在两个小说人物之间），另一种是叙事声音向读者报告某个小说人物的主体性之内在某个时刻正在发生什么。《尴尬年代》和"吉普的"小说几乎都是对话。在这些小说中读者只能通过对话推测人物的思想和感情。

特罗洛普进入人物内心而使用的修辞手法或叙事手法是非常灵活多变的。我使用的词是"自由间接引语"，然而这个术语很难充分概括特罗洛普的叙事策略，这种策略能够在同一个段落中首先用第一人称和现在时态直接呈现人物对自己说的话，然后采用自由间接引语本身，用第三人称和过去时态讲述人物或许用第一人称和现在时态对自己说的话，然后再次发生转变，使用叙事声音的语言，而不是可以辨认出的小说人物自己的语言，大致地描述人物的思维和情感状态以及人物在当时对自己生活状态的全部感知。正是在第三个层面上，叙事声音很可能使用看起来不像是小说人物自己的修辞手法。第三层面的语言，是一种"语言挪用"（catachresis），因为其表达的内容无论对小说人物本人来说，还是对叙事声音、那个无处不在的"它"来说，都是非语言的。莫里斯·布朗肖在《叙事声音》（La voix narrative）

1　参见拙作 "Unworked and Unavowable: Community in *The Awkward Age*," *Literature as Conduct: Speech Acts in Henry James* (New York: Fordham University Press, 2005), 106-8, 该书对吉普的叙事手法进行过讨论。

中将"它"称为"中立者"（ le neutre ）。[1]

无论一些语言学家和叙事学家会怎么说或愿意怎么相信，从科学清晰的角度来说，自由间接引语是出了名地、无可否认地模糊不清。我这样说，是因为在很多情况下，我们完全无从得知，到底是人物自己的语言，是将人物真实说出来的话或思考的内容转变成第三人称和过去时态，还是将人物的非语言的思维状态转变成语言。无论是哪一种情况，特罗洛普书写这些段落的目的，都是为了将对叙事声音来说完全透明的东西以同样透明的方式呈现给读者，而叙事声音代表共同体的集体意识进行说话。

如果你对其稍微思考一下，在这个想象共同体中的人物的生存状态就会显得非常怪异、令人不安、神奇而不同寻常，一点都不像我希望和相信我在现实世界中的生存状态。虽然小说人物毫无察觉，但他们随时随地都被叙事意识浸透、洞悉和监视。这种监视是全方位的监视，就像当今美国国家安全局对美国和全世界的全方位监视一样，美国国家安全局得到了《外国情报监视法》的授权，其主要手段是电脑、电子邮件、互联网、脸书、推特、Skype网络电话等新型通信手段，甚至包括将现在已经显得过时的电话交谈进行录音。特罗洛普的叙事者所了解的一切，通过印刷文字，完完整整地传递给一个由读者构成的无限大的共同体的成员。小说人物这种怪异的、不真实的状态，是让我将其视为想象的共同体的原因之一。它是彻彻底底虚构的，在其规则、礼仪和完整性方面，截然不同于数字化之前的真实世

1 Maurice Blanchot, "*La voix narrative (le 'il', le neutre)*," in *L'Entretien infini* (Paris: Gallimard, 1969), 556–67; 同上，"The Narrative Voice (the 'he', the neutral)," in *The Infinite Conversation*, trans. Susan Hanson (Minneapolis: University of Minnesota Press, 1993), 379–87. 根据布朗肖在此文中对"中立者"的讨论，对 il 更好的翻译应该是"它"，虽然 il 既可以是"他"，也可以是"它"。

界。我非常遗憾，我在电脑键盘上敲出这些文字的时候，这种能够洞悉一切的监视此时此刻正发生在我身上。曾经的虚构，如今成了令人极度不安的现实。

然而，特罗洛普的叙事监视模式无处不在，成为《巴塞特的最后纪事》的语言机理，我们可以列举出大量的例子。我们可以在企鹅版的 107、115、186、202、212、227、270、293-4、344 等页上，以及587 页之后找到此类例子，这当然是非常不完整的、相当随意的列举，而且主要集中在小说靠前的部分。在第一个例子中，叙事声音代表主教的思维，主教当时正面临与他跋扈妻子的最新危机，即，她铁了心要把被指控盗窃的克劳利先生从他的讲道坛上开除。第二个例子描述克劳利的思维状态，他连续多个小时坐在那里，焦虑地思考降临在他头上的痛苦和不公。在其他的例子中，按照顺序来说，一个名叫约西亚·克劳利的单子再次出现，他离开主教的宫殿，踩着泥巴回家，因战胜了主教和女主教而沾沾自喜［"女红更适合你"，他当时对普劳迪夫人说（186）］；下个例子讲述罗伯兹神父思考他过去和克劳利的关系以及即将和克劳利的见面；下个例子呈现格伦雷少校的心理，他在思考如果他违背家庭的意志向格蕾丝·克劳利求婚，他将有何损失；下个例子讲述戴尔夫人在思考她必须面对一个现实，即她的女儿莉莉或许最终还是要嫁给那个当初抛弃了她的男人——阿道弗斯·克罗斯比；下个例子再次呈现亨利·格伦雷，当时他乘坐火车前去向格蕾丝求婚；下个例子报告格蕾丝·克劳利在亨利·格伦雷真的向她求婚之后的思维状态；下个例子讲述强尼·埃姆斯的思维，当时他正在前往莉莉·戴尔的家，最后一次徒劳无功地向其求婚；最后一个例子，我认为尤其感动人心，占据了整整一章的内容，记录了领班神父的思维转变：他一开始憎恨格蕾丝·克劳利，因为他认为是她坑害了他的儿子，让其做出愚蠢的行为，而当他认识到她的美貌和善良之后，他开始像父亲一样赞赏和喜欢她。

在最后一个例子中，当领班神父碰到格蕾丝，并认识到她的高尚品格之后，两滴眼泪最终在他的眼睛里出现，"慢慢从他衰老的鼻孔里流了出来"。他最后亲吻了她，并向她许诺，等她父亲的事情尘埃落定之后，她"将和我们住在一起，成为我们的女儿"（595，596）。叙事声音记录了这部分内容的高潮部分，即领班神父意识到他对格蕾丝的态度完全发生了转变：

> 当他步行前往法庭的时候，因为他的马车的原因，他必须前往那里，他内心对刚刚发生的事充满了惊讶。他之前去牧师住所的时候心里憎恨着这个女孩，鄙视着自己的儿子。现在当他往回走时，他的感情完全改变了。他赞赏这个女孩——至于他的儿子，他对他的愤怒在那一刻完全消失了。他将立刻给儿子写信，请求他不要出售［所有的家用物品，亨利·格伦雷促使了这场销售，因为他认为如果他娶了格蕾丝的话，他的父亲将会剥夺他的继承权］。他将告诉儿子发生的一切，或者他可以让格伦雷夫人写信告知。（596）

即使从这么短的一段引文中，读者也可以看出，几乎难以将叙事者对小说人物的了解和小说人物对自己的了解以及小说人物对彼此的了解区分开来。每个这样的段落都同时呈现三者，因为三者同时存在。叙事声音发现小说人物对它而言都是透明的，因为每个人物对自己而言都是透明的。而且，人物的思想和感情总是针对他人。这也是暴露给他人的一种方式。读者也会发现，在这样段落中的话语模式并不完全是，或一直是，严格意义上的自由间接引语。这是一种更加灵活多变的运用语言来呈现内心想法和感情的手段。当叙事声音说领班神父格伦雷"内心对刚刚发生的事充满了惊讶"的时候，不是在转述"我的内心对刚刚发生的事情充满了惊讶"，而是对他思维状态的客观描述。这句话，"他之前去牧师住所的时候心里憎恨着这个女孩，鄙视着自己的儿子"，在我看来，描述一种非语言的心理状态，而不是转述内心的语言，而"他将立刻给儿子写信，请求他不要出售"则可以理解为，虽然也不是非常肯定，对"我将立刻给儿子写信，请求他不要出售"的间接引语。

甚至从这样一个简短的例子中，读者会立刻发现特罗洛普倾向于将他的叙事声音的叙述置于一个具体时刻和一个具体的实际地点和情景之中。但是，有时候一个重复的自我意识，一个时不时地穿越时间的东西，被重复和重现，我会证明这一点。读者还会发现，当叙事声音进入人物意识的时候，叙事声音会发现人物对自己来说是完全透明的。不仅领班神父的感情发生了变化。他也完全彻底地知道他的感情发生了变化。此外，读者还会发现，领班神父的自我意识非常直接地体现为将他自己暴露（exposure）给他人，比如在这个情况下，他的自我暴露指他对格蕾丝感情的变化。因此我们可以说，他的自我意识可以佐证一个事实，即，对特罗洛普来说，自我意识往往是对他人的意识。领班神父一见到格蕾丝，一见到她的眼神，格蕾丝的善良和美貌就完全透明地呈现在他面前。叙事声音在此章稍前一点的地方描述了这件事：

既然他和她距离很近，他能够看进她的眼睛，他能够看清她的具体长相，能够理解——不由自主地理解——她的容貌特征。那是一张高贵的脸，没有任何贫穷的东西，没有任何低俗的东西，没有任何丑陋的东西。这张脸表明她是一个美人坯子，而且马上就会出落成一个美女。[格蕾丝十多岁，马上要二十岁了。]当热心的语言从她嘴里发出的时候，她嘴巴的动作，鼻翼的曲线，几乎让这个自私的父亲落荒

而逃。为什么从未有人告诉他她是这样一个人物？为什么亨利从未告诉他她是如此美貌？（594）

　　我不需要告诉读者，这里我指的是我的读者，格蕾丝在这里被确立为"行为模范"，供所有英国中产阶级少女模仿。格蕾丝是什么样的，她们也应该是什么样的。维多利亚小说在感动读者的同时，还能够培育特定的行为和意识形态信仰，这一点在这些段落中得到完美体现。这些段落在灌输意识形态观点方面，远远比十几场关于少女的谦逊、缄默和勇敢的自我牺牲和放弃的说教有效。格蕾丝将嫁给亨利·格伦雷，她也将得到所有他父亲给他的财富。而她之所以能够得到这一切，就是因为她高尚地承诺，只要有一个人认为她的父亲是个小偷，她就永远不会嫁给亨利。这段话讲述领班神父对他自己感情的改变非常惊讶，读者从中最终可以发现，对特罗洛普来说，小说人物的自我意识没有限定在当下的情景之中。它能够典型地瞻前顾后，对一个人的生活的整个过程拥有整体的、同时性的意识。特罗洛普的小说人物对其过去拥有全部记忆，对其未来拥有确定的直觉。此前的一个段落中，领班神父对其儿子充满了愤怒，但同时也非常明白，他永远也不会将解除他继承权的威胁付诸行动。

　　我将《巴塞特的最后纪事》比喻为一个透明的媒介，巴塞特郡就是其边界，其中的小说人物都是众多有窗的单子，我的比喻必须进行扩展，以囊括处在不停运动和转变中的这个媒介及其所包括的内容。在此前已经引用过的《自传》中的一段话中，特罗洛普自己强调过这一特征。这种时间性的变化发生在人物及其相互关系发生变化的时候，虽然这种变化是"逐渐的"（gradually）——特罗洛普非常喜欢使用这个词语。叙事者进入一个人物的内心，然后退出来报道两个或更多人物之间的对话，然后进入一个不同人物的内心，最后再次进入第一个人物的内心，这时候第一个人物已经处于后来变化了的生活阶段。

　　同维多利亚小说的惯常做法一样，《巴塞特的最后纪事》的文本被分割为章节。在章节和章节之间，往往有突然的断裂。叙事者会跨越时间的鸿沟，从一个时间跳到另一个时间，或者从巴塞特郡的一个地方跳到另一个地方，甚至从巴塞特郡跳出，到了伦敦。举例而言，在第36章的末尾，叙事者讲述了格蕾丝·克劳利决定离开阿灵顿回到家里去，帮助照顾她生病的父亲（"然后她就离开了"［364］）。但在下一章的开头，读者的注意力被神奇地转移至伦敦商业区——"市里"——核心地段的胡克法院："这是一个早晨，多布斯·布劳顿先生和马素布罗先生正坐在他们市里的办公室，讨论他们合伙做生意的事情。"（364）数个章节集结起来，形成每周发行的分册。企鹅版里用星号标注出这些分册之间断开的地方。因为这部小说最初就是这样以周为单位发行的，所以最初的读者面临的就是这样断裂的小说。当小说离开一个场景进入另外一个场景，然后又回到第一个场景的时候，特罗洛普往往会简要交代第一个场景在其期间发生的事情。这种随着小说往前推进而不断出现的情节概述，其目的是让一切场景中发生的一切事件对读者来说是完全透明的。叙事者不会对读者隐藏任何秘密。

举个例子

　　然而，想要逐个讨论我在上文提供了页码的段落是不可能的，当然要讨论小说后半部分所有的例子那就更不可能了。这真是太糟糕了，因为每个段落都和其他段落有所不同。所有我指出的这些特征并非总是出现，或并非总是以同样的方式出现。但不管怎样，适可而止就可以了。这些段落的长度是它们大部分的本质特征。然而我将全文

图2　安东尼·特罗洛普：《巴塞特的最后纪事》(伦敦：史密斯与埃尔德出版公司，1867 年)［Anthony Trollope, *The Last Chronicle of Barset* (London: Smith, Elder and Co., 1867)］，第一章，古腾堡 Kindle 电子版复制了这幅图片。最初的标题是《克劳利夫妇》。

引用一个段落，然后对其进行评论，让读者进一步了解这些段落的特征。我选择的段落是一段非常流畅的文字，讲述克劳利长达数小时地坐在那里，痛苦地思考他所遭受的苦难，图2是最初版本的插图，当初出现在我将引用的这段话之后。这段文字和这幅插图相互阐明，构成混合媒介的相互协作。

她［克劳利夫人］最害怕的，是他静坐在火炉边，什么事都不做。当他这样坐着的时候，她能够看见他在想什么，就像对她打开的一本书一样。当她指责他过度沉溺于自己的悲伤的时候，她是完全正确的。他的确耽溺于悲伤，直到悲伤变成一种奢侈，如果不是因为她觉得这是最有害无益的奢侈，她是硬不起心肠剥夺他享受这种奢侈的权力的。在漫长的数小时里，他坐在那里，什么也不说，什么也不做，他是在不停地告诉自己他是所有的上帝造物中遭受最大痛苦的人，他沉醉在遭受不公待遇的感受之中。他在回想生活中的所有事件，他花销巨大的教育，因为他的学识而成功地在教会找到工作，当他年轻的时候，他决心将自己奉献给他的拯救者，而忽视他人对他的提携和恩惠；他开始恋爱时候的短暂而甜蜜的日子，他又一次全身心投入——不是想自己的事，而是想她所有的事；他辛勤地工作，竭尽全力地为他被分配的教区服务，经常竭尽所能地帮助最穷的人；他的同辈人——他经常告诉自己，他们是在智商上低于他的人——的成功，然后是那些从他身边夺走送往教堂墓地的孩子——他自己曾经站在他们的墓地上，读出悲痛的悼词，声音虽然一点都没有颤抖，但心里却在滴血；然后是那些依旧活着的孩子们，他们爱他们的妈妈，远胜过爱他们的父亲。然后他会想起他的贫困带来的种种状况——他如何被迫接受救济，如何逃避债主，如何藏匿躲避，如何看见当着那些他曾经为其充当精神牧师的人的面将他的桌椅全部拿走。我想，在这一切当中，对他而言最痛苦的事，莫过于从他作为众人神父这一职位的精神的庄严中坠落下来，而这种坠落是贫困的必然结果。圣保罗可以四处走动，但兜里没钱，脚上没有鞋子，或身上没有衣服，他的贫穷并不能阻碍他的传教，或阻挡信徒对他的尊敬。圣保罗的确遭受过鞭打，被关过监狱，经受过可怕的危险。但是克劳利先生——他告诉自己——可以毫不退缩地经受这一切。鞭打和不信教者的嘲讽将不算什么，只要虔诚的信徒在他贫穷的时候依然能够信任他，就像如果他非常富有的情况下信任他一样。甚至那些他最爱的人都几乎对他带着嘲弄，因为他现在和他们不一样。阿拉宾院长笑话他，因为他坚持在泥地里行走 10 英里，而不愿乘坐院长的马车；而且，此事之后，他还得接受院长的施舍！没有人尊敬他。没有一个！连他的妻子都认为他是个疯子。现在他被公众贴上了窃贼的标签，而且很有可能会在监狱里度过余生！这就是他一动不动、一言不发、郁郁寡欢地坐在火炉边的时候的想法，他的妻子对此洞若观火。要是他能让自己干点什么肯定更好一些，只是必须要有可能找到些他可以干的事情。（115-7）

读者可以发现，这段话证实了我在引用那段较短的关于领班神父与格蕾丝见面的引文时所说的话。然而，这些段落彼此不同，体现为叙事声音向读者转告小说人物内心时使用修辞手法的不同。我希望读者能和我一样欣赏这里特罗洛普操作叙事声音的语言时所具有的清晰与力量。他这样做，是为了向一个人的意识呈现另外一个人的意识，并将这种双重意识传递给读者自己的意识。这是一种经过长期训练的能力，能够让人用巧妙的艺术呈现想象的思维。这些段落中的内容如此清晰明了，看起来似乎轻松写意，但你自己尝试一下，就会发现做到这点有多难。

我刚刚引用的这段话描述了克劳利的心理状态，但克劳利的心理状态是通过他妻子对这种心理状态的意识来呈现的。这段话表达了了解他人意识的意识："当他这样坐着的时候，她能够看见他在想什么，就像对她打开的一本书一样。"除了克劳利夫人对叙事声音和她自己的透明以及两者对读者的透明，还有小说人物对彼此的几乎完全的透明。

这种（很不真实的）主体间的透明性的例子在这部小说中比比皆是。一个例子就是领班神父瞬间认识到格蕾丝善良、纯洁，在任何一方面都很招人喜欢。另一个例子是亨利·格伦雷明白格蕾丝很爱他，作为对他对她的爱的回报，尽管她从未说出过与爱有关的只言片语。这给了他足够的理由宣布他们已经订婚，并且亲吻她的额头和嘴唇来敲定他们的协定，尽管格蕾丝反对他这样做。在另外一个场景，亨利·格伦雷明白，只要他能够放弃对格蕾丝的爱，他的父亲会承诺给他一笔很大的遗产："领班神父并未说出这些言语，甚至都没有提及格蕾丝·克劳利；但这些语言像说出来一样清晰，即使这些话是明明白白说出来的，少校也不会对此有更加清晰的理解。"（216）另一段话从他人阐释的角度描述了克劳利引人注目的表情："习惯性的皱眉体现出的压抑的怒火、长长的鼻子和大而有力的嘴巴、脸颊深深的皱纹以及整体的思索和受罪的神情，这一切结合起来让这个人的表情非常引人注目，立刻向旁观者描述着他的真实品质。"（178）然后在另一个地方，格伦雷少校能够从沃克夫人的表情，她"确凿的悲伤神情"，看出她相信克劳利是有罪的，虽然她没有将其说出口来（62）。在另一处评论中，叙事声音说，共同体中站在领班神父一边反对主教的那一群人，能够完全了解彼此："因此可以推断，索恩博士和索恩夫人、领班神父彼此非常熟悉，完全了解彼此在这些事情上的感情。"（100）在另外一个段落，叙事声音说罗伯兹先生彻底且自然而然地了解克劳利，根本无须对此进行思考："罗伯兹先生，无须分析，就了解一切，知道在这种谦和背后隐藏着可怕的自尊——这种自尊完全有可能爆发，然后在他走出这个房间之前将他摧毁。"（204）

"了解一切"是这部小说的重复主题。它不停地重复出现，一个小说人物能够完全洞察另一个人物的心理和动机——例如，在第106页和第149页。在另一个段落，查尔迪科茨的索尔比先生，"在他的时代被看作巴塞特郡保护狐狸第一人"（329），据说能够一眼就看出一个地主对保护狐狸是否认真，依据不是他说了什么，而是在他的保护所里有没有狐狸。通过他的环境可以了解他的内心："我不在乎一个人对我说了什么，只需要看看他的狐狸庇护所，我就能像读书一样了解实情。"（329）读书，正是我的读者们正在做的事，而"读书"的意象在这里作为彻底洞察力的比喻再次出现。这一比喻的首次使用，是描述克劳利夫人对她丈夫的了解。一个人物通过其与他人共有的将其定义为同一个共同体的理想、行为和信念，获得对其他人物心理的彻底的洞察力。对于这种洞察力的局限，我在下文还将进行讨论。

对比特罗洛普与奥斯汀

将安东尼·特罗洛普关于主体间性的预设同简·奥斯汀颇为不同的理解进行比较将会表明，要对 19 世纪英国小说的叙事特征进行概括是多么错误的一件事情。例如，奥斯汀的《爱玛》(*Emma*, 1815)的中心思想就是表明，一个聪明而敏感的女孩在解读他人的时候会犯何等可怕的错误。这样的故事对特罗洛普来说是不可能的，因为他的小说人物被赋予了对他人思维的强大的心灵感应洞察力。对奥斯汀来说，他人在很大程度上是不透明的。想要直接进入他人的思维和感情是不可能的。

奥斯汀的爱玛是一个热衷做媒的人。她尤其努力让她朋友哈莉特·史密斯嫁个比她家境更好的人家。哈莉特最终被发现是一个富商的私生女，她的父亲一直在每月给钱供养着她。爱玛一开始错误地以为新来的牧师埃尔顿先生爱上了哈莉特·史密斯，但后来惊讶而羞愧地发现他爱上的人是她，爱玛。她后来错误地以为弗兰克·丘吉尔爱上了她，爱玛，但实际上他已经在私下里和简·费尔法克斯订婚。她根据一点点证据，构造出了一个完整的故事，故事里简·费尔法克斯爱上了有妇之夫迪克森先生，而迪克森先生也爱上了她。她甚至又一次错误地认为弗兰克·丘吉尔爱上了哈莉特·史密斯。她始终都没有想到过奈特利先生长期以来深爱着她，爱玛。爱玛一直担心奈特利先生会爱上哈莉特。这一切在《巴塞特的最后纪事》中都不可能发生。这些错误能够在《爱玛》中发生，是因为这部小说中的每个人物，无论多么聪明和敏感，都禁锢在自己的意识之中。每个人物都必须基于语言、表情等来间接地阐释他人。他们容易产生严重的误解，甚至聪明善良如爱玛这样的人也不例外。这样任何一个人都有可能将所有信息以完全错误的方式汇总起来，这正是爱玛的惯常做法。她的《认识论》初级课程考试显然不及格。顺便提一句，奥斯汀的最后一部小说《劝导》（*Persuasion*, 1817）的女主人公安妮·艾略特也是"叙事视角"，虽然她和爱玛一样，也具有同样的认识论的局限性（即无法直接进入他人的思维），但她能够令人惊讶地洞察他人的思维。她几乎总是能够正确地解读信息。我们或许可以猜测，她是简·奥斯汀本人的投射。

顺便提一下，我认为简·奥斯汀对人类困境的描写比特罗洛普的描写更加"忠实于生活"。对我而言，阅读特罗洛普的很大一部分快乐，来自进入了一个想象的世界，这个世界与我自认为生活于其中的真实世界大相径庭。居住在一个人们在很大程度上彼此透明的世界多么令人心满意足！我对这点乐此不疲，无论这种透明性如何虚假，也无论它多么像科幻小说的愿望满足式的幻想，就如同最近比较火爆的哈利·波特系列小说中会飞的人一样。

特罗洛普和奥斯汀的区别，在他们使用间接引语的不同方式中体现出来。这种语言形式对两位小说家来说都是基本的叙事手段。对他们两个来说，这个叙事声音都是相对非人格的，更像一个"它"，而非"他"或"她"。

在特罗洛普的小说中，正如我在前文引述的例子所示，间接引语用来表达小说人物对他人想法和感情的自发的洞察。将第一人称现在时态转变为第三人称过去时态的时候，毫无疑问会产生一些反讽的效果。例如，将"我现在了解一切"转变为"她当时了解一切"。然而特罗洛普的反讽，仅仅体现为相对温和的距离感。《巴塞特的最后纪事》中的其他例子包括克劳利神父对"女主教"普劳迪夫人的挑战——"女红更适合你"（186）；或领班神父格伦雷立刻认识到格蕾丝·克劳利在每个方面都足以当他的儿媳妇，而在此之前尽管他从未见过格蕾丝，却一直瞧不起她："为什么从未有人告诉他她是这样一个人物？"（594）《巴塞特的最后纪事》的大部分内容，都是两个人物相互对峙的场景。往往这两个人物之间产生激烈的对立，如克劳利和普劳迪夫人的对立，或亨利·格伦雷和他的父亲领班神父之间的对立，因为后者反对他与格蕾丝·克劳利的婚事，或甚至格蕾丝和领班神父之间的对立，因为她向他保证，只要她的父亲没有洗清罪责，她就不会嫁给他的儿子。大部分特罗洛普的人物都极度倔强。他们坚守自己的承诺，坚持自己的做人原则，绝不听从劝告。特罗洛普的人物往往比较固执，甚至可以说是顽固。克劳利神父、普劳迪夫人、格蕾丝·克劳利、格伦雷少校和莉莉·戴尔都是《巴塞特的最后纪事》中顽固倔强的典型例子。欣赏这些小说人物对抗世界、坚持自我，是阅读特罗洛普的最大快乐之一。

"对峙"（Confrontation）一词，毕竟来自拉丁语 *frons*，意思是"额头"。两个对峙的人会额头对额头。虽然特罗洛普小说中两个人面对面或额头对额头的对峙中，两个人或许会相互对立，但他们都拥有对彼此的思想和感情的心灵感应式的洞察力。每个人都理解对方的立场。戏剧效果并不是因为误解或曲解。作为集体共同体意识的全知叙事者将这些对峙传达给读者。

对奥斯汀而言，情况正好相反，《爱玛》的叙事者（连带着读者也是）知道的比爱玛更多。间接引语是通过信息掌握的不平等而产生的著名的奥斯汀式反讽的主要手段。如果你之前已经看过这部小说，或已经看过令人赞叹的英国广播公司 BBC 改编的电影的话，这一点显得尤为正确。BBC 的电影非常忠实地，有时候是逐字逐句地遵照了小说原文，当然电影无法呈现小说本身通过间接引语呈现的爱玛的内心独白。整个电影叙事必须缩短，尽管这部电影已经长达 4 个小时了。

这里是《爱玛》中另一个间接引语的反讽的绝妙例子。与《巴塞特的最后纪事》的对比非常鲜明。爱玛在思考弗兰克·丘吉尔把哈莉特·史密斯从吉卜赛人手里拯救出来的方式，她觉得肯定会让两人产生爱情。她一如既往地大错特错。读者在阅读这段间接引语的时候，会发现她又是在想象这些事情，这样读者会获得强烈的快感：

这样的冒险经历，——把一个年轻的帅哥和一个年轻的美女，用这样一种方式放在了一起，对一个最冷静的心肠和一个最镇定的大脑来说，很难不会引起某些想法。至少爱玛是这样想的。[叙事者在这里直接站出来说话了。]如果一个语言学家，一个语法学家，甚至一个数学家看见她所看见的这一切，目睹了他们在一起的样子，听说了他们的故事，难道还能不觉得这一切都是在促使他们对彼此产生特别的吸引力？——至于像她这样的善于想象的人，则会更加燃烧起熊熊的八卦之火，做出各种猜测和预见——尤其是在具备了她的大脑已经创造出的期待的基础工作之后。

……两个人在这个时候的心理状态非常有利，知道了这一点让她感触更深。他想战胜对她的依恋[顺便交代一下，这完全是幻想]，她[哈莉特]刚刚从对埃尔顿先生的热恋中解脱出来。似乎一切联合起来，要促成某种最有意思的结果。而且这种结局不可能不对两人构成强烈的吸引。

……然而每件事情都将自然发展，既不需要督促，也不需要协助。她不需要动一下手指，或提出任何暗示。不，她已经干涉得够多了。采取被动策略，没有什么坏处。这只不过是一种愿望。超出愿望的范畴，她不会采取任何行动。[1]

读者从这段话中可以看出，内心语言（"我不需要动一下手指，或提出任何暗示"）被转变为 *erlebte rede*，也就是德语中的"自由间接引语"："她不需要动一下手指，或提出任何暗示。"爱玛确实是"善于想象的人"（imaginist）。她虽然给自己的缺点起了一个名字，但并没有意识到这是一个缺点。几页之后，容易让她犯错误的另一种情况出现了。奈特利先生通过差不多比较客观的仔细观察，正确地得出了一个结论，即，弗兰克·丘吉尔和简·费尔法克斯之间存在某种默契：

尽管他并不理解，但他们之间的确存在某种迹象——至少他这样认为——这种迹象在他［弗兰克·丘吉尔］的一方体现为欣赏，这种迹象一旦观察清楚，他就无法让自己觉得其毫无深意，无论他多么想避免爱玛耽于幻想的毛病……而且除非像库珀和他的暮色中的火光一样，

"我创造所见之物"，

否则他也无法避免产生某种更加强烈的怀疑，即在弗兰克·丘吉尔和简之间存在某种未宣之于口的喜欢，或甚至未宣之于口的默契。[2]

1　Jane Austen, *Emma*, R. W. Chapman edition, intro. Lionel Trilling, Riverside Editions (Boston: Houghton Mifflin, 1957), 261–2.
2　同上，268–9. 威廉·库珀（William Cowper，发音是 koo-per，1731–1800）是 18 世纪英国诗人和赞美诗学者。奥斯汀引用的这句诗，出自库珀诗集《使命》（*The Task*, 1784）中脍炙人口的诗歌《冬日黄昏》（"The Winter Evening"）中的卷四。

特罗洛普的小说人物，绝大部分都不是善于想象的人，他们所见也非其所创造。他们能够清晰地看见存在的东西，甚至发生在其他人物内心的想法。

《巴塞特的最后纪事》中的信件

《巴塞特的最后纪事》中人物之间的透明性，还有一个重要体现形式：他们之间的通信。关于特罗洛普小说中的信件有许多可说的。特罗洛普的小说人物通过信件进行交流，表明了特罗洛普的小说所属的科技发展阶段。这是恰在电报之前的阶段，很快电话就开始代替邮政系统成为远距离交流的主要形式。电报在《巴塞特的最后纪事》中有一个关键的出场。阿拉宾夫人从威尼斯"发来电报"（742），告诉克劳利的律师图古德先生，是她将支票送给了克劳利，而不是克劳利偷窃了支票。就在克劳利的审判即将开始的关键时刻，小说的幸福结局被一种新科技促成了，这种新科技将在很多方面逐渐取代信件，就像今天的电子邮件正在取代邮政系统一样。阿拉宾夫人的电报带来的好消息，在共同体中传播开来，但既不是通过电报，也不是通过信件，而是通过强大的老式的口头传播，这是一种在乡村共同体中无论过去还是现在，都极其高效而几乎即时的通讯方式。当阿拉宾夫人的电报被读出来的时候，一个女仆正好在房间里。女仆告诉别的仆人，这些仆人又告诉家庭中的其他人。沃克律师的女儿"跑出屋子，将这个秘密传递给她特殊的朋友圈"["那个晚上银桥地区的所有人都知道了，而且这个信息带来了如此大的轰动，结果很多人都晚睡了一个小时"（743）]。

安东尼·特罗洛普很多年都是英国邮政局相当高级的官员。他是柱式邮筒的发明者。他致力于改善整个英国邮政系统，让其更加高效，例如通过现场办公，提高乡村邮政收取和分发信件的效率，而且以英国邮政局代表的官方身份前往爱尔兰、美国、西印度群岛、南非、澳大利亚和新西兰。他前往偏远地区，试图提高这些地方收发邮件的效率。我们应该知道，这些地区大部分是大英帝国的组成部分。在今天来说，无线信息的收发是全球化的主要结果之一。生活在缅因州偏远岛屿上的时候，我能够和全世界通过收发电子邮件进行交流。然而在特罗洛普的时代，大英帝国依赖一个高效的邮政系统让帝国的所有组成部分能够彼此快速交流。正是这种快速交流使得这些相距遥远的地方形成了一个帝国规模的交流网络，从而保证了女王和帝国官僚的霸权，更不用说全球范围的英国商业统治。在谈到两年间他改善爱尔兰邮政系统的工作的时候，特罗洛普说：

观察一个人如何激情澎湃是非常有意思的事情。在这两年间，我的人生抱负就是让乡村邮递员能够覆盖整片农村。在我这方面而言，我记不得我提出建设的任何一个乡村邮局被当局否决过……在所有这些［对偏僻农家的］访问中，我事实上成了大众的福音天使，——无论我走到哪里，我都将更快、更便宜和更加规律的信件投递系统带给他们。当然我的使命的天使般的属性并不少被人误解……但我的确在努力工作，而且当我回首这些工作的时候，我对自己完全满意。我是非常认真的，而且我相信很多农民现在能够每天在家里免费收到信件，如果不是因为我，或许他们还在每周两次派人去镇上的邮局取信，或付钱给那些不定期地将信件捎给他们的人。（AA, 61, 62, 63）

"天使"（angel）从词源上来说，来自希腊语"angelos"，意思是"信使"。在《巴塞特的最后纪事》中特罗洛普曾经玩过这个文字游戏，克劳利懂希腊语，他告诉主教的信使、运气不好的桑堡先生："我会把你当作教堂的 angel（天使 / 信使）"（132），结果让桑堡大惑不解。特罗洛普的目标，是在整个大英帝国建立一个像天使一样快速而完美的信件交流系统。根本不需要什么"类比统觉"就可以看出，《巴塞特的最后纪事》通过叙事声音实现的小说人物对其他人物和对我们读者的天使般的透明，与他努力给英国邮政系统带来的快速收发邮件的机制有着强烈的类比性。可以说，他想要让所有人都成为一个共同体的成员，就像他想要让我们读者成为小说文字创造的想象中的天使共同体成员。他在《自传》中使用电报和排字来比喻他作为作家的目标，邮政系统则是第三个此类比喻，我在前文引用过电报和排字的比喻。

特罗洛普对这部小说写作时代的英国收发信件的描写非常符合事实。你可以说在《巴塞特的最后纪事》中每一封信都抵达了目的地。我想起了拉康和德里达之间关于爱伦·坡的《失窃的信》的意义的争论。[1] 特罗洛普的信件从未失窃或被中途拦截过。它们总是能够抵达目的地，总是能够在当天或第二天及时地、毫无拖延地抵达目的地。有一个场景描述了强尼·埃姆斯快速地处理在他伦敦的住所里积攒下的信件，因为他曾经离开住所最后一次徒劳地向莉莉·戴尔求婚。他在"总办公室"的工作就是担任拉斐尔·巴菲尔爵士的私人秘书。他书写了无数信件，这些信件表达拉斐尔爵士的问候，但"绝不会提供哪怕一个字的对任何人有用的信息"（388）。在另一个场景中，收取信件在莉莉·戴尔家里的日常程序中所起的作用得到引人入胜而详细忠实的描绘：

1　关于这一争论和相关不同文本之间的复杂互动的讨论，参见拙著 *For Derrida* (New York: Fordham University Press, 2009), 33 ff.

阿灵顿"小宅"的女士们通常在9点吃早餐——比较灵活的9点；应该在8点半把信送到这个村庄的邮递员，时间观念也比较灵活，往往在她们吃早餐的时候如期到达，所以戴尔夫人和莉莉在第二杯茶之前期待各自的信件，就好像信件构成了她们早餐的一部分。女仆简通常把信拿进来，交给戴尔夫人——因为这段时间是莉莉负责打理早餐的餐桌；先是检查信件外观，然后将信启封打开，因为她们彼此都知道对方的通信状况，她们将会猜测这封信或那封信包含什么内容；之后则是大声读出某段内容，而且经常将整封信都读出来。（221）

特罗洛普写的不是书信体小说。不管怎样，他的小说中几乎没有一部没有插入过信件。这些信件都是清晰与流畅的模范。特罗洛普赋予他所有的，或几乎所有的小说人物一种能力，让他们能够在一封信里向收信者和我们这些阅读信件的读者清楚地、完整地、简明扼要地把他们想要表达的意思、把他们的思想和感情表达出来。信件是特罗洛普的重要手段，用来向读者描述一个写信者在写信时的生活状态。特罗洛普也经常会说一些类似于他关于阿道弗斯·克罗斯比写给莉莉·戴尔母亲的信件的评价："在和莉莉讨论信件之前，如果将书信的内容告诉读者，我们的故事将会讲述得更好。信件内容如下：……"。（223）在某种意义上说，这些信件在到达目的地之前**的确**被偷窃了，被截留了，因为它们被非法打开并暴露给读者。我们会读到克劳利写给主教的信，信中拒绝遵从主教通过写信要求他停止在他的教堂祈祷的命令。我们会读到来自克罗斯比的信件，这个男人曾经无耻地抛弃了莉莉，我们也会读到戴尔夫人的简短粗暴的回信。我们会读到格伦雷少校在向格蕾丝求婚之后写给格蕾丝的信件。我们会读到她高尚的分手信件，表明只要他的父亲没有洗清盗窃罪名，她就不会嫁给他，但她也无法撒谎说她并不爱他。小说人物对他人和读者的透明性通过他们之间的信件获得象征性的表达。通过叙事声音的默许，读者偷看了这些信件，却不会受到惩罚。

回到克劳利近乎疯癫的纠结

我已经通过克劳利自艾自怜的沉思表明特罗洛普小说人物之间普遍的透明性。我引述的这段话的第二点独特之处在于，尽管这段话充满了详尽的细节，但它并未仅仅描写单独的一个时刻，即读者进入那个叙事阶段的瞬间。克劳利夫人内心充满了矛盾，她知道她的丈夫走出去和他的贫穷的教区居民们在一起会更有好处，但她也害怕他会自寻短见。这段话描述了一个一再发生的重复场景。克劳利在各种情况下都会习惯性地坐在火炉边沉溺于自艾自怜："在漫长的数小时里，他坐在那里，什么也不说，什么也不做，他是在不停地告诉自己他是所有的上帝造物中遭受最大痛苦的人，他沉醉在他遭受不公待遇的感受之中。"

尽管这段话非常具体，但它的目的是呈现一个总体的、长期的思维状态。叙事声音呈现了克劳利坐在火炉边沉思的时候的自我感觉。他的思维状态被精细地编织成网络。它是由整个一系列不同的思想，或更准确地说是由"然后"连接起来的一个接一个的记忆构成的——例如，"然后是他的孩子"。他想起了过去和现在生活的所有情形，他的教育、他的婚姻、他的死去的和活着的孩子们、他的牧师职位、他的贫穷、与圣保罗相比他所遭受的蔑视，以及最后，他当下因为被指控盗窃而遭受的痛苦。通常在这些段落之中，特罗洛普的人物不仅仅当下的生活对当下的自己是透明的。他们整个过去的生活对当下的他们也是透明的，他们处于一种全面的、同时的、全景式的记忆之中。

关于这个整体的任何细节都可以同时地、毫不费力地回想起来。

最后，这段话也表明，我们很难简单地将特罗洛普的叙事手法定义为我之前提到过的"自由间接引语"。这个段落里有些话看起来似乎是克劳利真正对自己说的话的转换，当然读者永远都无法绝对肯定。"我可以毫不退缩地经受这一切"变成了"但是克劳利先生——他告诉自己——可以毫不退缩地经受这一切"。其他的句子更像是被叙事声音转变为语言的克劳利先生的非语言性的思考："然后是那些从他身边夺走送往教堂墓地的孩子。"有些句子则更加确定地变成叙事声音的更加超然客观的语言，例如在这里将它自己称为"我"："我想，在这一切当中，对他而言最痛苦的事，莫过于从他作为众人神父这一职位的精神的庄严性中坠落下来。"对这个段落的话语模式或语言策略的最好描述，就是将其视为三种手法的不停的交替、波动或更换，分别为，第一，将克劳利用第一人称现在时态真正对自己所说的话转变成为第三人称过去时态；第二，叙事声音将克劳利内心的非语言的思维状态转变为语言；第三，从一个更加超脱的外部视角发表评论。在最后一种情况下，叙事声音替共同体的集体意识的观点说话，采用了"我想"的形式。这里的"我"不是单独的个体，而是将自己称为"我"的集体人格。

到目前为止，我所说的一切都强烈地证明这样一个结论，即《巴塞特的最后纪事》，如我们从一开始就可能期待的那样，是马克思和让-吕克·南希所描述的第一种共同体的完美例子。这是一个生活在一起的、完全了解彼此的、拥有共同理想和思想的人们组成的有机集体。用滕尼斯的话说，它是 *Gemeinschaft*（有机共同体），而不是 *Gesellschaft*（非个体性机构或团体）。你或许还记得第一章中关于南希的内容，他认为 *Gemeinschaft*（有机共同体）是不真实的，它和共同体中人们在一起生活所采用的真实方式大相径庭。但巴塞特郡看起来是南希第一种共同体的精彩而纯粹的例子（这一点请南希见谅）。这是一个由所有从本质上相像、拥有相似的信仰、价值观和判断的成员组成的共同体。因此他们能够完美地了解彼此。他们生活在一个普遍幸福的透明状态之中，没有为任何潜藏的秘密或不透明的事件留下黑暗死角。因此将这种透明性全部传递给读者的思维成为可能。这个共同体中的所有男男女女都是我的朋友，我的兄弟姐妹，这种包括所有人的兄弟姐妹关系让人想起早期基督教共同体的理想。时至今日，当婴儿在基督教教堂接受洗礼，加入当地的"基督教共同体"时，还是在模仿这种早期的理想。教堂会众全部聚集起来，表达彼此的团结友爱、在耶稣的指引下形成兄弟姐妹关系，欢迎新成员的到来，以上帝的名义为其命名，从而将其接纳进共同体。

在透明的共同体中陷入爱河犹如掉入黑洞

没有哪个女孩有格蕾丝·克劳利的美貌，却对自己的美貌一无所知。也没有哪个女孩对自己所拥有的东西具有更少的自豪感。（293）

《巴塞特的最后纪事》的人物塑造就立刻出现了一个严重问题。既然透明性如此全面彻底，那么怎么可能产生故事，怎么可能让人物发生变化，或人物之间的关系发生变化？我认为操作模式是这样的：特罗洛普小说中的故事能够发生，是因为普遍的透明性出现了干扰，这种干扰如同黑洞一样，扰乱或阻碍了整个宇宙空间的透明性。

为了证明我的观点，让我们仔细讨论另外一段话，我在前文将其列为将意识表达为对他人意识的意识的例子。这段话描写格蕾丝的思想和感情，当时亨利·格伦雷刚刚向格蕾丝求了婚，而她正在思考如何拒绝他：

　　她还没有对他说一个字，除了表达了对他孩子的爱，也没有对他的求婚表达出惊讶，甚至连表情上都没有体现出惊讶之情。虽然她非常清楚他肯定会向她求婚，但他真的这样做了［向她求婚］，还是让她惊讶不已。没有哪个女孩有格蕾丝·克劳利的美貌，却对自己的美貌一无所知。也没有哪一个女孩对自己所拥有的东西具有更少的自豪感。由于她家庭的贫穷和凄凉，她学习了远比其他女孩学过的更多的东西。她学会了阅读希腊语和意大利语，因为在她令人悲伤的家庭里没有别的事情可做。然后，知识的准确性成为她谋生的必需。我想有时候格蕾丝会一时软弱，美慕其他女孩的懒惰，甚至美慕她们的无知。她体态轻盈，身材匀称，气质优雅；但她从未想过她的身材，只能记得她寒酸的裙子，但也勇敢而坚定地记得她从未因为寒酸的裙子而自惭形秽。当她和格伦雷少校相识相知，当她不知不觉地发现和他在一起远比和她认识的其他任何人在一起更加开心的时候，她依然告诉自己绝对不会有类似于爱情的事情发生。然而他说的话、他的眼神、他的语调、他手指的触摸，都在表达一种意义，她很难完全拒绝承认。其他人，如两位普雷迪曼小姐和她的朋友莉莉都和她说过这些。但她还是不想承认这就是爱情，她也不允许她向自己坦承已经爱上了他。然后出现了她的父亲所承受的极度的痛苦。他被指控盗窃了金钱，即将因为盗窃罪而受到审判。从那时候起，在任何情况下，任何希望，如果还有希望存在的话，都将被破坏殆尽。但是她勇敢地承认不会有希望存在。同时她也让自己明白，不会有任何事情能够让她从这个男人身上期待超出普通友谊的东西，尽管她肯定自己经常在想他。即使这些触摸、这些语气、这些眼神都意味着什么，也终将被降临在她身上的耻辱摧毁。她或许知道她的父亲是无辜的；她或许肯定，在任何情况下他在动机上是无辜的，但整个世界的看法不同，她、她的兄弟姐妹、她的母亲和她可怜的父亲，都必须屈服于世界的看法。如果这些危险的快乐意味着什么，她也必须将其当作没有意义来看待。

　　她就这样和自己争论着，经过自我教育，她变得坚强了，从而来到了阿灵顿……她没有期待什么，也没有渴望什么，但什么都没有发生的时候，她感到非常难过。她想起那特殊的半个小时，他在这半个小时里几乎说出了他所能说出的一切——或许比他应该说出的东西还多。在这段时间里，他一直握着她的手；当他将披肩搭在她肩膀上的时候，他微微地按了一下。多么希望他能够写信给她，告诉她他相信她的父亲是无辜的！但是不，她没有权力期望从他那里得到这样的东西。然后莉莉不再谈起他，她也不再期待什么。现在他出现在她的面前，请求她成为他的妻子。（293-5）

　　这段话的大部分内容，都证明了我在那个用自由间接引语描述克劳利自我沉溺的思考的段落中发现的所有特点。当格蕾丝在思考如何拒绝亨利·格伦雷的求婚的时候，她能够同时意识到过去到现在整个生命的状态，而且这种状态与他人相关。而且这种意识被叙事声音完完整整地传递给读者。特罗洛普实现这一点的手段，是将与格蕾丝自己的内心语言的距离拉近或扩大，我在分析约西亚·克劳利的那段话的时候指出过这一点。然而关于格蕾丝的这段话和其他段落有两个重要区别。叙事声音知道和讲述的东西，比格蕾丝·克劳利对自己的了解更多。其结果是叙事意识和人物意识并不完全一致。而且格蕾丝对自己并不完全透明。在这个段落里，有很多内容都是叙事声音在告诉读者格蕾丝所不知道的东西："没有哪个女孩有格蕾丝·克劳利的美貌，却对自己的美貌一无所知。也没有哪个女孩对自己所拥有的东西具有更少的自豪感。"如此等等。

　　细心的读者或许已经发现，在描写格蕾丝惊人美貌的时候，特罗洛普非常罕见地使用了文字游戏，当然仅仅是很含蓄地使用："她体态轻盈，身材匀称，气质优雅（full of grace）……"（294）格蕾丝很优雅。（Grace is graceful.）她的名字格蕾丝（Grace）也隐秘地呼应了grace 这个词语所具有的宗教含义：上帝的恩典。grace 这个词表明了她的本质，不仅优雅（graceful），而且被赐予了上帝的恩典（grace）。如果沃克夫人在她身上看不出什么的话，叙事声音肯定可以。当克劳利先生和亨利说话的时候，这个名字的文字游戏再次出现："她能够为英国最好的绅士的家庭增光添彩（grace），如果不是因为我的原因而让她丧失条件的话"，对此亨利回答道，"她会为我的家庭增光添彩（grace）……天呐，她肯定可以！——明天，如果她愿意嫁给我的话"（675）。在稍后一点的地方，叙事声音告诉读者格蕾丝拒绝了亨利·格伦雷的求婚，"以免她给他带来耻辱（disgrace）"（841）。耻辱（disgrace）一词已经在我刚刚引用的段落里出现过了："即使这些触摸、这些语气、这些眼神都意味着什么，也终将被降临在她身上的耻辱（disgrace）摧毁。"耻辱（disgrace）一词也出现在其他很多地方，用来表示格蕾丝觉得自己不配做一个贵妇人，或继续当老师或嫁给格伦雷少校。

要呈现格蕾丝对自己的半透明的状态，特罗洛普必须维持非常微妙的平衡。维多利亚淑女不应该知道自己的美貌或智慧，也不应该因为这些而感到自豪。她们应该具有爱上他人的能力，但不能向自己承认爱上了他人。她们必须耐心等待，直到她们的白马王子屈尊附就地将她们从睡美人的沉睡中唤醒。然后她们可以向自己承认，她们很久以来一直在无意识中爱着她们的爱人。她们必须知道也必须不知道她们坠入了爱河，如果你能做到这点，那你就是掌握了一门惊人的绝技。格蕾丝·克劳利是这一矛盾的完美体现。叙事声音必须再次替她说话，站在她的自我意识之外的一定距离上，为她讲述她无法为自己讲述的事：

　　当她和格伦雷少校相识相知，当她不知不觉地发现和他在一起远比和她认识的其他任何人在一起更加开心的时候，她依然告诉自己绝对不会有类似于爱情的事情发生。然而他说的话、他的眼神、他的语调、他手指的触摸，都在表达一种意义，她很难完全拒绝承认……如果这些危险的快乐意味着什么，她也必须将其当作没有意义来看待。她就这样和自己争论着……（294）

　　特罗洛普式的潜意识毕竟还是存在的，虽然毫无疑问不同于弗洛伊德式的潜意识。格蕾丝被一分为二，"和自己争论"。一个自我遵守传统规则，即一位淑女在被表白之前自己不能表白。她一定不能知道自己的爱，除非是对她的爱人的表白的回应，而他人的表白有可能到来，也有可能永不到来。然而一旦她的爱人表白了爱，她就必须发现她从无法回忆起来的某个最初时刻起就爱上了他。她在这方面的记忆是不完美的，尽管她能够完美地想起过去的其他任何事情。这种关于恋爱的奇怪的、时间的辩证法在特罗洛普其他很多小说中都出现过，例如《阿亚拉的天使》（*Ayala's Angel*, 1881）[1]。陷入爱河的时刻是一个事件，是一个决定命运的事件。特罗洛普小说中的好人都是恋爱一次，终生不渝。但坠入爱河在发生的那一刻是无法感受到的。只有在回溯往事的时候，你才能明白什么时候才是你生命的决定性节点。这就是特罗洛普时代未婚女性的生存状况。她们的生活被一整套意识形态的规则控制着，而特罗洛普的小说在坚定地强化着这套意识形态规

1　我曾经在《黑洞》一书中讨论过这种怪异的恋爱模式，爱上了人而自己却不知道或不知从什么时候开始，典型的例子就出现在特罗洛普的《阿亚拉的天使》中。参见拙作 "The Grounds of Love: Anthony Trollope's *Ayala's Angel*," in *Black Holes*, with Manuel Asensi's *J. Hillis Miller*; 或 , *Boustrophedonic Reading* (Stanford, Calif.: Stanford University Press, 1999), 185–311, 单数页.

则。但对于格蕾丝来说，作为一个善良而优雅的女孩，她必须不能知道自己已经陷入了爱河，但不管怎样，她的诚实与善良又必须通过她爱上别人才能体现出来，因此她只能"潜意识地"爱上别人，而且终生不渝，然后倔强地、自发地把自己全身心地奉献给另一个人。

陷入爱河与待在爱河是特罗洛普的绝对原则。对他和估计对很多读者来说，这是坚实的未被质疑和无法被质疑的意识形态素。真正的陷入爱河和待在爱河的原因是神秘的、非理性的、隐藏的、秘密的。一位男士碰到了一位女士，或一位女士碰到了一位男士，然后同时爱上了对方。这种爱是全身心奉献给对方的感情。无论对当事人，还是对叙事声音，或者对读者来说，这种陷入爱河的事件是无法通过叙事变得透明，或进行解释，或理性地提供原因的。

在特罗洛普的共同体中，未婚男女身上处处常常发生恋爱事件，因此爱情成为整体的共同体透明性中的一组黑洞。在这些共同体中，和大部分真实的和想象的共同体一样，婚姻通过生育小孩，通过重新分配财产、地位和财富，成为共同体一代代进行传递的手段，因此我们可以说，特罗洛普的共同体的存在绝对依靠一个违背它的主要特征——开放性——的东西。只有当双方表白了爱情并结婚之后，这种非透明性才会被消除，夫妻双方从而被吸纳进共同体的透明性之中。

这也可以解释为什么特罗洛普的共同体都非常关注未婚女性将嫁给哪位男士的问题。一个未婚的年轻女性是不同的、神秘的、未同化的、秘密的：一个黑洞。结果是，周围的每一个人，每一个家庭成员或朋友，都着急地想将年轻女孩嫁人。每个人都希望这个秘密消失。然而在一定程度上，这个秘密永远存在，因为我们永远都无法解释为什么这个年轻女子会正好爱上那个年轻男子，或那个年轻男子爱上那个特定的年轻女子。特罗洛普在讲述亨利·格伦雷和格蕾丝·克劳利的恋情的时候，特罗洛普细致入微地描写了两个人在将自己暴露给另一个人的独特性和他者性的同时，也将他们自己的秘密性或他者性暴露给自己。格蕾丝"无意识地"（unconsciously）爱上了亨利·格伦雷。这不是她应该负责或能够负责的一件事。这件事情的发生完全在她的掌控之外。

格蕾丝的恋爱遭到家人和朋友的反对，这是特罗洛普众多小说中司空见惯的情形。亨利的父母，领班神父和格伦雷夫人，都是社会攀爬者，都是势利眼，或至少领班神父是这样的。他很高兴女儿嫁给了哈特勒陶普侯爵，他们的孩子就是小登贝洛勋爵。一想到和一个既没钱而且父亲又被指控盗窃的女孩联姻，他们就心生怨气。共同体整体上也不能理解亨利对格蕾丝的爱情，如我前文所引的一段话所示，整个共同体都认为亨利性格软弱，所以迷上了格蕾丝；他们认为他是被勾引上当的："沃克夫人，银桥地区最好心肠的女人，对她的女儿承认，她无法理解这件事情——她在格蕾丝·克劳利身上看不到任何优点。"（19）

为什么亨利·格伦雷会爱上格蕾丝？为什么格蕾丝反过来也会爱上亨利？我们只能提供一些非常偶然随机的理由来回答这样的问题，但是爱情一旦发生就无法撤销。共同体因其颠覆者而传承更新，在共同体的内部处处都有这种无法解释或无法辩护的忠贞不渝，让两个人一辈子都不能分开。特罗洛普的共同体绝不是团结友爱的典范。巴塞特郡的共同体充满了激烈的冲突和矛盾，例如克劳利和普劳迪夫人之间就是如此，冲突双方各持己见、决不让步。格蕾丝因为反对亨利而坚持己见、决不让步。莉莉在拒绝强尼·埃姆斯的时候也一样。

特罗洛普的人物将自己的角色扮演到极致，为了成为自己，他们无所顾忌，并因此获得快乐，经常不惜和所有其他人倔强地对抗。特罗洛普对描写合乎情理的对抗乐此不疲——例如在一个重要的场景中，不幸的克劳利先生公然对抗主教夫妇，然后一边在泥巴路上步行回家，一边沉浸在大获全胜的狂喜之中。特罗洛普很显然非常喜欢克劳利的倔强。在描写克劳利的朋友们非常难以说服克劳利同意雇佣律师为其辩护的时候，叙事者对他的倔强进行了充分的描写。这段描写，稍加调整，就可以适用于其他主要人物。《巴塞特的最后纪事》几乎可以称为一部描写倔强的各种表现形式的小说："人人都承认这件事情很有难度。人们都知道克劳利先生不是一个容易听从劝告的人，他有自己的坚持，一旦他认为事关他的使命，或他自己的职业身份，他绝不会让步。他在行政官面前为自己辩护，很有可能他也会坚持在法官面前为自己辩护。"（103）"有自己的坚持"在这里是"倔强"的意思，指倔强地坚持己见，正如叙事者对刚被阿道弗斯·克罗斯比抛弃的莉莉·戴尔的行为的描述："但是她内心非常强大、坚决，认准目标，绝不放弃，具有抵抗一切压迫的决心。甚至她自己的母亲都对她的强烈意志感到震惊，有时候甚至感到害怕。"（160）

另一个黑洞

《巴塞特的最后纪事》中的其他几个故事，可以被视为对格蕾丝·克劳利的恋爱故事的评价，或类比。读者应该记得特罗洛普曾说，在一部好的小说里，一切内容必须统一，所有故事都是一个故事，尽管他也允许存在支线故事，为理解主线故事起到衬托作用。但我认为，《巴塞特的最后纪事》的统一性，并不在于一个故事主线、多个类比的故事支线，而是所有故事都在描述我提到过的黑洞。这些故事相互呼应。阅读这部小说的正确姿势，就是直面这些黑洞，发现其存在，理解其共振的意义。

格蕾丝·克劳利和亨利·格伦雷的恋爱故事有一个幸福结局，因为他们两个人对彼此的爱，都是自发地、没有经过有意识决定地来自自我的深处。这些深处是自我的基石，但甚至自我都对这一处的存在一无所知。这些位于自我深处的地方都在单体性（singularity）和他者性的层面上。虽然这样的自我深处与共同体的公开性相抵触，但在自我深处产生并支持的忠贞可以通过神圣的婚姻吸纳进共同体。这些联姻保证了共同体能够一代代进行延续。初始的男女爱恋的黑洞，通过一种变态的逻辑，给共同体带来了新鲜血液。在特罗洛普众多小说的很多情况下，这种具有更新意义的婚姻往往以某种方式遭到共同体的集体反对。共同体因为其反对的东西而得以存续。

　　但如果这一过程出现问题会怎样？例如托马斯·哈代在《德伯家的苔丝》中所说，"粗野占有了优雅……，错的男人占有了女人，或错的女人占有了男人"[1]，将会怎样？《阿灵顿的小宅》（The Small House at Allington）中的莉莉·戴尔和强尼·埃姆斯的故事，在《巴塞特的最后纪事》中达到高潮，就是此类意外事故或失调的例子。强尼全心全意深爱着莉莉。这是一种全面的、不可撤销的、永恒存在的爱情，就像格蕾丝和亨利对彼此的爱情一样。强尼·埃姆斯存在的意义是宠爱莉莉。莉莉所有的家人和朋友都支持和赞同强尼的求婚。但是在《阿灵顿的小宅》中，就在强尼刚刚在世界上立足并准备向她求婚之前，莉莉已经将自己全身心地交给了阿道弗斯·克罗斯比。克罗斯比随后卑鄙地抛弃了莉莉，和一个女财产继承人结了婚。这样就产生了一个永远也无法转变为幸福结局的死结。当克罗斯比的妻子去世后，他试图再次接近莉莉，但她（明智地）拒绝和他产生任何瓜葛。然而她还是继续拒绝强尼的一再求婚。在又一次绝望的求婚之后，莉莉告诉强尼，她依然爱着克罗斯比，尽管她非常清楚他是多么糟糕的

1　Thomas Hardy, *Tess of the d'Urbervilles*, New Wessex ed., Paperback (London: Macmillan, 1974), 107–8.

一个暴发户。强尼的求婚场景，是特罗洛普小说中可以用来理解维多利亚小说和维多利亚文化中恋爱意识形态的重要场景之一。当强尼询问莉莉是什么阻碍她接受自己的求婚的时候，莉莉以一种完全自我暴露的方式回答。她与这个爱着她但她必须拒绝的男子分享了她秘密的单体性（singularity）：

> 我可以告诉你。你很善良，很真诚，也很优秀——是非常、非常、非常好的朋友，我会告诉你一切，这样你就可以了解我的内心。我将告诉你，就像我告诉我妈妈一样——只有你和她，没有别人了——你就是我心选的朋友。我无法成为你的妻子，因为我爱着另外一个男人……我想，强尼，我和你在这点上非常相像，当我们爱上一个人时，我们无法让自己发生改变。你不会改变，虽然如果你能够改变的话将对你更好……我也无法改变。当我睡觉的时候，我在想着他。当我独处的时候我无法将他从我脑海中赶出去。我无法定义我对他的爱是什么样的。我不想从他那里得到任何东西——任何东西都不想要。但是我在我小小的世界里行动的时候，我一直在想着他，我会一直这样下去……我不能嫁给你。我也不能嫁给他。（352，354）

证明莉莉正直的东西，是她拥有只爱一次的能力，而且是一旦爱上、终生不渝的能力，她这种正直的品格和格蕾丝相像。对莉莉来说，其结果是她只能保持单身状态，就像强尼·埃姆斯也必须保持单身一样。两个人都没有被完全吸纳进共同体，只有结婚生子，才能让一个人完全进入共同体，莉莉和他人都这样认为。当莉莉向强尼表达决心之后，她回到家，在笔记本上写下她的名字，并在后面写了七个字："莉莉·戴尔——老处女"（358）。至于莉莉为什么错误地爱上了克罗斯比，小说没有给出解释。也无法解释。就像格蕾丝对亨利·格伦雷的爱一样，或亨利对格蕾丝的爱一样，或强尼·埃姆斯对莉莉的爱一样，莉莉对克罗斯比的爱也是无法解释的。这是巴塞特郡共同体的整体的透明性之中的一个黑洞。莉莉的悲剧来自隐藏在特罗洛普的恋爱意识形态中的某种可能性。她爱上了一个男人，但那个男人没有能力用她爱他的方式爱任何人，无论他再次接近她的时候讲述他即使在和另外一个女人结婚的时候也如何从未停止过爱她。抛弃了莉莉就证明他缺乏正直的品格。

一 个 反 例

关于玛德琳娜·德莫利纳斯、康威·达尔林普尔和多布斯·布劳顿的伦敦插曲提供了一个反例，可以帮助证明真诚的爱情同时是巴塞特共同体的颠覆和更新。伦敦插曲和巴塞特郡的故事交替出现，在章节之间或每周的分册之间具有突然的断裂，分章和分册往往意味着从一个故事线转向另一个故事线。这种毫无过渡的转换形成了《巴塞特的最后纪事》的叙事节奏。早期的评论者、或许也有很多现代读者认为这些伦敦插曲令人不快而且毫无必要。根据《雅典娜神殿》（*Athenaeum*）杂志 1867 年 8 月 3 日的未署名文章，"克拉拉·范·希维尔小姐、玛德琳娜·德莫利纳斯，和她们的两个老泼妇母亲、马素布罗、邦格尔斯、多布斯·布劳顿夫妇，甚至康威本人，和玛德琳娜和多布斯·布劳顿夫人的所有虚假恋爱故事，都完全是多余的。没有人想要再次见到他们；将他们纳入小说是一个错误"[1]。

虽然对这位《雅典娜神殿》的评论者我保持应有的尊重，但我

1　*CH*, 302.

必须反对他或她的观点。我认为他或她错误地领会了意思，而这个意思有点微妙而且自相矛盾。伦敦插曲呈现了一些负面的例子，一些不真诚的恋情的例子，这些例子有助于读者理解格蕾丝和亨利、莉莉和强尼之间真诚的恋情。伦敦插曲还进一步表明，在大城市里真正的共同体是不可能存在的。一个好的共同体，一个"有机共同体"（*Gemeinschaft*），如同雷蒙德·威廉斯所相信的那样，只能存在于乡村地区。无论是玛德琳娜·德莫利纳斯还是多布斯·布劳顿夫人，都只会假装恋爱。强尼·埃姆斯在谈到他和玛德琳娜调情的时候表示"完全就像演戏一样"（259）。叙事声音用类似的措辞描述了多布斯·布劳顿夫人的婚外调情：

槌球戏是很不错的户外游戏，象棋在客厅里玩很有意思。羽毛球拍、羽毛球、找拖鞋游戏也各有各的魅力。说说谚语也挺好，奇问妙答也很有趣。但所有这些游戏都无法和谈情说爱的游戏相提并论——只要玩游戏的人肯定没有在其中投入真心。任何一丝真心的投入，不仅会破坏游戏的快感，而且会让游戏者笨手笨脚，无能为力，从而让其丧失游戏技巧。因此，很多人完全无法玩这个游戏。当一个人缺乏某种所需的内在身体力量的时候，这个心脏的拥有者将会失去对心脏阀门的控制，然后情绪就会介入，然后脉搏就会加速，然后感情就会发生。这样的一个人想要玩谈情说爱的游戏，就像你患痛风病的朋友坚持去玩槌球戏一样。即使没有其他因素，仅仅是荒谬的感觉，都会阻止这两种人分别做出不适合自己的尝试。对我们的朋友多布斯·布劳顿夫人和康威·达尔林普尔来说，就不存在类似的荒谬。他们的心脏阀门和脉搏都非常正常。他们在玩这个游戏的时候，绝不会产生丝毫令人不便的后果——令人不便，主要是针对他们自己的感情而言。（266-7）

对这些面目可憎、声名狼藉的人来说，爱情只不过是一场游戏。虽然多布斯·布劳顿夫人"或许爱着她的丈夫，尽管是以一种理智而单调的方式，感觉他是一个无聊的人，知道他很庸俗，明白他经常酗酒，已经达到伤害身体健康的程度，清楚他缺乏教养，像一头猪"（267），她也完全没有格蕾丝、莉莉或克劳利夫人等人所体现出的爱的能力。玛德琳娜的目的就是诱惑强尼·埃姆斯，让他拜倒在她的石榴裙下。在一个极其搞笑的场景里，强尼必须从窗口朝一个过路的伦敦警察喊话来让自己脱身。伦敦的这帮人，我们无论如何发挥想象，都无法被定义为一个"共同体"。他们太肤浅了。

这种庸俗的演戏的比喻，还通过范·西弗小姐的画得到表达，画面描绘的是《圣经·旧约》中希伯来女人雅艺将钉子钉进迦南军队的指挥官希西拉身体的故事，范·西弗小姐装扮成雅艺，而多布斯·布劳顿在市里的商业伙伴、无赖马素布罗装扮成希西拉。社会肖像画家康威·达尔林普尔在多布斯·布劳顿夫人的闺房里绘制了这幅戏仿佳作，而多布斯·布劳顿对此一无所知。康威此前绘制的多布斯·布劳顿夫人装扮为"美惠三女神"（Three Graces）的画也在表达同样的意思。特罗洛普在这里嘲笑那些维多利亚的肖像画，画上的英国中产阶级成员穿着花里胡哨的衣服扮成别人，往往是一些神话人物。虽然特罗洛普没有明确告诉我们这种讽刺性的对比，但读者还是能够发现格蕾丝·克劳利（Grace Crawley）带着一身的优雅（grace），同多布斯·布劳顿夫人装扮为"美惠三女神"（Three Graces）的朝前、朝左、朝右的三重肖像画形成鲜明对比。三重肖像没有并排出现，而是重叠出现，几乎可以看作是由具有讽刺倾向的康威·达尔林普尔绘制的毕加索的画，虽然远远早于毕加索的时代。康威非常清楚地知道，他在愚弄这些人，但不妨碍他因为这些人付的钱而逐渐变得富有。

这些伦敦插曲类似于特罗洛普的《我们现在的生活方式》（*The*

Way We Live Now, 1875）中的氛围和场景，但《巴塞特的最后纪事》中的伦敦故事的功能，是通过与巴塞特郡共同体的对比，说明非共同体是什么样子的。投机失败之后，多布斯·布劳顿自杀身亡，伦敦毕竟还是会发生一些真实的事情。然而这件真实的事情，凸显出建立在不稳固的地基之上的繁荣的虚假性，而与之相对的是诸如领班神父格伦雷等巴塞特郡的富人们建立在土地和投资于"两分利"的金钱的坚实基础上的财富。

多布斯·布劳顿的死亡永久性地确定了他的虚假。而巴塞特郡的人的死亡，如哈丁先生的死亡，甚至普劳迪夫人的死亡却完全相反，确定了他们一生始终如一地忠实于自己的事实。他们倔强地保持自己的面目。然而，死亡可以定义为另一种形式的单体性。它是共同体透明性之中的另一个黑洞。在死亡的时候，这些人物将自己各自不同的一致性的秘密带进了坟墓。特罗洛普的叙事声音就非常强调普劳迪夫人在心脏病突发而死之前的最后几天里的自我意识和自我谴责的秘密性。哈丁先生是从生逐渐过渡到死，至少在哈丁先生这里，特罗洛普的好人整个一生中从一个时间向另外时间的延续得到完美的保存，几乎可以逃离坟墓而存在。正如我曾经说过的，"逐渐"（gradually）是特罗洛普人物成长叙事的关键概念。[1] 如果说他的好人在变化，那么这种变化犹如草蛇灰线，几乎觉察不到。哈丁的死亡，在某种意义上很像《巴塞特的最后纪事》中被极度拉长的幸福结局。在克劳利先生被大家发现并没有盗窃 20 英镑的支票之后，小说结尾一章又一章地延续着，正如哈丁先生一点一点地断气一样，小说如此描述："现在对所有人而言，一切都非常明朗，他日复一日地变得越来越虚弱，再

1　参见 "The Grounds of Love: Anthony Trollope's *Ayala's Angel*," 297, 299。文章对特罗洛普的一个女主人公的逐渐变化进行了讨论。

也不能下床了。"（830）

我们还可以从伦敦插曲中瞥见另外一种自相矛盾的含义。尽管这种含义从未明确说出来，但是通过与巴塞特郡的故事相互并列而产生。不管怎么样，我们都是在阅读一本小说，一本肯定"像演戏一样"的小说。特罗洛普的确写过几部戏剧，只不过从未成功过。巴塞特郡的人将自己的性格扮演到极致，但这种扮演在一定程度上是角色扮演。

伦敦插曲非常隐蔽地提供了一种怀疑的、反讽的解读，或许只有我这样的读者才能领会到。这个解读是，在伦敦人物和巴塞特郡的人物之间的区别或许并非如此绝对。这两组人物，在一定程度上或许是相像的。换个方式来说，好人的基础坚实的爱情也只能通过信仰才能接受。他们的爱情永远是一个秘密的、隐藏的、他者的、不可理解的黑洞。雅克·德里达在关于"我爱你"（je t'aime）这句话的文章中令人信服地表明，当有人对我说出这句话后，我必须通过信仰来接受它。我无从进入恋爱的坚实的底层中去寻找证据，来证明这种对爱的表白到底是否真实。而且"我爱你"（je t'aime）是施为性的话语，而非表述性的话语。它能够导致它所命名的事情发生，而且让我在我的爱人在向我说出"我爱你"（je t'aime）之后必须以我的爱来回应。[1]德里达在《有限公司》（Limited Inc.）一书中令人信服地表明，戏仿性的或衍生性的言语行为并非简单直接地附属于"标准"的言语行为。它们相互依赖，互为前提。德里达说，"一个标准的行为，建立在其可以被重复的基础之上，因此潜在地（éventuellement）具有了被模仿、假装、引用、演绎、仿造、衍生等种种可能性，后一种可能性建立在与其相对立的前一种可能性的基础之上"[2]。

---

1 参见拙著 For Derrida (New York, Fordham University Press, 2009), 104–5.
2 Jacques Derrida, "Limited Inc a b c ...," trans. Samuel Weber, in Limited Inc (Evanston, Illinois: Northwestern University Press, 1988), 91–2.

特罗洛普详细描述格伦雷少校说服自己他和格蕾丝之间的关系已经走得太远而无法放弃他的求婚了，这种情形与玛德琳娜和多布斯·布劳顿夫人的虚假的恋情并没有绝对的区别。无法知道内情。没有任何途径能够进入一个黑洞，甚至叙事声音所具有的洞察能力也不行。这些人物，毕竟都是想象的人物，最开始都存在于特罗洛普自己内心的内部剧院之中，从一定意义上说，是虚构的、虚假的。他可以自由地赋予他们任何他想赋予的秘密，甚至连那些叙事声音的心灵感应穿透能力都不能及的秘密。

莉莉·戴尔坚持她对阿道弗斯·克罗斯比的爱，拒绝强尼·埃姆斯耐心的，或不是很耐心的一再求婚，特罗洛普本人在《自传》中对莉莉的评价远比我对她的评价严苛。他称她是一个女道学（prig）。这个词指虚伪地、蓄意地假装美德。《美国传统词典》将 prig 定义为"一个过于严格、做作而自大、自以为是、心胸狭隘之人"。表现出这样一副架势的莉莉到底是什么样的人？她应该接受强尼，并为之感恩。她远不是"地道的"（authentic），她或许和玛德琳娜或多布斯·布劳顿（结婚前叫"玛利亚·克拉特巴克"）一样坏，只是方式不同而已。特罗洛普是这么说的：

> 虽然大家对她充满了爱意，但我很难富有激情地抱有这种爱意，因为我觉得她在某种意义上是一个女道学。她一开始和一个势利小人订婚，然后被其抛弃，虽然她爱着另外一个也谈不上有多好的男人，但她无法从她第一次的重大不幸中摆脱出来，因此无法下定决心成为那个虽然她爱着，但并不完全尊重的男人的妻子。虽然她是个女道学，但她还是进入了很多读者的心灵，——无论是年轻读者，还是年长读者，——所以从那时到现在，我一直很荣幸地收到很多信件，这些信件的主要内容都是请求我把莉莉·戴尔嫁给强尼·埃姆斯。（*AA*, 117）

特罗洛普在这里对莉莉·戴尔的描述主要针对《阿灵顿的小宅》，与《巴塞特的最后纪事》并不完全符合，在后一部书里，莉莉说她依然爱着克罗斯比，并不爱强尼·埃姆斯。如果她的确爱着强尼，那她也没有意识到。那么这种爱必须是她潜意识的一部分，而且不同于格蕾丝一开始对亨利·格伦雷的潜意识的爱，她的爱从未进入她的意识层面。谁能知道这两种关于莉莉的判断哪一个正确？

正如路德维希·维特根斯坦在《逻辑哲学论》(*Tractatus Logico-Philosophicus*) 中讨论另一种无法言明的东西的时候所说的，关于黑洞我们只能说："面对无法言明的东西，我们只能保持沉默。"[1] 尽管如此，但如同在《巴塞特的最后纪事》中一样，对特定小说的全部阅读依赖于将真实的单体性或空洞的虚无性投射进人物的最深处。读者没有，也不可能有进入这些隐秘之地的直接途径。我们被困在类比统觉 (analogical apperception) 之中。

《巴塞特的最后纪事》中最黑的黑洞

"你的意思是你忘记了？"

"绝对是；完全是。图古德先生，我希望我能够向你解释我如何辛苦地坚持不懈地敲打我可怜的脑袋，试图从中得到一点点记忆的火花，能够对我有所帮助。"（317）

巴塞特郡共同体中最重要的黑洞，毫无疑问，是约西亚·克劳利神父的一时失忆。关于对其失忆的阐释，我自己将保持沉默，至少在

1　"Wovon man nicht sprechen kann, darüber muss man schweigen," Ludwig Wittgenstein, *Logisch-Philosophische Abhandlung* (http://www.gutenberg.org/files/5740/5740-pdf.pdf, 162, accessed April 13, 2013).

本章中。对巴塞特郡共同体的稳定性极为重要的几个问题与克劳利的故事密切相关。

其中一个是记忆的问题。克劳利完全忘记了他是从哪里得到了这张 20 英镑的支票。如我在前文所示，这个共同体的成员对彼此和对自己的整体的透明性的一个方面，是他们都拥有巨大的记忆容量。他们从来都不会忘记。每个人的过去都全部呈现在当下本人的眼前，形成一种共时的空间的全景。这种对过去的记忆不需要通过刻意的记忆行为——这种刻意的记忆在德语中称为 *Gedächtnis*——而是在一种永远不断更新的自发记忆中即刻出现在眼前。德国人将这种内心对过去的拥有称为 *Erinnerung*，即内在化记忆。

克劳利失去了这种自发的记忆。一个空白点让他记忆模糊，虽然他还记得大部分事情，还能记起和吟唱出自希腊悲剧的大段希腊文，但他无法想起他是从哪里得到了那张 20 英镑的支票。我在本章开头引用了几段话，显示巴塞特郡共同体的所有成员都被克劳利的一时失忆所吸引，他们关注这件事，聚焦这件事，只讨论这件事，而克劳利本人也几乎不会想别的事情，他不停地敲打自己的脑袋，试图唤起记忆。他们所有人，包括克劳利自己，都被这个空白点所吸引，因为他们都或多或少心照不宣地明白这个空白点关系重大。这个空白点的重大关系在于其威胁到他们都生活于其中的整体的主体间透明性的安全，他们就像生活在一个温暖的、令人安心的、环绕在身边的环境中一样，生活在这个透明性之中。如果在这种透明性之中即使存在一个绝对不透明的区域，一个黑洞，那么这种透明性就会遭到质疑。这种透明性再也不是理所当然的所有共同体成员都生活于其中的共享的环境。

在小说很早的地方，读者已经被告知克劳利的妻子认为他是"半疯"的。共同体的其他成员则不会这么仁慈。律师沃克先生说："真正的事实是，他疯得很厉害，几乎和疯帽匠一样。"（197）说一个人是半疯的是不通的，虽然这或许是克劳利夫人出于仁慈而得出的结论。一个人要么是疯子，要么是正常人，我这样认为，虽然读者会记得哈姆雷特说："天上刮西北风的时候，我才发疯；风从南方吹过来的时候，我不会把一只老鹰当作一把手锯。"（*Hamlet*, II, ii, 375）只要你想一想，通过是否能够辨别老鹰和手锯的做法本身就有点疯狂。莎士比亚戏剧的这个部分里所有哈姆雷特的精彩话语都是如此。与哈姆雷特对"疯癫"的定义相比，特罗洛普对"疯癫"的定义缺乏想象力达到了好笑的程度，就像特罗洛普在《固定期》（*The Fixed Period*, 1882）中曾经预言，未来有一天，不需要用马拉的车会以每小时 20 英里（约合 32 公里）的疯狂速度围绕乡村狂奔。

　　对特罗洛普来说，记忆中有空白就是疯子。克劳利的困境是进退两难，对此他和家人以及朋友都非常痛苦地明白。如果他承认精神病，或被判定为有精神病而逃脱盗窃罪，那么他就不再适合担任基督教神父，而且会被关进疯人院。如果他被判定为精神正常，那么他就必须为盗窃支票事件负责，并因此被判刑入狱，即使他已经不记得他是怎么得到这张支票的。不管是哪一种情况，他都完了。克劳利的遗忘造成的结果是，他被普遍认为和他人不同，而其他所有人都更加相像，都是同一个透明共同体的居民。格蕾丝在一封写给莉莉·戴尔的信中说："你知道，爸爸和别人不一样。他会遗忘事情；而且一直在思考、思考、思考他的巨大的不幸。"（52）图古德先生，小说中除了沃克先生之外的另一个律师，将他称为"一个怪人——和全世界的其他所有人都不一样"（395）。没有人能够这样评价巴塞特郡的其他任何人，即使对普劳迪夫人也不行。

　　克劳利和他人的不同的一个灾难性后果就是它破坏了巴塞特郡的人相互透明的普遍规则。我在前文引用过一段话，这段话告诉读者当克劳利坐在那里思考自己的不幸的时候，他的妻子可以"阅读他在想什么，就像对她打开的一本书一样"。在稍后一点的一段话里，当克劳利处于人生的最低谷和最绝望的深渊的时候，这种对他人内心的阅读失效了。在这里，叙事声音比克劳利夫人更懂克劳利，但即使是叙事声音也无法填补他记忆中的空白。下边很长的这段话，是对克劳利如何怪异、如何与众不同的最好的描述：

　　我想在这个时候，没有人能够看清楚他在想什么——甚至他的妻子也不行，她非常仔细地观察他的思想，承认他具有很多高贵的品质，开始逐渐向自己承认她在很多事情上再也不能相信他的判断。她知道他很善良，但也很软弱，虚假的自尊在伤害他，真正的自尊在支撑他，他依然非常睿智，但是他的智慧在很多方面却被痛苦地遮蔽了，那些将他称为"疯子"的人几乎因此而显得有了道理。她知道他几乎是个圣人，但是因为他的虚荣和他对那些地位高于他的人的仇恨，让自己几乎成了一个被抛弃的人。但是她并不知道他自己其实也知道所有这些。她并不理解他会数个小时坐在那里，告诉自己那些人把自己叫作"疯子"其实有一定的真实性。她从未想过他其实能够看透她对他的想法。她怀疑他得到支票的方式——但从未想象过他蓄意盗窃了这张支票——她觉得是因为他的思维如此迷糊，所以承认是他捡到了支票，然后在没有蓄意过错的情况下使用了支票——她也想到，天呐，能够做出这种行为的人再也无法胜任那些交给他的工作。但她从未梦想到这些恰好就是他自己对自己的状态和地位的想法——他一直在自我反省他是不是真的疯了；如果真的疯了，那他是不是必须离开他的工作岗位；他在反复思考他对主教的过分的仇恨——从未有一刻忘记他对主教和主教妻子的愤怒，依旧拿他战胜主教夫妇的事情来安慰自己——但是在这一切思绪之外，他一直在谴责自己犯下了如此严重的罪行，他建议自己前往宫殿，谦卑地将自己的牧师之职辞掉。他向自己建议这样做，但从未真正想过去执行这个想法。他就像一个沿着河岸一边走一边想着自杀的人，计划着如何才能更好地自我了断——河水是否提供了一个无法错过的宝贵机会，告诉自己河水舒适而凉爽，很快他的双耳就再也听不见人世间令人痛苦的喧嚣——但他也知道，或认为他知道，他将永远不会自杀。克劳利先生就是这样。虽然他的想象力向他描绘这幅场景——他如何谦卑地伏在地上承认自己不再适合担任牧师职位，他如何承受矮矬主教低声细语的胜利以及他带着谦逊的悲惨，从他匍匐的地板上，反驳主教妻子高谈阔论的胜利；虽然他绘制的这幅图画中没有丝毫缺失——但他并未真正建议自己去斩断职业发展之路。他的妻子也在思考如果他放弃牧师职位，至少暂时地放弃，是否会更好些；但她从未想过这其实也是他的想法。（402-4）

克劳利的遗忘，还威胁到了巴塞特郡共同体的团结一致所依赖的第二个基石，即每个人一生都将保持统一的认识。克劳利是个好人。特罗洛普的想象世界则认为一个好人将永远都是好人，一个坏人将永远都是坏人。一位淑女将永远都是淑女，一位绅士将永远都是绅士，那些不是淑女不是绅士的人永远都无法通过努力成为淑女或绅士。克劳利是位绅士，是个好人。因此无论克劳利有多么迫切的需求，他盗窃 20 英镑的支票都是不可想象的事。如果特罗洛普的小说人物会发生变化，比如爱上他人，他们也是"逐渐"地、难以觉察地发生变化，他们自己和他人根本无法注意到这种变化。他们不会在根本性格上发生变化。普雷迪曼小姐认为克劳利肯定是无辜的，她发出格言警句式的反问："谁听说过一个人能够突然之间变得如此卑劣？"（66）后来老绅士哈丁先生引用了罗马诗人朱文诺（Juvenal: *Satires* II, 83）

的格言："我无法相信他是有罪的。拉丁谚语是怎么说的？'没有人能够突然之间变得卑劣'。"（418）巴塞特共同体通过这种信心维持自身。如果克劳利被证明盗窃了这张支票，那么巴塞特共同体的这条基本的普遍规律就被打破了。如果在这个情况下这条规则是无效的，那么它就有可能在其他所有情况下都是无效的，从而颠覆整个共同体。

克劳利的遗忘还威胁到巴塞特的最后一个普遍共识，那就是，英国法律体系总是会带来公正。"巡回法庭将会正确处理这件事，"[1]莉莉的叔叔戴尔先生说："他们总是能够找到真相。"（162-3）普雷迪曼小姐向格蕾丝表达了她对法律的信心："在英格兰，法律是完备的，从来没有哪个无辜的绅士被判有罪；你的爸爸，当然是无辜的。因此你完全没必要为此担心。"（43）只要读过特罗洛普其他小说的读者都会相当肯定地知道，克劳利一定是无辜的，即使《奥利农庄》（*Orley Farm*, 1861-62）中的梅森夫人是一个反例。人们最终发现她伪造了她丈夫的遗嘱附录，尽管她很显然是她的共同体的优秀成员。在《巴塞特的最后纪事》中，尽管有各种迹象表明克劳利是无辜的，但英国法律的运作使得郡法官觉得基于现有的证据，他们只能把克劳利交给巡回法庭进行审判。沃克先生在某个时候相当肯定地说克劳利会被判刑，因此读者怀疑司法公正或许会出现重大失误：

人们认为一个人拥有一张支票，他应该能够解释其来历。也有可能一个人拥有一张支票，却无法解释其来历，但也不会受到严重的怀疑。在这种情况下就要看法官怎么判断。事实如下：克劳利先生拥有支票，在开出支票相当长的时间以后去使用了支票；正如他所想的那

---

1 "巡回法庭（The Courts of Assize, or assizes）是1972之前在英格兰和威尔士定期设立的刑事法庭，后来被永久性的唯一的英国刑事法庭取代。"(http://en.wikipedia.org/wiki/Assizes, accessed April 13, 2013)

样，另外事实是开支票的人将支票遗失在克劳利先生的家里，而且在开了支票之后，在其被支付很久之前去那里寻找过。陪审团必须做出判断；但是作为一个律师，我认为，克劳利先生很难提出对其有利的证据。（400）

巴塞特共同体的所有确定性和安全性都因为克劳利无法记起而受到质疑。阿拉宾夫人的证词给事件带来了幸福结局。她终于旅游回来了，说出了事情的真相：她在没有告诉丈夫的情况下，把支票和50英镑纸币一起放入信封，让她丈夫阿拉宾院长交给克劳利。这张支票是她拥有的房子的租金。但她并不知道支票被巴切斯特的旅馆"万特力神龙"的老板的表亲偷走了。当图古德先生和格伦雷少校将这一消息带给克劳利的时候，除了克劳利以外其他所有人都哭了——图古德先生、少校和克劳利夫人——都表达了一种共同的情绪。之后领班神父和格蕾丝互相亲吻，格蕾丝和少校互相亲吻，签订了他们之间的契约，从而将她引入了新的家庭。我也因为同情而哭了，因为虚拟的欢乐而流下了虚拟的泪水，而我很少在读小说的时候哭。你也可以通过阅读《巴塞特的最后纪事》加入进来！最后，克劳利获得了新的、更有钱的生活。格蕾丝嫁给了亨利·格伦雷。傲慢的"女主教"普劳迪夫人死了。其他每个人从此都幸福地生活着。巴塞特郡共同体在其普遍的透明性中成功地获得了延续。

它是哪种共同体？

我的解读一开始似乎支持这样一种判断：巴塞特郡是让-吕克·南希的分类法中第一类共同体的完美例子。从表面上看，巴塞特郡是一个共同体，其中所有人物都是相似的，因为具有相同的认识、理念、价值观和判断而联结在一起。他们在一个集体的明晰的主体间性的环境里彼此联系。这种解读的唯一问题在于，小说的幸福结局遗留了我指出的一些黑洞，这些黑洞几乎和以前一样黑。克劳利突然记不得他从哪里得到了这张支票。阿拉宾夫人的信件帮他想起了这件事情，或者确认了他本来就拥有但是不敢承认的记忆。当真相向他揭露之后，他再也不说他已经完全忘记他从哪里得到了这张支票。他改变了说法，说他只是暂时地忘记了。他现在宣称，他不敢相信自己的记忆，是因为他的记忆和院长的证词相抵触，因此他认为肯定是错误的。拒绝相信自己的记忆，是一种奇怪的错误遗忘，被用来替代失去记忆。特罗洛普这里必须像走钢丝绳一样小心。他现在想说的话和之前他已经说过的话相互抵触。但不管怎样，我们必须承认，在小说的幸福结局所带来的整体的和解中，克劳利比较合理地被重新吸纳进共同体中，不仅特罗洛普的很多小说具有这种幸福结局，而且很多维多利亚小说基本上都有类似的幸福结局：

"先生们，"克劳利先生说："我以前对此非常肯定。我是知道的。虽然我的大脑很虚弱——有时候非常虚弱——我当时肯定我没有在这种事情上犯错误。当时我越努力地回忆，就越确定这是事实——我只是暂时地忘了这件事——即院长给我的小包裹里就包含这份文件。但是你看，先生们——请再忍受我一会儿。我说过是这样的，但院长否定了。"

"但院长不知道这件事，伙计，"图古德说，几乎有点生气。

"请再忍耐我一会儿。我从未怀疑过院长——我一直都知道院长在一切事情上都是一位正直而诚实的绅士——我放弃了自己努力回忆的结果，转而相信他说的话。而且我感觉我必须这样做，是因为由于一时的遗忘，由于过于不顾他人感受的草率，由于不道德的有欠考虑，我允许自己做出了一个错误的声明——虽然是不经意间犯下的错误，但也是非常严重的错误，不可饶恕的错误。我未经思考，就宣称我从索姆斯先生那里得到了这笔钱，因此似乎是在谴责那位绅士。我犯下了如此巨大的错误，如此严重地违背了人和人之间语言交流的通常的谨慎原则，尤其是当涉及钱财的时候应该特别当心的原则——我怎么可能期待人们在院长否定我的情况下还能相信我说的话？先生们，我不相信自己的记忆。虽然那个装着珍贵而危险的东西的信封的所有细节，时不时地出现在我的脑海，其清晰度对我来说几乎达到了不可思议的程度，但我还是告诉自己这不是真的！"（768-9）

在最后一章的第一句话里，叙事者说："结语。现在我需要做的只是将几条松散的绳子归拢起来，将它们系在一起打成结，这样我的作品就不是支离破碎的。"（856）但有些故事线条依然没有被归拢起来，或依然具有某种无法填补或联结的难以理解的断裂。即使克劳利的记忆失误仅仅是暂时的，但它毕竟是失误。莉莉·戴尔始终是老处女。格蕾丝对亨利·格伦雷的爱，或亨利对格蕾丝的爱，小说始终没有给出缘由。我得出结论：《巴塞特的最后纪事》非常出乎意料地，以非常间接或隐蔽的方式，呈现了南希的第二种共同体。在这个共同体之中，人们在各自单体性（singularity）的最深层面毫无共同之处。在这些层面上，他们都是"怪人"，所有人对他人来说都是他者，甚至所有人对自己来说都是他者。

换种方式来说，这部小说远远不是特罗洛普为了补偿自己作为"贱民"的心理缺失而建构的满足愿望式的想象世界，他的小说写作以非常隐蔽的方式，在小说中投射出他永恒的、无法消除的、令他孤独的与他人的差异性。特罗洛普的小说根本不符合弗洛伊德对"艺术家"的定义，弗洛伊德认为艺术家就是通过幻想的语言或幻想的色彩进行的物质表达为他自己和读者或观众找到一条通往现实的道路，特罗洛普的小说最终肯定的是他自己的单体性（singularity），给他的读者带来的是关于他们自己的消息。小说能够实现这一点，是通过将读者的单体性暴露给他者——特罗洛普自己和他想象的贱民们——的单体性。

对约西亚·克劳利神父的塑造，或许是特罗洛普对作为一个贱民的真实感受进行的最有力的描绘。阅读特罗洛普小说的时候，如果我们仔细阅读的话，我们也会分享这个共同体，其中的所有人在最深处并无共同之处。我在本章一开始就问过阅读特罗洛普作品对当初的读者或今天的我们有什么用处。要回答这个问题并非易事。一开始似乎阅读特罗洛普的价值可能是允许我们进入第一种共同体。现在看来，阅读特罗洛普的价值似乎更有挑战性，因为它可以让我们理解我们的单体性和他人的单体性如何同处在那个由众多单体性构成的"不可言明的共同体"（unavowable community）或"不运作的共同体"（unworked community）之中，这些众多的单体性的共同点，只有它们的相互分隔和无法沟通。

谁 在 乎?

不管怎样，巴塞特透明的共同体经受住了对它的威胁，尽管这些威胁对《巴塞特的最后纪事》的意义非常重要。克劳利没有盗窃支票。他的记忆一直都很准确。格伦雷少校和格蕾丝·克劳利在整个共同体的赞许下喜结连理。莉莉·戴尔依然忠实于她对克罗斯比的爱，尽管克罗斯比是一个势利小人。我曾将特罗洛普关于自我、主体间性、他人的他者性、恋爱等事情的理解，称为一种维多利亚的"意识形态"。我曾经承认我发现这些理解是一种满足愿望的虚构，而不是忠实于生活的描写。我希望生活就像这样，但它不是这样。这似乎让

《巴塞特的最后纪事》不值得我们重视。谁还会在乎特罗洛普所描写的那些时过境迁的维多利亚人所相信的违背事实的思想，或他们在小说的感召下所相信的违背事实的思想？然而，甚至在"开明的"21世纪，胡塞尔、布伯（Buber）、海德格尔、奥斯汀、列维纳斯、哈贝马斯、德里达、南希等许多学者就这些问题所书写的各种理论和哲学著作，在很大程度上都是特罗洛普思想的各种变体而已，甚至当他们的作品似乎试图质疑这些思想的时候也是如此。[1]比如，奥斯汀的《如

1　克莱尔·科尔布鲁克（Claire Colebrook）的长文《地质的崇高》（"The Geological Sublime"）以保罗·德曼的作品，尤其是德曼对康德的崇高理念的解读为基础，非常精彩而细致地提出了一些完全不同的思想。这篇文章被收录在开放人文出版社即将出版的《人类世的黄昏》（*The Twilight of the Anthropocene*）中，该书中还收录了汤姆·科恩（Tom Cohen）和我自己的文章。很少有其他的理论能够具有科尔布鲁克一样的勇气和洞察力，去仔细研究德曼著作的微言大义，并用来理解和回应我们今天的生存状态（灾难性的气候变化、金融的熔断、盖亚或"大地母亲"的错误的神人同形同性论［anthropomorphism］等）。下文是她在这篇文章接近末尾的地方提出的一些很有挑战性的想法：

不同的是，德曼的"物质的崇高"使崇高远离了主体力量的提高，似乎能够让思考变得迟钝或瘫痪。它或许是一种没有理念（Idea）的崇高。它或许也是一种没有拉图尔（Latour）的等待建构的公众社会的崇高，和没有德里达的他者的崇高。在德曼来说这种崇高是美学意义上的崇高，**不是**因为它必须与艺术和写作相关，而是因为它提出一种没有**意识或目的**的观看方式。

在文学理论之外为什么会有人想要让拉图尔的缺之公共社会的问题进一步恶化？难道我们需要的不是有助于我们行动的概念和让我们的世界变得可控的方法？只有将其限定在纯理论（和德曼关于这一问题的纯理论）的狭窄的学科范围之内，才能保证这种策略的可行性，然而恰恰就是那种学科的短视——似乎是——无法做出一些能够帮助解决21世纪危机的实操性的行为。但我认为，事实正好与此相反：我们所需要的，不是写作的关联性，也不是对每个**个人**世界的绝对的单体性施加明显的道德影响。只有在**非个体性**的情况下——与他者的脸面、情感力量或移情的生活无关的情况下——我们才能理解崇高，这样被理解的崇高不再是道德的或伦理的，而是实操的。要是我们看待任何力量的时候，我们的眼睛都能够与"这个世界"保持一定距离，并保持一种简单的分解、破碎和超然的态度，那该多好啊。再也不会有他者，也不会有人类，不会有唯一值得存活的"我们"，最后的问题将会被提出来：什么应该被拯救？是不假思索的拯救、存活和生活吗？（引自尚未发表的手稿）

何以言行事》认为我们之所以能够承诺和守诺，或在违背诺言的时候需要对此负责，是因为我们每个人都在时间中保持稳定的自我，而且具有选择的自由，他到底是怎样进行证明的？甚至有很多最复杂的现代主义和后现代主义文学，更不用说当今的流行小说，依然建立在特罗洛普的意识形态的某种版本之上。今天的大众媒介、流行文化和广告——广告告诉我们，我们都是独特的个体，能够做出负责任的个人选择，比如决定我们吃什么食物，穿什么衣服，用什么机器——都是这些同样的思想的变体。从无数种可能性中，被媒体热情洋溢地传播的神经系统科学家对"镜像神经元"的发现就是一个例子，这个近来火热的"发现"挺可疑，而且已经在很大程度上被否定了，这种"镜像神经元"据说可以让我们直接了解另一个人的思维和情感。我们谁敢宣称自己不受特罗洛普式意识形态的某种版本的影响？我可以得出结论：我们能够没有任何心理负担地欣赏特罗洛普的小说，即使它们是一种幻想或科幻，或许恰恰因为它们是幻想或科幻。我们同时也能从这些小说中获得启示，从而进一步了解我们关于我们的自我、我们与他人的关系和我们共同体的联结的根深蒂固的、永远被不断强化的看法。

第三章
《还乡》中的个体和共同体

首 要 问 题

迈克尔·米尔盖特（Michael Millgate）的权威著作《托马斯·哈代：他作为小说家的职业》（*Thomas Hardy: His Career as a Novelist*）将《还乡》置于哈代对威廉·巴恩斯（William Barnes）的崇拜中，尤其是对巴恩斯用多塞特郡方言写成的诗歌的崇拜。哈代非常欣赏这些诗歌的语言准确性以及巴恩斯对多塞特当地习俗的深刻理解。根据生平研究的传统，米尔盖特还将《还乡》置于哈代的生平背景之中，比如他在写作这部小说的时候和妻子颠沛流离的生活。哈代和妻子从一个临时住所搬往另一个临时住所，他们当时还没有在马克思门（Max Gate）定居下来，马克思门是哈代在距离自己出生地不远的地方为自己建造的住所。通过建造马克思门，我们可以说，哈代成为一名还乡者代表。但米尔盖特在结束他对《还乡》的讨论时，提到了托马斯·沃尔夫（Thomas Wolfe），这是非常有道理的。小说中的克里姆·姚博莱特，如同托马斯·哈代在自己的生活中发现的一样，发现"你无法再次回到家乡"[1]。为什么不行？再次回家，或在一段时间之后

1　Michael Millgate, *Thomas Hardy: His Career as a Novelist* (New York: Random House, 1971), 144; 下文对此书的引用标注为：Millgate 加页码。

回到自己的家乡到底意味着什么？

我对《还乡》的讨论，将考查以下问题以及与其相关的一些问题。小说中的个人与共同体是什么样的关系？小说中的事件是发生在一个可以被合理地称为"共同体"的地方吗？所谓"共同体"，就是那些居住于其中的人的"家"吗？到底什么是"共同体"？为什么"你"不能再次回家？这里的"你"，或单个的个体，具有什么样的概念，才能解释这种说法，即一旦从你的家乡离开之后你再也无法回到其中？哈代在其《诗集：1912-1913》（*Poems 1912-13*）里描述了他的第一任妻子因为远离其家乡康沃尔郡，搬往多塞特郡居住，从而成为一个无家可归的人，最后埋葬在远离她钟爱的大海的地方："在她的土房子里 / 她长眠不醒 / 没有了她如此热爱的海浪 / 就没有什么能将她唤醒。"[1] 一个人自一个地方落地生根并最终埋葬于家乡的土地，是人类正常和正确的生存状态吗？离开家乡一定要被称为"背井离乡"或其他不好的事情吗？在全世界，这种意义上的远离家乡的人的比例正在快速地增加。我现在居住在远离我的弗吉尼亚家乡的地方，而且已经居住了很多年。无论我在缅因州的鹿岛居住多长时间，我也始终是一个鹿岛本地人口中的"外地人"。

小说家，或小说家发明的叙事者，通过一种怪怖的心灵感应，知晓每个人物的秘密，并将其暴露给每个读者。叙事者将人物秘藏于内心的珍贵事物揭露出来，而这些人物不会将这种秘密告诉给周围的任何人，包括家人、朋友和整个共同体。《还乡》中有很多这样的情形。其中一个例子是尤斯塔西娅厌倦了她对韦狄的爱情，转而将克里姆·姚博莱特作为她的欲望和迷恋的目标。尤斯塔西娅当然知道这件

1　Thomas Hardy, *The Complete Poems*, ed. James Gibson (New York: Macmillan, 1976), 342.

事情。叙事者将这件事情告诉了读者，但小说中除了尤斯塔西娅以外没有其他人物知道。这是一个秘密，但在一种特殊的方式上是一个公开的秘密，因为小说的叙事者和每个读者都知道这件事。

我对小说和小说人物秘密的观点，将会引导我们对哈代的《还乡》的讨论。如果在威廉斯和海德格尔之间存在一个共同体类型序列，那么这部小说中的哈代应该处于这个序列的哪个位置？我们在第一章中对他们两个关于共同体的观点进行了详细讨论。要回答这一问题，我们需要对这部小说进行全面而细致的讨论。

本章建立在我之前讨论《还乡》的一篇文章的基础上[1]，主要内容是这篇文章提出的关于这部小说的比喻修辞手法，尤其是一种奇怪的转喻的逆转手法，用拟人的语言挪用（catachreses）来描述景物（例如用"脸"来描述爱敦荒原），借用描述景物的语言来描述这些人物。这种语言的转换不停地发生，因此没有哪一种使用才是真实的"本来意义"，而别的使用是其比喻的转变。形形色色的人物在荒原上各自的地方出现，他们是躲在可见的太阳背后的一个隐藏的太阳的替身，是荒原虚拟人格的体现，而荒原则用来自人类身体及其内心生活的术语进行描写：

> 爱敦荒原现在和人的本性完全一致——既不是可怕的、可恶的，也不是丑陋的；既不是普通的、无意义的，也不是驯服的；但它和人一样，备受轻视，却经久不衰；虽然它黝黑一片，毫无变化，却始终保持着其独特的巨大和神秘。就像一个长期离群索居的人一样，它的脸上似乎流露出孤独的表情。它有一张孤独的脸，似乎在表明某种悲

1　参见拙作 "Prosopopoeia in Hardy and Stevens," in *Alternative Hardy*, ed. Lance St. John Butler (London: MacMillan Press, 1989), 110–27.

剧的可能性。[1]

在很后来的一段话里，当尤斯塔西娅最后一次前往雨冢的时候，她使用了怪异的拟人手法，用荒原表面的菌类来比拟巨大的身体，而不仅仅是面孔："她绕过池塘，沿着道路朝着雨冢走去，偶尔会被扭曲的荆豆根、丛生的灯芯草或肉质菌类渗水的残桩绊倒，这些菌类在这个季节像某种巨大的动物的腐烂的肝脏和肺脏一样散落在荒原上。"（370）

正如我在之前那篇文章中详细论述的那样，《还乡》中相互交织的各种情节，是荒原表面似乎在表达的"悲剧的可能性"的这种或那种体现。我对《还乡》的解读以如下观点进行总结：

对《还乡》进行地形学的考察，将会揭示出拟人手法（prosopopoeia）和语言挪用（catachresis）之间的密切联系。一切都不存在，唯有比喻，而这个比喻总是语言挪用。《还乡》中双重交错的人格化——将荒原人格化为巨人，用小说人物来呈现荒原——都是语言挪用。语言挪用就是将一个名字从一个领域挪用至另一个领域的事物身上，而这个事物没有本来的名字，例如"桌腿"或"山脚"。所指的东西实际上并不是一条腿或一只脚，但两者都没有本来的名字，所以这种转移并不符合隐喻的传统定义，即用一个比喻性的、挪用来的词语代替本来的词语。《还乡》中交错的替代性表达是一个比喻系统，表示无处存在的去处，表示落山后还在天上的太阳。然而这里的太阳并不是"它"，而是正在消失的它的另一个比喻。哈代的小说暗示，这个

---

1 Thomas Hardy, *The Return of the Native*, New Wessex Edition (London: Macmillan, 1974), 35; 下文在括弧中仅标注页码。

"它"似乎不仅仅是一种语言的产物。它似乎真的独立存在。语言，或任何符号系统，例如《还乡》中的地名和专有名词，或哈代发表在1878年第一版中的《故事场景示意图》的传统表达的结构，似乎是"它"的产物，同时被其力量塑造和破坏。或者更确切地说，对哈代来说，我们永远无法确定这个"它"是否是语言的产物以及语言是否被这个"它"所创造、影响或感染，因为无论是哪一种情况，结果都是一样的。[1]

　　我1989年认为这种极致的不确定性或难以解决的困境会令人产生一种满足感，但现在我已经不再这样认为了。我能听到每个读者在嘀咕，尤其是现在："啊，天呐！又是一个难以确定的困境！我以为我们早就摆脱了这些东西。"我也有这种不耐烦。很显然，一个优秀的《还乡》读者应该能够以这样或那样的方式解决这一问题，无论是为了哈代还是为了读者。今天我倾向于认为自己已经完全觉悟了，完全明白了语言施为性地创造了一个意识形态的幻觉，即相信存在一个先于语言的"它"。我也倾向于认为哈代也有这种觉悟，因为他一贯讽刺性地对待宗教信仰，例如他的很多诗歌很显然是为了嘲笑这种信仰。卡尔·马克思在《德意志意识形态》中令人信服地论证了虚幻的宗教信仰，尤其是对道成肉身、作为精神化身的耶稣、上帝之子基督的信仰，是所有意识形态的起源。一个显眼的例子，就是在商品拜物教中，将精神价值赋予时髦的服饰、汽车或苹果手机。
　　似乎只要眼睛足够明亮，这个问题就可迎刃而解。因为我不相信这个"它"，所以我问心无愧。我可以毫无心理负担地拒绝相信，但

1　J. Hillis Miller, *Topographies* (Stanford, Calif.: Stanford University Press, 1995), 52–3, 引文略有调整。

是我恰好记得保罗·德曼在他关于卢梭的《信仰的职业》(*Profession du foi*)的文章《阅读的寓言》("Allegory of Reading")中令人沮丧但很有说服力地宣称，没有人能够摆脱意识形态。正是那些自认为眼光犀利的人才是幻觉的最大受害者。德曼的分析中最令人不安的是，他表明，揭露意识形态和解释意识形态发生的行为本身导致了语言畸变的重复，而正是语言畸变从一开始制造了意识形态的神秘化。这一点在《阅读的寓言》临近结尾的时候讲述得最为清楚："解构阅读能够指出通过替代而实现的未经证明的表达，但是这种阅读却无力阻止这种表达甚至在其自己的语言中重复出现，而且也可以说，这种阅读无法消除已经发生的语言畸变。解构阅读的行为仅仅是重复了最初导致错误的修辞畸变。"[1] 在这篇文章稍后的地方，德曼用这一原则具体分析宗教信仰："一旦我们决定，最广泛意义上的信仰（这里的信仰必须包括偶像崇拜和意识形态的所有形式）可以一劳永逸地被开明的头脑所克服，那么这类偶像的黄昏（twilight of the idols）[手稿中用了 *Götzendämmerung* 一词，这是尼采一本书的名字（《偶像的黄昏》）。尼采的书名是对理查德·瓦格纳的歌剧《诸神的黄昏》(*Götterdämmerung*)的名字的引用。] 因为没有意识到自己是这种信仰的第一个受害者而更加愚蠢了。"（同上，245）如果德曼是正确的，那么维持我对语言和《还乡》中的"它"的最初看法就会显得更加准确，尽管这种观点令人不安。

解读《还乡》的新视角

只要回到《还乡》的文本，我们就会发现哈代总是在同时使用两

---

1 Paul de Man, *Allegories of Reading* (New Haven: Yale University Press, 1979), 242.

种手法。他既把自然拟人化,又把人看作对这种拟人化的表达,同时还通过一些语言提示表明,这种自然的精神化作为某种怪异的"它"的体现,只不过是一种修辞格的具体化,一种从字面上来理解修辞手法的古老错误。这里有一个非常鲜明的例子(80-2)。但这部分篇幅太长,无法在这里全文引用,所以我对其进行了缩写。这三页的内容是《还乡》中哈代话语的永恒"诗歌"的绝妙例证。我说的"诗歌"是比喻性的交换和替代的精心设计的系统,它在文本的亲密的文体结构中不知疲倦地重复着。

叙事者一直戏剧性地将尤斯塔西娅·维亚的出场描述为站在雨冢土地上的"天空衬托下的轮廓"(80),雨冢的土地上覆盖着的一层层灰烬,可以向下延续无数个世纪一直到达最底部的史前火葬堆。她不耐烦地等待着情人韦狄出现,等待着再次和他约会,但毫无结果。叙事者非常独特地离开风景中的人,转向风景本身,而且事实上,这种风景正好通过这个人得到展示。在这种情况下,叙事者描述了当风刮过荒原时发出的声音。这些声音被比喻为各种声音的合唱:"高音、中音和低音音符都在其中",例如"冬青树的男中音嗡嗡声"(81)。然而,有一个独特的声音,"和九旬老翁的嗓子里依然残留着的歌声非常相似。这是一种被磨损的低声细语,干燥薄脆如纸,它清晰地拂过耳朵,熟悉这种感觉的人,对于声音的细微的来源,都能够感觉得到,就像能够用手摸到一样"(81)。叙事者向读者保证,这种低声细语的来源是无数"死去的去年夏天的石楠花"(81)。通过联觉,声音在这里变成了触觉,声音在合唱、高音、男高音和低音中被拟人化为人类的歌曲。然后通过一种引人注目的拟人手法,这个合唱变成了一个单一的看不见的人的声音,这个人是整个荒原的拟人化,这个声音用一种言说的"话语"进行揭露和表达:

"神灵感动了它们。"人们会不由自主地想到这句话的特别意义；同时一个富于感情的听者，本来奉行"死物本身自有神灵"的拜物教观念，但或许会更进一步，获得更高境界的理解。本来就不是左边山坡上的干枯花朵在说话，也不是右边山坡上或前边山坡上的干枯花朵在说话；而是另有一个其他东西的单独的人格在同时通过所有的铃形花说话。[第一版在"而是"之前有一个句号，因此变成了完整的两句话。]（81-2）[1]

在这里，多重声音变成了一个声音，同时通过每一朵干枯的石楠花说话。在新威塞克斯版的注释中，在"神灵感动了它们"旁边给出了《旧约·士师记》第 13 章第 25 节的一句话，但《圣经》中的语言和哈代的语言颇不一样："在马哈尼但，就是琐拉和以实陶之间，上帝的灵开始感动他[参孙]。"或许更接近哈代语言的是贵格会的劝诫，即参加贵格会集会的人说的"神灵感动了他们"。《旧约·创世纪》第 1 章第 2 节中说"地是空虚混沌，渊面黑暗；神的灵运行在水面上"[2]。在哈代的文本中，风变成了感动"它们"的神灵，这里的"它们"就是石楠花。罗比·伊顿在教授《圣经》，对《圣经》非常熟悉，立刻想到了《撒母耳记下》第 5 章第 23-24 节，上帝指示大卫如何打败非利士人的军队："大卫问上帝。上帝说：你不要直接上去；要转到他们的后边，到桑树林对面去攻打他们。当你听到桑树顶上发

1　感谢罗斯玛丽·摩根（Rosemarie Morgan）给我提供了第一版的引文。

2　罗斯玛丽·摩根告诉我，这里讨论的表达出现在泰勒的《原始文化：神话发展研究》第二卷（伦敦：约翰·默里，1871）E. B. Tylor's *Primitive Culture: Researches into the Development of Mythology*, 2 vols (London: John Murray, 1871). 但这部著作并未列入马克思门的哈代书籍目录中（http://www.library.utoronto.ca/fisher/hardy/hardycataz.html, accessed May 30, 2013），哈代或许知道泰勒的这部著作。也很有可能是他编造了这样一个类似于《圣经》的表达。泰勒或许还是哈代的拜物教的术语或思想的来源。

出脚步声的时候，你就要急速前进；因为上帝已经在你前边去攻打非利士人的军队了。"但是，尽管哈代的话在《圣经》中有多处惊人的相似，但问题是哈代的"神灵感动了它们"并没有原话出现在《圣经》中，至少钦定本《圣经》中没有。

正如哈代所说，"人们会不由自主地想到"的"这句话的意义"仍然相当清楚。谁会"想到"？我想，是在场的任何人都会想到，或听叙事者说话的匿名的无人（no one）会想到。这个表达在这里用于对风的描述，风像一个通过石楠花说话的个体。无论哈代是否知道，他在这里使用的是古老的三重人格化比喻手法，这种手法体现在希腊语单词 Ψυχή（即 *psyche*）和拉丁语单词 anima 中。两者的意思，或者最初的意思是，"风""呼吸"和"灵魂"，三个意思同时存在，相互统一又相互区别。蝴蝶是普赛克（Psyche，希腊女神，意思是"灵魂"）的标志，部分原因是希腊语中蝴蝶和普赛克使用同一个单词，尽管重音符号不一样。将风当作神灵的信仰，过去被称为"原始的万物有灵论"，似乎只有未开化的男人或女人才能虚幻地赋予物质以神灵或呼吸的灵魂。荒原上的风，同时也是"一个在同时通过所有的铃形花说话的单独的人格"的灵魂。作为灵魂的风，同时也是通过所有的铃形花说话的声音以及通过尤斯塔西娅长长的叹息说话的声音的呼吸（吸气、呼气、叹息），关于尤斯塔西娅的叹息，我将在下文进行论述。

哈代应该明白他在使用一种修辞替换术，这一点可以在第二句话的末尾看出端倪："同时一个富于感情的听者，本来奉行'死物本身自有神灵'的拜物教（fetichistic）观念，但或许会更进一步，获得更高境界的理解。"《美国传统词典》将 fetish 解释为"原始文化中认为具有魔力的某种实在的物体"。我本来以为这个词语来自某种"原始文化"的语言，但令我惊讶的是，这个词语来自拉丁语 *factitius*，意思是"艺术品"和 *facere*，意思是"制造"，通过法语和葡萄牙语，最后进入英语。拜物是人工制品。"原始的"拜物有时候是玩偶，或诸如此类的"艺术品"，然后"通过艺术"将神灵的力量或魔法的力量注入其中。一个例子是《还乡》中的苏珊·诺萨奇认为尤斯塔西娅是个女巫，因此想将其毁灭，苏珊的做法是将尤斯塔西娅的蜡像插满别针后融毁。哈代很有可能知道早期人类学家或社会学家对拜物（fetish）一词的用法 [1]，但我们今天所想到的是马克思对"商品崇拜"的分析，这一点或许对哈代来说是非常陌生的，我们还能想起弗洛伊德对人类学家所使用的这个词的改变，让其表示我们赋予心爱之人的鞋子或衣物一种主人公的性吸引力，从而可以抚摸和亲吻这只鞋子。

在所有这些情况下，都有一种和"神灵"（*psyche*）的三重含义类似的东西。哈代的富于情感的聆听者将风刮过石楠花发出的声音当成拜物，然后将一个隐形的单个的精神人格，那个"它"投射进这种声音："另有一个其他东西的单独的人格在同时通过所有的铃形花说话。""它"既是一个"人"，又是一个非人格的"其他东西"。哈代的叙事声音及其顺从的听众，一方面受制于拜物教，同时又"解构"了拜物教（如果我还敢用这个词的话）。叙事声音通过使用一个词语（"拜物教"）做到了这一点，因为这个词语的使用表明他或它知道这只是投射而已。这个隐形人格只是一种拜物教的幻觉，被投射进了实际上只不过是吹过荒原的非人格的风而已。

并不是我这个读者进行了解构性阅读。是小说文本通过一个小小

1　罗斯玛丽·摩根告诉我，奥古斯特·孔德（August Comte）在其《人性宗教》（*Religion of Humanity*）中用"拜物"（fetish）一词来表示孔德关于人类文明发展三阶段理论中第一个阶段的特征。但这部著作并未列入马克思门的哈代书籍目录中，孔德有另外两本书列入其中。参见 http://en.wikipedia.org/wiki/Law_of_three_stages (accessed June 1, 2013)："拜物教（Fetishism）——拜物教是思想的神学阶段的第一个阶段。在这个阶段里，原始人认为无生命物体内部具有活的灵魂，因此也称为'万物有灵论'。人们崇拜树木、石头、木头、火山的喷发等无生命物体。"

的词语"拜物教"（而且还有拼写错误，写成了 fetichistic）解构了自身。顺便说一句，如果我们假设叙事者是一个"他"，或许是哈代自己，那我们就恰好受到了他在解构的那种幻觉的支配。他或它（和我们）既相信又不相信，摇摇摆摆，来来去去，打结又解结，就像德曼所描述的不成功的启蒙后的行为。如果我认为我知道，那么我们就是我们所谓的"修辞阅读"的迷信的首批受害者。

下面的两段话将人类的呼吸以不同寻常的方式纳入交换的比喻系统之中，或叙事声音所谓的"话语""这种夜晚的疯狂描述"之中：

忽然在古冢上面，听到了另一种声音，与夜的狂呼乱吼混合，与别的声音完全融合无间，所以它从何时开始，何时结束，都很难分辨。巉岩、灌木、石楠的铃形花，率先打破了沉寂；然后那个女人也发出了声音；她的发言和它们的发言一样，都是同一个话语的组成部分。她的声音丢在风里，和风扭结在一起，和风一起飞走了。

她发出的是一声长长的叹息，很显然在悲叹引她来到这里的那件心事。这是对这件事情的突然不受控制的放弃，在允许自己发出这种声音的时候，她的大脑应批准了它无法节制的行动。（82）

尤斯塔西娅的叹息，只不过是非人格性的"它"的神灵所感动的风、呼吸和灵魂的心灵交流的延续。她只不过是另外一种石楠的铃形花。她的叹息是不受控制的、未加制约的、未经考虑的，正如风刮在干枯的石楠花上的时候发出的干燥的呼气声。小说人物在荒原上来来往往，做出各种行为，参与到我很久之前所谓的哈代的"欲望之舞"[1]

---

1 J. Hillis Miller, *Thomas Hardy: Distance and Desire* (Cambridge: The Belknap Press of Harvard University Press, 1970).

中来，像兔子、蝴蝶、蚱蜢和荒野中的其他生物一样，这些人物都是叙事声音在小说开篇就提到的"悲剧的可能性"的体现，叙事声音认为荒原布满皱纹的古老"面容""暗示"了这种"悲剧的可能性"。在我引用的那段话的几行字之后，叙事声音用排比的句型评论尤斯塔西娅的"面部表情"如何揭示了她的性格，甚至她的思想和感情："只需要看一个男人或女人的面部表情，就可以清晰地了解这个人，远胜看他或她身上的其他所有器官加在一起的热烈的活动。"（82）

此时此刻，读者可能还记得希腊单词"灵魂"（psyche）被拟人化为最有影响力的拉丁故事之一的女主人公的名字，这个故事是公元 2 世纪阿普列乌斯的小说《金驴记》或《变形记》中关于"丘比特和普赛克"的长而复杂的故事。早在公元前 4 世纪，丘比特和普赛克就已经出现在希腊艺术作品中。他们的故事一直以很多不同的方式被讲述、阐释和绘画（图 3 就是一个例子）。维基百科上的条目长而详细，有很多名画的图片，如此介绍："自从文艺复兴时期重新发现阿普列乌斯的小说以来，'丘比特和普赛克'在古典传统中被广泛传播。这个故事在诗歌、戏剧和歌剧中被一再重述，并在绘画、雕塑甚至墙纸中得到广泛的描绘。"[1] 这个精彩故事的几个高潮是沉睡的普赛克被丘比特的亲吻唤醒的时刻、当普赛克违抗维纳斯的命令而拿着灯去看睡觉的丘比特后被抛弃以及他们最后喜结连理并成仙的时刻。

哈代并未在《还乡》中提及丘比特和普赛克，但是在《还乡》于 1878 年出版后不久，沃尔特·佩特（Walter Pater）在《享乐主义者马利乌斯》（*Marius the Epicurean*, 1885）中翻译了阿普列乌斯的这个故事的版本。哈代或许知道济慈写给范妮·布劳恩（Fanny Brawne）的

---

1   参见 http://en.wikipedia.org/wiki/Cupid_and_Psyche, accessed May 15, 2013.

图 3 安东尼·范·戴克,《丘比特与普赛克》[Anthony Van Dyck, *Cupid and Psyche* (1639–40)] 收藏于英国皇家收藏 (Royal Collection of the United Kingdom), 2014 年 5 月 4 日下载自免费资源 http://commons.wikimedia.org/wiki/File:Cupid_and_Psyche_-_Anthony_Van_Dyck_(1639–40).jpg.

伟大爱情诗《普赛克颂》(*Ode to Psyche*) 及其幸福结局:

> 你将得到所有温柔的快乐
>   一切因为有了你的幽思冥想
> 夜间火炬照明,窗户敞开
>   让温情的爱身进来!(ll. 64–7)

济慈和包括哈代的其他人一样,让灯和火炬充当太阳的替代物,并将其与爱联系在一起。《丘比特与普赛克》的故事可以看作对"普赛克"（psyche）一词复杂性的演绎，或许也带着新柏拉图主义的含义。同样，《还乡》中各种不幸的爱情故事，尤其是尤斯塔西娅·维亚和韦狄的故事，都是以叙事的方式对一部太阳剧（solar drama）进行的演绎，这部太阳剧被荒原本身以其他的方式上演着，被荒原上所有的生物以不同的方式上演着。

《还乡》中的共同体

现在我开始对《还乡》中的个人与共同体进行研究。这部小说是一部文学作品，就和其他所有小说一样，尽管各有不同。它不是民族志、社会学、哲学、自传或历史作品。它属于西方所定义的"文学"，也就是说，属于始于 17 世纪的一种写作传统，是西方现代性的产物。文学属于印刷时代。它与识字率的逐渐提高、现代民族国家的崛起、资本主义从封建社会中的缓慢发展以及包含自由言论在内的西方民主思想的出现相关。言论自由，是说出、写作、印刷出版任何言论而不会因此受到惩罚的自由。当然这样的自由从未完全实现过。言论自由在文学作品中具有特殊的形式。作者总是能够将人物和叙事者的观点描述为虚构的，而不是作者本人的真实观点。关于叙事者，作者甚至可以说："那不是我在说话，而是一个虚构的人物在说话。"在神秘故事的开头发表免责声明是一种程式化的操作："本故事任何与真人的相似，无论在世的还是去世的，都纯属巧合。"顺便说一句，这样的声明往往都是在撒谎。

1878 年《还乡》首次以三卷本的形式出版，非常符合当时作者、读者、出版商和批评家对流行小说这一题材的理解。《还乡》最初在同一年以连载的形式发表在《贝尔格莱维亚》（*Belgravia*）杂志上。

这意味着第一批读者是以连载的形式读到这部小说的。这或许可以解释小说有意识地分为不同片段的原因。《还乡》以戏剧性的不同阶段向前推进，每个部分自成一节，具有自己的高潮，就像一部肥皂剧一样。

《还乡》获评甚多，虽然这些评论褒贬不一。整体而言，这些评论在某种程度上都是保守而且居高临下的。[1]尽管维多利亚时代的批评家和评论家都倾向于以"忠实于生活"为标准判断一部小说，但大部分评论者也意识到小说是虚构作品，不是直接对现实生活的摹写。这就意味着，尽管一部小说可能以多种方式建立在"现实世界"的基础上，但在每部小说中，现实世界都通过一种语言行为转化为一种虚拟现实，该虚拟现实具有自己独特的规律和特征。在一定意义上，独特的和"非真实的"人物生活在这个虚构的世界里。

然而，小说教导读者，将其周围的人视为小说中的相似的人物。这是通过小说施为性的功能实现的，小说被阅读的时候产生这种功能，从而回到现实世界。一部小说不一定给出现实世界的准确信息，但它往往是一种"贴切的"（felicitous）言语行为，一种以言行事的方式。小说可以通过肯定或挑战意识形态偏见来改变读者的思想和心灵。然而，小说中的人物不是"真实的人"，甚至不是真实的人的语言呈现。小说人物都是拟像，都是虚构的人格，并不和任何真实的人完全对应。小说人物可以比作电子游戏中的屏幕人物，或动漫电影中的人物。当然，所采用的手段是不同的：电子游戏或动漫使用计算机动画绘制程序；小说使用某些传统修辞手法的

---

1 参见 *Thomas Hardy: The Critical Heritage*, ed. R. G. Cox (New York: Barnes & Noble, 1970) 其中包含了一些早期评论。下文标注为 Cox 加页码。

语言。

不仅是普通读者，就连最老练的评论家也会被沃尔特·佩特（Walter Pater）所说的"真实的幻觉"所欺骗。[1] 他们开始讨论小说中的人物，好像他们是真人一样。我也不能免除这种几乎不可抗拒的错误。我并不自称是一个老练的评论家。我承认我心甘情愿地让自己被《还乡》的魔力所欺骗。这种魔力让我对这些虚构的人物及其命运产生强烈的兴趣。但我同时也对特定情况下这种魔力如何得以实现非常好奇。我想研究挂毯的背面，去查看它是如何编织的。哈代在创造尤斯塔西娅、克里姆和姚博莱特夫人以及其他人时所遵循的语言程序，我必须说，有点怪异。他们在很大程度上是维多利亚其他小说家——例如乔治·爱略特或安东尼·特罗洛普——所遵循的程序的非典型性修改。但无论如何，一个人可以进入《还乡》的世界，不是通过亲身访问多塞特郡，而是只能通过阅读这部小说并陷入其文字在内行读者的心目中产生的真实幻觉。

这种本质上的虚构属性有一个后果，《还乡》最重要的东西，评论者或读者最需要关注的东西，并不是小说与多塞特郡的真实世界有多么相似。更重要的是，哈代自己想象的独特性、视角的独特性，尤其是他处理语言的独特性。正是这些特征将真实的风景和人物转化为虚拟现实。我们重视，或应该重视哈代，尤其是因为他那种独特的视角，因为那种哈代式的独特性。

1　参见 Walter Pater, *Greek Studies* (London: Macmillan, 1910), 100: "然而，时至今日，人们依然残留着古老的倾向；从这些残留的迹象我们可以推断以前——一个非常诗性的时代，有更多卓绝的人才的时代——人们无论从内部还是外部感受到的各种力量的行为的影响，都向他们揭示某种和他们一样的灵魂或意志的存在，这个灵魂或意志是一个拥有活生生的精神、感官和手脚的人；当它谈到克莱回到母亲德墨忒尔身边，或宙斯和赫拉的婚姻的时候，它使用的不是修辞性的语言，而是陷入一种真实的幻觉；对它来说，人的声音'是真的河流，美貌是真的从物体上流出的东西，死亡真的是一团迷雾'。"

哈代的独特性

　　哈代的一个独特性是，他经常让他的小说人物相互窥探，能够看见别人却不被别人所看见。重要信息通过这种间接的方式传递给读者，而不是通过直接的全知叙事。例如，迪格里·文恩在一个奇怪的场景中，将自己隐藏在两大块割起的草皮下面，在夜里匍匐前进，在雨冢顶上偷听到了韦狄和尤斯塔西娅的对话。叙事声音使用一种独特的拟人手法，描述尤斯塔西娅和韦狄从文恩的视线里消失的情形："他们两个好像一对触角，荒原好像一只慵懒的软体动物，这对触角伸了出来，现在又缩了回去。"（112）尤斯塔西娅听见了她房子外面的荒原的男人们的声音，从而知道了克里姆·姚博莱特从巴黎回到了家乡（这就是小说标题所说的"还乡"），也知道了他非常适合做她的伴侣。这些声音从大烟囱传下来，让房子里的尤斯塔西娅听到了。这种间接表达方式，还有一个有点怪异的例子，尤斯塔西娅总是习惯性地用她船长祖父的望远镜查看周围的乡村并监视她的邻居。通过这种方式她发现了她疏远的丈夫正在搬回他死去的母亲的家（355）。

　　《还乡》的另一个显著特征是叙事者具有敏锐的眼睛和耳朵，能够感受风景中的小细节——达到感官极限的东西。哈代在这部小说里让他的叙事者关注自然界的微小细节。他在晚期的《后来》（"Afterwards"）这首诗中将这种倾向作为他的自我定义。他想象在他死后，他的邻居会说："他是一个经常注意到这些事物的人。"（*Complete Poems*, 553）例如，有一个我们已经评论过的精彩段落，描述了一种"声音图像"（111），这是风在夜晚掠过荒原时发出的三种迥然不同的声音构成的。哈代的叙事者经常能够注意到天气和生活在荒原上的小生物的微妙细节，这些生物包括兔子、蚂蚁和蛇，在一个地方还有"一个蜉蝣的独立世界……它们在狂欢中度过它们的时光，一些在空中，一些在炎热的地面和植物上，还有一些在几乎干涸的池塘的温热而黏稠的水中"（297）。当姚博莱特夫人抬头看向荒原的山谷，眼睛朝着远处的教堂，他的儿子克里姆违背她的意愿，和尤斯塔西娅·维亚正在那个教堂里举行婚礼，这时叙事者指出，山谷"充满了蝴蝶和蚱蜢，到处都是它们沙哑的声音，形成了一个低声细语的合唱"（238）。哈代不仅有敏锐的眼睛，还有敏锐的耳朵。

哈代令人赞叹的关于小生物的诗意书写，还有一段描述蜜蜂、蝴蝶、蚱蜢、蛇、兔子和其他类似的小"爬行和长翅膀的东西"（273），这些小生物丝毫没有注意到正在荒原上收割金雀花的克里姆："他的日常生活是一种奇怪的微观生活，他的整个世界被限定在离他几英尺的范围之内。"（273）这段话太长了，不能在此完整引用，但这段话的末尾是对兔子的精彩摹写："一窝一窝的小兔子从它们的洞穴中跑出来，在小丘上晒太阳，炽热的太阳光穿过每只纤薄耳朵的娇嫩组织，将其变成血红的透明状态，血管都清晰可见。"（274）人类和兔子都是荒原的化身，都受到阳光的照耀，托玛辛正在姚博莱特夫人的阁楼上搬运存储的苹果，小说用一段极为漂亮的语言描述了托玛辛沐浴在阳光之下的状态："阁楼上有一个半圆形的洞，鸽子就通过这个洞进入房子的高处居住，光线通过这个洞照亮了阁楼，从洞里穿进来的阳光将明亮的一片金黄洒落在少女身上，少女跪着，把赤裸的双臂伸进柔软的褐色凤尾草里，这种凤尾草在爱敦荒原随处可见，因此被人用来包裹储存各种东西。鸽子在她头顶飞来飞去，似乎对任何事都毫不在意……"（136）这些段落也是太阳剧的绝妙例子，在《还乡》中太阳剧有非常重要的意义。在一个地方，叙事者评论说，"太阳给整个荒原打上了他的烙印"（296）。所有的生物都被太阳赋予了生命，而且通过它们的生生死死和相互作用，表达了太阳建设/破坏的力量。包括人类在内的所有生物，在日月更替和岁月轮回中，被太阳穿透和照射。例如韦狄和姚博莱特夫人之间的争吵，在克里姆看来，就是由他们"易燃的本性"造成的（270）[1]。

哈代的想象力还有一个重要特点，他极度关注主人公的面孔，把面孔作为他们性格的标志。叙事者对克里姆·姚博莱特的面孔的描述就是最好的例子。在哈代的小说人物身上，面孔不是供人观看的东西，而是需要阅读的内容，就好像面孔是用可以阅读的文字写成的：

> 这个闲荡的人的外表有一种奇怪的力量，尽管他的整个身形都清晰可见，但是观察者的眼睛只会注意到他的面孔。……这张脸的形状非常好，甚至非常漂亮。但是内在的思想开始将这张脸仅仅当作一块废弃的白板，在上面记录思想独特性的发生发展过程……因此人们一开始只是看看他，结果却变成了仔细阅读他。他的表情蕴含着可以阅读的含义……观察者的眼睛被他的面孔吸引，不是因为他的面孔像一幅图画，而是因为它像一页文字；不是因为面孔的长相，而是因为面孔上记录的内容。他的面部特征具有吸引力，是因为它具有象征意义，就如同本质上非常普通的声音一旦出现在语言中就具有了吸引力，或本质上非常简单的形状一旦出现在写作中就变得非常有趣了。（162，191）

《还乡》的另一个文体特点是大量引用历史、文学、《圣经》和神话人物，而且通常是奇奇怪怪的人物，用类比的手法来定义小说人物。举例而言，姚博莱特夫人拥有"对生活的独特见解，认为她从未

1　参见拙作 "Prosopopoeia in Hardy and Stevens," in *Alternative Hardy*, ed. Lance St. John Butler (London: Macmillan Press, 1989), 110–27. 我在这篇文章中详细讨论了这个反复出现的太阳剧的主题。

融入生活"，小说将姚博莱特夫人有点奇怪地与两位著名的盲人进行比较，一个是"一出生就是盲人的诗人布莱克洛克"，他"能够准确描述视觉形象"，另一个是"桑德森教授，也是一个盲人"，却"能够就颜色做精彩的报告"（212）。至少我们可以说，这种比较是有点怪异的。迈克尔·米尔盖特就很反对这种比较（Millgate, 131），但这些比较还是有几个重要功能的。这些比较把叙事者确立为一个熟悉《圣经》、希腊文学、历史和奇怪的隐秘掌故的人。我们相信他能够睿智地解释他所讲述的故事。他说的话具有权威性。而且这种比较还有助于提高，或至少在试图提高主人公的地位，因为这些人物基本上都是相当卑微的乡下人物。这种比较是维多利亚小说的常见特征，例如在乔治·爱略特的小说中就有很多类似的比较，但是爱略特的比较往往有强烈的讽刺意味。最后，这种比较是叙事视角变换的重要特征，这部小说的叙事者视角从近景、远景、再回到近景之间不停转换，进行快速而有节奏地收缩和扩张。在这一刻，叙事者看见了荒原上的蚂蚁和蜉蝣，或者克里姆脸上的微妙表情。下一刻，叙事者却拉开距离，从希腊和《圣经》时代至今的整个西方文化的角度观察小说中的事件。举例而言，克里姆得知尤斯塔西娅是导致他母亲死亡的同谋者，小说将克里姆痛苦的表情比喻为对失明的俄狄浦斯的描绘："他眼睛的瞳孔，直愣愣地盯着虚空，闪烁着微弱的冰冷的光芒；他的嘴唇，呈现出俄狄浦斯研究者想象出的俄狄浦斯的嘴的形状。"（342）克里姆和俄狄浦斯全然不像，但这种比较的确让我们注意到他对母亲过度的爱，而且他自己在很大程度上导致了母亲的死亡，这是一个与索福克勒斯的悖论相反的悖论，即克里姆在各个方面都是盲目的，甚至在所谓的发现之后依然如此，小说第五卷的标题就是"发现"，是对亚里士多德的指称。顺便说一句，小说中的所有主要人物都是没有父亲的，讽刺性地类似于俄狄浦斯无意中杀死父亲后的状态。

　　哈代的虚拟现实有一个基本假设，即他的小说人物不能直接了解他人的想法。这一点和简·奥斯汀相似，但和哈代的同时代作家安东尼·特罗洛普不同。特罗洛普的人物经常能够准确地了解他人的内心想法和感情，我在第二章中对此进行过讨论。这种对他人的洞察力是哈代小说人物基本上所不具备的。举一个例子，当尤斯塔西娅和克里姆这对幸福的新婚夫妇盯着彼此眼睛的时候，尤斯塔西娅偷偷地在想去巴黎的愿望，而她的丈夫则反对这样做："她的愿望被约束在这个梦想里。在他们婚后的平静日子里，当姚博莱特仔细端详着她的嘴唇、眼睛和面部线条的时候，她一刻不停地思考这个问题，甚至在她回应他的端详的时候也没有停下来。"（262）读者被告知这个秘密，但克里姆对此一无所知。后来在尤斯塔西娅重新开始了和韦狄的关系后，叙事者再次证实了这一点："谁也无法从她现在的举止中，想象出一周前和他一起激情舞蹈的女人正站在这里，除非他真的能够穿透表面，测量那平静溪流的真正深度。"（300）然而，哈代的小说人物在很大程度上永远无法穿透他同伴们的思维，穿透这些平静溪流的表面。

　　哈代世界还有一个特点，偶然、意外或纯粹的坏运气，在决定"致命"后果和破坏人物良好用心方面发挥过于重大的作用。《还乡》之外的著名例子，包括哈代关于泰坦尼克号沉没的诗《两者的汇聚》（"The Convergence of the Twain"）。冰山恰好在那里，而泰坦尼克号恰好在错误的时间出现在错误的地点撞上了冰山。另外一个著名的例子来自《德伯家的苔丝》，苔丝在和安吉尔·克莱尔结婚之前，给克莱尔写了一封告白信，从克莱尔门缝里放进去的时候恰好放在了地毯的下面，因此克莱尔并没有收到这封信，所以他们的婚姻甚至在圆房之前就已经被破坏了。

　　在《还乡》中，偶然因素的作用非常生动地在夜晚荒原上的骰子赌博场景中得到了描绘，首先是在灯笼的光照下赌博，后来一只鬼脸天蛾扑灭了灯笼，赌博借着萤火虫的光继续进行。在这个场景里，首先是克里斯蒂安·坎特把姚博莱特夫人的100基尼全部输给了韦狄，韦狄又将这些钱全部输给了迪格里·文恩。迪格里在巧合之下，并没有从韦狄那里得知这笔钱的一半应该属于克里姆，因此他将所有的钱都给了托玛辛，虽出于诚实，却犯了错误。这样就导致了姚博莱特夫人和儿子克里姆之间的疏远，因为他没有因为母亲的礼物而感谢她。这反过来又间接地导致了她与现在的儿媳尤斯塔西娅的愤怒争吵。这场争吵最终导致了她的死亡。正如叙事者所说，文恩的错误"后来导致了很大的不幸，远甚失去三倍的金钱导致的灾难"（257）。在哈代的世界里，墨菲定律异乎寻常地发挥着作用。能够出问题的地方全都出了问题，只是出于偶然因素，而非因为某些幽灵般的"它"的恶意行为。

另外一个关于偶然因素之作用的例子，是姚博莱特夫人试图与疏远的儿子克里姆和解，于是在八月底一个炎热的日子里前往儿子家。她抵达那里的时候，恰好是韦狄为了见尤斯塔西娅刚刚到达的时候。这个巧合导致了姚博莱特夫人的死亡。她错误地以为儿子克里姆将她拒之门外，开始在炎热的天气里步行五英里回家，结果死于心力衰竭和蝰蛇咬伤。这一章的标题是"巧合令徒步者遭殃"。叙事者评价，"韦狄到达的时间**恰好**与姚博莱特夫人在房子附近小山上［从那里她能够看见韦狄进入房子］短暂停留的时间重合"（300，强调来自本书作者）。

一连串类似的偶然事件加速了《还乡》中的灾难。克里姆决定推迟一天再把一封热情洋溢的请求与尤斯塔西娅和解的信件发出去。蒂莫西·菲尔维没有遵守承诺按时递交信件，等他最终把信送达的时候，尤斯塔西娅的外祖父把信放在了壁炉架上，让她第二天读。虽然他在黑暗的房子里大声喊话,告诉她信在那里,但尤斯塔西娅已经在雨中离开,前往雨冢,然后掉进了沙得洼水堰淹死了。当然,这个情节将在《德伯家的苔丝》中得到重现,苔丝在新婚之夜给安吉尔写了告白信,当她从他的门下塞进去的时候,不巧把信塞到了地毯下面。在这两个情形中,一个荒谬的偶然事件或一系列偶然事件导致了灾难性的后果。灾难的发生,并不是因为某种恶意的"命运女神",而仅仅是因为偶然事件。对哈代来说,就如同对德里达一样,一封信永远或几乎永远都不会抵达其目的地。这就与雅克·拉康的感人自信背道而驰——拉康在其关于爱伦·坡的《失窃的信》的讨论中说,一封信总会到达目的地。

所有这些巧合都是偶然发生,用哈代的一部诗集的名字,就是"境遇的嘲弄"("Satires of Circumstance")。哈代没有试图把这种厄运归咎于天意或命运或定数。根据普通的因果物理定律,这些恶意的巧合就这么发生了。

哈代叙事想象的最后一个特点是不可调和的心理和自然规律,这些规律总是让事物朝着对哈代小说人物来说非常糟糕的方向发展。维多利亚时代的批评家将其称为哈代的"悲观主义"。他们经常对此表示遗憾。一个例子是《观察者报》的一个评论者,或许是哈顿(R. H. Hutton),评论克里姆·姚博莱特在其母亲死后的悔恨时说道:"主人公的痛苦是纯粹的、不含其他内容的痛苦,这种痛苦不是最深刻、最高尚的悲伤,后一种悲伤能够看到未来的希望,忏悔过去的错误。"(Cox, 59)哈代通常看不到未来的希望,无论他的一些小说人物如何因为过去的错误而忏悔。他们的绝望只是绝对的绝望,而不是"最深刻、最高尚"的绝望。

这些独特的文体学的、心理学的和概念上的特征相互联系,同时发生,构成了《还乡》的文字所创造的虚拟世界的叙事设定。

《还乡》中的爱敦共同体

我现在开始讨论《还乡》中的个人与共同体的关系。这种关系当然蕴含在小说的其他特征之中，正是这些特征构成了名为《还乡》的异托邦。在之前对这部小说的研究——专著《托马斯·哈代：距离与欲望》（*Thomas Hardy: Distance and Desire*）和收入《地形学》（*Topographies*）一书中的文章《哲学、文学、地形学：海德格尔和哈代》（"Philosophy, Literature, Topography: Heidegger and Hardy"）中，我指出了哈代在《还乡》中创造了一个虚构地形图的方式，哈代在1878年的第一版中绘制了《故事场景示意图》。哈代对真实的地名和地形特征进行了修改，创造了虚构的地名和虚构的地形特征。只要对哈代的示意图（如图4所示）和该地区准确的地形测量图（如图5所示）进行比较，就会一目了然地发现故事的场景是将真实的地形进行改变成为虚构的地形，哈代在前言和后记中对这一点直言不讳。[1]哈代发明了不同的地名。他把房子和风景特征从现实挪进了虚构的地方。

哈代地图有一个特点，虽然主要人物的房子位置被标注出来，但是农村人物的住所却都未得到标示，尽管小说本身经常提到他们。这种缺失表明他们的重要性不足以被画进地图。或许哈代都不清楚他们在他的虚构地图中的位置，虽然我认为这种可能性不大。有时候小说语言的标示非常清楚。哈代具有强大的视觉想象力。哈代在写作这部小说的时候，在大脑中清晰地保持着这张虚构地图的所有细节，小说

---

1 若想查看用对开页复制的这些地图，参见拙著 *Topographies* (Stanford, Calif.: Stanford University Press, 1995), 22, 23.

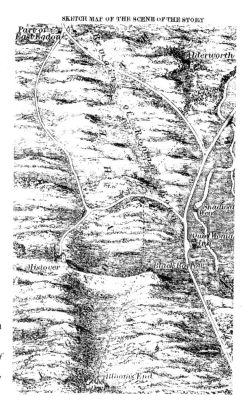

图 4 《故事场景示意图》("Sketch Map of the Scene of the Story"),来自《还乡》[Thomas Hardy, *The Return of the Native* (London: Smith, Elder & Co., 1878)]。

人物和他人相互交往,在地形中四处走动,他们走过的距离、前进的方向和选取的道路,都在证明哈代对这个虚构地图之熟悉。

我仍然坚持我在以前一篇文章中所说的,一个内行的读者能够在自己的大脑中建构出自己的哈代地图的版本。纸上的文字变成一个内部空间,读者思维的眼睛能够在这个空间中看到行为的发生,如同观看一个想象的剧场。现在我重读这本小说的时候,这一幕再次发生在我身上。同时我将小说的主要行为称为"欲望的舞蹈"也是正确的,小说主要人物在错综复杂的相互关系中彼此亲近或疏远,他们的行为都遵循哈代小说世界的永不更改的规则:"爱情生于接近,死于接

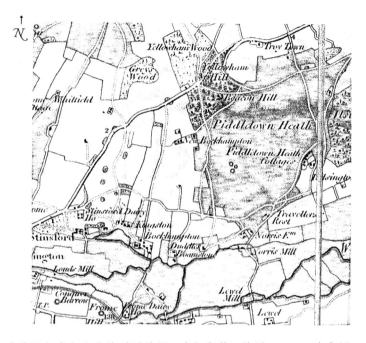

图 5 《英国和威尔士的地形测量图，多切斯特，地图 17，1873 年》（"Map 17, Dorchester 1873, of Ordnance Survey of England and Wales"），来自耶鲁大学图书馆地图收藏室（the Map Collection, Yale University Library）。

触。"[1] 尤斯塔西娅在《还乡》中就表达过这一观点。在她对克里姆的爱和克里姆对她的爱的巅峰时期，她依然预料到了爱情的终结："然而我知道我们不可能一直如此相爱。没有什么能够保证爱情的延续。它会像幽灵一样蒸发。"（219）此外，叙事者不止一次阐述了一条无情的法则，即我总是渴望那些被别人渴望的人："一切生命的本性中都或多或少地潜藏着这种情绪——不渴望别人也不渴望的东西——而这种情绪现在在尤斯塔西娅的极度微妙的享乐主义的内心中活跃着。"

1　Florence Emily Hardy, *The Life of Thomas Hardy: 1840–1928* (London: Macmillan, 1965), 220.

（126）后来读者得知，韦狄对尤斯塔西娅的爱情重新燃烧，只是因为现在他无法得到她。"每一件事都在提醒他，他们已经绝望地分开了，这使得她在他心目中的珍贵程度以几何级数增长。"（256）我还在关于《还乡》中地形学的文章中提出了一条正确的观点，即，哈代在荒原和主要人物之间建立了一种亲密关系，例如迪格里·文恩把自己隐藏在荒原的草皮之下，克里姆·姚博莱特和荒原有特殊的相似性，似乎他是生长在荒原上的一株植物："如果有人真正了解荒原，那么这个人就是克里姆。他全身浸透着荒原的景色、荒原的物质和荒原的气息。他可以说是荒原的产物。"（197）尤斯塔西娅的性格，体现为她对荒原的憎恨，但同时也体现为她与荒原的相近以及她与荒原悲剧性壮丽的相似。读者首先看到她从雨冢顶上出现，就好像她是从地里升起来一样。在她溺亡前不久，我们看见她撑着伞，在雨冢顶上渐渐隐没身形："她痛苦地叹息了一声，不再站得笔直，渐渐地在伞下蹲下身子，就好像从雨冢底下伸出一只手来，将她拽入其中。"（371）

我还提出，哈代在《还乡》中的地图，是完全人性化的地图，在这一点上我也是正确的。自古以来，在这块土地上一代又一代的人出生、生活和死亡，留下了各自的痕迹。曾经生活在一个地方的人们给这个地方留下了一层又一层的人类踪迹，就像雨冢顶上一层又一层的古老火焰的灰烬。哈代指出，这一层层灰烬向下可以一直追溯到第一个火葬柴堆，当人们为某个原始战士建造坟墓的时候点燃了这个柴堆。叙事者在评价荒原上的人们聚集在一起点燃福克斯火堆的时候，说了一段引人注目的话：

不列颠人当初在这个山顶上的火葬柴堆留下的灰烬依然新鲜地、一点都未经打扰地深埋在他们脚下的古冢里。很多年前火葬发出的火光，也和现在的节日篝火一样，曾经照耀在下面的低地之上。后来托尔和沃登节日庆典中，此地也点燃过篝火。事实上，人们都知道，荒原居民现在正在享受的这种篝火庆祝，与其说是对国会火药案的民众感情的表达，还不如说是督伊德教的仪式和撒拉逊的庆典的杂糅结合，一直流传至今。（45）

雨冢上的一层层灰烬形成了一系列具体的时间线索。然而在之前的研究中，我很少关注小说正在展开的行为和小说的当下。人们的行为再次改变了环境。荒原上的男男女女生活在爱敦，一点一点地改变这片土地。例如，叙事者提到最近人们试图清理荒原以及在荒原上耕种，当然这种尝试大多以失败告终。荒原人形成了一个介于主人公和荒原之间的共同体。这个共同体构成了当地的文化环境，在这个环境中，或更确切地说，在这个环境之上，他们可以行动，可以生活、爱和死亡。

《还乡》中的乡村共同体

我们应该说这群荒原人构成了一个真正的共同体，还是一个虚假的共同体？爱敦荒原的居民似乎符合威廉斯对睦邻友好的有机共同体的定义。在很大程度上，这个共同体没有受到农业资本主义罪恶的侵害，在威廉斯看来，农业资本主义逐渐破坏着真正乡村共同体的任何可能性。

主要事件在其中或其上发生的这个共同体的显著特征是什么？我说"其上"，是为了将当地人的共同体与荒原本身相提并论。小说中的主要事件以荒原和荒原人为影响环境或 Unwelt。我的论述将是主题性的，而不是强调一个替换性的比喻系统，这个系统将荒原、荒原人和主人公联结成一个单一的文本网络，在太阳下进行阳光互换，我之前在本章已经对此进行过讨论。然而读者应该记住，哈代在描写爱敦共同体的时候，和其他英国作家截然不同，因为他将虚构的共同体根植于各自的环境之中。爱敦共同体就是关于荒原的、具有荒原特征的共同体。因此爱敦共同体可以通过一种比喻交换的拟人系统进行描述，用人来定义荒原（"它似乎醒过来，开始聆听"），用荒原来定义人。尤斯塔西娅在雨冢上渐渐隐没身形，"就好像从雨冢底下伸出一只手来，将她拽入其中"。克里姆是荒原的"产物"。我在本书中列举的其他例子都没有这种共同体概念，简·奥斯汀没有，乔治·爱略特也没有，我没有列举的很多作家都没有。只有劳伦斯（D. H. Lawrence）可以作为一个相似/相异的例子，但这里我们不适合讨论劳伦斯和哈代的异同，也不适合讨论劳伦斯自己的小说。

有点出乎意料的是，哈代的思想似乎和后来海德格尔关于正确的共同体的观点相似，例如海德格尔在《住·居·思》（*Bauen, Wohnen, Denken*）中的观点。对海德格尔来说，一个有效的共同体植根于风景之中，植根于建筑、道路、桥梁等人们为了生活于该环境而建造的东西之中。但哈代并没有海德格尔将这一观点推向法西斯的"血与土"（*Blut und Erde*）的危险倾向。海德格尔也完全没有哈代对其交错替换系统的解构倾向，例如词语"拜物教"（fetishistic）或刚刚引用过的"似乎"（seems）和"好像"（as if）就体现出一定的解构倾向。

《还乡》共同体的首次亮相是在 11 月 5 日篝火场景中，所有当地人都聚集在雨冢顶上制作和点燃篝火，就像他们的祖先世世代代所做的那样。他们协同合作，没有人指挥也没有人发号施令。这个共同体由生活在荒原及其附近的劳动者组成。小说的主要人物并不是以完全相同的方式归属于这个共同体，这一点我将具体论述。这个当地的共同体成员在荒原上讨生活，或者为附近的上流阶层充当仆人。哈代提到了一个靠挖泥煤做燃料为生的男人，一个靠割草为生的男人，还有一个靠用生长在荒野上的植物做扫帚为生的女人。这些人在这里出生，在这里长大。他们从未离开过爱敦荒原。唯一的例外是格兰弗·坎特尔。坎特尔是 1804 年"卓越的当地人"的成员——也就是说，他是当地民兵组织的一员，该组织旨在抵抗拿破仑可能的入侵。作为一名当地的民兵，他一路到达几英里外临近海岸的布德茅斯。"卓越的当地人"的主要行动，似乎是有人（错误地）报告拿破仑将入侵布德茅斯的时候，他们撤离了此地。这是哈代的另一个讽刺。

这个共同体的所有成员都讲当地方言，或哈代所描述的当地方言。早期的评论者批评哈代的描述不够准确，过于"文绉绉"。哈代在一篇文章中自我辩护道，完全准确地再现多塞特郡乡村的真实方言，阅读起来就太困难了。他只是想向受过教育的城市读者传达这一方言的感觉（Cox, xxii–xiii）。哈代笔下的荒原人基本上难分彼此，虽然他们都有不同的名字：汉弗莱、蒂莫西·费尔韦、苏珊·诺萨奇、奥利·道登。格兰弗·坎特是个个性化的人物，他的儿子克里斯蒂安·坎特也是如此。克里斯蒂安是一个柔弱的人，甚至害怕自己的影子。他是一个没有女人愿意嫁的男人，因为他不够男人。这是因为他是在新月之时出生的，正应了民间谚语，"无月亮，不男人"（No moon, no man.）。有人说克里斯蒂安就像一只羯羊，也就是说，像一只被阉割的公羊。"他们说我只是一个人的骨架，对我的种族一点用都没有，"克里斯蒂安说。对此费尔韦对着周围的人泛泛而谈："好吧，有很多人其实和他一样糟糕……羯羊们也必须和其他男人一样生活，可怜的家伙。"（54）所有这些人物都通过各自的谈话揭示自我。这些谈话很像海德格尔所说的"常人"的闲谈。这种谈话是散漫的、八卦的、不着边际的。绝大部分内容是众所周知的观点和脍炙人口的故事，尤其是关于地位高于他们的人，即生活在荒原上的绅士们的故事。荒原人互相讲述彼此都已经熟知的事情。

哈代的乡下人似乎没有什么独立的内在。至少他们的主体性很少得到呈现，即使有，也非常稀少。读者被告知荒原人说什么话，穿什么衣服，外表看起来是什么样的，他们的手势和行为是什么。他们评价彼此，评价地位高于他们的人。他们的谈话或"唠嗑"，是一种民间智慧、迷信、意识形态偏见和精明的洞察力的混合体。一个例子就是蒂莫西·费尔韦对自己婚姻的评价。这个评价预示了小说主人公后来的痛苦婚姻：

> 又是结婚仪式，又是一个女人挽着我，再加上捷克·常雷和一群小伙子从教堂的窗户看着我直笑，整个过程中我热得跟过三伏天一样。但下一刻一根草棍都能把我打翻，因为我想起了你［汉弗莱的］爸和你妈之前吵过一次架，但他们结婚以后吵了不下二十次，我想想我也要成为这个样子，那我就是下一个大傻瓜……唉，那天真是不得了啊。（51）

荒原人像梦游者一样生活着。共同体的思想通过他们得到表达。他们点燃福克斯火堆，在圣诞节的时候上演圣乔治和撒拉逊人的业余剧，或者在五月一日竖起五月柱，所有这些都以同样的梦游方式进行。在每年固定的时间里，你就要做这些事情，而且打你记事起，人们一直以来都在做这些事情。如同一个专业的人类学家一样，哈代的叙事声音敏锐地评价道，我们总是可以把真正的民间表演和复制表演区分开来，因为民间表演从头至尾都毫无激情可言。

一种传统娱乐与对传统娱乐的模仿因为一个鲜明特征而截然不同，那就是在模仿中充满了激情与兴奋，而继承而来的传统娱乐的过程中一切都麻木迟钝，缺乏激情，这种特征不由得让我们产生疑问，为什么这样一个敷衍潦草地执行的东西能够传承保留下来。如同巴兰和其他不情愿的预言家一样，传统娱乐的执行者无论愿意与否，只是例行公事地完成自己被分配的任务，却没有丝毫的内心冲动。在我们这样一个将一切翻新整改的时代，这种麻木不仁的表演态度，就是将垂而不死的残留物与伪造的复制品相区别的关键特征。（147）

这里的巴兰是典型的哈代式的博学的引经据典，通过叙事者引入文内。巴兰是《民数记》第22-24章中不情愿的先知，他受上帝的指示，祝福以色列军队，而不是听从摩押王巴勒的要求，去诅咒他们。他能够看见神灵的毛驴，看见上帝站在路上，拒绝带他前去实施计划中的诅咒。《还乡》中的乡下人很有可能永远也想不到这种相似性。叙事声音既在共同体之内，又在共同体之外。他（或它）是这个共同体各方面的专家。同时，叙事者以局外人的身份说话，从讽刺性的距离上观察共同体的方方面面。叙事者的任务是向城市中产阶级识字的读者解释这个共同体。我的读者中，有多少人曾经目睹过或实际参与过一个真正的"垂而不死的残留物"？在我的生命中，只有在圣诞节和复活节的时候做的一些事情比较接近：不管是否愿意，你都得修剪圣诞树，唱颂歌，吃特定的食物，藏复活节彩蛋，因为这就是你在圣诞节或复活节所做的事——换句话说，这就是你的父母和祖父母们所做的事。

爱敦共同体有一个奇怪的特点，在大多数情况下，他们都不去教堂。教堂太远了，不容易到达，即使是圣诞节也是如此。这一点非常重要。这就意味着教堂不能经常充当共同体所有阶层的社会聚集场所。在一些共同体中，教堂是一个观看他人和被他人观看的地方，是一个秘密地开始并进行恋爱的场所。《还乡》中缺少去教堂做礼拜，或许还意味着荒原人的基督教在某种程度上只是名义上的。关于托玛辛卧室窗户外面竖立一根五月柱，叙事声音如此评论："事实上，所有这些偏僻的小村庄中人们的思想基本上是异教徒的：在这些地方，对自然的崇拜、对自我的崇拜、狂欢庆祝、日耳曼敬神仪式片段（虽然这些神灵的名字早已被忘得一干二净），似乎都以某种方式熬过了中世纪的基督教洗礼而存活至今。"（401）缺乏上教堂的活动，也意味着没有每周一次的共同体聚会让阶级差别一目了然地呈现出来，乡绅及其家人坐在一个特殊的长凳上，次一级的民众坐在次一级的长凳上，牧师则高高在上。叙事者对此进行了准民族志学的评论：

> 乡下女孩和男孩们在这种情况下［当他们想要看到邻居或被邻居看到的时候］的通常做法是去教堂……但是这些投标方案在爱敦荒原的分散居民中是行不通的。名义上他们是教区居民，但事实上他们根本不属于任何教区。人们会到他们偏远的朋友家里去过圣诞节，待在朋友家的烟囱角落里，喝着蜂蜜酒和其他令人惬意的酒水，直到他们永远地离开。周围到处都是雨、雪、冰、泥，他们可不愿意跋涉两三英里、双脚湿透、脖子以下溅满了泥巴，像这样坐在教堂里，而他们周围都是干爽整洁的人。那些人虽然在某种程度上算是他们的邻居，但因为家住教堂附近，所以进入教堂的时候和他们不同。（145-6）

上教堂有时候在乡村地区的求爱中能发挥作用，但在爱敦共同体中，发挥作用的往往是乡村舞会。例如，在 11 月 5 日篝火的余烬中，在雨冢顶上即兴的共同体舞蹈，或者在姚博莱特夫人的圣诞晚会上业余剧之前的舞蹈，或者尤斯塔西娅与克里姆的婚姻变得糟糕之时，她独自前去参加户外的夜间开放舞蹈，在那里她遇到了韦狄，与他疯狂共舞。月亮反射的光线在这里取代了太阳，将事物和人们都束缚在生命力量的控制之下："长号、弯号和法国号的圆嘴，像巨大的眼睛一样闪烁发光……尤斯塔西娅挂在韦狄的胳膊上，轻飘飘地转了一圈又一圈，她的脸全神贯注，如同雕塑般轮廓优美。"（283）她和韦狄跳舞，是因为韦狄也碰巧来到了这里："这场舞蹈像是对他们头脑中任何社会秩序感的难以抗拒的攻击，把他们赶回到往日的老路上去，将这些道路变成了双重歧途。"（284）之所以是双重歧途，是因为他们两个都和别人结婚了。这是双重的不忠。这段话也是哈代比喻性地使用人物在相互交往中穿越荒野的路径的一个例子。关于姚博莱特的圣诞节舞会，叙事者谈到了共同体中跳舞的社会功能。这段话用间接引语表明尤斯塔西娅对跳舞的诱惑力量心知肚明："和一个男人跳舞，就是在不到一小时的时间里把 12 个月的约束之火倾泻在这个男人身上。不经过认识的过程直接求爱，不经过求爱的过程直接结婚，这就是为那些行走在这条康庄大道上的人们单独准备的一局跳棋。"（156）

我已经强调过，《还乡》的世界是虚构的，是虚拟的现实。然而，我们很难不去相信哈代是通过人类学专家身份的叙事者讲述一种正在消失的生活方式。根据哈代的说法，小说中的事件应该发生在 1840 年至 1850 年之间，即该书出版的三十多年前。韦伯（C. J. Weber）将这一时间范围缩小至 1842 年至 1843 年之间（439）。毫无疑问，哈代所说的话是基于他自己在爱敦荒原的"原型"附近的上伯克汉普顿村子里的童年经历。我们没有理由去怀疑，这个特定的虚拟现实是基于真实的风景、真实的生活方式，甚至真实的房屋。哈代作品周年纪念版（1920 年再版的美国威塞克斯版）中的《还乡》包含了布鲁姆斯别墅、姚博莱特家的房子和奥尔德沃斯房屋的原型的照片，克里姆·姚博莱特和尤斯塔西娅结婚后就居住在奥尔德沃斯房屋里，还包含了哈代在小说中所谓的"爱敦荒原"和"沙得洼水堰"的照片。这些照片是哈代的摄影师朋友赫尔曼·李（Hermann Lea）拍摄的，首次发表于赫尔曼·李的《托马斯·哈代的威塞克斯》（*Thomas Hardy's*

Wessex），哈代作品的周年纪念版收录了这些照片。照片标题是在周年纪念版里加上去的，我的引用来自该版。[1]

这些照片出现在图6至图9中。你会注意到，这些图片介绍将小说中的虚构事件当作在这些曾经真实的可拍摄的场景中真实发生的事情——比如，"克里姆和尤斯塔西娅就是在这个村庄的教堂结的婚。"这些照片有一个独特的效果，至少对我来说是这样的。因为这些照片使用一种业已过时的单色技术（凹版照相），而且因为这些照片不管怎么样都是很久以前拍摄的，它们自相矛盾地强调了它们为之充当插图的文本的虚构特质，而不是强化其模仿性的现实主义，至少对我而言就是如此。无论这些百年老照片展示了什么，这些东西都已经变得面目全非，已经无法用同样的技术进行记录。这些照片与哈代的文本并置，表明任何"模仿呈现"都是虚构的，因为它总是受制于某种技术，无论这种技术是古老的摄影技术还是纸上的书写文字。

作为"常人"的爱敦共同体

叙事者对虚构的爱敦共同体的了解是非常详尽的，这个共同体的人们居住在这些奇怪的照片所显示的环境中。在他（或它）的记录中，荒原人的行为和判断暴露出各种各样的偏见和迷信。他们对教育持悲观态度。他们认为克里姆·姚博莱特教育乡村人民的计划愚蠢而且

1　Hermann Lea, *Thomas Hardy's* Wessex (London: Macmillan, 1913). 我非常感谢托马斯·哈代学会会长罗斯玛丽·摩根（Rosemarie Morgan）在这方面和其他方面的专业协助。我也感谢伊恩·罗杰森（Ian Rogerson），摩根向他询问了照片的事情。我得到了赫尔曼·李的该书的电子版，书中共有240张照片，其中9张照片是《还乡》中地方的"原型"的照片，构成了李的书的一章。周年纪念版复制了其中的4张照片。这本书的电子文档标价不到10美元，将这本关于这些原型的权威著作转变成了PDF文档。

图 6　爱敦荒原。来自《还乡》[Thomas Hardy, *The Return of the Native*, vol. IV of *The Writings of Thomas Hardy in Prose and Verse* (New York and London: Harper & Brothers Publishers, 1920)]，卷首插图。这幅图来自赫尔曼·李的《托马斯·哈代的威塞克斯》，在李书中的图片标题是《韦勒姆荒原》，是一个真实存在的地方，但在哈代周年纪念版的《还乡》中的图片介绍是："爱敦荒原代表了从多切斯特到伯恩茅斯的几乎不间断的荒原，《还乡》中几乎所有的情节都发生在这个荒原上。

　　'小说的阴郁场景被赋予了爱敦荒原的通称，这一通称融合或代表了各种具有真实名字的荒原，其数量至少有十多个。令人愉快的是，在这里描述的是一块广阔区域的西南部分，而这块广阔区域的某个地方或许是传统的威塞克斯国王的荒原——李尔。'

　　想象一下故事中出现的爱敦荒原，'想象一下，夜幕逐渐降临的时候爱敦荒原的样子'，'那些从未在这种时候到过爱敦荒原的人，是无法理解它的。'"

图 7　布鲁姆斯别墅。来自《还乡》[Thomas Hardy, *The Return of the Native*, vol. IV of *The Writings of Thomas Hardy in Prose and Verse* (New York and London: Harper & Brothers Publishers, 1920)]。这幅照片来自赫尔曼·李的《托马斯·哈代的威塞克斯》，李的图片标题是《鲍姆斯顿农场》，是一个真实存在的地方。但是哈代周年纪念版《还乡》对这幅图片的介绍是："'布鲁姆斯别墅'，这是姚博莱特家房子的名字，原型是名叫'鲍姆斯顿'的农场房屋，坐落在爱敦荒原边上、朝下伯克汉普顿村方向的绿色原野里。在这所橡树梁的老屋子里，业余演员们聚在一起，在圣诞节狂欢中演《圣乔治与龙》的戏。"

图 8　奥尔德沃斯房屋。来自《还乡》[Thomas Hardy, *The Return of the Native*, vol. IV of *The Writings of Thomas Hardy in Prose and Verse* (New York and London: Harper & Brothers Publishers, 1920)]。这幅照片来自赫尔曼·李的《托马斯·哈代的威塞克斯》，李的图片标题是《阿福帕德尔荒原的砖厂房屋》，是一个真实存在的地方。但哈代周年纪念版《还乡》中的图片介绍是："'奥尔德沃斯房屋'，克里姆和尤斯塔西娅结婚后租住的虚构的房屋名字，位于'东爱敦村外大约两英里处'。东爱敦村代表阿福帕德尔，多切斯特附近的一个村庄。克里姆和尤斯塔西娅就是在这个村子的教堂里结的婚。

　　这个房屋处在一个孤独的环境中，因为它'几乎和尤斯塔西娅外祖父的房屋一样孤独，虽然它靠近荒原，但是一片杉树几乎将这个房屋完全包围了起来，让人忽略了它靠近荒原的事实'。"

欠考虑。一个乡下人说："但是，对我来说，我想他最好还是少管闲事。"（195）所有的荒原人都会民歌，也知道圣乔治和撒拉逊人的业余剧的文本。格兰弗·坎特尔在福克斯日篝火旁演唱了一首民谣，这首民谣在 17 世纪被记录下来，与《还乡》的主要情节有讽刺性的对应关系。这首民谣有不同的名称，《埃莉诺女王的忏悔》《王室典礼大臣》或《快乐的船员》（426）。埃莉诺女王和尤斯塔西娅·维亚一样，并不完全是一个忠诚的贤妻。这部小说充满了其他的民间习俗和民间

图 9 沙得洼水堰。来自《还乡》[Thomas Hardy, *The Return of the Native*, vol. IV of *The Writings of Thomas Hardy in Prose and Verse* (New York and London: Harper & Brothers Publishers, 1920)]。这幅照片来自赫尔曼·李的《托马斯·哈代的威塞克斯》,李的图片标题是《沃兹福德绿地的水堰》,是一个真实存在的地方,但哈代周年纪念版《还乡》中的图片介绍是:"'沙得洼水堰',位于爱敦荒原一个斜坡的脚下,'在它的脚下有一个很大的圆形池塘,直径 50 英尺,水通过巨大的排水口流入这里'。沙得洼水堰取材的真实水堰位于沃兹福德城堡后面的绿地上。弗洛蒙河的所有河水都流入这里;冬天,这个水堰是一口沸腾的大锅,河水带着可怕的力量奔流而下。自从达蒙·韦狄和尤斯塔西娅被假设淹死在这里以来,这个水堰一直没有大的变化。"

信仰。其中包括新婚之夜新郎带新娘回家时在新郎家唱歌的习俗、只有蝰蛇炸出的油才能治愈蝰蛇咬伤的说法以及苏珊·诺萨奇认为尤斯塔西娅是个女巫的想法,这个想法得到了一些邻居的赞同。苏珊认为尤斯塔西娅对她的孩子施了魔法,让他们生病。苏珊在教堂里刺穿尤斯塔西娅的胳膊,抽取血液。这是为了剥夺她的女巫魔力。在小说的结尾,在一个暴风雨的夜晚,尤斯塔西娅溺水身亡。苏珊在尤斯塔西娅的蜡像上插满大头针,然后将蜡像融化在火中,这是她施展的一个小小的邪恶的魔法。她的魔法似乎起了作用。

这个共同体的成员都很擅长讲述自己或邻居的故事。他们有很长的集体记忆——例如,汉弗莱从母亲的记忆那里得来了路易十四被杀头的记忆(132)。路易十四被杀是弑父的又一个例子,而在这部小说中父亲总是缺席的,或过去不久的时间里父亲总是不在场;蒂莫西·费尔韦对姚博莱特夫人"反对"韦狄和她侄女托玛辛的结婚通告时教堂内场景的记忆和详尽的讲述(48-9);又是在蒂莫西·费尔韦的记忆中,早已去世的托玛辛·姚博莱特的父亲是一个伟大的音乐家,费尔韦对其赞不绝口:"每当一个俱乐部走过[当地共同体组织的年度游行],他都会在游行队伍之前的乐队里演奏单簧管,就像他一生中除了单簧管之外没有触碰过任何其他东西一样。然后当他们走到教堂门口的时候,他会扔下单簧管,登上走廊,抓起低音古提琴,开始倾情演奏,就好像他除了低音古提琴之外没有演奏过任何别的乐器。"(75)

所有这些关于当地生活的非常具体的细节都表明,荒原人的集体是一个真正的共同体。他们拥有一套复杂的共同的认知和共同的生活方式,因此他们满足一个真正的共同体的条件,比如雷蒙德·威廉斯所定义的条件。

爱敦共同体的成员绝大多数没有独立的个人生活,没有值得探究的内心世界,至少没有值得哈代的叙事者探究的内心世界。他们身上从未发生过戏剧性的事件。他们出生、结婚、与妻子吵架、工作、生小孩、变老、死亡。他们在一年四季里做着叙事者告诉我们他们在做的那些准仪式性的事情。然后他们死去,埋葬在当地的教堂墓地里。他们独立的个体性在"常人"中丧失殆尽。但他们是多少有点正面含义的海德格尔的"常人"。即便如此,他们也没有作为独立个体的足够的自我意识,因此无法成为海德格尔所谓的真正的"此在"(*Dasein*)。因此,他们没有值得讲述的人生故事。哈代的叙事者并没有因为他们缺乏人生故事而特别居高临下,而海德格尔对阅读报纸、乘坐公共交通工具的"常人"的态度肯定是居高临下的,这些常人不会自己进行独立的思考和判断,而是像周围人一样进行思考和判断。相反,哈代非常欣赏并亲切地同情这些荒原人。《还乡》赞美并纪念这些真正的荒原土著,将其作为一个正在消失的物种。哈代对爱敦荒原的双重态度在他 1883 年的文章《多塞特郡的劳动者》中非常清晰地表达了出来:"正是在这样的共同体中,幸福能够找到在地球上的最后庇护所,因为只有在这些人中间,对生存条件的完美洞察将被延迟到最久。"[1]哈代的文章详细流畅地描述了这种幸福的逐渐消逝。这是被完美欺骗的幸福。这种幸福的消逝,是农村劳动阶级生活中的多种社会和物质变化导致的,因为"本地人"受教育程度更高,流动性更强,对外部世界更加开放,更加直接地受到资本主义农业行为的影响。

主要人物虽然与乡村共同体纠缠在一起,但依然是局外人

　　《还乡》中所有的主要人物都不同于荒原人共同体的成员,因为他们都已经开始对其生存状态和悲痛产生一种完美的洞察。他们已经与他们的根源之地——阳光照射的荒原——拉开了距离。这意味着,与荒原人不同,他们确实具有独立的主体性。他们意识到自己是不同的,具有独特的命运。因此他们有叙事者可以讲述的生活故事,可以被认为具有海德格尔所谓的真正的此在(*Daseins*)。他们已经或主动或被动地脱离了当地共同体的"常人"。当他们在荒原上来来往往彼此交往的时候,他们的生活不仅以荒原为背景,而且以当地共同体为

1　Thomas Hardy, *Personal Writings: Prefaces, Literary Opinions, Reminiscences*, ed. Harold Orel (Lawrence: University of Kansas Press, 1966), 169.

背景，虽然这个共同体在一定程度上参与了他们的生活，就像荒原也参与了他们的生活一样。但他们并不真的是这个共同体的成员。然而海德格尔和哈代之间的关键区别在于，海德格尔以高度积极的方式看待真实的"此在"，虽然真正的"此在"意味着拥有良知，有负罪感，而且"向死而生"，但对哈代的主人公们来说，自我意识和对人类痛苦的意识或多或少都是巨大的灾难。

此外，哈代的叙事者讲述的故事只涉及那些在另一意义上而言并不真正属于爱敦共同体的人。我现在常年居住在缅因州的鹿岛，在这里，当地人和外地人有严格的区分。如果你是一个外地人，你永远都没有希望变成当地人，你的孩子或孙子都不行。只有经过一代又一代人在这里居住，人们才有可能忘记你的家庭来自外地。《还乡》中哈代所有的主要人物都是某种程度上的"外来者"。总是有人能记得，他们没有出生在一个在爱敦荒原生生死死很多代的家庭。即使他们像克里姆、托玛辛和迪格里·文恩一样出生在这里，但他们除了托玛辛之外并没有一直在这里生活。他们的生活并没有总是沉浸在这个共同体的生活方式和偏见之中。在爱敦荒原，即使离开很短时间，也意味着永远不再是一个真正的"本地人"。

对于为什么每个主要人物都是外来者，叙事者都进行了非常具体的交代。尤斯塔西娅的外祖父是皇家海军的一名船长，他负伤后退役，从"外面"来到爱敦荒原旁边的"密斯托夫"住宅里生活。尤斯塔西娅的父亲是来自科孚的一名乐队指挥。因此尤斯塔西娅是绝对的外来者。姚博莱特夫人是来自当地共同体之外的牧师的女儿，嫁给了一位现在已经去世的当地农民。但无论如何，她的社会地位只能用"上流社会"一词来形容，并且"曾经梦想过从事更加美好的事情"（59-60）。她也是外来者。她的超然与教养影响了被她抚养成人的孤儿侄女托玛辛。韦狄被培养成一个土木工程师，并在邻近的时尚海滨胜地布德茅斯的一个办公室工作过，而尤斯塔西娅小时候在那里生活过。韦狄没有成功当好工程师，他从"外面"来到爱敦，接管了一家当地客栈——"安静女人"客栈。迪格里·文恩是附近一个奶农的儿子，但他开始从事"红土贩子"这样一个流浪性的职业。他是这样一个人，从一个养羊的农场到另一个养羊的农场，在一个广阔的区域里贩卖给羊打记号的红土。他只是爱敦周期性的临时居民，因为他开着作为流动居所的吉卜赛篷车四处旅行。克里姆·姚博莱特受过良好教育，曾经在巴黎当过钻石商人。他的人生经历让他永久地脱离了他心爱的出生地荒原，无论他多么努力地想要回到那里，投身当地的割草行业。

自我意识导致的疏离

所有这些主要人物通过他们所具有的其他的几个特征与这个共同体拉开距离，对每个人来说，这些特征都具有不同的形式。每个人的社会地位都高于荒原人，而且在一定程度上，被荒原人认为是"有教养的"。每个主要人物都比荒原人受过更好的教育。最后，每个人都在某种方式上是一个"知识分子"。每个人都深思熟虑、善于反思，他们都能够以相对独立客观的角度审视自己和周围的世界。很不幸的是，与"多塞特郡的劳动者"不同，他们每个人的确接近获得"对生存状况的完美洞见"。对每个主要人物进行介绍，或对后来每个主要人物面临的危急时刻的描述，都给叙事者提供了机会，可以对特定主要人物特别的自我意识和对灰暗的人类普遍生存状态的意识进行具体交代。海德格尔将"真正的此在"定义为对一个人的"最自己的存在的可能性"的把握，哈代主要人物的这种自我意识可以被称为海德格尔的"真正的此在"的暗黑版。每个人都和爱敦共同体中的"常人"

拉开距离。每个人都具有独立的内在生活，这种内在生活在很大程度上是私密而沉默的。每个人的内在生活不仅让别人无法洞察，而且在很多情况下本人都无法了解。这种秘密性体现了小说中一种普遍的失败，任何人物都无法去了解别人，也无法让别人了解自己。但不管怎样，叙事者遵循小说的传统做法，将每个人物的秘密生活暴露给读者。

哈代对他的主要人物的"此在"的呈现有一个特点，即对他们在特定时刻真实的所思所感的描写是相对言简意赅的。与特罗洛普经常使用维多利亚小说的基本传统——自由间接引语——相比，哈代很少使用这一手法。自由间接引语呈现小说人物此时此地最直接的思想和感情，只不过把第一人称现在时转变成了第三人称过去时。哈代使用自由间接引语的一个例子是关于迪格里·文恩的一小段话："他坐在车里，思考着。从托玛辛的言谈举止中，他可以清楚地看出她被韦狄冷落了。如果不是因为尤斯塔西娅，还有谁能让韦狄冷落托玛辛？然而，令人难以置信的是，事情居然已经到了这一地步，很显然尤斯塔西娅完全鼓励他这样做。文恩决心稍微仔细地侦查一下这条从韦狄的住处到克里姆在奥尔德沃斯的家的沿着山谷的偏僻道路。"（289）

《还乡》中对主体性的直接呈现，和刚刚引述的段落不同，总是快速地转变成对那个人物的思维的一贯特征的概括。下文我将引用一段话，描述韦狄对尤斯塔西娅的渴望，仅仅因为她要嫁给克里姆，体现了《还乡》中刻画人物时几个常用的手法。它展示了我此前已经说过的中介欲望法则。一个特定人物只会渴望那些被别人所渴望的人。这一段话还展示了哈代的叙事者能够从对人物主体性的主体的当下的零星描述，迅速地转向概括性描述，然后再次转向文学或历史的引经据典。叙事者逐步地稀释和远离对主体性真实的质地和内容的直接具体的描述。这段话还表明，这部小说倾向于通过身体或通过人物习惯性地看待他们所处的外部世界的方式，即通过人物在特定情况下的习惯性反应，来记录人物的主体性。这类描述在呈现人物独特的主体性的时候使用转喻手法。它们倾向于以对立者的眼光，或虽身处其中却无法适应的人的眼光，从远处观看这个世界。这段话还表明，主要人物通过当地共同体来相互了解。因为小说主要人物经常相互疏远，缺乏直接接触，因此他们经常通过爱敦乡村人来相互交流或获取关于彼此的信息。我要引用的这段话，描述了韦狄得知尤斯塔西娅即将和克里姆结婚时的反应，韦狄是从来自密斯托夫的赶车人那里知道这一消息的，这个赶车人在"安静女人"客栈停下来喝了一杯。这些段落具有哈代叙事策略的独特特征。它们更多的是叙事者对人物一贯心理特征的描述，而不是对特定时刻人物心理的直接、通透的描述：

> 对尤斯塔西娅的旧日渴望再次出现在他的灵魂中：而这主要是因为他发现另外一个男人想要占有她。
> 渴望难以到手的东西，厌倦摆在眼前的东西；在乎遥远的东西，厌恶当前的东西；这就是韦狄一贯的天性。这就是这个感情丰富之人的真正标志。虽然韦狄狂热的感情并未达到真正诗意的程度，但他的感情依然是一种标准的感情。他或许可以被称为爱敦荒原的卢梭。（237）

叙事者一开始讲述韦狄当下的心境，但很快从中脱身而出，转向更加广阔的范围，先是转向对韦狄性情的概括性定义，最后又以将其比喻为卢梭而结束。卢梭的功能，和小说中大量类似的文学、历史和《圣经》的引经据典的功能一样复杂和多样。我们可以认为，这些典故是为了确立叙事者被哈代的有文化的城市读者和评论者尊重的资格。这些典故也表明叙事者是具有广泛、全面视野的人。叙事声音能够发现诸如蚱蜢和阳光下的兔子耳朵这样的细小事物，但他或它也具有一种无所不包的洞察力，能够看清任何个体人类的生存的短暂和终极的无意义，明了其中的所有细节。哈代认为，正是这种对人类真正的"生存状态"的洞察力，最终会破坏这个多塞特郡的劳动者的幸福。他认为在这个世界的晚期，这种洞察力越来越成为全人类的特征。哈代的叙事者将这种毁灭性的洞察力赋予了小说所有的主要人物，唯有托玛辛除外。正如我们已经知道的，因为纯真是一种幸福，因此这或许能够解释为什么她获得了幸福结局。至于这个幸福结局还有许多可说的。

小说主要人物也呼应了叙事者的广阔视野，虽然每个人因为其各自不同的独特的广阔视野而成为孤立的人。这种对人类生存毫无意义的意识，尤其是对"我"的生存方式的意识，表明哈代的思想，是海德格尔从"常人"脱离从而进入独立和真实的"此在"的积极思想的暗黑版。例如，叙事者告诉读者，姚博莱特夫人似乎从遥远的地方观察人类，并将其视为一团毫无意义的短寿生物。这样的比喻在哈代的《列王记》（*The Dynasts*）的合唱中有更加复杂的使用。这段话还表明，哈代经常通过感受外部世界的特殊方式来呈现人物的主体性，而不是通过描述内心自省来呈现。

她对生活具有一种独特的见解，认为她从未卷入生活……对姚博莱特夫人来说，这个伟大的世界是什么？是一群人，其作为可以被感知，但其本质无法被感知。她观看共同体的时候，似乎与其拉开了距离；她看待他们，就像我们看待萨拉特、范·阿尔斯洛特和这个画派的其他画家的油画上拥挤的人群——大群大群的人，拥挤着，错综复杂地排列着，朝着特定的方向前进，但他们的面部特征在极为广阔的视野中模糊不清。

我们完全可以看出，目前在自省性方面，她的生活是非常完整的。

（212）

迪格里·文恩潜藏在荒原各处，叙事者将其称为"恶魔梅菲斯特般的访客"（104）。他以一个超然的隐形的观察者（就像《失乐园》中的撒旦）的身份窥探其他人物，他是叙事者隐形的洞察力的具体化。深思熟虑的读者或许会发现，"托玛辛"这个名字其实是托马斯·哈代自己名字的女性版本。这表明，在某种程度上，无论是有意还是无意，哈代都与托玛辛相认同，或通过托玛辛的被动性格以及她或多或少不假思索的善良将自己理想化。《德伯家的苔丝》的叙事声音通过小说的篇首题词来描述自己，这个题词来自莎士比亚的戏剧《维罗纳的两位绅士》。叙事声音是苔丝的金钟罩，或至少是她的"名字"的金钟罩："可怜你这受了伤害的名字！我的胸膛就是卧榻，供你栖息。"迪格里·文恩，作为叙事者观察距离的具体化，和托玛辛相关所发挥的作用，与《德伯家的苔丝》中的叙事者和苔丝相关所发挥的作用一样。然而迪格里总是积极介入，而且总是产生灾难性的结果，无论他对托玛辛的初衷有多么美好。一个例子就是他操纵尤斯塔西娅、姚博莱特夫人和韦狄，让韦狄最终决定和托玛辛结婚。读者或许会得出结论：文恩应该始终保持距离。

如同前面的引文所示，韦狄是一个卢梭式的感情丰富的人物。叙事者明确地做出了两者间的比较。韦狄只在乎遥远的事物和无法得到的事物。这很显然是导致不幸和永远难以满足的欲望的个性。这一个性最终导致了韦狄的死亡，就因为尤斯塔西娅是他无法得到的，所以他对她产生了爱恋，并且得到了尤斯塔西娅的热烈回应。

小说有整整一章描述尤斯塔西娅的性格。她被描述为自恋的、忧郁的"黑夜女王"（93），"神性的原材料"（93）。"她的至高神是征服者威廉、斯特拉福德和拿破仑·波拿巴，这些都是她受教育的机构中所使用的《贵妇人历史》中的内容。"（97）尤斯塔西娅只想通过她的美貌控制男人。她自己心知肚明，她没有能力长久地爱任何人。对她来说，和对哈代笔下的大部分人物一样，获得爱情会迅速破坏爱情，但她和其他大部分人都不同，因为她事先已经知道这点："被人疯狂地爱着——这是她最大的欲望。"（96）但她知道，"她能够赢得的爱，将会随着沙漏中的沙子一同下沉……在爱情中为了忠诚而忠诚对她的吸引力远远不及对其他女性的吸引力：因为爱情的束缚而忠诚更有吸引力。爆发出爱情的火花，然后熄灭，远胜于一盏能够持续多年保持稳定的微弱光芒的灯笼"（96）。尤斯塔西娅在荒原上漫游时确实带着一个沙漏。

尤斯塔西娅痴迷于一种愚蠢而难以实现的愿望，即去别的地方生活，不同的地方，尤其是巴黎，虽然一旦真的去了那里，她也很快就会发现那里和爱敦荒原一样差强人意、乏味无聊。她认为，是"她头脑中的某些创造物，主要是命运女神"（96），而不是具体的哪些人，总是和她过不去。当她冒着大雨步行到雨冢顶上，在没入沙得洼水堰之前，尽管她自艾自怜、深陷绝望、试图自杀，但她并没有指责自己或她周围的人，而是谴责了一些更加抽象的东西——"命运"和"老天"，而叙事者很显然既不相信命运也不相信老天："'我如何一再努力，想要成为一个优秀的女人，但命运总是和我作对！……我不应该遭受这样的命运！'她疯狂地喊叫，表达一种痛苦的反抗。'把我丢进这个设计糟糕的世界是多么残酷的事啊！我有能力做很多事，但我却被我无法控制的东西所伤害、摧残和压垮！啊，老天为我设计这样的折磨是多么残忍啊，因为我没有做过任何伤害老天的事！'"（372）尤斯塔西娅几乎可以被看作海德格尔的"真实的此在"的讽刺性戏仿。她当然远离了"常人"，她当然认为自己是独特的单体（singularity），有自己独特的命运，而这一命运直接导致了她的死亡，但所有这些海德格尔式的元素都以一种谴责的和自我欺骗的形式出现。这些元素并未成为海德格尔所推崇的勇敢地听从良心的呼唤从而向死而生。她并没有掌控她的自我和特殊处境，她的痛苦反而让她与自己拉开距离，仿佛从远处观察自己，就像叙事者的超脱视角一样："尤斯塔西娅现在就像处在同一处境下的其他人一样，站在自己之外，像一个毫无瓜葛的旁观者一样观察自己，认为这个女人尤斯塔西娅完全是老天的玩物。"（357-8）

另一方面，克里姆·姚博莱特被明确塑造成哈代认为整个人类正在迅速成为的样子。他不会把自己的运气归咎为"命运"或"老天"。克里姆已经是可以洞察人类悲惨生存状态的人。他和哈代一样，是一个善于思考的知识分子。他身体的美被思考消耗，并逐渐摧毁。在与尤斯塔西娅相关的情形中，小说对克里姆的性格进行了很长的概括性描述，从而为他之后的行为做好铺垫。和小说中其他很多主要人物一样，他倾向于拉开距离观察事物。叙事者用这种超然的幻灭的视角来描绘克里姆，而不是通过他生命中某一时刻的内心想法或情感来描绘。他的幻灭与天真的信仰完全相反，这种信仰是爱敦乡村的人所具有的"对人类普遍生存状态的老式陶醉"：

在克里姆·姚博莱特的脸上，可以依稀看见未来的典型表情……事实似乎是，漫长的幻灭的多个世纪永久地取代了关于生活的希腊理念，或者你可以用别的名字来称呼这种理念。希腊人只是有点怀疑的东西，我们已经非常熟悉；希腊的埃斯库罗斯想象过的东西，我们幼儿园的小朋友都能感受到。随着我们发现自然法则的缺陷，看到人类因为自己的行为而陷入的困境，这种对人类普遍生存状态的老式陶醉变得越来越不可能了。（191）

简而言之，哈代认为，人们所需求的东西和自然法则所允许的东西之间并不匹配，从而使得人们无法获得幸福和满足愿望，哈代将自己的这种"幻灭"的洞见赋予了克里姆·姚博莱特。荒原人或许认为爱敦荒原是令其舒心惬意的家，但人类和他们身处其中的世界并不相称。男人和女人永远都无法在这个世界上找到自己的家。他们永远都是"无家可归者"（*unheimlich*），不管他们知道与否。

有人或许会说，叙事者将自己的不同侧面分配给了不同的主要人物，尽管在每个人身上都是不同的、特殊的组合。哈代在《无名的裘德》中提出"死亡意志"（coming will not to live）的说法，《还乡》中的每个主要人物都被囚禁在各自版本的"死亡意志"之中。没有哪个主要人物能将自己的秘密内心告诉他人。小说中的行为因此都是人物相互破坏性地交往从而必然导致灾难的发生。这种相互交往体现为他们在荒原上错综复杂的活动。他们总是彼此意见相左，永远都无法为自己或他人获得幸福。无论他们的初衷有多好，结果总会出问题，就像他们的言语行为一样，例如永远爱对方的承诺，结婚誓言，或阻止糟糕婚姻的尝试等，姚博莱特夫人就反对托玛辛和韦狄之间的结婚通告。反对结婚通告是一种惊人的、很少使用的施为性言语。教堂的牧师在数个星期天连续发布结婚通告，也就是说，宣布他的两个教区居民打算结婚。每次，他都会问教堂会众中是否有人知道这桩婚姻的阻碍。令所有人惊愕不已的是，姚博莱特夫人在教堂里站起身来，"反对结婚通告"。这件事情发生在小说情节展开之前。整个荒原共同体都知道这件事，知道这件当地丑闻（参见 48-9 页）。

在三个人的情形中——姚博莱特夫人、韦狄和尤斯塔西娅——人物的交叉轨迹导致不光彩而非悲剧性的死亡。当奄奄一息的克里姆被救出水面的时候，他的双腿被死去的韦狄的双臂紧紧抱住，象征了这部小说中主要人物之间的破坏性的关系。

克里姆仍然活着，在哈代式的悲观主义和回归的理想主义之间摇摆，这使他成为一个有些可笑的角色，一个宣传世俗伦理的巡回牧师："事实上，姚博莱特找到了自己的使命，成为一名巡回露天牧师，宣讲道德上无懈可击的主题。"（423）"道德上无懈可击的主题"这个表达非常具有讽刺意味。哈代经常被人指责远远不是道德上无懈可击的。《无名的裘德》被认为不道德和亵渎而引起轩然大波，之后哈代永远地放弃了小说写作。

我重读《还乡》的初衷是为了研究维多利亚和现代主义多情节小说如何作为共同体的典范。事实证明，这种说法并不适合这部小说。虽然荒原人构成了一个共同体，但小说的主要情节则集中在多个独特个体构成的非共同体上，这些个体破坏性地相互作用，且不能相互理解。《还乡》也不是严格意义上的"多情节"小说。每一个主要人物都有自己独立的，而且在一定程度上私人的情节。每个主要人物都有自己的人生故事，并且与他人的人生故事相互交叉，产生破坏性的结果，但这些人生故事作为整体，并未形成亚里士多德在《诗学》中所设想的那种完整的情节，他认为《俄狄浦斯王》就是这种情节的典范。

"幸福结局"

那么读者应该如何看待小说的幸福结局呢？托玛辛嫁给了迪格里·文恩，文恩在被托玛辛拒绝两次后，一直在远处忠实地爱着她，而且大多数时候是秘密地爱着她。倒数第二章末尾的一个脚注，是哈代本人的声音，出现在叙事者的话语之中。除了序言和后记，哈代的声音之前从未出现过，这次他用自己的声音说话，就像一个幽灵般的不速之客。在新威塞克斯版的《还乡》中，不知出于何种原因，哈代的后记出现在小说的开头。哈代在这个脚注中以虚构了整部小说的"作家"的身份说话。这个脚注对小说庸俗不堪、前后矛盾的幸福结局进行了无情的批判。哈代写了这个新的结局，是因为《贝尔格莱维亚》(*Belgravia*)杂志坚持让哈代写一个幸福的结局(《还乡》最初以连载的形式发表在这个通俗杂志上)。[1]这一做法违背了他的初衷,违背了一致性原则,也违背了拒绝赋予人类幸福的原则,这一原则严格地控制着《还乡》的虚拟现实。脚注内容如下:

> 作者可以在这里声明,故事的最初构思并没有设计托玛辛和文恩之间的婚姻。他将永远保持他那孤立的怪异性格,然后神秘地从荒原上消失,没有人知道他去了哪里——托玛辛依然是个寡妇。但是连载的某些情况导致了意图的改变。
> 因此,读者可以在两个结局之间进行选择,而那些具有严肃艺术规则的读者能够选择那个更加具有一致性的结论作为其真正的结局。(413)

幸福结局就说到这里吧!谁还不想拥有"严肃艺术规则",反而去拥有一种平庸的规则,那种被"常人"所共有的规则?谁会欣赏一部结局和之前内容并不一致的小说?唯一的问题是哈代并没有将那个与前文一致的结局书写出来。

最后,我想问,我们应该把哈代放置在威廉斯和海德格尔之间的哪个位置上?我认为,应该放在两者之间,或者放在一个异常的位置上,这个位置不完全符合威廉斯或海德格尔关于共同体的本质、个体的本质和个体与共同体之间正确或理想关系的论述。读者应该还记得,威廉斯和海德格尔在这些问题上的观点,是一种交错配列的关系。在威廉斯看来是好的,例如融入和生活在一个有机的共同体之

---

1 Timothy O'Sullivan, *Thomas Hardy: An Illustrated Biography* (London: Macmillan, 1975), 85.

中，在海德格尔看来则是坏的。海德格尔认为融入共同体就是迷失在"常人"之中。在海德格尔看来是好的东西，例如与共同体拉开距离的对真正此在（*Dasein*）的自我拥有，在威廉斯看来则是坏的。后者将其定义为不属于共同体而导致的异化。哈代的《还乡》不符合这两种范式中的任何一种。一个有机的、传统的、平等的、在很大程度上与资本主义相隔绝的共同体形成了这部小说主要情节的背景，这是个生活在爱敦荒原上的、活跃的、当下的共同体。然而，这个共同体被描述成幸福的共同体，是因为它是无知而幸福的。它迷失在幻觉中，沉浸在幻觉中。它不了解人类的真实生存状态。相反，小说主要人物的生活与周围的共同体相互分离。他们和哈代一样，生活在自我意识中，了解自己的具体处境和人类的普遍生存状态。因此，他们可以被视为海德格尔式的真实此在的例子。

然而，关键的区别在于两个作家对这种状态的判断。尽管海德格尔有着黑暗的严格性，而且认为人类从一开始就是"有罪的"，但他认为真实的此在总体上是一种积极的、令人向往的状态。真实的此在是这样一个人的状态，他或她扎根于存在，坚定地拥有自己"最自己的存在的可能性"，回应了良心的呼唤，朝着自己的死亡真实地生活着。此外，海德格尔明确地认为真实的此在能够共同生活在一种新的共同体中，在这种共同体中，每个此在能够帮助他人成为各自真实的自我。他把这种情况称为"共在"（*Mitdasein*）。这就是海德格尔对幸福状态的多少有点令人惊讶的描述。这令人惊讶，是因为它极大地改变了他对真实此在的隐私性、秘密性和沉默性的普遍强调。我在这里列出一些德语，是因为翻译很难传达原文的味道。例如，德语词语 *die Entschlossenheit* 被翻译为"决心"（resoluteness），而 *die Entschlossenheit* 的字面意思是"自我封闭"，就像握紧的拳头一样。*Schloss* 的意思是城堡。

决心把自我带进它当前关心的存在——和现有的东西一起，将自我和他者一起推入热切期盼的存在中。

因为一个人自我选择的"追求存在的潜力"（*des selbstgewählten Seinkönnens*）而具有的主观能动性，坚定的此在获得了追求自己世界的自由。此在对自己的决心成为先决条件，让和它在一起的他者也能够在各自最自己的"追求存在的潜力"中"存在"（*die mitseienden Anderen "sein" zu lassen in ihrem eigensten Seinkönnen*），并在孤独中一起开发这种潜力，这种孤独在这一过程中突然出现，并让此在获得自由。当此在坚定的时候，它能够成为他者的"良心"（*Das entschlossene Dasein kann zum "Gewissen" der Anderen werden.*）。只有真正地坚定地"成为自己"，人们才能真正地彼此共处（*das eigentliche Miteinander*）——而不是通过"常人"中（*im Man*）的和"常人"想要从事的事物中的模糊而嫉妒的要求和喋喋不休的友好表示。（*BT*, 344–5; *SZ*, 298）

"'常人'的喋喋不休的友好表示"，很好地描述了荒原人有一搭没一搭的聊天，《还乡》的叙事者非常亲切地记录了这种聊天。海德格尔对一个由众多真正的此在构成的乌托邦共同体的描述是非常乐观而积极的，他认为真正的此在能够帮助他人坚定地激活他们"最自己"（ownmost）的存在的潜力。但在哈代的想象世界里，这一切似乎并不可能。首先，哈代的主要人物并没有表现出选择成为自己的决心。他们与众不同的特征是被强加给他们的，无论他们愿意与否。他们只能成为自己，并据此行事。对哈代来说，脱离共同体，或从未属于共同体，在任何地方都不是一个"当地人"，或多或少都是一场彻底的灾难。正如我上文所说，这种状态导致不光彩的或戏剧性的死亡，而非悲剧性的死亡。这些死亡很难对应海德格尔谈到每个人都将面对各自的死亡的时候心目中所想的那种死亡。《还乡》中的死亡往往是运气不佳或因为误解，包括自我误解，或者因为人物无法克服的根本的性格缺陷。即使哈代笔下善解人意、自我意识很强的人物也不能帮助他人成为自己。他们不断地相互对抗。他们对彼此没有真正的了解。他们给彼此带来了很多悲伤。他们甚至导致他人的死亡，克里姆·姚博莱特很显然就是如此，虽然他初衷良好。克里姆对他母亲的死、尤斯塔西娅的死和韦狄的死都负有部分责任。他为前两个人的死深深自责。

最后，哈代《还乡》中的一切都不符合海德格尔的信念，即真正的此在（Dasein）根植于存在（Sein）。小说人物或许会认为他们一定是某种恶意的神灵或命运的玩物，但叙事者却表明这是一种幻想或幻觉。我认为，哈代比海德格尔更加正确，因为他预见性地洞察了西方人们无根的生存状态，在西方现代性之中，越来越多的男人和女人处于这样的生存状态之中。他们不相信此在在"存在"中具有任何基础。克里姆恋母情结式的痛苦，一点都不能表明上帝具有某种想要惩罚他的不可思议的想法。相反，它却表明了大自然对人类痛苦和快乐的巨大而全面的漠不关心。在克里姆最绝望的时刻，他"只看到了荒原波澜不惊的表情，荒原经历了无数个世纪的风吹雨打，它皱纹纵横的古老表情，让一个人最狂野的激动变得无足轻重"（342）。在那一刻，他"意识到周围的一切都蕴含着巨大的冷漠"（343）。克里姆在这里的意识，和叙事者的意识几乎完全一致，也与哈代在小说和诗歌中体现出的哈代自己的习惯性意识几乎完全一致。面对我们今天"全球化"的世界，哈代或许已经看到极端形式的传统宗教的吸引力，面对漂泊无定和疏离异化的痛苦感觉，宗教成为一种绝望的应对方式。《还乡》中的一个例子，就是克里姆最后作为巡回传教士的职业。

在即将结束我对《还乡》的解读时，我回到小说的开头，看看小说标题下面佚名作者的诗句：

我向悲伤
说一声再见，
本想将她抛在身后；
但她开心地、开心地，
深爱着我；
她对我从不变心，永远友好：
我想欺骗她
从而离开她，
但是天呐，她此心不变，永远友好。

这首诗引自济慈《安狄米恩》（*Endymion*）第四卷第 173 至 181 行。这是辛西娅伪装成印度女仆唱的歌。她唱的歌肯定符合哈代小说中所有人物的遭遇，尤其是当我们放弃虚假的幸福结局的话。小说中所有的主要人物都徒劳地试图告别"悲伤"，但悲伤永远是他们的伴侣。更具讽刺意味的是，同哈代具有"更加一致性的结局"的虚构小说不同，济慈的诗歌以安狄米恩和辛西娅喜结连理结束。哈代的主要人物不可能获得这样的幸福。《还乡》的主要人物生活在一个相互制造悲伤的共同体中。这种忧愁很少触及纯真的爱敦荒原的人，虽然崇拜尤斯塔西娅的维亚船长的仆人——男孩查利在她死去的时候表达了这种悲伤，这真是令人感动。

第四章
康拉德的殖民（非）共同体：
《诺斯托罗莫》

纪念爱德华·萨义德

当你进行阐释学研究的时候，你关注文本的意义；当你进行修辞性研究的时候，你关注文体学或对文本产生意义的方式的描述。问题是，这两种研究是否互补，你是否能够同时用这两种研究来研究整个文本。尝试的经验表明，这样是行不通的。当一个人想要两者兼得的时候，修辞往往被漏掉了，而实际上在做的只是阐释研究。我们会被文本的意义完全吸引，根本无法同时进行阐释和修辞两种研究。一旦你开始关注意义的问题时，你就忘掉修辞吧，很不幸我就是这样的。这两者并不互补，甚至在某种意义上相互排斥，这是本雅明所谓的一个纯粹语言学问题的一部分。（Paul de Man, "Conclusions: Walter Benjamin's 'The Task of the Translator'"）[1]

序　言

亨利·詹姆斯在评价康拉德的《机缘》(*Chance*) 的文章中说，

---

[1]　In Paul de Man, *The Resistance to Theory* (Minneapolis: University of Minnesota Press, 1986), 88.

康拉德"绝对是这样一个独一无二的代表性人物,如果他想要做一件事情,就必须把绝大部分事情都做一遍"[1]。詹姆斯所说的话,对《诺斯托罗莫》(*Nostromo*)来说甚至更加真实。这样说的意思是,像在当前这样一篇批评文章里对《诺斯托罗莫》进行比较完整的评述,就必须完成一个极其艰巨的任务。如普鲁斯特所说,"为了方便讲故事"(*Pour la commodité du récit*),为了让我的叙述更加方便,更加清晰明了,我将这一章的内容分为四个部分,每一个部分会分为几个带标题的小节,这四个部分是:《诺斯托罗莫》的缘起;《诺斯托罗莫》中康拉德的物质视野;"物质利益":《诺斯托罗莫》对资本主义帝国主义的批判;爱与战争的意识形态:《诺斯托罗莫》相互纠缠的与世隔绝者的心理剧。

《诺斯托罗莫》的缘起

康拉德在 1917 年 10 月的《诺斯托罗莫》的"作者说明"开头这样说:"《诺斯托罗莫》是短篇小说集《台风》发表之后的那个时期里,最令我焦虑思考的长篇小说。"[2] 这个"作者说明"(现代图书馆版本中标示为"说明")在很多方面都是非常奇特的。"最令我焦虑思考的"是什么意思?我认为意思似乎相当清楚。《诺斯托

1　Henry James, "The New Novel," in *Literary Criticism: Essays on Literature; American Writers; English Writers* (New York: The Library of America, 1984), 147.

2　Joseph Conrad, "Note," *Nostromo* (New York: The Modern Library, 1951), 1. 所有对《诺斯托罗莫》的引述都来自该版本,并标明页码。这个版本包含了"说明",从中可以进行引用。"说明"用阿拉伯数字标明页码,正文部分重新开始计算页码。我使用这个版本,是因为这个版本重印了第一版的内容,包含一些康拉德后来删除的段落。

罗莫》是大部头的长篇小说，是康拉德最大部头的小说，拥有数量最多的小说人物，而且每个人物的故事差不多都被完整讲述。很自然，这样一部小说需要大量的计划，事先要进行大量的深思熟虑，甚至在写作过程中也要不停地思考。但为什么这种思考是"焦虑的"，原因尚不清楚。或许康拉德担心这样一部野心勃勃的小说能否成功，这样的假设应该是可信的。写作永远都是令人焦虑的事。

　　然而，我们一开始并不能确定康拉德的"焦虑思考"是不是海德格尔的"烦"（Sorge，英语翻译为 care），即对手头某项任务的"烦心"，或者他在表达一种海德格尔所谓的真正的存在主义的烦恼。烦恼（angst）是一种贯穿一个人的存在并直达其深层的焦虑。它超越任何具体的"烦心"（care）。"作者说明"后面的内容也的确表明康拉德在写作《诺斯托罗莫》的整个过程中都充满了烦恼。这个"作者说明"是康拉德想象力的运作方式——或至少他本人所声称的想象力运作方式——的宝贵证据。当然，他也有可能在捏造事实，试图把一个平淡无奇的过程浪漫化，或讽刺性地夸张化。毕竟康拉德是一个彻头彻尾的讽刺作家。

　　康拉德说，在完成短篇小说集《台风》之后，他进入了一种奇特而令人不安的状态，至少对像他这样的职业作家来说是这样。他是一个需要通过写作来谋生的人。康拉德说发生了某种"变化"，这种变化发生"在与艺术理论毫无关系的某种神秘的、外来的事物中；灵感的性质发生了微妙的变化，而我本人不应该为这种变化负责。然而，令我有些担心的是，当我完成了《台风》小说集中的最后一篇（《明天》）之后，似乎世界上再也没有什么可写的了"（Note, 1）。这是相当可怕的事。有时候他的写作相当顺利。正如杰拉德·曼利·霍普金斯（Gerard Manley Hopkins）所说，"灵感不请自来"。康拉德写了一篇又一篇的小说，似乎灵感的源泉永不枯竭。然后突然之间，不由自主地，不是因为康拉德所谓的灵感的枯竭，而是因为他所谓的"灵感的性质发生了微妙的变化"，似乎世界上再也没有可写的东西。康拉德的写作能力一直保持不变。我认为，这其实是"灵感"的一种定义。然而现在因为一种"微妙的变化"，似乎没有什么东西可以作为目标来施展他的写作能力。康拉德强调这不是他的错。它就那样发生了。"我本人不应该为这种变化负责。"这种变化也不是"艺术理论"的某些变化引起的，无论这种理论是康拉德的，还是其他人的。我想，康拉德这样说，表明艺术理论的变化能够导致新的困难，从而让写作《台风》这样的作品不再可能，或者表明特定的艺术理论，或许关于艺术来源的理论，也许能够解释他灵感的突然变化。但是不，这是康拉德所说的"神秘的、外来的事物"中的变化，这种事物控制着他的灵感的性质，是一种完全在他之外并完全超出他控制范围的东西。变化就这样神秘地发生了。这个变化引起了焦虑、担忧和烦恼。

"作者说明"中的其他内容详细地描述了康拉德如何逃避克尔凯郭尔所谓的"致死的疾病"（sickness unto death），从而开始写作《诺斯托罗莫》。首先要注意的是，康拉德并没有谈论《诺斯托罗莫》的批评家所谓的"来源"。不管出于什么原因，康拉德都没有说出下面的内容：

我一直在阅读爱德华·伊斯特维克的《委内瑞拉》、马斯特曼的《巴拉圭的七个多事之秋》、佩雷斯·特里亚纳的《奥里诺科河下游》以及我的朋友坎宁安·格雷厄姆关于南美的著作。这些作品给了我写一部关于一个虚构的南美国家的小说的想法，这部小说将融合来自这些不同书籍的材料，包括南美历史、风景以及这些作品中描述的真实人物的名字和性格。[1]

为什么康拉德没有将这些在"作者说明"中说出来？为什么他要隐藏他的小说"来源"？这是出于内疚而遮遮掩掩，还是真的忘了，或者又是康拉德提前反对关于文学作品来源的现代"艺术理论"的证据？不管怎样，康拉德在 1917 年关于《诺斯托罗莫》来源的说法，与现代康拉德批评家的说法大相径庭。

关于《诺斯托罗莫》的来源，康拉德到底说了些什么？他的描述和亨利·詹姆斯在他纽约版的长短篇小说的序言中的许多描述相似，在这些序言中，他告诉读者，一个小小的胚芽或已知事件（donnée），例如在餐桌上讲述的流浪汉故事，经过詹姆斯想象力的拓展，如何变成一个大部头的长篇小说。在康拉德的情形中，根据他的说法，他 1875 年或 1876 年唯一一次航海前往南美，或更确切地说是前往墨西哥湾的时候，听说一个人在南美革命的动乱中偷了一驳船的银子。"驳船"是一种用于短途运输货物的船只，例如从岸上运输东西到停

1　参见 Cedric T. Watts 关于康拉德该小说来源的记述："A note on the background to 'Nostromo,'" in *Letters to Cunninghame Graham*, ed. Cedric T. Watts (Cambridge: Cambridge University Press, 1969), 37–42. 更加完整的描述参见 Cedric T. Watts, *Joseph Conrad: Nostromo* (London: Penguin, 1990), 19–51. 关于康拉德的小说借鉴的材料和对这些材料的使用以及关于《诺斯托罗莫》的多种解读、康拉德和帝国主义的关系，还可参见 Eloise Knapp Hay, *The Political Novels of Joseph Conrad: A Critical Study* (Chicago: University of Chicago Press, 1963); Avrom Fleishman, *Conrad's Politics: Community and Anarchy in the Fiction of Joseph Conrad* (Baltimore: The Johns Hopkins Press, 1967); Jacques Berthoud, *Joseph Conrad: The Major Phase* (Cambridge: Cambridge University Press, 1978); Robert Hampson, *Joseph Conrad: Betrayal and Identity* (New York: St. Martin's Press, 1992); Ian Watt, *Joseph Conrad: Nostromo* (Cambridge: Cambridge University Press, 1988); Peter Lancelot Mallios, "Untimely Nostromo." *Conradiana* 40.3 (2008), 213–32; Benita Parry, *Conrad and Imperialism* (London: Macmillan, 1983); Stephen Ross, *Conrad and Empire* (Columbia: University of Missouri Press, 2004).

泊的大船上。《诺斯托罗莫》中的驳船用一面或多面帆，而不是用发动机。康拉德说，多年以后，他非常凑巧地"在一家旧书店外面的一本破旧的书里，发现了这个故事"（Note, 2）。这本书详细地描述了这起不同寻常的盗窃和那个实施盗窃的厚颜无耻的恶棍。学者们（哈尔弗森和瓦特）非常肯定地认为，这本破旧的书就是《大海之上：一个美国水手的生平与业绩》（*On Many Seas: The Life and Exploits of a Yankee Sailor*），作者汗布伦使用了笔名"弗雷德里克·本顿·威廉斯"[1]。根据康拉德的说法，虽然他在"非常年轻的时候"在委内瑞拉的海岸上仅仅逗留了短短数个小时（Note, 1），但这本破旧的书生动地让他想起了"在那遥远的过去，一切都如此新鲜，如此令人惊讶，如此冒险，如此有趣：星空下奇幻的海岸、阳光下群山的阴影、黄昏中男人的激情、遗忘了大半的流言蜚语、记忆中模糊不清的面孔"（Note, 3）。康拉德年轻时遗忘了大半的记忆汹涌而至，让他中断的灵感突然产生逆转："也许，也许，世界上仍然有东西可以写。"（Note, 3）康拉德似乎对"编造一个对盗窃案的详细描述"不感兴趣："我觉得这样的东西一文不值。"（Note, 3）只有当他意识到这个盗窃者不一定是个坏人时，他才有可能根据这个故事写一部康拉德式的小说。这里终于有值得一写的东西了。

　　康拉德对这种转变的表述在两个方面都是古怪的。他说，小偷或许是一个"有品格的人"（man of character）这样一个想法，就这样一个非常细微的转变，让他突然间第一次看到了整个苏拉科省。顺便说一句，"有品格的人"，或许是在指称托马斯·哈代的《卡斯特桥市长》。哈代这部小说的副标题是"一个有品格的人的故事"（"A Story

---

1　参见 C. T. Watts, *Joseph Conrad: Nostromo*, 21, 他这里的脚注引自 John Halverson and Ian Watt, "The Original Nostromo: Conrad's Source," *Review of English Studies* (New Series, X, 1959), 49–52.

of a Man of Character"）。一个小偷从恶棍变成好人，或至少变成"有品格的"人，这是一颗胚芽，经过康拉德想象力的转变，给予了他一整部小说，或瞥见一整部小说的样子，就像一个"小型宇宙大爆炸"，扩展成一整个虚构宇宙。康拉德使用的表达是"想法出现在大脑"。他不是通过理性的思考将其想出来的。这个想法就那样出现在他的大脑中，突然之间不知从哪里冒了出来。康拉德对苏拉科的孤立性和整体的自我封闭性的强调，证实了出现在康拉德脑海中的是一个孤立的宇宙或一个想象的世界。然而，苏拉科之外的力量将介入进来，产生决定性的影响，我将对此进行讨论。外部势力的破坏性的介入是《诺斯托罗莫》的核心主题。

还有一个奇怪之处，康拉德无论多么具有讽刺性，他谈论苏拉科的时候，将其作为他发现的东西，而非他发明的东西。苏拉科早已存在，等待被人发现、被人描述，而不是他从阅读材料中编造出来的东西。以下是康拉德的原话：

直到那时候，我才明白，这个盗窃宝藏的人并不一定是个彻底的坏蛋，他甚至有可能是一个有品格的人，一个行动者，也或许是一个不断变化的革命场景中的受害者。直到那个时候，我才第一次看到一个模模糊糊的地方，这个地方将变成苏拉科省，它高高的、模糊的山脊，和它水雾弥漫的草原，为那些对善恶缺乏远见的人们的激情所引发的事件充当着沉默不语的见证者。

这就是实际上《诺斯托罗莫》这本书的模糊来源。（Note, 3-4）

在"作者说明"的其余部分，康拉德继续将苏拉科当成一个已经存在的东西，等待被人发现，然后通过康拉德的书写的或最终印刷的描述揭示出来。仿佛他是一个迄今不为人所知的国度的第一个探险者。康拉德的《黑暗之心》中的马洛在小的时候，被世界地图上的空白之处深深吸引，就像康拉德自己被这些空白所吸引一样，苏拉科就是这样的一块世界地图上的空白。今天，在地球上的任何地方，甚至在月球、火星、金星、木星或太阳表面，对我们来说，都很少有空白的地方存在。我们已经在地图上把它们全部绘制出来了。当康拉德将苏拉科当作只有他一个人发现的一个真实存在的地方的时候，他是在打比方，但这个比喻在整个"作者说明"中被严肃地，可能是讽刺性地，一本正经地被使用着。康拉德说，他一直在担心，"随着我对这个国家了解的加深，我可能会迷失在眼前不断扩大的景象之中"（Note, 4）。

过了一会儿，他异常详细、夸耀地解释如何把小说写作当作发现的记录，而不是发明创造。它被比作一部众所周知的夸张荒诞的小说，一部对早期游记作品的戏仿作品，即《格列佛游记》。康拉德毫无疑问讽刺性地、半开玩笑地、如他所说的"比喻性地"（Note, 4）讲述他有两年时间沉浸在写作《诺斯托罗莫》，离开家庭，待在那个虚构的国家："我在以好客闻名的拉丁美洲大陆逗留了大约两年时间。在我回来的时候，我发现（用类似于格列佛船长的风格说话）我的家人都很好，我的妻子非常高兴地得知这一切都结束了，我们的小男孩在我不在的时候已经长大了很多。"（Note, 4）"作者说明"中的这段话和其他类似段落的古怪之处，不仅在于康拉德将科斯塔瓜纳的人和地视为真实的存在，独立于他的语言，而不是他通过语言编造的东西，而且还在于他宣称只有他才知道这个奇怪的地方和那里的人。例如，他说：

我关于科斯塔瓜纳的历史资料，主要来自我尊敬的朋友，已故的唐·何塞·阿维利亚诺斯，英格兰和西班牙的宫廷大臣，等等，等等，参照了他客观流畅的《五十年暴政史》。这部作品从未出版——读者将会发现为什么［革命暴徒毁掉了手稿］——事实上，我是世界上唯一知道其内容的人。（Note, 4）

　　当然，康拉德发明了唐·何塞和所有其他人物，或者，也许更好的说法是，他通过想象力"发现"了他们。我们只能通过阅读康拉德的书才能见到唐·何塞和他的《五十年暴政史》。

　　罗伯特·佩·华伦（Robert Penn Warren）在他对 1951 年现代图书馆版的《诺斯托罗莫》的介绍中简明扼要地表明了这一点，该版本基于 1904 年的双日出版社的第一个版本。顺便说一下，双日出版社的这个版本与 20 世纪 20 年代的海涅曼和登特出版社的标准版本相比，在一些地方有重要的不同解读。沃茨（C. T. Watts）描述过这些差别，也对 1904 年的版本和连载版本之间的差别进行过研究。"很久以前，在 1875 年和 1876 年里，"华伦说："康拉德曾经乘坐'圣安托万'号（为一场革命运送大炮），在墨西哥湾的港口上岸待过几个小时，但他对那条海岸一无所知，而正是这条海岸构成了小说中的西部省及其人民的原型。当然他可以借助一些书籍和道听途说以及一些零碎的信息。但归根结底，他必须想象出这块土地、土地上的人民及其历史，从我们想象不到的原始的丰饶的黑暗中将其唤醒。"（ix）我对"原始的丰饶的黑暗"（primal fecund darkness）持怀疑态度，听起来像是从《黑暗之心》的马洛那里借来的东西，但我非常赞同"想象出"的说法。他说得对极了。《诺斯托罗莫》就是被"想象出"来的。"作者说明"就是具体告诉我们这部小说是如何被想象出来的。然而，正如我们现在已经知道的那样，这种"想象"不仅基于康拉德在"说明"中承认的来源，而且基于康拉德读过的关于南美风景和历史的书籍。他一生中从未到过中美洲的海岸，虽然他说他曾经在东海岸、哥伦比亚和委内瑞拉有过短暂的逗留，但康拉德关于马来西亚的小说和故事都基于丰富的一手经验。

这种差异可以被看作阅读的施为性力量的显著证明。康拉德读过坎宁安·格雷厄姆、马斯特曼、伊斯特维克、佩兹（Páez）等人的作品。利用这些材料，他在头脑中创造了，或者说发现了一个自动浮现的景象，一个想象中的中美洲国家，这个国家是那些留在他记忆中的，或留在他有意识的记忆之外的潜意识中的，所有这些书籍的点点滴滴转变和融合成的一个"丰富而陌生"的东西。当你我阅读《诺斯托罗莫》的时候，也在发生类似的事。每个读者基于书上的文字，根据文字的施为性能力，在大脑中创造出一个想象的意象，或我所谓的"虚拟现实"，每个人创造出来的虚拟现实各不相同，甚至同一个人在不同时间的阅读产生的结果也不相同，这个虚拟现实包括苏拉科的风景、城镇、居民和小说中的所有事件：重建银矿、谋杀赫希、德库德的自杀、诺斯托罗莫意外中枪身亡，等等。书上的文字激发出脑内小剧场或内心的魔术表演，就如康拉德对那些参考书籍的阅读激发出整部小说的内容一样。

我对《诺斯托罗莫》的讨论，给关于这部小说的不计其数的评论作品又增加了一篇。美国现代语言协会索引数据库（MLA bibliography）每年都会新增将近一百篇关于康拉德的文章。这真是令人瞠目。仅仅阅读关于康拉德的已经发表的文章和追踪新发表的文章，就足够耗尽一生的时间。但是你在这些"二手资料"中能够获取的东西，或许最好可以通过自己阅读康拉德而获得，知道这点让人感觉好一点。最好相信自己的想象力，通过康拉德写出的文字，让自己的想象力创造出一个全新的、独特的、私人的脑内小剧场。我说的是"二手资料"。或许说"三手资料"更加准确，因为我写下的文字，是对康拉德文字的反应，而康拉德的文字则是对他阅读的"参考材料"

的反应。

在"作者说明"的其余部分，康拉德继续以同样假严肃和半讽刺的语气，模仿书籍序言中的致谢，表达他对苏拉科人民，特别是古尔德夫人和查尔斯·古尔德的盛情款待的感激之情，他谈论这些人的时候，就好像他们是他已经拜访了两年之久的真正的人类："我承认，对我来说，那段时间属于坚定的友谊和永难忘怀的殷勤好客。为了表达我的感激，这里我必须提到古尔德夫人，'苏拉科第一夫人'……和查尔斯·古尔德。"（Note, 5）

康拉德接着详细地解释诺斯托罗莫这个人物是部分地模仿他早期认识的一个地中海水手，"多米尼克，'特雷布林诺'号的主人"（Note, 6），这就赤裸裸地和他一直坚持的"小说写作是发现而不是模仿和拷贝"的说法相抵触。康拉德说，激进的怀疑论者德库德喜欢的政治激进分子安东妮亚·阿维利亚诺斯的部分原型，是康拉德小时候上学时喜欢的女同学，而康拉德本人在小说中则扮演德库德的角色："我不是唯一喜欢她的人；但我是最常听到她对我的轻浮举止进行严厉批评的那个人——与可怜的德库德非常相像——或者忍受她严厉刻薄的谩骂的那个人。"（Note, 8）

然而，康拉德所说的话又一次表明，诺斯托罗莫、安东妮亚、德库德和其他人主要不是根据各自的"原型"模仿而来的，而主要是康拉德根据这些"原型"夸张的想象变形而来的。以同样的方式，这部小说中的政治，部分基于康拉德小时候所知道的波兰的革命政治。安东妮亚对德库德关于政治的怀疑主义的恶语攻击，是对康拉德小时候喜欢的女同学对康拉德的犹豫不决的恶语攻击的改编。"作者说明"以"漂亮的安东妮亚"的意象结束，就好像她仍在今天的苏拉科，"耐心地等待着其他新时代的到来，更多革命的到来"（9）。康拉德在括弧中提问："（是否也可能是其他人）"（Note, 8）。我觉得，他的意思是，"这个意象是否也可能是我年轻时喜欢的女孩，当我离开波兰走向大海之后就将其永远地抛在了身后，我通过想象虚构的安东妮亚，或许可以想象一下她现在可能的样子。"

在《个人记录》（*A Personal Record*）中，康拉德用不同的方式来界定科斯塔瓜纳是一个虚拟现实：

> 我像古代的先知一样，"与上帝搏斗"，就是为了我的创造物，为了海岸的岬角，为了平静海湾的黑暗，为了雪地上的亮光，为了天空的白云，为了赋予男人和女人、拉丁美洲人和撒克逊人、犹太人和非犹太人的形体以生命的气息。这么说似乎有点言过其实，但换种说法，就很难描述我的创造性劳动的亲切感和巨大的压力，思维、意志和良知完全投入其中，一小时又一小时，一天又一天，远离这个世界，排除了一切使生活真正可爱和温柔的东西……[1]

康拉德在这段话里，将创造科斯塔瓜纳的世界的行为描述为一种对抗性的创造，是一种他必须和上帝进行抗争才能获得的东西，因为这与上帝的创造是对立的。康拉德写作《诺斯托罗莫》的行为，就像耶和华赋予亚当和夏娃以生命的行为。创造另外一个世界，赋予其自己的风景和地理，这样的创造行为发生在"远离这个世界"的地方，也就是说，远离上帝的造物的地方，康拉德说，这是一种孤独的创造性的斗争，酷似"在冬天从好望角向西行进的时候所面临的持久的严峻的压力"（*PR*, 98-9）。

在一些 17 世纪法国神学家的思想中，上帝的创造绝对依赖于他

1　Joseph Conrad, *A Personal Record* (London: Dent, 1923), 98. 下文来自该书的引文标注为 *PR* 加页码。《个人记录》是标准登特出版社的版本，和《大海如镜》（*The Mirror of the Sea*）合成一册，但分开标注页码。

们所谓的"持续的创造"，也就是说，依赖于上帝时时刻刻维持世界和世界上所有人的存在的意愿，否则他们就会消失。而与此相似，科斯塔瓜纳的存在依赖于康拉德的意志和创造性想象力的持续运作。这种运作必须分分秒秒、日复一日、月复一月地持续才行。只要康拉德的努力一松懈，这个工作就会瞬间消失，就像被掐灭的蜡烛一样。而这一幕恰好发生过一次——邻居家一位将军的女儿在他全神贯注地写作的时候走了进来，说："你好。"（*PR*, 99）康拉德强调《诺斯托罗莫》虚拟世界的准物质本质，一种"没有物质的物质性"，因为它只存在于他的想象中，而不存在于其他地方。它不仅关乎虚构的人民，还关乎群山、大海和白云，甚至沙粒。在这段话里，康拉德还强调了科斯塔瓜纳是一个时空整体。这一切都作为"整个世界"，同时存在于他的脑海中。任何小说都创造一个对立世界（counterworld），一个与真实世界相分离的世界，具有自己的规则、地理、天气和其他特征，但我不知道还有哪一本小说像《诺斯托罗莫》那样如此明确地阐释了这一点，例如在小说开头几章对其地形的初步描述。将军女儿的来访破坏了这一切：

　　科斯塔瓜纳的整个世界（你可能记得，我的海岸故事中的这个国度），男人、女人、海角、房屋、山峰、城镇、草原（没有一块砖头、一个石头，或土壤中的一粒沙子，不是我亲手放置在各自的位置上的）；所有的历史、地理、政治、金融；查尔斯·古尔德的银矿的财富，了不起的卡帕塔兹·德·卡加多雷斯，他的名字在黑夜里被呼喊出来（蒙格汉姆医生听到头顶传来这个声音——琳达·维奥拉的声音），即使在他死后，他的名字依然主宰着包含着他征服的财富和爱情的黑色深渊——所有这些都在我的耳边轰然倒塌。我觉得我永远都无法将这些残片拼凑起来——……（*PR*, 100）

我们能够了解科斯塔瓜纳，只是因为康拉德将他头脑中的景象书写了出来，而康拉德很显然在将其写下之前先在那里生活过。或者也许康拉德想象科斯塔瓜纳的行为，和将其书写下来的行为完全同步。这可以被称为施为性的"文学行为"，一种特殊的言语行为。爱德华·萨义德用他独特的方式，在一篇访谈中讲述了他发现《诺斯托罗莫》如何与其来源相脱离，访谈反复使用了音乐类比，体现出他一贯的阅读洞察力，尽管有时候他发现的东西和他期待的东西并不一致，该访谈已被收入《二十一世纪的康拉德》(Conrad in the Twenty-First Century)：

> 康拉德在《诺斯托罗莫》中试图建构的是一个非常坚固的结构，它有自己的完整性，完全不涉及外部世界。虽然这只是一个猜测，但我认为，康拉德在这本书写到一半的时候，似乎对人类的真实世界失去了兴趣，开始完全沉浸在他自己的方法和自己的写作的操作之中。它有自己的完整性——比如，就像巴赫可能围绕一个非常无趣的主题创作一首赋格曲，到了曲子中间，你就会完全投入五个或四个音符的运作方式之中，并理解它们之间的关系，这成为它最有趣的地方。我觉得《诺斯托罗莫》中具有类似的冲动。[1]

萨义德在这一点上说得很对。康拉德将各种材料进行想象性的转变，建构了他的科斯塔瓜纳，然后他越来越专注于将居住在他的异托邦中的人物相互纠缠的命运演绎出来。

---

1 "An Interview with Edward Said," conducted by Peter Mallios, in *Conrad in the Twenty-First Century: Contemporary Approaches and Perspectives*, ed. Carola M. Kaplan, Peter Mallios, and Andrea White (New York and London: Routledge, 2005), 293.

行文至此，我可以得出结论，尽管也有一些不同之处，但《诺斯托罗莫》和《还乡》一样，是一部文学作品，而不是一部历史、自传、政治理论、民族志、精神分析、生态学或游记作品。我这样说的意思是，《诺斯托罗莫》是作为一部具有自17世纪以来西方定义的确定的文学体裁的作品而构思、写作、出版、阅读和评论的。17世纪以来的时代是印刷时代，它和保护言论自由的西方式民主的发展相重合。所谓的"言论自由"，在文学领域，意味着有权利虚构任何东西，而无须为其指称性的或表属性的价值，即真实对应性的价值负责。

印刷文学的时代正在走向终结，新媒体将取代印刷书籍，这将是一个漫长而持久的痛苦的过程，新媒体包括：电影、电视、从互联网上下载的流行音乐、电子游戏、脸书、推特，等等。瞧不起新媒体是不行的。它们有巨大的力量去影响人们的思想、信仰和行为，而曾经至高无上的文学的力量则正在消失。网络新闻对伊拉克战争的报道，比如被选择并反复播放的视频片段，很显然受到了战争电影和电子游戏惯例的影响。比如，在伊拉克战争期间，美国全国广播公司晚间新闻在不同的背景下反复播放这样一个视频片段：美国士兵穿着战斗服，全副武装，闯入一个被认为是伊拉克恐怖分子的房屋。这种破门而入的场景是电子游戏中常见的主题。看过《黑暗之心》的读者并不多，但我敢肯定，有成千上万的人看过《现代启示录》（*Apocalypse Now*）这部电影。

电子游戏中包含着大量的文学创意和惊人的技术要素。如果康拉德生在今天，他或许在撰写电影或电视剧本，或者编写电子游戏程序。我们可以想象一个名叫《科斯塔瓜纳》的游戏，在这个游戏中，玩家试图在一个虚构的南美共和国发起或阻止一场革命，就像《指环王》既有电影又有电子游戏一样。《科斯塔瓜纳》的目标是建立一个新的民族国家，有宪法、法律、机构、产业、公司等，就像美国在阿富汗和伊拉克所做的那样。文学力量的衰落，可能就是大学教授不得不付出艰苦努力来证明文学研究之正当性的原因。他们热爱文学，但有时候有人发现他们因为"娱乐"而阅读文学作品，"为了其本身而阅读"，他们就会有点不好意思。我说"为了其本身而阅读"的意思是，阅读小说是为了进入每部文学作品所允许的独特的纯粹想象的领域。其结果是，人文学教授将自己对文学的热爱隐藏起来（如果他们还有这种热爱的话），伪装成冷静的、实证的、政治上进步的文化研究；或女权主义研究；或性别、阶级和种族研究；或对文化的物质基础的研究；或基于当前流行的认知科学人文学科的研究。

《诺斯托罗莫》和《还乡》之间有一个区别，前者更明显是一个梦境，而不是像哈代小说那样，是一幅对一个真实地方的想象画面。还有一个区别，康拉德对于《诺斯托罗莫》的形成作为一个反创造（counter-creation），比哈代更有自我意识，更加明晰。哈代更加实事求是。他或多或少想当然地认为文学就是一种公共传统的产物。他在书写小说，而所有人都知道小说是什么。文学对康拉德来说已经是一个本身就有问题的东西。对康拉德同时代的"现代主义"作家来说，问题越来越严重，无论是法国的马拉美、瓦莱里和普鲁斯特，还是欧洲德语区的托马斯·曼、卡夫卡或穆西尔，还是爱尔兰的乔伊斯、英国的伍尔夫和康拉德的朋友兼合作者福特·麦多克斯·福特，都是如此。

《诺斯托罗莫》中康拉德的物质视野

康拉德和福特曾经就文学技巧进行了长时间的讨论。他们一起提出了一种文学"印象主义"自觉理论。这有点类似于绘画中的印象主义，在某种程度上模仿了斯蒂芬·克莱恩在《红色英勇勋章》中的叙事技巧。正如埃洛伊丝·克纳普·海斯（Eloise Knapp Hays）在一篇权威文章中指出的那样，康拉德与印象主义的关系极为复杂。据她说，这种关系经历了三个阶段。康拉德最初对绘画中的印象主义深恶痛绝。1890 年，他以一个精神病院的名字将其命名为"沙朗通学派"。[1] 然而，后来在分别关于斯蒂芬·克莱恩和阿尔丰斯·都德的文章中，康拉德称赞了一种小说叙事的印象主义手法，尽管他对这种手法未能触及事物的本质持保留态度。印象主义作家，例如都德，有一种"只看到事物表面的天赋，因为大部分事物除了表面什么都没有"（转引自 Hays, 138）。只要对康拉德有所了解的人都会记得，康拉德在《"水仙"号上的黑鬼》的序言中说，"艺术可以被定义为一心一意地最充分地呈现可见的宇宙"，"我试图完成的任务是，通过文字的力量，让你听到，让你感到——首先让你看到"[2]。当我们把这种高谈阔论用于评价《诺斯托罗莫》的时候，其讽刺之处当然是，苏拉科恰好是不可见的，或只有康拉德的内心才能看到。世上就没有这样一个地方，我们可以与其进行对照，判断康拉德"充分呈现"的行为是否准确。他在《诺斯托罗莫》中的目标是让读者**看到**一块虚构的、想象出来的土地。

　　康拉德与印象主义关系的第三个阶段，在这个后期的转变后，他对斯蒂芬·克莱恩的推崇不再那么模糊，他开始自觉地试图在他自己的作品中停留在事物的表面："我只是一个讲故事的人。……我不想对事物寻根究底。我想把现实视为粗糙的东西，我的手指可以在上面弹奏。仅此而已。"（转引自 Hays, 143）

1　Eloise Knapp Hays, "Joseph Conrad and Impressionism," in *The Journal of Aesthetics and Art Criticism* 34, no. 2 (Winter, 1975), 139.
2　Joseph Conrad, *The Nigger of the "Narcissus"* (London: Dent, 1923), vii, x.

好吧，然后呢？

我们说《诺斯托罗莫》是一个虚拟现实，就如萨义德所说的，像巴赫的赋格曲一样，在这个虚拟现实中，复杂的内部关系至关重要，语言的直接指称功能被终止，这意味着什么呢？这并不意味着我们不应该尽可能多地了解康拉德的"来源"或"背景"，或贝尼塔·帕里所谓的《诺斯托罗莫》的"历史、政治和意识形态材料"。[1] 罗伯特·汉普森最近对《诺斯托罗莫》的研究就堪称这方面的典范。[2] 这也不意味着我们不应该关注康拉德与我们政治和经济全球化的相关性。阅读《诺斯托罗莫》的时候，很难不想到康拉德写这部小说前后美国对南美进行干预的漫长而悲惨的历史，或者我们最近为了"物质利益"而对伊拉克和阿富汗进行的干预。关于这种相似性，我还有更多的话要说。全球跨国公司哈里伯顿公司的前首席执行官迪克·切尼是21世纪《诺斯托罗莫》中美国资本家霍尔罗伊德的翻版。可以说，切尼仅仅成为美国副总统，在某种程度上降低了自己的身份，尽管成为副总统之后他在一定程度上依然是哈里伯顿公司和其他"物质利益"的代理人。他的商业"专长"也意味着他和乔治·布什政府的其他人运营美国政府的方式，就像法斯托和肯尼斯·雷运营安然公司一样。把美国当成一个公司来运营，这是一个进行掠夺的绝佳机会，从美国公民手里夺走数万亿美元，而不是像安然公司那样从股东手里窃取区区数十亿美元。康拉德笔下的霍尔罗伊德提前代表了最近那些

---

1 Benita Parry, "The Moment and Afterlife of *Heart of Darkness*," in *Conrad in the Twenty-First Century*, 39.

2 Robert Hampson, "Conrad's Heterotopic Fiction: Composite Maps, Superimposed Sites, and Impossible Spaces," in *Conrad in the Twenty-First Century*, 121–35.

"物质利益"和帝国权力的信徒。

《诺斯托罗莫》与历史、政治和意识形态的关系，体现了这种关系能够具有的一种独特方式。在朝着小说来源的一个方向上，《诺斯托罗莫》是一种转化，是康拉德的创造性的想象，对进入其中的材料进行的转化。这是一种神奇的转化或变形，材料被转变成为丰富和奇特的东西。"原材料"的总和，并不能预测最终结果，也不能完全解释最终结果。真实存在的人物原型多米尼克并不能解释小说人物诺斯托罗莫。康拉德当初碰到的作为诺斯托罗莫原型的小故事（偷窃了一驳船银子的恶棍），被康拉德为他虚构的卡帕塔兹·德·卡加多雷斯所发明的复杂人格和故事完全超越。我们唯有通过阅读小说才能了解诺斯托罗莫。这一点同样适用于小说与所有其他"来源"的关系，包括南美历史的事实、南美的革命以及南美的建国行为。

在另一个方向上，即朝向未来的方向上，《诺斯托罗莫》重新回到历史，但并不是通过给我们提供关于南美历史的表述性的事实。历史书才是提供这些内容的地方。《诺斯托罗莫》重新回到历史，更确切地说，是通过它对读者能够产生的难以预测的施为性效果。它发挥作用的方式，是通过小说的方式让读者以不同的方式理解历史，而不是通过直接呈现历史事实。一部小说作品施为性地产生作用，并不是通过话语表述的方式，而是如亚里士多德所说，通过它的行为、情节、它讲述的故事。它的本质维度是时间序列。一部小说可能会让它的读者以不同方式看待他们自己的历史，从而导致不同的行为。例如，在下一次选举中，他们可能会投不同的票，尽管我对此没抱多大的期望。康拉德特有的反讽叙事方式，在《诺斯托罗莫》中并不少，悖论性地帮助小说产生施为性效果。保罗·德曼在《讽刺的概念》（"The Concept of Irony"）中令人惊讶地宣称，反讽能够进行辩护，能够做出承诺，能够提供慰藉。[1] 反讽或许还能够有效地鼓动政治行为。马克思的《资本论》和《德意志意识形态》就充满了长篇大论的反讽的猛烈抨击，经常出现在关于马克思对手的脚注中令人敬佩的将人批驳得体无完肤的讨论中。这种对反讽的使用，并不意味着《资本论》和《德意志意识形态》不是改变世界的作品。

解读《诺斯托罗莫》

为了理解《诺斯托罗莫》可能具有施为性的效果，而不是准确地模仿，或表述性地提供信息，我们就需要非常仔细地阅读这部小说。这对于这样一个大部头的作品来说可不容易。而且，《诺斯托罗莫》在我看来似乎对现代主义叙事传统具有极其独特的使用。我所知道的小说中没有哪本像它这样，甚至连康拉德的其他作品也都和它截然不同。"解读"（reading）《诺斯托罗莫》，我的意思是，要仔细地关注技巧问题和修辞特征以及书上的字词所具有的令人迷惑的物质性，正是这些字词在读者的头脑中产生了整个苏拉科省：山峰、平原、城镇、港口、岛屿、大海和那里的居民。一部文学作品的施为性力量，不是来自可以从中提炼出来的主题概括，不是来自人物的描述，也并不是来自情节的概要。这种施为性力量来自具体的细节，这些细节能够逐渐积累。如果存在解读的可能，那么它必须尝试解释小说如何通过某种神秘的力量，改变读者的世界，无论这种改变多么微不足道。

判断苏拉科是不是共同体，如果是的话，是哪一种共同体，是本章的讨论重点。小说中的共同体的问题，也是我在本书其他章节中讨

1　Paul de Man, "The Concept of Irony," in *Aesthetic Ideology*, ed. Andrzej Warminski (Minneapolis: University of Minnesota Press, 1996), 165.

论的核心问题。然而，为了实现这一目标，我必须首先讨论一下小说的背景和表达方式，即科斯塔瓜纳的具体品质和叙事者，或更准确地说，"叙事声音"的具体品质。

毕竟，《诺斯托罗莫》不是从人物和故事开始的，而是从风景开始的。当康拉德第一次意识到值得一写的东西依然存在的时候，在他的脑海中首先浮现的事物似乎就是这种风景。这一点和《还乡》有点类似。《还乡》也不是以人物开始，而是以对夜幕降临之时爱敦荒原的篇幅很长的拟人化描写开始的。我曾在别处详细讨论过哈代在《还乡》中对荒原的拟人化写作及其功能。[1]但康拉德的地形学表达与哈代的截然不同，这一点我会在下文进行说明。但首先我们应该思考，为什么小说以风景开始，而不是直接进入涉及小说主要人物的场景之中。亨利·詹姆斯的后期代表作都是从这样的场景开始的。以具体的细节或场景开始，是新历史主义的特征，是其传统的做法或表达的习惯。这样做就是在表明，"你是在阅读用新历史主义模式写成的作品。我不是从泛泛而谈或统计数据开始的。我是从一个奇怪的历史事实开始的，这个历史事实具有其明显荒诞的具体性。你之后会明白我要说什么"。

例如，亨利·詹姆斯的《使节》一开篇就直奔主题，斯特雷瑟从美国横渡大西洋后抵达切斯特的酒店："斯特雷瑟到达酒店后的第一个问题，是关于他朋友；然而，当他得知韦马什显然在晚上之前不能到达时，他并未感到非常不安。"[2]"并未感到非常不安"——除了詹姆斯，谁还能编造出这样一个自我否定的短语？这是个双重否定的短语，并且在"未"和"不"的双重否定之前，还有一个否定词

1　参见拙作 "Philosophy, Literature, Topography: Heidegger and Hardy," in *Topographies* (Stanford, Calif.: Stanford University Press, 1995), 9–56, 尤其是第 26–9 页.

2　Henry James, *The Ambassadors*, *The Novels and Tales*, 26 vols. (Fairfield, N.J.: Augustus M. Kelley, 1971–79: a reprint of the New York Edition), 21: 3.

"不"——"不能到达"。"显然"？"并未（感到）非常"？斯特雷瑟所有的极端的双重性都表现在这些词语之中。双重否定决定了他的一切行为，当他拒绝玛利亚·格斯特里向他的求婚时，这种双重否定达到了顶点。他说，他之所以拒绝，是因为这样做不会为自己谋取任何好处。《鸽翼》的开篇也同样突兀："凯特·克罗伊等着父亲进来，但他就是让她一直等着，有几次在壁炉架上的镜子里映出她的面孔，这面孔因为愤怒而变得异常苍白，她几乎都想不见他就直接离开。"[1]《金碗》的第一句话是："王子总是很喜欢伦敦，当……"[2] 这样的开头让读者不禁要问：斯特雷瑟、韦马什、凯特·克罗伊和王子分别是谁？他们此时此刻到底在做什么？

康拉德也不是没有在小说中用过这样的开头。他的第一部小说《阿尔迈耶的愚蠢》于 1889 年开始动笔，开篇是某个不知名的人喊出的神秘词语："卡斯帕！马坎！"然后将读者立刻带入阿尔迈耶的意识："这个众所周知的尖锐叫声把他从辉煌未来的梦想中惊醒，回到当前不愉快的现实之中。"[3] 这两个急切的词语，"卡斯帕！马坎！"是康拉德写作生涯最开始的文字。它们是他职业的曙光或将其唤醒的声音。"一鸣惊人吧，约瑟夫·康拉德！"

《诺斯托罗莫》的开头

写于 1903 年，也就是 14 年之后的《诺斯托罗莫》的开头颇为不同："在西班牙统治时期以及此后的很多年里，苏拉科镇——橘园的繁茂美景见证了它的古老——从商业上说，主要是一个有着相当大

---

1 Henry James, *The Wings of the Dove, The Novels and Tales*, 19: 3.
2 Henry James, *The Golden Bowl, Novels and Tales*, 23: 3.
3 Joseph Conrad, *Almayer's Folly* (London: Dent, 1923), 3.

的牛皮和靛蓝贸易的沿海港口。"（3）在亨利·詹姆斯的小说开头中，背景几乎都是偶然的。读者只能逐渐地了解小说人物身在何处。直接的焦点是其中一个主角的意识，叙事话语亲密而又讽刺地将其呈现出来。在《诺斯托罗莫》中，康拉德给出了没有人的场景——至少当时还没有。但限于篇幅，不能在这里全文引用，虽然这一章只有六页。这些内容完全致力于在读者的脑海中创造出康拉德想象中的，或他在写作时所发现的，苏拉科省的完整全景。

我们能够找到这种施为性的地形学行为（"让苏拉科出现吧！"）的几个鲜明的特征。和在 1917 年的"作者说明"中一样，康拉德也在这部小说本身中强调了苏拉科基本上完全封闭的状态。康拉德在"作者说明"中谈到他离开波兰和他在那里的年轻恋人时说，他"真的要永远离开了，去往很远的地方——甚至远到苏拉科，到那个坐落在无人知晓、无人能够看见的平静湾的黑暗中的苏拉科"（Note, 8）。苏拉科无人知道，无人能够看见，因为它不存在，或者说，只有当康拉德在其想象的深处发现它，将它作为南美洲西海岸的虚构之地写下来，这样我们才能在阅读这部小说的时候参观它。我说过，康拉德一生中从未去过南美洲的西海岸。

苏拉科是秘密的、隐藏的、未知的，这一点被康拉德赋予它的地形所强化。康拉德在《大海如镜》中说，一个海员和海岸的关系是"登陆和离开"两者"有规律地替换"。[1]他接着指出，"登陆"（landfull）指当你的船从远海接近海岸时第一眼看到它，而不是真正登上海岸："你的登陆就是你第一眼看到的东西，无论这个东西是形状奇怪的山、岩石岬，还是一片沙丘。"（MS, 3）任何人，哪怕是像

---

[1] Joseph Conrad, *The Mirror of the Sea* (London: Dent, 1923), 3. 对该书的引用下文标注为 *MS* 加页码。《大海如镜》是标准登特出版社的版本，和《个人记录》合为一册，但分开标注页码。

我这样的一只小船的水手，都会知道从海上出现一个海岸是多么陌生、多么神奇、多么诱人，而又多么不祥。康拉德呈现苏拉科的方式，就像读者从海上逐渐接近它。这种视角甚至被小说的副标题"一个海岸的故事"所强化。这既不是一个关于陆地的故事，也不是一个关于海洋的故事，而是，准确地说，一个关于它们之间的边缘或边界，即海岸的故事。

正如康拉德的地形学描述中经常出现的情况一样，这种描述方式似乎是为了给电影摄制组提供指引。这个场景告诉摄影师从远景一点一点地靠近，直到最后聚焦在"远洋蒸汽航海公司"内港的码头上。读者从大伊莎贝尔岛上看到码头出现在眼前，大伊莎贝尔是平静湾不远处的三个岛屿中最大的一个。读者可能一开始没有注意到，小说开篇描述的电影特性因为描述所使用的现在时态而得到强化。叙事在第二章第二段的某个地方，几乎不为人注意地变成了通常的过去时态。

使用现在时态的开篇，可以被称为想象。这是通过一艘比喻性的小船登陆的方式，揭示出康拉德"发现"的虚拟现实，即《诺斯托罗莫》的整个内部地形。向过去时态的转变，将小说的所有事件都抛回到过去，将其变为记忆的对象。相当非个体性的叙事声音在过去的时间里来回移动，包括有时候令人眼花缭乱的时间转换、追叙、预叙、嵌入事件、重复行为的叙事，构成了小说的内容，这些事件能够被叙事声音纳入其整体的回忆。如果小说的空间是一个整体的全景，那么过去也是一幅全景，作为一个整体展开在叙事者的整体记忆面前。这样就赋予了叙事声音自由选择任何片段进行叙述的权力。叙事不受前后顺序或因果关系的约束，也不受任何单一的目的论目标的约束，虽然诺斯托罗莫的死亡或多或少地让叙事的需求结束。如康拉德在"作者说明"的末尾所说："当最后一口气离开了了不起的卡帕塔兹的身体，这位人民英雄终于从爱情和财富的苦役中解放出来，我在苏拉科已经没有什么可做的了。"（Note, 9）我认为他的意思是，没有可以讲述的东西了，没有更多的故事可以讲述。和简·奥斯汀的小说或安东尼·特罗洛普的许多小说不同，《诺斯托罗莫》情节的终点不是婚姻，而是死亡，主要人物的死亡，这和《哈姆雷特》一样。

康拉德在《诺斯托罗莫》中复杂的叙事顺序有一个隐含目标，即关于历史应该如何书写的一般性假设。读者需要花很长时间才能发现，小说的核心是对一场革命的描述，这场革命间接导致了独立的苏拉科共和国的建立，间接拯救了银矿，并间接导致了诺斯托罗莫盗窃满满一驳船的银子。所有这些事件都发生在相对较短的时间内，但为了全面充分地交代这些事件，还需要对其前因后果进行大量描述。

小说第一章的现在时态以毫不夸张的方式暗示，整个场景是永恒的，日复一日、月复一月、年复一年，它都是一样的。苏拉科距离赤道很近，因而连四季变换都没有。白天总是阳光明媚，晚上总是阴云密布。在人类到来之前，整个景观就已经在那里了，当人类消失之后，这些景观还将永久长存。叙事者的"登陆"视角强调平静湾的不可接近。"它的水域从未刮过大风。"（6）（顺便说一下，这是不可能的。任何开阔的水域总会有刮大风的时候。）在港口视野之内的平静湾之中，帆船经常因为没有风而停留多天。稍微想想，就会觉得这件事情怪异得有点可怕。你几乎已经抵达目的地了，但是你被神奇地阻挡在那里，无法到达目标，就是因为在这个靠近海岸的地方常年缺风这样一个看似微不足道的原因。这种意料之中的无风状态以及平原内陆一侧的大范围山脉，在蒸汽轮船投入使用之前，在几代人的时间里将苏拉科与外部世界安全地隔离开来。苏拉科几乎就像一个被施了魔法的岛屿，或一个睡美人公主。叙事者说："地球上的一些港口，由于沉没的岩石和海岸的风暴而难以进入。"（3）苏拉科却正好相反，因为"其广阔海湾四季无风的平静状态"被保护了起来（3）："苏拉科在幽深的平静湾的庄严寂静中找到了一个不可侵犯的避难所，远离了贸易世界的诱惑，就好像藏在一个巨大的半圆形、无顶的面向大海的寺庙里，高高的山峰是寺庙的墙壁，云彩是挂在墙壁上的哀悼帷幕。"（3）我稍后还会讨论这个精心设计的建筑隐喻的意义，或者更确切地说是明喻，因为康拉德用了"好像"。

在最初的登陆视野之后，叙事视角逐渐向内陆移动，首先细微地描述了蓬塔马拉一侧，蓬塔马拉是"一个微不足道的海角"，"海岸山脉的最后一个支脉"（4）。康拉德没有说是左边还是右边，但当你从海上接近的时候，它可能是在海湾的右侧。之后我会讨论苏拉科地图的问题。半圆的另一边是更加令人印象深刻的"蔚蓝半岛"。之所以这样叫，大概是从远处的海上看，它就像"一片孤立的蓝色薄雾，轻轻地漂浮在地平线上"（4）。蔚蓝半岛岩石密布，沟壑丛生。除了入口处有一些荆棘灌木之外，这里绝对干燥荒凉。叙事者讲述了一个民间故事，所有苏拉科的穷人都相信这个故事是真的。故事讲了两个外国水手和一个"废物印第安人"（4），他们试图用砍刀劈开一条道路登陆半岛，去得到据说埋藏在那里的黄金宝藏。他们到了那里的第一个晚上的营火冒烟后，人们就再也没有看到或听到过他们："水手、印第安人和被偷走的驴子都没有再出现过。"（5）每个人都相信，他们的鬼魂现在非常富有，但总是又饿又渴，仍然出没在蔚蓝半岛的峡谷和岩石之中。这个寓言预见了小说主要故事中所有人物的命运，他们的欲望和幻想都被圣托梅银矿所控制。《诺斯托罗莫》是个有点讽刺和扭曲的寓言或警示故事，至少和乔叟的《赦罪僧的故事》一样古老，它有着严厉的道德寓意：贪婪乃万恶之源（*Radix malorum est cupiditas*）。你看，我告诉过你，《诺斯托罗莫》是康拉德发明的幻境，只是从传统中借取了一些东西。

叙事者转而讲述远处山脉的壮观景象，科迪勒拉山脉的最高峰是白雪覆盖的伊古洛塔峰。然后叙事者开始讲述一个永恒的昼夜交替的序列，因为没什么风而滞留在海湾的帆船对此感受深刻，云在山上升起，但从未出现在海面上空，只有到了晚上，当天色变得漆黑一片，水手们可以听到但看不到海湾上的雨四处下下停停，尽管仍然没有刮风。然后叙事开始对三个无人居住的小岛——大伊莎贝尔岛、小伊莎贝尔岛和最小的何蒙莎岛（意思是"美丽"）——进行详细的描述。这些小岛位于苏拉科港口入口的对面。这一章的最后一句是关于苏拉科镇本身的，但从海上看不见，进入港口后很快就可以看见它的"墙顶、巨大的圆屋顶、在一片巨大橘树林中闪烁着光芒的白塔"（8）。

　　第一章是这部小说精彩的开篇。它证实了康拉德心目中有一幅关于苏拉科的清晰详细的地形图，尽管伯绍德（Berthoud）和汉普森（Hampson）等批评家或许会说这部小说是一部德塞都式的（de Certeauvian）异托邦，也就是说，这样的作品并不是经常具备你可以落实在地图上的不自相矛盾的理性意义。碰巧的是，康拉德的确在手稿的第345页绘制过一张苏拉科的地形地貌图。这张地图被收录在埃洛伊丝·克纳普·海斯的《约瑟夫·康拉德的政治小说》（*The Political Novels of Joseph Conrad*）的第173页。我必须承认，这张地图有点难以解读。我们很难按照小说开篇的描述来确定哪个是蓬塔马拉，哪个是蔚蓝半岛，哪里是港口，哪里是苏拉科镇。我觉得海岸线中间的大的图形肯定是蔚蓝半岛，而右边的那个黑色的小长方形肯定是海港码头。康拉德应该知道哪里是哪里，但他没有在地图上标注。塞德里克·沃茨（Cedric Watts）在他关于《诺斯托罗莫》的简短而精彩的著作中，绘制了一幅该地区和苏拉科镇的详细地图（64-5）。他是这方面的专家，因此他肯定知道这些东西分别坐落在哪里，也知道伊古洛塔峰有多高，等等。图10、图11、图12就是这些地图。图10是康拉德自己的地图，图11和图12是沃茨绘制的地图。

图 10 《康拉德的苏拉科地形地貌图》（"Conrad's Topographical Relief Map of Sulaco"），来自最初手稿的第 345 页，转引自 Eloise Knapp Hays, *The Political Novels of Joseph Conrad: A Critical Study* (Chicago: University of Chicago Press, 1963), 173.

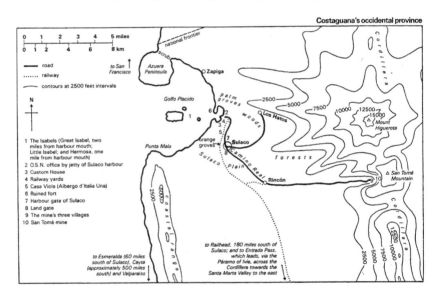

图 11 《科斯塔瓜纳的西部省》（"Costaguana's Occidental Province"），塞德里克·沃茨绘制，引自 Cedric T. Watts, *Joseph Conrad: Nostromo* (London: Penguin, 1990), 64.

小说开篇的物质主题

小说开篇的场景描述有两个根本的、相互关联的特征：

首先，地形特征是以一种可以被称为物质主义的方式呈现的。它

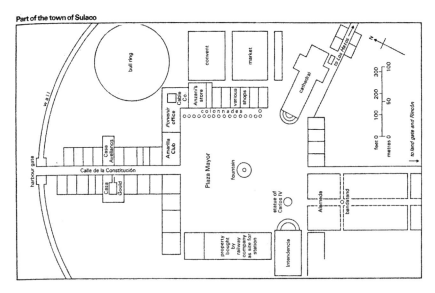

图 12　《苏拉科镇部分图》（"Part of the Town of Sulaco"），塞德里克·沃茨绘制，引自 Cedric T. Watts, *Joseph Conrad: Nostromo* (London: Penguin, 1990), 65.

们只是碰巧存在于那里的物质元素，给虚构的叙事者兼观看者的感官留下印象。它们几乎不具备形状、颜色和声音，它们只具有最简略的名字：云、山、岩石、海面，等等。我们或许可以这样说，这些事物几乎是在纯粹的现象学的感觉（sensation）层面被描述，而不是在深入的感知（perception）层面被描述。用康德的话说，"正如诗人所做的那样"，它们被赋予只具有字面意义的名字。[1] 它们对人类完全漠不

1　安杰伊·沃明斯基就这个术语及其背景写过一篇精彩的、已经成为经典的文章。参见 Andrzej Warminski, "'As the Poets Do It': On the Material Sublime," in his *Ideology, Rhetoric, Aesthetics: For de Man* (Edinburgh: Edinburgh University Press, 2013), 38–64, 此后对此文的引用标注为 Warminski 加页码。沃明斯基的文章受到保罗·德曼的文章的启发，德曼的这篇文章是："Phenomenality and Materiality in Kant," *Aesthetic Ideology*, ed. Andrzej Warminski (Minneapolis: University of Minnesota Press, 1996), 70–90, 下文对德曼此文的引用标注为 *AI* 加页码。最近，克莱尔·科尔布鲁克（转下页）

关心，对人类来说完全缺乏设定的或投射的意义。它们作为纯粹的物质景象被呈现出来。

其次，这种物质主义还伴随着另一个相关的特征。在《诺斯托罗莫》中，几乎完全缺乏风景的拟人化，而在哈代的《还乡》开头对爱敦荒原的描绘中，或康拉德本人在《黑暗之心》对非洲丛林的描绘中，则处处弥漫着那种风景的拟人化。在景物的表象之下也不存在任何形而上学的"黑暗"的投射，而在《黑暗之心》的景物描写的风格特征中就蕴含着这种表象之下的"黑暗"。《诺斯托罗莫》大众的地形学几乎完全没有深度。它就像一个仅有表面的舞台布景，背后空无一物。

这些地形的外观没有象征意义。它们也没有寓言的意义，至少在这个词语的日常意义上来说是没有的。它们不代表任何超越它们自己的东西。它们的背后在表面上看来没有隐藏任何东西，没有隐藏不祥的"他者"，没有类似于"一股不可抗拒的力量在不动声色地沉思一个难以言喻的意图"。[1]《诺斯托罗莫》中的地形外观都是表面的。它们不同情以它们为背景的人类行为，但也不反对。它们只是一味地冷漠无情，甚至这样说都将其过于人性化了。它们只是碰巧在那里，眼

（接上页）（Claire Colebrook）再次讨论德曼对康德的理解，提出一个观点，即在今天这样的灾难性的气候变化时代，正确的态度是一种物质的崇高，将自然视为碎片化、机械化和漠不关心的，而不是将自然看作"自然母亲"的人格化立场。参见科尔布鲁克精彩的长文 "The Geological Sublime," forthcoming from the Open Humanities Press in Tom Cohen, Claire Colebrook, and J. Hillis Miller, *The Twilight of the Anthropocene*. 科尔布鲁克提出，"这样的崇高，在德曼的意义上是美学的崇高，**不是**因为它讨论艺术和写作，而是因为它倡导一种**没有意义或目的论**的观看方式……如果我们完全用'与世界合而为一'的眼睛观看一切力量，面对一个分解的、碎片的、分离的世界，结果将会是什么样的？"（Colebrook, 103–104）

[1] Joseph Conrad, *Heart of Darkness*, in *Youth: A Narrative and Two Other Stories* (London: Dent, 1923), 93.

睛能够看到，耳朵能够听到。这些地形的场景不是目的论的。它们不会导致任何事情的发生，也不会有助于任何事情。日复一日，随着太阳的升起和落下，它不停地重复着自己。与《黑暗之心》的根本区别，对《诺斯托罗莫》中人们的生活有着重要的影响，我将对此进行阐释。

康拉德与康德

然而，细心的读者发现我在前两段话里使用"几乎"（almost）和"在表面上看来"（apparently）两个词是有理由的。这样的读者或许已经注意到，康拉德对平静湾的描写并不像我说过的那样完全是在字面上。让我们再次审视我引述过的一段话："苏拉科在幽深的平静湾的庄严寂静中找到了一个不可侵犯的避难所，远离了贸易世界的诱惑，就好像藏在一个巨大的半圆形、无顶的面向大海的寺庙里，高高的山峰是寺庙的墙壁，云彩是挂在墙壁上的哀悼帷幕。"（3）如你所见，苏拉科的整个景观被比喻成一座巨大的"寺庙"，它的墙壁是环绕的群山，它的屋顶是苍穹。"避难所"表明了一种传统，即犯了错的人和受到诱惑的人能够在教堂里找到不可侵犯的避难所，似乎就是"避难所"这个相对中性的词语通过这种传统引起了寺庙的比喻。在我看来，康拉德的寺庙更像一个天主教大教堂，墙上挂着黑色的哀悼帷幕，以纪念某个葬礼，而不是像一个希腊寺庙。康拉德小时候在波兰应该知道这样的教堂。教堂的比喻被幽灵般地叠加在以字面意义存在的景象之上。我们能够，或者我们应该如何理解这个比喻？我已经提到过康德，而康德是绝不可能出现在《诺斯托罗莫》中的存在。虽然我很难想象康拉德某天晚上坐下来开始阅读《判断力批判》，但他只是碰巧创造了一个比喻，非常像康德在一篇关于动态崇高的高潮段落中使用的著名比喻：

那么如果我们将星空的景象称为**崇高**，我们就不能把理性的人居住的世界的概念当作我们判断的基础，不能将充满我们看到的上方空间中的亮点，看作是以它们为参照物的沿着具有目的性的固定轨道而运行的太阳；而必须将这个星空仅仅当作我们看到它的样子（ *wie man ihn sieht* ），当成一个遥远的、包罗万象的苍穹（ *ein weites Gewölbe* ）。只有在这样的表述之下，我们才能确定纯粹的审美判断赋予其对象的崇高（ *müssen wir die Erhabenheit setzen, die ein reines ästhetisches Urteil diesem Gegenstande beilegt* ）。同样的道理，如果我们要将大海的景象称为崇高，我们就不能像通常那样，在我们对它的理解中携带任何形式的知识［这些知识没有包含在即刻的直觉中（ *in der unmittelbaren Anschauung* ）］。例如，我们有时候认为大海是一个巨大的水生生物王国，或者是有益于陆地的让空气中充满云彩的巨大的水汽来源，或者是一种将各个大陆彼此分开，却又促进了它们之间最大交流的元素；但这些理解仅仅提供目的论的判断。然而，要发现海洋是崇高的，我们必须像诗人一样对待它（ *wie die Dichter es tun* ），仅仅通过眼睛看到的东西来看待它（ *was der Augenschein zeigt* ）——如果它是平静的，我们就将它看成一面被天空包围的清澈的水镜（ *als einem klaren Wasserspiegel* ）；如果它正处于暴风雨之中，我们就将它看成一道威胁吞噬一切的深渊（ *Abgrund* ）。[1]

这段话里的元素与康拉德段落中的元素一样：天空、大海、云

1　Immanuel Kant, *Kritik der Urteilskraft, Werkausgabe*, ed. Wilhelm Weischedel (Frankfurt am Main: Suhrkamp Taschenbuch, 1979), 10: 196; 同上，*Critique of Judgment*, trans. J. H. Bernard (New York: Hafner, 1951), 110–11, 英语译文略有改动。

彩、星星，但海岸并非如此。康拉德在关于平静湾的夜晚的一段文字中提到了星星，这段话我尚未引用过："苍穹皱着的眉头下面，朝海的方向留着几颗星星，微弱地闪烁着光芒，似乎照进了一个黑色岩洞的嘴中。在它的浩瀚之中，你看不见你的船，但她漂浮在你的脚下；你看不见她的帆，但它在你的头顶飘扬。"（7）请注意"皱着的眉头"和"嘴"所具有的转瞬即逝的拟人化。它们都是词语挪用（catachreses）。为了给这些自然景象命名，而这些景象又没有自己本来的名字，因此只能从别的领域借用，和这里一样，最常见的是从人体借用，人体的术语作为一种自我消解的比喻被投射到自然上。虽然夜晚海岸黑暗的苍穹并不是一张真正的脸，但只要我们想对它进行描述，我们就只能说它有一张"嘴"和一个"皱着的眉头"。康德和康拉德都以类似的方式将天空说成是一个"穹顶"（vault），德语是"Gewölbe"，似乎天空就是一个大教堂的天花板一样。

　　康德的这段重要的文字区分了看待此类景象的两种不同方式。一种是目的论的方式。它将大海视为养鱼的水池，将大海视为可以降雨浇灌耕地的云彩。与这种观看方式相反的是，康德提出一种非目的论的、纯粹物质的视觉，即将事物当作眼睛看到的东西，作为纯粹的"亲眼所见"（Augenschein），而尚未触及任何关于其有用性的阐释。康德声称，这样的做法，就是像诗人一样看待事物。他非常有信心地认为，诗人没有意识形态的扭曲或目的论的倾向。这似乎是一个异乎寻常的说法，你对其思考越多，越觉得它异乎寻常。安杰伊·沃明斯基延续了保罗·德曼的观点，认为华兹华斯的诗歌不符合康德的描述（Warminski, 40-1）。众所周知，从柏拉图到西德尼的漫长传统中，诗人通常被描述为天生的撒谎者、敷衍塞责者、故事编造者、魔术和骗人把戏的制造者，尽管西德尼声称诗人并没有真的撒谎，因为他"没有做出任何判断"。诗人不会假装在说真话，而只是提供虚构的东西。

然而，康德认为真正的诗人以一种非常具体的方式讲述真理，也就是说，将眼睛看见的东西，即未经阐释的"亲眼所见"（*Augenschein*）讲述出来即可，而绝不偏离。像华兹华斯这样的诗人，他的所有言语讨论"极为深度融合的东西"，完全不符合康德关于诗人的愉悦的假设，这一假设涉及如何看待和如何处理给事物命名时所看见的东西。在德国诗人中，我能够想到的只有弗里德里希·荷尔德林（Friedrich Hölderlin）的做法或许是正确的，但他的主要诗歌当然是在康德的《判断力批判》之后创作的。只有这种观看事物的方式和诗歌命名的方式，才有资格拥有"纯粹的美学判断赋予其对象的崇高"。"美学判断"（*ästhetisches Urteil*）在这里的意思不是指"艺术的"，而是指根据纯粹的未经阐释的感觉（sensation），而不是深度的感知（perception），例如将大海视为充满可食用鱼的咸水海洋就是感知而非感觉。我认为，康拉德的叙事者对平静湾的开篇描述，就是这种崇高的观看和命名。正是在这种崇高的物质主义的景象的背景下，《诺斯托罗莫》的人文故事被讲述了出来。

沃明斯基对德曼对康德的讨论的评述

对康德这段话最权威的解释已经在一个脚注中进行了说明：沃明斯基令人佩服的文章《像诗人那样》（"As the Poets Do It"）；保罗·德曼最引人注目，具有原创性、穿透性和严谨性的文章之一《康德的现象性和物质性》（"Phenomenality and Materiality in Kant"）；以及科尔布鲁克的《地质的崇高》（"The Geological Sublime"）。沃明斯基的文章是对德曼解读的解读和细微的调整。这种调整虽未明确提出来，但还是以回归康德的方式，理所应当地发生了。德曼认为，康德的"超验哲学的批判力量消解了这一哲学自身的论述，因为这一哲学留给我们的当然不是一种意识形态——因为超验原则和意识形态（形而上学）原则来自统一体系——而是康德之后的学者尚未开始关注的物质主义"（*AI*, 89），而且我们也可以说，尽管有些例外[1]，但德曼之后的学者也尚未开始关注《康德的现象性和物质性》的思想对文学研究和文化研究的意义，更不用说德曼的其他文章了。或许我自己都没有关注这些思想。

德曼所说的康德的物质主义是什么意思？我认为《诺斯托罗莫》中就蕴含着这种物质主义思想。读者只有自己阅读德曼的文章才能找出答案，而且这不是一件容易的事，但我们在这里还是可以指出他的一些基本观点。德曼说，在康德的这段话中，"主要的感知是将天空和大海当作建筑物的感知。天空是一个覆盖整个地球空间的穹顶，就像屋顶覆盖房子一样"（*AI*, 81）。同样，我也可能注意到，在康拉德的描述中，天空是一个黑色的"穹顶"，用康拉德使用的另一个比喻，或者是一件斗篷："当平静湾熟睡在它黑色的斗篷之下的时候，天空、大地和海洋都一起从世界上消失了。"（7）德曼在康德那里找到了又一个比喻，更加接近康拉德将平静湾比为半圆形"神庙"的比喻："在康德那里，就像在亚里士多德那里一样，空间是一个我们或多或少安全地，或者或多或少诗意地居住在这个地球上的房子。[这句话是对霍尔德林的'诗意栖居'和海德格尔该格言的评论的指称。]这也是海洋被感知的方式，或据康德所说，是海洋如何被诗人感知的方式：海洋广阔的水平面就像一个被地平线包围的地板，四周是天空之

1　汤姆·科恩（Tom Cohen）曾经非常有力地分析和支持过德曼的"物质主义"，参见他的文章 "Toxic assets: de Man's remains and the ecocatastrophic imaginary (an American Fable)," in Tom Cohen, Claire Colebrook, and J. Hillis Miller, *Theory and the Disappearing Future* (London: Routledge, 2012), 89–129.

墙，形成了一个建筑。"（*AI*, 81）德曼在文章后面的段落中，继续详细说明他所说的康德的物质主义景象的含义：

> 将天空视为穹顶的诗人很像野人［或者，有人会补充说，很像玛丽·雪莱小说某个场景中的弗兰肯斯坦，或很像"一个野人，从远处看到一所房子，但不知道是什么东西"[1]］，但和华兹华斯不一样。他不是在居住之前才看到，他只是看到。他不是为了寻找庇护所而看到，因为没有任何迹象表明他会受到任何威胁，甚至不会受到暴风雨的威胁——因为已经明确指出他安全地待在岸上。看与住（*sehen* and *wohnen*）的关系，是目的论的关系，因而在纯粹的审美视野中是不存在的……康德式的海洋和天空的景象中没有思维的存在。只要任何思维和/或任何判断介入其中，这种景象就会出问题——因为天空绝不是一个穹顶，也绝不是像建筑的墙壁一样将海洋围起来的地平线。这就是事物对于眼睛的意义，它们对眼睛来说是表象的过剩（redundancy），而不是对思维来说，正如冗赘词语"亲眼所见"（*Augenschein*）所示，这个词语和黑格尔的"观念的感性外观"（*Ideenschein*）相互对立；"亲眼所见"（*Augenschein*）中同义反复，眼睛出现两次，即眼睛本身和出现在眼前的东西……康德的景象（vision）因此很难被称为是字面上的，因为称之为"字面上的"就意味着它可以通过判断行为进行比喻化或象征化。我们唯一能够想到的词语是"**物质**景象"，但是这种物质性如何通过语言术语进行理解，还不是非常清楚。……大海被称为"镜子"，并非因为认为它可以映射任何事物，而是强调一种没有任何深度的平坦。这种景象是纯

1　转引自 *AI*, 81，是德曼引用的康德的话，参见 Kant, *Logic*, *Werkausgabe*, ed. Wilhelm Weischedel (Frankfurt am Main: Suhrkamp, 1978), 6: 457. 我使用的是这个版本 1979 年的平装本，该引文出自尾注 21。

粹物质的，缺乏任何反思或智慧的复杂性，以同样的方式，在同样的程度上，它也是纯粹形式上的，没有任何语义深度，并可以被简化为纯粹光学的形式的数学化或几何化。康德对美学的批判以一种形式的物质主义结束，这种形式的物质主义反对一切与美学体验相关的价值和特征，包括康德和黑格尔自己所描述的关于美和崇高的美学体验。对他们的解释，从席勒等差不多和他们同时代的人以来，只看见了他们关于这种想象的理论的形象的或"浪漫"的一面，而完全忽略了我们称为［他的意思是，"我，保罗·德曼称为"］物质的一面。而且解读者们也没有理解形式化在这一复杂过程中的地位和作用。（*AI*，81-3）

《大海如镜》是康拉德两部自传中的一部。或许康拉德的确阅读过康德的作品，或者未卜先知地阅读了德曼对康德的评论！似乎这两者必居其一。无论康拉德在《诺斯托罗莫》中如何深入探讨小说人物的灵魂，他在《诺斯托罗莫》中体现出印象主义，他使用文字的力量试图让读者**看见**非人类事物的表面，我认为，他的印象主义和这种尝试，是保罗·德曼所理解的康德的物质主义的现代主义版本。康拉德的叙事声音讲述"仅仅是看见"的行为。根据康德的观点，康拉德像诗人一样观看。

康拉德作品中文字的物质性

众所周知，德曼的文章结尾声称，康德物质主义的终点是"字母平淡无奇的物质性"（*AI*, 90），这种物质性将单词和单词的一部分剥离开来，读者只能盯着页面上毫无意义的标记。这个文章末尾的逆转实现了德曼早先的隐含承诺，即解释我们如何"从语言学的角度"理解康德的物质性："身体的肢解，对应语言的肢解，产生意义的比喻不见了，代之以被肢解为零散词语的句子碎片，或肢解为音节或最终的字母的单词碎片。"（*AI*, 89）德曼列举的康德的例子是密切相关的词语之间的游戏，这种密切联系是德语所固有的，无法进行翻译，*Verwunderung*（惊讶）和 *Bewunderung*（钦佩）两个词语就是密切联系的，或者在一个具体的段落中，"*Angemessen(heit)*［'充分性'］和 *Unangemessen(heit)*［'不充分性'］两个词语不停地、最终令人困惑地交替出现，以至于人们再也无法将其分开"（*AI*, 89–90）。在这一点上，这些词语失去了意义，相反的词语融合在一起，就像我们将任何一个词一遍一遍地大声重复，最后它会变成毫无意义的声音，成为震动的空气的纯粹的物质性，或如康德所说，对不懂德语的人来说，只是页面上的墨迹。

沃明斯基经常在某些文章中使用结结巴巴的重复的主题进行有力的论证，这些重复消解了文字的意义：

我们必须（只能）像诗人必须（不管怎样都能发现崇高）像我们必须像诗人必须。（我尝试翻译出德语："Man muß bloß, wie die Dichter es tun, müssen"；"Man muß müssen"；"一个人，我们，**必须，必须**。"）……这种重复构成的事件，散布在所有的叙事线条之中，从而让文本成为一个无法自圆其说的象征（一个不可读［unreadability］的象征，这是我生造的一个词）——卢梭的自传变成了无意识地、机械地一遍又一遍地重复"马里昂"，而康德的批判哲学家"我**必须**能够连通纯粹理性和实践理性"，"我**必须**展示理性的理想"，"**我必须**能够发现崇高"，"我**必须必须**"，"*Ich* muß müssen, muß müssen, mußmüssen ...（我必须，必须，必须……）"（Warminski, 55, 61）

康拉德的小说中有没有类似的东西，有没有什么"字母的物质性"？看起来似乎没有。康拉德是英语语言的大师。他的英语流畅准确。他不大喜欢双关语和文字游戏，虽然他在地名"科斯塔瓜纳"（Costaguana）中开了个玩笑，guano 是变硬的鸟粪，用于制作化肥和炸药。但康拉德非常喜欢讽刺，就像他将书写《诺斯托罗莫》的时候的自己描述为格列佛一样。反讽总是在话语中引入一种危险的闪烁不定，一种意义的摇摆不定，可能会导致无意义性。然而，康拉德的话在很大程度上，似乎都有力地保留着它们的字面意义和力量，能够让读者通过文字看到他想象中的景象。已经有人研究过波兰语、俄语和法语（康拉德在学习英语之前就会这些语言）对康拉德的句法、语义和语法的影响，但我必须说，康拉德的语言在很大程度上，对我来说是相当地道的英语，尽管经常有点华丽，并带有演说的味道。

然而，康拉德对英语熟练掌握，但偶尔也会发生一些奇怪的事。他在英语中犯过明显的错误。我在《诺斯托罗莫》中发现了两个例子，奇怪的是，其中一个关乎写作和阅读，另一个关乎把虚幻和错误的意义投射进词语中时产生的无声的物质性。

在第一个例子中，叙事者讲述在英国上学的查尔斯·古尔德读他父亲来信对他的影响："读过这些信件后，经过一年时间的思索，他很确定地相信，在科斯塔瓜纳共和国的苏拉科省有一个银矿，他可怜的哈利叔叔多年前在那里被枪杀。"（63）将"读信"（reading the letters）写成"lecture of the letters"明显是法语的说法，而不是标准英语。

我发现的另一个错误出现在对埃米莉亚·古尔德的描述中，她把各种理想的意义赋予新开张的圣托梅银矿生产的第一块银锭上："当第一块银锭从模具中取出来，尚未冷却的时候，她将毫不在乎金钱的双手放在这块银锭上，她的双手因为过于激动而发抖；通过她对其力量的富有想象力的理解，她赋予了那块金属一个自认为正确的概念，仿佛它不只是一个事实，而是某种深远的、不可触及的东西，就好像某种情绪的真实表达，或某种原则的显现。"（118）这里康拉德的语言是"emergency of a principle"，字面意思是"某种原则的紧急情况"，我认为康拉德的意思其实是某种原则的显现（emerging of a principle）。英语里一般不这么说！

这些语言错误的效果是非常奇怪的。就好像作为英国商船队船长的康拉德，作为伟大英国作家的康拉德，他的英国性的外表被暂时地揭开了，就像伟大的魔术师奥兹背后非常不起眼的真相一样，暴露出藏在底下的约瑟夫·特奥多尔·康拉德·纳拉茨·科尔泽诺沃斯基（Josef Teodor Konrad Nalecz Korzeniowski），那个波兰人，对他来说英语只是习得的语言，熟练程度还不如法语。那位通晓多种语言的国际公民科尔泽诺沃斯基当初几乎决定用法语来写作，而不是用英语。他在给坎宁安·格雷厄姆的信中经常使用法语，尤其是在最悲观和心存疑虑的时候。如果读者碰巧发现了这些错误，困惑于"lecture"和"emergency"两个词语的时候，字母的物质性就隐隐约约得到显现。它们不具有自己正常的语义。康拉德到底想说什么？

第一个段落与查尔斯·古尔德赋予他从父亲那里收到的信的含义有关，他的父亲在信里没完没了地抱怨科斯塔瓜纳当局要求他支付他甚至都没有使用的采矿特许权，从而让他穷困潦倒，而查尔斯赋予父亲来信的意义则非常可笑而讽刺地削弱了父亲的这种抱怨。如果文字是可读的，读者就会将特定的意义投入其中，但如果这种投射的意义是不完整或错误的，那么文字作为页面上的符号的物质性和赋予它的意义之间的差异会在 lecture 的行为中被短暂地瞥见。lecture 在法语中是"阅读"的意思。

在第二个段落中，文字和意义之间的差异更加明显。一块银子本身是一个"纯粹的事实"，就像苏拉科地形表面是事实一样，叙事声音客观而冷静地描述了苏拉科的地形，并表现出其一贯具有的讽刺性的缄默。古尔德夫人把她所有的希望都投射到那块银子上，希望通过小说中反复出现的"物质利益"主题来给苏拉科带来法律和秩序。印刷错误在法语中被称为 *coquille*，即"壳"，就像一个人在煎蛋里吃出了一点蛋壳，这个词也可以指印刷书籍的排版中损坏的铅字。"Emergency"就是一个 *coquille*。它就是一点蛋壳，干扰了句子强有力的表达，就像我们瞥见一块金子只是一个"纯粹的事实"，就会暂时地让埃米莉亚·古尔德用颤抖的双手抓着银锭的时候赋予银锭的宏大意义失效。"物质利益"这一短语本身包含着矛盾。物质本身不含"利益"。只有当物质被赋予符号之后，它才变得有利益；它才值得人们为其投入时间、精力和金钱；它才能携带利益；它才能成为金钱本身。这样做，就把纯粹的物质纳入人类的制造和行为、购买和出售、所有的交换和替代的循环之中，在我们正在讨论的话题中，就是将物质纳入《诺斯托罗莫》中早已全面展开的全球帝国主义资本主义的体系之中。银锭必须被铸造成为银币，才能获得意义，但这种意义是虚构的意义。它模仿了一个交换和替代的比喻系统，而这个系统的价值只能通过盲目信仰而存在。全球金融体系的确就是这样。回归金本位制并不能改变这一事实分毫，因为金银只具有人为赋予的意义和价值。2013年黄金货币价值的大幅波动就是一个很好的证明。

我认为，康拉德的壳（*coquilles*），就是表明他的话语中的词语所具有的平淡无奇的物质性的例子。它们让人们关注语言无意义的物质基础。

我将康拉德和康德并置，发现了惊人的相似。这是否意味着康拉德在和康德在"说同样的话"？康拉德是不是彻头彻尾的康德主义者？我是否可以将德曼和沃明斯基对康德的解读完全照搬过来用于解读康拉德的《诺斯托罗莫》？绝对不行。批评解读中的并置比较，是为了发现差异，而不是为了找出共同点。那么，康拉德和康德之间的差异是什么？

康德的《判断力批判》，特别是有关数学和动态崇高的章节，其目的是在《纯粹理性批判》和《实践理性批判》之间、在先验知识和伦理学之间架起一座值得信赖的桥梁。德曼和沃明斯基告诉我们，他的这一尝试失败了——沃明斯基说："在康德的《崇高的分析》中，确立批判话语的尝试，建立批判哲学和超验方法的主题本身的尝试，却让其自己丧失确立和建立的可能，因为'最后的'语言'模式'，即文字的平淡无奇的物质性、物质的文字，最终让比喻性的和施为性的语言模式变得模糊不清。"（*AI*, 61）

康拉德当然没有这样的目标。他的目标是通过一系列精心设计的想象事件来表明，如果人类生存的背景是完全非人性化和"冷漠"的自然，这个自然完全缺乏超验的基础，甚至连《黑暗之心》中那样的负面基础都不具备，那么人类历史将如何发生。

"物质利益"：作为批判资本主义帝国主义的《诺斯托罗莫》

我现在要开始探讨康拉德是否成功地实现了他的目标。我首先要问的是，如果康拉德的叙事者描述的是一个共同体，这个共同体在数个世纪以来，把自己强加在沉默、冷漠的苏拉科风景之上，那么这是哪一种人类共同体？这种情况的发生，有点类似于一点银子被铸上特定的文字和符号就变成了银圆。"小说中的共同体"毕竟是本书的主题。到目前为止，我所说的关于《诺斯托罗莫》的一切都是为了确认苏拉科是一个什么样的共同体，如果它是一个共同体的话。

对苏拉科风景和其他"现象级的"外表的客观、简洁的描述并没有因为第一章的结束而停止。《诺斯托罗莫》不时地提醒人们，寂静的、非人性的大地和人们可以称之为机械的、物理的事件不停地在小说最关注的人类事件的后面、旁边或附近存在。一个例子是小说三分之二处对一个特别紧张的时刻里的苏拉科清晨的描述。佩德里托·蒙特罗马上要到了。索迪洛已经进入苏拉科，并控制了港口。他疯狂地寻找他知道一定藏于某处的银子。这个段落很像一幅印象派晚期的画作，因为它把一切可见之物都简化成光影的形状。

太阳晚些时候看着苏拉科，从白雪皑皑的伊古洛塔峰后面的天空中以全部的力量散发出光芒，把凌晨时分城市沉浸在其中的微妙的、光滑的、珍珠似的灰色光线变成了对比鲜明的黑色阴影和炽热、刺眼的强光。大厅窗户里照射进来三个长长的长方形阳光，而就在街对面，透过一片阳光看去，阿维利亚诺斯房子的正面在自己的阴影中显得非常昏暗。（419）

这段话在上下文中的效果是非常奇特的。它并不是像海德格尔那样，暗示人物及其事件被植入风景之中，安居在其中，建设、居住、思考（借用海德格尔一篇文章的标题），人物就是被这种风景的物质特征所限定。正好相反。康拉德的描写表明，太阳日复一日地升起，日复一日地制造出炫目的光块和对比鲜明的阴影的同样毫无意识的组合，对那里上演的人类戏剧完全漠不关心，完全与人类分离。除了一些几乎被抹除的修辞（例如："太阳晚些时候看着苏拉科……"）之外，这段话几乎可以出自书写《嫉妒》（*Jalousie*, 1957）的阿兰·罗伯-格里耶（Alain Robbe-Grillet）之手。没有任何证据表明康拉德的人物意识到周围的可见环境，他们全神贯注于自己的悲伤、焦虑和担忧。只有匿名的叙事声音才注意到环境，并记录下来，就像一个摄像机的镜头，或者像一个印象派画家将我们正常的注意力暂时停止，通过绘画让我们看见非个体性的感觉（sensation）所记录下的东西，眼睛所看见的东西，而不是感知（perception）所阐释的东西。

在很多可以被引述的例子中，一个更令人不寒而栗的例子是，独裁者古兹曼·本托的几个贵族囚犯被带到灌木丛后被立即枪杀，升腾起蓝色的烟雾："传来行刑队散乱的枪声，有时候还会补上一枪；一小片偏蓝色的烟雾会漂浮在绿色的灌木丛上，和平军会在大草原上前进，穿过森林……"（152-3）将一个冷静的观看者能够产生的颜色感觉（绿色灌木丛上面的蓝色烟雾）仔细地记录下来，是康拉德"印象主义"的一个典型例子。刚才引用的这句话也是小说前期使用的重复叙事技巧的一个例子。康拉德的语言是"一小片偏蓝色的烟雾**会**（would）漂浮"，而不是"**的确**（did）漂浮"。叙事声音在这里并没有记录一个单一的事件，而是一个不断重复发生的事件，就像刚刚重新开张的圣托梅银矿中永不停歇的倒班工作一样。此外，这段话是回溯或倒叙，是对唐·何塞·阿维利亚诺斯成为古兹曼·本托的囚犯之后所受到的折磨的描述的一部分，这种回溯或倒叙打断了对查尔斯·古尔德成功让银矿重新运转的叙述。这些都发生在小说开始很久之前，如果我们还可以说这部小说有一个普通意义上的起点的话。这些不祥的蓝色烟雾是很久之前反复出现的东西。倒叙、预叙、重复叙事、时间转换、叙事间断、视角突变、时态转换——康拉德使用所有这些复杂的手段，来打破直接明了的按时间顺序进行的叙事，远在热拉尔·热奈特（Gérard Genette）对这些手法进行确认并从希腊修辞术语中为这些手法借用或编造听起来像野蛮人一样的名字之前。[1]

1　参见 Gérard Genette, "Discours du récit," in *Figures III* (Paris: Seuil, 1972), 65–278; 同上, *Narrative Discourse*, trans. Jane E. Lewin, foreword Jonathan Culler (Ithaca, N.Y.: Cornell University Press, 1980). 从叙事学角度对康拉德作品进行的最好的解读，参见 Jakob Lothe, *Conrad's Narrative Method* (Oxford: Clarendon Press, 1989).

《诺斯托罗莫》中的叙事复杂性

《诺斯托罗莫》在叙事组织上极其复杂。它为叙事学家提供了绝佳的机会来详细展示现代主义作家如福克纳、伍尔夫、詹姆斯或康拉德本人所使用的各种各样的叙事复杂性。几乎每一个叙事形式的专家已经确定的叙事手段都以这样或那样的方式在小说中得到使用：时间转换；倒叙；预叙；叙事中断；通过"全知"（或者，我更愿意说，"心灵感应"，这是尼古拉斯·罗伊尔的说法[1]）叙事者使用自由间接引语，或者通过插入第一人称叙事或口头话语，将"聚焦"从一个角色的思维转向另一个角色的思维；叙事者从远方的全景视角转向极端贴近的特写；从不同的主体视角复述同一事件；文件的引用，等等。[2]苏拉科历史的时间轨迹可以从这些间接线索中拼凑出来。故事从中间开始，然后前后移动，其方式令读者眼花缭乱，因为他或她总是在思考一个特定的场景和其他场景在时间维度上的关系。仿佛所有这些场景在叙事者广阔无垠、没有时间维度的大脑中一遍又一遍地不断发生，就像作为《诺斯托罗莫》背景的平静湾上的相同的日日夜夜的永不停歇的更替一样。小说故事几乎是以立体主义的方式呈现突兀并置的众多场景，而不是大家通常认为的印象主义方式。

如果《诺斯托罗莫》的目标是重构一个虚构的中美洲国家的历史，那么小说的形式复杂性绝不仅仅是暗示形式即意义——也就是说，如

1　参见 Nicholas Royle, "The 'Telepathy Effect': Notes toward a Reconsideration of Narrative Fiction," *The Uncanny* (Manchester: Manchester University Press, 2003), 256–76; 也可参看 *Acts of Narrative*, ed. Carol Jacobs and Henry Sussman (Stanford: Stanford University Press, 2003), 93–109.
2　参见 Lothe, *Conrad's Narrative Method*.

果康拉德要讲述他想讲述的故事，那么复杂性是必须的。《诺斯托罗莫》的叙事复杂性也将它所暗示的虚假线性历史叙事与另一种更加复杂的、通过叙事来重现"事物本来面目"的方式进行对比。我将在下文讨论这种现代主义叙事所具有的社会、政治和伦理的"功用"。

　　然而，仅仅找出康拉德的非线性叙事的复杂性是不够的，当然，路特（Lothe）也未局限于此。最重要的问题是：康拉德为什么要以这种叙事方式讲故事？一种答案是，他认为这种循环往复的模式是呈现历史的更加真实的方式。还有另外一种答案，或许是更加重要的答案，即这种参差交错的叙事让叙事者，或更确切地说，让叙事声音在苏拉科的现代历史中无处不在。叙事声音同时拥有所有事件的所有细节，这些细节像空间全景一样在叙事声音面前展开。叙事声音可以在这个时空连续体中随意来回移动，根据需求拉开距离或缩短距离，在任何地方或任何地点进入或离开小说人物私密的思维和感情。叙事声音可以打破时间顺序，以便用看起来最合适的方式讲述故事，将对故事的某种理解传递给读者。

　　我们可以说，任何一个拉近距离描写的场景形成了一个自我封闭的气泡，而这个气泡又处在由叙事声音知道的一切所构成的大得多的自我封闭的气泡之中。叙事声音详细讲述每个气泡里发生的事，通常是两个人之间展开的对话。一个特定的场景与之前之后的场景通过时间转换、突然中断、叙事序列断裂等手法相互隔离。并非叙事声音可能知道的一切都被揭示了出来。小说让读者相信，叙事声音如果愿意的话，完全可以讲述更多的对话和场景。没有哪一部小说长到能够容纳所有这些内容。没有被讲述的内容将永远是一个秘密，只有约瑟夫·康拉德知道，就像只有他读过《五十年暴政史》一样。所有这些额外的信息，这些只有康拉德才知道的信息，被康拉德在 1924 年 8 月 3 日带进了坟墓，虽然读者或许会觉得这样大部头的一本小说告诉他或她的已经足够了，已经告知了他或她所需要知道的一切。

亨利·詹姆斯在一篇对康拉德的《机缘》（*Chance*）的评论中盛赞康拉德，精辟地指出康拉德叙事技巧的来回悬浮的特征。詹姆斯说，康拉德"绝对地奉行这样一种做事方式，即做一件事，就必须经历绝大部分事"[1]。詹姆斯认为，《机缘》就表明了这一点，马洛的"主体意识长时间悬浮飞行在被揭露的事件向四周延伸的地面上"（同上，149）。然而，我要改变一下詹姆斯的表述，变成我自己的略显整脚的说法，即，匿名的、无处不在的语言力量将虚构事件变成文字，而这种语言力量所揭露的事件向四周延伸，叙事声音就长时间悬浮飞行在其上，而正是这种长时间的悬浮飞行本身才具有施为性的力量，能够让读者**看见**所描述的事物。我必须补充一点，这种力量是非常"不现实的"，因为它不能作用于真实的历史事件和人物。该文本记录了对一种神奇洞察力的幻想以及通过一些语言戏法进行的表达所具有的神奇力量。这种巧妙的手法让诺斯托罗莫、埃米莉亚·古尔德、蒙格汉姆医生和其他人看起来像是真正的人，我们通过一种相当不同寻常的心灵感应能力认识了他们。叙事者怪怖的无处不在在现实世界中不可能存在。它只能存在于所谓"文学作品"的那一类文字的虚拟现实之中。这一点是事实，无论康拉德私底下多么坚持认为这种讲述是真正认识历史"本来面目"的唯一方式。康拉德的叙事暗示，任何除了这种长时间悬浮飞行之外的叙事都是弄虚作假。

作为共同体历史的《诺斯托罗莫》

弗雷德里克·詹姆逊（Fredric Jameson）的口号是"永远历史化"，

---

[1] Henry James, "The New Novel," in *Literary Criticism: Essays on Literature; American Writers; English Writers* (New York: The Library of America, 1984), 147.

意思是我们应该在作品当下的历史背景中阅读现代主义英国文学或任何时代的文学作品。在这一点上他无疑是正确的。然而，从20世纪初以来的一些英国文学作品与今天的全球状况有一种怪怖的共鸣。例如，在福斯特的《霍华德庄园》中威尔科克斯家族对非洲的剥削，或者在弗吉尼亚·伍尔夫的《达洛维夫人》对战争对塞普蒂默斯·史密斯的影响的描述。《诺斯托罗莫》中的查尔斯·古尔德和美国金融家霍尔罗伊德是更好的例子。他们的勾结鲜明地预示了美国全球经济目标的最新进程及其对当地文化和世界各地人民的影响。下文我会指出一些这部小说中令人不安的与当今世界的共同之处。

如果《诺斯托罗莫》不是一部关于历史的小说，而是一部关于讲述历史的不同方式的小说，那么它的目标就不是讲述一个人的生平故事（例如《吉姆老爷》就是如此），而是讲述一群个体如何以各自不同的方式与他们置身其中的、随着时代变化的共同体联系在一起。《诺斯托罗莫》是一部关于一个想象的共同体的小说，这个共同体是基于康拉德阅读南美历史的虚构的共同体。

个体与他人的关系，从较小的群体到较大的群体，具有一系列不同的方式。在人数最少的一端来说，是我与邻居、爱人或陌生人之间面对面的关系，分别体现出爱情、友情、好客、冷漠或敌意。家庭，尤其是大家庭或宗族，是更大的群体，由血缘或婚姻纽带联系在一起。共同体在一定程度上更大。共同体是生活在同一地方的一群人，他们都互相认识，并且有共同的文化假设。然而，他们之间并不一定具有血缘或婚姻关系。国家是更大的共同体。一个国家经常由大量的相互重叠但在某种程度上相互冲突的共同体构成。最大的共同体是生活在地球上的所有人类的总和，他们越来越受到同样的全球经济和文化霸权的支配。在每一个层面上，个人都与他人产生关系，在不同情况下都不相同，并受到不同的制约因素和传统习俗的约束。当然，在给定的情况下，要在不同规模的群体之间维持明确的界限即使有可能，也通常非常困难。

共同生活，或海德格尔所谓的"共在"（*Mitsein*）的每一种方式，是近年来理论研究热烈讨论的对象，例如列维纳斯（Lévinas）对两个人面对面关系的研究，或雅克·德里达在《友谊的政治》（*The Politics of Friendship*）中对类似问题的讨论，或巴塔耶、布朗肖、南希、林吉斯和其他人讨论共同体概念的作品。我在本书第一章中对他们进行过交代。关于我称之为康拉德的《诺斯托罗莫》之中的（非）共同体，我将主要探讨小说中个人与共同体的关系，或个人与共同体关系的缺失，并将其置于全球资本主义干涉的背景之下。

可以肯定地说，苏拉科的人民构成了一个共同体，至少从"共同体"（community）一词的字面意思上来说是如此。他们都共同生活在同一个地方。所有人都或多或少地拥有相同的道德和宗教理念。无论是富人还是穷人，是白人、黑人还是印第安人，他们都接受着同样的意识形态影响、同样的政治宣传、同样的政治演讲、宣言和朝令夕改的法律的影响。最重要的是，他们拥有相同的历史。唐·何塞·阿维利亚诺斯在他永远也不会发表的手稿的标题中，将其称为"五十年暴政史"。但不管怎样，叙事者神奇而不可思议地阅读了这部手稿，而且能够从中引用（157）。尽管苏拉科是一个受苦受难的共同体，尽管一场接一场的革命只会带来更多的不公正和无谓的流血，但我们还是可以认为，它是一个真实的共同体。它足够小，以至于大部分人都互相认识。经营银矿的唐·佩佩知道所有工人的名字。几乎所有人都信仰同一个宗教——天主教。

如果读者拉开距离重构故事，将破碎的叙事碎片按照时间顺序进行排列，《诺斯托罗莫》似乎就是一个建国的故事，或如本尼迪克特·安德森的《想象的共同体》的书名所示，是创建一个"想象的共

同体"的故事。[1] 在圣玛尔塔的科斯塔瓜纳中央政府 50 年的残暴统治
之后，苏拉科经历了一系列严肃喜剧式的事件和事故，成为一个看起
来繁荣、现代、和平、独立的国家——苏拉科西部共和国。导致历史
变化的偶然"因素"的一个例子是，怀疑论者德库德在去世前不久设
计的愤世嫉俗的独立计划。他的计划不是出于政治热情或信仰，而是
出于对安东妮亚·阿维利亚诺斯的爱。我在下文将对此进行讨论。但
是米切尔船长出于懵懂无知，将苏拉科共和国的创建描述成一个连贯
的故事，其注定的终点是当今繁荣的国家。他以令人厌烦的琐碎细节
讲述这个过程，"在'历史事件'之间建立起或多或少的刻板的关系，
他讲述的历史在之后几年都服务于那些访问苏拉科的身份显赫的陌生
人"（529）。

　　上述引文之后的几页给出了米切尔船长讲述的苏拉科历史。米切
尔船长是一部堪称典范的"官方历史"的代言人。这样的历史对"历
史事件"有一种天真的理解，将其视为可以理解的、线性的、因果的
和发展的序列前后相继的事件。康拉德很显然鄙视这样的历史书写。
这种错误的历史，在某种程度上，就是康拉德曾经读过并当作《诺斯
托罗莫》原材料的马斯特曼（Masterman）、伊斯特维克（Eastwick）、
坎宁安·格雷厄姆等人书写的南美历史。[2] 虽然《诺斯托罗莫》是
关于一个虚构的南美共和国的建国过程，而不是关于一个真实的国
家，但它依然是书写历史的一个不同模式的范例，而书写历史从来都
是非常困难的工作。康拉德暗示，这种反历史（counter-history）更
加接近人类历史的真相，更加能够向读者传递历史"真正发生"的
方式。

1　Benedict Anderson, *Imagined Communities: Reflections on the Origin and Spread of Nationalism* (New York: Random House, 1983).
2　参见本书第 180 页的脚注。

作为非共同体的苏拉科

然而，如果读者更加仔细地观察叙事声音对苏拉科社会的描述，苏拉科就开始越来越不像一个传统的共同体——也就是说，越来越不像一个由拥有诸多共同点的人组成的共同体。苏拉科不太像雷蒙德·威廉斯在《乡村与城市》中所推崇备至的威尔士边境地区的众人平等的英国乡村，当然威廉斯在一定程度上也拒绝将这些乡村理想化。[1]

首先，苏拉科"社会"是由极为众多的种族和民族混合而成的。正如叙事者从一开始就强调的那样，这种混合是其血腥历史的产物。西班牙征服者奴役了土著人，即美洲印第安人。反抗西班牙的解放战争导致一波又一波的军事革命，一个又一个的独裁统治，伴随着难以置信的血腥、残酷和不公正。然而，由拥有大庄园、经营大牧场、纯种的西班牙人，即所谓的"克里奥尔人"构成的庞大的贵族阶层依然存在。他们是"布兰科"党的中坚力量。黑奴被进口。然后是一系列来自欧洲的移民，包括身为工人、政治流亡者，或帝国主义剥削者的英国人、法国人、意大利人，甚至一些德国人和犹太人。像诺斯托罗莫这样的水手，也离开了商船，加入了这个混杂的人口当中。当然也发生了很多不同种族之间的通婚。

除英语以外，小说中还存在三种语言：西班牙语、法语和意大利语。叙事者经常使用西班牙语来表示职业、种族身份以及地名，例如高耸的科迪勒拉山脉（Cordillera，在西班牙语里就是"山脉"的意思——译注）。小说中很大一部分对话可以想象是用西班牙语进行的，

1　参见第一章中关于威廉斯的共同体思想的内容。

而不是用叙事者给出的英语进行的。德库德和安东妮亚都是土生土长的科斯塔瓜纳人，但他们是在法国接受的教育。他们用法语进行交谈。吉奥乔·维奥拉，这位老加里波第党人及其家人都是意大利人，诺斯托罗莫也是意大利人。他们相互之间说意大利语。甚至在这本英语书里，诺斯托罗莫称呼维奥拉为"维奇奥"（Vecchio），这是意大利语，意思是"老人"，这一称呼也表明了他们之间经常使用意大利语。康拉德没有说明黑人奴隶和土著人的后代说什么语，但大概他们的西班牙语中还保留着他们本来的一些语言。查尔斯·古尔德和他的家人都是英国人，尽管古尔德出生于科斯塔瓜纳，但他是在英国接受的教育，这是他们的家族传统。他的妻子是英国人，尽管她的姑姑嫁给了一位意大利贵族，查尔斯·古尔德在意大利遇到了他未来的妻子。铁路工人有一部分是当地人，即印第安人，但负责运营的是来自英国的工程师，还有一些工人是欧洲人。

总而言之，苏拉科是一个多种族、多语言和多民族的复杂的混合体。顺便提一句，苏拉科在这点上和美国并没有什么不同，虽然我们迄今为止只有一个成功的"民主革命"。所谓的美国革命［似乎美国是整个美洲大陆一样（"美国革命"的英语是 American Revolution，字面意思是"美洲革命"，但用 America 表示"美国"早已成为习惯性的表达。——译注）］建立了一个代表人民、由人民领导、为人民服务、为所有人带来自由和正义的政府。我说这句话的时候，只带着一丝轻微的讽刺，尽管自由、正义和平等在 1776 年当然没有惠及黑人奴隶、印第安人、白人女性，甚至没有惠及财富没有达到一定水平的白人男性。我在缅因州的房子就建造在从印第安人手中夺走的土地上。在白人到来并用几代人的时间摧毁他们的文化之前，印第安人已经在佩诺布斯科特湾地区生活了至少七千年。"让所有人都享有自由和正义"对很多美国人来说仍然显得非常空洞——例如，对非裔美国人来说就是如此，他们在美国监狱中的人数比例非常高，也极大地扩大了失业者的队伍。

而且，苏拉科（非）共同体和美国一样，都是由不同程度的权力、特权、财富组成的复杂分层结构，非裔美国人和印第安人在最底层，中间是欧洲劳动阶层，最上层是克里奥尔人和占据统治地位的像查尔斯·古尔德这样的准外国人。虽然古尔德家族在苏拉科已经生活了几代，但他们依然被认为是英国人。他们在外表、情感、习俗和语言上都是英国的。苏拉科的社会流动的主要形式是通过贿赂、欺诈或赤裸裸的偷窃，例如诺斯托罗莫偷窃银子，或通过成为军事政变的领导人并以武力统治国家，就像《诺斯托罗莫》中的印第安人蒙特罗短暂地做过的那样。这真算不上一个共同体！

马丁·德库德曾经对他理想主义的、富有爱国热情的恋人安东妮亚·阿维利亚诺斯讲述了一番激烈的言辞，对苏拉科的（非）共同体的特征进行了简要的总结。他引用了南美伟大的"解放者"西蒙·玻利瓦尔的话，而且奇怪的是，康拉德在"作者说明"中对这里的引用表示抱歉。我想这是因为对玻利瓦尔的引用是一种"合唱队致辞"（parabasis，演员离场，合唱队向观众直接讲述故事，从而打破戏剧的逼真效果——译注），因为真实历史的侵入，暂时地中断了对一个纯粹虚构的中美洲国家的塑造。具有讽刺意味的是，康拉德在"作者说明"中一直在捍卫他对苏拉科历史书写的"准确性"，因为他的书写是基于他对阿维利亚诺斯的《五十年暴政史》的阅读。这当然是一个玩笑（几乎是"后现代"玩笑，而不是"现代主义"玩笑），因为阿维利亚诺斯的"历史"是虚构的，连同这个历史所讲述的国家也是虚构的。没有办法根据任何外部参照来检验康拉德的叙述是否准确，也没办法根据阿维利亚诺斯的作品来检验叙事者的讲述是否准确。康拉德可以随心所欲地进行虚构。对玻利瓦尔的引用提醒康拉德，小说中的确存在一些真实的历史参考，而且这些参考导致了不一致的状态："我用不到几个小时的认真沉思掌握了它们［阿维利亚诺斯'历史'的页面］，我希望我的准确性能够得到信任。为了我自己，为了减轻我对潜在读者的惧怕，我不得不指出，我在小说中引用几个历史事实，并不是为了炫耀我的博学，而是这些典故每一个都与真实性密切相关——要么揭示当前事件的性质，要么直接影响我所讲述的这些人的命运。"（Note, 4-5）"真实性"（actuality）？"当前事件"？这两个词在这里肯定是指科斯塔瓜纳历史的伪真实性。

这种合唱队致辞式的介入的一个例子，是德库德对玻利瓦尔的引用："一个蒙特罗之后，还有另一个蒙特罗"，叙事者用自由间接引语讲述德库德的话语：

> 各种肤色和种族的民众横行无忌、野蛮暴虐、不可救药的独裁。正如伟大的解放者玻利瓦尔痛心疾首地说过，"美洲是无法治理的。为美洲的独立而奋斗的人，是在大海中耕作"。他不在乎，他大胆地宣称；他抓住每一个机会告诉她［安东妮亚］，虽然她成功地把他变成了一个布兰科党的记者，但他不是一个爱国者。首先，"爱国者"这个词对有文化的人来说毫无意义，对他们来说每一种信仰都是狭隘可憎的；其次，因为与这个不幸国家的永恒苦难相联系，这个词语被不可救药地玷污了；所谓的"爱国主义"，仅仅是黑暗的野蛮主义的嘶吼，是横行无忌者、违法犯罪者、贪婪掠夺者、明火执仗的盗窃者的伪装。（206）

但我们应该记住，虽然叙事声音讲述德库德所说的话，或多或少与叙事声音自己所说的话相一致，但德库德还是被明确地描述为一个"游手好闲的纨绔子弟"。他只是错误地认为自己真正地法国化了。他具有腐蚀性的怀疑主义最终导致了他的自杀。我们可以说德库德是康拉德人格的一部分，是他想要谴责和从他自身分离的一部分，然后他剩下的人格就可以认真地从事无休止的职业写作，通过在纸上写下文字进行谋生。康拉德在写给坎宁安·格雷厄姆的信中经常表达一种怀疑论的悲观主义，类似于德库德的悲观主义，例如在一段非常有名的话里，他将宇宙比喻为一台自我生成和自我运作的机器："它制造出我们，它将我们销毁。它制造出时空、痛苦、死亡、腐败、绝望和所有的幻想——一切都毫无意义。"[1] 无论如何，德库德所说的话，与叙事声音对苏拉科悲惨历史的描写非常吻合。

苏拉科是如何成为这样一个非共同体的？或者在稍微不同的意义上使用让-吕克·南希的术语，苏拉科是如何成为一个"不运作的共同体"（*communauté désoeuvrée*）的？南希的著作以一个未加证明的论断开始"现代世界最严重和最痛苦的见证，这一见证集合了这个时代被指控所具有（*chargée d'assumer*）其他所有的见证，虽然我们不知道这种见证是基于何种法令或需求［因为我们还见证了经由历史而造成的思想的衰竭（*l'épuisement de la pensée de l'Histoire*）］，是关于共同体的解体、混乱和焚毁的见证"[2]。可以说，《诺斯托罗莫》就是共同体的解体、混乱或焚毁的寓言或原型小说。

根据康拉德的理解，这种灾难到底是怎么发生的？谁是这一悲惨事件中的坏人？这是一个再也无法历史性地理解的事件。读者会发现，南希对"历史思想"（*la pensée de l'Histoire*）的理解，与詹姆逊

---

1 Joseph Conrad, *Letters to Cunninghame Graham*, 57.
2 Jean-Luc Nancy, *La communauté désoeuvrée* (Paris: Christian Bourgois, 1986), 11; 同上，*The Inoperative Community*, ed. Peter Connor, trans. Peter Connor, Lisa Garbus, Michael Holland, and Simona Sawhney (Minneapolis: University of Minnesota Press, 1991), 1. 英语译文略有改动。

的"永远历史化"的立场颇为不同。共同体的混乱是一种我们，或者更准确地说是我所亲身经历过的事情，虽然我们（我）无法对其进行解释："我目睹了共同体的焚毁。我作证这就是所发生的事。我保证在这件事上我说的是真话，虽然我无法通过传统的历史化对其进行解释。"《诺斯托罗莫》中神奇的心灵感应的叙事声音就是这样一个见证者。

毫无疑问，康拉德相当可信地将许多愚蠢、欺诈、贪得无厌、盗窃和肆意的残忍归咎于他的科斯塔瓜纳人。有人总会听从命令，去折磨蒙格汉姆医生或唐·何塞·阿维利亚诺斯。有人会听从指令，去把赫西先生的双手绑在身后，再通过其双手将其挂在椽子上，就像有人必须执行萨达姆·侯赛因在伊拉克实施的酷刑，就像我们攻陷并占领伊拉克之后，有人必须摁下按钮、扣动扳机杀死所有那些伊拉克士兵和平民，是一些具体的人实施了对关押在伊拉克阿布格莱布监狱的囚犯的折磨，即使他们是按照上级的指令行事。自从对阿富汗和伊拉克的入侵以来，我们犯下的虐囚罪行，总是一些具体的人执行的。有人扣动扳机或设计炸弹，杀死伊拉克"敌对状态结束"之后被杀死的所有教师、医生、政府官员和其他"知识分子"，更不用说已经被杀死和写作本书的 2014 年所有那些正在被杀死的伊拉克平民和警察。不久前，在卢旺达，有人不得不挥舞大砍刀屠杀男人、女人和儿童，屠杀整个村落。总是需要人类的决定和行为，才能将所有那些炸弹投放在科索沃，或屠杀所有那些车臣的人，或用自杀式炸弹在莫斯科进行报复。人类有无穷的能力互相残杀。为此指责"当局"，或说"我只是执行命令而已"是不够的。近年来我们在世界各地看到了许多人类的谋杀、强奸和残忍虐待事件。最近一个例子是波士顿马拉松爆炸案，造成 3 人死亡，约 264 人受伤，其中一些人伤势严重。

《诺斯托罗莫》对资本主义帝国主义的描写

　　《诺斯托罗莫》对人类历史中暴力和不公正的一面进行了寓言式的书写。委婉地说，这些在内战、革命和"恐怖行为"中组织起来的人性的特点无疑阻碍苏拉科成为一个共同体。然而，我们要问的是，是什么让所谓的"人性"的这些糟糕特征在苏拉科尤为活跃。这些特征总是在阻碍法律、秩序、正义、民主和公民社会。答案是双重的。首先是西班牙人对南美洲的凶残入侵，杀害了许多土著居民，奴役了剩余的人，迫使他们从事强制性的劳动，摧毁了他们的文化。古尔德夫人对土著居民的现状有敏锐的洞察力。她和丈夫在全国各地旅行以获取对新开张的银矿的支持并说服印第安人来银矿工作的时候，她发现了这一点：

　　她在欧洲南部对农民的真实生活有所了解，因此她能够欣赏人民的伟大价值。她能够在一个沉默的、悲伤的负重牲口的身上看到那个人。她看见他们在路上负重前行，形单影只地行走在荒原上，在巨大的草帽下挣扎劳作，白色的衣服随风拍打着肢体；她记得一些村落，因为泉水边的一群印第安妇女令她印象深刻，也因为她记得一个年轻的印第安女孩的面孔，她有着忧郁而性感的身材，她在一个黑暗小屋的门口举着一个装满冷水的陶罐，小屋的木质门廊上堆满了棕色的大罐子。（98）

　　这段话是从全景视野转向特写细节的很好的例子，这里是在描述古尔德夫人的回忆，从她对"人民的伟大价值"的普遍性的理解缩小到"一个黑暗小屋的门口的一个装满冷水的陶罐，小屋的木质门廊上堆满了棕色的大罐子"。康拉德的叙事者发现苏拉科仍然残留着很多桥梁和道路，这些都是印第安人奴隶劳动的见证（99）。叙事声音说，很多部落在建造银矿和在银矿中工作而死绝。有几个地方叙事者描述了印第安幸存者郁郁寡欢地生活在保留地里。

正如《圣经》所说："人种什么，就收什么。"（《迦拉太书》第六章第七节）西班牙征服南美依然是整个地区的初始性事件。这些事件的影响即使在数百年后也无法治愈或弥补。它们仍然在阻碍任何通常意义上的真正的共同体的形成，而无论是基督教共同体，还是非基督教共同体。这个"开端"并非一个统一的初始事件，也不是能让所有事情统一起来的初始事件，就像引发我们宇宙的大爆炸一样，科斯塔瓜纳的历史无法从这一初始事件开始以线性的、目的论的方式朝一个为所有人带来和平与公正的"遥远的神圣事件"前进。西班牙人的征服更准确地说，是让-吕克·南希所说的"丧失位置"（exposition）的时刻，当然南希这里利用了对 exposition 一词的文字游戏。土著共同体，无论是什么样子（我们不应该过分地将其理想化；前哥伦布时期的南美洲的历史也是极其血腥的），都遭到替换，也就是说被安置（posed）在一边，都被剥夺原有的地位（dis-posed），结果就是被处理掉（disposed）。当一种外来文化暴力占领另一种文化的时候，这一切就会出现，外来文化试图将"野蛮的异教徒"转变成基督徒，奴役他们，让他们充当苏拉科的欧洲化过程中的劳动者。

这种初始的分裂性的暴力——作为战争、分裂和丧失位置的初始——有助于解释南美历史为什么是一个由内战、独裁和革命构成的漫长故事，康拉德在《个人记录》中将其称为"想象的（但真实的）海岸"事件（*PR*, 98）。作为康拉德《诺斯托罗莫》的背景的历史也没有终结。20 世纪发生在巴西、阿根廷、巴拿马、乌拉圭、智利或海地的事件证明了这一点。（早在 2004 年 2 月 10 日，在我第一次起草这篇文章的时候，由武装的准军事部队和部分军队领导的针对海地阿里斯蒂德政府的血腥叛乱正在发生。乔治·布什政府以典型的美国干涉主义的方式，支持阿里斯蒂德下台。尽管他是民选总统。）这些令人悲伤"但真实的"历史，就是康拉德讲述的"虚构"故事的背景和假设的土壤。

苏拉科社会的下一个阶段，就是在南美各共和国获得独立后，随之而来的第二波欧洲人的入侵。这是全球资本主义的入侵。在康拉德时期这种入侵就已经如火如荼了，当然这种入侵今天还在继续。现在更多的是总部在美国，而非欧洲的跨国公司在进行剥削，但并不限于跨国公司。《诺斯托罗莫》的主要内容，就是为西方帝国主义经济剥削提供了一个寓言般的例子。作为对资本主义全球化的分析，这部小说即使在今天阅读也能让人获益良多。

《诺斯托罗莫》围绕这一历史中的一个决定性事件展开，当时康拉德称为"物质利益"的外国资本使得抵抗一个受到威胁的当地独裁成为可能。这是通过一场成功的反革命以及随后新政权的建立来实现的。新的苏拉科西部共和国将允许外国的剥削，具体而言，圣托梅银矿将在一个有法律和秩序的国家里，在稳定的局势中继续和平运营。银子将稳定地向北流往旧金山，让富有的投资者不断变得更加富有。这种繁荣带给银矿工作的人的依然仅仅是农民的工资，虽然他们现在有了医院、学校、更好的住房、相对的安全以及天主教会能够给予的所有好处。不管怎样，小说结尾提到了劳工骚乱、罢工等类似的事件。查尔斯·古尔德认为"物质利益"的胜利将建立起永久的法律和秩序，这是完全错误的。康拉德的叙事者对换班时的矿工进行了令人难忘的描绘：

这些群体的头目，其标志是挂在他们裸露胸口的铜制徽章，指挥着各自的成员；最后大山将吞没这个沉默人群的一半，另外一半将沿着通往峡谷底部的曲折小路排成长龙离开。峡谷很深；在闪耀着亮光的岩石表面中间，有一个长满植物的条形地带，好像一条纤细的绿色长绳，长绳有三个很大的结，结子里是香蕉园、棕榈叶屋顶[1]和成荫绿树，三个结分别标示着一村、二村、三村，古尔德租借地的矿工就住在这里。（111）

　　关于这个剥削过程最可怕的是，康拉德暗示其不可避免，至少在资本主义剥削者看来就是如此。全球资本主义代理人的动机是什么并不重要，他们有多么理想主义，有多么诚实守信，或多么道德高尚都不重要。他们不由自主地被比他们自己更加强大的力量驱使。查尔斯·古尔德从他父亲那里继承了古尔德采矿权，他的父亲被这个采矿权摧毁了，因为尽管他没有开采这个银矿，但圣玛尔塔的中央政府不断向他征税，直到他在经济上和精神上彻底被摧毁。当查尔斯·古尔德在英国得知父亲去世的消息的时候说："银矿杀死了他。"（67）他决心回到苏拉科，四处筹集资金，开采银矿，来弥补父亲去世的缺憾，就像人们会说的那样，乔治·布什当了总统后的所作所为，部分是为了报复对他父亲的未遂暗杀。此外，正如他在总统任期内的一次新闻发布会上所说，他认为他肩负着入侵伊拉克并为全世界带来民主的神圣使命。乔治·布什过去所想的和现在依然在想的事情是不可思议的，或许是极其古怪的，古怪得可怕，是一种迫在眉睫的威胁。然而，人们或许会猜测，布什入侵伊拉克的动机之一，是为了弥补他父亲未能"除掉萨达姆·侯赛因"和确保伊拉克石油为西方所用的遗

1　原文是棕榈树叶根（palm-leaf roots），登特出版社的版本里也是根（roots），但棕榈树叶根很显然毫无意义，应该是棕榈树叶屋顶（palm-leaf roofs）的误写。

憾。他最亲密的顾问（切尼、拉姆斯菲尔德以及其他人）当然鼓励他这样做。

正如我所说，查尔斯·古尔德出生在苏拉科。他感性而理想主义的信念是，他所谓的"物质利益"最终将会给他不幸的祖国带来法律和秩序，因为开采银矿必须要有法律和秩序。他告诉妻子："这里需要的是法律、诚信、秩序和安全。任何人都可以就此高谈阔论，但我把我的信仰寄托在物质利益上。只要让物质利益站稳脚跟，它就必然会强化那些能够保证它继续存在的条件。这就是为什么在这里无法无天和混乱无序的社会条件下，挣钱具有极为充分的理由。挣钱具有理由，是因为挣钱所要求的安全必须与受压迫的人民共享。更好的社会公正将会随之而来。这就是你的希望之光。"（92-3）这种高尚但天真的信心，与美国新保守主义者的论点有相似的地方，他们主张将民主带到伊拉克，以确保那里的石油工业顺利运转。这就是我们今天的"物质利益"形式。后者（石油剥削）必然会带来前者（西方式的资本主义民主）——在适当的时候——因为石油剥削需要法律和秩序。这是一种形式的"涓滴"理论，或者用乔治·布什的话说，"我们的使命是给全世界带来民主"，"是改变世界"。当然这种理论并未奏效。当美国最终"撤军"之后，伊拉克和阿富汗都变得比以前更加暴力和动荡。他们绝不是什么西方式的民主国家。

尽管查尔斯·古尔德具有英国式的感性理想主义和高效的实操能力，但他只不过是全球资本主义的工具而已。每个读者都会记得，小说中全球资本主义的代表是来自旧金山的阴险的美国商人和企业家霍尔罗伊德。霍尔罗伊德为圣托梅银矿的重新开张出资，仅仅是出于个人爱好。这是他全球视野的一个小特征。他的事业包括在他公司影响所及的任何地方建造新教教堂，这是一个非常值得注意的细节。或者更确切地说，霍尔罗伊德资助的不是银矿，而是查尔斯·古尔德。他购买的是古尔德，而不是银矿，因为他对古尔德的正直、勇气、实操能力、矿山工程技术以及不惜一切代价让银矿成功的狂热投入精神充满了信心。霍尔罗伊德得到的补偿是通过轮船从苏拉科港口往旧金山源源不断地运送的大量白银。

霍尔罗伊德敏锐地感觉到了圣托梅企业的不稳定性。如果情况恶化，例如爆发新的革命让另一个独裁者上台，新的独裁者想要接管矿山为自己挣钱，他随时准备撤回资金。然而，霍尔罗伊德认为，全球资本主义注定要征服世界。他在对查尔斯·古尔德的一次令人不寒而栗的演讲中陈述了这一确定性。古尔德不在乎霍尔罗伊德相信什么，只要他（古尔德）能够获得开矿所必需的资金。霍尔罗伊德的演讲让人不寒而栗，是因为太具有先见之明了。ADM 或"世界超市"、安然、贝克特尔、福陆、孟山都、德士古、哈里伯顿等公司的首席执行官，比如迪克·切尼在掌管哈里伯顿的时候，可能会在我们这个时代，至少在私下里，向私密朋友或盟友说出这样一番话。霍尔罗伊德的钢铁和玻璃的办公大楼位于旧金山，这个事实并非毫无意义，因为即使在今天，很多跨国公司都位于加州，如果不是在得克萨斯州的话。康拉德预见到了全球资本主义的中心将从巴黎和伦敦向西移动，首先到达纽约，然后到达得克萨斯和加利福尼亚。康拉德没有预见到的是，全球资本主义的中心将是石油和天然气，而不是白银或其他金属。他也没有预见到石油和天然气的开发和使用将会导致环境破坏和全球变暖，而这些后果迟早会让整个经济帝国主义的进程终止，并让我们的沿海城市被海水淹没，如果核战争不能在此之前将我们全部消灭的话。

西方式的工业化和现在数字化的文明，随着它扩展到世界各地，需要石油和天然气，不仅为了汽车和取暖，还为了军事力量和炸药；也为了飞越全球的飞机；也为了塑料、金属和纸张制造；也为了生产肥料和杀虫剂，肥料和杀虫剂用于种植玉米和大豆，玉米和大豆用来喂牛，牛用来制造牛肉，牛肉用来供人食用；现在也为了制造个人电脑、电视机、卫星、光缆以及全球电信和大众媒介的所有其他设备。令人惊讶的是，生产一台个人电脑所需要的石油或煤炭的二氧化碳排放能量是生产一辆汽车所需能量的三分之二，两者都需要大量的能量。一百年或更短的时间之后，当石油和天然气枯竭之后，我们将会陷入巨大的麻烦，正如谚语所说，我们将身处激流而无舟楫，形势万分危急。

　　顺便说一下，霍尔罗伊德是一个完美的美国人（United Statesian，米勒没有使用通用的 American，以避免产生美国代表美洲的暗示——译注），也就是说，是一个多种族的混合体。他还是宗教与资本主义崛起密切联系的杰出典范。他是一个"捐赠教堂的百万富翁，其捐赠规模与其祖国的巨大相称"（84）。叙事者说："他的头发是铁灰色，他的眉毛仍然是黑色，他巨大的外形轮廓是古罗马硬币上恺撒头像的轮廓。但他的父母是德国、苏格兰和英国血统，还带着一点遥远的丹麦和法国的血统，这些血统赋予他清教徒的气质和永不满足的征服想象力。"（84）这是这个贪得无厌的资本家对以美国为首的全球资本主义必将占领全世界的方式的预言：

　　现在的科斯塔瓜纳是什么？它是一个百分之十的贷款和其他愚蠢投资的无底洞。多年来欧洲资本一直不停地全力以赴地投入那里。但不是我们的钱。我们这个国家的人还是有一定的常识，知道下雨的时候躲进屋里。我们能坐下来等等看。当然，总有一天我们会介入。我们一定会，但不着急。时间本身必须等待整个上帝的宇宙中的最伟大的国家。我们将会对一切事物发号施令——工业、贸易、法律、新闻、艺术、政治和宗教，从好望角到史密斯海峡以及更远的地方，如

果北极出现什么值得占有的东西的话。然后我们将有闲工夫去控制地
球上的边远岛屿和大陆。不管世界喜欢与否，我们都将掌控世界事
务。世界对此无能为力——我想我们对此也无能为力。（85）

　　霍尔罗伊德是在查尔斯·古尔德在他位于旧金山的办公室拜访
他，为其银矿筹集风险投资的时候说出这一番不同寻常的言论的。读
者会记得几年前美国银行和其他银行因南美的不良贷款而遭受的巨大
损失。这远在最近金融崩溃之前。大量贪婪无度的美国银行似乎忘记
了康拉德的霍尔罗伊德早已知道的教训。霍尔罗伊德在短期内是正
确的，但在2013年，美国的全球经济霸权将因为银行、金融机构和
政客们的愚蠢而走向终结。"霍尔罗伊德大厦"被描述为"两条街道
交叉口的一大堆钢铁、玻璃和石块，上面密布蛛网般的通往四面八方
的电报线"（89）。这听起来相当熟悉，只是今天这样的建筑，例如因
为欺诈和贪婪导致破产之前的休斯敦的老安然大楼，看起来更多是玻
璃，而不是钢铁和石头。蛛网般的电报线被看不见的地下光缆或不显
眼的卫星天线所取代。然而，康拉德对电报和跨洋电缆在苏拉科事务
中的决定性作用的详细描述，预示了全球电信在今天的作用。
　　古尔德对霍尔罗伊德关于美国将掌控全球的言论的反应带有轻微
的局促不安，因为他突然发现，填充了他整个生命的银矿，从全球视
角来看非常地微不足道。叙事者说，霍尔罗伊德的"智慧是建立在事
实上的"，但奇怪的是，叙事者说霍尔罗伊德的语言"是用符合他智
慧的语言来表达他对命运的信念，但是他的语言在表达一般思想的时
候不是很擅长"（85）。这个评价非常奇怪，因为在我看来，霍尔罗伊
德的言论非常清晰地表达了美国"例外论"的"一般思想"或意识形
态设想。"例外论"是我们的一种想法，即征服全球，获取帝国主义
经济利益，必要时不惜动用军事力量，是我们的命运。霍尔罗伊德的

宏大概念并非完全基于客观事实。另一方面，查尔斯·古尔德"的想象力被银矿这样一个巨大的事实一直影响着，他无法反对霍尔罗伊德关于世界未来的理论。如果有那么一瞬间这种理论听起来让他不快，那是因为这种对如此巨大的可能性的突如其来的陈述，让手头实际拥有的东西几近于无。他和他的计划以及西部省的一切矿产财富的重要性，突然被剥夺得一干二净"（85）。

我自己对霍尔罗伊德的言论的反应，是我提到过的我对康拉德的先见之明的反应，即不寒而栗。同时我也认识到，美国全球经济帝国主义或许正在走向终结，就像任何帝国主义一样，因为中国将很快成为世界上最大的经济体，因为印度软件行业取代了硅谷，因为成千上万的美国工作岗位流向世界各地的"外包商"和生产商（仅仅过去几年中就有数百万的工作岗位流向中国），也因为非美国人，诸如澳大利亚人鲁珀特·默多克，正逐渐主宰世界范围的有线和卫星媒体。全球资本主义的胜利意味着民族国家帝国主义霸权的终结。这也包括美国。我们不应该对此有任何误解。正如我在本章前面所说，迪克·切尼担任哈里伯顿公司首席执行官的时候，比他担任美国副总统拥有更多的权力，尽管他在担任副总统期间犯的错误也不少。如果美国人曾经投了他的票，那么他们很可能拒绝再次选择他，而作为一家跨国公司的首席执行官，他不会受到如此不便的限制。

有点自相矛盾的是，理解我们这个全球化时代正在发生的事情的最好方法之一，是阅读康拉德的这部100年前写成的旧小说。这是回答当今文学"有用性"问题的一种答案。《诺斯托罗莫》中的一个小细节表明了美国用军事干预来确保和支持其全球经济帝国主义的必要性。叙事者指出，在新的苏拉科西部共和国成功脱离并建立的关键时刻，美国战舰"波瓦坦"号（顺便交代一句，这是一艘真实存在的美国海军战舰，讽刺性地以一位美国印第安酋长的名字命名）停在附近海面，确保新共和国的建立不会出问题。这与一个历史事实非常相似，当哥伦比亚拒绝批准巴拿马运河之后，在美国的操纵下，巴拿马从哥伦比亚分裂出去，当时美国海军军舰就在旁边，确保分裂能够真正发生，确保哥伦比亚人不会试图夺回巴拿马。

美国军事和经济干预南美洲的全部故事太长了，这里根本无法讲述，更不用说美国在南美的秘密行动了。康拉德的《诺斯托罗莫》给出了一个令人钦佩的象征性的虚构例子。康拉德本人是否明确赞同霍尔罗伊德的经济决定论是另外一个问题，正如康拉德是否毫无保留地通过巴黎花花公子德库德表达自己的激进怀疑论值得商榷一样，而德库德"除了自己的感觉的真实性之外，对任何事情都抱有怀疑态度"（254），似乎康拉德真是一个彻底的"印象主义者"。我想这两件事的答案都是否定的。

康拉德的生平资料，例如塞德里克·沃茨（Cedric Watts）简明扼要地提供的生平资料表明，虽然康拉德从伊斯特维克、马斯特曼等人那里了解了很多南美的历史和地理的知识，但他主要通过与坎宁安·格雷厄姆的交往和聊天以及阅读格雷厄姆的著作，了解了西方帝国主义几个世纪以来在南美所做的坏事，格雷厄姆是苏格兰社会主义者和贵族，是著名的苏格兰国王罗伯特·布鲁斯（Robert the Bruce, 1274-1329）的后裔。他基本上采纳了格雷厄姆对这些历史事实的态度。

正如许多著名的批评家，例如爱德华·萨义德和弗雷德里克·詹姆逊曾经指出的那样，我的结论是，《诺斯托罗莫》雄辩而令人信服地控诉了第一世界国家，特别是美国，对世界各地所谓的"第三世界"国家犯下的军事和经济帝国主义的罪恶。但读者需要警惕，不要把类比（analogy）和身份（identity）相混淆。我曾用"讽喻"（allegory）、"寓言"（parable）、"寓言故事"（fable）、"一致性"

（consonance）和"怪怖的共鸣"（uncanny resonance）来表示《诺斯托罗莫》是反映经济帝国主义的广博的"象征"（emblem）。这部小说不是真实历史事件的直接呈现。《诺斯托罗莫》是一部虚构作品。与它描述的事件相似的历史事件，在文艺复兴之后的世界历史上频频发生。但是，它们在不同的历史时期总是以明显不同的方式发生。例如，石油和天然气已经取代白银成为掠夺第三世界的首选战利品。新的电信技术——电子邮件、苹果手机和互联网——已经取代康拉德时代的电报线和海底电缆。这是一个巨大的不同。最近的全球金融危机完全依赖于计算机和数字化交易程序的使用，例如信贷违约互换、衍生产品和股票交易的微妙执行。我们必须永远记住，不同之处和相似之处一样重要。一则寓言不是历史作品。它是模仿现实的故事，用间接的指称方式代表其他东西。我们可以将这样一部文学作品称为对历史的一种解读。文学，用康拉德自己的话来说，是一种"想象（但真实）的"使用语言的方式。

　　我正在提出的观点既复杂费解，又问题重重。我以我的方式做出这一判断，具有一定的风险。想要在一篇文章中试图讨论这样一个复杂的问题，几乎是不可能的。寓言作为话语模式，不同于讽喻，也不同于比喻、范例或解读。需要进行仔细的辨析，才能确定哪个术语才能最准确地描述康拉德在《诺斯托罗莫》中创造虚构故事来"代表"历史的手法。"代表"（stand for）中的小小的介词 for 在这里至关重要，就如同"的寓言"（parable of）、"的象征"（emblem of）、"的讽喻"（allegory of）、"的典范表述"（paradigmatic expression of）和"的解读"（reading of）中的 of 也很重要一样。这里的 for 涉及什么东西的替换？在这些不同表达中的 of 具有什么样的力量？这两个词语分别肯定了什么样的联结和分离？通过这些 of 之间的不同对《诺斯托罗莫》进行解读，将会产生几乎无穷无尽的分析。

我用了一系列传统词汇，来表示康拉德放弃"现实主义"叙事转而讲述其他。《诺斯托罗莫》并不完全是一个寓言（parable），也不是一个象征（emblem）（虽然我刚刚用了这个词），也不是一个讽喻（allegory），也不是一个典范，也不是一个解读。这些词语都有这样或那样的不足或不当之处。例如，一个寓言（parable）是一个简短的、关于日常生活的、具有现实性的故事，表达用其他方式很难表达的思想真理。一个寓言的例子，就是耶稣在《马太福音》第13章第3-9节中讲述的撒种者的语言。《诺斯托罗莫》可不是这样的。我用过的其他词也都有类似的不贴切之处。不管怎样，重要的是不要把《诺斯托罗莫》当作纯粹的"历史小说"。康拉德主要通过阅读，也通过与坎宁安·格雷厄姆的对话，而不是通过亲身体验，获得了他所知道的历史现实，将其作为"原材料"用来创造虚构的"世界"，该世界是"想象（却真实）的"。

毕竟，康拉德自己的话，"想象（却真实）的"，能够最好地表述使用现实主义叙事技巧来创造一个挤满了人和事件的地方的行为，而这些人和事件从未在陆地或海上的任何地方存在过，它们只存在于《诺斯托罗莫》的页面上，之前存在于康拉德的想象中。小说开篇精彩地描述了与世隔绝的苏拉科省，平静湾和周围的山脉将苏拉科隔离开来，这种描写是《诺斯托罗莫》中描述苏拉科的想象的（非）共同体的隔离状态的一种方式。康拉德所说的"却真实的"，表明《诺斯托罗莫》中发生的虚构故事，与中美洲历史上那个阶段，也就是美国帝国主义和全球资本主义干预的时期，所真实发生的事情是一致的。小说是"忠实于生活的"。

康拉德所说的"却真实的"几个字表明，这种将历史事实转变成复杂的现代主义叙事形式，比任何历史书都更能表明历史实际发生的形式。也就是说，历史令人沮丧地以偶然随机的方式发生。历史是由德库德对安东妮亚·阿维利亚诺斯的爱，或诺斯托罗莫的虚荣心等次要因素"造成"的。康拉德的话，"想象（却真实）的"，毕竟用他现代主义的风格，呼应了亚里士多德在《诗学》中的观点，亚里士多德认为诗歌比历史更具哲学性，因为"历史讲述已经发生的事，而诗歌讲述可能发生的事"[1]。"现代主义的风格"这一表述含蓄地表明，我正在分析的叙事复杂性和曲折性比"官方"历史更加接近"真实发生的事"。亚里士多德或许并不赞同这种叙事的复杂性，而柏拉图在《理想国》中对荷马假装奥德修斯讲述故事从而形成的"双重叙事"推崇备至。

尽管其叙事具有复杂性，但《诺斯托罗莫》"代表"康拉德从书本上或通过道听途说知道的真实的南美历史的间接方式，稍加调整，也可以成为一种间接手段，用来理解 2014 年美国和世界正在发生的一切。[2]这种理解将使人们在面对正在发生的事情的时候，可以做出负责任的行为（例如通过投票）。这样说，我当然明白，是对文学的社会、伦理和政治功能的言过其实的表述。

我还有一个自己比较满意的结论，即《诺斯托罗莫》著名的叙事复杂性——叙事断裂、时间错位和多重视角——本身并不具有价值。

1　Aristotle, *Poetics*, 1451b, in *Aristotle's Theory of Poetry and Fine Arts*, critical text, trans., and commentary, S. H. Butcher (Dover, 1951), 35.
2　利维斯在其初版于 1946 年的《伟大的传统》（*The Great Tradition*）中，对《诺斯托罗莫》对理解利维斯时代的历史的相关性做出了惊人的相似描述。谈到"面对佩德里托的威逼利诱，查尔斯·古尔德的沉默不屈"，利维斯说，这一场景"戏剧性地强化了在《诺斯托罗莫》中极为重要的那种政治意义的模式——我们惊讶地发现，这本书的主题、分析和表述充分地表达了爱德华七世［1901–1910］统治时期的特征。"（Leavis, 218）我要感谢杰里米·霍桑让我知道这个引文。我不是利维斯的拥趸，但我非常乐于赞同利维斯关于《诺斯托罗莫》的持久相关性的表述，虽然我不赞同利维斯对古尔德的政治意识形态的含蓄欣赏。而且，利维斯毫无疑问不会赞同我的立场，即坚持认为《诺斯托罗莫》是"寓言性的"，也就是说，是"想象（但真实）的"。

只有像《诺斯托罗莫》那样，夸张的位移和错位（dis-position）是为了让读者能够更好地全面理解故事的含义，这种放弃单一视角和严格时间顺序的做法才具有充分的理由。

我对《诺斯托罗莫》的问题重重的体裁的解释，还有一点需要强调，即关于康拉德对历史事件如何真实发生的表述，我们还必须意识到《诺斯托罗莫》不仅是表述性的（constative），还是施为性的（performative）。《诺斯托罗莫》是一种言语行为。康拉德声称《诺斯托罗莫》比他见过的任何一本历史书都更加真实地再现了历史。康拉德在一封信中写道："其历史部分也是用马赛克的方式获得的一种表达，虽然就我个人而言，它似乎比我学过的任何历史都更真实。"[1] 我已经强调过，《诺斯托罗莫》毕竟是一部小说作品，是一个虚拟现实。页面上的文字，是内心戏剧或内心电影表演的物质基础，而不是关于全球资本主义政治或经济的论文。《诺斯托罗莫》利用其小说体裁的便利，以叙事视角和虚构人物的信仰和行为来展现想象的历史事件。

无论这部小说对读者有什么样的影响，都不仅仅是关于帝国主义的信息的表述性传递的结果，而且是想象性叙事产生的施为性干预的结果。这种施为性的结果甚至可能导致读者在其当今状况下做出不同的选择和行为，例如投不同的选票。这种施为性效果是文学真正的社会功能，在特定情况下是难以预测的。在作为一种言语行为的小说和该言语行为的结果之间不存在可确定的直线。时至今日，《诺斯托罗莫》或许和当初一样，能够让一些读者看到美帝国主义的罪恶。而有些读者或许认为康拉德所表达的思想本质上来说是保守的。他们甚至可能得出（错误）的结论：康拉德认为，像苏拉科这样无法无天、动

1　转引自 Watts, 68。Watts 引自 George M. Barringer, "Joseph Conrad and *Nostromo*: Two New Letters," *Thoth*, X (Spring 1969), 20–24. Barringer 文章中的引用在第 24 页。

荡不安的地方，需要美国的一点点干预，才能建立起像我们这样的民主国家，确立法律和秩序，这样像圣托梅银矿（应该解读为伊拉克石油储备）这样的公司就可以为了世界（解读为跨国石油公司和美国消费者）的利益，得到和平开发。

爱与战争的意识形态：《诺斯托罗莫》中相互纠缠的孤立者上演的心理剧

前一节讨论康拉德对历史事件极其复杂的往复式的"马赛克式"呈现以及小说如何以一个虚构的例子来揭露资本主义帝国主义。然而，帝国主义的意识形态当然体现在小说人物身上。而且，对于康拉德来说，无论是浪漫的爱情还是色欲的爱情，都是历史发生的重要原因。本章的最后一节将探讨这部小说中的心理剧。

康拉德的电影般的视觉呈现

读者可能还记得，我的主要主题是《诺斯托罗莫》中个体与共同体之间的关系，或关系的缺乏。我已经表明，苏拉科绝不是一般意义上的共同体。它充其量是对一个共同体的怪诞的戏仿、一个非共同体，或一个"不运作"的共同体。欧洲人的多次入侵促成了这一点。我已经说过，《诺斯托罗莫》将历史事件部分地通过高度详细的视觉意象呈现出来。从众多的例子中选出一个，就是前面引用过的对圣托梅银矿换班场景的描绘。这些视觉呈现，几乎可以说是非常电影化。它们让读者看见，几乎像摄影机的镜头记录了当时的场景一样。康拉德的许多小说正好被拍成了电影。《诺斯托罗莫》已经先后两次被拍成影视作品，第一次是在 20 世纪 20 年代拍成电影，另一次是在最近拍成电视片。康拉德的长短篇小说似乎特别欢迎被改编成电影这一占据主导地位的视觉媒介。有时候康拉德的文本对颜色和形状进行详细的标注，读起来几乎像详细的拍摄指南，这样的地方非常多，举例而言："从海湾的中间，蓬塔马拉的陆地本身根本看不见；但是在后面的一座陡峭的小山的一侧可以隐约看见，就像天空中的一个影子。"（4）

摄影机镜头绝不完全客观。摄影机本身只是以某种方式接收光线的设备。电影图像是导演和摄影师通过各种意识形态、技术理解和操纵来建构和组织的。而且，观众也经过了精心训练，能够以特定的方式解读电影视觉图像。在观众身上出现这种情况的部分原因是，一个给定场景在一个内行观众看来是对以前某部电影中某个场景的影射，而这一场景已经变成了可以识别的模式化形象。即便如此，投影仪的光通过胶卷将图像投射到屏幕上，无论经过了何种复杂的一系列中继和操作，这种胶卷都是落在感光胶卷上的光的记录，如今则是落在数字设备上的光的记录。追根究底，电影是摄影机镜头对康拉德及其同时代人所谓的"印象"的中性和客观的记录。康拉德的文字，当然并不比摄影机的镜头更加客观，但仍然试图尽可能地接近这种客观效果，他使用的风格现在可以称为"时代风格"。这是一种由斯蒂芬·克莱恩开创，后来被福克纳模仿的，特定历史时期的写作手法。这种手法试图仅仅客观记录能够看到的东西，而尽可能少地对其进行阐释。

这种表述模式的部分功能是挑战传统的、宏大的或目的论的历史书写。这种历史书写在《诺斯托罗莫》中以戏仿的形式被呈现出来，即米切尔船长对建立苏拉科西部共和国的回顾性描述和他对他认为他一直处于重大历史"事件"的深处观察事物的方式的反复描述。然而，当叙事声音发现他出现在古尔德夫人的众多沙龙上时，对正在发生的事情一无所知：

> 还可以看到米切尔船长，稍微远点的地方，靠近一扇长窗户，他身上散发着一种老派的优雅的老单身汉的气质，稍微有点浮夸，穿着白色马甲，有点被人忽视，但他并未意识到这一点，完全坐在黑暗之中，想象自己正处在重大事情的漩涡之中。这位好人在大海上度过了整整 30 年的时间，才得到了他所谓的"海岸小屋"，他对发生在陆地上的交易（而不是与船运相关）的重要性感到惊讶不已。几乎每天例行公事之外的每一件事情对他来说都是"一个时代的标志"，否则就是创造了"历史"；他脸色红润，长相英俊，但面孔下垂，略显窘迫，在雪白短发和短络腮胡子的衬托下越发明显，他要么出于自负而与自己的长相作斗争，要么喃喃自语：
>
> "啊，那个！那个，先生，是不对的。"（124-5）

这段话是康拉德电影般的视觉呈现的一个很好的例子。他大脑中对米切尔船长的长相、头发、络腮胡子、红润的脸庞、白色的马甲以及其他一切都有清晰生动的印象，他想在读者的脑海中重现这种视觉以及米切尔对历史的浮夸而缺乏理解的态度。电影般的呈现表明，"历史事件"不是抽象的政治事物，而总是以物质的方式体现出来，可以被感觉器官记录、听到、摸到或闻到，最关键是可以被看到。一个例子就是换班矿工的"平淡无奇、郁郁寡欢的面孔"。对古尔德夫人来说，他们看起来一模一样，"就像碰到了同样的由痛苦和忍耐构成的祖先的模子"。事实上，叙事声音告诉读者，他们有多种不同的肤色，"几乎无穷无尽的不同色调的红棕色、黑棕色、铜棕色的后背"，表明了他们的种族混合，也表明摄影师应该将这些都记录下来（110-1）。

　　康拉德还通过他的电影般的具象性来支持他的一种理解，即历史往往是由毫无意义的意外事件导致的。当被赶下台的独裁者利比埃拉骑着一头垂死的毛驴进入苏拉科的时候，暴乱的人群恰好就在此时此地的大街上。从埃斯梅拉达开来的被征用的载有革命者索迪洛的蒸汽船在漆黑的夜色中，恰好与诺斯托罗莫和德库德驾驶的、从银矿中运送银锭的驳船相撞。当轮船与驳船相撞后从驳船旁滑过时，驳船上的藏匿者碰巧抓住了轮船的锚，被轮船带走，从而走向了他的酷刑和死亡。老吉奥乔·维奥拉碰巧把诺斯托罗莫当成了追求他女儿的无赖，开枪将其打死。

《诺斯托罗莫》中独特的主体性

　　历史总是具体地呈现出来，往往呈现为难以预测后果的怪诞的意外事件。结果是，真实发生的事情很难进行抽象的概括，用来表明什么构成"历史事件"。然而，历史的这种呈现也是被历史创造者的思想、理想、想象、幻想和目的，简而言之就是"意识形态"具体地决定的，尽管是以讽刺和令人不安的方式决定的。

　　《诺斯托罗莫》中大部分"马赛克式的"文本都是对不同主人公内心世界的调查。叙事声音对这些人物的内心世界具有不可思议和心灵感应般的了解，它能够随意进入不同人物的内心世界。我们可以认为，因为康拉德在《诺斯托罗莫》中的主要目的是展示历史如何真正发生，并以一个建立国家和建设国家的虚构故事作为例证，他自然会让他的各个主人公能够成为苏拉科的各种族、各阶级和各性别的代表。诺斯托罗莫是一个典型的意大利工人阶级移民，一个"人民的英雄"；老吉奥乔是一个典型的加里波第党人；查尔斯·古尔德是典型的第三代英帝国主义者，等等。毫无疑问，有时候会出现一些类型化的刻板形象，例如小说把赫希描绘成一个怯懦、畏缩的犹太人，具有比较明显的反犹太倾向，又如在描写索迪洛的时候说："这些热情、头脑清晰的南方种族的贪婪中总有一种幼稚的东西，他们缺乏北方人的模糊的理想主义，对北方人来说，只要有一点点激励，就会梦想着征服地球。索迪洛喜欢珠宝、黄金饰品和个人装饰。"（370-1）索迪洛是典型的南方种族，但他的幼稚具体表现为对小饰品的喜爱。这种具体性或独特性在小说主要人物身上体现得更加充分。从本质上说，每个主要人物都是非典型的，都是独特的。

《诺斯托罗莫》中的主体隔离

爱德华·萨义德是正确的。这部小说整个漫长的结局，就好像是巴赫四部曲交织在一起的主题的展开。而且在《诺斯托罗莫》的结尾中，更多的乐章被纳入其中，每个主要人物至少都有一个乐章，甚至在这出戏剧中的次要演员也有自己的乐章：查尔斯·古尔德、埃米莉亚·古尔德、诺斯托罗莫、德库德、安东妮亚、吉奥乔·维奥拉、蒙格汉姆医生，甚至是米切尔船长、邪恶的索迪洛和运气不佳的赫希。每个主要人物的命运都是在死亡或某种停滞状态中结束的。每个生命都在交替变换的主题的复杂交织中得到呈现。每一个主题都在不断延续。每一个人物的故事都在不停地延续。每一个人物的故事都不知疲倦地遵循着自己的逻辑，丝毫没有顾及读者的耐心，这一点也和巴赫的创意曲一样。

例如，与《T. P. 周刊》（*T. P.'s Weekly*）连载的《诺斯托罗莫》相比，该书的第一个单行本极大地扩充了最后一个场景的描写，在这个场景中，诺斯托罗莫向维奥拉的女儿们求婚，并死于她们的父亲之手。在这一被扩充的最后的场景中，用一个虚构的例子对历史进行的探讨似乎被抛诸脑后，几乎被完全遗忘。叶芝在《马戏团动物的逃亡》（"The Circus Animals' Desertion"）中谈及自己作为诗人和剧作家的经验的时候，所做出的精炼的总结同样适用于康拉德：

> ……当一切说完之后
> 是梦本身让我着迷：
> 人物被行为分割开来
> 从而沉浸于现在并占据记忆。
> 演员和绘制的舞台夺走了我所有的爱，
> 而非他们代表的那些东西。[1]

《诺斯托罗莫》的一个基本规则或法则是，人物无法直接了解彼此的想法。每个人都是彼此孤立的。有时候人物能够根据证据正确地猜测出他人的想法，但他们无法直接进入他人的头脑。叙事者拥有这样做的至高无上的权力。我们读者因此也可以通过我已经确定为心灵感应的那种奇特的虚构能力进入人物的头脑，这种心灵感应虽然并不"符合现实"，却是西方现实主义小说传统的组成部分。虽然每个人物都毫无疑问受到周围人物的影响，却仍然是一个自我封闭的气泡或单子，被包含在一个更大的气泡中，这个更大的气泡就是囊括一切的叙事声音的思维。

康拉德对每个主要人物的塑造有一个一贯的特征，即每个主要人物都被某种秘密的执念支配着，而别的人物只能部分地瞥见这一秘密的执念。"作者说明"中"秘密"一词贯穿始终，是描述人物被囚禁

1　W. B. Yeats, "The Circus Animals' Desertion," ll. 27–32, *The Variorum Edition of the Poems*, ed. Peter Allt and Russell K. Alspach (New York: Macmillan, 1957), 630.

在一个单一的无法交流的首要执念之中的最好的词语，人们的首要执念决定了每个人的真实面目。人们的真实面目，是相互隔离的单体性（singularity），除了他们的单体性，即他们之间无法理解的差异性之外，他们之间没有任何共同之处。康拉德在"作者说明"中说："他们内心的秘密意图在痛苦的时间的必要性之中得到揭示。"（Note, 5），例如"蒙格汉姆秘密的奉献"（Note, 5），又如诺斯托罗莫的秘密："在他对生活的秘密热爱和蔑视中，迷迷糊糊地认为自己遭到背叛，他认为自己正在因为背叛而走向死亡，但他不知道是什么或是谁背叛了他，但他依然是他们〔人民〕的人，是他们自己的伟大的英雄——具有他自己的私人历史。"（Note, 7）"诺斯托罗莫"（Nostromo），当然了，在意大利语中的意思是"我们的人"。每个主要人物都有"自己的私人历史"。这些秘密执念与人们通常用"意识形态"表示的内容不同。意识形态，虽然在虚假性上一点都不逊色，但是更加公开，是一种公开宣称的信仰，就像今天很多美国公民愿意公开申明，他们认为穷人之所以贫穷，是因为懒惰和被福利救济娇纵的结果。

查尔斯·古尔德对他人有一种强大的影响力，部分在于他的英国式的缄默。没有人在任何时候对他在想什么有丝毫的怀疑。他一心一意、夜以继日地在想的事情，都是确保圣托梅银矿的安全运行。为了实现这一点，他愿意贿赂看到的任何一个人，愿意组织一场让法律暂时停止运作的革命，让利比埃拉以独裁者的身份实施统治，其执政基础是一系列法令的颁发，这些法令后来被称为《五年托管法令》，这些法令让国家的基本法律停止运作，同时又让私人野心无法干预经济重建工作。国内获得和平，国外获得信用！"（转引自Watts, 53）古尔德也愿意或多或少地被伟大的美国金融家霍尔罗伊德"拥有"和操纵，以帮助实现后者征服世界和让所有南美人都皈依基督教新教的目标。你应该还记得，古尔德告诉妻子，他相信物质利益以及物质利益确立法律和秩序的力量。在支持利比埃拉主义革命的时候，为了确立法律，他中止了法律。

我们最近有过一些类似的经历，在美国或所谓的"盟军"入侵伊拉克之前，伊拉克的任何法律都被终止。我们承诺，在将来的某个时候，在伊拉克进行自由选举之后，最终建立西方式的法律，从而让我们在伊拉克的"物质利益"得到保护。与此同时，伊拉克在被美国入侵后多年处于军事管制之下。伊拉克被占领国的主权所控制。9·11"恐怖袭击"，用类似的方式，让美国有理由通过命名奇特的《爱国者法案》，以"反恐战争"的名义和"国土安全"的名义，临时终止宪法保护的公民自由和权力。遗憾的是，这种情况在巴拉克·奥巴马的总统任期内仍在继续，美国国家安全局对美国公民的电话、电子邮件和蜗牛信件（snail mail，指传统邮件——译注）进行了大幅增强的电子监控和数据收集，同时用来杀死疑似的恐怖分子的无人机杀死了越来越多的外国公民。2013年夏天，几乎每一天都有关于美国公民受监视程度的最新信息。正如布什总统在担任总统期间多次说过的那样，美国正处于战争状态。我们被告知，这场战争将持续很长时间。这场战争在2013年8月仍在继续，就像我们关在关塔那摩监狱的"战犯"被单独监禁、禁止接触律师的状态至今仍在继续一样，或者像那些受到"非常规引渡"的人受到的待遇至今仍在持续一样。"非常规引渡"是一个简略委婉语，指将被拘留者转移到某个国外的秘密监狱，在那里他们可能会受到酷刑审讯，或受到赤裸裸的折磨。在本书即将出版之际（指2014年左右——译注），这些情况在一定程度上有所缓解。

从逻辑上说，只要有一个"恐怖分子"仍然存在，反恐战争就会永远持续下去，从而将美国永远置于战争状态，因为总会有新的恐怖分子。我们将永远处于卡尔·施密特（Carl Schmitt）所谓的"例外状态"（exception）之中。这种例外状态赋予了美国政府充足的理由，可以中止法律和人身保护权力；中止及时、自由和开放审判的权力；中止言论自由的权力；中止我们阅读我们喜欢阅读的东西，写作我们喜欢写作的东西的权力；中止我们从图书馆借阅任何书籍，或浏览任何网站而不被警察知道我们在阅读什么的权力。改变这种灾难性的状态，无异于发动一场针对我们民选代表的革命，即使这场革命是通过选举过程得以实现的。《爱国者法案》赋予国土安全局的权力，使得所有美国公民无家可归。我们都被视为潜在的外来恐怖分子，处于持续的监视之下，没有了家园，没有了我们曾经依法享有的宪法权利的保障。

查尔斯·古尔德的秘密执念

查尔斯·古尔德对银矿的疯狂热爱，使他宁愿炸毁自己和银矿，也不愿让其落入蒙特罗派革命者之手。但对银矿的疯狂热爱也使他和妻子疏远，他的勇敢的理想主义得到妻子的深刻崇拜，从而使她爱上了他并跟随他来到科斯塔瓜纳。银矿成为他们之间一道巨大的银制障碍。他爱银矿，胜过爱妻子。而且在蒙特罗派革命者被击败并建立了一个新的国家和一个新的稳定的政府之后，银矿并没有给新的苏拉科西部共和国带来明显的和平与繁荣，反而成为新的经济独裁的代理人。

蒙格汉姆医生和埃米莉亚·古尔德在临近小说结尾的时候都意识到了这一点。他们在表达一种严厉的批评，至少康拉德是这样想的，虽然并不是非常肯定，他们的观点与谨慎的叙事声音相一致。蒙格汉姆医生在小说快结束的时候说："物质利益的发展没有安宁和休止。物质利益有自己的法律和正义。但这种法律和正义建立在权宜之计上，是不人道的；它没有诚实正义可言，没有那些只有在道德原则中才能找到的连续性和力量。古尔德夫人，这一天已经马上就要来临了，古尔德银矿所代表的一切将像几年前的野蛮、残忍和暴政一样沉重地压在人民身上。"（571）本节下文将会引用一段话，埃米莉亚·古尔德对蒙格汉姆医生在这段话里所说的观点表示赞同。顺便提一句，无论是蒙格汉姆医生，还是埃米莉亚·古尔德，还是叙事声音，都没有提及采矿导致的环境恶化和水土污染。全球变暖在那个时候还是一个存在于未来的未知事物。

塞德里克·沃茨（Cedric Watts）为了评价蒙格汉姆和埃米莉亚的严厉批判，引用了《共产党宣言》中的一段话："资产阶级在它已经取得了统治的地方把一切封建的、宗法的和田园诗般的关系都破坏了。它无情地斩断了把人们束缚于'天然尊长'的形形色色的封建羁绊，它使人和人之间除了赤裸裸的利害关系，除了冷酷无情的'现金交易'，就再也没有任何别的联系了。"（转引自 Watts, 71）马克思和恩格斯在这段话中，以令人惊讶的保守主义，略带讽刺地说，封建主义，无论多么不公正，无论其等级秩序多么残酷，都使得某种共同体成为可能。中产阶级资本主义的崛起，用金钱关系代替了所有的共同体联系。康拉德对苏拉科社会状况的描述，与马克思和恩格斯的描述大相径庭。马克思和恩格斯，至少在这段引文中，没有讨论全球帝国主义资本主义，也没有讨论像虚构的苏拉科这样的殖民地的社会结构。霍尔罗伊德不是中产阶级的成员，而是我们今天所谓的前1%的精英阶层成员。康拉德表明，在苏拉科从来都没有过田园诗般的封建主义。

对康拉德来说，与其说是金钱关系割断了人与人之间的联系，不如说是每个人都被完全封闭在各自秘密的主体性之中难以挣脱出来。每个人都专注于某种隐藏的执念。苏拉科的非共同体预设了任何本土的、同质的共同体都会被帝国主义资本主义、军事入侵和种族混杂所破坏。然而，共同体的不运作，因为生活于非共同体中的每个人的秘密生活而变得更加糟糕。这种隔离可以出现在叙事声音能够想到的任何情况下。隔离是康拉德众多小说中的既定事实。隐藏的私人生活将每个人与其他人隔离开来，并将每个人禁锢在各自的单体性之中。其结果就是一个非共同体，一个"不运作的共同体"（communauté désoeuvrée），其成员除了一个事实之外没有任何共同之处，即，他们都有一个秘密，并且每个人都会将这个秘密带进坟墓。对康拉德来说，历史事件是由个人的秘密执念所决定的行为引起的。然而，这些行为并没有导致预期的结果。他们的行为被物质利益的不可抗拒的力量所剥夺，从而导致预料之外的灾难性的后果。

物质利益如何侵吞那些想利用物质利益来服务社会的人的理想主义动机，康拉德在小说即将结束的时候对其进行了最为清晰的描述，这段话用自由间接引语，交代了埃米莉亚·古尔德如何理解她丈夫对银矿的执念对他们婚姻的破坏：

银矿的总经理先生，他对伟大银矿的执着是多么不可救药啊！他对物质利益的坚定不移的追求是多么不可救药啊，他曾把他对秩序和正义必将胜利的信念寄托在物质利益上。可怜的孩子！她清楚地看到他鬓角的白发。他是完美的——完美的……成功行为的必要条件中包含着某种固有的东西，这个东西携带着该观念的道德堕落。她看见圣托梅山高高耸立在草原之上，耸立在整个大地之上，比任何独裁者都更加令人畏惧、令人憎恨、更加富有、更加铁石心肠，比最糟糕的政府更加冷酷无情、更加独裁专制，其巨大的体积随时会压死无数的生命。他没看到这个。他看不到这个。这不是他的错。他是完美的，完美的；但她永远都不能完全拥有他。永远不能；在她非常喜爱的这幢

西班牙老房子里，她连拥有他短短一个小时都不可能！（581-2）

　　查尔斯·古尔德是《诺斯托罗莫》这一悲哀规律——成功的行为必将在道德上让观念堕落——的主要体现者，而绝非唯一体现者。古尔德的秘密执念是通过让银矿恢复工作秩序，从而建立起物质利益的安全所必需的法律和秩序，来弥补他父亲的悲惨死亡。结果是，根据物质利益的无情逻辑，苏拉科出现了一个新的独裁者，正如蒙格汉姆医生和埃米莉亚·古尔德双双明白的那样。

　　然而，康拉德并没有采用马克思主义的经济观和唯物主义决定论。如果真有一个苏拉科的话，那么在苏拉科建立一个新的国家，是一个开创性的述行语，但是这个国家的建立，有赖于一系列完全出于其他动机的行为。没有那些进入物质世界并改变物质世界的个人和带有秘密动机的行为，这个新的国家就不会诞生。主要人物并不是被全球资本主义的无情运作或物质利益的非个体性运作支配，而是被主宰每个人生活的秘密执念的相互作用支配，要么被推向绝望、空虚的生活，要么被推向等待我们所有人的普遍结局，即死亡。例如，关于查尔斯·古尔德，康拉德在"作者说明"中说，他是"物质利益的理想主义创造者，我们必须把他留给他的银矿——他在这个世界上找不到可以逃离银矿的地方"（Note, 5）。同样，那些在荒凉的蔚蓝半岛上的外国佬鬼魂，很可能是**美国佬**，即使在死后，也被束缚或埋藏在那里的财宝上，创作这个寓言的当地人相信这个故事（4-6）。这个小说开篇的寓言，呼应了乔叟的《赦罪僧的故事》中的人物如何被罪恶之源，即贪婪，所摧毁，同时也呼应了"不朽的卡帕塔兹"诺斯托罗莫如何最终被他盗窃的银子腐蚀。

　　银子的价值主要在于它的不腐蚀性，在于它不会生锈，在于它不容易和其他元素结合，尽管它非常容易和水银发生汞齐化，例如在老式的补牙中就使用银子的汞齐化。当不会腐朽的银子被铸造成硬币时，或如在这部小说中被铸造成银纽扣的时候，它就被赋予了价值，诺斯托罗莫非常喜爱自己外套上的银纽扣，这是他无限虚荣的标志。他在公共场合将银纽扣从外套上割下来，轻松大方地将其送给他当时的情妇。查尔斯·古尔德也最终被银子腐蚀了，他在小说中的一个罕见时刻意识到了这一点，当时叙事声音穿透了他的沉默，他的思想通过自由间接引语和直接表述相结合的方式被呈现出来。他习惯性的英国式的沉默寡言是他最大的政治武器。为了让银矿重新运转，他必须操纵一些官员和富人，对所有这些人来说，他的沉默寡言让他显得高深莫测。除了叙事者，没有人知道他在特定时刻在想什么，甚至连他妻子也不知道，叙事者也很少穿透他的沉默。他傲慢的、威严的沉默以及他管理古尔德银矿时冷酷无情的高效率，让他在科斯塔瓜纳到处被人称为"苏拉科的国王"，"王国中的王国"之王。他是银矿的主人，因此也是苏拉科的国王。无论发生什么，古尔德只是不动声色地保持沉默。他屈尊建立的利比埃拉政府的垮台，打破了他反对政治干预的规则，使他认识到自己在判断上犯了一个错误，并因为这个失败而谴责自己。当他回到自己的大房子的时候，他发现门口躺着一个垂死的搬运工，让他意识到他的愚蠢以及他的同胞们的"不可救药的愚蠢"，这些愚蠢体现为接连不断的荒谬而血腥的革命：

　　和德库德不同，查尔斯·古尔德无法在一个悲惨的闹剧中轻松地扮演一个角色。对他而言，他的全部良心都发现其足够悲惨，但他看不到闹剧的成分。他确信这是不可救药的愚蠢，并因此痛苦不堪。他过于实际，过于理想，因此无法以好玩的态度对待可怕的幽默，而想象力丰富的唯物主义者马丁·德库德通过其怀疑主义的冷漠的光辉能够做到这一点。对他来说，就像对我们所有人一样，在失败面前，与

良心妥协比任何时候都更加丑陋。他的沉默寡言是有目的的，阻止他
公然破坏自己的思想，但古尔德银矿不知不觉地腐蚀了他的判断。他
靠在走廊的栏杆上，对自己说，他应该早就知道，利比埃拉政府将一
事无成。银矿迫使他向人行贿，阴谋算计，目的只是让他能够不受干
扰地一天又一天地工作下去，这样做让他厌倦至极，也让他的判断力
遭到破坏。和他的父亲一样，他也不想被人抢劫。（405-6）

读者会记得马克思的《路易·波拿巴的雾月十八日》断言，历史
的悲剧注定以闹剧的方式重复自己，例如路易·拿破仑对拿破仑·波
拿巴的重复，康拉德的这部小说中也有类似的意思。

相互纠缠的众多秘密：重复绰号的反讽

叙事者向读者展示了相似的秘密执念如何支配着每个主要人物
以及一些次要人物，而且这些执念几乎最终都导致破坏性的结果。每
个人物的隐藏生活都遵循着自己的轨迹，就像巴赫的创意曲中的某个
乐章一样，或多或少地独立于其他乐章，就像另一个古尔德——格
伦·古尔德在弹奏巴赫的《平均律钢琴曲》（*Well-Tempered Clavier*）
和《哥德堡变奏曲》（*The Goldberg Variations*）的时候，每根手指都
遵循着各自的音符线，就好像它们都能够彼此独立行动。

这种人物之间相对分离的一个证据是，我们很难决定以什么样的
顺序来表明每个人都有一个隐藏的执念。其实这个顺序并不重要，至
少我看不出它的重要性。因此我将按照我的理解，杂乱无章地将这些
名字罗列出来，这种明显的混乱无序，就是康拉德本人在交替呈现众
多人物内心的时候所使用的不可预测的顺序，而且小说内容经常重复
出现，正如巴赫创意曲中的不同乐章、主题、旋律和音型的不断重复

一样：古尔德、蒙格汉姆、德库德、埃米莉亚、诺斯托罗莫、又是诺斯托罗莫、德库德、安东妮亚、古尔德、埃米莉亚、蒙格汉姆，如此等等，直到每个人死亡，或进入某种孤独和秘密绝望的固定不变的状态。这一点对《诺斯托罗莫》和《黑暗之心》都一样真实："我们活着，就像我们做梦一样——孤独一人。"[1]

当然，和巴赫一样，当主题一次次重复的时候，当众多主题相互交织的时候，主题会发生调整、发展、节奏变化和产生变体。似乎康拉德在一点一点地穷尽一切不同的方式来讲述关于他的每个小说人物的同样的东西。这种重复，也很像巴赫的赋格曲或创意曲，发生在短语或修饰语的微观层面上。一些词语或修饰语被重复多次。它们变成了类似于主乐调一样的东西。比如，诺斯托罗莫一再被称为"了不起的卡帕塔兹·德·卡加多雷斯"（capataz de cargadores，西班牙语，意思是"搬运工工头"，但在小说中已经成为诺斯托罗莫的常用名字——译注）。平静湾上空永远存在的白云不止一次被说成像一根根银条一样闪闪发光，讽刺性地指向银矿中真正的白银。

这部小说的最后一句话，就像是最后的一个和弦，或重复一个音符的序列。琳达·维奥拉在夜色中呼喊说她永远不会忘记死去的诺斯托罗莫——"永远不会！吉安·巴蒂斯塔"，这是在重复她母亲经常用来称呼诺斯托罗莫的名字。她母亲在去世前说的最后几个字就是"吉安·巴蒂斯塔"。叙事声音最后一次进行了呼应："这声爱和悲伤的真正的呼喊，似乎从蓬塔马拉到蔚蓝半岛大声回荡，一直传到明亮的地平线上，天空悬挂着一块巨大的白云，像一大块银锭一样闪闪发光，在这声呼喊中，了不起的卡帕塔兹·德·卡加多雷斯的灵魂占据

1　Joseph Conrad, *Heart of Darkness*, in *Youth: A Narrative and Two Other Stories* (London: Dent, 1923), 82.

了包含着他征服所得的财宝和爱情的黑暗海湾。"（631）这句话中的几乎每一个词语都在重复此前读者已经读到的单词或短语。

这种重复具有三重的怪异。它能把人物和场景定格在一个永恒不变的画面中。无论诺斯托罗莫在干什么，即使他变成了一个小偷，不再是苏拉科码头工人的工头，他也永远都是了不起的卡帕塔兹·德·卡加多雷斯。他永远都是财富和爱情的成功的征服者，就像平静湾上的日落每天都在重复一样，天空永远悬挂着像银锭一样具有象征意义的白云。

第二个怪异之处是，这种不断的重复使这部小说的文体结构与我们通常在一部"现实主义"小说中期待的特征不同，反而接近诗歌的呼应性重复结构，例如荷马史诗中的绰号，或瓦格纳歌剧的主旋律。正如马修·阿诺德和约翰·罗斯金很久之前就已经发现的那样，荷马史诗中的绰号，即使已经在字面上不再适合，但依然讽刺性地跟随着其所定义的人。《伊利亚特》中的赫克托，即使在他死后，依然讽刺性地是"驯马师"（"因此他们为驯马师赫克托举行了葬礼。"），正如诺斯托罗莫最后一次被称为"了不起的卡帕塔兹·德·卡加多雷斯"，即"了不起的搬运工工头"的时候，他已经死去了。阿诺德和罗斯金使用的《伊利亚特》中的例子都是海伦对普里阿摩斯说的话，当时她指出了不同的希腊英雄。她说她看不到她的兄弟卡斯特和波洛斯。和她与克吕泰涅斯特拉一样，他们也是从莱达的蛋里出生的。她想知道她的兄弟是否过于懦弱而不敢露面，但她不知道的是，用罗斯金引用的话说，"他们，在拉科尼亚，在他们亲爱的祖国，已经回归了赋予他们生命的大地"[1]。阿诺德引用了这同一段话，但英语翻译不同，作

---

1 John Ruskin, "The Pathetic Fallacy," *Modern Painters*, III, location 2,926 of Kindle (with images) eBook, http://www.gutenberg.org/ebooks/38923, accessed August 10, 2013.

为他在《诗歌研究》一文中典型的反讽的和可悲的"标准"。大地依然被称为"赋予他们生命的"，即使它已经吞没了卡斯特和波洛斯的尸体，大地吞没尸体的动作体现在 sarcophagus（石棺）一词中，该词在希腊语中的意思就是"吃掉尸体"。罗斯金说："诗人不得不悲伤地谈论大地，但他不会让这种悲伤影响或改变他对大地的想法。不；虽然卡斯特和波洛斯已经死了，但大地依然是我们的母亲，依然丰饶多产，依然赋予生命。"（同上）

　　康拉德的词语重复的第三个怪异效果是，它们逐渐把注意力吸引到它们作为语言的本身之上，提醒读者，苏拉科的整个世界以及其中的所有人都是语言的施为性效果。这个语言没有字面意义上的所指。它用自创性的行为，创造了它所指称的虚拟世界。而且，一旦读者开始关注词语重复的频率，重复就会逐渐清空单词的含义，最后变得越来越像马丁·德库德自杀前在他脑海中回响的那些毫无意义的声音，或者成为纸上的纯粹的物质标记，如"壳"（coquilles）一样，或像我之前讨论过的康拉德在英语中所犯的错误一样。

　　康拉德的"诗歌式的"重复，是贯穿其叙事风格的反讽的主要手段之一。正如劳伦斯·戴维斯（Laurence Davies）最近在一篇优秀的论文中所说的，康拉德，无论好坏，都是一个彻头彻尾的反讽作家。[1]要读懂康拉德，就必须能够读懂反讽，而这不是一件容易的事。"反讽"（irony）一词经常出现在康拉德的自我描述中。一个例子是他在1920 年的"作者说明"中对《间谍》（The Secret Agent）的描述，他说该小说是为了"将一种反讽手法用于此类主题"，"我坚信仅仅反讽性的处理就足以让我能够说出我以轻蔑和同情的方式要说出的所有的

1　Laurence Davies, " 'The Thing Which Was Not' and The Thing That Is Also: Conrad's Ironic Shadowing," in *Conrad in the Twenty-First Century: Contemporary Approaches and Perspectives*, 223–37.

话"[1]。"作者说明"本身就是彻头彻尾反讽性的,当然《间谍——一个简单的故事》中的副标题肯定也是如此。呵呵!

然而,我和戴维斯不同,因为我认为弗里德里希·施莱格尔和保罗·德曼的观点可以更好地用来理解反讽,无论是康拉德的反讽,还是其他人的,而戴维斯的理论根据是克尔凯郭尔和穆克(D. C. Muecke)。施莱格尔及其之后的德曼清楚地表明,在阿拉森(alazon,自欺欺人的愚蠢的吹牛者)和埃隆(eiron,故意说蠢话进行欺骗的狡猾的伪君子)之间的区别是极其微妙的,前者是讽刺的愚笨受害者,后者是聪明的讽刺大师。他们一直在互换位置,而非稳定不变。施莱格尔说,没有人比那些自认为掌握了讽刺艺术并自认为非常聪明的人更容易成为讽刺的受害者。讽刺的另一个基本特征是,它是语言的施为性使用。正如德曼在《讽刺的概念》("The Concept of Irony")一文中有点令人惊讶地说出的话:"讽刺还非常清楚地具有施为性维度。讽刺可以安慰人,可以做出承诺,可以表达谅解。它允许我们发挥各种各样的施为性语言功能……"[2]康拉德《诺斯托罗莫》中无处不在的讽刺具有使叙事者的立场更加接近德库德的立场的施为性效果。

戴维斯的文章结尾说,康拉德的讽刺是"强化",而不是"颓废"或"麻痹"。"强化"可以是讽刺性文学语言的另一种施为性效果。我认为,康拉德的讽刺强化了读者的抵抗力,让他们不会被那些迷惑了他的小说人物的各种幻觉所迷惑。讽刺或许也强化了读者的承受力,让他们能够毫不畏惧地接受他的小说所表达的令人沮丧的政治和心理的观点。而且,如果讽刺除了认知功能,还有施为性的功能的话,那么康拉德话语中无处不在的讽刺让其话语能够改变读者的政治信仰和

1　Joseph Conrad, *The Secret Agent: A Simple Tale* (London: Dent, 1923), xiii.
2　Paul de Man, "The Concept of Irony," in *Aesthetic Ideology*, 165.

行为。例如，《黑暗之心》或《诺斯托罗莫》的虚构描述，通过无情的讽刺，揭露了帝国主义和殖民主义的罪恶以及"第一世界"国家（在今天尤其指美国）对"第三世界"国家的经济剥削，从而获得改变读者政治信仰和行为的施为性的功能。然而，康拉德在《诺斯托罗莫》中通过对真正邪恶的美国金融家霍尔罗伊德的描述，已经让美国成为他的批判目标。但读者必须记住，那些认为自己真正掌握了讽刺艺术的人，比如通过理解"德曼所表达的真正的意思"，必定要成为讽刺的受害者，尤其是当他们按照自己认定的理解而行事的话。《诺斯托罗莫》绝没有承诺，我们可以永远地摆脱那些决定小说人物悲惨命运的意识形态和秘密执念。

　　《诺斯托罗莫》毕竟是在讲述一个故事，一个建立新国家的故事，或者更确切地说，它同时讲述了参与建立新国家的一群彼此孤立的、秘密意识的众多并列的故事，这些故事以相互交替的片段呈现出来，而在这些人物参与建立国家的方式总是讽刺性的和间断性的。所有这些故事最终在叙事者的注视下同时存在，形成一个共时的空间排列，但如同一首音乐作品的发展隐藏在多个主题最初的并列中一样，这种多个故事的空间排列只能在时间片段中，在众多的回溯和预叙中，在空间和时间的空白中，通过词语一点一点地展示给读者。这种不断的时间转换起到让时间空间化的作用。

《诺斯托罗莫》：并非像《巴塞特的最后纪事》一样的多情节小说

　　我当初选择《诺斯托罗莫》，是出于这样一种感觉，即这部小说具有如此众多的人物和如此巨大的"布景"，应该是维多利亚时代大型多情节小说传统的现代主义版本，就像《米德尔马契》或《巴塞特的最后纪事》一样，而康拉德的另一部长篇小说《吉姆老爷》则一门心思地专注于一个单一的故事，即小说标题同名主人公的故事。当时我认为，《诺斯托罗莫》与《吉姆老爷》的这种差别，让《诺斯托罗莫》可能像其之前的维多利亚小说一样，成为一个"共同体典范"。有什么比苏拉科的居民更有可能成为一个共同体，不管愿不愿意，都被迫拥有一个共同的历史？这一假设的范式，结果却证明并不适用于《诺斯托罗莫》。不仅苏拉科是一个极其碎片化和不统一的非共同体或不运作的共同体，而且康拉德讲述的故事也无法构成一般意义上的"情节"。相反，每个人物都拥有一个独立的生命故事，这个故事发展的方向，往往是死亡的结局。每个生命故事都根据自己的内在规律发展。每个人的生命故事都在很大程度上与其他人的生命故事和周围的破碎的共同体相分离。然而，每个人都以自己的方式受到其一生中发生在苏拉科的"历史事件"的影响，并以各自的方式承受这些"历史事件"。然而，这并不妨碍每个人物都或多或少地禁锢在自己的秘密中，注定要按照其秘密的执念所决定的个人命运生活。

对康拉德来说，一种特殊的、痛苦的隔离是人类生存的状态，即使是身处人群之中也是如此。这种隔离只会在他们不知情的情况下，被叙事声音无情的洞察力所打破。叙事声音向读者讲述小说人物隐藏的思想和感情。叙事声音将人物的秘密泄露给这个世界。《诺斯托罗莫》在很大程度上是由很多独立的片段构成的，在这些片段中，并没有多少向前发展的事情发生在虚构的当下。更确切地说，在每个片段中，叙事声音盘旋在某个小说人物的持续存在的主体性和重复性的生活方式之上。这种主体性被呈现为一个独立的气泡或单子。一个基本的假设是，一个特定人物的整个历史作为任何当前意识的主要组成部分持续呈现给其本人。

其中一个例子是对老吉奥乔·维奥拉首次亮相时候的描述（31-6）。这段话用整体描绘的方式介绍了维奥拉过去的全部生活和当前的生活方式。介绍维奥拉的这些文字有点像文艺复兴时期被称为"典型性格"（character）的东西，虽然康拉德对维奥拉的描述具有独特性和具体性，而不是像文艺复兴时期的典型性格作品一样具有典型的普遍性。

康拉德也是亨利·詹姆斯所说的"场景"展示的大师，即通过对话来呈现人物。例如，查尔斯·古尔德和妻子不断出现在小说中的对话，或埃米莉亚·古尔德与蒙格汉姆医生的对话，或索迪洛对赫希严刑逼供时的戏剧性场景，索迪洛不相信赫希关于银子去向的说法。最终，当赫希朝索迪洛脸上吐了口水之后，索迪洛开枪打死了赫希，而赫希当时是被吊起胳膊挂在椽子上的。这些细节与被囚禁的加里波第的行为有点相似，只不过加里波第并没有因为其反抗行为而被枪杀。

尽管康拉德和詹姆斯继承了相同的叙事技巧，但康拉德在《诺斯托罗莫》中的叙事程序与詹姆斯的形式策略截然相反。詹姆斯的一个极端例子是他形式最严谨的小说之一——《尴尬的时代》（*The Awkward Age*）。这部小说是在《诺斯托罗莫》前几年完成的，于1898-1899年以连载的形式发表。《尴尬的时代》几乎完全由对话构成。无论是叙事者的评价，还是詹姆斯所谓的"走进幕后"（going behind），即对人物主体性的直接呈现，都达到了绝对的最低限度。在《诺斯托罗莫》中，如我在前文所示，康拉德也呈现了一些对话场景，但主要的叙事模式是极为频繁的"走进幕后"。形式服从功能，小说和建筑均是如此。詹姆斯在《尴尬的时代》中的目标是呈现人物之间的冲突，他们总是试图根据他人的语言理解他人的思想。康拉德在《诺斯托罗莫》中的目标是展示每个人如何与他人隔离，如何被囚禁在自己的主体性之中而难以自拔。在《诺斯托罗莫》中，秘密的一门心思的执念决定了每个人物的行为。而一个人的执念与其同伴的秘密动机相互冲突，由此产生矛盾。康拉德和詹姆斯一样，选择了最符合他想要呈现的人类生存状态的叙事手法。

维奥拉一家

在一些"次要"人物身上能够最清楚地看到人物的隔离。所谓"次要"人物，指那些比主要人物花费笔墨较少的人物。例如，老吉奥乔的妻子在蒙特罗革命中死去，就像加里波第的妻子在加里波第的一次争取自由的运动中，在树林中力竭而死，就像康拉德的母亲死于俄国当局因其丈夫，即康拉德的父亲的政治活动而对其实施的流放。特蕾莎·维奥拉对诺斯托罗莫怀有一种秘密的爱，这种爱超出了母亲般的爱的范畴，也超出了她渴望诺斯托罗莫成为她一个女儿的丈夫的范畴，但甚至她的丈夫也对她一无所知，虽然蒙格汉姆医生对此有所察觉。叙事者说："老吉奥乔对他妻子的观点和希望一无所知。"（281）

叙事者不厌其烦地告诉我们，老吉奥乔本人是"一个老加里波第党人"，满脑子都是他过去在加里波第革命军队里当兵的经历以及在蒙得维的亚和意大利打仗的经历，他心里充满了对加里波第的崇拜，将加里波第的肖像悬挂在家里，他的心里还充满了悲伤，认为意大利和南美自由的事业被反动的反革命分子背叛："这种对事业坚定的执着给吉奥乔的晚年蒙上了阴影。之所以蒙上阴影，是因为事业似乎已经失败了。在上帝为人民创造的世界里，太多的国王和皇帝活得风生水起。"（35）

霍尔罗伊德

霍尔罗伊德的动机似乎足够公开。他想要通过全球经济征服让他的跨国公司变得更加有钱。他也想通过建造和捐赠教堂来四处传播基督教新教教义。他毫不掩饰这些目标。他为什么要掩饰呢？没有人，甚至或许连查尔斯·古尔德都没有完全理解的是，他对圣托梅银矿的秘密的执念，叙事者不止一次将该银矿称为"王国中的王国"，因为它在国家主权中享有独立的帝国主权，尽管各种革命势力轮番统治苏拉科，但没有哪一个势力对该银矿享有主权。

在我们这个全球经济帝国主义的时代，不可能通过政治手段控制"物质利益"，特别是全球组织的物质利益，这是《诺斯托罗莫》与今天最相关的"教训"之一。一个突出的例子是，十年前，我们很难防止大型企业集团 ADM（Archer Daniels Midlands），即所谓的"世界超市"，在世界市场上非法抬高价格。该公司谋划在国际上制定他们制造的食品添加剂的价格，这些添加剂是许多食品的成分。每瓶和每罐碳酸饮料都含有这些添加剂，大多数牛饲料里也有。来自世界各地不同的相关公司的高管，在毛伊岛的高尔夫球度假村或加利福尼亚州尔湾市的万豪酒店会面。在这些会议上，他们密谋控制主要食品成分在全世界范围内的价格，并瓜分世界市场。他们形成限制贸易的秘密垄断，而这在美国是一种犯罪行为。最终他们的罪行暴露，并被罚款，但也只是因为发生了一系列事件之后才暴露出来，这些事件涉及 ADM 的一名高管，他是一个撒谎成性的人，他秘密配合 FBI 的调查，秘密录制了这些会议，而他在整个过程中同时也向 ADM 和 FBI 撒谎。

与其说霍尔罗伊德是秘密执着于圣托梅银矿，倒不如说他秘密执着于对查尔斯·古尔德的支持和对古尔德能力的信任。他与古尔德的商业通信对办公室里的下属保密，虽然他并没有特别的理由这样做，因为对银矿的投资只是全球霍尔罗伊德众多企业的一小部分。霍尔罗伊德在他的公司说一不二。他可以用他的钱做任何想做的事。然而，霍尔罗伊德有一个隐藏的想象性的生活，该生活集中在银矿的成功之上，查尔斯·古尔德或许能够比其他人更好地理解这一点。

一段用自由间接引语表述的文字，表达了古尔德对霍尔罗伊德秘密的直觉，当然也表述了叙事者对霍尔罗伊德秘密的直接和全面的了解："银矿和钢铁利益集团的领袖带着激情投入科斯塔瓜纳的事务中。科斯塔瓜纳已经成为他生存的必需品；他从圣托梅银矿中找到了一种想象性的满足，而这种满足感是别人从戏剧、艺术或冒险刺激的运动中获得的。这是一个了不起的人肆无忌惮的特殊形式，其中的道德意图大到足以满足他的虚荣心，这使得这种肆无忌惮获得了理由。即使他的天赋偏离了轨道，但他依然为世界进步服务。查尔斯·古尔德确信，自己能够［被霍尔罗伊德］准确地理解，并带着对他们共同激情的包容心对他做出判断。"（421）

最后，当然银矿赢了。在小说的结尾，银矿在暂时和平的新国家里蓬勃发展。银矿现在又开始源源不断地将银锭送往旧金山，让富有的霍尔罗伊德和他的公司变得更加富有。霍尔罗伊德富有想象力的投资获得了回报，至少目前如此，尽管在小说的结尾，叙事者说，和平的苏拉科和银矿的顺利运行已经开始受到劳工骚乱和成立起来的反抗剥削矿工的劳工组织的威胁。康拉德暗示，这可能会最终导致新一轮的暴力革命，或者导致外国入侵，就像美国入侵或干预拉丁美洲国家一样。

佩德里托·蒙特罗

康拉德认为每个人都受到某种隐藏的执念的驱动，这一规则有一个野蛮而讽刺、滑稽而搞笑的例子，即佩德里托·蒙特罗。他是一个游击队强盗，在他哥哥夺取科斯塔瓜纳的最高权力时，代表他哥哥来入侵苏拉科。这个卑鄙的人物——贪婪、懒惰、愚蠢——秘密地生活在一个幻想的世界里，虽然没有人知道这一点。这种荒谬的幻想是由他读过的关于法国第二帝国的通俗历史所激发的，因为他想要在苏拉科为自己重建其君主盛况。这个想法如此不可能，如此疯狂，以至于每个人，包括查尔斯·古尔德在圣玛尔塔的科斯塔瓜纳首都的精明的政治代理人，都完全误解了他，认为他的动机是理智的。

> 他的阅读能力对他没有任何帮助，只是让他的脑子里装满了荒谬的幻觉。他的行为通常由极为不可能的动机所驱使，这些动机本身如此不可能，以至于可以逃脱一个理智之人的洞察。……佩德里托·蒙特罗一直在大量阅读法语的比较轻松的历史著作，例如安贝儿·德·圣阿曼德关于第二帝国的著作。但佩德里托被辉煌的宫廷所吸引，产生了为自己建造这样一个宫廷的想法，就像莫尔尼公爵一样，在这个宫廷里他将把一切快乐与处理政治事务联系起来，并以各种方式享受至高无上的权力。没有人能够猜到他有这样的想法。（430-1）

康拉德让可怜的佩德里托为读者提供了很多讽刺性的乐趣，但这种乐趣背后隐藏着一个严肃的观点。佩德里托作为例证表明了，造成巨大痛苦的重大政治事件是由导致这些事件的人的荒诞的幻想所导致的。当小布什，我们的佩德里托·蒙特罗当总统的时候，他所做的事情或许是受到自我幻想形象的驱动（谁知道呢？），而这种自我幻想形象或许建立在玩电子游戏（我们知道他在玩电子游戏）上，而非阅读轻历史。他可能想象自己是穿着飞行夹克的小布什，世界上最大军事力量的总司令，一个接一个击败并控制了世界上的邪恶国家，最后至高无上地统治了整个世界。事实上，他只不过是为他的总统竞选买

单的"特殊利益集团"的工具。他是全球资本主义和新保守主义思想
的任人摆布的代理人，而他本人或许根本理解不了新保守主义的意识
形态。布什陷入自己的幻想中，就和佩德里托·蒙特罗陷入幻想没有
两样。佩德里托想要像莫尔尼公爵一样，"以各种方式享受至高无上
的权力"的奇怪而荒谬的秘密梦想，没有人能够猜得到，叙事者说：
"然而这是蒙特罗革命的直接原因之一。但如果我们明白其中的根本
原因一直以来都是一样的，都根植于人民的政治的不成熟、上层阶级
的懒惰和下层阶级的思想懵懂，那么这件事就不再显得特别不可思议
了。"（431）康拉德认为，全球帝国资本主义的影响绝不是意识形态
错误的、直接的、不可避免的结果，他通过小说表明了一个相当令人
不安的观点，即，改变世界的历史事件往往是由"没有人猜得到的"、
不可预测的和荒诞的秘密执念导致的。

埃米莉亚·古尔德

　　埃米莉亚·古尔德的秘密是非常容易识别的。她全身心地爱着查
尔斯·古尔德，由于爱他至深，才和他一起来到苏拉科，面对苏拉科
和她丈夫重启古尔德银矿的众多危险和不确定性。她的秘密是她极度
悲伤地逐渐发现，银矿已经腐蚀了查尔斯·古尔德，他爱银矿胜过爱
她，银矿越来越像一堵银子铸成的墙壁一样矗立在他们之间。她对苏
拉科的穷人、赤贫者、老人的所有同情和关切，以及她对参加她的招
待会的重要人物、她丈夫的政治和商业伙伴、那些他想为了银矿而必
须获得支持的重要人物，所表现出的一切热情友好和优雅款待，都是
替代之物，代替她对丈夫的爱的挫败、她对丈夫的变化和他所处的危
险的焦虑。《诺斯托罗莫》中的每个人物内心深处都有难以洞察的秘
密，而这就是埃米莉亚的秘密。

对埃米莉亚最后一次大段的内心呈现，描写她在听到丈夫将在银矿过夜后，一动不动地坐在花园里。她迷失在自己孤独的痛苦中。这是一种置身于很多人、仆人、朋友、所有富有家庭的舒适设备之中的孤独，但这种孤立无援，和导致德库德自杀的划艇上的真正的孤独一样：

古尔德夫人突然间变得僵硬，似乎在毫不畏惧地接受席卷心头的一阵巨大的孤独感。而且她也想到，没有人会关心地问她在想什么。没有人。没有人，或许除了刚刚离开的那个人［蒙格汉姆医生］。不；没有人能够在理想的完美自信中从他人那里得到漫不经心的真诚回答……一种巨大的孤独感，一种对自己继续生活的恐惧，降临到了苏拉科的第一夫人身上。她可以预见自己独自一人在她年轻时的生活、爱情和工作的理想堕落之后存活下来——独自一人生活在世界的宝库中。噩梦的深沉的、盲目的、痛苦的表情出现在她闭着眼睛的脸上。在一个不幸的睡眠者的模糊声音中，她被动地躺在无情噩梦的折磨中，她漫无目的、结结巴巴地说：

"物质利益。"（583）

作为语言错误的秘密

我使用了弗洛伊德的术语"置换"（displacement）。正如拉康等现代解构主义弗洛伊德主义者所指出的，弗洛伊德用来描述梦境的两个关键术语，"凝缩"（condensation）和置换，对应两种修辞格，即热拉尔·热奈特（Gérard Genette）所谓的现代修辞理论的瓷狗（*chiens de faience*）：隐喻和转喻。埃米莉亚·古尔德试图通过同情普通人的痛苦来满足她对丈夫的爱和同情，她这样的做法犯了一个语言错误，即从字面意思上理解了一个比喻，混淆了两个相邻的同情对象。她还能怎么办？她的爱和同情的能力，必须以某种方式表现出来。与普鲁斯特的《追忆似水年华》一样，《诺斯托罗莫》通过各种例子表明，人与人之间、人与共同体之间的关系，受到人类容易犯的一个基本错误的支配，即把虚构的比喻性的指涉理解为字面上真实的事物。就好像用"天"这个词语的光照来种葡萄一样。按照保罗·德曼的说法，这就是意识形态的本质："我们所说的意识形态，恰恰就是语言现实与自然现实的混淆，指称与现象主义的混淆。"[1]

康拉德反复说，角色的执念是"幻觉"，对每个人来说是不同的幻觉。是什么产生或构成了这些幻觉？对每个人而言，导致他们产生幻觉的原因都是不同版本的原初错误，即将比喻理解为字面意思，然后从这个错误出发采取行动，或许这种行动最多地体现为发出某种施为性的言语行为，例如蒙特罗派宣布从布兰科派和外国剥削者手里获得独立，或德库德宣布对安东妮亚的爱，或做出某种行为的承诺，例如诺斯托罗莫承诺将一驳船的银子运往安全地点，或承诺骑马前往卡伊塔让巴里奥斯用船将其军队运往苏拉科从而逆转蒙特罗派的革命态势。

蒙格汉姆医生

这种语言混淆的一个突出例子，是蒙格汉姆医生对古尔德夫人和银矿的混淆。蒙格汉姆有两个秘密。在来苏拉科之前，他是一名英国军团的军医。他的第一个也是最主要的秘密是他隐秘的不可磨灭的耻辱，在小说的主要情节开始前几年，他背叛了英国荣誉准则，因为他

1　Paul de Man, "The Resistance to Theory," in *The Resistance to Theory*, 11.

在古兹曼·本托导致他残疾的折磨下屈服了，"承认"了一大堆他并没有犯下的所谓的"叛国罪行"。对这种自我背叛的持久悔恨让他变得愤怒和愤世嫉俗，就像德库德一样，他不相信政治动机除了自私和欺诈之外还有别的。当他手里拎着药袋，脸上带着冷笑，瘸着腿走在镇子上的时候，当地人不喜欢他，认为他是一个疯子，有一双邪恶的眼睛。

蒙格汉姆的第二个秘密是后来才产生的。他以一种隐藏的、无望的激情崇拜着、爱着埃米莉亚·古尔德。他会尽一切努力来保护她。他将她视为银矿的化身，试图通过拯救这一个来拯救另一个。他把部分当成了整体，犯下了提喻性的错误，或者他将一个事物——古尔德夫人，与其旁边的事物——银矿，混淆了起来，犯下了转喻性的错误："随着圣托梅银矿周围的危险的增加，这种幻觉［银矿'体现为'埃米莉亚·古尔德］获得了力量、永久性和权威性。"叙事者说，这种比喻性的转移使得蒙格汉姆"对他自己和其他人来说都极其危险"（482）。

他对自己和他人都是危险的，是因为根据在物质世界中没有对应物的假设行事总是危险的。我们应该记得，意识形态是语言表述与事物的真实状态的混淆，马克思、阿尔杜塞和德曼都以不同的方式表达过这个意思。只要我的意识形态倾向是秘密的，而且我并不会基于这个倾向采取轻动，那么一切都还好，即使我的秘密的混淆如果暴露出来会显得荒谬或疯狂。然而，如果我在现实之中基于我的幻想行事，我可能会因为没有看清事物的真相而犯下很多错误。

他可能会根据他对世界的错误解读来采取行动，让蒙格汉姆医生对自己和他人而言都非常危险。蒙格汉姆医生奇怪的错误或幻觉，即将埃米莉亚·古尔德的安全和银矿的安全等同起来，加上他的第一个秘密，即他对自己可耻的懦弱的羞愧，促使他在导致索迪洛和蒙特罗失败的戏剧性事件中发挥了重要作用。他单枪匹马，费了九牛二虎之力，说服已经心灰意冷的诺斯托罗莫骑马整整四天前往卡伊塔，告诉巴里奥斯紧急情况，和他一起乘船回来，为分离派和布兰科党人攻占了苏拉科，从而拯救了银矿，也连带着拯救了埃米莉亚。诺斯托罗莫著名的四天之旅让他重获了自我意识。

对他自己和他人更加危险的是，蒙格汉姆医生利用他在苏拉科的糟糕名声来说服索迪洛，让当时疯狂地想要找到确信藏于某个地方的银子的索迪洛相信，他已经背叛了古尔德，他告诉索迪洛银子已经被沉入港口，等待以后找回。索迪洛徒劳无功地一遍遍打捞港口，越来越愤怒和沮丧，他打捞港口给了诺斯托罗莫去找巴里奥斯的时间。也给了巴里奥斯进入港口的时间，而且恰好在索迪洛将蒙格汉姆医生吊在他的船后甲板的吊杆上准备将其绞死的时候进入了港口。绳子已经套在脖子上了。在一个高度电影化的场景中，他在关键时刻得救了。蒙格汉姆医生很幸运地继续生活在这个新生的共和国，仍然被他对埃米莉亚的秘密爱情这一隐藏财富所支撑，而小说中那些献身于真正意义上的财富的人则没有这么幸运："蒙格汉姆医生已经老了，头发成了青灰色，脸上的表情依然没有什么改变，他依靠他的爱情这一取之不尽用之不竭的财宝生活着，他的爱情深藏于内心，就像一笔非法的财富。"（563）一个秘密和另外一个秘密之间的这种比较，经常发生在叙事声音的话语中。在这个例子中，蒙格汉姆医生依靠他对埃米莉亚·古尔德的爱这一隐藏宝藏，就像诺斯托罗莫将他藏在岛上的银子一点一点地取出来，从而让自己"慢慢变富"。

蒙格汉姆医生在建立苏拉科西部共和国的过程中发挥的作用，是一个非常好的例证，证明了《诺斯托罗莫》到处都在表明的关于政治事件发生原因的令人沮丧的法则。蒙格汉姆医生毫不在乎创建一个新国家或银矿。他爱着埃米莉亚。他只想拯救和保护她。这让他采取了具有重要的预料之外的政治后果的行动。他的行动建立在一个语言错误之上，却导致了真正的历史事件，即一个新的民族国家的建立。这种对政治的阐释，和我们在美国所学的政治阐释颇为不同。例如关于美国的建立，我们被告知，一群英勇无畏的爱国者聚在一起，签署了《独立宣言》，该宣言由托马斯·杰斐逊撰写，并由革命派中的其他人修订。他们一心一意的目标是建立一个新的民主国家——美利坚合众国。如果康拉德是可信的，政治变革不会以那样的方式发生。它是一系列独立行为的结果，每个行为都基于秘密的谬误。这些行为并没有预期它们实际取得的结果。这些行为通过一系列或多或少的闹剧般的事故和误解导致政治后果的发生。

具有后果的语言混淆

对蒙格汉姆医生的分析，完全可以用于分析所有主要人物的幻想。例如，古尔德将让银矿的高效运转和对正义与繁荣的梦想混淆在一起。这两者其实互不相干。银矿的良好运行完全不在乎它存在于其中的政治秩序的正义或非正义。它除了采矿机械的高效运转之外什么都不需要。当古尔德说他将信仰寄托在物质利益上，相信物质利益最终必将给苏拉科带来法律、秩序和正义的时候，他将一种秩序和另一种秩序混淆起来。这是一个比喻性的错误。

德库德将他实现他对安东妮亚的爱情——这是一种让她快乐的方式——与实现安东妮亚的政治梦想——这是另一种让她快乐的方式——相互混淆，安东妮亚的政治梦想是按照她父亲唐·何塞·阿维利亚诺斯提出的模式，让苏拉科宣布成为一个独立的国家。这两种欲望的实现大相径庭，但德库德却将其混为一谈。

所有人物的秘密，他们所有隐藏的作为主要动机的幻想，都可以被证明是这种错误的不同形式。佩德里托将非常牵强的比喻的相似性当成是真的，从而将莫尔尼公爵的盛况，与他想在苏拉科这一悲惨、渺小、偏远、不起眼的省份作为统治者获得的巨大荣耀相混淆。这就是为什么他发现暴民已经彻底摧毁了"英特登西亚"，他只能睡在野营床上，在交易桌上吃饭，坐在硬木椅上，而不是他想象的软垫宝座上的时候，他如此失望和愤怒。

诺斯托罗莫或许是所有人当中最迷糊的。他带着巨大的虚荣心，犯了一个根本的语言错误，即混淆了他在别人眼中的价值和他自己真正的价值。白银本身并没有价值，只有当人们赋予其交换价值或铸造成硬币的时候，才会获得价值。银子获得价值的过程，与诺斯托罗莫判断价值的错误完全相反。诺斯托罗莫认为，当他骑着灰色的母马，穿着银色纽扣的衣服，走在镇子的街道上，接受所有人的奉承，在公共场合和他的现任情妇调情的时候，他就是别人眼里的他。他是"永不腐蚀的卡帕塔兹"，虽然他是"人民的英雄"，但他为布兰科党人和剥削苏拉科的外国富人做了很多勇敢的事。在独立之后，苏拉科在伦敦《泰晤士报》的一篇文章里被称为"世界的宝库"，这也是米切尔船长告诉来访者的话。

诺斯托罗莫一生中最危险和最大胆的行动失败了，或看起来失败了，人们认为满满一驳船的银子已经沉没，每个人都以为他淹死了，而此时诺斯托罗莫独自游回岸边，藏身在港口入口被毁掉的堡垒里。然后他产生了一种幻灭感，这种幻灭感改变了他的生活。睡了 14 个小时之后，他和往常那样像一只健康的动物一般醒来，然后，我们可以说，他第一次陷入自我意识之中：

　　英俊、健壮、柔韧，他向后仰着头，伸开双臂，慢慢地扭动着腰，悠闲地打着哈欠，露出洁白的牙齿；就像一头强大而毫无意识的野兽一样自然而没有恶意。然后，在紧皱的眉头下，眼神突然变得一

动不动，但并未注视任何东西，这时候那个人才出现了。（458）

现在他的虚荣心再也无法通过在他人眼中反映出的他对自己的很高的评价来得到满足，诺斯托罗莫在自己的眼中突然变得"不名一文"。与此同时，他周围的一切都改变了原来的面貌，失去了曾经拥有的意义：

他再也不能像过去那样，骑着马穿过街道，周围的人无论年纪大小都认识他，前往墨西哥多明戈旅馆打牌，或坐在贵宾专座上听着歌曲，看着舞蹈。一想到这个，就让他觉得这是一个不存在的城镇。（463）

诺斯托罗莫的幻灭表现为突然的政治转变。他觉得自己被外国富人"背叛"了，他们只是为了自己的利益而利用他，根本没有真正在乎过他。叙事者对诺斯托罗莫的变化的分析，是一场彻底的内心震撼，对其微妙的描写持续了好多页，但在整个描写开始的一个段落里已经给出了这种内心震撼的本质：

当一个人最主要的欲望受到强大阻遏的时候，他会感到一切都坍塌了，这种感觉是混乱而切肤的，其带来的痛苦，几乎接近对死亡本身的感觉。这也不足为奇——他没有足够的智慧或道德力量继续支撑他的个性，让其毫发无伤，克服他的虚荣心崩溃留下的深渊；因为即使这样，也仅仅是感觉的和视觉的，除了外部表现没有其他……卡帕塔兹·德·卡加多雷斯，内心生出一股厌恶的情绪，几乎被其激怒以至于发狂，发现他的整个世界没有信仰和勇气的存在。他被背叛了！（466-7）

这段叙事声音讲述的核心，是强调诺斯托罗莫获得了一种新的主体性。他开始**思考**了。他的内心生活几乎开始接近马丁·德库德严重的怀疑主义。

康拉德在小说这部分的目标，是解释（像银子一样）永不腐蚀的诺斯托罗莫如何被腐蚀。当他意识到德库德肯定已经死亡，而只有他才知道银子的埋藏地点，他开始从大伊莎贝尔岛偷取银子，一次一锭，慢慢变得富有。读者应该会记得，康拉德试图解释一个好人如何变成小偷，是这部小说的最初起源。这整个大部头的小说似乎是倒着写出来的。一旦康拉德通过想象将历史素材中一个盗了很多银子的真正的恶棍，转变成一个偷了银子的好人，那他就需要做很多的解释，也需要很多可以被称为"背景化"的内容和对先前情景的描述。结果就是小说变得越来越长。盗窃的直接原因，是诺斯托罗莫失去了对统治阶级的忠诚。发生这种情况是因为他突然发现他和苏拉科整个工人阶级都被无情地剥削。

然而，和失去所有幻想的德库德不同，诺斯托罗莫从他的幻灭中重建了虚荣心，只不过采用了与当初不同的形式。他现在通过这样一种意识满足自己的虚荣心，即他正在背叛有钱人，就像有钱人背叛了他一样。他对吉塞尔说，他盗窃银子是对他被有钱人"背叛"的"报复"（604），尽管在临终前，他对古尔德夫人说，"我死于背叛，被——"叙事者说："但他没有说出是谁或是什么背叛了他导致了他的死亡。"（623）事实上，他和查尔斯·古尔德一样成了白银的奴隶。白银对诺斯托罗莫的奴役不仅仅在表面上腐蚀了他。他的虚荣心依然因为大家的崇拜而得到满足，但他第一次拥有了秘密。这个秘密让他与众不同，让他获得一种独特性，但这个秘密让他所有的公开行为在他现在看来都是虚假的，从而剥夺了其中所有的快乐。叙事者说：

> 一种越轨，一种罪行，进入一个人的存在，像恶性生长一样将其

吞噬，像发烧一样将其耗尽。诺斯托罗莫已经失去了平静；他所有品质的真实性都被摧毁了。他自己感觉到了这一点，经常诅咒圣托梅银矿……［在大伊莎贝尔岛上建造灯塔］将会在他生命中的唯一秘密之地点亮一盏照亮远方的明灯，他生命的本质、价值、现实都反映在人们崇拜他的目光中。所有的一切，除了这一点；而这一点是一般人所无法理解的，这是横在他和一种力量之间的东西，这种力量能够听到这些诅咒的邪恶的语言，也能赋予这种语言以效力。这个东西是黑暗的。并非每个人都有这种黑暗。但他们却准备在那里放一盏灯。（585-6）

这里的"力量"和"黑暗"指的是诺斯托罗莫的意识形态幻觉，而不是指叙事声音所相信的东西。诺斯托罗莫，像哈代的亨察尔（《卡斯特桥市长》的主人公——译注）一样，相信他"受到某人的控制"。

小说很长的结尾，描述诺斯托罗莫追求吉奥乔·维奥拉的女儿们以及他被吉奥乔开枪打死，因为吉奥乔误将诺斯托罗莫当作他小女儿的不受欢迎的追求者。在这种双重求爱中，诺斯托罗莫找到了他的虚荣心的终极的和致命的满足方式。他认为，琳达和吉塞尔都喜欢他。他拥有在她们之间进行选择的权力。在这部小说中，康拉德一直都把爱和被爱称为另一种幻觉，所有的男人和女人都必须生活在这种幻觉之中，否则他们就会遭受德库德的命运。爱情可以是"最光辉灿烂的幻想"，但它也可以是"一种具有启发性的非常珍贵的不幸"（573）。埃米莉亚对丈夫的爱、德库德对安东妮亚的爱、维奥拉的妻子对诺斯托罗莫的迷恋，以及琳达·维奥拉对诺斯托罗莫的激情，都类似于蒙格汉姆医生对埃米莉亚的挚爱。这些爱都没有得到满足，也没有带来幸福。就像诺斯托罗莫被银子俘虏一样，蒙格汉姆医生的秘密爱情生活让他对自己和他人来说都极度危险，其他人物的爱情也都是如此。

爱情和白银，在小说中碰巧被隐喻性地等同起来，成为小说中导致如此众多悲伤的根深蒂固的语言错误的另一个例子。在小说结尾，维奥拉和他的两个女儿成为大伊莎贝尔岛上新建灯塔的看守人，而这座岛恰好是诺斯托罗莫和德库德埋藏银子的地方。诺斯托罗莫和姐姐琳达订婚，但实际上他想和妹妹吉塞尔结婚，这又构成另一个转喻性的替代或欲望的置换，因此他利用表面上对琳达的追求，前往岛上私会吉塞尔，甚至还偷偷摸摸地拿走几块银锭，这样他就可以慢慢地变富。镇上的人都知道他去岛上，甚至他们也知道他直到后半夜才回来，但是他们误以为他是在和吉塞尔会面。老维奥拉错误地射杀了诺斯托罗莫。他喜欢诺斯托罗莫，将其视为他夭折的儿子的替身。维奥拉在黑暗中射杀了诺斯托罗莫，是因为他把他当成了正在追求吉塞尔的废物拉米雷斯。这是另一个"解读符号"中的错误。但他毕竟没有全错，因为诺斯托罗莫的确在追求吉塞尔，背叛了他对琳达和他父亲做出的要娶琳达、而非吉塞尔的承诺。诺斯托罗莫真正想要的并非两个女孩中的任何一个。他想要的是银子。他和古尔德一样，或像小说第一章讲述的预言性的民间故事中蔚蓝半岛上的活死人外国佬一样，也是财宝的俘虏。

小说最后一段情节的一系列复杂凝缩和置换再次表明，《诺斯托罗莫》中所有人物的生活都是阅读的寓言，或更准确地说，是误读的寓言。无论《诺斯托罗莫》是在呈现爱情，还是在呈现政治或"物质利益"的灾难性发展，它真正的内容都是关于阅读的——也就是说，它是关于人类"不可救药"（582）[1]的倾向，他们总是将符号当成现

1　康拉德在小说临近末尾描述埃米莉亚·古尔德的悲伤时通过多次重复来强调"不可救药"（incorrigible）这个词："'不可救药'这个词——最近由蒙格汉姆医生说出来的一个词语——漂浮在她平静和悲伤的静止中。银矿的总经理先生，他对伟大银矿的执着是多么不可救药啊"，如此等等（582）。"不可救药"指的是无法让人们摆脱意识形态的执着，无论是对他们所爱的人的执着，还是对"物质利益"的执着。

实，然后基于这个错误采取致命的行动，或进行不合理的置换，将两个事物不合理地等同起来。

唉，人类的这种幻想也是无法治愈的。如果一个幻想被揭露出来，另外一个幻想就会取而代之，就像对一个语言错误的纠正本身就是另一个语言错误一样。保罗·德曼在《阅读的寓言》（ *Profession de foi* ）中非常精彩地阐述了"意识形态批判"的这种令人不安的特征：

> 解构主义解读能够指出通过置换实现的毫无根据的等同，却无法阻止这种无根据的等同甚至在其自己的话语中的出现，也就是说，并不能消除业已发生的这些异常的交换。解构主义解读仅仅是在重复最初导致错误的修辞异常。解构主义解读留下了一定的错误余地和逻辑张力的残留，从而让解构主义话语无法真正完成，无法清晰阐释自己的叙事和寓言模式。（242）

我们会拒绝相信德曼在这里所说的话。尤其是我不愿意承认他说的我"无力"避免我清楚认为是错误的东西。肯定的是，他必须是错的！然而，康拉德无法完全破解毫无根据的等同，无法通过冷静的分析揭露幻想，或许可以解释为什么《诺斯托罗莫》的篇幅如此之长，或甚至可以解释本书的这一章的篇幅为什么如此之长，因为这一章要试图解释《诺斯托罗莫》。我们两个都是在努力尝试"搞定事情"，做出完整的解释，虽然我们总是不成功。这或许也可以解释，我们都使用不同形式的"叙事和寓言模式"，而不是采用清晰明了的结论性的表述。用我在本章开头引用的德曼的话来说（这段话是另一种令人痛苦的反直觉阅读的表述；肯定的是，他必须是错的！），我试图同时进行修辞和阐释学的研究，同时进行修辞分析和意义理解。然而，我这样做的结果，就和德曼本人一样，主要关注了意义，而不是意义得以表达的方式。我虽然也零零星星地提到一些修辞的内容，但这些内容并未与我对康拉德的意义的阐释很好地融合在一起。

德库德

我把德库德留在最后，是因为虽然所有人物都在演绎同一个主题，即"信仰即宿命"，但德库德是最强有力的演绎者。德库德一开始就被描述为一个彻底的怀疑论者，他在巴黎接受的教育让他以极度嘲讽的态度看待苏拉科同胞们的事业。他什么也不相信。然而，他还是被诱惑从巴黎回到了家里，并带来了一批现代步枪，这些步枪后在巴里奥斯轻松击败蒙特罗的军队中起到了决定性的作用。他回家的动机就是对安东妮亚·阿维利亚诺斯的记忆，他认识她的时候，她只不过是在巴黎求学的一个小女孩。她从她父亲唐·何塞那里继承了对布兰科主义狂热的理想主义信仰，而布兰科主义代表一种保守主义的事业。德库德对布兰科事业毫不关心，但他的怀疑主义的超然只有一个缺口：对安东妮亚的爱。他认为，只要他能够通过让苏拉科成为一个独立的国家来满足安东妮亚的政治愿望，她就会嫁给他，然后他们就可以一起永远地离开这个可怜的苏拉科。虽然他完全不相信布兰科事业，但他却在支持这个事业，担任苏拉科的报纸《未来报》的主编。他在《未来报》上反复地将蒙特罗称为一头"巨大的野兽"，因此只要蒙特罗派攻占苏拉科，他必定是那个会被处死的人。这就是为什么他要和诺斯托罗莫乘坐装满银子的驳船逃跑，为什么诺斯托罗莫在埋藏了银子之后将他留在大伊莎贝尔岛上。因为他的生命受到威胁，他必须藏起来。

然而，在德库德逃跑之前，他撰写了《宣言》，这是独立主义者的政治纲领。他是苏拉科的托马斯·杰斐逊——《独立宣言》的作者。是他第一个产生独立的想法，也是他成功地说服了查尔斯·古尔德、蒙格汉姆医生、唐·何塞、安东妮亚、埃米莉亚·古尔德、铁路总工程师以及其他人，让他们相信独立是唯一的出路。具有讽刺意味的是，他自己并不信仰独立，也不信仰任何政治行为。他只是想和安东妮亚结婚，然后永远地离开苏拉科。他认为成功地宣布独立是赢得安东妮亚的最好途径。这是另一个置换的例子。这个例子再次表明，政治结果往往是那些具有完全不同目标的行为导致的。

德库德起草的独立宣言是非常有效的施为性言语行为，就像美国的《独立宣言》一样。德库德死后，独立运动获得成功，他被所有人尊为国父，包括永远失去了他的孤独的安东妮亚，她还没结婚却成了寡妇。德库德期待他的言语行为，即宣言，产生一个结果，即赢得安东妮亚。像小说中很多其他言语行为一样，也像现实世界中如此众多的施为性表述一样，他的言语行为打错了靶子。当前的一个例子或许是小布什在 2003 年 5 月初宣布伊拉克行动已经结束，战争已经结束（"使命已经完成！"），然而无论他说了什么，战争依然在继续，烈度并未降低。布什宣布之后美国军队的伤亡，比战争开始到他宣布使命已经完成之间的伤亡还要大得多。（请注意这里的准宗教式的语言。）美国士兵在 2013 年还在伊拉克和阿富汗遭受伤亡。言语行为，就像德库德的宣言，或布什的宣布，会用一种令人痛苦的方式导致事情的发生，但并不是说出或写出言语行为的人所期待的事。

对驱使德库德自杀的原因的详细描述，是《诺斯托罗莫》中最具戏剧性的场景之一。正如叙事者所说，德库德死于孤独。一天又一天过去了，他仍然独自一人和银子一起待在大伊莎贝尔岛上，吃得很少，几乎完全没有睡觉，德库德失去了对他的个体性的所有感觉和对苏拉科事务的现时性的所有感觉，甚至对他对安东妮亚的爱的感觉。语言不再具有意义，成了毫无意义的物质声音。什么都没有了，只剩下纯粹的毫无意义的感觉，这种感觉是叙事者为了兑现康拉德的印象主义主张，有时候希望读者相信真实存在的一切。康拉德表示，一个人通常对自己个体性的感觉，依赖于其积极成为一个共同体的一部分：

纯粹外部生活状态所构成的孤独，很快就成为一种精神状态，讽刺和怀疑主义在这样的精神状态下没有存在的余地。它占据了头脑，将彻底的怀疑的思想驱逐出去。经过三天的等待，还是没有看到一张人脸，德库德发现他对自己的个体性产生了怀疑。他的个体性与云和水的世界，与自然力量和自然形式的世界融为一体。只有在我们自己的行为之中，我们才能找到对我们独立存在的幻觉的支撑，而不是作为所有一切构成的整体的无助的一部分。德库德对他过去行为和将来行为的真实性丧失了所有信心。到了第五天，巨大的忧伤明显地降临在他的身上。他下定决心不要绝望地向苏拉科的那些人投降，那些人像叽叽喳喳的、面目可憎的幽灵一样，虚幻而可怕地困扰着他。他看见自己在他们中间无力地挣扎着，安东妮亚像一座寓言中的雕塑一样巨大而可爱，用嘲讽的眼神观看着他的虚弱……他将宇宙视为一系列无法理解的图像……没有任何东西打破寂静，寂静形成一根绳索，他用双手紧紧地抓着这根绳索，绳索上传来毫无意义的词语，这些词语总是相同的，但完全无法理解，这些词语是关于诺斯托罗莫、安东妮亚、巴里奥斯的，这些词语的响声混合成一种讽刺性的、毫无意义的嗡嗡声。（556，557-8）

德库德在口袋里放了四块圣托梅银矿的银锭，划着他的小船进入海湾，开枪自杀，这样他就可以沉入大海。叙事者评论道："一个幻灭和厌倦的牺牲品，幻灭和厌倦是对智慧的无畏的报应，才华横溢的唐·马丁·德库德被圣托梅银矿的银锭施加了重量，消失得无影无踪，被物质巨大的冷漠吞噬"（560），就像几句话之后，诺斯托罗莫被描述成为"了不起的卡帕塔兹·德·卡加多雷斯，虚荣心幻灭的牺牲品，而虚荣心是他无畏行为的奖赏"（560-1）。无畏的思想和无畏的行为，都伤害并最终摧毁各自的实施者。如果你想继续生活下去，你最好能够拥有一些能够让你喜欢上你邻居的意识形态幻觉。然而，这些幻觉对你和你的邻居来说都是极端危险的，就像蒙格汉姆医生对埃米莉亚·古尔德的爱和他把她和银矿混淆起来一样。

　　如果奥赛罗处在哈姆雷特的情况下，或者哈姆雷特处在奥赛罗的情况下，也就是那种暴露出主人公悲剧性缺陷的情况，两个人的命运或许会好很多。同样，如果换一个人，如诺斯托罗莫，或查尔斯·古尔德，或蒙格汉姆医生，或许能够在平静湾里经受住孤独和寂静，而不会向其屈服。这样一个人能够被他的自我感觉和他的秘密执念所支撑，无论这种秘密执念是什么。德库德激进的怀疑主义和康拉德本人的怀疑主义非常相似，缺乏这种具有安慰作用的幻觉。所以他被毁灭了，或者他被驱使毁灭了自己。德库德的遭遇有力地证明了康拉德和艾略特（T. S. Eliot）一样，认为人类无法忍受太多的现实。我们之所以还活着，是因为一些秘密的具有拯救效果的幻觉，这些幻觉形成了每个人的自我或"个体性"的基础或实质。唉，正如其字面所示，这些幻觉并不符合事物的本来面目，它们最终都是破坏性的，几乎和德库德进入没有任何幻觉的特殊精神状态一样具有破坏性。幻觉也使男人或女人对自己和他人来说极度危险。

　　德库德的自杀，在康拉德这部小说的相互交织的重复的众多"部分"中具有重要意义，是因为它表明，如果我们认为康拉德在宣扬一种彻底的怀疑主义和超然的观察态度，那我们就大错特错了，这种超然的观察态度就是康拉德的小说《胜利》的主人公海斯特在谈论他在旅行中保持旁观者的决心时所说的"观察,但绝不发出声音"[1]。当然,海斯特和《诺斯托罗莫》的叙事者用语言发出了很多声音。像德库德那样的怀疑主义是致命的。它导致德库德可耻而不光彩,并且在某种方面是滑稽而荒诞的死亡,而诺斯托罗莫的死亡,甚至赫希先生的死亡,和特蕾莎·维奥拉的死亡、吉奥乔·维奥拉的死亡,都具有某种反抗的和勇敢的成分。

《诺斯托罗莫》中没有超验的基础

《诺斯托罗莫》中人物的孤独,即每个人被囚禁于个体意识形态幻觉中的生活方式,在我看来,因为几乎完全没有那种在《黑暗之心》中非常重要的"形而上学"维度,而变得更加孤独。《诺斯托罗莫》中的人物甚至都没有那种面对超自然的敌对力量而赋予的忧伤的安慰。在《黑暗之心》中,敌对力量是隐藏在可见表象背后的秘密人格,是一股不可抗拒的力量,其难以揣摩的动机模糊地主宰着人们的生活。《诺斯托罗莫》中的人物集体性地给自己带来麻烦,或受制于康拉德称为"物质利益"的外部经济力量。在《黑暗之心》和《诺斯托罗莫》之间的短短几年里,康拉德的作品中所有的"黑暗的形而上学"似乎都消失无踪了。

德库德因为"孤独"而自杀,这种孤独是完全的、绝对的孤独,而不是因为与某种幽灵般的力量的对抗而自杀,《黑暗之心》中的库尔茨就死于与这种幽灵般的力量的对抗。德库德实际上具有叙事声音在小说开篇和通篇都具有的表面的物质视野。读者在《诺斯托罗莫》结束之时,再次回到了白昼与黑夜、雨水与阳光在平静湾上空永无休

1　Joseph Conrad, *Victory: An Island Tale* (London: Dent, 1923), 176.

止的、无动于衷的交替之中。用一种类似的"物质视野"来看，今天的气候变化被很多人视为与人类无关，是纯粹的物理变化，这些人不会关心人类物种的未来，也不关心其他生物物种：珊瑚、鱼类或候鸟。如果你将目光转向世界文明，就会发现支撑这种文明的煤炭、天然气和石油将会在空气中排放大量的二氧化碳和甲烷。全球变暖将不可避免，冰川融化、沿海的洪水、森林大火、更严重更频繁的暴风雨，等等，将会接踵而至。

对康拉德来说，《诺斯托罗莫》令人悲伤的含义，至少在他写作这部小说的时候，是只有某种意识形态的幻觉才能让我保持自我人格意识，保护我免受康拉德称为"孤独"的能够诱发自杀的空虚感。然而，康拉德也表明，这种支配特定人物决定和行为的秘密执念，同时也是一种自我毁灭式的疯癫。一方面，叙事声音在谈到诺斯托罗莫的时候，高深莫测地概括说，"每个人都必须具备某种气质意识，才能发现自己。对诺斯托罗莫来说，这种气质意识就是某种纯粹的虚荣。没有了这种虚荣，他什么也不是"（461），就像德库德失去了可以拯救他的支点——他对安东妮亚的爱——之后就什么也不是了。另一方面，这种执念是一种疯癫。例如叙事声音描述了埃米莉亚·古尔德对丈夫的想法，当时她开始理解他并为他担心。她看着他坐在那里，心不在焉，在脑海中给霍尔罗伊德写着信，信中试图说服霍尔罗伊德，"圣托梅银矿足够大，完全可以用来建立一个新的国家"（423）。

古尔德夫人看着他心不在焉的样子，心里充满了恐惧。这是一种家庭中可怕的现象，就像乌云闪电遮住了太阳一样，让她的家庭变得黑暗寒冷。查尔斯·古尔德一阵阵的心不在焉，表明某个固定的想法牢牢地占据了他的意志。一个被固定想法控制的人是疯狂的。他是危险的，即使这种想法是正义的想法；因为他或许会无情地让灾难降临

在他挚爱之人的头上。古尔德夫人看着丈夫的侧面，眼睛里再次充满了泪水。(422)

对康拉德来说，人类陷入两种疯狂之中：一种是导致德库德自杀的疯狂，他以怀疑的清晰眼光看待任何事物，没有任何残留的利己主义幻觉的支撑；另一种是古尔德被某种执念控制的疯狂，或蒙格汉姆医生将银矿和埃米莉亚·古尔德危险地等同起来，或诺斯托罗莫的虚荣，即使在他幻灭之后也能重建虚荣。即使是正义的理想，最终也会和被它困扰的人背道而驰。幻想摧毁正直，就像诺斯托罗莫的虚荣心失败之后，他不可腐蚀的正直被摧毁，他认为有钱人利用并背叛了他。对康拉德来说，历史最终并非由全球资本主义不可调和的非个体性力量所创造，而是由无数通常受理想的秘密执念驱动的个人行为所创造。这些个人行为导致的变化，往往与当初引发这些行为的动机荒谬地背道而驰。

爱德华·萨义德在他去世前几个月接受的关于康拉德的精彩的采访中，先以慷慨的态度和犀利的眼光对《诺斯托罗莫》进行了表扬，然后简明扼要地指出了他和康拉德的不同之处：

> 哦，我非常鄙视这样的政策知识分子。[他指的是那些来自政府或保守派（甚至自由派）智库的那种"专家"，他们是国会游说者，或在电视台或广播上参加访谈节目的人。]这都是我从康拉德那里学来的。正如他在一封信里所说[是给坎宁安·格雷厄姆的信，我在前文引用过]，如果你被卷入机器之中，比如你被科斯塔瓜纳的银矿那样的东西卷入其中，你就再也逃不掉了。你必须努力做的，就是保持分开[我猜他的意思是保持某种距离]：避开腐败、权力，这些会导致各种各样的黑暗；避免自己成为这些东西的一部分。同时还能够做

到康拉德用美学的方式做到的事情，以局外人的身份说：嗯，是的，那些事情正在发生。但总是存在别的可能。但是康拉德和我之间最终的最大的差别——《诺斯托罗莫》和《黑暗之心》均是如此——就是对康拉德来说，没有真正的别的可能。我不赞同这一点：总是存在别的可能。（*Conrad in the Twentieth-Century*, 292）

　　萨义德似乎是在说，康拉德相信任何时候都有非政治化的可能性，事情总能有不同的结果。但只是康拉德认为没有别的政治的可能，只是一系列无休止的随机出现的腐败和不公正的政权。萨义德则相反，他认为总会有别的政治可能——例如总会有解决巴以冲突的更好的途径，萨义德完全投身于这一事业，就像老吉奥乔·维奥拉完全投身于已经失败的加里波第事业一样。如此倔强的政治乐观主义是萨义德最令人钦佩的品质之一。

　　我同意康拉德和萨义德不同。他之所以没那么乐观，并非因为他想象不到别的政治选择，而是因为在他看来，别的任何政治选择都会变得腐败和非正义，导致这种变化的并不是作为一种历史或物质决定论的全球资本主义的统治，而是设计和执行这些政治选择的人所具有的人性的"不可救药的"缺陷。人性的主要缺陷是每个人都需要相信某种幻觉，才能摆脱疯狂的自杀。而康拉德认为，任何一种幻觉，都毫无例外地最终变成某种危险的疯癫。它会变成对他人、对自己都非常危险的秘密的疯癫，就像诺斯托罗莫受挫的虚荣导致了他的死亡一样。

　　《诺斯托罗莫》最终并未体现为一部政治小说（虽然人们经常这样定义它），而是体现为一部心理小说，或者是一部关于人们的心理如何通过一系列荒诞的语言错误最终决定政治历史的小说，只要你深入到物质事件真正发生的细微之处时就会发现这一点。

另一种，或最后一种说法是，《诺斯托罗莫》是隐性的修辞分析。这部小说是一种在事实之前的解构，在心理和政治分析的伪装之下，对人际和政治行为受到行为者语言错误支配的方式的解构，行为者并未意识到这些语言错误，而只有通过某种自杀性的洞见才能让其意识到。他们之所以是他们，他们的秘密的独特性，就是这些错误。"万恶之源并非贪婪，而是语言。"（*Radix malorum cupiditas non est sed lingua.*）然而，没有语言，人类将一无是处。语言使人类养成了将虚拟价值赋予物质事物的不可救药的习惯，将其归结为"贪婪"是一种符号形式。没有这些语言错误或幻觉，人类将会消失在德库德想象自己陷入其中的那种孤独和寂静之中，在德库德开枪自杀之前，他像被悬挂在平静湾上空垂下来的一根长绳上一样，被悬挂在这种孤独和寂静中。[1]

根据《诺斯托罗莫》的叙事声音提供的证据，我们人类无论选择哪种方式都会完蛋。是懵懵懂懂地生活在对我们自己和他人都非常危险的幻觉中，还是洞察一切从而生活在摧毁一切的空虚、寂寞和孤独中？这是一个艰难的选择，当然康拉德的小说人物并没有机会头脑清醒地选择这种或那种命运。《诺斯托罗莫》也没有从中进行选择，它只是无情地展示了任何一种选择的后果。

最后，回到我的"个人与共同体的关系"这个主题：这两种方式只不过都是不真实的自我与不运作的共同体之间的非关系（non-relation）。这是真的，除非有人会这样认为，看起来有这种可能性，即

1　在自杀方面，德库德比康拉德本人做得更好，康拉德在1878年荒诞地、有意无意地搞砸了他的自杀企图。当时他因为无法偿还债务而绝望。正如他的叔叔塔德乌斯·博布罗斯基在一封信里所说，他一枪彻彻底底地打穿了自己的胸腔，但没有伤及心脏或任何其他重要器官（Watts, 8）。如果他瞄得更准一点的话，我们就不会有《诺斯托罗莫》或《吉姆老爷》或《黑暗之心》或任何康拉德的小说。这将是一个无法弥补的损失，而我们将对此一无所知。

德库德的洞见和真正意义上的"向死而生"（*sein zum Tode*），是用一种夸张的反讽的方式，在事实之前，讲述海德格尔的坚决的此在致力于实现其"最自己"的存在可能，并因此体验自己的死亡。然而，我看不到任何证据可以表明康拉德像海德格尔一样，相信存在是一切的基础，包括每个人和与其生活在一起的伙伴的共同基础，即每个此在都是共在的基础。对书写《诺斯托罗莫》的康拉德来说，只有事物巨大的无动于衷，只有平静湾和远处科迪勒拉山脉的沉寂和孤独。

第五章
《海浪》理论：跨时代的解读

我们相互交谈的唯一可理解的语言是我们相互联系的物质对象构成的。我们有可能理解不了任何人类语言，人类语言有可能产生不了任何结果。语言在说话者一方，有可能被理解成或感觉成一种请求，一种恳求，因此是一种**羞辱**，结果被说话者以羞耻和低贱的心态说出。语言在接受者一方，有可能被当成**厚颜无耻**或**精神错乱**，因此被拒绝接受。我们已经远离了人的本质，因此关于人的本质的直接的语言对我们来说似乎是对人的**尊严**的**冒犯**，而关于物质价值的异化的语言似乎成为具有自信和自我意识的人的尊严的正当表达。

——卡尔·马克思，《詹姆斯·穆勒评注》，1844 年（KARL MARX, *NOTES ON JAMES MILL*, 1844）

我建议不要通过弗吉尼亚·伍尔夫知道的或可能知道的哲学家或理论家的视角来阅读其《海浪》，而是通过一些当今的哲学和理论著作的视角来阅读。《海浪》中的六个主人公是否构成一个共同体，像我刚刚引述的马克思认为我们所有处在资本主义的人都相互疏离一样，他们是否彼此疏离？如果你把从未开口说话的帕西瓦尔计算在内，小说就有七个主人公。这些人物从小就彼此认识。如果他们是一个共同体，那么是哪一种共同体呢？为了回答这些问题，我必须先仔细审视这部小说。我必须认真阅读它。

伊恩·麦克尤恩在《赎罪》[1]中两次提及《海浪》。两次都与主人公之一的布莱欧妮·塔利斯有关。布莱欧妮是一位小说家。令人意外的是，小说后来表明她是读者正在阅读的这本小说的假定作者。读者直到小说即将结束的时候才发现这一点，这样的结尾完全出乎意料。这个结尾是我完全没有料到的。全知（或更确切地说，心灵感应）叙事者说，当布莱欧妮在二战期间接受护士培训的时候，她是一名有抱负的年轻作家，她梦想创作一种新型的小说，该小说的基础是"思想、感知、感觉，……像穿越时光的河流的意识思维，如何表现它的展开以及所有使其膨胀变大的支流，与让其转变方向的障碍。……未来的小说不同于过去的任何东西。她读过三遍弗吉尼亚·伍尔夫的《海浪》，觉得人性本身正在发生巨大的变化，而只有小说，一种新型的小说，才能抓住这种变化的本质"（A, 265）。

从《赎罪》中，读者得知《地平线》的著名编辑西里尔·康诺利拒绝了布莱欧妮的中篇小说，但附上了一封很长的鼓励信（当然是虚构的）。小说想象康诺利警告布莱欧妮不要像伍尔夫书写《海浪》那样进行写作。在现实生活中，伍尔夫和康诺利在1934年的一次晚宴上相遇，并立即对彼此产生了厌恶。[2] 小说中的康诺利在其拒稿信中这样写道：

> 然而，我们想知道它［布莱欧妮的中篇小说］是否过于依赖伍尔夫夫人的技巧。透明的当下时刻当然本身就是一个很有价值的主题，尤其对诗歌而言；它能让一个作家展示他的天赋，钻研感知的奥秘，艺术性地呈现思维过程，探索个体自我的变幻莫测，等等。谁能怀疑

1　Ian McEwan, *Atonement* (New York: Anchor Books, 2001)，下文标注为 *A* 加页码。
2　http://en.wikipedia.org/wiki/Cyril_Connolly, accessed June 16, 2013.

这种实验技巧的价值呢？然而，这种写作只有在没有向前发展的感觉时，才变得弥足珍贵。（A, 294）

麦克尤恩对《海浪》本质的描述是否准确全面？是否概括了小说的全部？伍尔夫是否真的将意识呈现为一条穿越时间的河流？《海浪》是否缺乏向前发展的感觉？它是否仅仅呈现一个接一个透明的当下时刻，以此来探讨感知、思维过程以及个体自我？顺便说一句，河流与水晶［英语"透明的"（crystalline）字面意思是"水晶的"——译注］是互不兼容的比喻。伍尔夫呈现的像波浪——这种波浪同时也是光的波／离子理论中的粒子———一样的是河流，还是水晶，还是两者兼而有之？《海浪》是否真的记录了"人性本身的巨大转变"，一种需要用新的小说技巧来表现新的人性的转变？虽然伍尔夫有一句名言，"在 1910 年 12 月左右，人性改变了"，但人性的巨大转变似乎并不可能。[1]

为了回答这些重要的问题，我需要仔细探讨《海浪》的语言结构和伍尔夫实际使用的叙事技巧。《海浪》实际上说了什么或做了什么？它是怎么说或怎么做的？我用了"做"（do）这个词语，是在指称一部伍尔夫不可能知道的哲学著作。这部作品对今天的文学理论来说非常重要：奥斯汀的言语行为理论著作《如何以言行事》。[2] 借用沃尔特·本雅明在《译者的任务》（"Die Aufgabe des Übersetzers"）中的区分，我们可以用不同的语言来提出这些问题，即《海浪》的"意义"（Gemeinte）是什么，它"表达意义的手法"（Art des Meinens）

1　Virginia Woolf, "Mr. Bennett and Mrs. Brown" (1923), in *The Captain's Death Bed and Other Essays* (London: The Hogarth Press, 1950), 91.

2　J. L. Austin, *How to Do Things with Words*, 2nd ed., ed. J. O. Urmson and Marina Sbisà (Oxford: Oxford University Press, 1980).

是什么？[1]

《海浪》奇怪的叙事模式

《海浪》的"意义"（*Gemeinte*）和"表达意义的手法"（*Art des Meinens*）到底有什么需要进行说明？凡是读过《海浪》的人都知道其叙事模式非常奇特，至少可以说是独具一格的。据我所知，没有其他小说只使用了这种叙事模式，甚至伍尔夫本人的其他小说也不是这样。《赎罪》中布莱欧妮的叙事一点也不像《海浪》。布莱欧妮的叙事使用一种比较传统的第三人称叙事者，通过间接引语表达人物在业已成为过去的当下所具有的思想、感情和体验。《海浪》并非如此。它由两种并置的话语构成："插曲"和六个小说人物在其生命不同时期的"独白"（她的用词）。独白有时长，有时短。它们并不是有规律地交替出现的。这些独白只是有点不可预测地从一个人物转向另一个人物。

让我们更加仔细地逐一分析以下这两个颇为不同的语言形式。

插　　曲

《海浪》从开篇的两段开始，被十个斜体字、过去时的段落分割

1　参见 Walter Benjamin, "Die Aufgabe des Übersetzers," in *Illuminationen* (Frankfurt am Main: Suhrkamp, 1955), 61. 哈利·佐恩将其翻译成"预期目标"（intended object）和"意图模式"（mode of intention），使用了现象学的"意图"（intention）一词来表示词语趋向所指的指涉性，但稍微有点误导性。参见 "The Task of the Translator," in *Illuminations*, ed. Hannah Arendt, trans. Harry Zohn (New York: Schocken Books, 1969), 74. 关于这种区分的讨论和认为意义和表达意义的模式（阐释学和修辞）并不互补，参见 Paul de Man, "Conclusions: Walter Benjamin's 'The Task of the Translator,'" in *The Resistance to Theory* (Minneapolis: University of Minnesota Press, 1986), 86–8.

开来，这些段落"描述"，或更准确地说，分十次"提到"过去一天里，从黎明到黄昏的太阳，太阳升起和落下，照耀着大海和海岸，唤醒了鸟群，照亮了海滩附近一栋住所的房间。这些插曲也遵循一年的进程。每一个插曲中都包含相同的元素，只是这些元素在不同的插曲中，随着一天和一年的向前推进，有不同的具体表现形式。这有点像华莱士·史蒂文斯（Wallace Stevens）的《布满云朵的海面》（"Sea Surface Full of Clouds"），其中每一节都是前一节语言元素的另一种表达。[1]

当然了，伍尔夫的插曲具有强烈的"诗意"，就像构成小说大部分文本的独白一样，我们这里所说的"诗意"是日常意义上的"诗意"，但我觉得这样说并不能让批评家有所建树。她或他还是需要问："伍尔夫在《海浪》中的风格在何种意义上是诗意的，这种风格服从何种目的？"伍尔夫在日记中说，这些插曲表达"麻木不仁的天性"[2]。然而在另一个地方，她把海浪描述为与小说人物的日常生活相关的幽灵："其周围必然围绕着非真实的世界——幽灵海浪。"（D, 140）插曲中的过去时态在独白中转变成现在时态，也表明它们各属不同的、互不兼容或相互排斥的领域。之后我还会讨论这一话题。

以下是这些插曲的一些显著特征：每个插曲都以海浪拍岸结束。小说以最后一个插曲结束，这个插曲只有一句话：*海浪拍打着海岸*。[3]这些插曲非常注重色彩。《海浪》的世界是一个色彩斑斓的世界。伍尔夫的描述没有人格化的叙事者。这些插曲似乎是由某种匿名的

---

1   Wallace Stevens, *The Collected Poems* (New York: Alfred A. Knopf, 1954), 98–102.
2   Virginia Woolf, *A Writer's Diary*, ed. Leonard Woolf (New York: The New American Library [Signet], 1968), 148, 下文标注为 *D* 加页码。
3   Virginia Woolf, *The Waves* (London: The Hogarth Press. 1963), 211; 下文对该书的引用仅标注页码。

语言力量说出或写出的，或许是由莫里斯·布朗肖提出的"叙事声音（中性的'它'）"["*voix narrative (le 'il', le neutre)*"]说出或写出的，布朗肖提出这种叙事声音的文章对叙事理论至今仍然至关重要，至少对我来说是这样。[1] 每个插曲都既具有"现实主义的"指称性（虽然是对虚构场景的指称），又具有明显的比喻性。这些插曲似乎都是伍尔夫尝试完成伯纳德在他最后一个独白的末尾所说的无法完成的事："但是如何描述一个不是通过自我看到的世界？没有语言。"（204）"像"（like）是这些斜体的插曲的关键词，"像"也是六个人物的独白的关键词，对此我将在下文进行论述。小说中的东西，实际上就像各种不太可能的东西一样，就像下面的例子一样，这样的例子有很多：

阳光在房间里呈楔形照射下来。无论光线触碰到什么，这个东西都会成为某种奇妙的存在。盘子就像白色的湖泊。刀子好似冰做的匕首。突然玻璃水杯似乎悬浮在光线之中。桌子和椅子就像沉入水中后正在浮向水面，沐浴在红色、橙色和紫色之中，好像成熟水果表面上发出的光彩。……随着光线增强，一块一块的阴影被驱赶前行，并聚拢起来，悬挂在背景众多的褶皱之中。（79）

独　白

插曲与插曲之间的所有文本构成了伍尔夫所说的"独白"。任何

---

1 Maurice Blanchot, "La voix narrative (le 'il', le neutre)," in *L'Entretien infini* (Paris: Gallimard, 1969), 556–67; 同上，"The Narrative Voice (the 'he', the neutral)," in *The Infinite Conversation*, trans. Susan Hanson (Minneapolis: University of Minnesota Press, 1993), 379–87. 正如我在第二章的脚注中所说，因为布朗肖在这篇文章中讨论的是"中性"的叙事者，因此"il"应该翻译成为"它"（it），而不是"他"（he），虽然这个法语单词既可以指"他"，也可以指"它"。

一个独白都是六个人物中的某个人说出来的，这六个人分别是：伯纳德、内维尔、路易斯、苏珊、吉尼和罗达。独白都是用引号括起来的。伍尔夫在修改该文本的时候在日记中说："我认为，《海浪》将自己（我正在第 100 页）分解为一系列戏剧性的独白。关键在于让这些独白以海浪的节奏均匀地交替出现。"（D, 153）伍尔夫的这段话表明，每一个独白就像一个涌动起来并撞击海岸的海浪，也有可能包含多个这样的海浪。海浪的比喻的确经常出现在这些独白中，就像伯纳德在他最后的独白中所说："是的，这是永不停歇的更新，这是持续不断的涨潮和退潮、退潮和涨潮。在我的心中，海浪也在涨潮。它涌动着；它弓起了背。"（210-1）

这些独白没有明确的交替模式。有些独白非常简短，但有些则长达数页，伯纳德的独白尤其长。《海浪》结尾是伯纳德晚年的长达 42 页的独白，概括了之前六个人物的独白的所有主题和时刻。每段独白都放在引号之内。无形的叙事声音以"苏珊说"，或"路易斯说"等指出独白者。这些指示性的语言的功能，几乎和印刷剧本中的指示差不多："哈姆雷特：'生存还是毁灭，……'"然而，伍尔夫的独白和哈姆雷特的独白不同，因为伍尔夫的独白并非开口说出来的，或许伯纳德的独白除外。它们都是内心独白，似乎是持续不断的内心声音的自言自语。伯纳德被想象成直接向一个陌生人讲述他的一生，这个陌生人是读者的替身，是伯纳德在一家餐馆碰到的。或许他只是在想象他在和同桌说话。毕竟让一个陌生人静静地听伯纳德滔滔不绝地说上两个小时，是极不可能的。

"独白"和"插曲"当然来自戏剧和音乐术语，例如我们说"哈姆雷特的独白"或一段音乐"插曲"，音乐插曲是指一首主要音乐作品中单独的一首曲子。伍尔夫在《一个作家的日记》中提到尚未写成的《海浪》，她计划将其写成一部戏剧的样子："它将是一部抽象的、神秘的、没有眼睛的书——一部戏剧诗。"（D, 134）当然，不同之处在于，戏剧是在读者眼前上演的，独白是大声说出来的，而《海浪》是一个书写和印刷的文本，就像莎士比亚戏剧的印刷文本一样。伍尔夫的独白是完全个体性的。它们是内心独白，内心声音的自言自语。虽然它们被说成是"被说出来的"，但它们从未被说出来过，这是一个明显的特征。《海浪》的文本不是为了在舞台上演出。这里举一个简短的例子，可以表明这种独白的模式，也可以表明一种独特的比喻："'风的呼吸像老虎的喘气，'罗达说。"（89）罗达在其独白中反复不停地说她害怕一只老虎随时会跳出来。

独白的每个序列之间都用插曲隔开。每个既定序列中的每个独白差不多同时发生在所有人物的集体生活中，要么是他们学校生活的一天，要么是他们长大后在饭店举行的晚餐聚会，要么是前往汉普顿法院的集体出行，等等。这些序列追随着所有的角色，从他们的孩提时代，到学生时代，再到长大成人，然后到完全成熟，最后到垂垂老矣。

这些独白的文体特征令人颇感困惑。虽然每个人物的独白都是个性化的，但它们都将当前的想法和感觉与当时自发的记忆搅和在一起；它们都使用极为夸张的修辞手法，通常是明喻；它们都对未来做出预期；它们具有反复出现的幻想主题，这些主题经常出现在不止一个人物的脑海中或插曲中。举例而言，"带着水罐前往尼罗河的妇女"形象（201，第一个例子第 8 页），有柱子的沙漠形象，海岸上的海冬青的尖刺的形象（189），戴着头巾、手拿涂了毒药的长矛的男子形象（54，78，100），关于坐在埃尔维顿的女士的词语，该女士坐在两扇长长的窗户之间写作（或许是伍尔夫正在写作《海浪》），而这个时候园丁们正在用巨大的扫帚清扫草坪（12）。真正的草坪是这样清扫的吗？或许在英国是这样。

读者有时候难以区分这些语言层次。小说中提到的事物是"真的存在"，还是只是想象？杰拉德·莱文曾经描述过伍尔夫在《海浪》中使用的音乐形式。这一形式或许是在模仿贝多芬晚期的四重奏，伍尔夫在日记中曾经提到过这一点（*D*, 156）。[1] 我觉得这里的音乐的类比也只能达到这个程度，但词语在变化中略有重复，例如关于拿着红色水罐前往尼罗河的妇女的语言，或手拿涂抹了毒药的长矛的战士的语言，其作用类似瓦格纳的主旋律，或更好地类比为令普鲁斯特的《追忆似水年华》中的主人公心醉神迷的文特尔的七重奏中的"小乐句"。当一首非常难懂的室内乐、一首之前从未被演奏过的曲子中，突然重复出现这个像个人签名一样的小乐句的时候，"马塞尔"被深深地感动。我们说："啊哈，又是这些拿着红色水罐的女人，"或者，"又是这些长矛。"然而，因为这些主题在不同的意识中重复出现，它们似乎是从某个通用的词语或意象数据库中"下载"来的。下文我会对此进行讨论。

这儿有两个关于这些独白的语言结构的简短的例子，是从更长的独白中抽取出来的。第一个独白是罗达"说"的，第二个独白是伯纳德"说"的。我加上引号是因为伍尔夫总是加引号：

"我的路一直向上，朝着最顶上的一颗孤零零的树，旁边是一个水池。黄昏时分，当群山像鸟儿合拢翅膀一样合拢的时候，我曾划开美丽的水面。有时候我会摘取一朵康乃馨，或捡起一束束干草。我独自一人沉入草地，抚摸着一块老骨头，心里想：当风弯着腰拂过这个高处的时候，但愿只能发现一撮尘土。"（146）

---

1 Gerald Levin, "The Musical Style of *The Waves*," in *Virginia Woolf: Modern Critical Views*, ed. Harold Bloom (New York: Chelsea House, 1986), 215–22, reprinted from *The Journal of Narrative Technique* 13, no. 3 (Fall 1983).

"熬夜很晚，没有自控能力似乎有点奇怪。鸽洞也不是很顶用。力量逐渐消退，消失在某个干涸小溪里，其方式非常奇怪。我们独自坐着，似乎筋疲力尽；我们的水量只够勉强围绕海冬青的尖刺；我们无法触及那块更远的鹅卵石，因此无法将其打湿。结束了，我们被终结了。但是等等——我坐等了一整夜——一阵冲动再次贯穿我们；我们开始上涨，我们甩出一道白色的浪花；我们拍打在岸上；我们不受限制。是这样，我剃了胡子，洗了脸；没有叫醒我的妻子，吃了早饭；戴上帽子，出门谋生。"（189-90）

正如我说过的，每一个独白的序列的前后，都是关于一天和一年中太阳的进程的插曲。太阳的进程与人物的生活历程相对应，这一比喻和斯芬克斯之谜一样古老，而且毫无疑问更加古老。一个很好的例子，是发生在本书中间的一组独白，当时六个人物和第七个年龄更大的人物帕西瓦尔共进晚宴。帕西瓦尔是学校孩子们的偶像。他即将离开前往印度。《海浪》多次提及帝国主义，这是其中之一。在印度，帕西瓦尔从马背上摔下来身亡。帕西瓦尔在文本中一句话也没有说过。他从未说过他自己的独白。他对读者来说是一个不在场的中心，在他死后，成为六个小说人物的不在场的中心。

这些独白是一种极其奇怪的讲述故事的方式。严格来说，它们根本不是独白，因为它们并没有被说出来。它们显然是用语言来呈现某一时刻人物的内心活动。这些独白的一个独特之处是流利雄辩。这些独白大部分都是用完整的句子呈现的。它们都充满了精妙的修辞手法、记忆中的言词和之前独白的意象，有时候这种意象是通过某种魔力从一个人物转移到另一个人物的。然而，没有证据表明人物具有对其他人物所思所感具有完全的心灵感应式的洞察力，仅仅具有很好的直觉性的猜测。

或许这些独白最显著的文体特征是大量使用修辞手法。这些修辞手法很多时候是明喻，也有很多时候不是明喻，而只是将两种事物相互等同："骆驼是秃鹫。""好像"是《海浪》的一个关键词，我上文已经说过。罗达一度思考过"好像"以及这个词语有什么问题："'好像'和'好像'和'好像'——但在事物的相似性的底下到底隐藏着什么东西？"（116）这可是个大问题。下文我还会讨论这个问题，即，对伍尔夫来说，什么位于表面之下，或处于不在场的中心。

构成《海浪》文体结构的大量细节形成一个比喻系统，解决了如何进行有效指称表达的难题。这个像这个就是像这个，那个像那个就是像那个。说某种既定情感像感觉世界中的某个事物，解决了如何用语言表达情感的问题。说一个事物像另一个事物（"*盘子就像白色的湖泊。刀子好似冰做的匕首。*"）解决了形象地表现外部事物的问题。将人物的内心独白呈现为海浪状，这样就将独白与插曲联系了起来。整个文本就是比喻性置换构成的一个巨大的整体。

这是小说前期伯纳德对校长布道词的思考，当时六个人物还在上学。伯纳德或许最接近伍尔夫本人，但所有六个人物都可以被当成是伍尔夫内心生活投射的一部分："他（校长）把门口白色蝴蝶的舞蹈搅碎成粉末。他粗粝毛糙的声音就像没刮胡子的下巴。现在他像个喝醉的水手一样蹒跚地回到座位上。"（26）如此等等。下一页是路易斯："我的心变得粗糙：它像一把有两个边缘的锉刀一样摩擦着我的身体。"（27）三页之后是吉尼，当时她和苏珊、罗达在他们正在上学的寄宿学校的大厅镜子里看着自己："我在苏珊和罗达模糊的面孔之间闪烁；我像在大地裂缝间奔跑的火焰一样跳跃；我移动，我跳舞；我从未停止移动和跳舞。我小时候像篱笆间移动的树叶一样移动，这让我心惊胆战。我在这些有条纹的、没有人情味的、发黄的墙壁上跳舞，就像炉火在茶壶上跳舞一样。甚至女人冰冷的眼神都能让我着火。"（30）如此等等，一个独白接一个独白，虽然每个人物使用比喻的方式有所不同。然而，对所有人来说，比喻被当作独白性的自我表述的基本手段。

这些比喻，说这个就像那个，而且经常用疯狂的、不太可能的、出人意料的比较［例如，"这头骆驼是一只秃鹫"（27）］，小说人物的自发的独白就使用这种比喻。这些比喻也是伍尔夫的解决方案，可以解决麦克尤恩让其主人公布莱欧妮作为年轻作家所面临的挑战，也可以解决我们本章开头引用的马克思的论述中称为我们异化的主要特征的难题："她认为她可以很好地描写行为，她也有描写对话的技巧。她可以描写冬天的森林和城堡墙壁的阴森。但是怎么描写感情呢？当然可以写'她觉得很伤心'，或描述一个伤心的人可能做的事，但伤心本身怎么描写，怎么才能将其呈现出来，让人能够直接感受到其整个的负面特征？"（A, 109）

比喻性的语言，或准确地说是语言挪用（catachresis）——也就是说，用借来的词语表达没有本来名称的东西——是伍尔夫对这一问题的解决方案。当男孩们躺在草地上看大一点的学生打板球的时候，内维尔在思考伯纳德创造"意象""词语"以及将其组合在一起构成故事的非凡能力。伯纳德脑海中出现的词语几乎都是比喻。伯纳德是六人中的作家，路易斯和内维尔也是作家（简而言之，三人都是男性），但他们的写作风格极为不同。伯纳德流产的作品是由他记在笔记本上的夸张的词语构成的，而路易斯在阅读古罗马诗人卡图卢斯，用简洁、准确的经典风格进行写作，而内维尔写作诗歌，显然更具现代风格，虽然小说并未给读者提供其诗作的例子。

当人物在其集体生活的不同时期"说出"每一组独白的时候，这些独白总是具有正在发生的真实的或现实主义的事件的背景。这里有一个例子，是孩子们躺在草地上看高年级学生打板球时，内维尔"说出"的："但是伯纳德一直在说话。意象像气泡一样漂浮起来。'像一头骆驼，'……'一只秃鹫'。骆驼是一只秃鹫；秃鹫是一头骆驼；因为伯纳德是一根晃荡的绳索，但充满诱惑。是的，因为当他说话的时候，当他做愚蠢的比较的时候，旁听者会产生一种轻快的感觉。旁听者也会漂浮起来，似乎也变成了那个气泡；此人获得了解脱；我终于逃离了，此人如是想。甚至那些胖乎乎的小男孩（道尔顿、拉蓬特和贝克）也有同样的解脱感。他们喜欢伯纳德的比喻，甚过喜欢板球。当这些意象像气泡一样漂浮起来的时候，他们就会将其抓住。他们让毛茸茸的草挠他们的鼻子。"（27）请注意，这里的"气泡"是另一个夸张的比喻。

比喻可以减轻这个世界的负担，减轻残酷现实的压力。说这个东西像那个东西，能够减少事物本来的分量。我认为这是通过将事物的本来面目进行抽象化、"精神化"，将其转变成为某种虚构的东西而实现的。然而，我们也可以说，或者更加准确地说，这些比喻让抽象的、难以触摸的事物，例如感情，变得具体。我们都知道气泡如何从沸腾的锅里升腾起来，但感情却是出名地难以捉摸和触摸，很难用语言进行界定或表达，正如我放在本章开头的马克思的引文，和麦克尤恩的布莱欧妮对自己所说的话明确描述的一样。

在下一页，路易斯在草地上观看板球的人群中，思考这些独白如何被集中在某个记忆库或容器中，这些独白在记忆库或容器中持续进行，随时可被提取和共享：

树在摇晃。乌云过去了。这些独白应该被分享的时候到了。当我们产生某种感觉的时候，我们不会总是像打锣一样发出声音［注意这是另一个明喻］。孩子们，我们的生活一直是敲锣打鼓；喧嚣吵闹，自吹自擂；绝望的哭喊；花园里亲吻脖颈［指称小说里反复出现的主题之一，即当吉尼和路易斯还是小孩的时候，吉尼亲吻路易斯脖颈的瞬间〕……我们大家都在这儿，坐着，抱着膝盖，暗示还有某种其他的、更好的秩序存在，这种秩序成为一个永恒的理由。（28）

我在下文还会讨论这种在感觉、知觉和事件——例如吉尼亲吻路易斯的脖颈——背后存在某种其他的、更好的秩序的暗示。

我不认识你，亲爱的读者，虽然我的内心有一个声音一直在说话，但它使用的是语言的碎片，不完整的句子，而且夹杂着或长或短因为没有诉诸语言的感情和感觉而出现的或多或少的沉默。《海浪》的一个主要特征是一种极不可能的假设，即所有人，至少那些虚构的人物，任何时候都带着卓越的诗意的创造性，用精雕细琢的语言跟自己说话。如果我们想要将其视为对人物内心的真实呈现，那么它似乎过于虚假、做作、过分艺术化。我会在下文对支撑这种做法的奇怪的预设进行讨论。与其说《海浪》是对著名的"意识流"的呈现，还不如说是极其不可信的伍尔夫式的内心语言流。或许伍尔夫的思维的确是这样运转的，将所有事物转变为经常由比喻构成的词语。当然我对此深表怀疑。如果真是如此，那将是她的天赋的了不起的一部分。然而，似乎令人难以置信的是，六个不同的、或多或少普普通通的受过教育的中产阶级英国男人和女人被赋予一种能力，让其能够将一切都自发地、毫不费力地转化为流利的、高度修辞性的语言。

显微镜下考察一组独白

现在让我通过细节考察一组独白的语言特征。我选择为帕西瓦尔送行的晚宴这一场景最后的一系列独白，帕西瓦尔之后去了印度，并死在了那里。我说这一系列独白是"示例"（exemplary），但我没有说是"典型"（typical），因为没有两个独白系列在形式上是一样的。这个系列表明，六个人物各自的独白都具有鲜明的特点，例如路易斯的独白相对缺少比喻，相对更加直接，语言更接近字面意义。小说从头至尾，任何一个独白系列，无论长短，都可以很好地作为我选择分析的对象，尽管每个系列或许会产生不同的分析结果。我的选择基本上是随机的。然而，所有这些独白都有一些共同点，而我选择的这个独白系列可以很好地说明这一点。

我选择的独白序列是在为帕西瓦尔送行的晚宴即将结束之际。帕西瓦尔即将乘坐出租车，然后永远地消失，因为如我刚刚所说，他将死在印度。在晚宴接近尾声、七人的聚会行将结束之际，人物独白在这被拉长的时间里似乎一个接一个出现，尽管这些独白有可能在时间上是重叠，甚或同时的。小说没有提供任何迹象能够帮助读者进行明确判断。除了一些很短的独白，我对其余的独白进行了删节，以节约空间，但是认真的读者应该去阅读全文。

让我从路易斯做出简短独白的这一时刻的独白序列开始："路易斯说，'在链条断裂之前，在混乱回归之前，只有那么一小会儿，才能看见我们稳定下来，看见我们展示自我，看见我们固定在老虎钳里。但现在圈子打破了。现在一切开始流动了'。"（102）如此等等。"链条"的意象来自苏珊刚才的独白，虽然没有任何证据表明路易斯知道这一点，尽管某个集体的叙事声音知道这点，读者也知道这点。苏珊说："一个环被丢在水面上；形成了一个链条。"（102）苏珊在思考伯纳德刚刚订婚的事情对六个人造成的改变，但环或圈子的比喻在这一整个序列中（在其他地方也是如此）用来表示以帕西瓦尔为中心的六人圈子，表明行将解体的六人（或七人）构成的临时共同体。有时候，比如在汉普顿法院场景（162）的某个时刻里，六个人物在内心说出一系列非常简短的独白，每个人物都使用了前一个人物使用的一个隐喻短语。然而，他们并没有就此进行思考，或宣称他们能够心灵感应般地洞察他人的思维。

路易斯从苏珊那里拿来圈子的意象之后，继续观察——随着晚宴接近尾声，他们的凝聚力正在瓦解："但是现在圈子破裂了。现在流动开始了。现在我们比以前跑得更快了。"（102）路易斯独白的其余部分用典型的夸张和高度形象化的语言描述这种瓦解："某个残暴的野蛮人控制了他们。他们大腿上的神经在颤抖。他们的心脏在身体里撞击搅动。苏珊拧着手帕〔她的标志性动作〕。吉尼的眼睛像着火一样闪烁。"（102）

然后是罗达的一段简短独白，结尾是"他们的眼睛熊熊燃烧，就像循着猎物的气味穿过草丛的野兽的眼睛一样。圈子被摧毁了。我们各奔东西"（102）。

接下来是伯纳德比较长的独白。他环顾餐厅，观察行将结束的团聚时刻，思考他的分离状态赋予他的自由，让他可以环顾四周，创造关于他在餐厅里看到的人物的故事，包括他的六个朋友，也包括永远沉默的帕西瓦尔："这些陌生人是谁，是干什么的？我问。我可以根据他说的话，根据她说的话，创作出十几个故事——我能够看到十几张图片。但什么是故事？我摆弄的玩具，我吹出的泡泡，水中漂过的圆环。有时候我开始怀疑是否存在故事。我的故事是什么？罗达的故事是什么？内维尔的故事是什么？"（103）

读者可以看到最后这一段与伍尔夫自己的"张三说"和"李四说"相呼应，也与伍尔夫的怀疑相呼应，她在写作《海浪》的时候，在日记里记下了她对是否能够成功地通过独白策略创造故事心怀疑虑。我想她和伯纳德所说的"故事"是指一个有开头、中间和结尾的序列，是亚里士多德意义上的"情节"。《海浪》的"情节"是什么？读者必须站在距离当下语言的局部肌质（local texture）相当远的地方，才能看到某种类似于情节的东西。人们几乎不会为了追求故事情节而阅读《海浪》。

接下来是路易斯的另一段独白。"现在，再一次，"路易斯说："当我们付了账单，即将分开的时候，我们血液中的圈子聚拢成一个圆环，这个圈子如此频繁地、剧烈地破裂，因为我们是如此不同……"（104）吉尼接下来开始了她的独白："让我们再坚持一会儿……"（104）接下来是罗达的幻想，一如既往地孤独、超然和独具个人特色。她的独白很显然是在幻想遥远的异国他乡是什么样子。"'世界另一边的森林和遥远的国度，'罗达说：'都包含在这一时刻里〔她指的是他们一起交往的时刻〕；大海和丛林；豺狼的嚎叫，月光落在老鹰翱翔的高峰上。'"（104）

关于他们共度的时光，内维尔的版本的内容显得更加平实和真实。"'这里蕴含着幸福，'内维尔说：'平凡事物的宁静中蕴含着幸福。一张桌子、一把椅子、一本书，书里夹着一把裁纸刀……'"（104）然后是苏珊："'中间是工作日，'苏珊说：'星期一、星期二、星期三；马儿跑向田野……'"（104）如此等等。苏珊的独白基本遵循普通时间和自然的节奏。然后是伯纳德一如既往的比较长的独白。他一开始就断言未来蕴含在当下，请求永远沉默的帕西瓦尔珍惜他将离开的东西。"'未来就在其中，'伯纳德说：'这是最后一滴，也是最亮的一滴，我们让其像超自然的水银一样落下〔另一个"像"字句型〕，落进我们从帕西瓦尔那里创造的膨胀和辉煌的时刻。接下来是什么？我一边掸着马甲上的面包屑，一边问，外边是什么？……我们创造了一些东西，让其成为过去无数次集会的一部分……当他们去叫出租车的时候，帕西瓦尔，你看看你很快就会失去的这些东西。'"（104-5）

在这个点上，读者或许还记得，尽管人物用现在时态说话，但叙事者的过去时态（"said Bernard"）将人物所说的任何话语变成他们已经说过的话，很可能是很久以前说过的。他们所说的话早已加入了过去无数次的集会。非个人化的叙事者或叙事声音复活了这些过去的时刻，将其带回现在。似乎一旦某件事情发生了，并被转化成语言，它就会在某个陌生的地方反复发生，一遍又一遍。

接下来是罗达的另一段同往常一样超然的、略显奇特的独白，最后有一个奇怪的比喻。她所说的话似乎与此刻人类的内容无关，除非她抬起头，准确地播报那个时候的伦敦天气。"'尖顶的云朵，'罗达说：'航行在像抛光的鲸须一样的河岸的天空上。'"（105）最后，内维尔结束了这个序列和整个片段。"'现在痛苦开始了；现在恐惧用它的獠牙抓住了我，'内维尔说：'现在出租车来了；现在帕西瓦尔走了……我们如何向整个未来表明，我们现在站在街上，在灯光下，爱着帕西瓦尔？现在帕西瓦尔走了。'"（105）《海浪》就这样一直持续着，一个接一个的独白记录人物集体生活中的一个接一个的场景，中间用插曲隔开。对我来说，即使经过了反复阅读，并且很长时间以来对该文本非常熟悉，这依然看起来是一种构造长篇小说的非常奇怪的方式。

在内维尔说出的"现在帕西瓦尔走了"之后，是一段空白的页面，紧接着是一段插曲，用过去时态和斜体字描述太阳正处于最高点，这个插曲对内维尔的痛苦漠不关心。

他们是共同体吗？

这时候，我要停下来问一下：《海浪》中的七个人物是否构成了一个共同体？答案似乎是肯定的。他们从小就互相认识。所有人都来自同一社会阶层，都拥有相似的世界观和价值观。他们在一生中都保持着密切的关系。比如，罗达和路易斯成了恋人。内维尔不幸地爱上了帕西瓦尔，小说暗示他们的爱有实际的肉体行为。伯纳德将他们在晚宴场景的聚会说成是"某种将加入过去无数次集会的东西"。"教堂集会"中的"集会"（congregation），是"共同体"很好的同义词。

然而，"集会"也可以指本来聚集在一起又刚刚散场的人们，因此"散场"虚假地变成了"集会"。六个人是独立意识的集会。小说没有表明他们能够心灵感应地洞察他人的思维，虽然"叙事声音"说出"吉尼说""伯纳德说"，等等，似乎能够轻而易举地进入人物的秘密意识，了解他们的内心声音在任何时候所说出的话。

然而，伯纳德在其最后的独白中，三次宣称他不是一个单独的人，而是多人的集合，所有六个主要人物在一个奇怪的共同体中同时出现："我不是一个人；我是很多人；我完全不知道我是谁——吉尼、苏珊、内维尔、罗达，或路易斯；我不知道如何区分我的生活和他们的生活。"（196）三页之后，他想象自己试图说服罗达不要自杀："在劝说她的时候，我也在劝说我自己的灵魂。因为这不是一个人的生活；我也并不是经常能够知道自己是男人还是女人，是伯纳德还是内维尔、路易斯、苏珊、吉尼，或罗达——人和人之间的联系是多么奇怪啊。"（199）这一问题在六页之后以不确定和疑问的方式再次出现：

"现在我要问，'我是谁？'我一直在谈论伯纳德、内维尔、吉尼、苏珊、罗达和路易斯。我是他们所有人吗？我是一个人，而且是独特的人吗？我不知道。我们坐在一起。但现在帕西瓦尔死了，罗达死了；我们都分开了；我们都不在这里了。但我找不到任何能够将我们分开的障碍。在我和他们之间没有鸿沟。当我说话的时候我感觉'我是你'。我们极为重视的区别，我们狂热地珍惜的身份，被消磨殆尽。"（205）

一方面，这些段落表明，伍尔夫不需要等待德里达和其他当代理论家的出现，就已经对"我"的统一性的预设进行质疑。另一方面，这些段落表明，伯纳德至少感觉自己不仅是多个人，而且是一种多人性，这种多人性可以被定义为一种奇怪的由六个人构成的亲密的共同体。所有的六个人都以某种方式，在某个时刻，能够感受到这种"神秘的"共同体，"神秘的"（mystic）是伍尔夫本人喜欢使用的有点令人迷惑不解的词。伍尔夫在其日记中反复使用这个词来描述她关于《海浪》的写作。我觉得伍尔夫用"神秘的"（mystic）一词并不是指圣女特里萨（Saint Teresa）所体验到的与上帝的交流的那种意思，而是用来指一种非理性的状态，即她认为存在某种富有秩序的秘密之地，曾经发生过的一切都在这个秘密之地不停地发生。

在很多独白中，重点都放在人物的孤独感和孤立感上。他们认为，没有人能够理解成为这个或那个独特的"我"是什么感觉。在这一节中我对这一问题的答案很大程度上取决于你对"共同体"的定义。《海浪》中的证据在任何情况下都是自相矛盾的。《海浪》中的人物彼此相异，正如其彼此相同一样。他们没有形成一个一起生活，理解彼此，拥有相同的价值观、制度、法律、礼仪和世界观的传统的共同体。正如我在第二章所示，安东尼·特罗洛普的小说，例如《巴塞特的最后纪事》，就预设了这样的传统的共同体。特罗洛普经常表明一个人物能够心灵感应地了解其他人物的思想和感情。《海浪》在很大程度上缺乏这种洞察力。稍后我还会讨论伍尔夫小说中的共同体这一问题。

独白的性质及作用

从刚才很长的例子中你可以看出，《海浪》总是不连续地从一个独白跳向另一个独白。没有叙事者的语言作为过渡，也没有任何客观的叙事者对背景或对话进行交代，而长篇小说通常具有这样的过渡和交代。小说文本只是在段落中断处从"路易斯说"跳到"苏珊说"，或别的人说。在人物生命的特定阶段发生的特定的一组独白的前后，用插曲隔开，而在一组独白和另一组独白之间，出现一个整体的时间间隔。后一组独白出现在人物生命的晚一点的时间里。似乎在某个地方，所有人物的永不停歇的内心话语在一直持续，无休无止。无论是谁或什么在说"伯纳德说"，或"吉尼说"，这个说话者都在时不时地选择收听人物的内心声音，收听他们对自己所说的话。这似乎是一个极其不可能的假设，而且这肯定与麦克尤恩的虚构人物康诺利所说的伍尔夫对个体意识成型时刻的关注背道而驰。

现在可以概括出这些独白的显著特征：

第一，逐渐地，通过每个人物的独白，读者的脑海中会浮现出每个人物相当完整的人物形象。虽然每个人物都有独特而可识别的"人格"，但这些独白有一个不变的主题，即每个人物都觉得自己不是一个人，而是很多个不同的互不兼容的人。我已经说过，著名的自我的后现代消解已经是伍尔夫展现人类内心生活的核心主题。然而，每个人物都有不同的特点，这与"我是很多自我"的主题相矛盾：路易斯对自己的澳大利亚口音感到羞耻，他的细致使他成为一个优秀的金融家，同时他还具有创造性的内心生活，他说"我，现在是公爵，现在是柏拉图，苏格拉底的伙伴"（119）；苏珊热爱她的家乡农村和她家在乡下的农场，她富有母性的天赋和做家务的天赋；吉尼拥有穿衣打扮和用身体引人注意的特殊天赋；有人或许会说她"到处乱搞"；伯纳德不修边幅，健忘，对他人，甚至对陌生人都持异常开放的态度，这种态度成为他用之不竭的词语的不可或缺的来源，但也因此削弱了这些词语的力量，因为它们依赖于他人；内维尔身体虚弱，他对男人，尤其是帕西瓦尔的爱是自发而不幸的，还包括他对一个小男孩的爱，小说想象他在街上曾看见一个小男孩走过；帕西瓦尔死后，罗达想道："内维尔透过泪水盯着窗户，透过泪水问，'从窗边走过的是谁？'——'什么可爱的男孩？'"（115）；罗达害羞得要命，对他人感到恐惧，或对突然的情感冲击感到恐惧，无法将一个时刻与另一个时刻联系起来。

罗达最终自杀了，当然伍尔夫也是，因此有人会说伍尔夫这方面的内心生活被投射到了罗达身上。饭店晚餐时候的一段独白是罗达内心的这些特征的很好的例子，同时也能表明这些独白的其他文体特征。罗达害羞地走进举行晚宴的饭店，当她左拐右拐地走进来的时候，试图躲在柱子和服务员的后面来减少别人对她的关注。最终，当她和其他五个人与帕西瓦尔坐在一起吃饭时，读者开始"收听"她的意识中正在发生的事情。她的独白是这样开始的——""如果我能相信，'罗达说：'我应该在追求和改变中变老，我应该摆脱我的恐惧——没有什么能够一直持续。'"（93）她这里的措辞来自她的独白之前的内维尔的独白的结尾。内维尔说："我从不停滞不前；我从最糟糕的灾难中站起来，我在转变，我在改变。鹅卵石从我肌肉发达的伸展的身体的盔甲上弹开。[这是又一个奇怪的比喻！]我将在这种追求中老去。"（93）罗达很显然在不知道的情况下，心灵感应地使用了内维尔关于追求的词语，并继续解释说为什么这对她不起作用。罗达说，对她而言，"一个时刻并不会导致下一个时刻。门开了，老虎扑了过来"（93）。这个跳跃老虎的夸张比喻是罗达的常用主题，在其独白中一再出现。老虎表达了她对任何突然感觉的恐惧，尤其是对突然面对他人的恐惧。她在想象中继续对她的晚餐同伴，即其他六人和帕西瓦尔说话："你们没有看到我来。我绕着椅子，躲避那种跳跃的恐怖。我害怕你们所有人。我害怕突如其来的感觉冲击，因为我无法像你们一样处理它——我无法将一个时刻融入下一个时刻。对我来说，每个时刻都是狂暴的，都是分开的；一旦我倒在这一时刻跃起带来的冲击之下，你们就会扑在我身上，将我撕成碎片。我看不到尽头（I have no end in view）。"（93）最后的这个词（view），或许是对德莱顿在《世俗的面具》（"The Secular Masque"，1700）中的"摩墨斯"的呼应："你在追逐中能看到一只野兽。"（Thy chase had a beast in view.）[1] 在任何情况下，追逐的比喻是来自猎狐的词汇。罗达在她的独白中继续说：

"我不知道——你们的日子和小时逐次过去，就像骑着马跟着追逐气味的猎犬奔跑时，森林树木枝干和光滑的绿色从身边掠过一样。但没有单一的气味，没有单一的身体让我追随。我没有脸面。[这一主题也在罗达的独白中重现。] 我就像涌上沙滩的泡沫，或像羽箭一样落下的月光，月光落在这儿一个铁罐上、落在这里长着鳞片的海东青的尖刺上、或一块骨头上、或一只只剩下一半的船只上。我被卷进洞穴，像纸片一样拍打着无穷无尽的走廊，我必须用手顶着墙壁才能把自己拉回来。"（93）

　　读者能够看到，仅仅一段独白，就能唤起多少联想，也能看到夸张的修辞有时候能够引发精心描绘的互不兼容的奇特场景，快速地相继出现。在刚才的例子中，先是猎狐，然后是海滩上的泡沫、铁罐上的月光、海冬青、骨头、废弃的船只，然后是洞穴、走廊。罗达经常在和她在一起的人的肩膀或头上看到一幅清晰的想象的景观。（99）

1　参见 http://rpo.library.utoronto.ca/poems/secular-masque (accessed June 12, 2013), 第 77 行.

伍尔夫的六个小说人物的确过着极为夸张的幻想生活！这些幻想生活通常是他们当下生活的真实世界里的某种感受所触发的。这或许就是为什么这些独白都是现在时态，虽然被"某某说"变成过去的事情。

整个文本都充满了我刚刚列举的这种相当密集和复杂的语言特征。如果读者想要弄明白特定段落中发生了什么，《海浪》就需要慢速阅读、仔细阅读，至少需要读两到三遍，需要不停地前后翻阅。

第二，整部小说中反复出现的重要主题在小说开头就已经出现了，例如吉尼亲了路易斯，或阴沟里被割喉的死去的男人意象与苹果树相联系。

第三，很多重复的主题或词语在不同人物的独白中以基本相同的语言出现。例如，吉尼童年时期亲吻路易斯脖颈的事件，从一个人物的独白漂向另一个人物的独白，而"追求"这个词从内维尔的独白转移到罗达的独白。

第四，如我所说，所有人物都以某种程度或方式，过着极为活跃的内心想象生活。这种想象生活当场建立在即刻感觉到或感知到的事物之上，然后极为夸张地迅速扩大为一个幻想的世界。从一个幻想向另一个幻想的突然转变，意味着这些独白具有高度的不连贯性。对伍尔夫来说，意识的内在是以不断的和不可预测的变化为特征的。每个独白序列中经常出现断裂，意味着关注焦点的突然转移。当然有些人物体现得比其他人更加明显。伯纳德的独白在一定程度上更加理性连贯，而罗达的独白则明显破碎得多。

第五，这些独白也的确在讲述一个故事，是六个虚构人物从童年到老年的相互纠缠的生活故事，他们的生活或许以帕西瓦尔的死亡为支点。

第六，《海浪》中人物的内心生活被描述成海浪的样子，而非河流的样子。当这些内心独白在时间中向前推进的时候，会达到高潮，然后破碎，就像海浪涌上海岸，也如伯纳德所说——"在我内心海浪涨起来了；它弓起了背。"（211）

叙事声音是谁或是什么？

到底是谁或是什么在斜体的插曲中说话，从哪里在什么时候说话？这些独白是对谁或对什么说出的？在每个用引号括起来的独白中，我们也想知道它是谁或是什么，在哪里在什么时候说话，谁（或什么）在说"伯纳德说""吉尼说""苏珊说"，等等。读者有可能认为这些"某某说"是弗吉尼亚·伍尔夫本人写出或说出的。我们知道，她想出这些词语，将其记录下来，将其修改、打印，等等。她在写作《海浪》的时候，在《一个作家的日记》中比较详细地记录了整个过程。她甚至在《日记》的某个地方这样说《海浪》："它可以被称为一部自传。"（D, 139）

但是在我看来，用这种方式回答上述问题是一个巨大的错误，是避实就虚。毫无疑问，六个人物可以被当作伍尔夫本人内心体验的不同侧面，被分散在六个人物身上，或者认为六个人物以她对认识的人物的感觉为原型。已经有学者试图找出这些人物的"原型"。《一个作家的日记》中的个人的重复性主题在小说人物的独白中重现，例如关于海面上出现的鳍或死人和苹果树的意象的经常重复的词语。鳍第一次在日记中出现是在 1926 年 9 月 30 日星期四，当时伍尔夫刚刚想到要写后来成为《海浪》的作品，但当时的名字还是《飞蛾》（The Moths）：

我想对此说两句，说说这种焦虑的神秘的一面；它为什么不是它自己，而是人们在这个世界上时刻伴随的东西。无论这个是什么，它都是我深重的忧郁、沮丧、无聊的内部令人害怕而又激动的东西。有人看见一个鳍在远处游过。我应该用什么意象来表达我的意思？我想，没有任何意象可以。（*D*, 103）

"神秘"这个词是对《海浪》的称呼，也是对伍尔夫自己最深刻体验的称呼，这个词在《一个作家的日记》中反复出现，正如我所说。伍尔夫在《日记》中曾说，在《海浪》中"当我即将结束《到灯塔去》的时候，我在罗德梅尔［伍尔夫在海边的房子］的窗户外的沼泽地里，在宽阔的水面上发现了那只鳍，这只鳍出现在了我眼前"（*D*, 162）。在《海浪》中这一重复主题的多个例子中，有一个例子接近小说的结尾，出现在伯纳德最后的一段很长的独白中："什么也没来，什么也没有。我哭了出来，突然觉得自己被完全抛弃了。现在什么也没有了。没有鳍来打破这广阔无垠的水面。"（201）我下文还会谈到鳍。

然而，像任何其他小说一样，"叙事者"是一个虚构的人物或声音，同小说人物类似。伍尔夫发明了能够说出这些插曲的声音。她创造了一个幽灵般的声音，说出"吉尼说"，等等。小说人物的声音也是小说的创造，其特征往往是从"现实世界"移植到小说中来。我们都知道这一点，尤其是学过叙事理论的人，但我们很容易忘记叙事学的智慧。

我作为阐释的假设

什么样的阐释性的假设能够最好、最简洁地解释《海浪》的这种奇怪的文体特征？和其他一般情况一样，这里我们需要使用奥卡姆剃刀理论，避免发明没必要的叙事特征，也不要轻易地遁入自传性解释。对这一问题的最简单的答案，是《海浪》预设了一个巨大的非个体的记忆库，里面存储了曾经发生过的一切，每个人的每个想法或感觉。然而，这个数据库是不在场的。无法直接体验。而且它所存储的想法和感觉总是已经转化成为合适的语言，而且使用修辞手法表达无法用字面意思表达的感受和情绪。内维尔曾经讽刺地说，读者对叙事者的期望远多于"等待事物像被写出来一样被讲述出来"（140）。他很显然认为只要做到这一点就足以达到逼真的效果。我已经说过伍尔夫的记忆库理论，虽然我承认这样的东西不大可能存在："似乎在某个地方，所有人物的永不停歇的内心话语在一直持续，无休无止。"无论是谁或什么在说"伯纳德说"，或"吉尼说"，这个说话者都时不时地选择收听人物的内心声音，收听他们对自己所说的话，收听不在场的"某处"依然在不间断地进行的说话。

在我看来，这就是伍尔夫在日记中反复提到的《海浪》最根本的预设特征"神秘"的意思。这种"神秘主义"以这样的方式出现，所有的人物总是以某种方式产生一种直觉，觉得他们漂浮在某个不在场的中心之上，或他们漂浮在他们始终无法把握的某种沉默之上。在小说的早期，当小说主人公们还是孩子，正坐在草地上的时候，路易斯在我已经引用过的一段话里说"草地和树木……我们大家都在这儿，坐着，抱着膝盖，暗示还有某种其他的、更好的秩序存在，这种秩序成为一个永恒的理由"（28）。"一个永恒的理由"是非常奇怪的表达（关于什么的理由？），但如果你将其当作一个哲学术语，相当于希腊语中的"逻各斯"（logos）或德语中的"根本"（Grund），它就会产生意义。这种永恒的理由是一切思想和感情的隐藏基础。广阔水域上的鳍是对这一不在场领域的生动表达，而这一领域仅仅通过神秘莫测、困扰人心的暗示和转瞬即逝的痕迹展现给小说人物。"有些东西被深

埋在地下，"伯纳德有一次说道："有一瞬间我想抓住它。"（112）

这种"用语言记录的记忆库"的阐释性假设，可以解释《海浪》中时态的奇怪转换。关于海浪拍岸的插曲所使用的过去时态，表达了存储在这一数据库中的一切事物的永恒的过去性。在这个数据库里，作为永恒过去的已经发生过的一切事物，都以海浪般的节奏不停地重复发生，但是被转化成了语言，正如全书最后一句话："*海浪撞碎在岸上。*"（211）这也可以解释为什么那个幽灵般的或神秘的叙事声音，那个完全匿名的和非个体性的声音，用过去时态说话："吉尼说"（said Jinny），"内维尔说"（said Neville）。这个声音一定不能当作弗吉尼亚·伍尔夫的声音。伍尔夫在决定了她尚未动笔的小说必须采用的修辞和叙事形式之后，在日记里说："好几个问题都亟须解决。谁在思考？我在思考者之外吗？我需要一个不是骗人伎俩的技巧。"（*D*, 142）

弗兰茨·卡夫卡曾经说过，当他把"我"替换成"他"之后，他就成了作家。同样，当伍尔夫开始扮演那个完全非个体性的声音，说着"伯纳德说"，或"苏珊说"，而不会多说一个字的时候，她就解决了《海浪》中的声音问题。伍尔夫自己身处这个声音之外，忙着创作小说，或，如她刚刚完成最后几页小说的时候在日记里所说，忙着将那个在她体内说着话的匿名的声音记录下来："十五分钟之前我写下了'哦死亡'几个字，当我写出最后十页的时候，我陷入一种强烈的激动和陶醉之中，似乎我只需要跌跌撞撞地跟随我自己的声音，或几乎是跟随某个说话者前行（就像我已经疯了一样）；我几乎感到害怕，想起以前飞在我前面的那些声音。"（*D*, 161）"伯纳德说"的叙事声音的过去时态是必须的，因为已经发生的每一件事都以已经发生的形态存在着。然而，这些事情当初发生在人物的当下，所以独白必须使用现在时态。

我的假设也可以解释人物借用他人独白中的语言的方式，包括修辞手法。这不是因为他们具有心灵感应的能力，而是因为每个人在潜意识中都能进入那个普遍的记忆库。通过同样的方式，所有人物都能够讲述来自那个集体语言的特定主题：手持长矛的战士、带着水罐前往尼罗河的女人、广阔水面上的鳍，如此等等。伍尔夫在构思《达洛维夫人》的时候在日记中写到在人物下面挖掘洞穴，这些洞穴最终在某个隐藏的大洞穴中相遇——"我的发现：我如何在我的人物下面挖掘出漂亮的洞穴——我想这正好是我想要的；人性、幽默、深度。其观点是所有洞穴将会相互连接，每个洞穴都将在当下显露出来。"（D, 65-6）

作为肯定的《回忆随笔》

伍尔夫的著作中还有进一步的证据能够证明我对《海浪》的假设是正确的吗？在伍尔夫的自传作品《存在的瞬间》中有一篇回忆录《回忆随笔》，靠前的地方有两个相去不远的不同寻常的段落，可以证明我的假设。[1]

在第一个段落中，伍尔夫在描述她的记忆的惊人的生动性和即时性。她的记忆将过去拉回现在，就像它们在当下她的眼前正在发生一样："有时候能够回到圣艾夫斯，甚至比我在今天早上去那里更加彻底。我能够达到一种状态，就像我身处那里一样观看事物的发生。我认为，这是因为我的记忆提供了我已经遗忘的东西，结果就像这些事情在独立发生，虽然实际上是我在让其发生。"[2] 我认为，她的意思是，

1　我要感谢杰西卡·黑尔（Jessica Haile）向我推荐了这些段落。

2　Virginia Woolf, "A Sketch of the Past," in *Moments of Being*, ed. Jeanne Schulkind, 2nd ed. (New York: Harcourt, 1985), 67. 下文将标注为 *MB* 加页码。

这些生动的记忆似乎发生在她的意志之外，发生在她的身体和大脑之外。借用亨利·柏格森的记忆理论，这些记忆是不由自主的记忆。人们经常将柏格森当作伍尔夫的影响来源。

说"虽然实际上是我在让其发生"是模棱两可的。这样说可能意味着对圣艾夫斯的记忆是主动的。我会努力地记住圣艾夫斯。我想要记住圣艾夫斯。这样说也可能意味着她大脑中的某种机制使记忆不由自主地发生，而不是她认为的记忆是"独立"发生的。如果记忆真的是独立发生的，那么伍尔夫是完全外在于她自己、完全不受她控制的某个事物的旁观者，就像观看电视屏幕上的图像一样。

无论如何，伍尔夫断言："在特定的有利的情绪下，记忆——一个人已经遗忘的东西——会浮出表面。"（*MB*, 67）这样就增加了先前遗忘所具有的重要特征。可以说，这些东西都非停留在记忆表面的、能够在任何时候被有意识地想起来的东西。它们已经被完全忘记了。它们现在突然"浮现出来"，就像当下发生的事情一样以非常生动的细节重新展现在脑海之中。这种对过去的记忆是《海浪》中独白的主要修辞手段。所有人物都不停地提起好的、坏的记忆，将其转变成为重复的词语，例如伯纳德的"倚在栏杆上，我看到远处广阔的水面。一个鳍出现了"（134）。这一主题以无穷无尽的组合形式重复了很多次。它甚至出现在一个插曲之中："*仿佛一个鳍划破了湖泊的绿色玻璃*"（130）。

这里有一个跨越时代的类比：当今的神经科学家、认知科学家、大脑专家和创伤专家在定位大脑记忆的存储位置以及将存储在大脑数据库的已经遗忘的事件如何通过各种方式唤醒方面取得了很大的进展。通常，在对从伊拉克或阿富汗回来的美国士兵所遭受的创伤后应激障碍的研究中，这种记忆是对目睹的、做过的或遭受到的暴力的记忆，这种记忆会不由自主地出现，困扰着患者，导致焦虑、抑郁和家庭暴力乃至自杀倾向。

虽然伍尔夫可能遭受了弗洛伊德根据当时的医学命名为"歇斯底里"的那种创伤，她在《回忆随笔》中声称，她唤起的，或被唤起的前两个非常早的记忆，是发生时候的和自发地重现时候的"狂喜"的经历（*MB*, 67）。伍尔夫稍晚的记忆在弗洛伊德或当今的神经学的意义上是创伤性的。其中提到的两个，一是她照镜子时候的耻辱感，这是在《海浪》中重复出现的主题，二是同父异母的哥哥杰拉尔德·杜克沃斯对她的性侵行为。她以极其生动的细节描述了后者。如同弗洛伊德在《歇斯底里研究》中对病人童年时期遭受近亲（通常是父亲）性虐待的分析一样，伍尔夫当时并不完全理解对她所做的事情的意义，虽然她本能地抗拒这种行为。现在她知道了它的全部意义。令我惊讶的是，伍尔夫有勇气如此详细地写下这段真正创伤性的记忆。弗洛伊德可能会说，正如伍尔夫研究者最近提出的那样，这一事件成为她后来所有心理痛苦的根源：

> 餐厅门外有一个台子，用来放置盘子。当我很小的时候，有一次，杰拉尔德·杜克沃斯将我抱起来放在这个台子上，当我坐在那里的时候，他开始摸我的身体。我能够记得他的手伸进我的衣服里的感觉；他的手坚定地、持续地伸得越来越低。我记得我多么希望他停下来；当他的手靠近我的私处的时候，我是如何浑身僵硬，扭动不安。但他没有就此停下。他的手也摸了我的私处。我记得我对此感到讨厌和憎恨——这种既麻木又复杂的感受到底应该用哪个词语？这种感受一定很强烈，因为我还记得它。这似乎表明对身体某些部位的一种感觉；它们如何不应该被触碰；允许它们被触碰是如何错误；这一定是一种本能。这表明弗吉尼亚·史蒂芬并非出生于1882年1月25日，而是出生于数千年以前；从一开始就遇到了过去成千上万的祖先已经

拥有的本能。（*MB*, 69）

我发现阅读这段话令人感动。令我感动的，包括成年伍尔夫通过将对"私处"的侵犯普遍化，从而与其冷静地拉开距离。阅读这段话对我来说也是创伤性的。有人或许可以称其为"读者的创伤"。我通过敲打出这段文字来试图克服我的创伤，就像伍尔夫或许试图通过写下她的记忆来克服她的创伤。

伍尔夫发现那些生动地、突然地、自发地浮现在她脑海中的记忆有两种类型：狂喜的和创伤的。两种都是强烈的情感。两者经常是由与过去发生的事情具有一定相似性的当下的感受或感知所触发的，这和弗洛伊德关于歇斯底里创伤的描述一样。一种记忆是强烈的快乐、狂喜和兴奋。另一种记忆则带来恐怖和厌恶，例如她害怕镜子里的自己，或杰拉尔德·杜克沃斯对她的侵犯的记忆，或她无法跨越一个水坑或越过某棵苹果树的记忆。

有一个狂喜的记忆的例子，是在圣艾夫斯的花园里看到一朵花，带着散开的叶子，看到这朵花让伍尔夫发出惊呼，"这就是全部"（*MB*, 71）："我在看一棵叶子散开的植物；似乎突然之间明白了这朵花本身就是大地的一部分；一个圆环包裹着花；这是真正的花；一部分是大地；一部分是花。"（*MB*, 71）另一个例子是非常早期的记忆，"半睡半醒地躺在圣艾夫斯托儿所的床上。听到海浪拍岸，一二、一二，然后将浪花拍打在岸上；然后波浪破碎开来，一二、一二，在黄色百叶窗的外面……躺着，听着海浪的飞溅，看着这光线，感受着，我几乎不可能在这里；感受着我能感知到的这种最纯粹的狂喜"（*MB*, 64, 65）。毫无疑问，最后的这个记忆是《海浪》中插曲的终极来源。拍打在圣艾夫斯海滩的海浪似乎萦绕在伍尔夫深藏的记忆中，并在她写作《海浪》的时候浮现出来。

伍尔夫在《回忆随笔》中关于记忆的说法似乎是心理学的，而且是相当可信的。在特定的时间，一种强烈的情绪，无论愉悦与否，都会给一个事件打上标记，这样这个事件就可以带着其所有的细节一次又一次地在之后的记忆中重现，这样的说法言之有理。然而，伍尔夫从她对这种被压抑的记忆的重现的经历中得出了极不寻常的结论。她的结论远远超出了纯粹的心理学解释的范畴。她断言在特定有利的情绪下，被遗忘的记忆会"浮现出来"，伍尔夫对此说道：

> 如果真是这样，我常常想，我们感受强烈的事物是否有可能独立于我们的思想而存在；事实上依然存在？如果真是这样，我们是否有可能最终发明出某种装置来提取它们？我把它——过去——看作一条在我身后的通道；一长串场景和情感。在这条通道的尽头，仍然是花园和托儿所。与其在这儿回忆一个场景，在那儿回忆一个声音，我不如在墙上插上插头；然后直接倾听过去。我会重现1890年的8月。我感觉到强烈的感情一定会留下痕迹；唯一的问题就是我们如何才能与其重新连接，这样我们就可以从头开始体验我们的生活。（*MB*, 67）

在什么上"留下痕迹"？伍尔夫的回答有力地证实了我关于《海浪》的独白的假设是正确的。对写作这部小说的伍尔夫来说，一旦发生了一件被强烈感受到的事情，这件事情就会独立存在于某个地方，并持续不断地发生。这些事件就会变得像存储在硬盘上的数据，或者更准确地说，像互联网上的亿万文件一样，以无数的备份漂浮在网络空间中，没有特定的存储位置。想要提取这些事件，我们只需要"在墙上插上插头；然后直接倾听过去"，就像我可以在 iTunes 上听很久以前录制的音乐一样。例如，我可以听到格伦·古尔德（Glenn Gould）从死亡中复活，用早已腐朽的手指弹奏巴赫的《哥德堡变奏曲》。

　　《海浪》中匿名的、非个体性的叙事声音，除了"伯纳德说"或"吉尼说"之外，什么也没有说过，这个声音接通了一个独立存在的记忆库。这个声音能够随意地提取六个人物的戏剧独白的任何部分。这些独白依然在以现在时态持续发生着，一遍又一遍、永不停歇地、永恒地重复着。这些独白还包括叙事声音没有选择向读者呈现的其余的独白。只有一小部分独白被选择呈现出来。

　　说"伯纳德说"或"罗达说"的叙事声音和说出插曲的声音是同一个声音吗？我们没有办法确定，因为插曲的语言是完全非个体性的。也有可能是记忆库在说话，但是记忆库的声音很显然也是说出"吉尼说"和"路易斯说"的声音。在这两种情况下，读者都通过页面上的文字连通了数据库。顺便说一句，这些文字，《海浪》的全部文本都有电子版本，可以在 Kindle 上阅读。我电脑硬盘里有这部小说的电子书。我的硬盘和互联网的跨越时代的比喻证明了伍尔夫的奇特的预见，即"在墙上插上插头；然后直接倾听过去"。今天我们完全可以实现这一点，就像伍尔夫时代的人们已经可以用留声机唱片做到这一点一样。我认为，我们不应该拒绝用当下的知识和当下的科技来解读以前的文学作品的诱惑。这种解读无论如何都会发生，因为我们都是我们自己时代和科技的孩子，所以为什么不能利用这些类比提供的洞察力呢？

　　然而，《海浪》的一个基本特征在我一直在分析的《回忆随笔》的这段话中并未得到解释。这个特征就是，当所有这些记忆到达读者的时候，已经被转变成为精心设计和高度形象化的语言。仿佛它们总是以已经被转变成为语言的方式存在着。伍尔夫说的并非语言，而是记忆作为视觉而重现的方式，这种视觉就像电视屏幕上的生动图像一样，这是另一个跨越时代的类比。然而，在《回忆随笔》的几页之后的一段话，给这一范式添加了语言，同时还提出了一个极不寻常的想法，即在事物的表面之下存在一个隐藏的、难以捉摸的秩序。在《海浪》中，这种想法在重要时刻断断续续地一直出现。

伍尔夫一直在谈论她接受心理冲击的能力是她成为作家的原因。在上一页给出了一个"让她成为作家"的"接受心理冲击的能力"的例子（*MB*, 72）。伍尔夫在晚餐时无意中听到她的父亲或母亲说，瓦尔比先生（一个临时邻居）自杀了。这个消息后来才成为创伤性的心理冲击，当她看到花园里的一棵苹果树的时候，产生了强烈的绝望："我记得的下一件事情，是晚上在花园里，走在苹果树旁的小路上。在我看来，这棵苹果树和瓦尔比先生自杀的恐怖联系在一起。我无法走过去。我站在那里，看着树皮上灰绿色的皱褶——这是个有月光的晚上——处于惊恐的恍惚状态。我似乎绝望地被拖进了一个完全绝望的深渊，无法逃脱。我的身体似乎瘫痪了。"（*MB*, 71）那棵引发创伤的苹果树在《海浪》中出现了不止一次，例如在内维尔收到告知帕西瓦尔死讯的电报时的独白中："我将在这棵毫不妥协的树下站一会儿，和那个被割断喉咙的人单独在一起。"（108）

伍尔夫在《回忆随笔》中解释说，对她来说，生活在大部分时候被"包裹在一种难以名状的棉絮之中"（*MB*, 70）。因此，她生存在"非存在"（non-being）之中（*MB*, 70）。为什么接受那种能够穿透棉絮的心理冲击，并对这种冲击做出夸张反应的非凡能力，让伍尔夫成为一个作家？伍尔夫说："我尝试解释一下，在我的情况下，心理冲击总是紧随着对其进行解释的欲望。我感觉我受到了打击；但我小时候并不认为这种打击仅仅是来自隐藏在日常生活棉絮背后的敌人的打击；它是，或即将成为某种秩序的启示；它是表象背后真实事物的象征；我用文字将其变成真实。"（*MB*, 70）

隐藏的秩序；现象世界背后的某种真实事物或物自体（*Ding an sich*）——这是形而上学的用语。伍尔夫继续补充道："只有将心理冲击用语言表达出来，我才能使其完整；这种完整意味着它已经失去了伤害我的力量；将破碎的部分拼凑完整给予我一种巨大的快乐，或许是因为这样做去除了其中的痛苦。或许这是我所知道的最强烈的快乐。当在写作中发现什么属于什么的时候，我会获得一种狂喜；将一个场景恰到好处地描述出来；将一个人物塑造成型。"（MB, 72）伍尔夫在这里将文学创作当成一种施为性的表达，一种奥斯汀意义上的言语行为。通过用语言将心理冲击表达出来，我就将痛苦转变为快乐。这是一种以言行事的方式。但是为什么用语言表达心理冲击，从而将其变成解释模式的一部分，并能消除痛苦，这有点令人费解。文学创作成为止痛药！这是一个美妙但很有问题的想法！然而，我之前曾经提到过，将创伤写下来或许是处理创伤的一种方式。将创伤写下来让创伤变得可以理解。

伍尔夫继续描述，让这个想法更加合理。到目前为止，似乎创建模式是作者、真正的创造者的所有的建设性工作。通过将心理冲击变成语言，我用一种自由发明（inventio）让其变得完整。现在，在这段文字的高潮部分，这个公式突然被反转过来。inventio 的意思由自由发明变成了发现，而这个词语本来就有这两个相互对立的意思。强调文学语言的施为性力量的公式，现在倒退为将语言视为模仿和表达，视为一个比喻系统。保罗·德曼发现康德从数学崇高转向力学崇高的时候，从表述语言或认知语言转向施为性语言，而伍尔夫的转变似乎与康德的转变正好相反。[1]

1　参见 Paul de Man, "Kant and Schiller," *Aesthetic Ideology*, ed. Andrzej Warminski (Minneapolis: University of Minnesota Press, 1996), 137. 这一页上有一段话是这样的："……它们之间，数学和力学之间的关系是非连续性的。这种关系不是辩证的，不是前进或后退，而是比喻向力量的转变，而这种转变本身并非比喻性的动作，无法通过比喻模式进行解释。你无法解释康德发生的从比喻向施为的转变，从数学崇高向力学崇高的转变——至少我［在《康德的现象学和唯物主义》中，同上，70-90］这样认为——你无法根据比喻模式对此进行解释。"

伍尔夫现在说，真实世界永远早已是一个"模式"（pattern），一件艺术品。作家、作曲家或画家只不过发现了已经存在的词语或其他将情感冲击与这种普遍秩序联系起来的符号。艺术家只是拷贝者，而不是创造者。这是一个惊人的逆转。伍尔夫写道："从这点我达到我可以称为'哲学'的东西；任何情况下，这都是我一贯的想法；在棉絮后面隐藏着一个模式；而我们——我的意思是所有人类——都与这个模式相关联；整个世界都是一件艺术品；我们都是这件艺术品的组成部分。"（*MB*, 72）这是一个不同寻常的说法，或许呼应了马拉美的著名论断，即整个世界的存在都是为了变成一件艺术品！不同的是，对伍尔夫来说，整个世界总是已经转化为文字，或其他模式化的符号，这些文字和符号都构成了一件包罗万象的艺术品。一件单个的艺术品，音乐的、文学的，或者引申一点，图像的艺术品，无非是揭示了这一隐藏艺术品的真相。作家、音乐家或画家，只是作为我们称为"世界"的普遍艺术品的临时体现者而存在。"《哈姆雷特》或贝多芬四重奏，"伍尔夫说："是关于我们称为'世界'的这一巨大事物的真相。但并没有莎士比亚，并没有贝多芬；肯定地说，强调地说，并没有上帝；我们都是语言；我们都是音乐；我们都是事物本身。当我受到心理冲击的时候我就明白了这一点。"（*MB*, 72）多么神奇的构想！

这一系列句子证实了我的判断，即接通一个巨大的硬盘或互联网一样大的数据库，这个硬盘或数据库总是已经被转化为语言或模式，而不仅仅是以幻影般的记忆视觉存在。《海浪》是由这个数据库的片段构成的，这些片段被下载并放在页面上，讲述六个小说人物的故事。伍尔夫在《海浪》和我从《回忆随笔》引用过的段落中都强调，通往这个数据库的方式是断断续续而且捉摸不定的。需要经受心理冲击才能打开数据库的大门。伍尔夫在她关于文学概念的最后几句话中说，这个概念"证明了一个人的生命并不局限于其身体、其所说的话和所做的事；一个人一直生活在与某个隐藏的事实或概念的联系之中。我的隐藏事实或概念是，在棉絮背后隐藏着一个模式"（ *MB*, 73 ）。

《回忆随笔》中的一些段落证实了我归纳出的，用来解释《海浪》独特的叙事和文体特征的假设。证明我正确的最后一个证据，是《海浪》中的所有人物在不同程度上，以不同的方式，都感觉他们依附于一个秘密的不在场的中心，对这一中心他们只能惊鸿一瞥，无法亲身抵达。这有点像维多利亚小说中的人物，比如特罗洛普的小说人物，非常荒谬地突然意识到他们的每个想法和感情都被一个"全知"叙事者心灵感应般地知道。例如，帕西瓦尔死后留下的空椅子，或我曾经引用过的重复的表述，都表达了《海浪》中的这种不在场的中心。路易斯在我已经引用过的一段话中曾说："这些独白应该被分享的时候到了。"（ 28 ）通过阅读《海浪》，我们分享了这些独白。我们加入了他们组成的奇怪的（非）共同体。

伍尔夫接通记忆库思想的类比

其他哲学家、批评家或作家，有没有提出类似于伍尔夫关于用语言形式存在的意识事件存储库的奇怪想法？我将按照时间顺序简要列举五例，以帮助读者理解伍尔夫关于记忆库的思想。[1]五个人中有

1　我在其他地方更加详细地讨论过这五个人。关于胡塞尔和德里达，参见 J. Hillis Miller, "Derrida and Literature," in *Jacques Derrida and the Humanities*, ed. Tom Cohen (Cambridge: Cambridge University Press, 2001), 66–68. 关于亨利·詹姆斯，参见 J. Hillis Miller, *Literature as Conduct: Speech Acts in Henry James* (New York: Fordham University Press, 2005), 157–60. 关于伊瑟尔和布朗肖，参见 J. Hillis Miller, "Literature Matters Today," in *SubStance*, Issue 131, vol. 42, no. 2 (2013), 26–31.

三个是伍尔夫不可能知道的，因为他们是在她死后进行写作的，但有两位（胡塞尔和詹姆斯）是她的同时代人。这两个人的观点和她的观点相似，但并不相同，她有可能读到过。我说的这五个人是：埃德蒙德·胡塞尔、亨利·詹姆斯、莫里斯·布朗肖、雅克·德里达和沃尔夫冈·伊瑟尔——多么奇怪的五人团啊！

胡塞尔在《几何学的起源》中提出"理想物体"（ideal objects）的奇特概念。一个例子就是，存在于任何内接三角形或任何三角形物体之前和之后的、作为其幽灵般的范式的理想三角形。[1]

詹姆斯在《金碗》纽约版的序言中[2]，通过"人迹未至的雪地上的脚印"这一夸张的比喻，宣称小说文本在被写出来之前就已经存在。他是在为纽约版重写这本小说而进行重读的时候发现这一点的。在重读的时候，他将该文本与一个理想文本进行比较，这一理想文本存在于任何实际写下来的文本之前，并在实际写出来的文本之后继续存在。

布朗肖写过一篇关于《海浪》的短文。[3] 在《想象物的两种说法》（"Les deux versions de l'imaginaire"）[4] 和《塞壬之歌》（"Le chant des

1 Edmund Husserl, *L'origine de la géométrie*, in Jacques Derrida, *Introduction à "L'Origine de la géométrie" de Husserl* (Paris: Presses Universitaires de France, 1962); 同上，*The Origin of Geometry*, trans. David Carr, in Jacques Derrida, *Edmund Husserl's Origin of Geometry: An Introduction*, trans. John P. Leavey (Lincoln: University of Nebraska Press, 1989), 157–80.
2 Henry James, *The Golden Bowl* (1971), vol. 23 of *The Novels and Tales of Henry James* (Reprint of the New York Edition of 26 vols.) (Fairfield, N.J.: Augustus M. Kelley, 1971–79), xiii–xiv.
3 Maurice Blanchot, "Le temps et le roman," in *Faux Pas* (Paris: Gallimard. 1943), 282–6; 同上，"Time and the Novel," in *Faux Pas*, trans. Charlotte Mandell. (Stanford, Calif.: Stanford University Press, 2001), 248–51.
4 Maurice Blanchot, "Two Versions of the Imaginary," in The Gaze of Orpheus *and Other Literary Essays*, trans. Lydia Davis (Barrytown, N.Y.: Station Hill Press, 1981), 79–89; 同上，"Les deux versions de l'imaginaire," in *L'espace littéraire* (Paris: Gallimard, 1955), 266–77.

Sirènes"）[1] 两篇文章中，他提出想象和意象存在一个危险的领域，叙事朝着这一领域前进的时候会危及自身，因为这个领域既是叙事的内容，又是破坏叙事的因素。《海浪》以其独特的方式能够证明布朗肖的这一核心预设。

伊瑟尔在《虚构与想象：文学人类学疆界》（*Das Fiktive und das Imaginäre: Perspektiven literarische Anthropologie*）[2] 中，提出了一种不同于真实或虚构的第三种境界的存在。他称之为"想象"。他说，想象"基本上是一种无特征和不活跃的潜力"[3]，存在于人类身上，用于梦境、"梦想、投射、白日梦和其他幻想"（*Phantasmen, Projektionen und Tagträumen*）[4]，也可以用于激活小说。按照我的电脑和互联网的类比，伊瑟尔的想象就像一个空硬盘或数据库，等待写入数据。

最后，德里达在《论文的时间：标点符号》（*Ponctuations: le temps de la thèse*）[5] 一文中声称，他早期的论文计划是调整胡塞尔的理想数学对象概念，将其用于文学。德里达说："对我来说，就是要或多或少地有点粗暴地把先验现象学的思想进行调整，将其用于阐释一种文学的新理论，即作为文学对象的一种非常独特的理想对象的理论，这个理想对象是一种被束缚的理想（*idéalité 'enchaînée'*），胡塞

1　Maurice Blanchot, "The Song of the Sirens," in *The Book to Come*, trans. Charlotte Mandell (Stanford, Calif.: Stanford University Press, 2003), 1–24; 同上，"Le chant des Sirènes," in *Le livre à venir* (Paris: Gallimard, 1959), 7–34.

2　Wolfgang Iser, *The Fictive and the Imaginary: Charting Literary Anthropology*, trans. David Henry Wilson, Wolfgang Iser, et al. (Baltimore: Johns Hopkins University Press, 1993); 同上，*Das Fiktive und das Imaginäre: Perspektiven literarische Anthropologie* (Frankfurt am Main: Suhrkamp, 1991).

3　Iser (1993), xvii; not present in the German "*Vorwort.*"

4　Iser (1993), 3; Iser (1991), 21.

5　Jacques Derrida, "The Time of a Thesis: Punctuations," in *Eyes of the University: Right to Philosophy* 2, trans. Jan Plug and Others (Stanford, Calif.: Stanford University Press, 2004), 116; 同上，"Ponctuations: le temps de la thèse," in Jacques Derrida, *Du droit à la philosophie* (Paris: Galilée, 1990), 443.

尔会说,是一种被所谓的'自然'语言束缚、非数学或无法数学化的对象,然而这种对象不同于塑形艺术或音乐艺术的对象,也就是说,不同于胡塞尔在其关于理想的客观性的分析中所重视的所有例子。"

对五个人的思想进行辨析,特别是对语言在他们提出的"想象"领域中的不同作用进行辨析,找出他们的思想和弗吉尼亚·伍尔夫认为整个世界是一件艺术品的思想的异同,将是一项艰巨的任务。最后,我要强调的是,对这六个人来说,文学对象的理想性既不是标准的柏拉图主义,也不是传统的宗教概念,尽管它是每个人以不同方式呈现出来的柏拉图式的理念领域和基督教天堂的现代版本。然而,所有人都会同意伍尔夫的观点,即"肯定地说,强调地说,并没有上帝",虽然这样说并不意味着一定不信仰上帝。

结 论

我提倡了一种阅读《海浪》的方式,这种方式强调存储在一个神奇的数据库的一种普遍共同体的奇怪的概念,这个数据库保存了人类的每一个想法、感情和感知。我也简要地论述了伍尔夫在这一思想方面与其他一些 20 世纪早期的作家的相通之处。我还展示了《海浪》引发的两种相互抵触的解读,我们无法在这两种解读中进行挑选。一种解读将这个文本视为施为性的。另一种解读将其视为表述性的。在一种解读中,这个数据库可能是伍尔夫的言语行为创建的。而在另一种解读中,她的语言只是指称性地呈现了一个已经存在的数据库。读者无法确定这两种模式中的哪一种是正确的,因为这个数据库是不在场的。我们无法直接进入这个数据库。这种神奇的连通尚不存在。我相信第二种说法,即伍尔夫关于想象的包罗万象的数据库的奇怪理论吗?我既不相信,也不是不信。我只写出我所发现的东西。雅克·德里达的文章《信仰与知识》（"Foi et savoir"）与保罗·德曼关于卢梭的《信仰的职业》（"Profession de foi"）的文章都让我明白，那些说自己不相信的人其实无法阻止自己继续相信。知识并不禁止信仰，认知也不阻止施为性的"我相信"。[1]《海浪》是一个突出的例子，说明了文学和关于文学的观点，包括对小说中共同体的表达的真正的奇特性。

---

1 Jacques Derrida, "Foi et savoir: Les deux sources de la 'religion' aux limites de la simple raison," in *La Religion: Séminaire de Capri sous la direction de Jacques Derrida et Gianni Vattimo*, ed. Thierry Marchaisse (Paris: Seuil, 1996), 9–86; 同上，"Faith and Knowledge: The Two Sources of 'Religion' at the Limits of Reason Alone," trans. Samuel Weber, in *Acts of Religion*, ed. Gil Anidjar (New York: Routledge, 2002), 42–101. 德曼关于信仰的论述，参见其 "Allegory of Reading (*Profession de foi*)," in *Allegories of Reading* (New Haven: Yale University Press, 1979), 245："如果在阅读了《信仰的职业》之后，我们受到诱惑转而信仰'有神论'，那就有理由相信智慧的殿堂充满了愚蠢。但如果我们坚信最宽泛意义上的信仰（必须包括所有可能形式的偶像崇拜和意识形态）能够一次性地、永远地被开明的思维克服，那么这种偶像的黄昏［这里使用了尼采的书名］将会显得更加愚蠢，因为它没有意识到自己是这一事件的第一个牺牲品。"

第六章
品钦和塞万提斯的后现代共同体

我知道你是一个理性动物，我是从一只狗的形体中看到你的真实状态，除非这一切都是通过所谓的魔术（Tropelia）的手法实现的。魔术让一个事物看起来像另一个事物。

——《双狗对话录》中的卡尼萨雷斯

我们见过敌人，他就是我们自己。

——沃尔特·凯利的《波格》

我本章的目的，是通过所谓的"魔术"（Tropelia）手法，表明塞万提斯的《双狗对话录》（"The Dogs' Colloquy"）看起来是一篇后现代叙事，如果真的存在后现代叙事的话。[1] 我还想通过与塞万提斯伟

1　本章来自我在西班牙科尔多瓦庆祝《堂吉诃德》第一部于 1605 年发表的四百周年纪念研讨会上宣读的文章，我对其进行了修改、扩充和调整。该研讨会聚焦塞万提斯的《警世典范小说集》（*Exemplary Novels*）中的一篇《双狗对话录》（*El Coloquio de los perros*）。非常感谢朱利安·希门尼斯·赫弗南和保拉·马丁·萨尔万（Julián Jiménez Heffernan and Paula Martín Salván）对我的邀请和好意。我的文章经过修改，由玛丽亚·赫苏斯·洛佩斯·桑切斯－维斯卡伊诺（María Jesús López Sánchez-Vizcaíno）翻译成西班牙语，以《作为后现代叙事的〈双狗对话录〉》（"*El Coloquio de los Perros* Como Narrativa Posmoderna"）和其他会议论文一起发表。这篇文章也被收录在朱利安·希门尼斯·赫弗南主编的论文集《魔术：理解〈双狗对话录〉》（*La Tropelia: Hacia* el Coloquio de los Perros, ed. Julián Jiménez Heffernan [Tenerife; Madrid: Artemisaediciones, 2008],（转下页）

大的"警世典范小说"的比较，来考察小说中的后现代共同体。我为什么要做这样的比较？首先，"后现代"一词用于叙事，除了作为纯粹的时间概念，是否还有别的用处，我想对此进行考察。其次，我探讨《双狗对话录》的视角，毕竟是后现代人的视角，如果真有后现代人的话。或更确切地说，实话实说，我认为我是一个后后现代的人，也就是说，是一个全球化时代、一个普遍恐怖的时代、一个网络空间的时代、一个全球远程通信技术及其促成的普遍监控的时代的人。我们不再是后现代。作为一个后后现代的人，我可能会看到塞万提斯的伟大的短篇小说如何与我自己的时代和我对叙事的预设相吻合。我或许能够在《双狗对话录》中看到 17 世纪早期的读者可能没有注意到或认为不重要的东西。我所处的时间略微晚于后现代主义的全盛时期，这也可能赋予我考察所谓的"后现代状况"的视角。

融合《秘密融合》

　　人们一般认为的后现代叙事的典型特征是什么？我将选用托马斯·品钦的早期短篇小说集——《笨鸟集》（ Slow Learner ）中的《秘密融合》（ "The Secret Integration" ）作为例子，来分析早期后现代叙事。[1] 我知道所谓的"后现代叙事"数量极为庞大，形式极为多样。将任何一个文本称为"典范"，至少会导致很多质疑。对塞万提斯的

　　（接上页）33-98.）我的译者用注释提醒读者，我使用的沃尔特·斯塔基（Walter Starkie）的翻译在很多地方丢失了西班牙语原文的微妙含义，例如将 presta（ "ready" ）翻译为 "nigh"。我在修改这篇文章的时候采纳了她的大部分意见，调整我的解读，让其更加接近西班牙语原文。我也在本章的引文中加入了一些原文来展示塞万提斯的西班牙语的风格。

1　Thomas Pynchon, Slow Learner: Early Stories (Boston: Little, Brown, 1985). 下文对该小说的引用仅标注页码。

《警世典范小说集》（*Novelas ejemplares*）来说，这一问题同样存在。它们是什么的典范？尽管如此，我还是选择用《秘密融合》来说明学者们提出的后现代叙事的诸多特征。

　　然而，首先，我想问，"什么是后现代状况"？这大概是后现代叙事通过运用某些叙事技巧的故事，来反映或批判的社会状况。提供这一问题的完整的书目将过于宽泛。我将依据关于这一问题的一些早期经典著作。对让-弗朗索瓦·利奥塔（Jean-François Lyotard）来说，后现代状况的特点是，缺乏或质疑任何或多或少被人普遍接受的宏大叙事。[1]大卫·哈维强调从 1972 年以来的政治经济变化以及随之而来的我们对空间和时间体验的变化。[2]对弗雷德里克·詹姆逊来说，后现代状况是由晚期资本主义的经济因素和相应的文化因素决定的，或他所说的"跨国资本的世界空间"所决定的。[3]正如他的《后现代主义》一书的第一句话所强调的那样，后现代状况从根本上来说是对历史的遗忘，而"后现代的概念"是"在一个已经忘记如何历史性地思考的时代，试图历史性地思考当下"[4]。根据康德对"形而上学"和"先验哲学"的区分[5]，历史性地思考是从实践的角度研究当前的意识

1　Jean-François Lyotard, *The Postmodern Condition: A Report on Knowledge* (Minneapolis: University of Minnesota Press, 1984).

2　David Harvey, *The Condition of Postmodernity: An Enquiry into the Origins of Cultural Change* (Oxford: Blackwell, 1990).

3　Fredric Jameson, *Postmodernism: The Cultural Logic of Late Capitalism* (Durham, N.C.: Duke University Press, 1991), 54.

4　Jameson, ix.

5　关于康德对这两者的艰难区分，参见 Paul de Man, "Phenomenality and Materiality in Kant," in *Aesthetic Ideology*, ed. Andrzej Warminski (Minneapolis: University of Minnesota Press, 1996), 70–3. "形而上学原则表述事物为什么发生和如何发生……先验原则表述让事物得以发生的条件……意识形态，因为必然包含实践的内容，并针对纯粹概念领域之外的东西，因此应该归入形而上学，而非批判哲学"（71,72）。因为文学研究和文化研究，都是詹姆逊意义上的"历史的"研究，因此属于康德所谓的"形而上学"的范畴，而不是"批判哲学"的范畴。

形态，即人们在真实的社会和政治世界中相信的东西，而不是哲学性地进行思考。历史性地思考很显然包括思考建筑如何表达特定历史时期的意识形态，因为对詹姆逊来说，建筑是后现代的一个非常重要的例子。

对詹姆逊来说，后现代状况是一回事；而作为一种文化和思想风格的后现代主义是另一回事。后者试图将后现代状况从隐藏的状态中暴露出来。它应该是当下对历史的一种意识，或者历史性地思考当下的一种方式。后现代状况和作为思想或创作风格的后现代主义之间的区别非常重要。后现代状况是在全球资本主义中对历史的沉默无声的、不假思索的遗忘。而作为思想和美学风格的后现代主义是思考后现代状况或在艺术中，或哲学中、理论中和批评中表现后现代状况的方式。

那么，后现代叙事有什么特点呢？我会稍微改变一下詹姆逊的分类，罗列出后现代叙事最显著、最鲜明的特征——混搭，即来自不同时期的不同风格的缺乏统一性的混杂；对以前风格的戏仿；夸张地使用典故；文体杂糅；无深度性；缺乏情感（或许我应该说，转变为叫做"酷"的讽刺性的奇特情感）；全知叙事者的弱化，或更准确地说，使用不会进行评价或提供解释的心灵感应叙事者；非连续性，即叙事由相互隔开的简短的片段构成；通过视角越界、预叙和倒叙导致的"不合情理的"（preposterous）（从词源学意义上来说的）时间转换；使用插入故事，通常由某个小说人物讲述；语体或语气的骤然变化或转换；高度的间接性，真实的故事是故事背后的故事，通过暗示和影射在幕后被讲述；一定程度的幻觉性的反现实主义，或"超现实主义"，或最近被称为"魔幻现实主义"的东西：用明白易懂的"现实主义"风格讲述"魔幻"事件；或者，用稍微不同的方式说，对宗教、迷信、魔法和超自然的半讽刺性的坚持，但只能是半讽刺性的。极端地、夸张地使用喜剧、闹剧或无政府主义的社会爆炸；使用某种框架故事，对主要故事进行控制、阐释，同时讽刺性地进行颠覆；关注局外人或劣势者，即"弱势群体"的体验；一种自我牺牲的，或自杀式的，德里达所谓的"自身免疫式"的自我毁灭的，自己反对自己的共同体意识；难以做出道德决定或承担伦理义务的意识；直接或间接地引起对虚构性或虚拟性问题的关注，也就是说，将叙事转向自身，以提出关于其自身存在方式及其社会功能的问题。

正如我下文所示，所有这些特征都存在于品钦的《秘密融合》中。当我们从这些特征的角度看待塞万提斯的《双狗对话录》的时候，将会产生特定的结果，这一结果可以表明将这些文本特征视为独特的后现代特征时所具有的问题，我将在下文对此进行论述。我并不否认这两则短篇小说之间存在主题和历史的差异。每篇小说都以多种方式嵌入各自的历史地点和时间中。我非常注意詹姆逊的口号："永远历史化。"然而，如果形式产生意义，而且我是这样认为的，那么当你把两则短篇小说并置的时候，关于"后现代叙事"的概念就会出现大问题。现在让我尽我所能地证明这一点，然后得出一些结论。

《秘密融合》中的恐怖主义？

首先，我将解读《秘密融合》，将其作为一个毋庸置疑的后现代叙事，从而建立一个用来考察《双狗对话录》的基准和标尺。我们完全可以列举其他的很多例子，例如托尼·莫里森的《宠儿》（*Beloved*）。莫里森的这部代表作体现了我提出的那些后现代特征，但与品钦的方式有所不同。然而品钦的《秘密融合》具有更简短、更简单的优点。

《秘密融合》发表于1964年，这一时间处于美国民权运动的早期。这是在约翰·肯尼迪被刺杀（1963）的后一年，马丁·路德·金被刺杀（1968）以及之后的抗议种族隔离的大规模骚乱和示威游行的前四年。这些事件导致民权立法，从而极大地改变了美国，尽管我们在 2014 年仍有很长的路要走。委婉地说，女性、非裔美国人和西班牙裔美国人的"机会平等"尚未完全实现。最高法院最近的一项决定，使得非裔美国人和其他少数族裔投票权倒退到了几十年前的水平。品钦的小说首次发表于《星期六晚邮报》上。这是一份当时发行量很大的美国家庭杂志。我的中产阶级职业父母在我还是小孩的 40 年代就订阅了这份杂志。我在这个杂志上读到了很多小说。

《秘密融合》的框架故事，如果我们可以这么说的话，是品钦在 1984 年《笨鸟集》的导言中对它的模棱两可的评论。品钦在这篇导言中尖锐而讽刺地批评了他早期的短篇小说，尽管他也为这些小说提供了一个历史背景。他说，这些小说都是他作为一名受过大学教育的年轻作家对"垮掉的一代"作家的更广泛经历和范围的充满羡慕的回应。他怎样才能赶得上金斯伯格或凯鲁亚克？品钦也非常严厉地批评了这些早期短篇小说不成熟的风格、木讷的对话、对美国人真正说话方式的麻木迟钝、对他知之甚少的事物的极其糟糕的书写，如此等等。而且令我惊讶的是，他还说他受到了对超现实主义误解的影响，这种误解来自大学关于这一主题的课程。品钦是康奈尔大学的本科生，就像稍早一点的哈罗德·布鲁姆一样。想象一下，两个人中有一个在你教的班上！

品钦说，《秘密融合》比《笨鸟集》中其他四篇小说写得晚一些，这四篇小说是本科生学徒的作品，而《秘密融合》则是"熟练工"的成果。品钦承认对《秘密融合》具有一点勉为其难的欣赏。但是他对现实主义的书写和将场景从他长大的长岛转移到马萨诸塞州伯克郡感到非常遗憾。他甚至在书写这篇导言的时候都没有去过伯克郡。他是通过阅读 WPA 的联邦作家项目 20 世纪 30 年代出版的一本书了解的伯克郡。WPA 是工作项目管理局（Work Projects Administration）的简称，这是大萧条时期罗斯福新政为了让失业者找到工作而设立的政府部门。品钦说，你应该书写你的个人生活，而不是你从未去过的某个地方："不管是过去还是现在，不管是已经出版还是没有出版，能够让我感动和喜欢的小说，就是那些从我们真正的生活的更深刻、更普遍的层面上，总是通过一定的代价，被发现和提取出来的，因而是非常明晰而不可否认的真实的作品。我当时并不理解这一点，即使是有缺陷的理解也没有，对此我非常痛恨。或许代价过于高昂。[我猜他的意思是做到这点太困难了。] 不管怎样，当时我是个傻孩子，我更喜欢花里胡哨的伎俩。"（21）品钦对"现实主义的表达"的推崇似乎非常彻底，而且毫不掩饰。

尽管有诸多的不满意，但品钦还是承认自己对《秘密融合》有一点勉为其难的欣赏："我相信我是第一次闭上嘴巴，开始聆听我周围的美国声音，我甚至把目光从印刷的资料上挪开，转而关注美国非语言的现实……小说中有些内容我不相信是我自己写的。在过去几十年的某个时间里，一定有一群精灵偷偷地溜进来，试了试手。"（22）这个吸引人的自我贬低的框架故事的全部效果是，《秘密融合》的读者，如果先读了这个导言，将会小心翼翼地、保持距离地阅读这篇小说，并将其作为作者承认的"熟练工的成果"。你应该尽可能准确地用语言表达你自己对世界、对人和社会的体验。还要注意，品钦很小心地对《秘密融合》的主题或意义只字未提。在阅读和判断这篇小说方面，你只能完全靠自己。

《秘密融合》讲述一个由四个男孩组成的青少年"帮派"的故事，他们在伯克郡一个废弃宅邸的地下室里秘密集会，扮演"内部军政府"，制造针对周围成年人的"机构"和"计划"的复杂阴谋。他们的领袖是一个名叫格罗弗·斯诺德的"天才男孩",他已经在上大学了。叙事者说:"每当格罗弗能够干扰成年人的计划的时候,他都非常高兴。"(144)他非常痛恨汤姆·斯威夫特(Tom Swift)的作品。他认为这些作品是成年人向他们灌输资本主义美德的阴谋,而事实上也的确如此。

这四个男孩沉溺于"恶作剧"。他们尤其喜欢针对铁路、学校和家校联谊会。他们花了数年时间秘密会面,进行排练,制定计划。他们的武器是从学校化学实验室偷来的钠,一接触水就会爆炸,还有一套潜水服,他们中的一个男孩穿着潜水服,搅浑了为当地造纸厂提供水源的河流,导致造纸厂停止生产长达一周。其中一个男孩从树上用弹弓将一块钠射进了一个正在举行聚会的大庄园的游泳池里,当钠爆炸时,效果非常令人满意。在列车靠近时,他们打开绿色聚光灯,并让25个戴着怪物面具的孩子突然出现在灯光下,让火车司机大吃一惊,从而成功拦停了列车。他们也招募小学生进行训练,精心策划同时发动对学校的攻击,有人会说,他们在培养小"恐怖分子"。他们的目标是让成年人的体制陷入停滞。

在小说的当下时间,男孩们正在计划斯巴达克斯行动的第三年,这个名字来自电影,"真正的奴隶起义的第三次演习,简称为'A行动'"(155)。格罗弗告诉他懵懂无知的同谋者,这里的A代表"角斗场"(Abattoir)和"世界末日大决战"(Armageddon),这似乎是一种令人不寒而栗的预言。在乔治·布什当政时期,这个青少年团伙以极其严肃的态度掌管美国,假装自己是成年人。他们中的有些人相信世界末日就在眼前。有些人认为,诸如伊拉克战争这样的行动,是仁慈地完成上帝的工作,能够导致世界末日大决战,到时候街道血流成河,被拯救者将从一个山顶,最好是耶路撒冷大卫城的山顶,被接引到天堂。令人高兴的是,在2014年的今天,我们不再听到很多类似的幻想，虽然我很怀疑它们是否已经完全消失。

今天，我们或许会将品钦的四人小帮派这样的团体称为"恐怖组织"，当然只是半讽刺性地说。国土安全局将会让他们陷入巨大的麻烦。品钦非常有先见之明，他发现这些兴致高昂却致命的青少年的巨大破坏力，这种破坏力和宗教信仰相结合，激发了今天的恐怖组织、自杀式炸弹袭击者和那些杀害自己同学的年轻人，例如在科隆比纳学校大屠杀中的凶手，或后来在教堂礼拜时开枪打死七名一起做礼拜的人再自杀的男子，或更后来，杀死祖父母、他学校的七个人再自杀的17岁男子，或更加后来，康涅狄格州纽敦发生的桑迪·胡克大屠杀。"让我们看看，"这样一个恐怖组织或许会说："我们怎样才能摧毁世贸中心？这将是对全球资本主义主要象征的攻击。使用劫持的商用飞机怎么样？好主意，让我们开始计划吧。"9·11事件后，有人引用说，奥萨马·本·拉登说他很惊讶这个阴谋居然如此成功。

其间的差别，而且是巨大的差别，是根据叙事者，品钦的青少年恐怖分子知道他们永远不会让自己对父母或父母的代理人（如教师或警察）实施真正的暴力行为。心灵感应叙事者反复对其进行明确解释。请注意，我没有说"全知叙事者"。叙事者用自由间接引语讲述男孩们所知道的、却并未承认自己知道的事情，但叙事者并未做出全知的、至高无上的评价：

到现在，已经是第三年了，他们已经知道，计划的执行与计划本身相比总是大打折扣，总是有一些不活跃的、不可见的因素，一些他们不能残忍对待或背叛的东西（虽然谁还会将这种东西称为"爱"？）总会阻止他们采取一些明确的或无法挽回的行为……因为学校董事会、铁路、家校联合会、造纸厂里的每个人总是某人的母亲或父亲，无论真的是谁的父母，或仅仅是这一群体中的一员；在某个时刻，他们会想到父母所提供的温暖、保护，帮助他们对付噩梦、碰伤的额头，或纯粹的孤独，这种想法占据了上风，让他们无法真正产生对父母的愤怒。(188-9)

对品钦的作为有效的恐怖组织的青少年军政府就介绍到这里。这段话也令人信服地说明，在品钦看来，为什么那个时候大部分叛逆孩子最终都会被成年人共同体同化，无论这是好事还是坏事。不同之处在于，在今天这个后后现代的日子里，"明确的或无法挽回的行为"、屠杀或恐怖主义行为，发生得过于频繁。共同体归属感似乎已经丧失了品钦早期短篇小说的时代所具有的力量。

到底是谁或什么被秘密融合?

然而，这篇小说并不如此简单。《秘密融合》绝不能概括为一个关于成长和加入共同体的故事。小说标题间接地告诉读者这一点。对男孩们对抗社会的秘密和无效的阴谋的叙事，是对关于美国历史上那个特定时刻的种族主义的一个完全不同的故事的掩盖。有一个场景用倒叙的方式，描述了男孩们在一个宾馆房间里与一位名叫"卡尔·麦卡菲"的非裔酗酒爵士音乐家的相遇。警察最终将麦卡菲当作流浪汉抓进了监狱，尽管他患有断瘾症状。虽然男孩们试图阻止他，但他没有钱支付酒店费用和他点的一瓶威士忌。他的故事是警察残暴和不公正对待非裔美国人的生动例子，无论过去和现在都是。

然而，故事更加核心的人物是卡尔·巴林顿，一个非裔美国孩子。这个男孩似乎是最近搬到这个社区的。他立即被平等地接纳进这个团伙。小说表明其他男孩也没有种族歧视。相反，他们还非常崇拜卡尔的肤色，认为它将"所有的颜色"联系在一起："当蒂姆想到卡尔时，他总是将他放置在今年初秋的火红和赭色的背景上。"（162）这些男孩自发的宽容与汤姆·斯威夫特作品中的种族主义形成鲜明的对比。格罗弗对此深感遗憾："你们知道汤姆·斯威夫特有一个黑人仆人，记住，"他对其他男孩说："这个仆人名叫消灭·桑普森。简称'灭'。他对待那家伙的方式，真令人恶心。他们想要我读那些东西，然后让我变成那个样子？"（145）

相反，这些男孩的父母以及共同体中几乎所有其他白人中产阶级成年人都对巴林顿一家的到来感到害怕和震惊。他们立即开始讨论"封锁"和"融合"。蒂姆无意中听到他的母亲给巴林顿一家打了一个充满暴力、辱骂和威胁的电话——"'你们这些黑鬼，'他的母亲突然吼叫道：'肮脏的黑鬼，滚出这个城市，回到皮茨菲尔德去。在你们有真正的麻烦之前滚开。'"（147）在故事的高潮部分，男孩们在一次军政府会议之后陪伴卡尔·巴林顿回家，发现他们的父母和其他公民用垃圾铺满了巴林顿家的草坪。男孩们认出了来自他们各自家庭的垃圾。

到了这个时候，在小说行将结束之时，"秘密融合"的意义似乎已经非常清晰明了。雅克·德里达提出，共同体一般都具有一个规律，即它们都是一种名为"自身免疫"疾病的受害者。共同体的免疫系统，本来是为了保证共同体的安全和纯洁，免受来自危险的外来者的侵害，却转而针对自身，进行自杀式的自我破坏。德里达在《信仰与知识》一文中称，"自身免疫困扰着共同体及其免疫存活系统，极度夸大其自身的可能性。在最自主的生活中，任何拥有共同点的东西，任何具有免疫力的东西，任何安全、健康、神圣的东西，任何毫发无损的东西，都具有自身免疫的危险。……共同体就是共同自身免疫体（Community as *com-mon auto-immunity*）：没有培养出自己的自身免疫的共同体是不存在的，自我牺牲的自我破坏原则，破坏了自我保护原则，即保持自我完整的原则，而这一切都来自某种看不见的、幽灵般的存活。"[1]

《秘密融合》中的自杀性的自身免疫通过两种方式表现出来。首先它以一种戏仿的、最终无害的方式存在，这个方式是孩子们的秘密共同体与他们计划解构的成年人共同体之间的关系。它还以一种更加致命、更加严肃的方式存在，即从邪恶的奴隶制继承而来的美国种族主义。这种普遍的种族主义使男孩们的父母对碰巧是非裔美国人的邻居和同胞充满仇恨。小说似乎表明，隐藏在成年人共同体内部的男孩们的秘密共同体，摆脱了这种种族主义。小说通过他们对卡尔·巴林顿的兄弟般的爱所导致的"秘密融合"，表明了一种未来的、超越自身免疫的民主模式。

品钦使用了一个典型的文字游戏，将种族融合（racial integration）与天才男孩最初知道的 *integration* 这一词的唯一意思进行类比。他知道这个词，或许我的读者也知道，是积分学所使用的术语，表示将一条曲线分成无穷小的部分，然后进行各种运算：

"积分（integration）是什么意思？"蒂姆问格罗弗。

"微分（differentiation）的反义词，"格罗弗说，在他的绿板上画了 x 轴、y 轴和一条曲线。"将这个称为 x 的函数。以 x 的微小增量考虑曲线的值"——他画出很多条从曲线到 x 轴的垂直线，就像监狱牢房的栅栏一样——"你可以想画多少就画多少，想要多近就可以画

1　Jacques Derrida, "Faith and Knowledge: The Two Sources of 'Religion' at the Limits of Reason Alone," trans. Samuel Weber, in *Acts of Religion*, ed. Gil Anidjar (New York: Routledge, 2002), 82, 87; 同上，"Foi et savoir: Les deux sources de la 'religion' aux limites de la simple raison," in *La religion*, ed. Jacques Derrida and Gianni Vattimo (Paris: Seuil, 1996), 62, 69.

多近。”

“直到所有线条连成一个平面，”蒂姆说。

“不会，永远不会连起来。如果这是一间牢房的话，这些线条就是栅栏，无论栅栏后是谁，他都可以任意变换大小，他总是能够让自己变得足够瘦，这样就可以从栅栏中钻出来。无论这些栏杆的距离有多近。”

“这就是积分，”蒂姆说。

“这是我唯一知道的意思，”格罗弗说。（186-7）

　　根据这个奇怪的类比，种族融合使得黑人和白人之间的隔离栅栏可以被穿透，这样黑人总是可以穿过这个栅栏后被融合，就像男孩们让卡尔·巴林顿成为他们帮派的正式成员一样。这使得他们的军政府成为一个理想的、有远见的、乌托邦的、弥赛亚的、平等的、无阶级的共同体。品钦表达的信息似乎是，我们都应该像这些男孩一样：“好像从婴儿的嘴里说出！”他们通过接受卡尔自发地做出了正确的道德决定，而他们的长辈则拒绝搬进他们社区的黑人家庭，以一种非常不道德的和自杀式的自身免疫的方式行事。这个共同体就像一个得了糖尿病或关节炎的身体一样，产生了抗体，而这些抗体却在破坏身体本身的器官或组织。德里达使用了一个来自医学的隐喻，而这个隐喻最初用于指称一种社会关系。在教堂避难的罪犯能够免于（immune）被捕。同样，正如品钦所认识到的那样，少数族裔融合的社会关系使用了一个来自数学的术语。格罗弗图表中的线条可以被视为牢房的栅栏，比如麦卡菲被囚禁的牢房的栅栏。种族融合可以让他逃离这些栅栏。在德里达的自身免疫和品钦的融合中，通过一种比喻替换系统为一个复杂的社会结构命名——或许也只能通过这种方式进行命名。在这个比喻替换系统中，字面意义和比喻意义令人困惑地互换位置。这是意识形态的特征，而非批判哲学的特征。

　　另外一个类似的比喻是协调一致的身体。自从柏拉图和亚里士多德以来，这个比喻就是一个非常强有力的政治隐喻，例如"政治集体"（body politic）一词就是如此。这个隐喻出现在这篇小说中，是在格罗弗向其他男孩解释"协调"的意思的时候："它的意思是你的胳膊、腿和头在健身房一起合作，对我们来说也是如此，像我们这样的帮派也是一样，和你的身体的各个部位一样，需要协调。"（154）

《秘密融合》中的鬼魂

　　然而，《秘密融合》中的事情并非如此简单。我已经说过，超自然现象、鬼魂和幽灵以及"魔幻现实主义"，是后现代叙事的一个特征。《秘密融合》中一开始最明显使用超自然现象的，是关于一个穿着靴子、七英尺高、带着猎枪的幽灵骑兵军官的故事。这个幽灵在孩子们前往他们在被毁掉的庄园中的藏身之地必须穿越的树林里出没。这个鬼魂是伊尔约国王的"极其忠诚的助手"（160），是一个来自欧洲某处"几乎不是真正影子国家"的难民。伊尔约国王在30年代中期到达，当时正是俄国的斯大林和德国纳粹主义崛起的时期。他用一桶珠宝购买了这片树林，故事就这样开始了。男孩们既相信又不相信幽灵。这是正确的态度，因为如德里达在一个讲座中所说，如果你真的相信鬼魂，那么鬼魂就不再是鬼魂了："他们从此走遍了这个地方，但没有看到他的任何确切踪迹，虽然有很多模糊不定的踪迹。无论是真实的还是虚构的，这个高大的骑兵成了他们的保护者。"（161）我们很容易就可以把这个七英尺骑兵军官视为青少年无伤大雅的集体幻想。

　　然而，更难解释，也更加重要的是，读者逐渐（或突然）发现卡尔·巴林顿其实也是一个幻觉、一个幻影。我必须承认，品钦成功地欺骗了我。小说将卡尔·巴林顿描述成和其他小说人物一样有血有肉的人。他竟是一个鬼魂的事实可能会提醒读者，其他男孩也是幻象，是品钦想象的产物。出于好奇，该团伙中的三名成员去看黑人家庭搬入的房子。他们在那里碰到了一个小孩，"依靠着铁柱路灯"，"又高又黑，穿着毛衣"。"他打了一个响指"，告诉他们，他的名字是"卡尔，是的，卡尔·巴林顿"（187）。此后，他的行为就像帮派的一员，也被他们接纳为帮派的一员。例如，他有一项高超的技能，可以从天桥上扔下水球，正好可以击中下面汽车的挡风玻璃。他还可以操作格罗弗的"火腿"收音机，等等。只有到了最后，在男孩们发现巴林顿家的草坪被垃圾覆盖的场景中，这一多少有点隐晦的高潮才揭示出卡尔是男孩们的集体幻想，是一个幽灵，一个幻影。他们让卡尔独自在雨中回到藏身处，意识到他们已经打破了魔咒，再也见不到他了。他们"离开了卡尔·巴林顿，把他遗弃在破旧庄园这一岌岌可危的庇护所，让他和其他衰弱的鬼魂［例如七英尺骑兵军官］在一起"（193）。只有在故事最后，当卡尔离开之后，叙事者才揭露了整个故事的骗局：

卡尔说的一切，他们都知道。只能这样。如果成年人知道的话，他们会把他称为"想象的玩伴"。他说的话是孩子们自己的话，他的动作是孩子们自己的动作，他做的鬼脸也是孩子们的鬼脸，他必须哭的时候是他们必须哭的时候，他投篮的方式也是他们投篮的方式；这一切都是他们赋予他的，都是他们自己希望即将能够获得的成长或优雅。卡尔是由成年人基于某种原因避开的、否定的、丢弃在城市边缘的词语、意象和可能性构成的，这些词语、意象和可能性就像埃迪安父亲垃圾场的汽车零件一样，成年人对此不屑一顾，而孩子们却能和它们一起度过无穷无尽的时间，拼凑、组合、输入、编程、改进。他完全是他们的，是他们的朋友和机器人，他们珍惜他，为他买他永远都不喝的苏打水，让他去冒险，或甚至，就像现在，最终将他从他们的视野中驱除。（192）

　　这段话完美地描述了意识形态幻觉是如何产生的，是如何通过创造者自己的想象和理解产生的。一个意识形态幻觉的例子是今天保守派所认定的懒惰无用、游手好闲的人，依靠食品券、失业保险和免费医疗生活的人。鬼魂总是与意识形态密切相关，卡尔·马克思的《德意志意识形态》和雅克·德里达的《马克思的幽灵》都说明了这一点。意识形态是鬼魂，既在那里，又不在那里。它是一种幽灵般的存在，但在现实社会中能够产生决定性的影响，例如投票取消给穷人的食品券或医疗救助。

　　细心但有点天真的读者（比如像我这样的）在这个时候，或许会带着怀疑重读前文，看看前文是否具有一些暗示或迹象，表明卡尔是一个鬼魂。叙事中没有一个字表明卡尔不是可以触摸的、活跃的、真实的存在。比如，他不是透明的，他也不会在你的眼前逐渐消失。他的表现一点也不像真正的鬼魂的样子。叙事者没有讲述任何事，或几乎没有讲述任何事来揭示这个秘密。比如，小说不带任何明显的讽刺语气，描述卡尔在学校里安静地坐在"角落里一个之前一直空着的座位上"，尽管读者会感到很奇怪，"老师从来不会点他的名"（188）。读者后知后觉地认识到，这是因为卡尔对成年人来说根本不存在。这也可以解释当他们在药店购买了"四杯柠檬水"（190）的时候，柜台后面的女士脸上流露出"好玩的表情"（190）。因为对她来说，柜台前只坐了三个男孩。读者这时或许会想起更多的证据，注意到成年人说话的方式。例如有人转述巴林顿夫人本人的话，说巴林顿夫妇没有小孩。

小说打乱时间顺序描述了很多事件，这些事情乍一看似乎只是在随机讲述这些青少年所做的疯狂的事，其中有一个奇怪的事件，讲三人中的两个，蒂姆和埃迪安在上一年的夏天乘火车去皮茨菲尔德一家恶作剧用品商店。他们在那里购买了两个夹式八字胡和两小罐扮演黑人的化妆品。当被问起买这些东西干什么时，帮派一员的埃迪安"不假思索"地回答："我们想要复活一个朋友。"（186）

到了这个时候，读者或许会想起来，男孩们在一个宾馆房间见到的麦卡菲先生，那个酗酒的黑人"流浪汉"爵士乐手的名字就叫"卡尔"，而且有小胡子。读者会意识到，卡尔·巴林顿是卡尔·麦卡菲的成功复活。男孩们召唤了他，让其以真实事物的更加容易控制的方式存在。男孩们以任何他们喜欢的方式想象卡尔·巴林顿，想让他做什么就让他做什么。卡尔是他们的"机器人"。然而，真正的问题是，美国黑人无法应对的疏离和他者性，他们所经历的白人永远无法真正理解的被剥夺感和屈辱感。叙事者强调男孩们和卡尔·麦卡菲相遇的方式对他们来说是创伤性的，因为这次相遇让他们"明白麦卡菲先生如何苦难深重"（183）。蒂姆与麦卡菲相遇的结果是，"他感觉站在了一个深渊的边缘，他一直在这个边缘行走——谁知道他已经走了有多久？——没有人知道。他凝视深渊，感到害怕，转身离开了"（183）。男孩们将卡尔·麦卡菲复活成卡尔·巴林顿，就是他们采取的转身离开的方式。

作为意识形态建构的卡尔·巴林顿

读者如何理解自己所发现的卡尔·巴林顿根本不是真实的，而是想象的玩伴？卡尔是一个只有男孩们才能看见的幻影，是"由成年人基于某种原因避开的、否定的、丢弃在城市边缘的词语、意象和可能性构成的,这些词语、意象和可能性就像埃迪安父亲垃圾场的汽车零件一样"。卡尔是男孩们的"朋友和机器人,他们珍惜他,为他买他不喝的苏打水,让他去冒险,或甚至,如同现在,最终将他从他们的视野中驱除"。与卡尔·麦卡菲,或他们父母的龌龊、恐惧、破坏性的、自杀式的种族歧视不同,卡尔·巴林顿完全处于男孩们的控制之下。有人或许会说,卡尔只是一个语言层面或意识形态的存在。叙事者强调了他被拼凑起来的机械方式。他是碎片式的。他是拼贴(bricolage)的产物。他是由垃圾场的碎片构成的,成年人认为这些东西是不可同化的垃圾,必须放置在共同体的安全围栏之外,以保持共同体的纯洁、安全、免疫和被保护的状态。垃圾必须作为替罪羊被牺牲掉。在美国,黑人就被视为这样的被排斥的、不可同化的垃圾或废物。

然而,这种垃圾有一种超越排斥和遗忘的存活方式。它经历放逐而依然存在。它像幽灵一样回来,困扰着那些将它放逐的人。男孩们用这些碎片和痕迹拼凑出虚拟现实一般的卡尔·巴林顿。卡尔是由被丢弃的词语、图像和可能性的碎片(人们可以称之为"意识形态素")构成的,因此卡尔很像《秘密融合》小说本身。这篇小说是由一系列看似随机的事件按照适当的时间顺序组合而成的。这种并置中会自动地或机械地产生一种意义。当然这一切场景背后的品钦巧妙地像制造机器一样建构了这篇小说,让其正好在对的读者中产生这种意义。然而,男孩们"无意识地"秘密建构卡尔·巴林顿,是为了满足特定的欲望。

无论是作为页面上文字的这篇小说,还是作为小说中人物的卡尔·巴林顿,都揭示了雅克·德里达所说的"存活"(*survivance*),不是作为结果的"存活"(survival),而是作为过程的"存活"(surviving),是一种主动和被动兼具的继续存在。两者都是由德里达的意义上的痕迹(traces)构成的,小说是由你拿到手的任意一本《笨鸟集》的印刷文字构成的,卡尔·巴林顿是由共同体丢弃的文化碎片的残留证据构成的："由成年人基于某种原因避开的、否定的、丢弃在城市边缘的词语、意象和可能性构成的。"然而，这些碎片都不可避免地存活下来，成为建构卡尔的方式，或将这篇小说中的文字组合在一起的方式。两者都以既死亡又活着的方式存在，以幻觉的形式存在，以活死人的形式存在。只要读者打开这篇小说，它们就准备好随时复活。

德里达在他最后的研讨会的第五场，也就是关于《野兽与君主》的第二场，讨论了鲁滨孙·克鲁索这个人物和《鲁滨孙漂流记》这本书被活埋和生吞的方式——鲁滨孙就曾担心自己会被活埋或生吞，但不管怎样，两者都存活了下来。德里达说：

现在，正因为这种存活，让携带这一标题（《鲁滨孙漂流记》）的书一直流传至今，无论过去还是将来，都被阅读、阐释、讲授、保存、翻译、重印、增添插图、改编成电影，被成百上千万的继承者维持活着的状态——这种存活的确是活死人的存活。任何痕迹其实都是如此，这里的痕迹就是我自己关于这个词语和概念的意义，一本书是活着的死尸，被活埋和生吞。这台机器的机制，所有技术的起源，它的任何一个转动，每一个转动，每一个再次转动，每一个轮子，就是每当我们追踪一个痕迹的时候，甚至在我们开始主动地或有意地追踪痕迹之前，我们都会留下一个痕迹，无论这个痕迹有多么奇特，这种机制都会让一个手势的、语言的、文字的或其他的痕迹实际上存活下来，在这种存活中，生者和死者的对立丧失，也必须丧失所有的针对性和尖锐性。这本书经历其精彩的死亡而继续活着。[1]

---

1 Jacques Derrida, "Fifth Session: February 5, 2003," in *The Beast and the Sovereign, Volume II*, ed. Michel Lisse, Marie-Louise Mallet, Ginette Michaud, trans. Geoffrey Bennington (Chicago: University of Chicago Press, 2011), 193.

Or cette survie, grâce à laquelle le livre qui porte ce titre [*Robinson Crusoe*] nous est parvenu, a été lu et sera lu, interprété, enseigné, sauvé, traduit, réimprimé, illustré, filmé, maintenu en vie par des millions d'héritiers, cette survie est bien celle d'un mort vivant. Comme d'ailleurs toute trace, au sens que je donne à ce mot et à ce concept, un livre est un mort vivant, enterré vivant et englouti vivant. Et la machination de cette machine, origine de toute tekhnè, comme en elle, de tout tour, de chaque tour, de chaque re-tour, de chaque roue, c'est que chaque fois que nous traçons une trace, chaque fois qu'une trace, si singulière soit-elle, est laissée, et avant même que nous ne la tracions activement ou délibérément, une trace gestuelle, verbale, écrite ou autre, eh bien cette machinalité confie virtuellement la trace à la sur-vie dans laquelle l'opposition du vif et du mort perd et doit perdre toute pertinence, tout tranchant. Le livre vit de sa belle mort.[1]

正如德里达接下来所说，这种任何事物留下痕迹的死亡/活着的存活的意象，在今天的互联网上得到了完美的体现。[2] 然而，他没有

---

1 Jacques Derrida, "Cinquième séance. Le 5 février 2003," in *Sémimaire La bête et le souverain II (2002–2003)*, ed. Michel Lisse, Marie-Louise Mallet, Ginette Michaud (Paris: Galilée, 2010), 193.

2 参见 Derrida, 2011, 131: "Like every trace, a book, the survivance of a book, from its first moment on, is a living-dead machine, surviving, the body of a thing buried in a library, a bookstore, in cellars, urns, drowned in the worldwide waves of a Web, etc., but a dead thing that resuscitates each time a breath of living reading, each time the breath of the other or the other breath, each time an intentionality intends it and makes it live again by reanimating it..."; "像一切痕迹一样，一本书，一本书的存活，从一开始，就是一种活着-死亡的机器，一种存活，这个物体被埋藏在图书馆、书店、地下室、罐子里，淹没在世界范围内的互联网中，但这死亡之物每次被人阅读的时候都会复活，每次有人向他吹气，每次有意图接近它的时候，都会让它焕发生机，从而再次活过来。" *Comme toute trace, un* （转下页）

明确预料到现在利用互联网和其他元数据库进行的大规模监视和间谍活动，尽管他的确认识到了互联网对恐怖主义活动所具有的力量。他也很显然没有想到，美国会使用这同样的力量——例如，臭名昭著地使用计算机摧毁伊朗铀浓缩离心机。今天，企业和我们的国土安全局可以随意复活我们公民之中在自由国度发送、制作或完成的数十亿电子邮件、电话和网站交易中的任何一项。原则上，美国国土安全局需要经过一个秘密法庭的批准——这个法庭有一个误导人的名字，"外国情报监控法庭"（Foreign Intelligence Surveillance Court，简称FISC）——才能从元数据库实际打开电子邮件或电话记录的电子文件。然而，FISC 很显然是一个橡皮图章。它很显然还没有看到过它不喜欢的类似请求。这样的秘密法庭在一个民主国家是不合时宜的。[1] 我说"很明显"，是因为 FISC 是秘密的、机密的，只有暗示和泄密才让其进入公共空间。2013 年 7 月，《卫报》（The Guardian）的新闻报道称，美国国土安全局的棱镜计划，在微软的纵容下，在未经授权的情况下直接监视 Skype 视频对话和存储在微软 SkyDrive 云中的信息。Skype 现在是微软旗下的。

（接上页）*livre, la survivance d'un livre, dès son premier instant, c'est une machine mort-vivante, sur-vivante, le corps d'une chose enterrée dans une bibliothèque, une librairie, dans des caveaux, des urnes, noyée dans les vagues mondiales d'un Web, etc., mais une chose morte qui ressuscite chaque fois qu'un souffle de lecture vivante, chaque fois que le souffle de l'autre or l'autre souffle, chaque fois qu'une intentionnalité la vise et la fait reviver en l'animant. ...* (同上 , 2010, 194). 德里达这里的 "机器"（machine）一词非常重要。一本书或其他痕迹的存活通过机械的方式发生，例如和为美国国土安全局搜集数据的程序和服务器的运作方式一样，或者亚马逊或谷歌用同样的机械方式搜集关于我们的选择和品位的数据，从而进行 "定向市场营销"。

[1] 参见 Eric Lichtblau, "In Secret, Court Vastly Broadens Powers of N.S.A.," *New York Times* (July 7, 2013). 也可参看 *The Nation* (July 8/15, 2013) 在《隐私的终结：在这个新监控国家我们必须害怕什么》（ "The End of Privacy: What we have to fear from the new surveillance state" ）标题下的四篇文章。

阅读一篇小说，或打开一封电子邮件或一个网站或一个电话录音，就是召唤一个鬼魂，就是像复活和召唤鬼魂一样，复活或召唤小说中的虚构人物，或互联网记录中的所有真实人物，或甚至是像卡尔·巴林顿那样虚构小说中的虚构的、虚幻的、幽灵般的人物。使用互联网或发送电子邮件，就是让自己变成一个鬼魂，永远地在美国国土安全局的两个巨型数据库存储设施中存在，或是死的，或是活的，或是既死又活的。

《秘密融合》中的各种共同体

卡尔·巴林顿是个鬼魂，是个不真实的幻影或幻想，对《秘密融合》的意义有什么影响？当然，这似乎赋予了这篇小说一个与我之前所提出的截然不同的含义。或许吧。我当时认为小说表明男孩们天生没有种族歧视。他们形成了一个乌托邦式的共同体，与成年人的自身免疫共同体相对立。但是卡尔的不真实性真的会让我之前的解读失效吗？我认为，《秘密融合》从根本上来说是多面性的。它允许多种自相矛盾的解读。我觉得读者无法通过文本证据确定无疑地做出某种唯一正确的选择。然而，读者能够，或者必须做出一个伦理选择或决定，即为了共同体的利益，某种解读比其他解读更令人满意，或更应该被提倡。

《秘密融合》在多面性方面，和这篇小说所戏仿的所有鬼故事很相似。故事的意义取决于你是否相信有鬼。然而，要令人信服地肯定一个人相信有鬼，还是不相信有鬼，都是不可能的。如果我说，"我不相信有鬼"，他人很容易就我的否定对我进行指责。我的意思是我热切地希望没有鬼存在。然而，如果我说我确实相信有鬼，就会自相矛盾，因为这样的态度让鬼魂成为一种确定的东西，不再是鬼魂般地虚无缥缈，也就是说不再是多重性的，不再同时既肯定又否定，或者既不肯定也不否定，既不是活的也不是死的。最后我必须提一提笛福的鲁滨孙·克鲁索关于鬼魂的话："我不知道我相信还是不相信，也不知道鬼魂是存在还是不存在。"这就是男孩们对手持猎枪的幽灵骑兵军官的态度。他们既是不完全相信，也不是完全不相信。然而，他们最好不要冒任何风险［这是帕斯卡的赌注（Pascal's Wager）的一种形式］，他们感觉自己在他们的藏身地受到这个既存在又不存在的鬼魂的保护。

在读者还认为卡尔是真实存在的时候，蒂姆知道"融合"的意思是"白人小孩和黑人小孩同上一所学校"后说，"那么我们是融合了的"，格罗弗回答道："是的。他们［成年人］不知道，我们是融合了的。"（188）我认为这就是小说标题的意思。他们把卡尔融合进自己的帮派，是一个"秘密融合"，因为这个融合只对他们存在，而成年人根本不知道卡尔的存在。这就意味着对卡尔的融合对社会秩序没有任何影响。它没有改变任何事物的能力。在孩子们"将卡尔从视野中驱除"以后，埃迪安问格罗弗："我们还是融合的吗？"格罗弗答道："去问你爸……我什么都不知道。"（192）

这是一个大问题。他们还是融合的吗？当融合只是与一个他们自己制造的幻影的融合，而且他们已经把他们自制的机器人驱逐了，那么他们还是融合的吗？我什么都不知道。秘密融合看起来似乎一点也不像真正的融合。故事结束的时候，男孩们各自回家，回到"热水澡、干毛巾、睡前电视、晚安之吻和再也不会完全安全的梦"（193）。除了最后一句话，小说的结尾似乎是叛逆男孩们暂时地被吸纳进家庭生活和他们即将加入的成年人共同体中他们的位置。这个共同体的偏见很快就会成为他们自己的偏见。克服美国人针对黑人同胞的种族偏见面临挑战，黑人的祖先是作为奴隶从非洲带来或买来的，品钦没有大肆渲染这种挑战。《秘密融合》以这种洞察达到高潮的结论，将使这篇小说陷入一种悲观情绪，美国 1964 年依然存在的种族隔离的改变遇到了强力的抵制。最后令人悲哀的是，时至今日，2014 年，种族隔离大部分依然存在，虽然其隔离形式或多或少变得更为隐秘。

最后的话

然而，整篇小说的最后一句话给出了最后的转折。这个转折给小说带来了与我刚才表述的完全不同的意义和力量。男孩们回到家，回到"再也不会完全安全的梦"。虽然卡尔·巴林顿是一个幻想、一个幻影，但他是由被排除在外的语言、图像和可能性的碎片构成的，这些语言、图像和可能性在共同体的安全围栏之外的社会垃圾场里存活着。通过与种族隔离的受害者卡尔·麦卡菲的遭遇以及目睹他们父母恶劣的种族偏见和恐怖行动，男孩已经体验到并自觉意识到美国种族关系的现实。他们的秘密融合，他们对卡尔·巴林顿的接受和对他自发的仁爱，为他们自己和读者提供了一个超越种族隔离和种族偏见的未来的民主模式。这是我们所有人都应该为之努力的目标，也是品钦的小说以其独特的方式努力的目标。尽管卡尔·巴林顿是一个理想的建构，但他是由依然存活在共同体边缘的潜在的改善的可能性构成的。民权运动及其之后所有的废除种族隔离的立法和法院判决，使得美国的种族状况有了很大改善，尽管远远不够完美。被揭露出来的美国警察对待黑人的暴力就证明了这一点。同样，最近（2013 年春）最高法院的一项裁决推翻了《选举权法案》的一项关键条款。现在美国各州将更自由地颁布选民身份法，移动投票地点，出于种族动机而重新划分区域，这将使非裔美国人和其他非白人更难投票或计票。

然而，谁能说《秘密融合》是否以其微弱的方式，促进了争取未来民主的运动，尽管这一未来民主的地平线在持续地、无限度地后退？这是如何发生的？一篇虚构作品如何不仅仅是肤浅的娱乐，不仅仅是对虚构人物及其行为的表述性的描述，而且还是一个有效的施为性表达，一个言语行为，一种能够带来良性社会变化的以言行事的方式？

《秘密融合》自己就为这一问题提供了答案的线索。小说开篇是一个奇怪的事件，除了为男孩和父母之间的对立设置背景之外，似乎没有太多的相关性。一个男孩蒂姆长了一个疣，医生通过在上面涂了一种红色物质来治疗，这种物质在紫外线下会发出亮绿色的光。然后他告诉蒂姆："啊，很好……绿色。这意味着疣会消失。"（142）蒂姆无意中听到医生压低声音说，他在尝试"暗示疗法"，这种疗法"有一半的概率生效"（142）。如果暗示疗法失效，他将会使用液氮。当蒂姆问格罗弗什么是"暗示疗法"的时候，格罗弗说这"就像信仰疗法"，这种治疗对疣没有产生作用。"他们试图通过说话让其消失，但我把他们的事情搞砸了，"他兴高采烈地说。

绿色，被编码为代表一种可能有真实效果的幻觉或诡计，后来在小说中再次出现，体现出品钦精心撰写的小说的一贯特点。当男孩们和他们招募的 25 名特工用"令人恶心的绿色聚光灯"拦停火车时，格罗弗说了"一些奇怪的事"："因为我变成绿色过，尽管是令人恶心的绿色，尽管只有一分钟，我感觉我现在不一样了，变得更好了。"（185）绿色是暗示疗法的颜色，这一奇怪的细节似乎在赞美虚拟暗示的力量，比如《秘密融合》本身改善世界的力量。

我认为，《秘密融合》通过暗示疗法或信仰疗法来发挥作用。男孩们创造出骑兵军官和卡尔·巴林顿，虽然是虚拟现实和幻影，但对男孩的世界具有影响力。同样，《笨鸟集》中页面上的文字能够像暗示疗法一样，在小说读者的心目中唤起包括卡尔·巴林顿的小说人物的鬼魂，就和任何小说作品一样。语言让人物存在，或者说语言是人物永远存活的手段。只要任何一位读者打开书，开始阅读这篇小说，书上的语言就能让读者唤起蒂姆、格罗弗和其他人物的鬼魂。

从这个角度说，卡尔·巴林顿和其他任何小说人物没有什么区别。他也是一个由文字构成的虚拟现实。当读者意识到卡尔是男孩们编造的，仅仅是虚拟现实的时候，读者可能会同时意识到其他小说人物也是完全相同的虚拟现实。这个现实是品钦巧妙地组合所有文化碎片创造出来的，因此这些人物看起来像"真正的人"。卡尔·巴林顿是一个鬼魂，就像拿着猎枪、穿着靴子的骑兵一样，既真实又不真实，小说对这一情况的揭露也间接地暴露了小说的虚构现实的幻影般的特征。但这一点并不能妨碍这些鬼魂在现实世界中对读者产生影响。就像卡尔·巴林顿测试了男孩们的"融合"能力一样，这篇小说也要求读者能够像小说中的男孩们一样对待其他种族的人。《秘密融合》向读者提出了一个伦理挑战。它要求读者选择如何对待同胞。

结语

我已经表明《秘密融合》如何体现了我一开始罗列出来的后现代叙事的所有特征。它有一个讽刺性的贬低性的框架故事。它的叙事者除了罕见而模糊的情况之外，没有行使作者的或叙事的判断的权力。超自然因素或幽灵在故事中起着重要的作用。这篇小说在一定程度上是关于它自己的存在方式和它自己的社会功能。它要求读者做出伦理决定。小说的意义来自小说中脱离实际时间顺序的独立场景的并置。这篇小说是对几种不同体裁的拼贴或戏仿，所有这些体裁都以某种方式不连贯地堆叠在一起。它以卡尔·麦卡菲讲述的自己生活的故事戏仿了垮掉的一代的叙事。品钦的导言提到他写作该小说时受到的被他误解的超现实主义的影响。其他几种体裁也被明确提及。小说提到几部电影,《斯巴达克斯》、约翰·韦恩的《血巷》,还有一部没有给出名字的二战电影,男孩们在一个晚上路过郊区房子的时候,听到房子里的电视上传来断断续续(也是非常搞笑)的这部电影的片段:"……(液体泼洒的声音、滑稽的叫喊声)哦,对不起,先生,我以为你是一个日本间谍……";"我怎么会是一个日本间谍,我们5 000……";"我会等着,比尔,我会一直等你,只要……"(168)

《秘密融合》是一个极为复杂的鬼故事,就像亨利·詹姆斯的《螺丝在拧紧》("The Turn of the Screw")一样。《秘密融合》是对男孩书籍,例如小说明确提及的汤姆·斯威夫特的书的戏仿。虽然这篇小说发表在《星期六晚邮报》上,但在某种程度上,这篇小说是对我小时候在这份杂志上读到的那类故事的颠覆性戏仿。我记得那些小说更加煽情,意识形态上更加保守,更加直截了当地维护白人中产阶级的"家庭价值观",更明确地建立了一整套意识形态价值观,这些价值观在定期出现在杂志封面上的有名的诺曼·洛克威尔(Norman Rockwell)的画作中得到了典型体现。或许是品钦骗过了《星期六晚邮报》的编辑,也或许是他们对此心知肚明,但他们想要一点不同寻常的东西,一点风格上更加复杂的东西出现在他们的杂志上。《秘密融合》最终证实了我的说法,即后现代叙事,至少这篇小说中的后现代叙事,描述了一种虚构的共同体,这些共同体的主要特征是德里达所说的自我毁灭的自身免疫(非)逻辑。这是合乎逻辑的,因为其不可避免。这是不合逻辑的,因为旨在保护我们免受外来入侵的东西却转而针对我们,并带来灾难性的后果。

作为后现代叙事的《双狗对话录》

我通过对一个典型案例的分析,显然已经证明了后现代叙事的存在以及后现代叙事具有一系列独特的、可列举的、文体的、形式的和主题的特征。问题是，在塞万提斯的"典范小说"《双狗对话录》中，可以找到与《秘密融合》完全相同的特征。当然，这些特征在《双狗对话录》中以不同历史成分的不同组合出现，但这些特征本身依然是与《秘密融合》相同的特征。《双狗对话录》出版于 1613 年，这是塞万提斯去世三年前，《堂吉诃德》第一部出版八年后。现在让我展示这些特征如何出现在《双狗对话录》中，以及这些特征如何决定这篇小说的意义和施为性力量。

和《秘密融合》一样，《双狗对话录》也有一个框架故事。《双狗对话录》的框架故事出现在前一篇典范小说《虚假的婚姻》（*El casamiento engañoso*）中。小说叙事者坎普扎诺少尉告诉他的听众——牧师佩拉尔塔，他有一个比他刚刚讲的故事更离奇的故事要讲，他没有期待这个故事会被人相信，他都不知道自己相不相信这个故事。尽管如此，他发誓这个故事真的发生过。他不相信自己是在做梦或发疯。小说的存在模式及其存活或复活的方式，取决于你阅读小说的时候自愿搁置怀疑，这一问题在故事被讲述之前就已经被提出来了。一篇小说就像一个鬼魂。你既不能相信它，也不能不信它。相信或不相信的问题也是这篇小说本身的核心问题，比如你是否相信存在女巫的问题。

接下来就是《双狗对话录》。它以手稿的形式存在，少尉休息的时候，将手稿交给牧师自己阅读。故事的基本预设中难以置信的地方已经在框架叙事中被指出来了。狗不会说话，也没有人类的智慧。正如两只狗中的西皮奥在它们的谈话开始时谈到它们的语言天赋——"奇迹般的，我们不仅会说话，而且我们充满智慧地说话，就好像我们具有理性思维；而事实上我们完全没有理性思维，野兽和人的区别就在于此：人是理性动物，而野兽是非理性的 [*el hombre animal racional, y el bruto, irracional*]." [1]

这里一开始的"奇迹"是个悖论,《双狗对话录》贯穿始终对古典智慧有各种复杂的呼应,其中一个就是自从亚里士多德以来人们都知道的,人与其他动物的区别在于人有理性和语言,而其他动物没有。然而,一只狗说出了这条公认的智慧。狗天生就不应该会说这些话,更不用说能够理解它们。

德里达关于《野兽与君主》的讲座,就是质疑这一公认的智慧。这是一个一直延续到雅克·拉康的占据统治地位的意识形态素。德里达想要将其进行解构,从而否定任何建立在其基础之上的思想,比如海德格尔在《形而上学的基本原理》(*Die Grundbegriffe der Metaphysik*)中的思想。海德格尔反复陈述——石头没有世界,动物的世界贫乏,而人类则创造世界,并将这一思想当作其作品的核心主题。

然而,在《双狗对话录》中,人们可以说,这一关于动物缺乏理性和语言的意识形态素在两个方面受到质疑:其一,小说的主人公是两只非常理性、富有魅力、语言流畅的狗;其二,这一切被巧妙地安排进一篇伪装成事实的小说中。在一篇小说中,人们几乎可以用语言做任何事,而且不需要承担后果,只要小说是可信的、前后一致的,只要读者能够相信小说中的事。人们甚至可以让狗说话。从伊索到波格(Pogo),有大量的虚构作品中动物在说话。相信小说!这是什么意思?就像相信有鬼一样。我对待《双狗对话

1　Miguel de Cervantes, "The Dogs' Colloquy," in *The Deceitful Marriage and Other Exemplary Novels*, trans. Walter Starkie (New York: The New American Library [Signet], 1963), 247; 同上, "El coloquio de los perros," in *Novelas ejemplares* (Madrid: Alianza Editorial, 1997), 40. 下文仅标注页码,西班牙语版本页码在前,英语版本页码在后。

录》的态度当然就是这样。至少在目前，我成了一个相信狗会说话的人。

《秘密融合》和《双狗对话录》中的框架故事都为读者解释小说，并通过将其"置入框架"用多种方式进行讽刺性的质疑，就小说的性质和社会功能提出普遍性的问题。如果《双狗对话录》是一个"典范故事"，那么它可以是小说运作方式的典范。

《双狗对话录》包含了一长串由狗说出来的公认智慧的片段，这些智慧来自古典著作或基督教神学或伦理学。两只狗花了很长时间辩论哲学和神学问题，争论"诽谤"和虚伪，讨论一个好故事的标准。这些问题或多或少与第二只狗，伯根扎，当时正在讲述的自己生活的故事相关。这些 16 世纪早期的意识形态素就相当于品钦的《秘密融合》中体现出的流行文化、儿童书籍、电影、电视和新闻广播的片段。就像品钦的小说一样，我们在塞万提斯的故事中找不到作者本人明确的存在，因此他让两只狗来讲述 1613 年西班牙受过教育的人的常识性的理解和观点的时候，我们不知道他在多大程度上是讽刺性的。如果道理是一只狗讲出来的，那么这个道理一定是真实的；或者正好相反，如果道理是一只狗讲出来的，那么这个道理一定是意识形态的幻想，一种被人普遍接受的观点。这个道理一定是一种毫无根据的幻觉，被机械地重复了成千上万次，一遍又一遍，一代又一代。就连狗都会机械地说出这些东西，就像狗叫一样。伯根扎对他的生活故事的陈述占据了小说文本的大部分内容，并对当时公认的观点提出了强有力的讽刺和挑战，尽管塞万提斯总是可以在受到质疑的时候宣称他在"一本正经地"呈现这些观点，而不是对其进行讽刺。也就是说，两只狗在说出这些观点的时候是一本正经的。读者可以从《双狗对话录》中了解很多关于 17 世纪早期西班牙文化思想和意识形态的东西。

后现代的塞万提斯

我说过，后现代叙事的一个特征是所谓的"全知叙事者"的弱化，而全知叙事者能够心灵感应式地穿透所有小说人物的思想和心灵，替他们说话，对他们进行评价。虽然这类叙事者是维多利亚小说，例如乔治·爱略特或安东尼·特罗洛普的小说的特征，但《双狗对话录》中并没有这样的叙事者。少尉将他听到的狗的对话记录下来，但他无法直接进入狗的大脑，狗也没有这样的心灵感应式的或洞察他人的能力。他们对伯根扎讲述的故事进行评价，但这些评价没有至高无上的权威。除了小说内部的评价之外，没有外部的权威说话。狗的判断可能是对的，也可能是不对的。读者最后只能根据有点自相矛盾或模棱两可的文本证据自己做出判断，这和品钦的那篇小说如出一辙。

本章开头我援引了弗雷德里克·詹姆逊的权威解释，指出后现代叙事的另一个显著特征，是多种体裁的拼贴、戏仿、指称和混合。《双狗对话录》已经非常充分地体现了这一特征。它被称为"对话录"（colloquy, *colloquio*），因此它必然属于对话录这一体裁。西班牙语 *colloquio* 是"会议"（*conferencia*）或"会谈"（*conversacion*）的意思。而在英语中，对话录（colloquy）被定义为"对话，尤其是正式的或特意安排的对话"，或"记录下来的对话"，来自拉丁语 *colloquium*（对话）。人们会想到伊拉斯谟（Erasmus）的《对话录》（*Colloquia*）——15 世纪末 16 世纪初这位伟大的荷兰人文主义者机智有趣的虚构对话。然而，在斯塔基（Starkie）对《双狗对话录》的英文翻译中，副标题被翻译为"西皮奥和伯根扎之间的对话"。而西班牙语原文中的副标题是"在西皮奥和伯根扎之间发生的故事和对话录"（ *Novela y coloquio que pasó entre Cipión y Berganza* ）。斯塔基引入了一个在西班牙语原文中不存在的词——"对话"（dialogue）。对话在内涵上和对话录并不是一回事。"对话"让我们想起柏拉图。虽然柏拉图的对话通常具有非正式的对话性质，但至少在某些时候，他的对话比大多数对话录更严肃地关注哲学论证。将《双狗对话录》称为对话，就有点偏离了塞万提斯当初命名自己小说时候的初衷。

此外，《双狗对话录》还是对流浪汉小说的戏仿，用一个滑稽的故事戏仿了田园浪漫小说。这是一个关于女巫的超自然的故事，呼应了伊索寓言中的动物寓言，这些寓言在框架叙事和小说本身中都有提及（35/245, 58/260）。这可能是一个隐蔽的预言性寓言或魔术（ *Tropelia* ），说着这件事，但意味着另一件事。《双狗对话录》有忏悔或遗嘱的成分，流浪汉小说通常都有这些成分，例如《小癞子》（ *Lazarillo de Tormes* ）就是如此。小癞子在法庭上必须竭尽全力为自己辩护。就是在这种情况下他讲述了自己的生活。伯根扎的叙事是对一只狗的生活的自我辩护和自我开脱。《双狗对话录》也自始至终是对人类愚蠢和邪恶的讽刺。

塞万提斯使用的讽刺工具是一个在小说中反复出现的词——"背后诽谤"（backbite），两只狗虽然对其进行谴责，但又不由自主地沉溺其中。"背后诽谤"就是在背后诋毁某人。在西班牙语中，背后诽谤是 *difamar* 或 *murmurar* 。塞万提斯使用的是后者。一个背后诽谤者就是 *columniador* 或 *murmurador* 。唉，西班牙语并不包含英语单词backbite所具有的奇妙的双关。这个词听起来很像一只狗很可能会做的事，即回咬（bite back）。犬儒主义者与讽刺或对人类的普遍悲观看法的表达之间的联系在《双狗对话录》中的一个地方非常明确。"你把'诽谤'叫'哲学'？"西皮奥问伯根扎。"是这样。（ *¡Asi va ello!* ）经典化，伯根扎，将背后诽谤［ *murmuración* ］的可恶瘟疫经典化，随便给它起个名字；这会让我们被称为'犬儒主义者'，就像叫我们是背后诽谤人的狗一样。"（66/267）犬儒学派是古希腊的一个哲学流派，由雅典的安提西尼创立，他认为自控是获得美德的唯一途径。一个犬儒主义者认为所有人都被自私所驱使，《双狗对话录》中伯根扎的故事中的人物大部分都是犬儒主义者。"犬儒主义者"（cynic）一词来自拉丁语 *cynicus* 和希腊语 *kunikos*，意思是"像狗一样的"，或有人甚至敢说，"习惯于背后诽谤他人的"。

所有这些体裁的混合似乎还不够，《双狗对话录》还是一个变形故事。它仿照奥维德的《变形记》，或者更接近于阿普雷乌斯的《金驴记》。这两只狗可能是被巫术和邪恶的魔法变成狗的人类。

这是何等复杂的混合！这是当时各种体裁多么复杂的杂糅拼贴！在这样不连贯的体裁混合和对各种体裁的戏仿方面，《双狗对话录》和《秘密融合》如出一辙，尽管被混合的体裁各有不同。

我在本章开头说过，后现代叙事的特征之一是，这些叙事往往聚焦边缘人物，聚焦被遗弃者、局外人、地球上的穷人和弱势群体，例如托尼·莫里森的《宠儿》聚焦美国前奴隶，品钦的《秘密融合》聚焦本质上无能为力的青少年。品钦的男孩帮派策划他们的斯巴达克斯行动，对成年人的机构进行恐怖袭击，将其作为奴隶的反抗。从前奴隶或孩子的角度来审视和判断正常的、成年人的、占统治地位的世界，是威廉·燕卜逊（William Empson）在《田园诗的几种形式》（*Some Versions of Pastoral*）中称为"田园诗"（pastoral）的一种形式。刘易斯·卡罗尔的《爱丽丝梦游奇境记》对燕卜逊来说，是一种"以孩子为情郎"的牧歌形式。在塞万提斯的《双狗对话录》中，两只狗是情郎。他们处于社会底层或整个人类社会之外的视角，就像流浪汉小说主人公的视角一样，对狗揭露和评判人类世界的残酷、不公和虚伪的能力至关重要。我很快就会讨论这些糟糕行径以什么样的形式出现。

我说过，像品钦的《秘密融合》或托尼·莫里森的《宠儿》这样的后现代叙事，其特点之一，是由一系列孤立事件串联而成，其排列有时不是按时间顺序的。叙事整体的意义"机械地""自动地"从这些孤立故事的并置中产生。这个意义从不会明确表述。读者必须自己进行判断和评价。读者必须通过我所谓的"自主伦理判断"来实现这一点。这样的判断很难通过引用文本证据进行证明。再说一次，《双狗对话录》已经具备了这样的情节结构。我数了数，伯根扎差不多按照时间顺序讲述他经历的各种冒险和服务过的不同主人时，至少讲述了 16 个单独的故事。这个故事序列是断裂的，是因为每个故事之间具有区分明显的间隔，而这个间隔通常是两只狗关于刚刚讲述的故事的意义的"对话录"。这些故事没有任何本质上的联系。它们只是碰巧相继发生在伯根扎的生命中。大多数情况下，伯根扎出于这样或那样的原因，逃离一个主人，追随与第一个主人毫无关系的环境中的另外一个主人，其故事风格完全是对流浪汉小说的戏仿。

当伯根扎讲述这些故事的时候，这个故事的序列受到两个重复出现的主题的驱动。首先是狗害怕天亮后失去说话的能力，就像文艺复兴时期的传说中的鬼魂天亮后会消失一样，例如在莎士比亚的《哈姆雷特》中就是如此。《哈姆雷特》差不多是《双狗对话录》同时代的作品。第二个主题是西皮奥不停地要求伯根扎不要跑题，而是沿着直接和狭窄的路线讲述他的生命故事，不然天亮后就无法说话了。"我很害怕，"伯根扎曾说："当太阳升起的时候，我们会在黑暗中摸索，失去说话的能力（*faltándonos la habla*）。"（69/270）西皮奥回答道："老天会安排好一切。继续讲你的故事，不要偏离主题，讲那些没必要的题外话（*impertinentes digresiones*）。只有这样你才能快速将它讲完，无论它有多长。"（69–70/270）这些偏题的话主要是那些我说过的哲学和文化反思。《双狗对话录》充满了一种紧迫感，仿佛两只狗在用说话对抗死亡，用对话延迟死亡，就像塞万提斯本人一样，他出版《警世典范小说集》之后第三年就去世了，或像威廉·卡洛斯·威廉斯在其《水仙花，那绿色的花》（"Asphodel That Greeny Flower"）中一样，或雅克·德里达在其最后的几篇文章中一样，他写作这些文章的时候或许已经知道自己得了不治之症，或像我们所有作家一样，都知道自己终有一死。我们都是在向死而生（*Sein zum Tode*）。

　　《双狗对话录》中最长、最重要的一个故事，是小说临近尾声的时候伯根扎与女巫卡尼萨雷斯的相遇，但正如伯根扎所说，这个故事应该第一个被讲述。它应该一开始就被讲述，是因为它或许在讲述伯根扎出生的故事："我现在想要给你讲述的故事，我应该在一开始就讲出来（*al principio de mi cuento*），这样就不需要思考我们为什么会说话了。"（89/285）这就是一个关于荒谬的例子，或关于前后倒置的例子，我曾说过这是后现代叙事的一个特征，虽然《双狗对话录》其余的内容基本上遵循时间顺序。女巫卡尼萨雷斯告诉伯根扎，他的母亲是女巫蒙蒂拉，蒙蒂拉的邪恶善妒的敌人——超级女巫卡马查对她未出世的双胞胎施展了魔法，所以他们出生为小狗，长大后成了两只名为"西皮奥"和"伯根扎"的狗。这个故事和伯根扎当初的说法相矛盾，即他的父母是"两只在屠宰场为屠夫工作的獒犬"（44/250）。

《双狗对话录》中的自身免疫

　　正如我在上文所说，后现代叙事的一个显著特征是，它将共同体描述为正在进行中的自身免疫，从而是自我毁灭性的。在共同体瓦解的过程中，共同体将旨在保护共同体，让其安全、免疫、自我封闭、免受责罚和排他的体制，转而针对共同体本身。在莫里森和品钦的叙事中，白人在种族主义的美国自我毁灭式地针对黑人。

　　当一篇小说被分为一系列互不相关的故事的时候，就像伯根扎讲述他跟随不同主人的冒险经历一样，读者就会尝试寻找这些不同故事的共同点。小说作为一个整体的意义可能在不同故事的叠加或并置中显现出来。这是根据叙事法则发生的，这个法则是，我多次告诉你的事情必定是真的，或至少是非常重要的。《双狗对话录》中不同的故事有什么共同之处？像叠加有图案的透明胶片一样，当你把这些故事叠加在一起的时候，会出现什么样的共同模式？我的回答是，《双狗对话录》出色地预测了共同体会成为德里达在《信仰与知识》中所谓的"自身免疫体"（auto-co-immunity）。我说过这是后现代叙事的显著特征，但这篇小说发表于 1613 年啊！

　　我选择几个可以明确体现这一特征的故事，来比较详细地对其进行说明。第一个故事讲述伯根扎如何为一个屠宰场的屠夫工作，他认为他就出生在这个屠宰场。人们会认为，屠夫应该保护他们屠宰的肉，防止小偷把肉偷走。恰恰相反，**他们**就是小偷。他们偷最好的肉送给情妇，或者偷偷卖掉。

　　同样的主题在第二个故事中重现了。伯根扎开始和牧羊人待在一起，变成了一只牧羊犬。他的工作是保护羊群免受狼的伤害。牧羊人也以此为主要职责。伯根扎发现是牧羊人，而不是狼在杀羊和偷肉。他们杀羊的方式，让其看起来好像是狼干的。"'上帝救救我,'我〔伯根扎〕对自己说：'谁能制止这种罪恶？谁能让人们明白，保护者是有罪的，卫兵在睡觉，受托人在监守自盗，保护你的人在杀死你〔*el que os guarda os mata*〕？'"（55/258）

　　在两只狗关于背后诽谤的跑题交流中，伯根扎保证，只要他诽谤了他人，他就会咬自己的舌头。西皮奥说："如果这是你打算使用的解决办法，我想你将会不停地咬你自己，结果就是你没了舌头，再也不能诽谤（*murmurar*）了。"（61/263）这是一个关于自身免疫（非）逻辑的小型寓言。四处乱咬的诽谤者就像咬人的恶狗一样，最终会咬自己，就像免疫系统产生的保护身体免受外来抗原攻击的抗体，在自身免疫疾病中开始攻击身体本身。咬人者自咬。整个《双狗对话录》都体现了这种不合逻辑的逻辑。塞万提斯以愤世嫉俗和讽刺的诽谤，反对他所属的社会，旨在通过改善社会来破坏社会，但同时也危及自身。

另一个简短的故事是关于这种自我毁灭的自身免疫（非）逻辑的绝佳例子。这个故事讲述的是图里伊的卡伦达斯（Charondas of Thurii）的故事。卡伦达斯"颁布了一项法律，任何人不能携带武器进入国民议会，否则将面临死亡的痛苦（*so pena de la vida*）"（69/269）。他忘记了自己的法律，带着剑走进了国民议会。随后他立刻将剑插入自己的身体，成为"第一个制定这条法律的人和第一个违反这条法律并受到惩罚的人（*pagó la pena*）"（69/269）。这个故事预示了美国现行的法律允许或禁止在各种情况下携带隐藏枪支。当读者读到这个小故事的时候，他或她可能开始怀疑塞万提斯的真正目标不是一般意义上的不公正、自私或不诚实，而是一种特殊形式的不公正、自私或不诚实，共同体或某个共同体成员利用这种特殊形式的不公正、自私或不诚实来自我毁灭式地针对自身，而不是针对某个外来者或外部敌人。"我们见过敌人，他就是我们自己，"波格说。这也是我给本章寻找的篇首题词之一。

这部小说的其余部分是一连串的其他例子。伯根扎跟随了一名警官，而这个警官结果却与小偷和妓女勾结。警察与他应该逮捕的人沆瀣一气，而不是保护共同体免受这些危险的内部人员／外部人员的伤害。最终，伯根扎向他主人的上级揭露了这个骗局，而揭露的方式则体现了实际行动中包含的自身免疫（非）逻辑。当"中尉行政官"，或首席治安官命令伯根扎追赶一个小偷的时候，伯根扎扑向了真正的小偷——他的临时主人："我攻击我自己的主人（corregidor），没有给他时间自卫，我把他摔倒在地上。"（83/280）

《双狗对话录》中有几个故事涉及少数族裔或金钱主题。这些都是模糊相似的主题，因为两者都是共同体的自身免疫（非）逻辑的体现方式。我来解释一下。就像屠夫和牧羊人是共同体的守护者，但他们非但没有保护共同体的安全，反而破坏了共同体的安全，同样，《双狗对话录》中邪恶的警察及其同伙玩的金钱把戏破坏了人们对金融交易和合同的信心以及对知人如面的信心。共同体的福祉取决于这种信心的稳固性，就像货币的价值取决于对货币体系的信心一样。一旦美元贬值导致中国人对其拥有的面值亿万的美国债券失去信心，我们美国人将会有大麻烦。然而，中国人也不愿意赔本出售，因为这将是另一个自身免疫（非）逻辑的例子，就像咬自己的舌头一样。维持他们持有的美国债券的价值符合中国人的利益。

《双狗对话录》中的警察从无辜的陌生人身上赚钱，手段是为他的情妇拉皮条，然后逮捕并罚那个付钱给他情妇买春的倒霉男人的钱。在另一个事件中，他和一些罪犯达成交易，让他在一场剑斗中似乎同时击败了他们六个人，就像电影枪战中的约翰·韦恩一样。这种欺骗行为极大地提高了他自己的威望，也就是说，人们对他能力的信任。这种预期效果，值得他付给那些假装被他打败的雇佣来的坏人的每一分钱。

在另一个事件中，两个小偷设计了一个极为复杂的阴谋，将一匹偷来的马卖给警察。当真正的主人出现时，他被抓住了。警察钱马两失。

在伯根扎和吉卜赛人待在一起的故事里，他讲述了吉卜赛人如何密谋策划，将一头驴的尾巴剪掉，接上一条用假发做的尾巴，让一个农民为同一头驴付了两次钱。

所有这些涉及金融欺诈的故事都破坏了人们对货币交易的信心，从而以一种自身免疫的方式破坏共同体。这种行为引发通货膨胀，通过削弱货币来削弱共同体。人们会想到赫尔曼·梅尔维尔的《骗子》（*The Confidence Man*），这部小说就微妙地展示了这一主题。伯根扎追随的很多人都是骗子。例如一个鼓手，他展示伯根扎作为马戏团演员的非凡才能，以此从容易上当受骗的公民那里骗取了很多钱。

所有这些故事都涉及"相信"的主题，而"相信"在《双狗对话录》中至关重要。例如，小说一开始就涉及神父、少尉以及潜在的读者是否相信这则关于会说话的狗的故事。如果你相信这一点，那么你也许会相信当一头驴换上了一条假尾巴的时候，同一头驴是两头驴。轻信让世界运转，但信心一旦丧失则会导致突然的通货紧缩。

两个涉及当时西班牙少数族裔的故事，以不同的方式展示了自身免疫（非）逻辑。伯根扎用赤裸裸的种族和民族刻板形象描述吉卜赛人和摩尔人。吉卜赛人被描述为小偷和无赖，而摩尔人被描述的方式就像今天美国人用反犹太的刻板形象来描述犹太人一样。摩尔人被描述为守财奴，宁可饿死也要省钱，很快就会把国家的所有钱财都囤积起来从而毁掉整个国家。

《双狗对话录》中反摩尔人的宣传和今天反犹太主义之间的相似性令人着迷，也出人意料，至少对我来说是这样。在今天的美国，这种吝啬鬼的刻板印象根本不是我们学到的穆斯林的形象。穆斯林今天更有可能被描绘成伊斯兰原教旨主义者、国际恐怖组织的成员、愿意以真主的名义自杀，而不会被描绘成吝啬鬼。从这个故事本身很难知道塞万提斯是否赞同虚构人物伯根扎所表达的对吉卜赛人和犹太人［应该是摩尔人——译注］的偏见，或他是否在通过表明甚至连狗都相信这些偏见，从而批判这些偏见。很显然，他在很大程度上是相信这些偏见的。

西班牙在 1492 年，即哥伦布"发现"美洲新大陆的那一年，驱逐了犹太人，所以 1613 年西班牙已经没有犹太人让人们憎恨和辱骂。然而，塞万提斯赞成驱逐摩尔人。摩尔人在 1609-1611 年被驱逐出西班牙，就在《警世典范小说集》(*Novelas ejemplares*) 出版前两年。犹太人、摩尔人和吉卜赛人是抗原，还是国家自身肌体的组成部分？这些"少数族裔"既在西班牙文化之内，是更大的国家共同体的一部分，同时也在西班牙文化之外，是西班牙文化的他者。在这方面，他们有点像《双狗对话录》中的两只狗。有人会说，这两只狗是社会底层 (underdogs)，就像塞万提斯本人一样，尽管塞万提斯或许是西班牙最伟大的作家。塞万提斯因破产而入狱，一辈子生活在贫困之中，在西班牙经历过牢狱之灾，曾被土耳其人奴役，像伯根扎或流浪汉一样在西班牙四处流浪。

吉卜赛人、摩尔人和犹太人为西班牙的文化多样性和丰富性做出了巨大贡献。在某种程度上，他们是同胞，是共同体的一部分。摩尔人作为建筑师的夸张技能在今天西班牙的很多地方仍然能够看到痕迹。阿尔罕布拉宫是一个惊人的文化成就。以任何标准来看，它都是异常美丽的。雅克·德里达的名字是西班牙犹太人的名字。有人可能会说，西班牙驱逐了犹太人，因此失去了让德里达成为西班牙儿子的机会。谁能知道 1492 年驱逐犹太人的行为，让西班牙失去了多少天才男女？吉卜赛人的音乐、故事和其他文化成就都有很高的品质。西班牙从未完全从驱逐犹太人和摩尔人给自己造成的自身免疫损害中恢复过来，也没有从宗教裁判所烧死 (autos-da-fé) 如此众多的所谓"异教徒"的基督徒的损害中恢复过来。这里的"auto"的意思是"自由行为"，就像在自身免疫反应中一样，具有自我采取的行为的含义。这些异教徒被认为是因为"信仰行为"而自我堕落，这导致了他们受到公开审判并受火刑处死。

因此，涉及少数族裔的这几个故事，也是自杀式的自身免疫模式的例子，我认为这种自身免疫模式是《双狗对话录》中所有的，或几乎所有的故事所共有的模式。读者会提出一些问题——"这些故事有什么共同点？塞万提斯为什么要选择让伯根扎经历这一系列流浪汉式的冒险？"为了回答这些问题，读者会把这些故事进行比较或叠加，然后自杀式的自身免疫模式就会浮现出来。

《双狗对话录》中的女巫

我现在解释《双狗对话录》中最复杂和最有问题的自身免疫的例子。这是伯根扎和女巫卡尼萨雷斯相遇的故事。这是最长的一个故事，也肯定是从纯文学的角度来说最好的一个故事。这是一篇风格狂野、充满活力、令人惊讶的艺术精品。伯根扎被蒙蒂利亚医院的护士长带走，他的主人——鼓手就住在那里，并在那里通过让伯根扎表演把戏从轻信的人手中赚钱。这个医院的护士长卡尼萨雷斯原来是个女巫。她声称认出伯根扎是她去世的姐姐——女巫蒙蒂拉的儿子。然而，她的名字卡尼萨雷斯（Cañizares）带有前缀 "can"，意思是 "与狗相关的"，正如在 "犬属"（canis）和 "犬科"（canine）中一样。她的名字和她称呼伯根扎的方式，都表明她可能在撒谎，而她自己可能就是伯根扎的母亲。"是你吗，儿子蒙蒂尔？可能是你吧，儿子（hijo）？"（89/284-5）当她向他讲述她自己作为女巫的故事、她的女巫姐姐蒙蒂拉的故事以及伟大的卡马查的故事的时候，她一直叫他 "儿子"，她说蒙蒂拉是伯根扎的母亲。卡马查是一个超级女巫。她在邪恶的知识和技能方面超越了所有其他人。卡尼萨雷斯讲述了女巫的安息日和女巫服务于其主人——魔鬼——的其他方式。她讲述的故事是主要故事中的故事，是一个嵌入故事，我们今天在莫里森的《宠儿》或品钦的《秘密融合》中仍然可以找到类似的嵌入故事。

在告诉伯根扎她的故事（她声称也是伯根扎为什么被施展魔法从人变成狗的故事）之后，卡尼萨雷斯脱光了衣服，给身体涂了油，然后进入恍惚状态。伯根扎将她拖到院子里，医院里的所有人都能够看到她的耻辱。她是陷入迷狂的圣徒［"看，受祝福的卡尼萨雷斯（ *la bendita Cañizares* ）死了。看她的忏悔苦修让她皮包骨头"（100/294）］，还是涂了油的女巫？人们意见不一。他们对伯根扎是不是折磨圣徒卡尼萨雷斯的"一个以狗的形象出现的魔鬼"（100/295）也众说纷纭。伯根扎逃跑了，避免了受到作为残忍的驱魔仪式的毒打。这就是该故事的结尾。伯根扎后来加入格拉纳达的一群吉卜赛人中，即使在今天，吉卜赛人仍然生活在那儿的山里。

读者如何理解卡尼萨雷斯的故事？这个故事很显然表明塞万提斯了解关于女巫的最新情况，包括宗教裁判所对她们的惩罚。我所引用的沃尔特·斯塔基的英语译本的一个脚注指出，塞万提斯提到的宗教裁判所对女巫的处置，"指的是基普斯夸省的巴斯克地区臭名昭著的祖加拉姆迪洞穴，女巫在这里举行半夜集会，导致著名的1610年洛格罗尼奥的信仰审判"（319）。斯塔基说："根据阿·德·阿梅祖阿（ A. de Amezúa ）的说法，塞万提斯阅读过佩德罗·西路罗的名著《迷信与医学专著》（ *Tratado de las Supersticiones y Medicinas* ）（ Alcalá, 1530 ）。"（319）

卡尼萨雷斯的故事是《双狗对话录》中另一个关于超自然主题的例子，而小说中两只狗可以说话本身就是超自然主题。这些故事都是以超现实主义或魔幻现实主义的风格呈现的，我说过这是后现代叙事的特征之一。塞万提斯相信女巫的存在吗？我们为了成为《双狗对话录》的好读者，应该相信有女巫吗？相信或不相信到底是什么意思？信仰的表述或许是施为性的，是一种言语行为，而不像其字面所体现的那样是表述性的语言？我说，"我相信，"瞧，我开始相信了。或者我说，"我不相信有鬼（或女巫，或会说话的有理性的狗），"不管这是不是一种否定，这样说往往会强化我的信念，即我不相信。如果说"我相信"是表述性的，那么它在原则上就可以被证明是真的还是假的。然而这句话事实上无法证明真假，就像德里达所说的那样，"我爱你"（*je t'aime*）这句话是无法证实的。它是一个言语行为，而不是可以被证实或证伪的表述。[1]

这些问题都很难回答。相信还是不相信的问题贯穿了《双狗对话录》及其框架故事。在框架故事中，少尉和神父讨论是否有可能相信狗会说话。耶稣对怀疑的多马说："多马，因为你看见了我才信，那没有看见就信的，有福了。"（《约翰福音》第 20 章 29 节）当然，根据塞万提斯在《双狗对话录》中对女巫的虚构描述而相信有女巫，就是相信看不见的东西，相信仅仅用语言来证明的东西，而且是用小说语言。这些语言是否真实无法确定。塞万提斯到底相不相信有女巫，也是无法确定的事。我们无法根据《双狗对话录》中的文本来证实或证伪。或许他相信，或许他不信。然而，可以肯定的是，他非常关注他的国家共同体是否相信有女巫以及我们是否应该相信有女巫这样的问题。

1　"我爱你"为什么是施为性的而不是表述性的？德里达对这一问题的绝妙讨论贯穿其 1992-1993 年在巴黎的系列讲座——《见证》（"*Témoignage* or *Attestation* [Witnessing]"）中的第三场和第四场。1993 年德里达在尔湾用英语作的关于两篇小说的讲座中讲述了这一问题，我聆听了讲座。那时候他给我一张存有整个系列讲座的光盘。据我所知，这个系列讲座尚未以法语或英语出版，但有人告诉我有盗版在网上流传。我在拙著 *For Derrida*（[New York: Fordham University Press, 2009], 37, 38, 153, 172.）中好几个地方都简要讨论了该系列讲座。

《双狗对话录》中的超自然

卡尼萨雷斯的故事将相信主题与最大规模的共同体结构紧密联系在一起，我依据德里达的思想，认为这种共同体结构受到自身免疫（非）逻辑的支配。在卡尼萨雷斯的嵌入故事中，她谈到女巫安息日的时候说，"一些人**相信**［我的强调；西班牙原文是 *hay opinion que*］我们只是在想象中去参加这些集会，在想象中，魔鬼代表所有我们之后宣称发生在我们身上的事物的形象。其他人**相信**，恰恰相反［我的强调；*otros dicen que no*］，我们的肉体和灵魂都去参加了集会，就我而言，我相信［*tengo para mi*］这两种观点都是正确的，因为我们不知道什么时候是以这种方式去，什么时候是以另一种方式去，因为在想象中发生在我们身上的事都如此强烈地展示出来，以至于不可能将其与现实区分开来"（94/289）。

当卡尼萨雷斯讲述女巫涂油时发生的事情时，这个问题又出现了。药膏"太冰凉了，我们用它们涂油时，我们会丧失所有的感觉，我们全身赤裸地躺在地上，然后他们说我们在想象中经历了所有那些我们认为真的经历过的事情（*nos parece pasar verdaderamente*）。有时候，在我们完成涂油之后，我们会改变自己的形状，就像我们相信的那样（*a nuestro parecer*），变成公鸡、猫头鹰或乌鸦，去我们的主人等着我们的地方，然后我们恢复自己的形状，开始享受快乐，对此我不想描述，因为它们是我羞于提及的一些东西，我的舌头拒绝将其告诉你们"（97/292）。

如果你稍微想一想，就会发现这个说法遵循一个非常奇怪的逻辑。这些事情是真实的经历，与此同时又是想象的经历，两个对立的观点怎么可能都正确？在这一点上，有人会想到堂吉诃德的疯狂幻想，正如谚语所说，他向风车进攻。如果极其强烈地体验某件事会让它成为现实，那么如果我极其强烈地阅读《双狗对话录》，全身心地投入小说中去，那么小说就会变成真的。体验即相信。很好的阅读就像处于女巫的恍惚状态。道德和宗教人士从道德上和宗教上反对我们阅读从塞万提斯至今的小说，在一定程度上呼应了柏拉图对诗歌的反对，这些反对都建立在一种怀疑之上，即文学作品，尤其是小说，是魔鬼的产物。这些文学作品会让天真的读者脱离现实世界，进入一个危险的魔法幻想的领域。

当然，这类批评家所忽略的是，几乎所有的小说都包含着对自己迷人魔力的讽刺性的解构。《双狗对话录》当然也不例外。卡尼萨雷斯的故事隐含了对这一问题的思考。卡马查临终前承认，她对蒙蒂拉的双胞胎儿子施了魔法，将他们变成了狗，她还告诉了蒙蒂拉如何解除他们的魔法，或什么时候他们会解除魔法。她说："在最意想不到的时候，他们会回归他们的自然形态，但是只有在他们能够亲眼看到下面的东西的时候，这一切才能发生。"她接着说道：

> 只要他们亲眼看到，
> 一只勇敢无畏而迅捷无比的手，
> 让富人变穷，让穷人变富，
> 他们就即将获得解脱，恢复原状。（288）

> Volverán en su forma verdadera
> cuando vieren con presta diligencia
> derribar los soberbios levantados,
> y alzar a los humildes abatidos,
> por mano poderosa para hacerlo. (92)

　　我将西班牙语放在这里，是因为英语翻译和西班牙语原文有所不同。像所有的千禧年预言一样，这则预言似乎意味着"永远不会"，或"直到世界末日"。它就像德里达关于"未来民主"的预言一样，德里达认为这是一个永远也无法抵达的未来。然而，卡马查的预言和德里达的表述有所不同，因为卡马查并没有想象一个完全平等的社会，一个真正的民主社会，而是想象将命运之轮旋转，只是颠倒高低贵贱的等级而已。然后穷人将掌控世界，而不是富人，从而实现基督教《圣经》的预言，即温顺的人将继承世界。然而，正如两只狗所认为的那样，这种事已经发生过了。在 17 世纪的西班牙，命运之轮一直在旋转，然而正如西皮奥讽刺的那样，我们仍然是狗。

　　"勇敢无畏而迅捷无比的手"（*mano poderosa para hacerlo*）到底是谁的手，很不容易确定。上帝的？某个英勇无畏的消灭暴君的英雄，他发动暴力革命逆转社会秩序，然而可能自己成为新的暴君？塞万提斯没有指明。卡马查的预言仍然是讽刺的、神秘莫测的。"他们就即将获得解脱"（"即将"的西班牙语原文是 *presta*，意思是"很快""立刻""迅速""就绪"）。他们的解脱在何种程度上"准备就绪"？这就像千禧年的预言："准备就绪！世界末日近在咫尺。"它总是近在咫尺，你几乎可以触摸到它，但它永远都是未来，"马上，但尚未"。正如刘易斯·卡罗尔在《爱丽丝梦游奇境记》中所说："有昨天果酱，有明天果酱，但永远没有今天果酱。"

　　塞万提斯没有明确说出是谁在使用这只"迅捷无比的手"（*mano poderosa*），或者我们应该在何种程度上"准备就绪"。然而，他所做的是让两只狗评价这种预言的不确定性以及这种不确定性与信仰问题的关系。两只狗还间接地暗示了这种不确定性如何告诉读者《双狗对话录》是什么样的文本以及读者应该如何阅读这个文本。这是文本中明确提出体裁问题的地方。

西皮奥的评价

在伯根扎讲完女巫卡尼萨雷斯的故事，并开始讲述吉卜赛人的故事的时候，西皮奥打断了他，对卡尼萨雷斯的故事进行评价："看看这个你似乎相信的弥天大谎（*la grande mentira*）是否有真实的东西。"（101/296）西皮奥接着毫不含糊地肯定说："相信卡马查能够把人变成野兽，或者相信她说的教堂司事以驴子的形态为她服务多年，是非常愚蠢的。所有这些以及类似的故事都是幻觉、谎言或魔鬼的幻象（*apariencias del demonio*）。"（101/296）

这或许在表明，《双狗对话录》本身，你正在阅读的这篇小说，也是一个魔鬼的幻象。可以说，我们读者赋予了这两只狗生命，它们毕竟只是纸上的文字。这是一种极为模棱两可的行为，甚或是魔鬼的行为。小说传统上被认为是魔鬼的作品。阅读言情小说会让天真的年轻女性误入歧途。如果这些故事很有可能是魔鬼的幻象，西皮奥就必须进行解释，为什么我们应该相信西皮奥和伯根扎看起来是狗，却能够说话且具有理性。他说，"这是一个奇怪的、绝无仅有的案例"（*caso espantoso y jamás visto*）（101/296）。这完全不能算作解释，因为塞万提斯或许会说，上帝主宰一切，即使是最奇怪的事。因此这个案例尽管奇怪，但在某种意义上体现了上帝的旨意。

西皮奥，这只有智慧的狗，转而讨论卡马查预言的问题。接下来是一个极为奇怪但至关重要的段落。我发现，如果读者将西皮奥说的这段话进行推理引申，用于整篇小说，可以对整体上理解这篇小说发挥不可或缺的作用。西皮奥一开始就强烈地否认该预言的有效性："对你来说似乎是预言，"他对伯根扎说："但实际上只不过是一个寓言（*palabras de consejas*），或者老太太们讲的故事，就像在冬天漫漫长夜的火炉边讲述的无头骑士或神秘魔杖的故事一样。"（102/296）奇怪之处就在于他对预言为什么是寓言的解释。他说，如果这些预言是真的，那么它们早就实现了，"即将"早已成为"现在"，"除非我们将其理解成寓言（ *se llama alegórico* ），而事实上也的确如此"（102/296）。

西皮奥接着给出了一个简洁且完全准确的寓言（allegory）的定义，但丁和经院学者到塞万提斯的时代及其之后对寓言的理解都是这样的："也就是说，预言（prophecy）的意义并不是预言的字面意义，而是别的不同于字面意义、但与字面意义相似的意义。"[*el cual sentido no quiere decir lo que la letra (refiriéndose a la letra de la profecía) suena, sino otra cosa que, aunque diferente, la haga semejanza*]（102/296）

最奇怪的是，至少对我来说，西皮奥接着给出的寓言意义看起来基本上就是对卡马查的语言的字面解释。这种解释明确通过大家耳熟能详的命运之轮的形象进行。"命运之轮顶端"的人"被打倒在不幸者的脚下"，而地位低下者被"高举到富贵的顶端"。（102/296-7）但西皮奥说，这已经发生过了，"每时每刻"都在发生，但我们仍然是狗。无论如何，我都看不出西皮奥的解释与这一预言的直接的、明显的、字面上的意义有什么区别，字面意义这样说："只要他们亲眼看到……让富人变穷，让穷人变富"，这两只狗就会变回人。西皮奥声称所谓"寓言"，是将其解释为"不是预言的字面意义，而是别的不同于字面意义、但与字面意义相似的意义"（102/296），但他对预言的解释在什么意义上是寓言性的？

西皮奥接着说，在寓言的意义上，预言的不实现意味着"我的结论是，卡马查的预言应该从字面意义上去理解，而不是从寓言意义上去理解（ *no en el sentido alegórico, sino en el literal* ）"（102/297）。然后他提出，字面意义正好就是他刚才所说的寓言意义，从字面意义上理解这则预言"对我们没有帮助，因为我们已经多次看到他们说的话，正如你所见，我们仍然是狗"（102/297）。我的结论是，塞万提斯在拿字面意义和寓言意义的区别开玩笑。它们结果都是一样的，无论哪种情况，他们的预言都是欺骗："卡马查是一个虚伪的骗子（*burladora falsa*），卡尼萨雷斯是一个狡猾的无赖，蒙蒂拉是一个邪恶歹毒的蠢货。"（102/207）

西皮奥随后给出了他自己对真正意义的解释。这个意义的确显得是寓言性的，或至少是比喻性的，因为它使用了一个卡马查的寓言中所没有的讽刺性的比喻："因此，我说，真正的意义是九柱戏（*un juego de bolos*），在这个游戏中站立的瓶子很快被打翻，而被打翻的瓶子则被行家的手摆放好。想一想，在我们的一生中是否看过一场九柱戏，如果是的话，我们已经看到自己变成了人，如果我们是人的话。"（102–3/297）

如果这个预言具有预言效力的话，那么只需要一场简单的社交九柱戏，就可以把两只狗变回人。无论卡马查的预言被赋予了什么样的意义——字面上的，寓言的，还是比喻的，它都没有实现。这不禁让人怀疑这两只狗是否真的是被施了魔法的人。寓言阐释的伟大传统，存在于中世纪或文艺复兴时期的《圣经》评论，或但丁的《致坎格兰德的信》，或但丁在《神曲》中的实践，但这个话题就讨论到这里吧！对两只狗来说，或许同时对塞万提斯来说，字面的意义就是寓言的意义，寓言的意义就是字面的意义。两者的区别不复存在。

无论你如何理解这则预言（并通过联想，如何理解《双狗对话录》的文本），你得到的结果都是一样的：不再认为文学能够预测更好的未来，或导致更好的未来。我刚才一直讨论的内容里，塞万提斯在表面上遵循对关于女巫、寓言和魔法变形的传统理解，但事实上却对其进行了精彩的颠覆和讽刺。他用这些传统理解制造了非常可笑的无稽之谈。然而，无论是我，还是读者，都不应该忘记弗里德里希·施莱格尔的警告：正是那些自认为理解讽刺的人，才不可避免地成为讽刺的最无助的受害者。[1]

西皮奥关于寓言的讨论的要点，是关于如何阅读的一点经验，即我们最好从字面上理解《双狗对话录》，其表面上是什么就是什么。我们最好不要试图用复杂的文学阐释工具来自找麻烦。它说的话就是它的字面意思。它没有预言价值或启示价值。它是关于两只非常擅长说话的狗的故事。信不信由你。

《双狗对话录》是什么的典范？

《双狗对话录》是一个典范故事，表明文学小说明显缺乏力量。塞万提斯无处不在的讽刺让我们无法赋予小说一个确定的、单一的意义。这或许会导致读者错误地认为这意味着小说没有施为性效果。它不是一种以言行事的方式。如弗里德里希·施莱格尔所说，讽刺毕竟是"永远持续的插曲"（parabasis），是对整个文本单一意义的永久搁置。或者可以这样说，只有我们自愿搁置了怀疑，我们才能赋予书面

1　参见 Friedrich Schlegel, "Critical Fragments," no. 108: "对不能理解讽刺的人来说，即使将其公开地承认，它也只不过是一个谜语。它恰恰就是用来欺骗那些将其当作欺骗的人，和那些愚弄整个世界并为此洋洋自得的人，或认为他们自己有可能成为愚弄对象的时候就会勃然大怒的人" in *Philosophical Fragments*, trans. Peter Firchow, Foreword by Rodolphe Gasché (Minneapolis: University of Minnesota Press, 1991), 13; *Wer sie [ironie] nicht hat, dem bleibt sie auch nach dem offensten Geständnis ein Rätsel. Sie soll niemanden täuschen als die, welche sie für Täuschung halten, und entweder ihre Freude haben an der herrlichen Schalkheit, alle Welt zum besten zu haben, oder böse werden, wenn sie ahnden, sie wären wohl auch mit gemeint* ("Kritische Fragmente" in *Kritische Schriften* [München: Carl Hanser, 1964], 20).

上的文字以生命，而讽刺就是对这种怀疑的自愿搁置的搁置。

然而，在这一点上，区分认知不确定性和施为性效果是非常重要的。只是因为讽刺搁置了特定文学文本的认知确定性，并不意味着文本就没有施为性效果。文本的认知不确定性，甚至可能是文本的有效言语行为的力量的前提条件。保罗·德曼在对讽刺的反直觉讨论中提出，"讽刺非常清楚地具有施为性的功能。讽刺提供安慰，讽刺做出承诺，讽刺提供辩解。讽刺允许我们发挥各种施为性的功能，这些功能似乎不属于比喻范畴，但与比喻范畴密切相关"[1]。

读者也许会把两只狗对彼此的温和亲切、耐心宽容、忠诚友好视为真正友谊的典范，认为这些品质应该存在于人类世界。这两只狗对主人具有的讽刺性的伦理优越性在表达一种理想："如果我们能够变得像西皮奥和伯根扎一样……"品钦《秘密融合》中的四个男孩相互展示的宽容和友爱，尽管其中一个是非裔美国人，展示了另一个强有力的乌托邦模式和讽刺性的理想："如果我们能够成为格罗弗的四人小帮派一样……""除非你们改变信仰，成为小孩，否则你们不能进入天国。"（《马太福音》第 18 章第 3 节）塞万提斯的两只狗构成了一个理性的二人共同体。因此他们可以作为我们在"共在"（*Mitsein*）中，即和我们的邻居在一起的时候，如何行为的典范（*exemplum*）。他们的故事表明，如果我们变得像西皮奥和伯根扎一样，一个理性的共同体就会随之诞生。品钦的男孩帮派是另一个这样的典范。这两篇小说毕竟都是寓言。

然而，我对《双狗对话录》的讨论尚未结束。我说过卡尼萨雷斯的故事是关于自身免疫共同体（非）逻辑的整篇小说中最夸张的例子。为什么是这样？我的回答是，如果你碰巧相信有女巫，那么魔鬼

1　Paul de Man, "The Concept of Irony," in *Aesthetic Ideology*, 165.

及其仆从、巫师、女巫和异教徒，与上帝及其天使军团、虔诚信徒之间的关系，是自身免疫（非）逻辑的可以想象到的最大的体现者。

塞万提斯赋予了卡尼萨雷斯丰富的经典的神学知识，让其能够解释罪恶的神秘性以及尽管魔鬼力量强大，罪恶无处不在，但依然能够如弥尔顿所说的那样"证明上帝对待人的方式是正确的"。就像西班牙国家共同体内部的吉卜赛人、摩尔人和其他少数族裔一样，女巫同时处于由上帝造物构成的巨大共同体的内部和外部。上帝为什么会允许这些抗原进入这个世界，从而让其现在成为这个世界的机体的组成部分？这个问题包括上帝和魔鬼在上帝创造的世界中的共存。答案是，上帝为了让人们正确地崇拜和服从他，也就是说，让人们自愿地崇拜和服从他，他必须让天使和人类有服从或不服从的自由。如果他们选择堕落，他们就必须有堕落的自由，而上帝也预见到许多人会堕落。

女巫就是这种普遍状态的一个很好的例子。卡尼萨雷斯说她很清楚自己在做错误的事情。她知道自己很可能因为追随魔鬼主人而万劫不复，但她依然选择了罪恶。卡尼萨雷斯说："犯罪的习惯，成为第二天性，女巫的习性侵入一个女性的肉身和血液……因此其灵魂变得松弛而衰弱，再也无法振作起来去拥抱任何善良的思想。它让自己陷入痛苦的深渊（*sumida en la profunda sima de su miseria*），甚至都不愿意抓住上帝出于怜悯不断向它伸出的手。我的灵魂就是我向你描述的这样。我知道这一切，我明白这一切，但世俗的享乐捆绑了我的意志，所以我过去是，将来也永远都是个坏人（*siempre he sido y seré mala*）。"（97/291-2）正如奥维德在《变形记》中所说："我有更好的选择，但我做出了更差的选择。"（*Video melior, deterior sequor.*）

虽然魔鬼是上帝造物的一部分，但没有上帝的允许，他没有能力做任何坏事，也没有能力带领其仆从做坏事。上帝永远是全知全能的。因为上帝允许人类和堕落的天使做坏事，而且提前知道他会用地狱烈火的折磨来惩罚他们，因此我们可以说整个上帝造物都遵循自身免疫（非）逻辑。上帝反对他的造物的一部分，将其打入地狱进行惩罚，就像自身免疫反应中的抗体转而针对身体自身的一部分来将其摧毁。这也是一些关于最后审判的伟大的文艺复兴时期的绘画的主题，将升入天国和打入地狱的人分开，将绵羊和山羊分开。

卡尼萨雷斯在这一点上的神学知识无懈可击，完全正统。我们都知道，魔鬼善于引用《圣经》。卡尼萨雷斯说到女巫在魔鬼的唆使下谋杀孩童的方式，并说到她们之所以杀死孩童，是因为孩童没有罪过，而且受过洗礼，因此会直接升入天堂。卡尼萨雷斯说：

> 他这样做，是因为杀死孩子会给父母带来无尽的悲痛。但对他更重要的是，让我们反复犯下如此残忍、违背自然的罪行。上帝因为我们的罪孽而允许这些恶行，因为根据我的经验，没有上帝的允许，魔鬼连一只蚂蚁都无法伤害（*no puede ofender el diablo a una vez hormiga*）；这是事实，有一次我请求他摧毁一个属于敌人的葡萄园，他告诉我他甚至连一片叶子都无法触碰，因为上帝不允许他这样做。当你成为一个人的时候，你应该明白，降临在人类、王国、城市、村庄的一切不幸以及突然的死亡、船只沉没和堕落——事实上所有被称为灾难的损失——都来自万能的上帝，都得到了他至高无上的意志的允许；一切被称为"罪孽"的行为都是我们自己造成的。上帝是没有罪的，据此我们才是罪的实施者，在思想、语言和行为中酝酿罪孽；上帝允许这一切是因为我们有罪，正如我之前所说。（96/290-1）

上帝拥有无限的智慧和善良，他允许罪孽发生，并提前知道他将对其进行惩罚。他必须把他造物的一部分送入地狱。这是自身免疫共同体（非）逻辑的一个引人注目的例子。即使在最大的规模上，这一逻辑依然广为重复，好像没有这一逻辑，就没有共同体的概念。似乎这种逻辑甚至约束了上帝，或至少约束了《圣经》和所有最伟大的基督教神学家几个世纪以来阐述的最深刻、最正统的"上帝"概念。对塞万提斯来说，让女巫卡尼萨雷斯说出这一正统教义，也许是《双狗对话录》的终极讽刺。塞万提斯肯定不是让读者相信一个自我标榜、自我谴责的女巫所说的话吧？或者他真的这样想？

结语

　　将品钦的《秘密融合》和塞万提斯的《双狗对话录》并置，可以得出什么结论呢？我认为有三条。

　　通过形式和结构特征定义文学中的后现代主义往往行不通，因为早期文学作品也会被证明具有这些特征。毫无疑问，一个内行的读者可以很轻松地从主题元素、物品、地名等判断出他或她是在读品钦还是在读塞万提斯，即使阅读的塞万提斯是英文译本，但在我所阐释的两个典型故事中，供作者使用的叙事技巧却惊人地相同。

　　由此可见，自塞万提斯以来，这一整套叙事技巧并未发生太大变化。塞万提斯之所以伟大，部分原因在于他在我们今天所谓的小说史发端的时候，就已经熟练掌握了这套叙事技巧。

　　我由此得出结论：文学中对某一时期风格的定义，甚至一般文学史中的时期名称，都有极大的问题，总是应该受到质疑和怀疑。

结 束 语

我在本书中的主要目标是对八部小说进行综合的修辞阅读，特别关注每部作品中共同体或共同体的缺失的呈现方式。我在具体的解读过程中，在每一章中用不同的方式，表明每一个共同体都遵循自身免疫（非）逻辑这一论断，对理解从塞万提斯到品钦以及其他的小说作品中对共同体的呈现，具有广泛而有启发的相关性。而且，今天在美国和全世界发生的事情表明，这种自毁式的共同体行为并非仅存在于小说中。唉，它在现实社会和政治世界里带着令人沮丧的强大力量运作着。三个具体的例子是：第一，拒绝采取任何严肃的行动来缓解威胁人类生存的人类世界全球变暖；第二，《爱国者法案》（奥威尔的名字！）、《外国情报监视法案》、外国情报监视法庭和国家安全局（更多的奥威尔式的名字），这些机构打着保护我们免受入侵者侵犯的幌子，让中情局、联邦调查局和国家安全局对所有美国公民进行普遍监视；第三，美国最高法院的一项判决，取消了《选举权法案》中的一部分重要内容，从而为数百万潜在的少数族裔选民被剥夺选举权打开了方便之门。

译 者 简 介

陈广兴，文学博士，上海外国语大学文学研究院副研究员，《英美文学研究论丛》（CSSCI 来源集刊）编辑部主任，从事英美文学研究，近期关注重点为文学理论和美国当代小说。出版专著《康拉德小说情节研究》，参与《美国文学大辞典》的编撰工作。出版译著《咖啡馆的文化史》《身份的焦虑》《特丽丝苔莎》《詹姆逊文集·论现代主义文学》《无聊的魅力》《小说中的共同体》《工作之后》等，在中国读者中有广泛的影响。发表学术论文 40 多篇，其中多篇被人大报刊复印资料全文转载。